EIS
WASSER
STEINWÜSTE/ KARST
WALD
SUMPF/ MARSCH
GEBIRGE
UNERFORSCHT
HÜGEL/ WÜSTE
DIE EISIGEN ACHTLINGE
BLOMP
WURSTOGART
KOZ
HOTTUM
LOCH D'MARK
GOLF VON SIMULTAN
LOCH VON AH
SABATT
FORST VON KROST
KOLLOS
LINNO
N
W
S
PILZFELDER
TRAMPH
TUNKUSKA
GOLGATH
FLUX
THRAXAN
AMBIGUA

Jens Schumacher

AMBIGUA

Der Fluch des dunklen Herrschers

Für meine Eltern,
ohne die es nichts davon gäbe

verlegt durch EGMONT Verlagsgesellschaften mbH,
Gertrudenstraße 30–36, 50667 Köln

Titelbild und Landkarte: Steffen Winkler
Umschlaggestaltung: Jutta Hohl-Wolf
Lektorat: Burkhard Heiland
Satz: Greiner & Reichel, Köln
Druck/Bindung: GGP Media GmbH, Pößneck
ISBN 978-3-505-12654-3

Mehr Infos zum Autor unter: www.jensschumacher.eu

09 10/8 7 6 5 4 3 2 1

»Und in dem Augenblick, da die Scheiben zerscherbten, sah er noch einmal das weiße, mit goldenen Drachen bestickte Banner wehen, doch als er sich zurückneigte, um das Schüreisen hinabzuschleudern, schlug ihm der Duft fremder Gewürze entgegen, und dann war da nichts mehr, nichts, auch kein Tageslicht mehr, denn hinter den Scheiben des wundersamen Fensters war wieder das kleine Regal, darin Mr Sladden sein Teegeschirr aufbewahrte.«

(Lord Dunsany, »Das wundersame Fenster«)

Teil 1

Aus heiterem Himmel

Prolog

Besorgt blickte Ilrec Olc empor zu dem bleigrauen Firmament über seinem Kopf.

Es war nicht die triste Farbe, die den Bauern beunruhigte. Wie jeder Bewohner von Megatherien, wo Ilrecs Familie seit Generationen ihr Land bestellte, war er daran gewöhnt, dass der Himmel über seinem Kopf nicht leuchtend rot war wie an jedem anderen Ort Ambiguas; er war gewöhnt an das völlige Fehlen von Farben und daran, dass weder die Felder noch die Natur etwas hervorbrachten, das eine andere Färbung als Grau aufwies. Seit Urzeiten zerbrachen sich weise Männer die Köpfe, was der Grund für den Mangel an Farben in Megatherien sein mochte. Allein den Bewohnern war es egal; sie hatten sich damit abgefunden, dass selbst ihre Haut von Geburt an ebenso grau war wie ihr Haar oder ihre Zähne.

Ilrec Olc ruckte an den Zügeln in seiner Hand und brachte den massigen steinfarbenen Ochsen zum Stehen, der seinen aus Graueibe gefertigten Pflug zog. Er legte den Kopf in den Nacken und musterte erneut mit gerunzelter Stirn den Himmel.

Es lag etwas in der Luft, das spürte er. Bereits am frühen Morgen, als er seinen Hof verlassen hatte und hinaus aufs Feld gezogen war, hatte eine knisternde Spannung geherrscht, so als stünde ein Gewitter bevor. Aufmerksam suchte Ilrec das Firmament nach anthrazitgrauen Wolkenbergen ab, wie sie in Megatherien das Aufziehen einer Schlechtwetterfront ankündigten. Doch es gab keine.

Kopfschüttelnd hob er die Peitsche, um sein Gespann wieder in Bewegung zu setzen ... und stockte! Aus dem Augenwinkel hatte er etwas wahrgenom-

men, das er in über dreißig Jahren Feldarbeit noch nie hier draußen gesehen hatte.

Etwas, das nicht grau war.

Verwirrt wandte er sich um. Er musste sich getäuscht haben. Was er gesehen zu haben glaubte, hatte halb im Boden gesteckt, wie eine Ackerfrucht. Aber anders als die Rüben, die Ilrec anbaute, war es nicht staubgrau gewesen, sondern schwarz. Glänzend schwarz!

Er bemerkte eine Bewegung dicht neben seinem Fuß und senkte den Blick.

Ein Laut des Ekels drang über seine Lippen. Kaum eine Handbreit von seinem Stiefel entfernt kroch ein riesiger Wurm aus dem Erdreich hervor!

Dick war er, wie das Handgelenk eines Mannes, und von nachtschwarzer Farbe. Mit pumpenden Bewegungen wand er seinen schleimfeuchten Körper zwischen den Schollen hervor. Fassungslos starrte Ilrec auf das runde Saugmaul, groß wie ein Silberling, auf die winzigen spitzen Zähnchen, die ringsum verliefen ...

Ein markerschütterndes Blöken ließ ihn zusammenfahren!

Sein Zugtier, ein treuer alter Einhornochse, der auf den Namen Hugim hörte, zerrte angstvoll an seinem Geschirr. Ilrec blickte wild in die Runde und erkannte den Grund für Hugims Furcht:

Soweit das Auge reichte, spross schwarzes Gewürm aus dem Boden wie Unkraut! Der gesamte Acker war in pulsierender, schlängelnder Bewegung, festen Boden schien es nicht mehr zu geben.

Ein penetranter Geruch stieg Ilrec in die Nase, der ihn an faule Eier erinnerte. Faule Eier und etwas anderes, weitaus Widerwärtigeres.

Nackte Panik überkam ihn, und er rannte über das Feld davon, so schnell ihn seine Beine trugen.

Zur gleichen Zeit, viele hundert Meilen südöstlich, hielt der samelsurische Pilzernter Stiffan O'Semf überrascht in seiner Arbeit inne. Er sah von dem mannshohen grellgelben Morchel auf, den er soeben zu fällen im Begriff gewesen war, und ließ seinen Blick suchend über die von violettem Dunst verhangenen Pilzfelder schweifen.

Das dumpfe Donnergrollen, das soeben von fern über das Land gerollt war, verhieß nichts Gutes.

Stiffans Erntetrupp bestand aus gut drei Dutzend Arbeitern, alles hochgewachsene, kräftige Männer, von denen die meisten wie er aus Phillitrulla stammten, einem Dörfchen zwei Stunden westlich von hier. Mehrere der Kollegen schienen das entfernte Rumoren ebenfalls gehört zu haben. Auch ihre Blicke waren fragend gen Himmel gerichtet.

Soweit man es durch den Nebel erkennen konnte, waren am Firmament keinerlei Wolken zu sehen. Der Himmel wirkte etwas dunkler, als es am frühen Nachmittag eigentlich der Fall sein sollte, das war alles. Falls das Donnern Vorbote eines Gewitters war, musste es noch weit entfernt sein. Stiffan hoffte, dass seine Schicht beendet und der Trupp zurück in Phillitrulla wäre, bevor das Unwetter losbrach.

Er wandte sich wieder seinem Tagwerk zu. Als routinierter Ernter ignorierte er die Knoten und Verdickungen auf der Vorderseite des Pilzhuts, die frappierend an ein menschliches Gesicht erinnerten, ebenso die nuschelnde Stimme, die ihn aufforderte, ein Stück vom Fleisch des Pilzes zu kosten. Stiffan versah seinen Beruf lange genug, er wusste Bescheid.

Aufgrund der Giftstoffe, die tagein, tagaus im Kapillarsystem der samelsurischen Wahnpilze kreisten und die sie in getrocknetem Zustand so kostbar für die Arzneimittelgewinnung machten, war es mit der Zurechnungsfähigkeit der sprachbegabten Gewächse nicht weit her. Unbeteiligt löste Stiffan seinen Knittel vom Gürtel, um den Morchel vorschriftsgemäß bewusstlos zu schlagen, bevor er ihn fällte.

Er kam nicht mehr dazu, ihn einzusetzen.

In der Ferne donnerte es erneut, ein tiefes Rumoren, das von einer kaum spürbaren Vibration des Bodens begleitet wurde.

Es war noch nicht ganz verklungen, als plötzlich ein schwarzer Fleck auf dem Hut des Pilzes erschien. Kaum größer als ein Kupferling zunächst, wuchs er rasch auf die Größe eines Handtellers heran. Und noch während Stiffan hinsah, breitete er sich weiter aus.

Ein klägliches Wimmern drang aus der Mundöffnung des Pilzes, als die Schwärze auf seiner Oberfläche um sich griff. Schon hatte sie den Rand seines Huts erreicht, der sich knisternd aufrollte wie ein Stück Pergament, das man über eine Kerzenflamme hält.

Wie Tinte durch klares Wasser sickerte die unheilvolle Färbung den Stamm hinab, und bevor Stiffan bis drei hätte zählen können, erreichte sie den Boden.

Es knirschte hohl, dann brach der Pilz auf halber Höhe entzwei und stürzte schwer zu Boden. Schwarzer, giftig stinkender Staub wölkte aus der Bruchstelle.

Stiffan starrte mit offenem Mund. Der Morchel, eben noch so stattlich und gesund, wie es ein Exemplar seiner Gattung nur sein konnte, war verrottet und ausgetrocknet, binnen Sekunden, vor seinen Augen!

Fassungslose Rufe, untermalt von unheilvollen Knirschlauten, rissen Stiffan aus seiner Starre.

Das Bild, das sich ringsum bot, war erschütternd!

Umwallt von violetten Dunstschwaden lag ein Schlachtfeld vor ihm – ein Schlachtfeld aus geschwärzten, unter ihrem eigenen Gewicht zusammengebrochenen Pilzkadavern! Die übrigen Männer standen mit ungläubig aufgerissenen Augen dazwischen, ratlos, verwirrt.

Es donnerte ein drittes Mal, länger diesmal und deutlich näher als zuvor. Obwohl die Stunde der Dämmerung noch fern war, verdunkelte sich der Himmel, als breite jemand einen finsteren Schleier über dem Land aus.

Eine Gänsehaut rieselte Stiffans Rücken hinunter. Automatisch faltete er die Hände, um ein Stoßgebet an Fitz-Bartel, den obersten aller ambiguanischen Götter zu senden.

Als seine Finger sich trafen, bemerkte er, dass sie vor Angst zitterten.

Niemand arbeitete länger im Zoo von Wurstogart als der alte Bronislaus. Nicht einmal Akzam Alafanter, der greise Zoodirektor, konnte sich an eine Zeit erinnern, da der bucklige Tierpfleger mit dem schlohweißen Haar und der beruhigend leisen Stimme nicht auf der Anlage gewesen wäre.

Bronislaus' hohes Alter ließ darauf schließen, dass er ein Nekro war. Doch falls er tatsächlich über die Fähigkeit verfügte, Magie zu wirken, hatte er nie ein Wort darüber verloren. Er war zufrieden, wenn er mit den Tieren sein konnte, etwas anderes war ihm nicht wichtig.

Bronislaus hatte viel gesehen während seiner Jahre im Zoo. Er hatte die Große Pelzpest miterlebt, die 3109 nach Töc um ein Haar den gesamten Tierbestand dahingerafft hätte. Anno 3282 hatte er geholfen, die Zerstörungen zu beseitigen, die durch die Anschläge im Umfeld von Jalapentins Nekro-Aufstand verursacht worden waren. Und erst vor wenigen Monaten, nach dem rätselhaften Totalausfall der magischen Käfiganlagen, hatte er dafür gesorgt, dass seine pelzigen, geflügelten und geschuppten Freunde unverletzt zurück in ihre Gehege gelangten.

Oft hatte Bronislaus in dieser langen Zeit beobachtet, dass die Tiere sich ungewöhnlich verhielten, lethargisch waren, aufgedreht, aggressiv oder unnatürlich zutraulich. Stets war es ihm gelungen, die Ursache herauszufinden. Ob nahender Wetterumschwung, kaum merklicher Erdstoß, verunreinigtes Trinkwasser oder ungünstige Sternenkonstellation – Bronislaus vermochte zu klären, was die veränderte Stimmungslage seiner Freunde ausgelöst hatte.

Nicht so heute.

Als er in aller Frühe seine Arbeit im Tigopardenhaus begonnen hatte, war ihm sogleich aufgefallen, wie anders sich die blau-gelb gemusterten Raubkatzen benahmen. Rastlos schlichen sie von einer Ecke ihres Geheges in die andere, scharrten mit den Klauen auf dem steinernen Boden und warfen sich fauchend gegen die unsichtbaren Wände.

Bronislaus zog die gegenwärtige Mondphase in Betracht, den Stand der Sterne und die Prognosen der Wetterforscher. Doch er kam zu keiner befriedigenden Erklärung.

Auf dem Weg durch den Zoo stellte er fest, dass auch auf dem restlichen Gelände, in jedem der über fünfzig Gehege, nervöse Unruhe herrschte. Die Tiere wirkten verwirrt und eingeschüchtert, so als hätten sie vor irgendetwas große Angst; einige gingen auf ihre Artgenossen los, und Bronislaus musste mehrere Käfige mit zusätzlichen Barrieren unterteilen, um Schlimmeres zu verhindern.

Die Situation verbesserte sich auch im Verlauf des Tages nicht. So verweigerte der Quantrula-Nachwuchs, pferdegroße zottige Riesenspinnen mit gewaltigen menschenähnlichen Füßen, jede Nahrung; Valto, der alte Manuzeros-Bulle, verletzte sich seinen flexiblen Nasenarm, als er grundlos einen großen Felsbrocken attackierte.

Am schlimmsten war es jedoch bei den Schwitzern, deren Haus Bronislaus am Nachmittag betrat. Die haarlosen, dickbackigen Nager, aus deren fettigem Körpersekret ein bemerkenswert wirksames Mittel gegen Achselschweiß gewonnen werden konnte, wälzten sich als knurrendes, fauchendes Knäuel über den Boden und bissen aus Leibeskräften aufeinander ein. Erschrocken registrierte Bronislaus das hellrote Blut, das aus zahlreichen Wunden über ihre nackten Körper floss. Ohne lange nachzudenken, kniete er sich vor die unsichtbare Wand des Käfigs – sie war wie jede im Wurstogarter Zoo semipermeabel, von einer Seite durchlässig – und beugte sich zu seinen Schützlingen hinein.

Das Rudel bestand aus mehr als dreißig Tieren, von denen Bronislaus über die Hälfte mit der Flasche großgezogen hatte. Fast alle waren handzahm, an guten Tagen ließen sie sich stundenlang die rosigen Bäuche kraulen. Bronislaus war zuversichtlich, dass er die Keilerei mit wenigen Handgriffen beenden konnte.

Ein Trugschluss.

Kaum streckte er die Arme nach dem kämpfenden Haufen aus, da hielten die Tiere in ihrer Auseinandersetzung inne. Irritiert starrten sie den Pfleger an, so als verstünden sie selbst nicht recht, was hier geschah.

Und dann, wie auf ein geheimes Kommando, stürzten sie sich auf ihn!

Spitze Nagezähne bohrten sich in Bronislaus' Haut, muskulöse Nacken ruckten und zuckten. Im Handumdrehen hatten die Schwitzer den alten Mann vollständig auf ihre Seite der magischen Barriere gezerrt. Ein heiserer Schrei drang aus seiner Kehle, doch er wurde von einem wuselnden Bündel haarloser Leiber erstickt.

Bronislaus' Todeskampf dauerte nur Sekunden.

Kapitel 1
Ein nicht ganz gewöhnliches Match

»In Bewegung bleiben! Ihr müsst mit dem Ball gehen, hört ihr?« In Fabians Stimme, die durch die mit wenigen Dutzend Zuschauern mäßig gefüllte Schulsporthalle hallte, schwang ein leicht verzweifelter Unterton mit. Er hatte geahnt, dass das Spiel nicht berauschend laufen würde. Aber mit dem, was jetzt passierte, hatte niemand rechnen können: Sein Team wurde gnadenlos weggeputzt – und er selbst war zu einem guten Teil schuld daran!

»Mitgehen, Maulwurf, links außen! Versuch, mir die Flanke freizuhalten!«

Es stand 22 zu 6, die zweite Halbzeit hatte begonnen. Ohne große Hoffnung feuerte Fabian seine Mitspieler an, ihm und dem Ball ins gegnerische Feld zu folgen.

Er trainierte das Basketballteam der Schule mittlerweile im zweiten Jahr. Dafür, dass zu Beginn kaum einer aus der Mannschaft auch nur das Regelwerk gekannt hatte, waren ihre Fortschritte zunächst durchaus anständig gewesen: Sie hatten eine stattliche Anzahl an Freundschaftsspielen gewonnen und im Frühjahr ohne große Mühe die Qualifikation für die Bezirksmeisterschaften geschafft. Eine passable Leistung, wie Fabian fand – bis der längst überfällige Dämpfer folgte.

Bei den Meisterschaften waren sie schon in der Vorrunde über-

raschend rausgeflogen, und Fabian hatte sich eingestehen müssen, dass die Aufgaben eines Teamkapitäns (der gleichzeitig den Trainer gab, seit Sportlehrer Norell keine Zeit mehr dafür hatte) wohl doch mehr umfassten, als einmal die Woche mit den Jungs in der Schulsporthalle dribbeln zu üben.

Viel hatte sich seit dieser Schlappe leider nicht getan. In den folgenden Trainingseinheiten hatte Fabian versucht, seine Mitspieler freundlich, aber bestimmt auf ihre jeweiligen Schwächen aufmerksam zu machen. Doch guter Wille allein reichte eben nicht.

»Hey, Freddy – fang!«

Vor Fabian hatte sich eine Mauer aus drei gegnerischen Spielern aufgebaut. Er passte flach nach rechts, zu einem seiner Mitspieler. Freddy, ein blasser Junge mit einem ernsten Akneproblem, war überraschenderweise zur Stelle, jedoch hatte er an seiner ganz persönlichen Schwachstelle – der Ballannahme – bislang nicht wirklich mit Erfolg gearbeitet.

Es kam, was kommen musste.

Kraftlos streckte Freddy dem heranzischenden Ball seine bleichen Hände entgegen. Fabian kniff instinktiv die Augen zu ...

Als er wieder hinsah, hatte der gegnerische Teamkapitän, ein hochgewachsener blonder Bursche mit teurem Markendress und einem funkelnden Brillantstecker im linken Ohr, den Ball bereits in seinen Besitz gebracht. Gekonnt dribbelte er an Fabian vorbei auf den Korb zu.

Seufzend machte Fabian kehrt und setzte ihm nach.

Im Grunde hatte er ja gewusst, dass seine Mannschaft nicht weit genug war, gegen einen Gegner wie diesen anzutreten. Das Team, von dem die Anfrage um ein Freundschaftsspiel gekommen war, stammte von einem Gymnasium ein paar Ortschaften weiter und war überregional bekannt; im Vorjahr war es bei den Bezirksmeisterschaften Dritter geworden. Die Mannschaft bestand komplett aus

älteren Schülern, Fabian schätzte sie auf 15 bis 17. In seinem eigenen Team war er mit knapp vierzehn der Älteste. Zwar hatten sie mit Rocco, der zu Anfang des Schuljahrs neu in die Klasse gekommen war, einen wahren Riesen in ihren Reihen, aber Größe allein war beim Basketball leider nicht alles. Besonders wenn man das Wort »dribbeln« nur aus dem Mund seines Trainers kannte, so wie Rocco! Fabian hatte es längst aufgegeben, die Gelegenheiten zu zählen, bei denen der Lulatsch während des heutigen Spiels bereits den Ball verloren hatte.

Der blonde Angreifer hatte die Freiwurflinie passiert. Fabian war zu weit entfernt, um etwas gegen den drohenden Korbwurf unternehmen zu können, aber Oswald (wegen seiner dicken Brillengläser auch »Maulwurf« genannt) stand günstig, um ihm in die Parade zu fahren.

»Maulwurf! Geh dazwischen, los!«, rief Fabian ohne große Hoffnung.

Entgegen seiner Erwartung reagierte Oswald prompt. Leider bestand seine Reaktion darin, sekundenlang orientierungslos durch die Glasbausteine seiner Brille zu starren. Als er sich endlich in Bewegung setzte, um dem Gegner mit einem verzweifelten Hopser in die Schusslinie zu hechten, war dieser längst hoch in die Luft gesprungen und hatte einen Dunk hingelegt, dass die Aufhängung des Korbs nur so zitterte.

24 zu 6. So machte das keinen Spaß!

Zähneknirschend erinnerte sich Fabian daran, dass er die Anfrage für das Spiel ursprünglich hatte ablehnen wollen. Um seine trägen Teamkollegen ein bisschen zu motivieren, und da es sich ja nur um ein Freundschaftsspiel handelte, hatte er schließlich doch eingewilligt. Ein Fehler!

Das gegnerische Team schien sie nämlich keineswegs allein aus sportlichem Ehrgeiz gefordert zu haben. Gleich zu Beginn des Spiels

war Fabian das gehässige Grinsen in den Gesichtern der Herausforderer aufgefallen, und rasch zeigte sich, dass die Gäste für ein Freundschaftsspiel ungewöhnlich hart spielten, stets haarscharf an der Grenze zum Foul. Als sie schließlich ihren ersten Korb erzielten, hörte Fabian zwischen überheblichem Gelächter und Triumphgeschrei ihren blonden Kapitän rufen: »Ich hab's euch doch gesagt: Diese Behinderten machen wir fertig!« Da dämmerte ihm, aus welchem Grund das andere Team sie *wirklich* angefragt hatte.

Als Kanonenfutter.

Und zur Belustigung ihrer Fans! Im Gegensatz zu Fabians Mannschaft, deren Freunde und Verwandte nach den Niederlagen der jüngsten Vergangenheit nur noch sporadisch bei ihren Spielen aufkreuzten, hatten die Herausforderer gleich mehrere Dutzend ihrer Mitschüler mitgebracht. Die tummelten sich jetzt auf der Tribüne und lachten und grölten begeistert, wann immer ihre Kumpels einen Punkt machten.

»Ist wohl nicht euer Tag heute, was?« Der blonde Kapitän joggte lässig an Fabian vorbei, zurück in seine Hälfte. »Mach dir nichts draus: Manche Mannschaften haben *nie* ihren Tag!«

Fabian wusste, dass Wut kein guter Antrieb für sportliche Höchstleistungen war, dennoch konnte er nicht verhindern, dass ihm eine heiße Röte ins Gesicht stieg. Die Niederlage war vielleicht nicht mehr abzuwenden, aber er konnte wenigstens versuchen, es seinen Gegnern so schwer wie möglich zu machen!

Als Freddy neu einwarf, schnappte er sich kurzerhand den Ball. Mit zwei blitzschnellen Seitwärtshaken umdribbelte er die beiden schlaksigen Burschen, die sich ihm als Abwehr entgegenstellten, und warf einen geraden Pass zum linken Spielfeldrand. Dort war, wie er gesehen hatte, sein Klassenkamerad Bob mit nach vorne gegangen.

Bob war ein dicklicher Bursche mit einer unmöglichen Prinz-Eisenherz-Frisur, und er keuchte schon seit dem Anpfiff wie eine altersschwache Dampfmaschine. Doch obwohl sein Pfannkuchengesicht roter glühte als eine Signalleuchte, war er der Einzige, der sich Fabians jüngste Kritik zu Herzen genommen hatte. Seit Fabian bemängelt hatte, dass Bob sich zu wenig bewegte, mühte er sich redlich, immer dort zu sein, wo der Ball war – und nun hatte es ausnahmsweise sogar einmal geklappt!

Während Bob den Ball fing und sich, genau wie Fabian es ihm eingebläut hatte, vor einem heranstürmenden Gegner wegduckte, hetzte Fabian weiter in Richtung Korb.

Ungehindert erreichte er eine gute Wurfposition am rechten Spielfeldrand. Ein rascher Blick zeigte ihm, dass Bob, mittlerweile bedrängt von drei baumlangen Kerlen, nach wie vor im Ballbesitz war.

»Hierher, gib ab!«, übertönte Fabian die kehligen Rufe der anderen Spieler und das Quietschen ihrer Gummisohlen auf dem Hallenboden. Bob drehte ihm voller Hoffnung sein schweißnasses Gesicht zu, hob den Ball in die Höhe ...

Aus dem Augenwinkel sah Fabian, dass der Kapitän des anderen Teams in einem Höllentempo direkt auf ihn zurannte! Für einen kurzen Moment fürchtete er, der Blonde würde ihn einfach über den Haufen rennen, doch eine Zehntelsekunde später wurde ihm klar, dass sein Gegner nur versuchte, sich rechtzeitig zwischen Fabian und den Ball zu bringen.

Im selben Augenblick raste ein rundlicher Schatten von schräg oben auf ihn zu. Offenbar hatte Bob geworfen! Ohne richtig hinzusehen, riss Fabian die Arme hoch. Er fixierte bereits den gegnerischen Korb, um den Pass ohne Zeitverlust in einen Punkt zu verwandeln ...

Da geschahen mehrere Dinge auf einmal: Kaum einen Meter vor seinen ausgestreckten Händen änderte der runde Umriss urplötzlich seine Flugbahn! Für einen kurzen, verwirrenden Augenblick hatte Fabian den Eindruck, ein tiefes, vibrierendes *Summen* zu vernehmen.

Gleichzeitig griff sein blonder Gegner zu und pflückte den Ball - den *richtigen* Ball - irgendwo links von ihm elegant aus der Luft. Mit einem heiseren Schrei dribbelte er davon, und drei bange Sekunden sowie einen angstvollen Schrei von Oswaldt Klotz später stand es 26 zu 6.

Mit hängenden Schultern kehrte Fabian in seine Spielfeldhälfte zurück. Er verstand die Welt nicht mehr.

»Hast du das gesehen?«, wollte er fassungslos von Oswald wissen, während Freddy am Spielfeldrand Position für den Einwurf bezog.

»Klar hab ich's gesehen: Du hast Bobs Pass vergeigt, aber total!« Der Maulwurf sah ihn durch dicke Glasscheiben enttäuscht an. »Hast voll danebengelangt! Und ich dachte schon, jetzt wendet sich das Blatt.«

»Das hab ich nicht gemeint!« Eigentlich wollte Fabian auf den anderen, runden Schemen hinaus - den, nach dem er gegriffen und bei dem es sich allem Anschein nach *nicht* um den Ball gehandelt hatte. Doch Oswald schien nichts davon mitbekommen zu haben.

Eine Sekunde später war der Ball wieder im Spiel, und es blieb keine Zeit für weitere Fragen.

Während der nächsten Minuten wurde Rocco gleich zweimal vom Sender der Gegner gefoult, jedes Mal so geschickt, dass der Schiedsrichter es nicht mitbekam. Beim zweiten Mal verstauchte er sich so heftig den Knöchel, dass er unter Tränen das Feld verlassen musste. Fabian holte stattdessen David ins Spiel, einen kleinen, drahtigen Burschen aus der Klasse unter ihm. Während der Neue sich auf seine Position begab, spürte Fabian, wie es in seinem Innern immer stärker zu brodeln begann.

Die gegnerischen Fans amüsierten sich königlich.

Als sein Team das nächste Mal im Ballbesitz war, preschte Fabian geduckt wie ein Rugbyspieler durch die feindlichen Reihen bis ganz nach vorne. Unmittelbar vor dem Korb blieb er stehen, riss die Arme in die Höhe und stieß einen schrillen Pfiff aus. »Hierher, ich steh frei. Das Ding hau ich rein! Von hier aus kann es nicht danebengehen!«

David, noch frisch und im Vollbesitz seiner Kräfte, hatte sich mit dem Ball etwa bis zur Mitte des Spielfelds vorgekämpft. Er hörte Fabians Ruf, reagierte blitzschnell und warf.

In hohem Bogen segelte der Ball durch die Luft. Mit einem raschen Seitenblick vergewisserte sich Fabian, dass niemand vom gegnerischen Team in seiner Nähe stand.

Diesen Wurf würde ihm keiner vermasseln!

Die kugelförmige Silhouette zischte heran, Fabian machte sich zum Fangen bereit ...

... und es geschah wieder!

Fabian hörte ein leises Summen, wunderte sich für einen Sekundenbruchteil, wieso die raue Gummioberfläche des Balls nicht gegen seine Handflächen klatschte. Im selben Moment knallte der Ball auf den Boden – einen halben Meter neben ihm! Er prallte auf, flog hoch durch die Luft ... und landete schnurstracks in den Händen eines feindlichen Spielers mit einem Gesicht wie fünf Pfund rohes Hackfleisch. Sofort befanden sich die Gegner wieder auf dem Vormarsch, begleitet vom begeisterten Johlen ihrer Anhänger.

Fabian stand da wie ein begossener Pudel.

Was zum Elch war hier los? Hatte er einen Knick in der Optik, oder wieso griff er ständig daneben? Er war sich ganz sicher gewesen, dass etwas Rundes mit orange-schwarzem Muster auf ihn zukam, groß wie ein Basketball und ...

»Hey? Kapitän?«

Oswalds flehende Stimme aus der anderen Feldhälfte.

»Magst du nicht rüberkommen? Wir, ähh ... haben schon wieder einen kassiert. Ich glaub, heute ist irgendwie der Wurm drin!«

Oswald ahnte gar nicht, wie recht er hatte. Das Match endete 36 zu 8, wobei Fabians Team den einzigen Punkt, den es noch machte, nicht seinem Kapitän verdankte, sondern dem dicken Bob. Zufällig befand der sich nämlich ganz in der Nähe, als Fabian erneut eine Ballannahme verpatzte und seine Hände wieder in eine Richtung streckte, wo alles war, bloß kein Ball. Bevor Bob noch recht wusste, was geschah, hielt er das runde Gummi umklammert, und mit mehr Glück als Verstand beförderte er es in den Korb, einen Wimpernschlag vor dem Abpfiff. Fabians Mitspieler freuten sich so sehr, dass sie Bob am liebsten vom Feld getragen hätten. Leider war er zu schwer.

In der Umkleidekabine schlug die Stimmung rasch wieder um.

»Was war denn da draußen mit dir los, Fabian?«, erkundigte sich Rocco und ließ sich neben ihm auf der Bank nieder. »Wir hätten bequem eine Handvoll Punkte mehr machen können, wenn du öfter gefangen hättest.«

»Weiß ich selber! Ich hab's schließlich nicht mit Absicht gemacht, okay?«, gab Fabian heftiger zurück, als er eigentlich wollte. »Ich ... ich war einfach nicht gut drauf, das ist alles.«

Roccos schiefem Blick war zu entnehmen, dass ihn diese Erklärung nicht wirklich zufriedenstellte, aber er ließ es dabei bewenden. Achselzuckend erhob er sich und humpelte zu seiner Sporttasche hinüber.

Wenige Minuten später drang von nebenan, aus den Duschkabinen, das Prasseln von Wasser zu Fabian herüber, dazwischen einzelne Wortfetzen. Wie kaum anders zu erwarten, ging es noch immer um sein ungewohnt schwaches Spiel.

»... er vielleicht was im Auge?«, erkannte Fabian die Stimme von

Oswald dem Maulwurf, der sich offenbar bemühte, seine Ehre zu retten. »Ich weiß, wie das ist, man kann Entfernungen dann nicht mehr richtig abschätzen und ...«

»Wie soll denn bei *dir* je was in die beiden Aquarien reinkommen, in denen deine Augen schwimmen?«, witzelte jemand.

»... sich angestellt wie der erste Mensch«, beschwerte sich eine andere Stimme, als das Gelächter verebbt war. »Dagegen geht sogar Freddys Ballannahme als NBA-fähig durch!«

Wieder lachte jemand, möglicherweise Freddy.

Fabian bettete das Gesicht in die Hände. Was er hörte, bestätigte lediglich, was er beim Verlassen des Spielfelds schon selbst herausgefunden hatte: Weder seinen Teamkollegen noch dem Schiedsrichter, nicht einmal der gegnerischen Mannschaft war während des Spiels irgendetwas Ungewöhnliches aufgefallen.

Erst recht kein runder, orange-roter Schemen, der aus eigenem Antrieb durch die Luft flog und Fabian ein ums andere Mal die Ballannahme vermasselte!

Stimmte möglicherweise tatsächlich etwas mit seinen Augen nicht? Behutsam massierte er sich mit Daumen und Zeigefinger die geschlossenen Lider. Normalerweise zeichneten sich Augenleiden doch dadurch aus, dass man Dinge *nicht mehr* gut sah, oder? Von einer Krankheit, die einen Sachen sehen ließ, die es gar nicht gab, hatte Fabian noch nie gehört.

Halluzinationen also? Trugbilder? Aber woher? Er ernährte sich gesund, und die letzte Schulhofkeilerei, in deren Verlauf er richtig derb eins auf die Mütze bekommen hatte, lag Jahre zurück.

Nach und nach kehrten seine Teamkollegen in die Umkleide zurück und zogen sich an. Noch mehrmals wurde Fabian auf das Spiel angesprochen, doch die anderen merkten schnell, dass ihr Kapitän nicht in der Stimmung war, darüber zu reden.

Fabian ahnte, wie abweisend und wortkarg er wirkte, und es tat ihm leid. Aber als schlechter Verlierer zu gelten, war ihm bei Weitem lieber, als für verrückt gehalten zu werden. Denn er wollte sich die fassungslosen Blicke seiner Freunde lieber nicht ausmalen, wenn er ihnen erzählen würde, dass das runde, fliegende Ding nicht das Einzige gewesen war, was er gesehen hatte ...

Gegen Ende der zweiten Halbzeit war es gewesen: Verwirrt über seinen dritten oder vierten verpatzen Ball hatte Fabian heftig den Kopf geschüttelt – und dabei am Rand der Sporthalle, am Durchgang zum benachbarten Hallendrittel, einen kurzen Blick auf etwas erhascht!

Die Schulsporthalle war riesig, sie konnte mit mächtigen hydraulischen Vorhängen in drei gleich große Teile untergliedert werden. Im vordersten hatte das Basketballspiel stattgefunden. Schmale Öffnungen an den Seiten der Raumteiler gestatteten den Zugang in die angrenzenden Drittel.

Und dort, im Durchgang zum mittleren Hallenabschnitt (wo sich momentan niemand befinden sollte, geschweige denn durfte), hatte er ein Gesicht gesehen, das einen verstohlenen Blick durch die Öffnung warf.

Im nächsten Sekundenbruchteil war es wieder verschwunden gewesen.

Wenig später, der Abpfiff des Schiedsrichters war kaum unter der hohen Decke verhallt, das Jubelgeschrei der gegnerischen Fans noch nicht zur vollen Lautstärke angeschwollen, stand Fabian am Durchgang und spähte auf die andere Seite.

Der angrenzende Hallenteil war leer. Der zweite Trennvorhang war nicht herabgelassen, sodass sein Blick ungehindert bis ans hintere Ende des Gebäudes schweifen konnte.

Nichts rührte sich, keine Menschenseele zu sehen.

Der kurze Zwischenfall verwirrte Fabian noch deutlich mehr als das enttäuschende Spiel. Mochte ein Gesicht im Durchgang an sich nichts Besonderes sein – *dieses* hier war es schon. So besonders, dass er seine Beobachtung jetzt, in der Umkleidekabine, mit niemandem teilen konnte.

Denn das Gesicht war rosarot gewesen und hatte einen Rüssel anstelle einer Nase gehabt!

Kapitel 2
Probleme

Fabian war so in Gedanken versunken, dass er kaum mitbekam, wie seine Freunde um ihn herum ihre Sachen zusammenpackten und sich einer nach dem anderen verabschiedeten. Oswald war wie üblich der Letzte.

»Hey, nimm's nicht zu schwer. Jeder hat mal 'nen miesen Tag.« Er lächelte schief. »Glaub mir, keiner weiß das besser als ich.«

Fabian hob den Kopf und musterte sein spargeldünnes, großköpfiges Gegenüber. Oswald war mit Abstand der schwächste Spieler des Teams und nur dank Fabians wiederholter Fürsprache überhaupt noch dabei. Im Gegensatz zu vielen anderen Jugendlichen, mit denen Fabian schon gespielt hatte (und die sich grundsätzlich für unschlagbar hielten), machte sich der Maulwurf über seine eigenen Fähigkeiten jedoch keinerlei Illusionen.

Angesichts des aufmunternden Zwinkerns hinter den Glasbausteinen von Oswalds Brille brachte Fabian ein dankbares Lächeln zustande. »Ist schon okay, Maulwurf. Ich hab mich über mich selbst geärgert, das ist alles.«

Oswald nickte, hob die Hand zum Abschied und verschwand.

Als Fabian eine Viertelstunde später mit nassen Haaren über den leeren Schulhof trottete, war die Sonne bereits untergegangen. Keine Menschenseele war mehr zu sehen, und er hoffte, dass der

Hausmeister den Fahrradschuppen auf der gegenüberliegenden Straßenseite noch nicht verriegelt hatte.

Nach wie vor war er zu keiner zufriedenstellenden Erklärung gelangt, was sein Versagen beim Spiel und die merkwürdigen Halluzinationen betraf. Er beschloss, nach dem Abendessen in die Sektorstraße zu radeln, zur Werkstatt von Conrad Cellert. Conrad war nicht nur sein bester Freund, er wusste auch in vielen Angelegenheiten Rat, wo Erwachsene normalerweise nur verständnislos den Kopf schüttelten.

Prompt erschien das weißhaarige Gesicht des Schreiners vor seinem geistigen Auge und blinzelte ihm über seine runde Drahtgestellbrille verschmitzt zu. Fast gleichzeitig hatte Fabian Conrads ruhige, besonnene Stimme im Ohr; er kannte den älteren Herrn mittlerweile so gut, dass er sich exakt ausmalen konnte, was dieser zu ihm sagen würde:

Du bist es nicht mehr gewöhnt, zu verlieren, mein Junge. Zweimal hast du jetzt die Welt gerettet – oder zwei Welten, um ganz genau zu sein. Da hat es deinem Unterbewusstsein eben nicht geschmeckt, dass du mit deinem Team heute haushoch verlieren solltest.

Fabian hopste die Stufen vor dem Hoftor hinunter und suchte in Gedanken bereits nach einer passenden Erwiderung. Ihm dämmerte jedoch rasch, dass an Conrads Worten (Conrads eingebildeten Worten, die sein Freund so oder ähnlich am Abend möglicherweise von sich geben würde) etwas dran war. Denn immerhin hatte Fabian tatsächlich schon zweimal die Welt gerettet – oder zwei Welten, um ganz genau zu sein: die Erde und Ambigua. Zumindest hatte er tatkräftig dabei geholfen ...

Bei seinem ersten Besuch in der Welt hinter den magischen Pforten hatte Fabian, unterstützt durch seine Freunde Myrtel und Xolpph, den verschollenen Magier Vagdrusal aufgespürt und ihn mit dem Sternstein von Mogonthûr zusammengebracht, einem

Amulett von großer Zauberkraft. Mit ihm konnte Vagdrusal den Großen Siegelzauber erneuern, der die Mehrzahl der magischen Pforten zwischen der Erde und Ambigua verschlossen hielt – und zwar aus gutem Grund: Einige dieser Portale befanden sich im Lande Shurakk, der Heimat Maledikts des Finsteren. Seit vielen hundert Jahren lag dieser bösartige Erzmagier, zur Untätigkeit verdammt, in einem magischen Tiefschlaf. Im Falle seines Erwachens würden aktive Pforten direkt vor seiner Haustür eine unvorstellbare Gefahr für Ambigua bedeuten, und auf längere Sicht auch für die Erde.

Solange der dunkle Herrscher schlief, war alles im Lot. Doch sein Statthalter im Lande Shurakk, der grausame und rücksichtslose Volgera Ommm, unternahm immer wieder Versuche, seinen Herrn zu erwecken. Beim jüngsten davon wollte er das Zepter von Dollmen einsetzen, einen Stab, in dem unermessliche magische Energien gespeichert waren. Um die drohende Erweckung Maledikts zu vereiteln, hatten Fabian, Myrtel und Xolpph das Artefakt in einer haarsträubenden Odyssee durch halb Ambigua transportiert, immer dicht gefolgt von Ommms Häschern. In buchstäblich letzter Sekunde gelang es ihnen, das Zepter an einen sicheren Ort zu schaffen, wo die Mächte des Bösen nie herankommen würden.

Kopfschüttelnd überquerte Fabian die dunkle Straße. Wenn man seine Abenteuer in Ambigua rückblickend betrachtete, konnte man Myrtel, Xolpph und ihn tatsächlich irgendwie als Helden bezeichnen. Nicht nur ein-, gleich zweimal hatten sie die Pläne der dunklen Mächte durchkreuzt und dafür gesorgt, dass Ambigua und die Erde bis auf Weiteres sicher blieben; wie oft sie dabei dem Tod von der Schippe gesprungen waren und unaussprechlichen Gefahren getrotzt hatten, mochten allein die sonderbaren Götter Ambiguas wissen.

Fabian näherte sich dem Verschlag für die Fahrräder, einem fensterlosen Klotz aus unverputzten Ziegelsteinen, und runzelte die

Stirn. Sollte das die Erklärung für sein erbärmliches Abschneiden im heutigen Spiel sein? Hielt er sich unbewusst für einen großen Helden? Konnte er es deswegen nicht mehr ertragen, wenn er in einer sportlichen Auseinandersetzung unterlag? Hatte ihm sein Unterbewusstsein etwas vorgegaukelt, damit er die Niederlage auf irgendwelche mysteriösen Zwischenfälle schieben konnte, anstatt auf seine mangelhaften Fähigkeiten als Teamchef und Spieler?

Das klang ziemlich weit hergeholt, fand Fabian. Und ein ganz bestimmter Punkt ließ sich damit auch nicht erklären: das rosafarbene, berüsselte Gesicht, das er kurz vor Ende des Matchs gesehen zu haben glaubte. Jenes Gesicht, das dem von Myrtel der Fant zum Verwechseln ähnlich gesehen hatte!

Grübelnd betrat er den Verschlag mit den Fahrrädern. Eigentlich sollte der Bau von mehreren Neonröhren erhellt werden, aber entweder hatte man die Lampen schon ausgeschaltet, oder sie waren kaputt. Lediglich der Bereich direkt hinter dem Eingang wurde von den Straßenlaternen in ein schmutzig-gelbes Licht getaucht. Fabian machte einen zögernden Schritt vorwärts und versuchte blinzelnd, sein Rad auszumachen.

Da erklang aus der Finsternis vor ihm plötzlich ein Geräusch. Es summte, als habe ganz in der Nähe jemand einen elektrischen Rasierer eingeschaltet! Überrascht hielt Fabian inne, doch ebenso plötzlich, wie es begonnen hatte, verstummte das Geräusch wieder.

Sein Herz begann zu hämmern, Erinnerungen an das Basketballmatch kehrten zurück. Hatte er sich nicht auch vorhin eingebildet, ein Summen zu hören – jedes Mal wenn er beim Versuch, den Ball zu fangen, in die falsche Richtung griff?

Er schüttelte entschieden den Kopf. Seine Nerven lagen blank, das war alles! Es war bekannt, dass nach Einbruch der Dunkelheit oft Marder hier draußen herumschlichen, er selbst hatte schon zweimal welche in den Büschen hinter dem Fahrradschuppen beobachtet. Raschelnde oder knurrende Laute waren folglich nichts Ungewöhnliches. Natürlich musste man auch vor Mardern auf der Hut sein: Die Biester hatten verdammt spitze Zähne, konnten Tollwut und andere Krankheiten ...

»Psssst ... hier! Hey, Fabian!«

Fabian machte einen erschrockenen Satz rückwärts. Die flüsternde Stimme war aus der Dunkelheit direkt vor ihm gekommen. Und sie hatte seinen Namen gerufen!

Er kniff die Augen zusammen und versuchte, die Schwärze mit Blicken zu durchdringen. »Ist ... ist da jemand?«, brachte er rau hervor. »Oswald, bist du das? Hör mal, falls du der Ansicht bist, ein spontaner Herzstillstand könnte mich nach der Schlappe vorhin ein bisschen aufmuntern, dann lass dir gesagt sein, dass ich ...«

»Oswald?«, unterbrach ihn die Stimme aus den Schatten. Sie klang überhaupt nicht wie die eines Jungen, eher weiblich. »Was für ein Humbug. *Ich* bin's, du Döskopp!«

Bevor Fabian einen klaren Gedanken fassen konnte, trat eine schlanke Gestalt ins diesige Licht der Straßenlaternen, knapp einen halben Kopf größer als er. Undeutlich erkannte er einen dunklen, gerade geschnittenen Pony, ein Stück tiefer eine helle Bluse und lederne Hosen mit einem Strick als Gürtel.

Fabians Mund klaffte auf.

»M-Myrtel, du? *Hier?*«

»Haarscharf erkannt, alter Schnellmerker!« Myrtel neigte den Kopf und deutete eine scherzhafte Verbeugung an.

»Aber wie ... woher ...?« In Fabians Kopf fuhren die Gedanken Karussell. Myrtel auf der Erde? Wie konnte das sein?

Die Fant trug ein buntes Stofftuch vor dem Gesicht, das ihren Rüssel und die untere Hälfte des Gesichts verdeckte. In der dämmrigen Beleuchtung ging sie so beinahe als irdisches Mädchen durch – eines, das aus religiösen Gründen verschleiert ging.

Und noch etwas fiel Fabian auf: Auf Myrtels rechter Schulter saß eine kopfgroße Kugel aus dichtem Pelz.

Als hätte das Ding seinen entgeisterten Blick bemerkt, erhob es sich plötzlich in die Luft und schwebte, summend wie ein Trafo, auf ihn zu!

»Was zum Elch ist das?«

Die Fellkugel näherte sich ihm bis auf einen Meter und verharrte dann in der Luft. Sie war schwarz, mit einem regelmäßigen Muster aus orangefarbenen Streifen. Das Summen kam von einem Paar durchsichtiger Flügel, die sich auf dem Rücken des Geschöpfs rasend schnell bewegten.

»Das? Das ist Hummbert«, erklärte Myrtel, als sei damit alles gesagt. Sie trat einen Schritt nach vorne und nahm ihr Tuch ab. Das rosige Gesicht, das darunter zum Vorschein kam, lächelte, aber Fabian fiel auf, dass die Fant müde und abgespannt wirkte.

Und besorgt.

»Ah ja, klar. Hummbert! Wie konnte ich fragen?« Misstrauisch beäugte Fabian das Geschöpf, das dröhnend in der Luft stand und ihn aus den Tiefen seines Pelzkleids aufmerksam zu mustern schien. »Und was, äh ... was *ist* Hummbert?«

»Hummbert ist eine Drommel. Ich hab ihn für einen Freund in Pflege genommen. Drommeln sind in Pantrami gerade der letzte Schrei.«

Das Summen des Tiers veränderte sich jetzt. Zu Fabians Entsetzen schwebte es näher und landete zielsicher auf seiner Schulter, wo es sich mit einem halben Dutzend bleistiftdünner Beinchen festklammerte!

»Er scheint dich zu mögen«, stellte Myrtel grinsend fest. »Den Eindruck hatte ich übrigens schon vorhin, als du drüben in dem großen Haus dieses seltsame Spiel gespielt hast.«

Fabian starrte sie mit großen Augen an, das Tier auf seiner

Schulter war für den Moment vergessen. »Also warst das tatsächlich du, den ich in der Sporthalle gesehen habe?«

Myrtel hob erstaunt die Brauen. »Hat jemand was anderes behauptet? Natürlich war ich das! Und du kannst mir glauben: Ich war verflixt froh, dass ich dich endlich gefunden hatte! Hummbert und ich drücken uns nämlich schon seit der Mittagszeit in deiner komischen Welt herum, auf der Suche nach dir. Mehrmals wären wir um ein Haar ...«

»Halt, Moment! Eins nach dem anderen.« Fabian fuhr sich mit der Hand über die Stirn. »Du und ... äh, Hummbert, ihr wart also vorhin in der Sporthalle.« Aus dem Augenwinkel musterte er erneut den pelzigen Ball, der weich und warm und orange-schwarz auf seiner Schulter hockte ... und schlagartig wusste er, *wonach* er während des unrühmlichen Spiels ein ums andere Mal vergeblich die Arme ausgestreckt hatte!

»Warum zum Elch ist Hummbert denn ständig um mich herumgesaust?«

»Er dachte wohl, dass du in Gefahr wärst, und wollte dich beschützen«, vermutete Myrtel achselzuckend.

»Wie fürsorglich.« Fabian runzelte die Stirn. »Aber wieso hat ihn keiner außer mir gesehen?«

Myrtel hob überrascht eine Braue. »Hat keiner? Und ich hatte mir schon Sorgen gemacht ...« Sie überlegte kurz. »Hummbert kann ziemlich schnell sein, wenn's drauf ankommt. Zu schnell für irdische Augen möglicherweise?«

»Meine Augen sind zufälligerweise auch irdisch, falls du das vergessen haben solltest!«

»Du warst aber schon zweimal in Ambigua, über einen längeren Zeitraum«, erinnerte ihn Myrtel. »Wie du weißt, läuft die Zeit bei uns erheblich schneller ab als hier. Vielleicht hat das deine Augen irgendwie beeinflusst?«

»Okay, okay.« Fabian presste sich die Finger auf die Lider und versuchte, logisch zu denken. »Wie bist du hierhergekommen? *Ihr*, meine ich? Und warum?«

Myrtels Gesicht, eben noch belustigt, verfinsterte sich. »Meister Amoebius schickt mich. Ich bin durch die Pforte mit der Nummer 211 gekommen. Du hast sie beim letzten Mal auch benutzt, erinnerst du dich?«

Fabian nickte. Während seines zweiten Besuchs in Ambigua war es notwendig gewesen, dass er kurz zur Erde zurückreiste. Da jede magische Pforte mehrere Stunden brauchte, um sich nach einer Transition wieder aufzuladen, hatten sie außer der in Conrads Werkstatt noch eine zweite benötigt. Auf ambiguanischer Seite befand sich der Zugang zur Pforte mit der Nummer 211 im Küchenschrank einer ungepflegten Privatwohnung irgendwo in Pantrami. Das irdische Gegenstück bildete ein Stromverteilerkasten auf einem Bahnhof, gerade mal zwei Haltestellen von Fabians Heimatort entfernt.

»Aber wie seid ihr anschließend unentdeckt von dort hierher ...?«

»Was ein Insektor aus dem Lande Shurakk kann, werde ich ja wohl auch noch hinbekommen, oder?« Myrtel sah ihn herausfordernd an.

Fabian musste ein Schaudern unterdrücken, als ihm klar wurde, worauf sie anspielte: Gleich mehrmals waren in der Vergangenheit Insektoren – riesige, schwarz gepanzerte Kreaturen des Bösen – im Auftrag Volgera Ommms zur Erde gereist. Einer war auf der Suche nach dem Sternstein von Mogonthûr in Conrads Werkstatt eingebrochen, ein anderer hatte sich spät nachts Zutritt zu Fabians Zimmer im Regenbogenhaus verschafft, um das Zepter von Dollmen zu rauben. Glücklicherweise war Fabian dem Monstrum damals entwischt, und auch sonst war niemand zu Schaden gekommen; der Insektor war verschwunden, bevor die Polizei am Ort des Geschehens eintraf.

»Du willst mir ja wohl nicht erzählen, ihr hättet einfach so den Zug genommen?«, erkundigte er sich mit gerunzelter Stirn.

Myrtel machte eine ungeduldige Handbewegung. »Dafür haben wir jetzt keine Zeit. Sagen wir einfach, Meister Amoebius hat von jenseits der Pforten ein paar Strippen gezogen und gewisse Vorbereitungen getroffen. Kann ich dir ein andermal erzählen. Die Zeit drängt!«

Mit einem bestätigenden Summen erhob sich Hummbert wieder in die Luft und schwebte zu Myrtel zurück.

»Wieso? Was ist denn ...«

Über die Straße hinter Fabians Rücken näherte sich ein Motorengeräusch. Wenige Sekunden darauf wischten die Lichtkegel von zwei Autoscheinwerfern über den Fahrradschuppen hinweg. Ein Kombi brauste vorüber, zum Glück, ohne langsamer zu werden. Fabian sah dem Wagen nach, bis seine Rücklichter um die nächste Kurve verschwunden waren.

Als er sich wieder umdrehte, war von Myrtel und Hummbert nichts mehr zu sehen.

»Wir müssen aufpassen«, entschuldigte sich die Fant aus der Dunkelheit am hinteren Ende des Verschlags. Das bunte Tuch tarnend vor Rüssel und Mund, kam sie vorsichtig wieder zum Vorschein. »Wir dürfen hier nicht auffallen, sonst ist es Essig mit einer raschen Rückreise. Und zurück müssen wir, so bald wie möglich!«

Fabian stemmte die Hände in die Hüften. »Jetzt verrat mir endlich, was los ist! Was kann so wichtig sein, dass Meister Amoebius dich hierherschickt – in eine Welt, wo du noch nie vorher warst?«

Myrtel sah ihn einen Augenblick seltsam still an, dann seufzte sie leise. »Es gibt Probleme, Fabian. Drüben, in Ambigua.«

»Probleme? Was für Probleme?«

»Das ist mir selber noch nicht ganz klar. Aber der Rat der Weisen hat eine Krisensitzung einberufen, an der Diplomaten und Staatsoberhäupter sämtlicher Freien Staaten teilnehmen sollen.«

»Eine Krisensitzung?«

»Meister Amoebius hat eine geheime Depesche in alle Himmelsrichtungen versandt. Daraufhin haben sich die ganzen hohen Tiere – Minister, Kanzler, Könige und so weiter – bereit erklärt, persönlich nach Pantrami zu kommen.«

Fabian schluckte. Als Volgera Ommm seinen letzten Versuch unternommen hatte, Maledikt den Finsteren zu erwecken, hatte lediglich der Rat der Weisen von Pantrami getagt. Was mochte wichtig genug sein, sämtliche Herrscher der Freien Staaten zusammenzurufen?

»Aber was um Himmels willen ist denn passiert? Ich dachte, nachdem wir Volgera Ommm einen Strich durch die Rechnung gemacht hatten, würde erst mal Ruhe herrschen?«

Myrtel machte ein bekümmertes Gesicht. »Offenbar war das ein Irrtum. Ich weiß leider auch nichts Genaues. Nur, was hinter vorgehaltener Hand gemurmelt wird. Demnach soll es um etwas sehr, sehr Ernstes gehen. Und das glaube ich unbesehen, denn Meister Amoebius ist keiner, der grundlos die Holger scheu macht!«

Ein weiteres Auto rauschte vorüber. Diesmal duckte sich auch Fabian instinktiv in die schützende Finsternis des Schuppens. Als das Fahrzeug außer Sicht war, warf er Myrtel einen fragenden Blick zu. »Wollen wir nicht irgendwohin gehen, wo wir uns in Ruhe unterhalten können? Bei Conrad, meinem Freund, der auf die mobile Pforte 471 aufpasst ...«

Die Fant schüttelte energisch den Kopf. »Keine Zeit! Außerdem bin ich schon fertig.«

»Fertig?«

Myrtel nickte kapp. »Mit der Übermittlung der Botschaft, wegen der Meister Amoebius mich hergeschickt hat: Er bittet dich, nach Pantrami zu kommen, so schnell es geht!«

»Nach Pantrami? Ich?«

»Als verdienstvolle Kämpfer für die gute Sache sollen auch wir – du, ich und Xolpph – an der Sitzung teilnehmen!«

Fabian starrte die Fant verdattert an. Dann nickte er langsam. Was immer in Ambigua vor sich ging, es musste etwas verflixt Bedeutsames sein, wenn Meister Amoebius eigens jemanden durch die magischen Pforten schickte, um ihn zu benachrichtigen!

Er dachte scharf nach. Heute war Donnerstag; am Freitag war schulfrei, weil das Lehrerkollegium einen Betriebsausflug unternahm. Er musste also nur der Heimleitung weismachen, dass er am Wochenende sein angebliches Praktikum in Conrads Schreinerei fortsetzte, dann sollte es keine Probleme machen, ein paar Tage Ausgang zu bekommen.

Er nickte erneut und sah Myrtel entschlossen an. »Ich bin dabei. Nach dem Abendessen werde ich in die Sektorstraße radeln und durch Conrads Fensterrahmen steigen.« Plötzlich fiel ihm etwas ein. »Aber was wird aus dir? Ich meine, jede Pforte schafft doch nur eine Person auf einmal. Wir können also nicht zusammen ...«

Die Fant winkte lässig ab. »Mach dir um uns mal keine Sorgen. Wir kommen schon zurecht.« Über ihr Schleiertuch hinweg sah sie Fabian verschmitzt an. Hummbert erhob sich brummend von ihrer Schulter und stieg senkrecht in die Luft.

»Wir erwarten dich in Pantrami. Lass dir nicht zu viel Zeit!«

Damit huschte sie aus dem Fahrradschuppen und verschmolz mit den Schatten der umstehenden Bäume.

Kapitel 3
Krisenstimmung

Kies knirschte unter Fabians Fußsohlen, als er wenige Stunden später der Handelspiste in die Talsenke folgte, wo die Stadt Pantrami wie ein riesiges Wagenrad lag und auf ihn zu warten schien. Es konnte nicht allzu lange her sein, dass die Sonne am kirschroten Himmel aufgegangen war. Die saftigen Wiesen beiderseits der Straße glitzerten noch feucht vor Tau, und in dem kleinen Wäldchen nahe der alten Steinkate erwachten langsam die ersten Vögel (oder welche Geschöpfe in Ambigua sonst für trillernde und zwitschernde Laute zuständig waren).

Auch wenn der Wechsel zwischen den Welten für Fabian mittlerweile nichts Besonderes mehr war – derart unvermittelt in eine andere Tageszeit überzuwechseln, war nach wie vor etwas Ungewöhnliches.

Es war fast neun Uhr abends gewesen, als er es endlich geschafft hatte, den bohrenden Fragen von Miss Waylandt, der ältesten und strengsten Erzieherin des Regenbogenhauses, zu entrinnen, das Heim zu verlassen und mit dem Rad zu Conrad in die Sektorstraße zu fahren. Der alte Schreiner begriff den Ernst der Situation zum Glück sofort. Ohne Umschweife begaben sie sich in den hinteren Teil der Werkstatt, zu Conrads Fensterrahmensammlung, und im Handumdrehen war Fabian durch die magische Pforte geklettert, die wie stets gut versteckt zwischen unzähligen anderen Fensterrahmen an der Wand hing.

Ebenholzfarbene Schwärze hüllte ihn ein. Sein Körper begann zu kribbeln, bunte Schlieren und Wirbel flammten vor seinen Augen auf. Im selben Moment, da ihm der altbekannte Zimtgeruch in die Nase stieg, wurde ihm klar, dass ihm Meister Amoebius' Ruf nach Ambigua eigentlich höchst gelegen kam. Schließlich hatte er sich am Ende seines letzten Besuchs geschworen, so bald wie möglich zurückzukehren. Denn auch wenn das Wettrennen um das Zepter von Dollmen glimpflich ausgegangen war – für Fabian hatte sein letztes Abenteuer noch eine andere, weitreichende Entdeckung mit sich gebracht.

Einen Großteil seines Lebens hatte er in einem Heim für elternlose Kinder zugebracht, im Unklaren darüber, was mit seinen Eltern geschehen war. Das Einzige, was er wusste, war, dass Evelyn und Marc Volta elf Jahre zuvor spurlos verschwunden waren. Niemand hatte je klären können, wohin sie gegangen, ob sie tot oder möglicherweise noch am Leben waren.

Im Verlauf seines letzten Ambigua-Aufenthalts war es jedoch zu einigen höchst sonderbaren Zwischenfällen gekommen: Fremde wussten seinen Familiennamen oder erkannten seine Gesichtszüge wieder, man wollte Rache an ihm nehmen für Dinge, von denen er noch nie gehört hatte, und so fort.

Kurz vor seiner Rückkehr zur Erde hatte Meister Amoebius dann Licht in die Sache gebracht: Fabians Eltern, so berichtete er, hatten Jahre zuvor ebenfalls regelmäßig die Welt hinter den magischen Pforten besucht! Und damit nicht genug: Als Volgera Ommm erstmalig einen Versuch unternahm, seinen Meister zu erwecken, hatten sie an einem Feldzug teilgenommen, dies zu verhindern. Gemeinsam mit einer kleinen Schar tapferer Mitstreiter gelang es ihnen, das schlimmste nur denkbare Unglück abzuwenden – jedoch kehrten sie, wie der Rest der beiden ausgesandten Expeditionsgruppen, niemals aus Shurakk zurück.

All dies war vor 187 Ambigua-Jahren geschehen, was elf Jahren auf der Erde entsprach. Laut Meister Amoebius betrug die Chance, dass Evelyn und Marc Volta noch am Leben waren, annähernd null Prozent. Zwar alterten Erdgeborene auch in Ambigua noch nach ihrer eigenen Zeitrechnung, doch der Rat der Weisen war sicher, dass niemand den schrecklichen Kampf gegen Volgera Ommm überlebt haben könne.

Überprüft jedoch hatte dies nie jemand. Es hatte keine Suchexpeditionen nach Shurakk gegeben – einerseits, weil es zu gefährlich gewesen wäre, andererseits, weil die Erfolgsaussichten so gering waren.

Für Fabian stand sofort fest, dass er sich mit einer derart vagen Aussage nicht zufriedengeben konnte. Spontan hatte er beschlossen, nach Ambigua zurückzukehren und auf eigene Faust Nachforschungen anzustellen, was aus seinen Eltern geworden war.

Und wie auch immer die Schwierigkeiten aussehen mochten, wegen denen Meister Amoebius nun nach ihm geschickt hatte – Fabian war fest entschlossen, seinen erneuten Wechsel auf die andere Seite zu diesem Zweck zu nutzen!

Ein dumpfes Poltern riss ihn aus seinen Gedanken, gefolgt von einem blökenden Laut.

Auf der Kiesstraße kam ihm ein klobiges Fuhrwerk entgegen, gezogen von zwei sechsbeinigen, zottigen Holgern. Ein Mann mittleren Alters saß auf dem Kutschbock, gekleidet in ein einfaches, bäuerliches Gewand, auf dem Kopf eine Mischung aus Melone und Tirolerhut.

Fabian grüßte freundlich, als er das Gespann passierte – in Pleex, der Hochsprache Ambiguas, die er seit seiner Ankunft hier einmal mehr fließend sprechen und verstehen konnte.

»Unterwegs in die Stadt, Junge?«, erkundigte sich der Mann und zügelte seine Holger. Als Fabian nickte, fuhr er fort: »Würd ich mir zweimal überlegen, an deiner Stelle. Da unten ist der Teufel los!«

»Der Teufel? Inwiefern?«

»Seit Tagen treffen ständig Abordnungen aus fremden Ländern ein, noble Kutschen, Reiterprozessionen und Sänften, wohin man schaut.« Der Mann gestikulierte wild mit den Armen. »Und Soldaten! Man könnte meinen, Salamira befände sich im Krieg! Keiner weiß genau, was los ist, warum die alle kommen. Manche sagen, dass es mit den unheimlichen Vorkommnissen zu tun hat, von denen allerorten berichtet wird ...«

»Was für Vorkommnisse?« Ein unbestimmtes Gefühl in Fabians Magengrube sagte ihm, dass es sich kaum um etwas Gutes handeln konnte.

Der Kutscher jedoch schien ihn nicht gehört zu haben. »Aber es ist wie immer«, fuhr er fort. »Dem kleinen Mann auf der Straße verrät keiner was!« Er zuckte die Achseln und wies mit dem Daumen auf die Ladefläche seines Wagens, wo zahlreiche dicke Holzfässer verzurrt waren. »Wie dem auch sei, ich will zusehen, dass ich mein Kräuterbier an den Mann kriege, bevor sich die Wagen auch hier draußen stauen bis hinauf nach Yrk! Die Gasthäuser auf den Dörfern sollen schließlich nicht unter diesem Chaos zu leiden haben.«

Er legte eine Hand an die speckige Krempe seines Huts und rollte holpernd von dannen.

Als Fabian eine gute Viertelstunde später das Stadttor von Pantrami erreichte, wurde ihm klar, dass der Händler keineswegs übertrieben hatte. Vor dem Tor drängten sich – neben den üblichen Karren mit Reisenden und Bauern, die vergeblich versuchten, in die Stadt hinein- oder aus ihr herauszukommen – berittene Krieger, prunkvoll verzierte Kutschen und Horden von Fußsoldaten. Wachleute in unterschiedlichsten Uniformen und Rüstungen bewachten einzelne Wagen oder schleppten sich mit Sänften ab, deren Fenster mit schweren Schleiern verhängt waren.

Ob Mensch, Fant oder Trull, alles versuchte, sich gleichzeitig durch das weiß Gott nicht schmale Tor zu drängen. Dabei war unschwer zu erkennen, dass auch die Straßen, die hinter dem Tor in die Stadt hineinführten, hoffnungslos verstopft waren.

Barsche Kommandos gellten durch die klare Morgenluft, es wurde geschimpft und gestoßen, gedrängelt und geschlagen. Viel schien nicht zu fehlen, und die Krieger und Soldaten würden mit Äxten und Schwertern aufeinander losgehen.

Verunsichert blieb Fabian stehen. Wie sollte er an all diesen schwer bewaffneten Gestalten vorbei ins Innere der Stadt kommen? Von seinen letzten Besuchen wusste er zwar, dass es noch sieben weitere Stadttore gab, aber wo genau diese lagen und ob dort mit weniger Betrieb zu rechnen war, entzog sich seiner Kenntnis.

Er grübelte noch vor sich hin, als er einen Steinwurf vom Tor entfernt eine vertraute Gestalt ausmachte.

Myrtel schien bereits geraume Zeit vor ihm angekommen zu sein. Sie hatte ihre übliche Kleidung gegen eine dunkelbraune Montur mit unzähligen Taschen und Ösen eingetauscht, ähnlich jener, mit der sie einst für ihre Suche nach Vagdrusal dem Gütigen ausstaffiert worden waren. Nicht zum ersten Mal stellte Fabian fest, dass ihr die Kluft verflixt gut stand. Er beobachtete sie eine Weile, wie sie an der Mauer lehnte und sich mit einem Dolch die Fingernägel säuberte. Das sah nicht unbedingt mädchenhaft aus, dachte Fabian grinsend. Aber cool!

Unvermittelt blickte Myrtel hoch und entdeckte ihn. Sie steckte das Messer fort und kam herüber.

»Endlich! Ich dachte schon, du kommst gar nicht mehr«, begrüßte sie ihn.

»Äh ... hallo. Ja, ich freu mich auch, wieder hier zu sein«, erwiderte Fabian leicht eingeschnappt. Er wollte noch etwas hinzufügen, doch in diesem Moment ertönte ein vertrautes Summen, und eine kopfgroße Kugel aus orange-schwarzem Pelz sank von oben auf ihn herab.

»Hallo, Hummbert«, sagte Fabian und bedachte die Drommel, die sich erfreut auf seiner Schulter niederließ, mit einem vorsichtigen Nicken. Dann wandte er sich an Myrtel. »Was meinst du mit ›endlich‹? Du kannst doch gerade mal ein, zwei Stunden früher hier angekommen sein als ich.«

»Und ein, zwei Stunden auf der Erde bedeuten locker einen ganzen Tag in Ambigua, schon vergessen?« Myrtel bedeutete ihm, ihr in Richtung Stadttor zu folgen. »Du kommst gerade noch rechtzeitig. Die Krisensitzung wird bald beginnen. Eigentlich wollte Meister Amoebius vorher noch ein paar Worte mit dir persönlich wechseln, aber dafür wird es jetzt wohl nicht mehr reichen. In der Stadt herrscht Ausnahmezustand!«

Die letzten Worte musste Myrtel brüllen, um das Wiehern von Pferden und Holgern sowie die rauen Stimmen der aufgebrachten Gestalten vor dem Tor zu übertönen.

Wie sich hier zeigte, wurde der Stau zu einem guten Teil von einem Trupp baumlanger Trulle in glänzenden Rüstungen verursacht, die sich mit Listen aus aufgerolltem Pergament mitten im Durchgang postiert hatten und alles und jeden kontrollierten, der in die Stadt hineinwollte. Wie für alles, was die grobschlächtigen Kreaturen taten, brauchten sie auch für die Überprüfung der Ankömmlinge übermäßig viel Zeit. Alle paar Minuten kam es darüber zu handfesten Auseinandersetzungen zwischen ihnen und ungeduldigen Wartenden.

Fabian wollte Myrtel gerade fragen, wie sie gedachte, an diesem gemeingefährlichen Trupp vorbeizukommen, da schob sich die

Fant geschmeidig zwischen mehreren schwarz uniformierten Oktabären und einer mit grünem Samt verkleideten Sänfte hindurch. Am Kontrollpunkt wechselte sie ein paar Worte mit einem untätig herumstehenden Wachmann, wobei sie eine beiläufige Geste mit der rechten Hand zu machen schien.

Ungläubig beobachtete Fabian, wie der Trull daraufhin tumb nickte und beiseitetrat! Als Myrtel sich an ihm vorbei ins Innere der Stadt schob, beeilte er sich, ihr zu folgen.

»Wie hast du das gemacht?«, keuchte er dicht hinter ihr. Doch die Fant hörte ihn nicht – was kein Wunder war, denn auf der Straße hinter dem Tor war es noch voller und lauter als draußen.

Keifende, schwitzende, waffenklirrende Gestalten drängten sich, wohin man schaute, dazwischen allerlei eigenartige Gefährte. Fabian sah eine Kutsche, die ganz und gar aus durchsichtigem Kristall zu bestehen schien, jedoch so kunstvoll geschliffen war, dass die glitzernden Facetten keinen Blick ins Innere zuließen. Ganz in der Nähe rollte eine Mischung aus einer Sänfte und einer Schubkarre durch die Menge, auf der ein riesiger gläserner Bottich montiert war. Er war mit brackig-trübem Wasser gefüllt, das bei jedem Anfahren und Stoppen schwappte und gischtete. Hinter dem Glas glaubte Fabian eine Gestalt zu erahnen, halb Fisch, halb Mensch. Diesem Gefährt wiederum folgte ein weiteres ...

Plötzlich spürte er, wie ihn jemand am Ärmel packte und beiseitezog. Ehe er es sich versah, stand er in einem schattigen Gässchen, abseits des ärgsten Getümmels – Seite an Seite mit Myrtel, über deren Kopf Hummbert aufgeregt brummend seine Kreise zog.

»Du musst ein bisschen aufpassen«, erklärte sie und bedachte Fabian mit einem kritischen Blick. »In einigen dieser Gefährte sitzen verdammt wichtige Leute. Die kristallene Kutsche zum Beispiel gehört König Spekularz, dem Herrscher von Koz. Bei der angespannten Stimmung hier bräuchtest du nur mal aus Versehen dagegenzustolpern, und schon hättest du mehr Speere zwischen den Rippen als Finger an beiden Händen!«

Fabian schluckte. »Okay. Ab sofort sagst du, wo's langgeht. Ich gehorche widerspruchslos!«

Ein breites Grinsen erschien unter Myrtels Rüssel. »Das hört sich prima an, würde ich sagen!« Sie setzte sich in Bewegung, die Gasse entlang. »Zusätzlich zu dem Chaos, das die Neuankömmlinge verursachen, ist die ganze Stadt auf den Beinen: Jeder versucht herauszufinden, was eigentlich los ist. Viele Bürger haben Angst, dass es Krieg geben könnte ...«

»Krieg? Gegen wen?«

Myrtel zuckte die Achseln. »Keine Ahnung. Ich denke, viele entsinnen sich noch allzu gut an das letzte Mal, als die Herrscher der Freien Staaten hier zusammenkamen: Das war 2777 nach Töc, damals stand der Großangriff Maledikts des Finsteren unmittelbar bevor.«

Fabian runzelte die Stirn. »Aber Maledikt liegt doch nach wie vor in seinem magischen Koma. Wer außer ihm sollte die Freien Staaten bedrohen?«

Die Fant erwiderte nichts. Stattdessen führte sie Fabian durch verwinkelte Gassen, kaum mehr als enge Zwischenräume zwischen den Häusern, tiefer ins Herz der Stadt.

Trotz aller Schleichwege und Abkürzungen brauchten sie weit über eine Stunde bis ins Zentrum. Irgendwann, Fabian glaubte schon nicht mehr, dass sie je ankommen würden, tat sich vor ihnen ein riesiger Platz auf, gesäumt von mächtigen Bauten mit säulengestützten Vordächern. Zwischen Aberhunderten von Menschen und Fanten, die sich auch hier dicht an dicht drängten, erhoben sich etliche überlebensgroße Statuen, Krieger und Reiter in exotischen Monturen, daneben Obelisken, die mit verschnörkelten Inschriften verziert waren.

»Der Platz der Helden«, erklärte Myrtel. »Wir sind jetzt im Herzen des Altachtels.«

Beeindruckt sah Fabian sich um. »Ich hatte eigentlich gedacht, wir gingen zum MEAM«, gab er zu. »Findet die Sitzung nicht dort statt?«

Myrtel schüttelte den Kopf. »Diese Konferenz hat mit dem Ministerium nichts zu tun. Außerdem wäre der dortige Sitzungssaal viel zu klein.« Sie wies auf einen achteckigen Turm am anderen Ende des Platzes, der die umstehenden Gebäude um ein Vielfaches überragte. Seine Grundfläche mochte gut und gern der eines halben Fußballfelds entsprechen, darüber türmten sich mindestens zwanzig Stockwerke in den hellroten Himmel auf.

»Dort müssen wir hin: zum Turm von Töc.«

»Wer, äh ... war noch mal gleich Töc?«, erkundigte sich Fabian, der sich erinnerte, diesen Namen schon des Öfteren gehört zu haben.

»Winnibaco il Töc war ein berühmter Alchimist, der vor über dreieinhalbtausend Jahren lebte.« Unter vehementem Ellenbogeneinsatz begann Myrtel, sich und Fabian einen Weg durch die Menge zu bahnen, während Hummbert dicht über ihrem Kopf folgte. »Er war Leiter eines der aufwendigsten und kostspieligsten Forschungsprojekte aller Zeiten. Wissenschaftler aus etlichen Ländern hatten sich damals zusammengetan, um ein System zur Messung verstreichender Zeit zu entwickeln.« Ohne in ihrer Drängelei innezuhalten, hob sie einen Arm und wies zur Spitze des Turms hinauf, die spitz wie eine Pyramide auslief. »Töc ließ diesen Turm errichten, mit einem über drei Stockwerke hohen Hohlraum unter dem Dach. Dort installierte er ein tonnenschweres Pendel. Durch komplizierte mathematische Berechnungen und ein wenig Zauberei wollte er es in eine gleichförmige, nie endende Schwingbewegung versetzen. Diese sollten fortan das Voranschreiten der Zeit dokumentieren. Um diesen Wendepunkt in der ambiguanischen Forschung deutlich zu machen, hatten sich die beteiligten Nationen – es waren nahezu alle späteren Freien Staaten darunter – darauf verständigt, dass ab dem Moment, da das Pendel seine Arbeit aufnähme, eine neue Zeitrechnung in Kraft treten sollte.«

»Und?« Keuchend schob sich Fabian zwischen einigen übergewichtigen Fantendamen hindurch, die sich lautstark über die bevorstehende Notstandssitzung unterhielten. »Funktionierte es?«

»Das weiß niemand. Kaum hatte Töc den Apparat nach sieben Jahren aufopferungsvoller Vorbereitungen in Gang gesetzt, verfiel er beim Anblick des majestätisch schwingenden Pendels in einen wahren Begeisterungstaumel. Er führte auf einem der hölzernen Wartungsstege einen unbeherrschten Freudentanz auf. Unglücklicherweise verlor er dabei die Bahn des bleiernen Monstrums aus den Augen – und wenige Augenblicke später hatte das Pendel ihn zermalmt.« Myrtel drehte den Kopf und grinste Fabian durch das Gewühl hindurch zu. »Unvorteilhafterweise kam es dabei zum Stehen! Niemand außer Töc kannte die exakten Formeln, nach denen die Konstruktion funktionierte, daher wurde alles kurz nach seiner Beisetzung abgebaut. Die Zeit wurde weiterhin anhand der Jahreszeitenwechsel sowie mit ungenauen Sand- und Wasseruhren gemessen.«

»Aber die Art, wie ihr die Jahre zählt …«, begann Fabian verwirrt.

»Die neue Zählung wurde trotz des Misserfolgs eingeführt, beginnend mit dem Jahr eins nach Töc«, bestätigte Myrtel. »Vermutlich hätte es nach sieben Jahren Vorbereitungszeit mehr Aufwand bedeutet, die Sache wieder abzublasen. Aber so ganz genau weiß das heute keiner mehr.« Sie zuckte die Achseln und drängelte weiter.

Fabian fühlte sich in der wogenden, schiebenden, schwitzenden Menge alles andere als wohl. Die Leute waren aufgedreht, die Ungewissheit, was sich in ihrer Stadt abspielte, machte sie aggressiv und streitsüchtig. Einige trugen selbst gemalte Transparente, auf denen sie Aufklärung über die Hintergründe der internationalen Notstandskonferenz forderten. Andere skandierten im Chor »WEIHT UNS EIN!«, »WAS GEHT HIER VOR?« und Ähnliches.

Fabian konnte die Unruhe der Leute verstehen, schließlich wusste auch er nicht, was eigentlich los war. Als Myrtel und er das andere Ende des Platzes erreichten, war er mehr als erleichtert.

Vor der zweiflügeligen Pforte am Fuß des achteckigen Turms bot sich ein ähnlich chaotisches Bild wie zuvor am Stadttor. Glücklicherweise hielt Myrtel nicht darauf zu, sondern folgte stattdessen einer fast leeren Seitengasse an der Basis des Turms entlang. Auf diese Weise kamen sie bald an ein weitaus kleineres Tor, das lediglich von zwei Trullen und einem gelangweilt aussehenden Fant in einem grauen Anzug bewacht wurde.

Ohne zu zögern näherte sich Myrtel den Beamten und hob, wie schon am Stadttor, einen Arm. Jetzt konnte Fabian erkennen, dass sie den Wächtern einen Ring zeigte, den sie am Mittelfinger der rechten Hand trug. Es war ein silberner Siegelring, in dessen Oberseite eine Zahl aus Pleex-Ziffern eingraviert war. Der gelangweilte Fant rollte eine Pergamentrolle auseinander, verglich die Zahl mit etwas, das dort geschrieben stand, und nickte. Myrtel und Fabian durften passieren.

»Jeder geladene Teilnehmer der Sitzung hat so einen«, sagte Myrtel, als sie Fabians fragenden Blick bemerkte. »Für dich liegt auch schon einer bereit.«

»Ein gravierter Ring für jeden einzelnen Teilnehmer?«, wunderte sich Fabian. »Ganz schöner Aufwand, oder?«

Myrtel warf ihm einen Blick zu, der halb amüsiert, halb mitleidig wirkte. »Du hast immer noch nicht kapiert, wie wichtig das alles ist, oder?«

Summend passierte auch Hummbert hinter ihnen die Pforte.

»HEYYY!« Rasselnd kam einer der beiden Trullwächter hinter

der Drommel her ins Innere gestolpert. »Keine Tiere im Gebäude, hört ihr?«

Wild mit den baumdicken Armen wedelnd, versuchte er, Hummbert einzufangen. Der stieg jedoch einfach bis unter die Decke empor, von wo er die Anstrengungen des Wachmanns interessiert beäugte.

»Das ist schon in Ordnung«, sagte Myrtel rasch, zückte ein zerknittertes Stück Papier und wedelte damit in der Luft herum. »Wir haben eine *Sondergenehmigung*.«

Der Trull ließ die Arme sinken und starrte mit seinen winzigen Schweinsäuglein auf das Blatt in ihrer Hand. »Eine Sondergenehmigung. Aha. Ach so.« Er nickte langsam und machte Anstalten, nach draußen zurückzukehren. »Aber aufpassen mit dem Biest, verstanden?«

»Ja, ja. Verstanden.« Myrtel lächelte dem Trull huldvoll nach. Als die Tür hinter ihm ins Schloss fiel, schüttelte sie den Kopf, knüllte das Papier zusammen und stopfte es zurück in ihre Hosentasche. »So ein Idiot!«, kicherte sie. »Das war der Einkaufszettel meiner Tante Myra.«

»Was meinte er mit ›aufpassen‹?«, wollte Fabian wissen und folgte Myrtel durch einen breiten Korridor, von dem zahlreiche weitere abzweigten. »Sind Drommeln etwa gefährlich?«

»Wie man's nimmt«, murmelte Myrtel, die gerade versuchte, sich an den richtigen Weg zu erinnern.

Beunruhigt spähte Fabian zu Hummbert hinauf, der einen knappen Meter über seinem Kopf dahinschwirrte. »Sie haben einen giftigen Stachel, wie?«

»Quatsch!« Am Ende des Korridors, den Myrtel gewählt hatte, tauchte eine mächtige Wendeltreppe aus massivem Marmor auf. Am Fuß der Stufen blieb sie stehen. »Wenn eine Drommel sich bedroht fühlt oder ihren Herrn beschützen will, erzeugt sie mit einem Organ irgendwo in ihrem Hinterteil einen extrem tiefen Ton. Er bringt bestimmte Bereiche des Hirns zum Schwingen, und zwar so stark, dass du Muskelkrämpfe bekommst und wenig später das Bewusstsein verlierst.« Sie drehte den Kopf und lächelte Fabian aufmunternd zu. »Hummbert könnte einen ausgewachsenen Trull schneller fällen, als du ›Sondergenehmigung‹ sagen kannst.«

»Ah. Wie schön.« Unauffällig entfernte sich Fabian einen Schritt von der Drommel, die bewegungslos auf der Stelle schwirrte und ihrem Gespräch aufmerksam zu folgen schien. »Und warum passt du auf ihn auf? Ist sein Besitzer verreist?«

»Äh ... indirekt«, druckste Myrtel und begann hastig, die Treppe emporzusteigen. »Mein Kumpel Gombrik ... na ja, er hält sich momentan sozusagen unfreiwillig fern von zu Hause auf, für eine gewisse Zeit.«

»Lass mich raten«, vermutete Fabian grinsend, der sich an Myrtels zum Teil etwas außergewöhnliche Bekanntschaften erinnerte. »Er sitzt im Knast?«

Myrtel machte eine entschuldigende Geste, ohne sich umzudrehen. »Das passiert einem in Pantrami schneller, als du denkst!«

Sie stiegen fünf Stockwerke in die Höhe. Auf der zweiten und vierten Ebene stießen sie auf Soldaten, einmal Trulle, das andere Mal menschliche Krieger in Uniform, jedoch beide bis an die Zähne bewaffnet. Jedes Mal musste Myrtel ihren Ring vorzeigen, bevor sie weitergehen durften.

Im fünften Stock verließ Myrtel die Treppe und folgte einem schmalen Korridor um mehrere Ecken. »Auf dieser Ebene hat Meister Amoebius für die Dauer der Konferenz sein Quartier aufgeschlagen«, verkündete sie. »Ich glaube zwar nicht, dass er jetzt dort ist, aber wir wollen dennoch rasch nachsehen.«

Auf ihrem Weg begegneten ihnen verschiedene Personen, überwiegend Diener, die mit Koffern und Taschen beladen durch die

Gänge stolperten, andere trugen große Umschläge mit amtlich aussehenden Siegeln vor sich her. Auch mehrere weißbärtige Männer mit Turbanen schlurften an ihnen vorbei, bei deren Anblick Fabian unwillkürlich an die Versammlung des Rats der Weisen von Pantrami denken musste, der er bei seinem letzten Besuch beigewohnt hatte. Ob es sich tatsächlich um Ratsmitglieder handelte, konnte er allerdings nicht sagen. Er fand, ein Greis sah aus wie der andere.

Lediglich bei einer Person war er sicher, dass er sie schon einmal gesehen hatte: Im Stechschritt, ohne sie eines Blickes zu würdigen, rauschte ein hochgewachsener, glatzköpfiger Mann an ihnen vorüber. Sein Hinterkopf wirkte übermäßig groß, aufgebläht wie ein Ballon. An den Fingern seiner linken Hand blitzten mehrere goldene, mit Brillanten besetzte Ringe.

Fabian drehte sich um und blickte der Gestalt nach. Als er die beiden nebeneinanderliegenden Wölbungen am Hinterkopf des Mannes sah, erinnerte er sich plötzlich. »Das war der Ehrwürdige Murjaven, oder? Der Protokollant von der letzten Ratssitzung?«

»Seine linke Hirnhälfte hat damals protokolliert«, stellte Myrtel richtig. »Die rechte hat uns mit den Hintergründen des Zepters von Dollmen vertraut gemacht.«

Fabian nickte. Der Ehrwürdige Murjaven gehörte zur Rasse der Duonten, das bedeutete, seine Hirnhälften waren in unterschiedlichen Schädelkammern untergebracht und konnten unabhängig voneinander verschiedenste Aufgaben erledigen. Möglicherweise war der Duont für die heutige Sitzung wiederum als Schriftführer vorgesehen.

In Gedanken versunken folgte Fabian Myrtel um eine Gangbiegung – und blieb wie angewurzelt stehen.

Kaum ein Dutzend Meter vor ihnen im Flur stand ein Trupp Trulle.

Sie waren zu sechst, affenartige, haarlose Kolosse in stahlblitzenden Brustpanzern und albernen kurzen Hosen. Auf ihren winzigen Köpfen saßen Helme mit wippenden bunten Federbüscheln.

»Bei Bossut! Eine Eingreiftruppe, Kategorie S«, hauchte Myrtel und deutete auf eine plumpe Rune aus dem Pleex-Alphabet, die vorne auf den Rüstungen der Soldaten prangte.

»Wofür steht das S?«, erkundigte sich Fabian, dem nichts Gutes schwante.

»Für ›Sonderbefugnis‹. Böse Zungen behaupten, außerdem für ›Schaden‹ oder ›Schrott‹! Diese Kerle dürfen im Rahmen ihrer Einsätze alles kaputt machen, was sie für richtig halten, und jeden umlegen, der ihnen in die Quere kommt.«

»Jeden?« Fabian schluckte.

»Jeden!«

In diesem Moment verengten sich die schweinshaften Äuglein des vordersten Trulls. Er riss eine kopfgroße Faust mit einem unförmigen Streithammer in die Höhe, groß genug, um einen Ochsen mit einem Schlag zu Boden zu strecken.

»ERGREIFT DAS SUBJEKT!«, blökte der Trull. Mit donnernden Schritten setzte sich der Trupp in Bewegung.

Fabian wurde abwechselnd heiß und kalt, als die waffenklirrenden Fleischberge im Laufschritt auf ihn und Myrtel zustürmten. Starr vor Angst sah er, wie die Trulle näher walzten, unaufhaltsam wie ein Rudel Dampflokomotiven ...

... und vorbeirannten!

Im letzten Moment hüpften Fabian und Myrtel beiseite, dann waren die Trulle vorüber. Ohne sich um die beiden zu kümmern, umrundeten sie die hinter ihnen liegende Gangbiegung und waren verschwunden.

Fabian von der Erde, ertönte da plötzlich eine Stimme direkt hinter Fabians Stirn. *Fitz-Bartel sei Dank, du bist hier – und pünktlich dazu.*

Fabian wirbelte herum, ebenso Myrtel, die die telepathischen

Worte gleichfalls vernommen hatte. Er atmete auf: Vor ihnen im Korridor war ein mannshoher grüner Schleimhaufen aufgetaucht; Luftbläschen trudelten in seinem Innern umher, und ganz oben thronte ein kleiner schwarzer Doktorhut.

»Meister Amoebius«, rief Fabian erleichtert. »Selten war ich so froh, Euch zu sehen!«

Der Vorsitzende des Rats der Weisen war nicht allein: Hinter seiner heranglitschenden Körpermasse folgten weitere Trullsoldaten sowie ein weißbärtiger alter Mensch mit Turban, von dem Fabian seit der letzten Ratssitzung wusste, dass sein Name Gwiliam lautete.

Meister Amoebius fuhr einen tropfenden Tentakelarm aus und vollführte damit eine entschuldigende Geste. *Es tut mir leid, wenn das Eingreifkommando euch erschreckt hat. Ich schätze es nicht sonderlich, diese wenig feinfühligen Zeitgenossen einzusetzen. Aber die Umstände haben dieses Vorgehen leider unumgänglich gemacht.*

Der weißbärtige Gwiliam an seiner Seite nickte ernst.

»Hinter wem sind die Trulle denn her?«, wollte Myrtel wissen.

Alles zu seiner Zeit. Ihr werdet es erfahren, schon bald. Doch zunächst – bei diesen Worten wandte er sich an Myrtel – *bring unseren Gast bitte hinauf in den achten Stock, zu den Gästeunterkünften. Dort kann Fabian sich etwas frisch machen.* Der Qualler richtete sich zu seiner vollen Größe auf, schien plötzlich fast den ganzen Flur auszufüllen. *Und dann haltet euch bereit: Die Notstandssitzung der Freien Staaten Ambiguas beginnt in einer Stunde!*

Kapitel 4
Alte Gesichter, neue Gesichter

Die Versammlungshalle war riesig. Nach Myrtels Bericht über das gescheiterte Experiment Winnibaco del Töcs hatte Fabian bereits geahnt, dass es sich beim »Pendelsaal« um einen beachtlichen Raum ganz oben im Turm handeln musste. Seine tatsächliche Größe verblüffte ihn dennoch.

Wie Myrtel beschrieben hatte, war der Saal gut drei Stockwerke hoch, durch die pyramidenartig zulaufende Dachkonstruktion wirkte er jedoch nochmals höher. Weit über dem Boden war im Halbdunkel eine komplexe Konstruktion aus Holzbalken und stählernen Stützen zu erkennen. Dort musste einst Töcs monströses Pendel gehangen haben, bevor es seinen Schöpfer in den Tod riss.

Entlang der sich nach oben verjüngenden Wände verliefen mehrere Balkonreihen. Auf jeder dieser Etagen gab es unzählige voneinander abgetrennte Abteile mit separaten Zugängen, wie Logen in einem großen Theater. Trotz des dämmrigen Halbdunkels, das den Saal beherrschte, waren in vielen dieser Kabinen schemenhafte Bewegungen auszumachen; offenbar nahmen die Teilnehmer der Konferenz bereits ihre Plätze ein.

Im Anschluss an das unerwartete Zusammentreffen mit Meister Amoebius hatte Fabian sich von Myrtel zunächst zu einer bescheidenen Gästekammer im achten Stock des Turms führen lassen. Dort stand ein kleiner Imbiss für ihn bereit, und während er Brot, kaltes Geflügel und etwas an Mais erinnerndes Gemüse verzehrte, verschwand Myrtel, um ihm den versprochenen Siegelring zu besorgen, ohne den er nicht an der Konferenz teilnehmen durfte.

Kaum war sie zurück und hatte ihm das klobige Schmuckstück an den Mittelfinger der rechten Hand gesteckt, machten sie sich in Begleitung eines livrierten Dieners auf den Weg zum Pendelsaal. Über eine schier endlose Wendeltreppe erreichten sie das Obergeschoss des Turms, anschließend einen niedrigen Korridor mit unzähligen Türen. Vor den meisten hatten schwer bewaffnete Soldaten Aufstellung bezogen – fraglos die Leibwächter jener Würdenträger, die bereits hinter den Türen Platz genommen hatten.

Die Uniformierten schienen einen geheimen Wettstreit auszufechten, wer von ihnen am grimmigsten und furchteinflößendsten dreinblicken konnte, und die meisten hatten es in dieser Disziplin zu großer Meisterschaft gebracht. Fabian schluckte mehr als einmal ängstlich, während er, verfolgt von kalt starrenden Augen, hinter Myrtel und dem Diener herstolperte; er zweifelte nicht daran, dass er ohne den gut sichtbaren Siegelring an seiner Hand binnen weniger Sekunden mindestens ein Dutzend mal aufgespießt, erdolcht oder von Armbrustpfeilen durchlöchert worden wäre.

Entsprechend erleichtert war er, als ihr Führer vor einer Tür stehen blieb, auf der in goldenen Ziffern die Zahl 17 prangte. Dahinter wartete eine heimelige Loge mit fünf ausladenden Polstersesseln und einem Tisch voller Erfrischungen. Für beides hatte Fabian allerdings momentan nichts übrig.

Er trat nach vorn, lehnte sich über die mit violettem Samt gepolsterte Brüstung und starrte mit offenem Mund in den riesigen halbdunklen Saal, der sich vor ihm auftat.

Das Abteil, das man ihnen zugewiesen hatte, befand sich in der zweiten Balkonreihe von unten, in der Nähe einer Ecke. Von hier aus würde man zwar kaum erkennen können, was sich in den höheren Logen abspielte, dafür hatte man einen exzellenten Blick auf eine massige runde Säule in der Mitte der freien Fläche, ein steinernes Podest, das viele Meter in die Luft ragte. Auf der abgeflachten Spitze befanden sich mehrere Lehnstühle. Fabian vermutete, dass dort später der oder die Wortführer der Konferenz Platz nehmen würden.

An der Brüstung jedes Abteils war eine Laterne angebracht, in der eine gleichmäßig helle Flamme brannte. Es gab zwei Blendklappen: Die innen liegende war geöffnet, und in dem gelblichen Licht, das daraus hervordrang, erkannte er Myrtel, die es sich in einem der riesigen Sessel bequem machte. Die zweite, nach vorn gerichtete, war geschlossen. Fabian fragte sich, wozu sie gut sein sollte – um den riesigen Pendelsaal vollständig zu erhellen, würden selbst hundert dieser Lichter kaum ausreichen.

Achselzuckend ließ er sich auf den Sessel neben Myrtel plumpsen, der mit einem kugeligen Kissen auf der Sitzfläche besonders einladend aussah.

Einen Sekundenbruchteil später fuhr er keuchend wieder in die Höhe – unter seinem Hinterteil hatte sich etwas bewegt!

Prompt begann eine quäkende Stimme zu keifen: *»Hast du keine Augen im Kopf? Hier ist besetzt, Mann!«*

Noch während er herumwirbelte, hörte er neben sich Myrtel leise kichern. Jetzt erst erkannte er, dass das, was er im Halbdunkel für ein Kissen gehalten hatte, in Wirklichkeit ein kopfgroßer Klumpen einer grün-grauen Masse war, aus der ihn drei runde Augen vorwurfsvoll anstarrten.

»Xolpph?«

»Xolpph Xerxxes Xapparek, Cousin Xorthwyns des Schwitzenden, Großneffe Xappholets des Fetten, aufgrund exorbitanter Verdienste um Sicherheit und Fortbestand Ambiguas befördert zum

Stellvertretenden Unterfesseloffizier im Dienste des MEAM«, bestätigte der Xenophor pathetisch. »Schön, dich zu sehen, Fabian, alte Krankheit!« Ein breites Grinsen spaltete die Masse, die mit einem Mal nach allen Richtungen zu zerfasern schien und lange, schlangenartige Auswüchse bildete. Kaum war der Xenophor vollständig von seiner runden Ur- in seine krakenartige Fesselform übergewechselt, hüpfte er vom Sessel und schlang sich zur Begrüßung mehrfach um Fabians Handgelenke – etwas zu fest, wie Fabian fand.

»Wie ich schon sagte«, bemerkte Myrtel schmunzelnd. »Auch Xolpph ist geladener Teilnehmer der Konferenz.«

»Mit Verlaub«, blökte die lebende Fessel, löste die Umklammerung und ließ sich auf das Polster zurückfallen. »In Anbetracht all meiner ... will sagen: *unserer* heldenhaften Taten ist es allerdings eine wahre Dreistigkeit, dass wir nur so einen miesen Platz abbekommen haben!«

»Was ist denn nicht in Ordnung mit dieser Loge?«, erkundigte sich Fabian und ließ sich vorsichtig einen Sitz weiter nieder.

»Ich bitte dich!« Xolpph verschränkte beleidigt zwei seiner Auswüchse. »*Zweite* Reihe von *unten!*«

Fabian drehte fragend den Kopf in Myrtels Richtung.

»Die Höhe seiner Loge spiegelt die Wichtigkeit des Teilnehmers wider«, erklärte sie. »Die obersten Ränge sind Königen und Staatsoberhäuptern vorbehalten. Darunter folgen die Repräsentanten verstreut lebender Völker ohne eigenes Land oder einheitliche Staatsform. Noch tiefer rangieren Ehrengäste, die ihre Teilnahme einer besonderen familiären Abstammung oder bedeutenden Leistungen im Dienste ihres Vaterlands verdanken.« Sie warf einen kurzen Blick in die Runde und hob eine Braue. »Ich bin, ehrlich gesagt, überrascht, dass sie uns überhaupt in die zweite Etage gesteckt haben! Ich hatte mit einem Platz ganz unten gerechnet.«

»Das wäre ja noch schöner!«, ereiferte sich Xolpph. »Schlimm genug, dass wir *hier*, zwischen all dem Pack sitzen müssen. Noch eine Etage tiefer, und ich wäre schnurstracks zu ...«

»*Pack?* Wer wagt es, Elrich Grammaton Diokletzian, Ehrenbürger der Stadt Pantrami und verdienstvoller Oberaufseher des Nachrichtenhamster-Geheimdepeschenversandbüros, als *Pack* zu bezeichnen?«, dröhnte plötzlich eine kehlige Stimme ganz in ihrer Nähe. Augenblicke später schob sich ein wutverzerrtes Gesicht auf der rechten Seite der Loge um die Trennwand herum. Es gehörte einem vollbärtigen Mann von riesenhaftem Wuchs, über dessen weißer Toga eine Kette mit einem tellergroßen goldenen Orden baumelte. Mit blitzenden Augen fixierte er Xolpph, der vergeblich versuchte, im Polster seines Sessels zu versinken.

»Noch so eine unverschämte Beleidigung, Xenophor, und du findest dich wahrhaftig in den höchsten Rängen wieder – verteilt über sämtliche Ebenen, in Einzelteilen!«

Xolpph saugte sein vorlautes Mundwerk tief ins Innere seines weichen Körpers und deutete nickend eine Entschuldigung an. Der bärtige Würdenträger starrte ihn noch mehrere Sekunden drohend an, dann zog er sich zurück.

Während Xolpph die Trennwand, hinter der der Mann verschwunden war, mit allerlei lautlosen Schmähgesten bedachte, wandte sich Fabian erneut an Myrtel. Fragend deutete er auf die unzähligen Logen ringsum, von denen die meisten mittlerweile ebenfalls von Laternen erhellt wurden. Männer, Frauen sowie vereinzelte nicht-menschliche Lebensformen waren im gelben Schein zu erkennen. »Kennst du die alle? Ich meine, weißt du, wer die sind?«

Myrtel schüttelte den Kopf. »Nur ein paar.« Sie wies hinauf zur obersten Etage, wo eine zerbrechlich wirkende Krone aus durchsichtigem Kristall hinter einer Balkonbrüstung hervorlugte. »Dort sitzt König Spekularz, Herrscher des Landes Koz. Wir haben seine Kristallkutsche gesehen, als wir in die Stadt gekommen sind.«

Fabian nickte.

Myrtels Finger glitt eine Reihe abwärts, ein paar Kabinen nach rechts. Dort kauerte eine auffallend korpulente Frau, auf deren turmartig hochgestecktem Haar ein winziges Diadem saß. »Königin Hubertha aus Stagnat«, erklärte Myrtel. »Wie immer mit ihrem eigenen königlichen Porzellanservice unterwegs.«

Königin Hubertha war so dick, dass sie fast die gesamte Loge auszufüllen schien. Vor ihr auf der Brüstung stand eine Ansammlung dampfender Porzellantässchen mit kunstvollen bunten Verzierungen. Willkürlich, keiner bestimmten Reihenfolge folgend, nippte die immense Herrscherin mal an dieser, mal an jener Tasse. Dabei schien bereits das Heben und Senken ihres oberschenkeldicken Arms sie über Gebühr anzustrengen; ihr pfeifender Atem war trotz der Entfernung deutlich zu vernehmen.

»Lass sehen, wen haben wir noch?« Myrtel verengte die Augen. »Da oben sehe ich König Oläus VIII. von Olausia, dort drüben König Platbold aus Samelsur ...«

»Wer sind diese Typen da?« Fabian deutete auf drei junge Burschen, die übermütig auf der Brüstung eines Balkons in der obersten Etage herumturnten. Sie konnten nicht älter sein als er selbst, ihr halblanges Haar war jedoch steingrau, ebenso ihre Haut. »Wie die aussehen, können die eigentlich nur aus Megatherien stammen, oder?«

Myrtel schenkte ihm einen anerkennenden Blick. »Gut aufgepasst! Das sind die Prinzendrillinge Mebo, Lebo und Bebo aus Mega, der Hauptstadt Megatheriens. Ihr Vater, König Phlebo, ist kürzlich unerwartet verstorben. Weder ihre Mutter noch deren Hebamme konnte sich erinnern, wer bei der Geburt als Erster kam, daher haben nun alle drei gemeinsam die Regentschaft angetreten.« Sie warf einen skeptischen Blick zu den gräulichen Jünglingen hinauf, die begonnen hatten, sich unter lautem Gelächter mit Obst von den

Imbisstellern ihrer Loge zu bewerfen. »Nach allem, was man hört, müssen es ziemliche Chaoten sein. Angeblich verpulvern sie einen Großteil ihres Staatshaushalts für Spielsachen und den Import bunter Stoffe aus fernen Ländern, obwohl doch jeder weiß, dass die in Megatherien schon nach wenigen Tagen verblassen.«

Auf der Erde hatte Fabian nie viel für Vertreter des Adels oder für Königshäuser übrig gehabt. Diese absonderliche Versammlung hier faszinierte ihn dagegen in zunehmendem Maße. »Was ist das da?«, wollte er wissen.

Genau gegenüber, auf der gleichen Ebene wie ihr eigener Balkon, hatte er eine Loge entdeckt, die vollständig von einem großen, wassergefüllten Glaskasten eingenommen wurde – jenem Glaskasten, dessen Transport durch die überfüllten Straßen Pantramis sie wenige Stunden zuvor beobachtet hatten. Erneut hatte Fabian den Eindruck, als schwömme ein dunkler Schemen in der trüben Flüssigkeit hin und her.

»Keine Ahnung«, gab Myrtel zu. »Aber ich kann ja auch nicht alles und jeden kennen.«

»Umso gepriesener die schicksalhafte Fügung, die unsere Wege einmal mehr zusammengeführt hat«, sprach in diesem Moment eine Stimme direkt hinter ihnen. »Mit den Denkern und Lenkern unserer Welt kenne ich mich, in aller Bescheidenheit, recht leidlich aus.«

Ohne dass sie es bemerkt hatten, war die Tür hinter Fabian und Myrtel geöffnet worden, und eine gedrungene Gestalt in einer grob gewirkten Mönchskutte hatte die Loge betreten. Der Neuankömmling reichte Fabian etwa bis zum Kinn, war jedoch viel massiger als er. Aus der Öffnung seiner Kapuze ragte eine runde graue Nase von der Größe einer Wassermelone.

»Pater Euseruphius!«, riefen Fabian und Myrtel fast gleichzeitig.

»Derselbe«, erwiderte der Neuankömmling und schlug seine

Kopfbedeckung zurück, unter der ein fröhlich lächelndes Nilpferdgesicht zum Vorschein kam. Fabian und Myrtel sprangen auf und schüttelten dem Hippopathen erfreut die Hände.

»Wie lange ist es her, dass wir uns gesehen haben?«, wollte Myrtel wissen. »Ein halbes Jahr, mindestens!«

Die Freunde hatten den Abt auf ihrer ersten Reise auf dem Hochplateau von Mnom-Ping kennengelernt, bei einem Besuch seines Klosters. Ihr Plan war gewesen, das Orakel, dessen Pflege und Verehrung sich der Orden der Hippopathen verschrieben hatte, nach dem Verbleib Vagdrusals des Weisen zu befragen.

»Wohlan, es ist eine Weile her«, bestätigte Pater Euseruphius und bedachte auch Xolpph, der es nicht für nötig befunden hatte, sich zu erheben, mit einem grüßenden Nicken. »Viel ist geschehen seither. Leider nicht nur Gutes, wie das Zusammentreffen all dieser Würdenträger erahnen lässt ...«

»Und weshalb genau seid nun *Ihr* mit von der Partie?«, erkundigte sich Xolpph respektlos. »Ich meine, Ihr seid weder ein Staatsoberhaupt noch ein Held, so wie ich beispielsweise ...«

»Zum einen obliegt es mir, auf dieser Konferenz mein Volk zu vertreten, die Hippopathen«, erklärte Pater Euseruphius würdevoll und ließ sich auf dem Sessel neben Myrtel nieder. »Zum anderen kommen meinem Orden gewisse Verdienste in Bezug auf die zurückliegende Erneuerung des Großen Siegelzaubers zu, wie du dich vielleicht erinnern wirst.«

Das entsprach der Wahrheit: Die Befragung des Orakels war seinerzeit aufgrund der kryptischen Äußerungen des versteinerten Rieseneies nur mäßig erfolgreich verlaufen, woraufhin Pater Euseruphius den Einsatz von Hippopathie angeordnet hatte, einer meditativen Technik, mit deren Hilfe man gedankliche Zeitreisen unternehmen konnte. Dutzende seiner Ordensbrüder versetzten sich in hippopathische Trance und verschafften Fabian, Myrtel und

Xolpph auf diese Weise einen wichtigen Hinweis, wo sie ihre Suche nach dem vermissten Nekro fortsetzen konnten.

»Wo ist Bruder Fritsje?«, erkundigte sich Fabian. »Habt Ihr ihn nicht mitgebracht?« Der gewitzte kleine Mönch mit der erstaunlichen Allgemeinbildung, der sie damals vom Kloster quer durch die Sümpfe von Ölü begleitet hatte, war Fabian, Myrtel – und erstaunlicherweise sogar Xolpph – sehr ans Herz gewachsen.

Pater Euseruphius schüttelte den Kopf. »Bruder Fritsje vertritt mich während meiner Abwesenheit im Kloster. Er koordiniert die Rituale zur Verehrung des Orakels und Verschiedenes mehr. Abgesehen davon bezog sich die Einladung zur Krisensitzung ausschließlich auf meine Person.«

»Aha.« Auch Fabian nahm wieder Platz. »Und Ihr sagt, Ihr kennt Euch mit diesen Monarchen und Edelleuten ein wenig aus?« Als der Hippopath nickte, wies er quer durch den Saal zu dem wassergefüllten Glastank. »Dann wisst Ihr bestimmt, was es damit auf sich hat?«

»Selbstverständlich. Was du dort siehst, ist das Reisebassin von Präsident Zannn. Er ist aus seiner Unterwasserfeste tief unter dem Golf von Simultân angereist und vertritt das Volk der Tritoren, auch wenn diese Wesen schon seit Langem kein Königreich mehr ihr Eigen nennen.«

»Tritoren?«, wiederholte Fabian. »Was muss man sich denn darunter ...«

Just in diesem Moment tauchte etwas am oberen Rand des Glasbehälters auf, das aussah wie eine Mischung aus einem Mann und einer Seekuh: Ein Kopf mit algenartigem, wallendem Haar saß auf einem dicklichen, mit grauen Schuppen bedeckten Oberkörper, der nahtlos in einen breiten Schwanz mit einer mächtigen Flosse überging – ein klassischer Meermann, wie er in zahlreichen irdischen Märchen vorkam.

Das Geschöpf, besser gesagt: der Kanzler, wenn man Euseruphius' Worten glauben durfte, warf mit starren Glubschaugen einen Blick in die Runde, dann ließ er sich rückwärts kippen und tauchte wieder unter. Eine beachtliche Wassermenge schwappte über den Rand des Bassins, weiter über die Brüstung und auf den darunter gelegenen Balkon, von wo sofort wütendes Schimpfen herüberdrang.

»Bisschen ungeschickt vielleicht, der Kanzler«, bemerkte Fabian.

»Das ist noch milde ausgedrückt«, fand Xolpph. »Diese Fischschwänze sind die letzten Trottel. Die könntest du nicht mal als Aufpasser in einem Xenophorkindergarten beschäftigen!«

»Tritoren gelten tatsächlich nicht als sonderlich intelligent«, bestätigte Pater Euseruphius in neutralem Tonfall. »Einst waren sie fast überall im ambiguanischen Ozean zu Hause. Ihr letzter Herrscher, König Wobbe III., setzte sich jedoch irgendwann in den Kopf, ein ausgefeiltes Mautsystem einzurichten, bei dem jedes Schiff, das bestimmte Seerouten passieren wollte, ein Wegegeld an sein Volk entrichten sollte.«

»Und?« An Xolpphs Grinsen konnte Fabian bereits erahnen, wie die Geschichte ausgegangen sein musste.

»Wobbe III. ließ Hunderte steinerner Kontrolltürme überall im Ozean errichten, eine jahrzehntelange, schwere Arbeit, bei der etliche Tritoren zu Tode kamen. Als die Mautstationen schließlich in Betrieb genommen werden sollten, musste der König feststellen, dass sie ohne Ausnahme weit außerhalb aller regelmäßig genutzten Handels- und Passagierrouten der Freien Staaten lagen.« Der Hippopath seufzte leise. »Sein Volk rebellierte daraufhin. Wobbe wurde entmachtet, das Reich der Tritoren zerfiel.«

»Die Ruinen seiner Mauttürme ragen heute noch an vielen Orten aus den Fluten«, ergänzte Xolpph kichernd. »Sie werden auch ›Wobbes Schmach‹ genannt …«

»Ruhe«, zischte Myrtel und deutete nach vorn. »Es geht los!«

Ein nervöses Gemurmel erhob sich in den Logen. Rasch erkannte Fabian den Grund: Auf einer schmalen Treppe stiegen drei Gestalten an der Außenseite des säulenartigen Sockels empor. Die vorderste war unschwer als Meister Amoebius auszumachen; wie ein riesiger, der Schwerkraft trotzender Klacks grüner Marmelade floss er die Stufen hinauf. Ihm folgte eine kleine, gedrungene Frau mit kantigen Gesichtszügen und kurz geschnittenem Haar – Astrud al Mehitabel, die Bürgermeisterin Pantramis, wie sich Fabian erinnerte. Die dritte Person hatte er dagegen noch nie gesehen. Es handelte sich um einen hageren Mann in einer eng anliegenden schwarzen Toga, die von Weitem beinahe wie ein Ballkleid wirkte. Sein kegelförmiger Kopf war nahezu kahl, nur hinten baumelten einige zu Zöpfen geflochtene weißlich-gelbe Haarsträhnen über seinen Kragen. Fabian sah erst Myrtel, dann Pater Euseruphius mit erhobenen Brauen an, doch beide zuckten die Schultern.

Die drei erreichten die Spitze des Podests und verneigten sich ehrerbietig in alle Richtungen. Das Gemurmel ringsum verebbte. Nur das keuchende Atmen der fetten Königin Hubertha war noch zu vernehmen.

In der einsetzenden Stille konnte Fabian die Dringlichkeit, die dieses außergewöhnliche Zusammentreffen überschattete, geradezu körperlich fühlen. Und er spürte noch etwas anderes: Angst! Eine unbestimmte, lauernde Furcht schien über den Häuptern der Anwesenden zu hängen wie einst das tonnenschwere Pendel Winnibaco del Töcs.

Astrud al Mehitabel räusperte sich umständlich und begann mit einer kurzen Begrüßungsansprache. In ihrer Funktion als Bürgermeisterin hieß sie die Anwesenden offiziell in Pantrami willkommen, verlieh ihrer Hoffnung Ausdruck, dass die Konferenz einen produktiven Verlauf nehmen möge, und so weiter. Obwohl sie sich ein gutes Stück entfernt befand, stellte Fabian fest, dass er jedes ihrer

Worte klar und deutlich verstehen konnte, vermutlich aufgrund der sonderbaren Konstruktion der Versammlungshalle.

Obwohl die resolute kleine Frau selbstsicher wie immer auftrat und wohlformulierte Sätze von sich gab, beschlich Fabian rasch der Eindruck, dass sie sich in ihrer Haut nicht wohlfühlte. Einerseits schien das nur verständlich, immerhin trat man nicht jeden Tag vor die versammelten Herrscher einer ganzen Welt. Andererseits ahnte er, dass die Bürgermeisterin aufgrund ihrer Position und ihrer engen Zusammenarbeit mit Meister Amoebius möglicherweise mehr über die Hintergründe dieser Zusammenkunft wusste als die meisten anderen im Saal.

Mit einigen abschließenden Floskeln kam Astrud al Mehitabel zum Ende und übergab das Wort mit unverkennbarer Erleichterung an Meister Amoebius. Der Qualler trug heute, zusätzlich zu seinem Doktorhut, eine silberne Kette aus fingerdicken Gliedern. Sie lag um sein oberes Drittel und drohte bei jeder Bewegung ins Innere seines gallertartigen Körpers abzurutschen; doch stets stülpte sich rechtzeitig ein Schleimärmchen aus und rückte sie unmerklich wieder zurecht. Fabian vermutete, dass dieses Schmuckstück den Leiter der Versammlung kennzeichnete.

Eure Hoheiten! Geschätzte Majestäten! Verehrte Kollegen! Liebe Freunde!, hob Meister Amoebius seine Gedankenstimme. Sie klang etwas ungewohnt, schien sekundenlang nachzuhallen wie in einer geräumigen Höhle. Wie Fabian wusste, entstand dieser seltsame Effekt dadurch, dass der Qualler seine Worte auf vielen unterschiedlichen Gedankenebenen gleichzeitig aussandte, damit ihn jeder verstehen konnte. Er schloss die Augen, um besser zuhören zu können.

Ich danke euch, dass ihr unserem Ruf gefolgt seid, fuhr der Qualler fort. *Für viele von euch war die Reise nach Salamira mit erheblichen Mühen und Entbehrungen verbunden …*

»Bei Orokrendels gefrorenen Bartspitzen, das könnt Ihr laut

sagen!«, schnarrte ein drahtiger Hüne aus einem der oberen Ränge. Mit seinen Schlitzaugen und dem langen schlohweißen Haar, das zu einem Pferdeschwanz zusammengebunden war, wirkte er wie eine Mischung aus einem Nordländer und einem Orientalen.

Viel bemerkenswerter war allerdings, dass er mit freiem Oberkörper in seiner Loge saß. Seine Haut war so bleich, dass sie beinahe durchsichtig wirkte, die schmalen Augen durchschnitten das Zwielicht des Pendelsaals mit einem eisigblauen Funkeln.

»Nokidemus Konopkor, Fürstkanzler aus dem hohen Yrk«, ließ sich Pater Euseruphius flüsternd vernehmen. »Er ist mit seiner Frostmonstreme, einem Schiff aus purem Eis, die ganze Küste von Bâd entlang nach Wurstogart und von dort auf dem Moroni nach Pantrami gesegelt. Auf den letzten Meilen ist sein Gefährt leider vollständig geschmolzen, weswegen es um seine Laune momentan nicht allzu gut bestellt ist.«

»Und wieso hockt er oben ohne da?«, wollte Fabian ebenso leise wissen.

»Er leidet, wie jeder Yrker, unter den hiesigen Temperaturen. Wenn du aus einem Land stammtest, so kalt, dass man sich nachts mit Schnee bedeckt, um sich aufzuwärmen, würdest du im milden Herbstklima Salamiras ebenso schwitzen wie er.«

Umso mehr freue ich mich, dass ihr es alle rechtzeitig geschafft habt, fuhr Meister Amoebius unbeeindruckt fort. *Wenngleich ich mir gewünscht hätte, wir wären unter erfreulicheren Umständen zusammengekommen. Wie einige von euch bereits ahnen, ist der Anlass unseres Treffens kein glücklicher.*

»Werden Wir vielleicht endlich erfahren, um was es hier geht?«, erkundigte sich jemand aus der zweithöchsten Etage. Erst als er erneut die Stimme hob, konnte Fabian ausmachen, dass es sich um einen schnurrbärtigen Mann mit einer dicken roten Säufernase handelte, den Myrtel zuvor als König Oläus VIII. von Olausia identifiziert hatte. »Was ist so wichtig, dass Wir unsere Kur in den Salinengärten von Hawwak unterbrechen und Unseren hoheitlichen Leib in so unziemlicher Eile hierherschaffen mussten?«

Fabian konnte nicht anders, als über die sonderbare Ausdrucksweise des Königs zu grinsen, aber Euseruphius belehrte ihn leise: »Könige reden von sich selbst immer in der Mehrzahl.«

»Oi, oi!« Xolpph legte fasziniert die Stirn in Falten. »Vielleicht sollten Wir das ebenfalls einführen?«

Natürlich, Hoheit, erwiderte Meister Amoebius ruhig. Falls er sich über die ständigen Unterbrechungen ärgerte, merkte man es seiner Gedankenstimme nicht an. *Im Übrigen wäre ich euch allen dankbar, wenn ihr im weiteren Verlauf für eure Wortmeldungen die Laternen vor euch auf der Balkonbrüstung verwenden könntet. Das erleichtert die Kommunikation für alle Beteiligten.*

Fabian begriff, dass die nach vorne gerichteten Klappen der Laternen dazu dienten, ein Lichtsignal zu geben, wenn man etwas sagen wollte; die anderen wussten dann ohne langes Suchen, wer sprach und wo er oder sie saß.

Kaum hatte Meister Amoebius den Verwendungszweck der Lampen erläutert, da begann die Laterne am Balkon der megatherischen Prinzendrillinge in hektischem Rhythmus zu flackern. Die Lampe an der Brüstung von Tritorenpräsident Zannn erlosch zischend, als der Fischmann in einem mächtigen Wasserschwall aus seinem Bassin langte und danach griff; ein Diener musste hinzueilen und die Flamme neu entfachen. Auch in anderen Logen machten sich die Gäste mit der Funktionsweise der Vorrichtung vertraut.

Die Angelegenheit, die uns heute hier zusammengeführt hat, ist von eminenter Wichtigkeit für Ambigua und den Fortbestand der Freien Staaten, überging Meister Amoebius die Unruhe. *Aus diesem Grund muss ich, bevor ich zum Punkt kommen kann, noch kurz ein anderes Thema anschneiden.* Er wartete, bis auch Mebo, Bebo und Lebo endlich wieder von ihrer Laterne abließen, dann fuhr er fort: *Einige von euch wissen bereits, dass wir hier in Pantrami letzthin gewisse Probleme hatten, was die Geheimhaltung vertraulicher Beschlüsse anging.*

»Hä?«, tönte es vom Balkon der Prinzendrillinge.

Um es ganz deutlich zu sagen: Ein Verräter aus unseren eigenen Reihen hat Beschlüsse des Rats der Weisen ins Land Shurakk übermittelt!

Verhaltener Tumult erhob sich. Offenbar hatten längst nicht alle Anwesenden von der undichten Stelle gehört. Meister Amoebius musste zwei lange Tentakelarme in die Luft recken, damit wieder Ruhe einkehrte.

Wir alle haben vor Kurzem die Bemühungen einiger tapferer Helden verfolgt, die auszogen, das legendäre Zepter von Dollmen vor Volgera Ommms Zugriff zu schützen und so die Erweckung Maledikts des Finsteren zu verhindern.

Bei der Erwähnung der »tapferen Helden« federte Xolpph ungefragt von seinem Sessel auf die Balkonbrüstung und blähte sich auf das Doppelte seiner normalen Größe auf. Aber entweder wusste niemand, wo die tapferen Helden saßen, oder es interessierte die versammelten Staatsoberhäupter im Augenblick nicht. Soweit es im Halbdunkel des Saals zu erkennen war, drehte sich nicht ein einziger Kopf in seine Richtung.

Der vom Rat gefasste Plan, das Zepter im Loch von Ah zu versenken, sickerte trotz all unserer Geheimhaltungsbemühungen nach Shurakk durch. Attentate auf die Gesandten waren die Folge. Sie wurden gefangen genommen, und um ein Haar hätte die Mission in einer Tragödie geendet.

»Und das ist noch milde ausgedrückt«, tönte Xolpph erregt. Doch erneut beachtete ihn niemand.

Fitz-Bartel sei Dank konnte das Zepter im weiteren Verlauf sicher versteckt werden. Unser Verbündeter, Professor Snodderoz, verwahrt es mittlerweile in einem mechanischen Flugapparat, der dauerhaft viele Meilen über dem Erdboden schwebt, außerhalb der Reichweite von Volgera Ommm und seinen Kreaturen. Zu unser aller Sicherheit haben wir Snodderoz bei den ersten Anzeichen der aktuellen Krise angewiesen, sich mit seinem Fluggerät in die nicht-stofflichen Regionen hoch im Nordwesten zurückzuziehen.

»Die nicht-stofflichen Regionen?«, flüsterte Fabian leise.

»Die heißen so, weil sie nicht stofflich sind«, erklärte Xolpph mit ernstem Gesicht.

»Klugscheißer.«

In den folgenden Tagen und Wochen bemühten meine Ratskollegen und ich uns, herauszufinden, wo sich die undichte Stelle befand. Doch der Verräter war mit Bedacht vorgegangen. Wir konnten seine Identität nicht ermitteln.

»Na großartig«, brummte Nokidemus Konopkor, ohne seine Laterne aufzublenden. Schweißperlen glitzerten auf der weißen Haut seines entblößten Oberkörpers. »Da reisen wir über Hunderte von Meilen an, um über ein Problem der internationalen Sicherheit zu debattieren, und hier geht ein Spion um, der all unsere Beschlüsse brühwarm nach Shurakk übermitteln wird!«

Der schleimige Körper von Meister Amoebius richtete sich auf dem Podest zu seiner vollen Größe auf. *Wenn Ihr mich ausreden ließet? Was ich sagen wollte: Die Identität des Spions war nicht zu ermitteln – bis heute Vormittag!*

Ein erleichtertes Aufatmen ging durch die Reihen. Nicht auszudenken, wenn der Verräter noch immer unter ihnen gewesen wäre!

»Und? Wer ist es?«, erkundigte sich einer der drei megatherischen Prinzendrillinge, während er ein wahres Blitzlichtgewitter mit seiner Laterne verursachte.

»Ja, ja, wer ist es?«, schloss sich einer seiner Brüder an und hüpfte nervös auf und ab wie ein Affe mit Blasenschwäche.

»Nun sagt schon! Wer?«, quengelte der dritte Bruder mit kippeliger Stimme.

Meister Amoebius zögerte kurz, als müsse er sich sammeln, bevor er die schwerwiegende Information verkünden konnte. *Wir woll-*

ten es zunächst selbst nicht glauben. Doch die Beweislage lässt keinen Zweifel zu. Bei dem Verräter handelt es sich um eines der honorigsten Mitglieder des Rats der Weisen von Pantrami – den Ehrwürdigen Murjaven!

Ein Gewirr durcheinanderredender Stimmen erhob sich. Viele erkundigten sich bei ihrem Logennachbarn, wer denn jener »Ehrwürdige Murjaven« sei; andere, die den Weisen offenbar persönlich gekannt hatten, verliehen wortreich ihrem Unglauben Ausdruck.

Fabian sagte nichts. Er dachte an die auffällige Gestalt des Duonten, der vor wenigen Stunden so hastig an ihnen vorbeigeeilt war, als sei er auf der Flucht vor jemandem. Verwirrt schüttelte er den Kopf. Er hatte Murjaven kaum gekannt, wie ein Verräter war ihm der Mann mit dem auffälligen Schädel jedoch beim besten Willen nicht vorgekommen. Andererseits: Würde man einen Spion sofort erkennen, wäre er auch irgendwie ein ziemlich mieser Spion ...

Vorne auf dem Podest riss Meister Amoebius erneut mehrere schleimtriefende Tentakel in die Höhe.

Im Zuge unserer Ermittlungen kam es zu Verdachtsmomenten gegen insgesamt drei Mitglieder des Rats der Weisen, führte Meister Amoebius hastig aus. *Da die Zeit drängte – der Beginn unserer Versammlung stand unmittelbar bevor –, sah ich mich gezwungen, zu einem außergewöhnlichen Mittel zu greifen: Ich ließ den drei potenziellen Verschwörern zu Ohren kommen, ein wichtiges Geheimdokument, die heutige Sitzung betreffend, liege in einem Wandfach meines Studierzimmers im MEAM. Dort wurde tatsächlich ein Pergament deponiert. Es hatte keinerlei sinnvollen Inhalt, dafür war es zuvor von meinem Freund Olafur* – er deutete mit einem Tentakel auf den Mann in der schwarzen Toga, der stumm neben ihm in einem Lehnstuhl saß – *mit Magie behandelt worden!*

Prompt erhob sich erregtes Gemurmel auf den Balkonen.

»Öhr habt Magie angewendet?« Die enorme Königin Hubertha blendete ihre Wortmeldungslaterne gerade noch rechtzeitig auf, um jeden sehen zu lassen, wie sie in einer übertrieben schockiert wirkenden Geste ein gerade zum Mund erhobenes Teetässchen sinken ließ. »Löber Amoebius – das öst er-schöt-ternd! Wör sönd nöcht amüsiert!«

Vereinzelte zustimmende Rufe wurden laut.

Mir ist bewusst, dass ich durch den Einsatz von Zauberei gegen geltende Gesetze verstoßen habe. Amoebius hob einen Tentakel, und der Tumult verstummte. *Doch unser Vorgehen hatte Erfolg! Genau wie ich hoffte, verschaffte sich einer der drei Verdächtigen ohne mein Wissen Zugang zu dem besagten Dokument, wobei er sich einer minimalen magischen Strahlung aussetzte. Im Rahmen einer angeblichen Routineuntersuchung mit einem Schwaldur'schen Detektor konnten wir den Schuldigen anschließend identifizieren. Murjaven floh, konnte aber gegen Mittag von einem Eingreifkommando der Stadtwache festgenommen werden.* Meister Amoebius ließ den Arm langsam wieder sinken. *Ich erzähle euch dies, weil es für uns bedeutet, dass alles, was von heute an in den Mauern dieses Turms gesprochen wird, in den Mauern dieses Turms bleibt. Ein jeder kann frei reden!*

Zögernder Applaus aus mehreren Logen.

»Aba wat wird jetze aus dem Verräter?«, erkundigte sich ein unrasierter Riese aus der niedersten Balkonreihe. Er war gebaut wie ein Schrank und sah ungefähr genauso intelligent aus. Auf seinem Schädel saß ein breitkrempiger blauer Cowboyhut.

»Was für eine Frage! Er muss hängen!«, keifte sofort jemand aus einem Abteil direkt über Fabian und Myrtel. »Auf Hochverrat steht die Todesstrafe, schon seit Generationen! Es ist eine gerechte Maßnahme, zudem eine nützliche Abschreckung für solche, die mit dem Gedanken spielen, ihr Vaterland gleichermaßen schändlich ...«

Fraglos wird Murjaven betraft werden, unterbrach Meister Amoebius den Sprecher. *In diesem speziellen Fall ist die Sache allerdings ein wenig komplizierter. Wir haben Murjaven – der ein Duont ist, wie einige von euch wissen – vor Beginn dieser Sitzung einem Blitzverhör unterzogen. Unter dem Einfluss eines Wahrheitszaubers verriet er uns ...*

Erneut erklangen abfällige Zischlaute, daneben erbostes Flüstern aus verschiedenen Logen; klirrend landete eine Tasse aus edlem Spacker Porzellan auf der dazugehörigen Untertasse. Doch bevor Königin Hubertha oder sonst jemand seiner Entrüstung über die erneute Anwendung von Zauberei Luft machen konnte, erklang wieder Meister Amoebius' Gedankenstimme – lauter und energischer als zuvor.

Bei dem von uns verwendeten magischen Hilfsmittel handelte es sich um das Gestühl des Møetner. Dieser verzauberte Lehnstuhl aus dem Holz der Ehresche wurde im Jahre 2917 von einem stagnatischen Nekro gleichen Namens geschaffen. Er funktioniert noch heute, sein Gebrauch ist demnach gemäß den Statuten des Anti-Magie-Edikts von 3261 statthaft. Könnte ich jetzt wohl fortfahren?

Gemurmelte Entschuldigungen, dann wurde es still.

Mithilfe von Møetners Wahrheitsstuhl fanden wir heraus, dass nur Murjavens linke Hirnhälfte für den Verrat verantwortlich war! Ohne das Wissen der rechten schrieb seine linke Hand bei Nacht, während die andere Seite schlief, geheime Botschaften, die per Nachrichtenhamster zu den Verbindungsmännern Volgera Ommms gelangten. Auf diese Weise erfuhr Maledikts Statthalter von all unseren Plänen. Über die darauffolgende Vergütung – anonyme Paketsendungen mit kostbarem Schmuck und Bargeld – wunderte sich Murjavens rechte Hirnhälfte zwar, schöpfte aber keinen Verdacht. Meister Amoebius hob in dozierender Manier einen dünnen Schleimarm. *So gesehen ist Murjaven nur zur Hälfte des Verrats schuldig, ein Fall, wie er in der ambiguanischen Rechtssprechung einzigartig sein dürfte. Ich beneide die Richter nicht, die sich über das gerechte Strafmaß die Köpfe zerbrechen müssen ...*

»Gerechtes Strafmaß – pah!«, schnarrte es von Neuem aus dem Balkon über Fabians Kopf. Er beugte sich nach vorn und erkannte ein paar Meter über sich einen Mann mit glatt anliegendem schwarzem Haar und buschigen, zusammengewachsenen Augenbrauen, der sich wild gestikulierend über die Brüstung lehnte. Sein Unterkiefer stand auffällig weit vor, und bei jedem seiner Worte stob ein feiner Nebel aus Speicheltröpfchen von seinen Lippen. »Bei uns in Umbrulsk wissen wir, wie man mit Verrätern zu verfahren hat!« Der Mann machte eine Geste, als schnitte er jemandem die Kehle durch.

»Oi«, flüsterte Xolpph anerkennend. »Ein echter Charmebolzen! Wer ist der Kerl?«

Myrtel zuckte die Achseln. »Keine Ahnung, ich hab ihn noch nie gesehen. Ist aber kein Wunder, wenn er tatsächlich aus Umbrulsk stammt.« An Fabian gewandt, fügte sie hinzu: »Umbrulsk ist ein Inselstaat weit im Westen.«

»Bestimmt Verräter fairen Prozess bekommt«, piepste da ein hohes Stimmchen irgendwo zu ihrer Linken. »Aber das nicht unser Problem ist! Vielleicht Meister A. besser jetzt käme zum Grund für dringende Krisensitzung?«

Noch bevor Fabian die Blendlaterne des Sprechers ausfindig machen konnte, erkannte er die Stimme wieder. »Poch! Das ist Poch!« Nur einen Augenblick später hatte er den Mäusling in einer Loge an der benachbarten Wand entdeckt.

Poch Bin-Ik, der sie einst auf der Klippe von Mogonthûr durch sein todesmutiges Eingreifen vor Sempukkur, der mörderischen Riesenkrabbe, gerettet hatte, sah so aus, wie Fabian ihn in Erinnerung hatte: Eine knabengroße Maus mit blaugrauem Fell, einem langen, gelenkigen Schwanz und blitzend weißen, spielkartengroßen Nagezähnen. Bei genauerer Betrachtung fiel ihm allerdings auf, dass Poch seit ihrem letzten Treffen ein wenig zugelegt hatte. Er wirkte stattlicher, vor allem in der Bauchgegend, darüber hinaus blitzte auf seiner ehemals schwarzen Augenklappe eine goldgestickte Verzierung.

»Was denn ... der schon wieder?«, grunzte Xolpph. »Was hat der hier zu suchen? Wieso haben die Nager nicht ihren dämlichen König geschickt – Bienzle, oder wie der hieß?«

»König Binns ist verhindert«, gab Pater Euseruphius gedämpft Auskunft. »Er wurde bei einem Unfall mit Bombynit, dem aus Pflanzen gewonnenen Sprengstoff der Mäuslinge, schwer verletzt. Seit Wochen ist er in der Obhut seiner Heiler. Wie man hört, soll er nicht mehr in Lebensgefahr schweben. Zum Glück!«

»Aber wieso schicken diese Spinner ausgerechnet *den?*«, beharrte Xolpph.

»Poch Bin-Ik ist aufgrund seines heldenhaften Einsatzes und der Führungsqualitäten, die er auf der Klippe von Mogonthûr bewiesen hat, zum Obersten Präfekten ernannt worden«, erklärte Euseruphius lächelnd. »Er ist der offizielle Stellvertreter des Königs und repräsentiert auf dieser Zusammenkunft das Recht Kleine Volk, mittlerweile besser bekannt als die Mäuslinge.«

»Warum sitzt er nicht hier, bei uns?«, wollte Myrtel enttäuscht wissen.

»Nach allem, was ich heute Morgen gehört habe, sollte er das eigentlich.« Pater Euseruphius blickte stirnrunzelnd zu dem freien Sessel ihrer Loge. »Ich nehme an, er kam wie üblich zu spät und hat in der Eile die richtige Tür nicht gefunden.«

»Saublöder Trottel«, murmelte Xolpph kaum hörbar.

Ich danke dem Vertreter der Mäuslinge für diese Anregung, ließ sich Meister Amoebius in diesem Moment vernehmen. Fabian bildete sich ein, ein zufriedenes Grinsen aus seiner Gedankenstimme herauszuhören. Aus der Loge über ihnen erklang ein verächtliches Schnauben.

Da die Gefahr durch den Spion fürs Erste gebannt ist, wollen wir jetzt zum Anliegen dieser Zusammenkunft kommen, dem Grund, warum wir alle hier sind!

Zum ersten Mal seit Beginn der Sitzung wurde es mucksmäuschenstill in dem riesigen Raum. Sämtliche Anwesenden schienen gespannt den Atem anzuhalten. Selbst die elefantöse Königin Hubertha dämpfte ihr Schnaufen, bis es kaum noch zu hören war.

Und Meister Amoebius begann zu erzählen.

Kapitel 5 Weckruf aus dem All

Seit Generationen nutzen wir die Gestirne am Himmel über Ambigua zur Orientierung. Seefahrer vertrauen den leuchtenden Mustern am Firmament, kennen ihre unveränderlichen Merkmale und wissen, zu welcher Jahreszeit sie mit welchem Himmelskörper an welcher Position rechnen können. In jüngster Vergangenheit allerdings mussten wir lernen, dass das Himmelszelt, das Fitz-Bartel der All-Schöpfer über unseren Köpfen errichtet hat, bei Weitem nicht so stabil ist, wie wir immer dachten ... dass zuweilen Teile davon herabfallen können!

»Wie ... waff ... herabfallen?« Xolpph, der mittlerweile den Imbisstisch der Loge für sich entdeckt hatte, hielt damit inne, sich sein breites Maul mit Obst vollzustopfen. »Woffon ffpricht er?«

Um diejenigen unter Euch, die noch nichts davon mitbekommen haben, von dem Ereignis in Kenntnis zu setzen, mit dem die unseligen Vorfälle der jüngsten Zeit ihren Anfang nahmen, erteile ich hiermit das Wort jemandem, der direkt davon betroffen war: Gillbaert Petzilenzius, seines Zeichens Lordprotektor und Oberster Lenker des im Südwesten gelegenen Verbunds von Eilanden, die wir als Bakkarakk-Inseln kennen.

Meister Amoebius wies mit einem feuchten Arm zu einer Loge in der zweitobersten Reihe hinauf, wo sogleich eine Laterne aufflammte. Ein gelbhäutiger Mann mit einem schwarzen Zopf und einem ebenso langen, geflochtenen Schnurrbart, dessen Enden ihm bis auf die Brust hingen, erhob sich, überragte die Brüstung aufgrund seiner geringen Größe allerdings gerade mit Kopf und Schultern. Von Weitem erinnerte er an einen uralten Chinesen von der Sorte, wie sie gewöhnlich in billigen Kung-Fu-Filmen vorkamen. Nur die Augen passten nicht ins Bild: Sie waren riesengroß und weiß, ohne Iris oder Pupille.

»Vor gut sechs Wochen begab es sich, dass ein Himmelskörper, ein sogenannter Meteorit, etwa hundert Meilen östlich der Bakkarakks in den Ozean stürzte«, begann Lordprotektor Petzilenzius. »Fischern zufolge, die in jener Nacht im betreffenden Gebiet unterwegs waren, war der Gesteinsbrocken größer als eine dreimastige Galeone! Mit unvorstellbarer Wucht schlug er in die See ein, eine Wasserfontäne, hoch wie ein Berg, verdunkelte minutenlang den Mond. Die Erschütterung, als der Meteorit wenig später auf dem Meeresboden auftraf, war in der gesamten Südhälfte Ambiguas zu spüren.«

»Ein Meret-eoröt? Vor söchs Wochen? Aber ... wör dachten, das sei ein ordinäres Ördbeben gewösen«, schnaufte die fette Königin Hubertha dazwischen.

»Das glaubten viele.« Petzilenzius nickte kaum merklich. »Das Beben schien zunächst auch das geringste Problem. Wesentlich bedenklicher war die enorme Wasserverdrängung, zu der es beim Aufprall kam. Sie löste eine Monsterwelle aus, eine sogenannte Hamilka, die wenige Stunden später mehrere Ortschaften an der Ostküste der Bakkarakks verwüstete, namentlich die Fischerdörfer Laberthal, Verksatt und Kavtan sowie den Handelsstützpunkt Barff.«

»Jetzt, wo Öhr es sagt«, murmelte Königin Hubertha und drehte gedankenverloren eine ihrer zierlichen Tässchen zwischen den dicken Wurstfingern. »Auch an der Westköste Unseres Reichs kam ös zu Zerstörungen durch Öberschwemmungen.«

»Wie gesagt, zunächst gingen wir davon aus, die Flutwelle sei das vorrangige Problem«, fuhr Petzilenzius fort. »Dennoch sandte ich, nachdem die ärgsten Schäden behoben und die Überschwemmungsopfer versorgt waren, eine Gruppe von Forschern aus, um die Sache genauer in Augenschein zu nehmen. Als leitenden Kapitän konnte ich Sandoflaz gewinnen, den berühmten Abenteurer und Seefahrer. Weiterhin erhielt ich Unterstützung durch eine Gruppe samelsurischer Waler, die ein Tiefboot beisteuerten, mit dem wir zum Meeresgrund hinabtauchen konnten. Auch einige Freie Staaten beteiligten sich, indem sie uns Gelehrte oder nützliche Ausrüstung sandten ...«

Der Rat der Weisen steuerte mit Doktor Morgenthau einen der hochrangigsten Wissenschaftler Salamiras bei, warf Meister Amoebius nicht ohne Stolz ein.

»Die Expedition lokalisierte die Stelle, die die Augenzeugen bezeichnet hatten, und fand dort, in gut zwei Meilen Tiefe, den Einschlagkrater.« Lordprotektor Petzilenzius holte tief Luft. »Wie sich zeigte, müssen wir den Göttern danken, dass dieser Brocken ins Meer stürzte und nicht aufs Festland. Nach der Größe des unterseeischen Lochs zu schließen, wäre sonst ein Bereich von der Landkarte getilgt worden, größer als der Forst von Rubyk!«

Ein schockiertes Raunen ging durch die Reihen.

Danke, Lordprotektor, sprach Meister Amoebius. Petzilenzius neigte den Kopf und löschte seine Laterne.

Die Schäden, die die Riesenwelle verursacht hatte, waren rasch beseitigt. Wir alle – einschließlich des Rats der Weisen, denn wir hatten mit der Suche nach dem Spion andere Dinge im Kopf – vergaßen den Vorfall. Der Qualler schwieg einen Augenblick düster. *Als wenig später die Vorfälle begannen, brachte sie zunächst niemand mit dem abgestürzten Himmelskörper in Verbindung.*

»Was für Vorfälle?«, rief der schwitzende Eiskanzler Nokidemus Konopkor.

Statt einer Antwort erteilte Meister Amoebius stumm einer Loge in der obersten Reihe das Wort. Ein eher unscheinbarer Fant hockte dort, einen blausamtenen Herrschermantel eng um seinen Körper geschlungen. Auf seiner fliehenden rosa Stirn saß ein von Silberfäden durchwirkter kegelförmiger Hut aus weißem Pelz.

»Platbold I., König von Samelsur«, wisperte Pater Euseruphius.

»Danke«, erwiderte Fabian ebenso leise.

»Seit gut vier Wochen beklagen Unsere Pilzernter unerklärliche Ernteausfälle«, hob König Platbold näselnd an. »Von spontaner Fäulnis wird berichtet, ganze Pilzkolonien sollen sich im Handumdrehen in stinkenden Unrat verwandeln.« Er senkte bedrückt das Haupt. »Wenn dieses Phänomen weiter um sich greift, wird die Wirtschaft Unseres Reichs nachhaltig Schaden nehmen!«

An einem Balkon, von wo bisher noch keine Wortmeldung gekommen war, flammte ein Licht auf. In der Loge dahinter saß eine schlanke, betörend schöne Frau mit einem fein geschnittenen Gesicht und nachtschwarzem, wallendem Haar.

»Das ist Prinzessin Philomel, die Regentin Radiesiens«, erklärte Myrtel.

»Sie ist sauschön«, fand Xolpph. »Für eine Menschenfrau, meine ich.«

»Das kann man wohl sagen«, hauchte Fabian beeindruckt – und fing sich prompt einen Ellenbogenknuffer von Myrtel ein.

»Auch die Bauern Unseres Reichs beklagen seit Wochen verfaultes Erntegut«, begann die schwarzhaarige Schönheit. »Sie führen es auf die schwarzen Wolken zurück, die in weiten Teilen des radiesischen Firmaments aufgezogen sind und das Licht der Sonne abschirmen.« Sie seufzte hell. »Wohin man geht, spürt man die Luft vor Spannung knistern, als stünden schwere Unwetter bevor; doch es kommen keine.«

»Wie bei uns! Genau wie bei uns!«, brüllte einer der megatherischen Drillinge, während einer seiner Brüder wild mit der Laterne blitzte. »Pflanzen verfaulen, es wird dunkel am helllichten Tag. Und der Boden speit schwarzes Gewürm aus!«

»Nicht zu vergessen der Gestank«, fügte der dritte Bruder mit gerümpfter Nase hinzu. »Nach faulen Eiern und etwas ... etwas Totem, das irgendwie doch nicht tot ist! Klingt blöde, aber ich weiß nicht, wie ich es anders beschreiben soll.« Er ließ die Schultern hängen. Zum ersten Mal, seit die drei Nervensägen ihre Loge bezogen hatten, wirkten sie völlig ernst.

Ein neues Licht flammte auf, ebenfalls in der obersten Reihe, nicht weit von den Drillingen entfernt. Ein greiser Mann mit einem bis auf die Brust reichenden schlohweißen Bart hatte sich dort erhoben. Auf seinem Haupt saß ein gezacktes Gebilde aus kunstvoll geschliffenem Kristall, das das Laternenlicht gleißend in alle Richtungen reflektierte.

»In Koz, woher Wir kommen, spielt die Fauna verrückt«, sprach König Spekularz langsam. »Tiere aller Gattungen rotten sich zu Rudeln zusammen und ziehen abseits ihrer üblichen Reviere über das Land. Sie sind ungewohnt aggressiv, selbst harmlose Arten fallen ohne Vorwarnung Menschen, Fanten und sogar Oktabären an. In Vijonella, einer kleinen Stadt nordwestlich von Wurstogart, wurde ein Händler von einem Rudel Hexalinge getötet, um nur eines von vielen Beispielen zu nennen; die bunten Falter ließen sich in solchen Massen auf seinem Gesicht nieder, dass der Mann kläglich erstickte!«

»Bei uns in Bâd isset dat Wetter, wat völlig durcheinanderjeraten is«, verkündete der Schrank mit dem blauen Cowboyhut aus der untersten Balkonreihe. »Draußen uff meener Farm jefriert dit Wasser inne Tröge, die Tiere könn nich mehr saufen. Ick meene ... et *jefriert!* Im Herbst! *Hallo?*«

»Wer ist der denn?«, erkundigte sich Fabian amüsiert. »Wenn das auch ein Adeliger ist, bin ich aber der Kaiser von China!«

»Das müsste Hindrek Phoerkl sein, der Vorsitzende des Holgerzüchterverbands von Bâd«, vermutete Pater Euseruphius zögernd. »Sie haben da oben keine Hauptstadt und keinen festen Regenten. Einmal im Monat wählen sie ein neues Regierungsoberhaupt. Momentan ist er an der Reihe.«

»Gewitztes System«, lobte Xolpph. »Erinnert mich daran, dass ich bei Gelegenheit nach Bâd ziehe.«

»Auf Golgath haben wir seit Wochen mit rätselhaften Springfluten zu kämpfen«, teilte jetzt ein uralt aussehendes Männlein mit, kaum größer als ein fünfjähriger Junge. Es steckte in einer grauen Montur mit passender Zipfelmütze und untermalte seine Worte mit allerlei hektischen Gesten.

»Nachgep Ulternus«, wisperte Pater Euseruphius in Fabians Ohr. »Er vertritt die Grauen Gnomer.«

»*Wir* haben auf Flux viel schlimmere Ffpringfluten, Ulternuff, du alter Schwätzer!«, keifte ein ähnlich greisenhaftes, jedoch grün gekleidetes Männlein, nur einen Balkon neben dem Gnomer. Hatte es eben noch die nackten, von grünen Gamaschen bedeckten Füße lässig auf die Brüstung gelegt und sich aus einer Tüte Bonbons in den Mund geschaufelt, so sprang es nun wild auf und grinste seinen Balkonnachbarn herausfordernd an. Dabei ließ es ein entsetzlich lückenhaftes, von bräunlicher Karies zerfressenes Gebiss sehen.

»Heiliges Erbspüree«, entfuhr es Fabian, und er schlug sich automatisch die Hand vor den Mund. »Ein Zickrich!« Lebhafter, als ihm lieb war, erinnerte er sich an Richart, einen Vertreter dieses merkwürdigen, zwergenhaften Volks, den sie auf ihrer zurückliegenden Reise getroffen hatten. Wie alle Zickriche hatte er sich ausschließlich von zuckerhaltigen Bonbons ernährt, und der Anblick seiner ruinösen Kauwerkzeuge hätte einen ausgewachsenen Trull würgen gemacht.

Pater Euseruphius neben ihm nickte zustimmend. »Das ist Graf

Grunwallski von der Insel Flux. Seine Zickriche und die Grauen Gnomer liegen seit Äonen im Clinch – warum, das wissen sie schon lange selbst nicht mehr.«

»Was verstehst *du* denn davon, Grunwallski?«, schoss der Graue Gnomer zurück, der nun ebenfalls aufgesprungen war. »*Du* würdest eine Springflut nicht mal erkennen, wenn sie dir gerade deinen schäbigen Palast unter dem Hintern wegspült!«

»Ha – daff ffagt auffgerechnet einer, der ffeinen *eigenen* Hintern nur noch findet, weil am betreffenden Ende ffeineff Körperff die Wäsche immer ffo schmutzig ifft!« Der Zickrich gackerte hysterisch über seinen Scherz. Von ihrem höher gelegenen Balkon fielen die Gebrüder Mebo, Bebo und Lebo mit dreistimmigem Kichern ein.

»Oh, ich vergaß zu erwähnen: Graf Grunwallski gilt als Meister der niveaulosen Beleidigung«, seufzte Pater Euseruphius.

»Hat zufällig einer von euch einen Notizblock dabei?«, erkundigte sich Xolpph. »Ich glaube, von dem Kerl kann sogar ich noch eine Menge lernen!«

Ein dumpfes Brüllen ließ Gelächter und Beleidigungen schlagartig verstummen. Fabian zuckte zusammen. Hatte sich unbemerkt ein wildes Tier Zutritt zum Pendelsaal verschafft?

Mit einer gewissen Erleichterung registrierte er, dass das Gebrüll von einem Balkon rechts über ihm stammte. Dort hatte sich eine mit zottigem Fell bedeckte Gestalt zu ihrer vollen Größe von gut zweieinhalb Metern aufgerichtet und reckte in drohender Geste acht mächtige Arme in die Luft.

»Hauptmann Harobi aus Sabatt«, sagte Myrtel ehrfürchtig. »Er vertritt die Oktabären.«

»Harobi ist eigens von Tunkuska herübergekommen«, fügte Pater Euseruphius hinzu. »In den letzten Jahren ist ein großer Teil seines Volks auf diesen Kontinent ausgewandert, da die Oktabären nicht mehr bereit waren, hierzulande für niedrigste Löhne schwerste körperliche Arbeiten zu verrichten.«

Als er sich der eingeschüchterten Blicke aller anderen Teilnehmer sicher war, ließ der Oktabär sieben seiner Arme wieder sinken und begann zu sprechen. Wenngleich »sprechen« in seinem Fall nur eine bedingt passende Bezeichnung war. Fabian verstand von den tiefen Knurrlauten, die aus Harobis langer Bärenschnauze drangen, rein gar nichts, und instinktiv nahm er an, dass es vielen Anwesenden ebenso ging.

Bevor jedoch jemand Gelegenheit zu einer Beschwerde hatte oder Meister Amoebius auf die Idee kam, Harobis Beitrag auf gedanklicher Ebene zu synchronisieren, sprang Myrtel von ihrem Sessel auf und öffnete die Blendklappe ihrer Laterne.

Es dauerte einen Augenblick, dann erinnerte sich Fabian, dass die Fant der Sprache der Oktabären mächtig war. Als der Hauptmann zwischen zwei Sätzen Luft holte, übersetzte sie mit lauter Stimme: »Die Südhälfte Tunkuskas wird seit Wochen von Erdbeben erschüttert.«

Knurren, Brummen.

»An den unmöglichsten Orten brechen Bodenspalten auf. Menschen und Tiere stürzen hinein, verschwinden und werden nie wieder gesehen.«

Erregtes Fauchen, gefolgt von lautem Grollen.

»Aus den Öffnungen quellen unvorstellbare Mengen einer klebrigen, stinkenden Masse, die die Felder bedeckt, das Saatgut erstickt und in Häuser und Ställe dringt.«

Ein letzter, winselnder Laut. Er klang, als sei jemand einem Hund auf den Schwanz getreten.

»Proben haben ergeben, dass es sich um Pudding mit Lebertrangeschmack handelt!«

»Lebertran«, hauchte Xolpph erschüttert, während Hauptmann

Harobi mit grimmigem Blick seine Laterne löschte und sich setzte. »Pfui Spinne ... Also, *das* ist wirklich ernst!«

Die anderen Mitglieder der Versammlung schienen ähnlicher Ansicht zu sein. Sie diskutierten angeregt, mit gedämpften Stimmen. Möglicherweise, überlegte Fabian, erschütterte sie der Bericht des Oktabären deswegen so sehr, weil er sich im Gegensatz zu den vorangegangenen selbst mit viel gutem Willen nicht mehr als gewöhnliches Naturereignis erklären ließ.

Neben ihm ließ sich Myrtel zurück in ihren Sessel sinken. Fabian wollte ihr ein Kompliment für ihre Dolmetscherfähigkeiten machen, doch in diesem Moment ergriff Meister Amoebius wieder das Wort:

Ich danke euch für eure Beiträge. Ihre Zahl und Vielfalt hilft uns, das beunruhigende Gesamtbild zu erkennen: Die unheimlichen Geschehnisse der letzten Wochen – unerklärliche Wetterphänomene, finstere Wolkenfronten, Plagen durch Erdbeben, Ungeziefer und vieles mehr – sind nicht regional begrenzt, sondern betreffen ganz Ambigua. Er reckte sich, bis er wie eine Säule aus grünem Schleim in die Höhe ragte. *Damit kennt ihr nun alle den Grund, weshalb wir euch per Eilruf zu dieser Notkonferenz bestellt haben.*

Für einen kurzen Augenblick herrschte Stille. Dann ertönte die brüchige Stimme von König Spekularz: »Was, glaubt Ihr, ist der Grund für all diese Phänomene?«

Dazu wird euch mein Freund Olafur etwas sagen. Er ist, wie ich bereits erwähnte, ein Nekro, und ein ziemlich versierter obendrein. Während der letzten Tage hat er – auf mein ausdrückliches Geheiß, wie ich hinzufügen möchte – gewisse Untersuchungen vorgenommen.

»Gewösse *magösche* Untersuchungen?«, fragte Königin Hubertha eine ihrer Teetassen.

Neben Meister Amoebius erhob sich nun erstmals der Mann mit der schwarzen Toga von seinem Stuhl und warf einen ärgerlichen Blick in die Runde. »Ja, mit Verlaub: magische Untersuchungen! Und, bei Fitz-Bartel – ihr tätet gut daran, euch nicht mehr über solche Belanglosigkeiten die Köpfe zu zerbrechen. Wir haben jetzt andere Probleme. *Ambigua* hat andere Probleme!«

Die Art, wie der Nekro den letzten Satz aussprach, brachte Fabians Kopfhaut zum Kribbeln. Eine unheilvolle Ahnung formte sich in seinem Hinterkopf – eine Ahnung, weshalb Meister Amoebius auch ihn auf die Krisensitzung bestellt hatte, obwohl ihm als Junge von der Erde diese unerklärlichen Phänomene doch eigentlich ziemlich egal sein konnten ...

»Von der Kuppel meines Planetariums in Werg aus habe ich eine magische Fernortung vorgenommen«, verkündete Olafur mit in die Hüften gestemmten Armen. »Sie ergab, dass es in unserer Welt seit knapp sechs Wochen zu ungewohnt starken Entfaltungen magischer Energie kommt. Die Intensität dieser Entladungen wird stärker, je weiter man nach Süden geht. Ihr Zentrum liegt im Lande Shurakk, genauer: der Feste Corborion!«

Ein schriller Schrei ertönte, gefolgt von einem massiven Plumpsen und vielfachem schepperndem Klirren. Als in einer der obersten Logen mehrere Diener besorgt umeinanderzuwuseln begannen, wurde klar, dass Königin Hubertha ohnmächtig geworden und von ihrem Stuhl gekippt war.

Auch auf anderen Balkonen erhob sich panisches Gewisper.

»Aber das ...«, übertönte das weinerliche Organ eines der megatherischen Drillinge, möglicherweise Lebo, den Tumult.

»... hieße ja, dass ...«, greinte ein zweiter, eventuell Mebo.

»... Maledikt der Finstere ...«, wimmerte der dritte – Bebo?

Olafur drehte sich einmal mit erhobenen Armen im Kreis, um für Ruhe zu sorgen, was ihm allerdings nur bedingt gelang.

»Der exakte Ablauf der Ereignisse ist schwer zu rekonstruieren. Möglicherweise werden wir nie genau erfahren, was passiert ist.

Ich persönlich vermute, dass der Einschlag des Meteoriten, wenige hundert Meilen westlich von Shurakk, zu Verschiebungen in tiefer gelegenen Erdschichten geführt hat. Dadurch wurde das magische Massefeld von Maledikts Reich beeinflusst. Wie ihr wisst, verlaufen unterhalb von Shurakk, im glutflüssigen Kern dieses Höllenpfuhls, magische Meridiane von erheblicher Kraft. Der Einschlag könnte einen davon beschädigt oder umgeleitet haben ... Wie dem auch sei, die schreckliche, nicht mehr wegzudiskutierende Folge scheint zu sein, dass der Herr des Bösen nach 777 Jahren in seinem magischen Schlaf gestört wurde.« Der Zauberer ließ die Arme sinken und wirkte mit einem Mal erheblich kleiner als zuvor – alt, schwach und verzweifelt. »Maledikt der Finstere ist erwacht!«

Kapitel 6
Üble Aussichten

Wie sicher ist es?« Fabian ignorierte die Gänsehaut, die über seinen Rücken kroch, als er das Unvorstellbare zum ersten Mal selbst in Worte fasste. »Wie sicher ist es, dass sich Maledikt aus seinem magischen Koma erhoben hat? Volgera Ommm, einer der mächtigsten Nekros Ambiguas, hat schließlich schon mehrmals versucht, seinen Herrn zu wecken – ohne Erfolg! Und nun soll ein Felsbrocken aus dem Weltall ...« Er legte die Stirn in Falten. »Könnten wir dann überhaupt noch hier sitzen und reden? Hätte Maledikt seine Horden nicht schon längst zum Angriff gegen die Freien Staaten geschickt?«

Verwirrt sah er zu Meister Amoebius hinüber, der nahezu bewegungslos hinter dem Schreibtisch seines improvisierten Büros im fünften Stock des Töc-Turms saß. Der schmucklose, schlauchförmige Raum war nichts im Vergleich zu dem beeindruckenden Studierzimmer, das der Qualler im labyrinthischen Keller des MEAM bewohnte, aber er musste seine Aufgabe ja nur für die Dauer der Konferenz erfüllen. Die einzigen persönlichen Gegenstände, die Fabian auf der Tischplatte sah, waren Stapel dicker, ledergebundener Bücher mit schleimfest ummantelten Seiten, dazwischen mehrere irdene Humpen, in denen eingetrocknete Reste einer grünen, klebrigen Flüssigkeit zu erkennen waren. Fabian fiel auf, dass er sich nicht erinnern konnte, den Gelehrten je beim Essen oder Trinken gesehen zu haben. Doch jetzt war wohl kaum der geeignete Zeitpunkt zu ergründen, wovon Qualler sich eigentlich ernährten.

Auf Olafurs Verkündung hin war im Pendelsaal ein regelrechtes Chaos ausgebrochen. Sitzungsteilnehmer schrien durcheinander, manche weinten, andere verließen fluchtartig ihre Logen. Meister Amoebius blieb nichts anderes übrig, als die Versammlung kurzfristig zu unterbrechen. Er hoffte, dass sich die Gemüter nach dem Abendessen wieder so weit beruhigt haben würden, dass sie sich erneut zusammensetzen konnten. Denn es musste dringend ein Beschluss gefasst werden, das war jedem klar.

Fabian hatte, anders als Myrtel und Xolpph, darauf verzichtet, sich zum Essen zu begeben. Stattdessen war er dem Qualler in seine Kommandozentrale gefolgt, um sich Klarheit über einige wichtige Punkte zu verschaffen.

Wie sicher es ist?, wiederholte Meister Amoebius mit matter Gedankenstimme. *Es steht unumstößlich fest, Fabian. Die Begleiterscheinungen, von denen die Gesandten aus allen Ländern berichtet haben, sind eindeutig.* Er deutete auf die Bücherstapel vor sich auf dem Tisch. *Sie werden in verschiedenen Prophezeiungen, die sich mit der Rückkehr Maledikts beschäftigen, exakt beschrieben.* Der Schleimberg stieß ein Seufzen aus, ein Geräusch, als litte ein Elefant unter bedauerlichem Durchfall. *Hinzu kommt, dass Olafur nicht der einzige Nekro ist, den ich zur Untersuchung des Sachverhalts hinzugezogen habe. Er war lediglich der Einzige, der bereit war, offen vor der Versammlung über die von ihm angewandten Praktiken zu sprechen. Du musst bedenken: In manchen der Länder, deren Oberhäupter an der Konferenz teilnehmen, müsste er dafür mit der Todesstrafe rechnen!*

»Und diese anderen Nekros? Haben sie auch ...«

Der Qualler nickte. *Ihre Einschätzung war einhellig, dennoch wollte ich ihr zunächst nicht trauen. Deshalb sandte ich eine Botschaft an Vagdrusal den Gütigen, der sich nach der Erneuerung des Großen Siegelzaubers nach Tunkuska, in den Forst von Krost zurückgezogen hat, um dort ein Jahrzehnt in Meditation zuzubringen. Ich bat ihn, mir seine Meinung zu den Vorfällen mitzuteilen.* Ein erneutes Seufzen entrang sich Meister Amoebius' Körpermasse. *Er kam zum selben Schluss: Das Beben, das der Meteorit bei seinem Einschlag in den Erdschichten unterhalb Shurakks verursacht hat, muss das magische Koma des dunklen Herrschers beendet haben. Maledikt ist wieder bei Bewusstsein, und seine finstere Präsenz in unserer Sphäre sorgt für all die sonderbaren Phänomene in Flora, Fauna und Klima.*

Meister Amoebius erhob sich glucksend und schwappte zu einem schmalen Fenster, das sich in der Wand hinter seinem Schreibtisch befand. Längst war draußen die Dämmerung hereingebrochen. Von dem engen Gassengewirr und den uralten Tempeln des Altachtels, die sich am Fuße des Turms aneinanderdrängten, war nicht mehr zu erkennen als eine unregelmäßige Ansammlung gelblicher Lichtpunkte.

Es mag dir ungewöhnlich erscheinen, aber du darfst eines nie vergessen: Die Zeiten, da Maledikt ein gewöhnlicher Mensch war, liegen weit zurück. Durch seine Studien der vergessenen Künste und die abgründige Bosheit, die ihm seit jeher innewohnt, ist er zu etwas anderem geworden ... zu etwas, das es in Ambigua nie zuvor gegeben hat!

Der Qualler drehte sich um. Aufgrund des fehlenden Gesichts ließ sich nicht ausmachen, ob er zuvor durch das Fenster nach draußen gesehen hatte oder es jetzt erst tat. *Dieser Umstand ist jedoch zugleich unser Vorteil: Als Wesen, das quasi nur noch aus magischer Energie und entartetem Hass besteht, hat Maledikt seinen ehemaligen stofflichen Körper zurückgelassen, als er sich im Jahre 2808 in den Tiefschlaf versetzte, um neue Kraft zu schöpfen. Diese materielle Hülle ist heute längst zu Staub zerfallen.*

»Was ist daran gut? Ein körperloser dunkler Herrscher ... also, das hört sich für mich eher noch gruseliger an!«

Es ist die Antwort auf deine Frage, wieso wir noch unbeschadet hier sitzen und reden können, Fabian! Als körperloses Geschöpf, das nach fast 800 Jahren aus tiefem Schlummer erwacht – einem Schlaf, der so fest war, dass er sich ohne fremde Hilfe nicht daraus erheben konnte –, dürfte Maledikt zunächst sehr schwach sein, kaum mehr als ein böser Geist. Ein Schatten seiner selbst. Tage, Wochen, vielleicht Monate werden vergehen, bis er aus sich selbst heraus einen neuen Körper generieren und wieder Pläne zur Unterwerfung Ambiguas schmieden kann.

»Aber wenn doch allein seine Gedanken schon so mächtig sind, wieso kann er nicht einfach telepathisch eine Armee mobilisieren und ...«

Weil er keine Armee mehr hat! Seine Legionen, die er anno 2777 im großen Feldzug anführte, wurden zerschlagen, ihre spärlichen Reste in alle Winde zerstreut. Auf Corborion, unter der Aufsicht Volgera Ommms, blieben allenfalls einige Hundert seiner Kreaturen zurück. Fraglos hat Maledikts unheilvolle Präsenz bereits dafür gesorgt, dass sich finstere Kreaturen von Neuem aus allen Himmelsrichtungen auf den Weg nach Süden machen, um ihrem Meister beizustehen und sich von ihm führen zu lassen. Aber das wird einige Zeit in Anspruch nehmen – Zeit, die wir nutzen müssen!

»Wofür? Was können wir denn überhaupt tun?«

Darüber zu beraten, ist die Aufgabe der Großen Konferenz, erwiderte Meister Amoebius ruhig und verschränkte zwei schleimtropfende Ärmchen auf seinem Rücken, möglicherweise auch seiner Brust.

Fabian schwieg eine Weile. Er kramte in seinem Gedächtnis, was der Qualler ihm einst über die Pläne des dunklen Herrschers erzählt hatte.

»Angenommen, es gelänge Maledikt, Ambigua zu unterwerfen«, begann er rau, »angenommen, er schwänge sich zum obersten Herrscher dieser Welt auf ... dann würde er über kurz oder lang auch die Erde erobern, richtig? Über das System der magischen Pforten?«

Der Qualler nickte bebend. *Im Zuge seines zweiten Machtergreifungsversuchs hat Maledikt die Positionen sämtlicher Pforten recherchiert, der hiesigen ebenso wie der irdischen. Wie du weißt, wollte er die Erde damals als Hintertür benutzen, um über andere, dort gelegene Pforten seine Handlanger in die Regierungszentren der Freien Staaten einzuschleusen, ihre Oberhäupter durch gezielte Attentate zu beseitigen – ein Plan, der durch den Großen Siegelzauber vereitelt wurde.*

»Das heißt, er weiß ganz genau, wohin jede der 111 verbliebenen Pforten auf der Erde führt?«

Ein erneutes Nicken.

Fabian seufzte. Es war vertrackt: Da existierte seit Jahrtausenden etwas so Großartiges wie das System der magischen Pforten, das Ambigua und die Erde verband, und nun sollten just diese Verbindungen, von denen daheim außer ihm und 111 Hütern niemand etwas wusste, zum Untergang der Erde führen!

Ein scharfes Zischen verkündete die Ankunft einer Memonatter. Erstaunlich flink zog der Qualler die träge schwarze Schlange aus einem Rohrpoststutzen neben dem Schreibtisch und las die Nachricht, die auf ihren farbveränderlichen Schuppen geschrieben stand. Dann ließ er das Tier achtlos zwischen die Bücher und Becher auf seinem Schreibtisch fallen und griff nach seinem Doktorhut.

Es geht weiter! Die Teilnehmer der Konferenz sind wieder versammelt.

Kapitel 7
König Oyter

»Wir danken Euch für Eure Einschätzungen, Meister Amoebius!« Die Aggressivität war gänzlich aus der Stimme von Nokidemus Konopkor, dem bleichen Fürstkanzler von Yrk, gewichen und hatte ernster Besorgnis Platz gemacht. Das war auch kein Wunder.

Während der letzten halben Stunde hatte Meister Amoebius den versammelten Staatsoberhäuptern nicht nur seine Vermutungen bezüglich der momentanen Schwäche des dunklen Herrschers mitgeteilt, sondern ihnen im Anschluss auf telepathischem Wege ein Szenario in die Köpfe projiziert, wie Maledikts Attacke aussehen könnte, falls man ihm genügend Zeit ließ, ein neues Heer zusammenzuziehen. Die rauchgeschwärzten, mit dem Blut Tausender unschuldiger Ambiguaner getränkten Schlachtfelder, die er vor dem inneren Auge der Versammlung heraufbeschwor, ließen den Verlust von Konopkors geschmolzenem Eisschiff rasch zur Bedeutungslosigkeit verblassen.

»Überlegen wir also, was wir tun können, um dieser fürchterlichen Bedrohung entgegenzuwirken«, fuhr der weißhäutige Monarch fort und wischte sich energisch einen glitzernden Schweißfilm von der Stirn.

Einige Balkons weiter erhob sich Hauptmann Harobi von den

tunkuskischen Oktabären und stieß ohne zu zögern eine Reihe kehliger Knurrlaute aus. Bevor Myrtel dazu kam, sie zu übersetzen, flammte drei Logen weiter rechts eine Lampe auf.

»Eine sofortige militärische Intervention wäre fraglos denkbar, Hauptmann«, erwiderte der weißbärtige Gwiliam, der offenbar ebenfalls Oktabärisch verstand. Wie Fabian zwischenzeitlich erfahren hatte, vertrat er gemeinsam mit Astrud al Mehitabel, Meister Amoebius und einem greisen Fant namens Gingolf den Rat der Weisen von Pantrami, der Salamira seit Jahren anstelle eines Königs regierte. »Wenn Amoebius recht hat, sind auf Corborion gegenwärtig nicht mehr als ein paar Hundertschaften Krieger stationiert, Shurkkas, Insektoren, ein paar abtrünnige Trulle vielleicht ...«

»Dann lasst uns eine Armee ausheben und sie nach Süden schicken, solange Maledikt noch ein Schatten ist«, forderte Lordprotektor Petzilenzius von den Bakkarakk-Inseln. Aufgrund der direkten Nachbarschaft seiner Heimat schien ihm der Gedanke an eine schnelle, endgültige Lösung besonders sympathisch zu sein.

»Ja! Ja! Plattmachen! Plattmachen!«, skandierten die Prinzendrillinge Mebo, Lebo und Bebo aus ihrer Loge.

Diesem Vorschlag stehen unglücklicherweise einige Unwägbarkeiten entgegen. Meister Amoebius, der im Anschluss an seine Gedankenprojektion auf einem der Lehnstühle des Felsenpodests zusammengesackt war, klang nachdenklich. *Wir wissen nicht sicher, wie stark Corborion bemannt ist. Die Festung liegt strategisch günstig in einer glutheißen Steinwüste, umringt von aktiven Vulkanen. Auch mit wenigen Männern wäre sie mühelos über einen längeren Zeitraum zu halten. Eine Streitmacht, die Aussichten auf Erfolg haben sollte, müsste demgemäß sehr stark sein.* Er seufzte blubbernd. *An dieser Stelle kommt das Zeitproblem ins Spiel. Eine ausreichend schlagkräftige Armee zusammenzuziehen, würde Wochen, ja: Monate dauern. Weitere Zeit würde ins Land ziehen, bis diese Streitmacht im Süden ankäme. Bis dahin könnte Maledikt seinerseits eine unwägbare*

Zahl an willfährigen Kreaturen in Shurakk versammelt haben. Und nicht auszudenken, wenn er inzwischen seine magischen Kräfte wieder ausreichend regeneriert hätte. Dann könnte er selbst eine zahlenmäßig überlegene Armee zu Staub zerblasen!

Harobis Vorschlag wurde dennoch eine Weile erregt diskutiert, wobei viele der Beteiligten sich kreuz und quer, ohne Benutzung ihrer Laternen unterhielten. Schließlich erhob sich Meister Amoebius wieder von seinem Stuhl und sorgte mit ausgestreckten Tentakeln für Ruhe. Er erteilte das Wort jemandem, der sich bisher noch nicht geäußert hatte: Präsident Zannn, dem fischschwänzigen Repräsentanten der Tritoren.

Der Meermann stützte die Ellenbogen auf den Rand seines Bassins und kraulte sich mit einer schwimmhautversehenen Hand das geschuppte Kinn. »Und wwenn wwir einffach *ggar nichts* ttäten?«, schlug er glucksend vor. Als er Dutzende verwirrte Blicke auf sich spürte, fügte er hinzu: »Ich mmeine ... wwer wweiß, ob es tatsächlich so kommen wwird, wwie Herr Amphorius es uns vorggespiegelt hat? Vielleicht ist Mallfred der Finstere ja ... ggeläutert aus seinem Schlummer erwwacht? Vielleicht hegt er ggar keinen Groll mmehr ggegen den Rest Ambiguas?« Er richtete seine Glupschaugen gegen die hohe Decke des Saals, als müsse er seine eigenen Worte überdenken, dann nickte er voller Überzeugung. »Ja! Man sollte einffach abwwarten!«

Damit glitt er schwappend zurück unter die Wasseroberfläche. Und das war auch besser so! Nur eine Sekunde später brach ein Chaos aus aufgebrachten und fassungslosen Stimmen los, das selbst Meister Amoebius lange Zeit nicht unter Kontrolle bekam.

Pater Euseruphius schüttelte müde den Kopf und beugte sich zu Fabian hinüber. »Wie ich schon sagte: Die Tritoren stehen nicht gerade im Ruf, das intelligenteste Volk Ambiguas zu sein.«

»Wie sollten sie auch? Die Schlausten sind schließlich die

Xenophore, wie jeder weiß!«, quäkte Xolpph vom Imbisstisch, wo er sich über die zwischenzeitlich aufgefüllten Naschereien hermachte.

Als es endlich wieder ruhiger wurde, erhob sich Myrtel zögernd und blendete ihre Laterne auf. »Wie wäre es, wenn man statt einer Armee eine kleine, gut ausgebildete Spezialeinheit nach Shurakk schicken würde?«, schlug sie zögernd vor. »Ein paar Krieger plus ein paar fähige Nekros? Sie könnten sich ungesehen in Maledikts Festung einschleichen und ihn ausschalten, bevor er zu seiner alten Macht zurückfindet.« Sie überlegte kurz. »Wenn Nekros dabei wären, könnten sie ihn möglicherweise von Neuem in einen Tiefschlaf versetzen. Das dürfte einfacher sein, als ihn in einem offenen Kampf zu erschlagen.«

»Mein Könd, Magie öst eine nöcht zu tolerierende ...«, begann die dicke Königin Hubertha porzellanklimpernd. Doch sie wurde von einem jäh emporbrandenden Kanon aufgeregter Stimmen übertönt.

Fabian musterte die Fant mit großen Augen. Myrtels Idee war die erste, die wenigstens einigermaßen aussichtsreich klang. Darüber hinaus erinnerte sie ihn an etwas, das ihm seit seinem letzten Ambigua-Besuch in diversen schlaflosen Nächten durch den Kopf gegangen war.

Eine kleine Spezialeinheit, die in den Süden, nach Shurakk reiste ...

Abrupt beugte er sich vor und rief: »So eine Sondereinsatztruppe wäre schneller zusammengestellt als eine große Streitmacht. Und sie könnte viel rascher hinunter nach Shurakk gelangen!«

Das beifällige Gemurmel verstärkte sich. Auf Dutzenden von Balkonen bestätigte man sich gegenseitig, dass Myrtels Vorschlag gut und Fabians Einwurf absolut zutreffend sei.

Als er sich wieder in seinen Sessel zurücksinken ließ, erklang plötzlich die Gedankenstimme Meister Amoebius' hinter Fabians Stirn, direkt und ohne Echo; der Qualler strahlte seine Worte allein auf Fabians Wellenlänge aus.

Ich weiß genau, an was du denkst, warnte er.

»Tatsächlich müssten diverse gut ausgebildete Nekros mitreisen«, führte Olafur Myrtels Gedankengang fort. Meister Amoebius' Freund war nach der Pause nicht auf die Steinsäule zurückgekehrt, sondern hatte auf einem Balkon in der zweiten Reihe von unten Platz genommen. »Simple Krieger könnten einer körperlosen Wolke aus purer Bosheit kaum beikommen.«

Hauptmann Harobi knurrte etwas Unverständliches.

»Nichtsdestotrotz bräuchte es eine Handvoll kampferprobter Soldaten, um die Magier sicher durch das Land des Bösen zu geleiten«, übersetzte Myrtel.

»Sowie mindestens einen Xenophor, als leitendes Gehirn der ganzen Operation!«, kreischte Xolpph aufgeregt.

»Und vielleicht den einen oder anderen ganz normalen Menschen ...«, fügte Fabian etwas leiser hinzu.

Schlag es dir aus dem Kopf, Fabian! Meister Amoebius' Stimme hinter seiner Stirn klang jetzt ungewohnt streng. *Deine Eltern sind nicht mehr am Leben! Darüber hinaus ist jetzt kaum der geeignete Zeitpunkt, um in Shurakk Nachforschungen nach ihrem Verbleib anzustellen. In der momentanen Krise haben persönliche Interessen nichts ...*

Weiter kam er nicht, denn in diesem Moment schaltete sich eine barsche, schnarrende Stimme ein:

»Der Vorschlag des Mädchens ist dumm. Dumm und töricht! Nur ein naiver Trottel würde etwas so Unbedachtes in Erwägung ziehen!«

Die erregten Wortwechsel verstummten. Alle Augenpaare richteten sich auf eine ganz bestimmte Loge – jene direkt über Fabian und Myrtel.

»Wer bei Bossut ...?« Myrtels Gesicht färbte sich schlagartig dunkelrosa.

»Zum einen würde Eure sogenannte ›Spezialeinheit‹ niemals lebend auf Corborion ankommen. Shurakk gehört zu den gefährlichsten Regionen Ambiguas, erst recht, seit der Geist Maledikts wieder dort weilt. Zum anderen hätte sie, so sie Maledikts Festung tatsächlich lebend erreichte, nie eine Chance gegen den Herrn der Finsternis, wie schwach er auch sein mag. Machen wir uns nichts vor!«

Myrtel und Fabian beugten sich gleichzeitig vor und sahen nach oben.

Über ihnen lehnte erneut der schwarzhaarige Mann mit dem Unterbiss über der Brüstung, der sich früher am Tag so vehement für die Hinrichtung Murjavens stark gemacht hatte. Sein glatt anliegendes, pomadiertes Haar war in Form eines Helms geschnitten, der Pony bildete eine parallele Linie zu dem daumendicken schwarzen Strich seiner zusammengewachsenen Augenbrauen.

»Aba wir müssenit doch wenigstens probiern«, gab der Holgerzüchter Phoerkl aus Bâd in seinem eigenartigen Dialekt zu bedenken. »Wat wäre so dumm dran, Maledikts Angriff zuvorzukommen?«

»Das würde mich allerdings auch mal interessieren«, zischte Myrtel mit mühsam unterdrückter Wut.

»Wer ist dieser Kerl überhaupt?«, flüsterte Fabian, aber die Fant zuckte nur ratlos die Achseln.

»Wie, glaubt Ihr, würde der dunkle Herrscher wohl auf einen solchen Angriff reagieren?«, rief der Schwarzhaarige energisch. Fabian zog rasch den Kopf ein, um einem weiteren Sprühregen aus Speicheltröpfchen zu entgehen.

»Anders gefragt: Wie würdet *Ihr* reagieren, wenn plötzlich ein Rudel aufdringlicher Schmeißfliegen in Eurem Schlafgemach auftauchte, kurz nachdem ihr aus langem Schlummer erwacht seid?«

Der Schwarzhaarige legte eine rhetorische Pause ein. »Ich werde es Euch sagen: Ihr wärt *wütend*, das wärt Ihr! Ihr würdet die Fliegen zer-quet-schen!« Er seufzte theatralisch. »Und was könnte schlimmer sein als ein wiedererwachter dunkler Herrscher? Ein *wütender* wiedererwachter dunkler Herrscher natürlich!«

»Das ist König Oyter, Herrscher des Inselstaats Umbrulsk«, sagte Pater Euseruphius, der Fabians letzte Frage mitbekommen hatte. »Nicht unbedingt ein Sympathieträger, aber ein versierter Redner, wie mir scheint.«

»Umbrulsk ist berühmt für seine Spielcasinos und Drogenhöhlen«, erläuterte Xolpph ungefragt.

»Unter anderem, ja«, bestätigte der Hippopath milde. »Hauptexportgut dieses Staats ist allerdings Holz. Die gesamte Holzindustrie von Umbrulsk lebt vom Nachmittagswald, einem magischen Forst in der westlichen Hälfte der Insel. Aus Gründen, die die Gelehrten seit Jahrtausenden vor Rätsel stellen, regeneriert dieser Wald jeden Tag zu einer bestimmten Stunde des Nachmittags sein Erscheinungsbild. Egal wie viele Bäume die Umbrulsker am Morgen roden – am Nachmittag stehen an derselben Stelle wieder ebenso viele wie zuvor.«

»Es wäre töricht, es sich mit einem so mächtigen Wesen wie Maledikt zu verscherzen, bevor wir seine aktuellen Absichten kennen«, keifte König Oyter über ihren Köpfen. »Wie Präsident Zannn völlig richtig festgestellt hat, wissen wir nichts über Maledikts momentane geistige Verfassung, seine Einstellung den Freien Staaten gegenüber, seine Pläne für die Zukunft. Wir wären Narren, ihn durch einen Angriff, der ohnehin zum Scheitern verdammt wäre, sofort gegen uns aufzubringen!«

Myrtel ballte krampfhaft die Fäuste und öffnete sie wieder. Während sie vergeblich versuchte, sich zu beruhigen, wurden Oyters Worte im Saal diskutiert.

Schließlich hob der alte Gwiliam vom Rat der Weisen die Stimme: »Was wäre demnach Euer Vorschlag, wie wir verfahren sollten, Majestät?«

König Oyter ließ sich mit seiner Antwort Zeit. Für mehr als eine Minute war von seinem Balkon nichts zu hören als ein leises, quietschendes Geräusch, dem ein mehrfaches Schnüffeln folgte. Dann nieste der König sechsmal bellend, wobei ein wahrer Regenschauer aus Spucke vor Fabians Nasenspitze niederging.

»Er schnupft Splovv«, erklärte Xolpph mit einem neidischen Unterton in der Stimme.

»Schnupftabak, der aus den getrockneten Zehenflusen greiser Trullinnen gewonnen wird«, fügte Pater Euseruphius hinzu.

Fabian verzog das Gesicht. »Pfui Teufel! Das ist ja widerlich.«

»Und schädlich für die Gesundheit«, ergänzte der Mönch. »Wir hatten im Kloster vor vielen Jahren einen Bruder, der dem Splovvschnupfen verfallen war. Mit der Zeit bekam er Halluzinationen, bis er sich schließlich einbildete, er sei ein Berg ungespültes Geschirr. Er bewegte sich nicht mehr vom Fleck, und man durfte ihn nicht berühren, da er fürchtete, vom Spülstein zu fallen und am Boden zu zerschellen.«

»Es gibt Momente, da finde ich eure Welt abartig«, murmelte Fabian.

»Ich weiß nicht, was du hast.« Xolpph starrte versonnen über die Brüstung in die Höhe. »Wenn *ich* eine Nase hätte, ich würde das Zeug zumindest mal probieren …«

Über ihren Köpfen nieste es ein letztes Mal donnernd, dann erklang erneut Oyters schnarrendes Organ. »Ich rege an, jegliche militärische Agitation gegen Maledikt den Finsteren so lange unterbleiben zu lassen, bis er wieder Herr seiner selbst ist und uns mitteilen kann, ob seine Einstellung den Freien Staaten gegenüber unverändert feindlich ist.«

Noch bevor das prompt einsetzende Stimmengewirr seine volle Lautstärke erreicht hatte, war Myrtel aufgesprungen und schlug mit der Faust auf die samtgepolsterte Logenbegrenzung. »So einen hirnverbrannten Unfug habe ich noch selten gehört!«, rief sie weithin hörbar.

König Oyter schwieg kurz, dann beugte er sich gefährlich weit aus seiner Loge und starrte abwärts wie ein nach Beute spähender Raubvogel. Der durchgehende Strich seiner Augenbrauen verzog sich zu einem wütenden V. »Wer seid Ihr, und wie könnt Ihr es wagen, meine Worte als Unfug abzustempeln?«, erkundigte er sich lauernd.

»Mein Name ist Myrtel, und ich wage es, weil ich recht habe und Ihr unrecht!« Myrtel reckte kühl den Rüssel in die Luft und verschränkte die Arme vor der Brust.

Fabian beobachtete sie mit gehörigem Respekt. Dabei fiel ihm auf, dass ihre Bluse vorne viel ausgebeulter wirkte, seit die Sitzung erneut begonnen hatte; es sah aus, als hätte sie einen Basketball verschluckt. Aber ihm blieb keine Zeit, sie darauf anzusprechen.

»Wohlan, Fürstin Myrtel«, rief König Oyter wütend. »Und *wieso*, denkt Ihr, ist mein Vorschlag unsinnig? Habe ich seine Logik nicht hinreichend dargelegt?«

»Hö, hö«, kicherte Xolpph und hangelte sich auf die Brüstung, um das Wortgefecht aus nächster Nähe zu verfolgen. »Der Blödmann hält Myrtel für eine Fürstin!«

»Nur ein Narr würde abwarten, bis Maledikt wieder so mächtig ist wie eh und je«, rief Myrtel aufgebracht, ohne auf die unzutreffende Anrede einzugehen. »Oder möglicherweise noch mächtiger! Wieso sollte er sich während der Jahrhunderte, die er im Tiefschlaf lag, geändert haben?« Ihr Ton war selbstsicher. Sie ließ keinen Zweifel, dass sie Oyters Worte für idiotisch hielt. »Er zog sich zurück, um in seinen finsteren Träumen über neuen, bösen Plänen zu brüten. Und genau das wird er getan haben!«

Aus einem Balkon links unter ihnen drang gedämpfter Applaus. Fabian sah hinab und entdeckte Poch, der wild auf und ab sprang und in die Pfoten klatschte. Offenbar hatte der Mäusling nach der Pause erneut eine falsche Tür erwischt.

»Es besteht eine reelle Chance, dass wir einen umfassenden Friedensvertrag mit Maledikt aushandeln können, sobald er seine normalen Geschäfte auf Corborion wieder aufgenommen hat«, behauptete König Oyter in bemüht beherrschtem Ton.

»Einen *Friedensvertrag?* Mit Maledikt dem Finsteren? Wovon träumt Ihr nachts, Majestät?« Obwohl Oyter sie von seinem Platz nicht richtig sehen konnte, richtete sich Myrtel zu ihrer ganzen Größe auf und reckte herausfordernd das Kinn. Fabian schien es, als dringe unter ihrer jetzt straff gespannten Bluse ein dumpfes Summen hervor.

Auch ich halte es für eher unwahrscheinlich, dass der dunkle Herrscher sich während seines Schlafs grundlegend gewandelt hat, schaltete sich Meister Amoebius ein.

»Pah! Ich wiederhole: Es wäre töricht, ihn jetzt ...«

Töricht wäre es, tatenlos abzuwarten, während die Bedrohung in Shurakk wächst.

Über ihnen schnappte König Oyter zornig nach Luft. »Ihr ... Ihr stellt meine politische Weitsicht infrage, nur weil so ein ...«, er suchte verzweifelt nach Worten, »so ein schmutziges Gör die Brillanz meiner Worte nicht einsehen will?«

»Ihre Brillanz? Pah!« Durch den Zuspruch von Meister Amoebius fühlte sich Myrtel bestärkt. »Eure ›Brillanz‹ würde Abertausende das Leben kosten!«

Ruckartig schwang König Oyter seinen Oberkörper weit über die Brüstung und starrte zu ihnen hinunter. Sein eckiges Gesicht hatte sich rot verfärbt, Hass sprühte aus seinen wässrigen Augen. »Ihr solltet lernen, Eure vorlaute Zunge zu hüten, Fürstin Myrtel!«, zischte er gefährlich leise. »Sonst macht Euch vielleicht irgendwann jemand einen Knoten in Euren hübschen Rüssel!«

Myrtels Kinnlade klappte nach unten. Bevor sie etwas erwidern oder jemand auf die unverhohlene Drohung reagieren konnte, strampelte sich plötzlich etwas Rundes, Pelziges unter ihrer Bluse hervor und erhob sich mit einem dumpfen Brummen in die Luft.

»Das ist ja ... *Hummbert!*«, stellte Fabian überrascht fest.

Im Handumdrehen stieg die Drommel senkrecht in die Höhe und verschwand über König Oyters Brüstung.

»Weg! *Weg!*«, kreischte es eine Sekunde später schrill von oben. »Ruf doch einer dieses Biest zurück! Es will mich umbringen, seht ihr das denn nicht? Gleich wird es seinen fürchterlichen Sonorton ausstoßen ...«

Das Summen von Hummberts Flügeln wurde in raschem Wechsel lauter und leiser. Offenbar umkreiste er den Herrscher von Umbrulsk in engen Bahnen. Auf den benachbarten Balkonen erhob sich Gelächter. Einige Konferenzteilnehmer, denen Oyter offenbar nicht sonderlich sympathisch gewesen war, riefen Dinge wie: »Helft Euch doch mit Euren brillanten Worten, Oyter!«, oder: »Warum versucht Ihr es nicht mit Logik, Majestät?«

Andere sahen die Sache weniger locker. Ängstliche Rufe ertönten, und Sekunden später stürmten durch hastig aufgerissene Türen bewaffnete Krieger in verschiedene Logen, um ihre Herren zu schützen.

König Oyter kreischte noch immer wie am Spieß. Fabian wertete das als Beleg, dass ihm bisher nichts Ernstliches geschehen war.

»Die Drommel spielt nur mit ihm«, stellte Xolpph hämisch kichernd fest. »Wenn sie ihm was tun wollte, läge er längst in Krämpfen am Boden.«

Jemand fasse dieses Tier! Sofort!, donnerte Meister Amoebius in den Köpfen aller.

Mit schuldbewusster Miene streckte Myrtel einen Arm über die Brüstung und stieß einen leisen Pfiff aus. Augenblicke später schwebte Hummbert wie ein Miniaturhubschrauber von oben herab und ließ sich artig auf ihrem Handgelenk nieder.

Pater Euseruphius schüttelte seinen dicken grauen Kopf. »Du weißt, dass Tiere in dieser Versammlung nicht zugelassen sind, Kind. Die Drommel mitzubringen, war höchst unbedacht, fürchte ich.«

Myrtel öffnete den Mund, um etwas erwidern, doch in diesem Moment riss jemand von außen die Tür der Loge auf. In der Öffnung erschienen mehrere uniformierte Soldaten, von denen der vorderste Myrtel barsch aufforderte, herauszukommen.

Mit hängendem Kopf verließ sie die Loge.

Als die Tür sich hinter ihr und Hummbert geschlossen hatte, ging der Tumult jedoch erst richtig los: Ein Großteil der Anwesenden schien es sich in den Kopf gesetzt zu haben, ihre Meinung zu Myrtels Vorschlag – und König Oyters Einwand – gleichzeitig kundzutun. Dabei stellte es sich als äußerst nachteilig für den Umbrulsker heraus, dass er die Maske des gewieften Redners aus Wut kurz hatte fallen lassen: Kaum jemand pflichtete Oyter bei, und als er wortreich versuchte, seine These eines geläuterten dunklen Herrschers erneut zu untermauern, hörte überhaupt niemand mehr zu. Nach und nach wurde er immer kleinlauter, bis schließlich nur noch Fabian, Pater Euseruphius und Xolpph ihn hören konnten, wie er in der Loge über ihnen zähneknirschend vor sich hinfluchte: »Elendes Rüsselgör! Was fällt dem Balg ein, die Versammlung gegen mich aufzubringen? Wieso hören diese Narren ihr überhaupt zu? Werden schon sehen, was sie davon haben ...«

»Ein schlechter Verlierer«, befand Pater Euseruphius dicht neben Fabians Ohr. »Offenbar redet er sich ein, sein Vorschlag wäre nur wegen Myrtels Einwand auf taube Ohren gestoßen. Dabei hätte ihm, wäre sie nicht gewesen, gewiss jemand anders widersprochen.« Er lächelte bescheiden. »Und wenn *ich* es hätte tun müssen.«

»Was erwartet er auch, wenn er so einen saublöden Blödsinn von sich gibt?«, schloss sich Xolpph an – etwas zu laut, wie sie sogleich merkten.

König Oyters Gemurmel über ihnen verstummte abrupt. Für den Rest der Sitzung äußerte er sich gar nicht mehr.

Die Gespräche dauerten an diesem Abend nicht mehr allzu lange an. Nach dem Zwischenfall mit Hummbert war die Stimmung so aufgedreht, dass an eine sachliche Diskussion nicht mehr zu denken war. Meister Amoebius zog schließlich die Konsequenz, beendete die Zusammenkunft und beraumte eine Fortsetzung für den kommenden Morgen an. Die Könige und Kanzler, Minister und Monarchen zogen sich mit ihren Leibwächtern und ihrem Personal in die fürstlichen Suiten zurück, die man ihnen in den Stockwerken unterhalb des Pendelsaals gerichtet hatte.

Für die nicht adeligen Teilnehmer war im zehnten Stock ein Buffet vorbereitet worden. Kaum hatte Xolpph die frohe Kunde vernommen, da glitt er bereits wie eine Schlange in Richtung Treppenhaus davon.

Fabian verspürte nach den aufwühlenden Ereignissen dieses Tages keinen Appetit. Er verabschiedete sich von Pater Euseruphius und steuerte den achten Stock an, wo sich sein Quartier befand.

Während er Stufe um Stufe hinabstieg, kamen seine Gedanken nicht zur Ruhe. Das alles dominierende Gefühl war Angst – kalte, würgende Furcht vor der Bedrohung, die tief im Süden heranwuchs.

Wenn Maledikt zu alter Macht zurückfand, würde sich nicht nur Ambigua in ein Reich des Schreckens verwandeln. Auch der Erde stand dann über kurz oder lang eine Katastrophe bevor, die alle Kriege der Vergangenheit zu albernen Sandkastenspielchen degradieren würde.

Myrtels Vorschlag schien der einzige, der Aussicht auf Erfolg versprach: eine kleine Truppe, die ins Reich des Bösen vordrang, solange der dunkle Herrscher noch schwach war, sich unbemerkt in seine Festung einschlich. Den einzigen Ort, wo sich herausfinden ließ, ob Fabians Eltern noch am Leben waren!

Schlagartig wurde ihm klar, dass eine solche Mission, wie gefährlich sie auch sein mochte, seine einzige Chance darstellte, je Gewissheit zu erlangen. Sollte es dazu kommen, würde er irgendwie dafür sorgen müssen, dass er dabei war, ganz gleich, was Meister Amoebius sagte!

Er erreichte den Treppenabsatz des achten Stockwerks. Auch hier gab es eine Kontrollstation, doch als er seinen Siegelring vorzeigte, ließ man ihn unbeanstandet passieren.

Ein paar Dutzend Schritte später kam seine mit dicken Mauersteinen umrandete Zimmertür in Sicht. Fabian suchte in der Hosentasche nach dem Schlüssel, als ihm bewusst wurde, dass jemand im Schatten des Türsturzes stand und auf ihn wartete.

»Myrtel? Was machst du denn hier?«

Geschmeidig trat die Fant ins flackernde Licht der Flurfackeln. Sie sah erschöpft aus, dennoch blitzte es in ihren Augen, als hecke sie irgendetwas aus. Auf ihrer Schulter hockte Hummbert mit angelegten Flügeln.

»Ich, äh … na ja.« Myrtel lächelte verlegen. »Als die Wachleute mit ihrer Gardinenpredigt fertig waren, dachte ich, es wäre vielleicht besser, wenn ich nicht postwendend mit Hummbert in den Pendelsaal zurückginge.« Sie schaute betreten zu Boden. »Pater Euseruphius hatte recht: Es war eine blöde Idee, ihn mit reinzunehmen.«

Fabian musste grinsen, als er an die spitzen Schreie des unsympathischen König Oyter dachte. »Aber eine coole!«, erwiderte er.

»Was ich nicht verstehe: Wieso hast du Hummbert nicht einfach irgendwo abgegeben? Ich meine, bevor die Konferenz anfing?«

»Das hatte ich ja!« Myrtel schüttelte ungehalten den Kopf. »Als ich dir heute Mittag deinen Ring von der Anmeldung geholt habe, sperrte ich ihn im Vorbeigehen in eine freie Gästekammer, gleich hier um die Ecke.« Sie schwieg vielsagend.

»Lass mich raten: Die Kammer war gar nicht frei?«

»Doch, schon. Aber ich hatte nicht bedacht, dass sich Drommeln schnell langweilen. Sie sind viel schlauer, als sie aussehen, wollen ständig beschäftigt werden ...«

Fabian legte fragend den Kopf schief.

»Als ich in der Sitzungspause nach dem Rechten sah, hatten sich bereits mehrere Bedienstete vor der Tür versammelt, weil darunter eine dicke, orangefarbene Flüssigkeit heraussickerte. Mit vielen warmen Worten konnte ich sie davon überzeugen, dass alles in Ordnung sei. Dann ging ich hinein.«

»Und?«

»Wenn Drommeln sich langweilen, sondern sie ein zähes, honigartiges Sekret ab. Leider schmeckt es absolut nicht wie Honig, dafür klebt es schlimmer als Bindeleim!« Myrtel lächelte gequält. »Hummbert hatte ganze Arbeit geleistet: Die Einrichtung des Zimmers war hinüber! Boden, Möbel, Waschgeschirr – alles mit Klebepampe überzogen, reif für den Sperrmüll.«

Fabian nickte, erstarrte jedoch in der Bewegung, als Hummbert sich unauffällig in die Luft erhob, auf ihn zuschwebte und sich einmal mehr auf seiner Schulter niederließ. Nachdem er die Flügel zusammengelegt hatte, erklang aus dem Innern seines runden, pelzigen Körpers ein leises Geräusch, ähnlich dem Schnurren einer Katze.

»Brave Drommel, gaaanz brave Drommel!« Fabian versuchte, sich seine Nervosität nicht anmerken zu lassen.

Myrtel legte den Kopf schief. »Dich scheint er aus irgendeinem Grund gut leiden zu können. Genau deswegen bin ich hier.« Sie verstummte und sah Fabian flehend an. »Ich wollte dich bitten, ob du ein Stündchen oder so auf ihn aufpassen könntest?«

»*Ich?* Aber wieso? Was hast du vor?«

»Ich würde gern in einen Tempel ein paar Straßen weiter gehen. Tiere mitzubringen, ist dort nicht gestattet.«

»In einen Tempel?« Fasziniert stellte Fabian fest, wie durchdringend das Grün von Myrtels Augen im Fackelschein wirkte. »Was willst du denn da?«

»Beten, du Döskopp! Und eine Kerze zu Ehren Bossuts anzünden, weil er mir vorhin bei der Auseinandersetzung mit diesem Ekelpaket aus Umbrulsk beigestanden hat.«

»Ach so. Äh, klar.« Fabian ahnte, dass es sich bei Bossut, den Myrtel so häufig in Situationen der Überraschung oder Wut anrief, um einen der zahlreichen Götter Ambiguas handelte. Bisher hatte sich nie eine Gelegenheit ergeben, sie danach zu fragen, und auch jetzt schien irgendwie nicht der richtige Zeitpunkt dafür zu sein. »Ich, also ... ich weiß nicht recht.«

»Bitte.« Sie legte eine Hand auf seinen Arm. »Tu's für mich, ja? Nur eine Stunde, dann bin ich zurück und hole ihn wieder ab.«

Unsicher starrte Fabian die Pelzkugel auf seiner Schulter an. Wie sie da saß und gar nichts tat, wirkte sie eigentlich ganz harmlos ...

Verwirrt registrierte er, dass Myrtels Hand noch immer auf seinem Arm lag. Aus einem Reflex heraus sagte er: »Na gut. Aber bloß eine Stunde, damit das klar ist!«

»Du bist spitze!« Blitzschnell bog sie ihren Rüssel beiseite und hauchte ihm einen Kuss auf die Wange. Mit einem breiten Grinsen, so als habe sie von Anfang gewusst, dass er einwilligen würde, drehte sie sich um und eilte davon.

Völlig verdattert starrte ihr Fabian hinterher. Dann schloss er langsam, jede ruckartige Bewegung vermeidend, die Tür seiner Kammer auf. Zielstrebig schwebte die Drommel zu dem klobigen Kleiderschrank hinüber, der eine Ecke des Zimmers beherrschte, und ließ sich darauf nieder.

»So ist's gut, Hummbert, mein Alter«, murmelte Fabian erleichtert. Er sank auf das einladend weiche Bett, schlüpfte aus seinen Turnschuhen und streckte sich mit hinter dem Kopf verschränkten Händen der Länge nach aus. »Jetzt verhalten wir uns schön friedlich, bis Tante Myrtel wiederkommt und uns abholt!«

Das Bett war ausgesprochen bequem. Rasch wurden Fabians Lider schwer wie Blei. Die Vorstellung einzuschlafen, während die Drommel im selben Zimmer war, behagte ihm nicht – nicht nach allem, was er heute über diese Tiere gehört hatte –, dennoch gestattete er sich, kurz die Augen zu schließen. *Nur für einen winzigen Moment*, dachte er.

Eine Sekunde später war er eingeschlafen.

Kapitel 8
Schmutziges Spiel

Das Erste, was Fabian feststellte, als er am nächsten Morgen erwachte, war dass Hummbert noch da war. Myrtel hatte ihn nicht geholt, während er schlief.

Das Zweite, was er mit einiger Erleichterung registrierte, war, dass weder er noch das Zimmer mit honigzähem Kleister überzogen waren.

»Morgen, Hummbert«, sagte Fabian, setzte sich auf und gähnte ausgiebig. »Sieht aus, als hätte dich dein Frauchen vergessen.«

Hummbert, der die Nacht offenbar auf dem Kleiderschrank zugebracht hatte, stieß ein leises Schnurren aus. Fabian fasste es als Bestätigung auf.

Während er sich mit dem eiskalten Wasser aus der Waschschüssel einer Katzenwäsche unterzog, überlegte er, was Myrtel dazwischengekommen sein konnte. Möglicherweise hatte sie auf dem Weg zum Tempel einen ihrer vielzähligen Freunde getroffen? Egal, er würde es erfahren, sobald sie sich im Pendelsaal zur Fortsetzung der Gespräche trafen.

Da er Hummbert nicht hierlassen konnte – zumindest, wenn er die Kammer weiterhin bewohnen wollte –, verließ Fabian mit der Drommel auf der Schulter sein Quartier und machte sich auf die Suche nach einem Frühstück.

Im zehnten Stock stieß er auf den Speisesaal, von dem Pater Euseruphius am Vorabend berichtet hatte. Ein reichhaltiges Frühstücksbuffet war hier aufgebaut, vor dem ein reges Treiben herrschte.

Trotz des Gedränges war es erstaunlich leicht, zu der langen Tafel mit den Speisen vorzudringen: Wer die Drommel sah, machte automatisch eine weiten Bogen um Fabian, und so dauerte es nicht lange, bis er sich mit Brötchen, Obst, gefüllten Ballen und einem Humpen Honigmilch versorgt hatte. Er ignorierte Hindrek Phoerkl, den grobschlächtigen Holgerzüchter aus Bâd, der sich dicht neben ihm mit einem großen Holzlöffel süße Konfitüre aus einem Tiegel direkt in den Mund träufeln ließ, ebenso den Zickrich-Gafen Grunwallski, der seinen Erzfeind Nachgep Ulternus von den Grauen Gnomern über die Köpfe der Anwesenden hinweg mit Schinkenscheiben bewarf, und suchte nach einem freien Platz, um seine Mahlzeit zu sich zu nehmen.

Glücklicherweise tauchte in diesem Moment Pater Euseruphius auf. Der Hippopath geleitete ihn zu einem Tisch, wo außer ihm selbst noch der alte Gwiliam und Astrud al Mehitabel saßen, die ihn herzlich begrüßten. Fabian nahm Platz und begann zu essen, Hummbert landete ungefragt auf der Tischplatte und schlürfte mit einem fingerdicken Rüssel Honigreste von Gwiliams Teller. Während die anderen sich über den Verlauf der Sitzung unterhielten, versuchte Fabian, Myrtel irgendwo im Gedränge auszumachen.

Ihr Vorschlag wurde von den Konferenzteilnehmern nach wie vor ernst genommen. Nicht wenige waren von König Oyters selbstmörderischem Vorschlag entsetzt gewesen und hatten mit Genugtuung verfolgt, wie ihm durch Hummberts Einsatz der Mund gestopft worden war.

Schließlich, Fabian hatte eben seinen Milchkrug geleert, richtete Pater Euseruphius das Wort an ihn: »Ich denke, es wird zu einer Abstimmung über Myrtels Vorschlag kommen«. Er hob fragend die

Brauen und sah sich um. »Wieso ist sie eigentlich noch nicht hier? Die Gespräche werden in Kürze wieder beginnen.«

Fabian zuckte ratlos die Achseln. »Eigentlich wollte sie gestern Abend noch bei mir vorbeischauen, um Hummbert wieder an sich zu nehmen. Offenbar hat sie's vergessen.«

»Vergessen ...«, wiederholte der Abt und sah ihn durchdringend an. »Ja, wahrscheinlich.« Er winkte einen der Diener herbei, die durch den allmählich leerer werdenden Saal huschten, und wechselte einige rasche Worte mit ihm. »Ich habe veranlasst, dass ein Bote zum Haus von Myrtels Tante geschickt wird«, erklärte er anschließend. »Er soll sie wecken, für den Fall, dass sie verschlafen hat, und dafür sorgen, dass sie schleunigst hier auftaucht.«

Seinem Tonfall konnte Fabian entnehmen, dass der Abt nicht wirklich damit rechnete, dass Myrtel verschlafen hatte.

Zu spät aus den Federn gekommen war dafür jemand anderes: Als Fabian im Gefolge des Abts den Speisesaal verlassen hatte und sich auf den Weg ins oberste Stockwerk machen wollte, erschien vor ihnen ein grün-graues Etwas in der Tür. Es erinnerte an einen kopfgroßen Batzen sehr alten Kaugummis, der mehrfach von einem Lastwagen überrollt worden war. Eine durchdringende Fahne nach Kräuterbier ging von ihm aus.

»Was zum ... heyyy, wer hat euch Lakaien gesagt, dass ihr schon abräumen sollt?«, quäkte Xolpph aufgebracht, als ihm bewusst wurde, dass er das Frühstück verpasst hatte. »Bei Clotty und Fitz-Bartel, so lasst doch wenigstens die Hamstereier stehen! Oder die Prunzzli-Konfitüre! Einen Becher Colco? Hey! *Hey!* Ich rede mit euch!«

»Wer zu spät aufsteht, den bestraft die Pflicht«, erklärte Pater Euseruphius und stieg über den zeternden Xenophor hinweg. Fabian las ihn im Vorübergehen auf, worauf sich die lebende Fessel unter allerlei Verwünschungen um seine Hüften wickelte. Begleitet von Hummberts leisem Summen stiegen sie den Turm hinauf.

Als sie den Korridor mit ihrer Loge erreichten, fiel Fabian ein, dass er die Drommel irgendwo unterbringen musste, bevor er den Pendelsaal betreten konnte. Bevor er sich jedoch etwas überlegen konnte, wurde er abgelenkt: Direkt vor ihnen flitzte eine gedrungene, pelzige Gestalt hektisch zwischen Adeligen und Leibwächtern hindurch, mal auf zwei, mal auf vier Beinen, allem Anschein nach auf der Suche nach einer bestimmten Tür. Keiner der Bediensteten schien sich dafür zuständig zu fühlen – möglicherweise, weil niemand in dem knabengroßen Nager, der nichts am Leib trug außer einer goldverzierten Augenklappe, einen geladenen Teilnehmer der Konferenz vermutete.

»Poch!«, rief Fabian erfreut.

»Der Nervsack«, stöhnte Xolpph an seiner Hüfte.

»Seelenbruder Fabian!« Kaum hatte der Mäusling ihn erspäht, hing er bereits an Fabians Brust, drückte sich inbrünstig mit allen vier Pfoten an ihn. Aufgeregt sauste Hummbert heran, um Fabian gegen das seltsame blau-graue Geschöpf beizustehen, worauf dieser ihm lachend zu verstehen gab, dass er nicht in Gefahr schwebte.

»Poch so froh, dich zu sehen«, quiekte die Riesenmaus aufgeregt. »Du alles erzählen musst, was seit letztem Mal geschehen!« Bevor Fabian ihm dies versprechen konnte, plapperte Poch bereits weiter: »Poch Idiot ist! Bei Beginn von Versammlung richtige Tür nicht fand – und bei Fortsetzung gestern Abend *wieder* richtige Tür nicht fand! Neben ekligem Zickrich-Graf mit faulen Beißern sitzen musste. Bäh!« Er verzog angewidert sein langes Mäusegesicht, dann kicherte er albern.

»Tja: einmal Trottel, immer Trottel«, murmelte Xolpph eine halbe Etage tiefer.

Er sollte es sogleich bereuen.

»Ksolpf!« Im Handumdrehen hatte Poch den Xenophor von Fabians Hüfte gerissen und herzte und knuddelte ihn wie eine Fetzenpup-

pe. Zum krönenden Abschluss drückte er ihm mit gespitzten Lippen einen dicken Schmatzer auf die Fläche oberhalb seiner drei Augen.

»Pfui Spinne! Bringt Wasser – Jod, Salzsäure, irgendwas! Rasch!« Kraftlos vor Ekel baumelte Xolpph in den Pfoten des glücklichen Mäuslings.

Da ertönte ein dumpfer Gong aus dem Innern des Pendelsaals. Pater Euseruphius legte eine dicke graue Hand auf den Knauf der Tür und öffnete sie. »Es geht los! Wir müssen hinein.«

Fabian warf einen kurzen Blick ins Innere, doch die Plüschsessel ihrer Loge waren leer. Besorgt spähte er den Korridor hinauf und hinunter. »Myrtel ist noch nicht da!«

»Myrtel?«, erkundigte sich Poch und ließ Xolpphs schlaffen Leib sinken. »Wieso sie nicht hier ist?«

Fabian holte gerade Luft, um ihm zu antworten, da vernahm er plötzlich die Gedankenstimme Meister Amoebius' hinter seiner Stirn – direkt, ohne Hall, mit einem nicht zu überhörenden beunruhigten Unterton.

Wie es aussieht, haben wir ein Problem, Fabian. Bitte begib dich sofort nach unten, zum Vordereingang des Turms. Dort warten Soldaten auf dich, die dich ins Altachtel begeleiten werden.

»Ins Altachtel?«, wiederholte Fabian in Gedanken. »Wozu? Die Konferenz geht gleich los.«

Weil es so aussieht, als wäre Myrtel etwas zugestoßen!

Fabian hätte nie gedacht, dass er einmal froh darüber sein würde, zusammen mit Trullen unterwegs zu sein. Aber ohne die gebrüllten Befehle und den vehementen Knüppeleinsatz seiner drei affenartigen Begleiter hätten sie für den knapp viertelstündigen Marsch durch die noch immer dicht bevölkerten Straßen bestimmt zehnmal so lange gebraucht.

Nichtsdestoweniger kam es ihm vor, als folge er den Trullsoldaten eine kleine Ewigkeit durch die verwinkelten Gassen des Altachtels – ein Eindruck, der vom unausgesetztem Geplapper Xolpphs und Pochs noch verstärkt wurde, die natürlich beide darauf bestanden hatten, bei ihm zu bleiben.

Weil es so aussieht, als wäre Myrtel etwas zugestoßen!

Wie ein böses Mantra hallten die Worte des Quallers in seinem Kopf nach. Es hatte also doch etwas zu bedeuten gehabt, dass die Fant am Vorabend nicht wieder aufgetaucht war! Was war geschehen? Hatte sie einen Unfall gehabt? Oder steckte etwas anderes dahinter?

Endlich, vor einem großen, ehrwürdig wirkenden Gebäude, verlangsamten die Trulle ihre Schritte. Es schien sich um eine Tempelanlage zu handeln, dafür sprachen die dicken Säulen vor der Front und die breiten Stufen, die zum Eingang emporführten. Als sie näher kamen, erkannte Fabian ein Geflecht hauchfeiner Linien, die in exakt gleichen Abständen senkrecht und waagerecht über Mauern, Stufen und Säulen verliefen. Er blinzelte, doch der verwirrende Eindruck blieb: Der komplette Bau schien aus winzigen Steinklötzchen zusammengesetzt, kaum größer als irdische Legosteine!

»Oi, oi: der Heilige Tempel von Kloben«, dokumentierte Xolpph, der jetzt wie ein Lasso über Fabians Schulter baumelte. Er holte Luft, um wortreich von der zigtausendjährigen Historie des Gebäudes zu berichten, doch Fabian gebot ihm mit einer raschen Handbewegung zu schweigen. Er hatte am oberen Ende der Treppe zwei Personen ausgemacht, von denen ihm eine vage bekannt vorkam. Rasch eilte er die Stufen hinauf.

»Fabian von der Erde! Was für ein Glück!«

Eine Fant mittleren Alters stolperte ihm entgegen. Sie trug ein einfaches Kleid und hatte ein von dunklen Locken gerahmtes, hübsches Gesicht. Ihre Stirn jedoch war von tiefen Sorgenfalten gezeichnet.

Jetzt erkannte Fabian sie wieder: Es war Myrtels Tante Myra.

Bevor er ihre Begrüßung erwidern konnte, hatte sie ihn bereits in die Arme geschlossen und drückte ihn schluchzend an sich. Xolpph, der bei dieser Gelegenheit automatisch mitgedrückt wurde, stieß einige gequetschte Laute aus, die schließlich dafür sorgten, dass die Fant sie wieder losließ.

»Entschuldige«, sagte sie, zog ein Stofftaschentuch hervor und schnäuzte sich den Rüssel. »Aber ich mache mir solche Sorgen. Mymsi ist verschwunden!«

»Was? Noch jemand verschwunden ist?«, erkundigte sich Poch über Fabians Rücken.

Fabian schüttelte abwesend den Kopf. Er verzichtete darauf, dem Mäusling zu erklären, das ›Mymsi‹ ein Kosename war, den Myrtels Tante ihrer Nichte verpasst hatte, und wandte sich stattdessen an die Fant: »Myrtel ist also gestern Abend nicht nach Hause gekommen?«

Tante Myra nickte heftig. »Es kommt öfter vor, dass sie bis spät wegbleibt, manchmal die ganze Nacht. Aber normalerweise sagt sie in solchen Fällen vorher Bescheid, oder sie hinterlässt mir eine kurze Nachricht.« Die Fant zückte wieder ihr Taschentuch und schniefte hinein. »Als vorhin ein Bote auftauchte und sich erkundigte, wieso Myrtel nicht auf der Konferenz erschienen sei, da *wusste* ich, dass ihr etwas zugestoßen sein musste!« Sie schlang die Arme um ihren Oberkörper, als sei ihr kalt, ihre Unterlippe bebte. »Mein Mann ist in Crocanth auf Montage, also lief ich allein los und durchkämmte die Straßen um unser Haus. Vergeblich. Aber wenigstens traf ich dabei Gurdula.« Sie deutete zum oberen Ende der Treppe, wo eine weitere Person wartete.

»Gurdula?«

»Eine Freundin von Mymsi!«

Als die junge Fant bemerkte, dass von ihr gesprochen wurde,

kam sie die Stufen heruntergesprungen. Gurdula war ungefähr so groß wie Fabian. Sie trug abgerissene Klamotten und raspelkurz geschnittenes Haar, außerdem war sie ein anschauliches Beispiel dafür, dass man auch mit rosafarbener Haut ein ernstes Pickelproblem haben konnte. Fabian war dankbar, dass er ihren Namen kannte, sonst hätte er sie möglicherweise für einen Jungen gehalten.

»Gurdula hat Mymsi gestern Abend noch gesehen«, erklärte Tante Myra.

»Tatsächlich?« Fabian verengte die Augen. »Wann war das?«

»Hallo und guten Tag erstmal«, sagte Gurdula patzig und verschränkte die Arme. »Um die neunte Abendstunde, schätze ich. Sie kam in den Tempel gerannt, als ich gerade dabei war, ein paar Möhren und etwas Rollrettich vor Bossuts Altar niederzulegen.«

»Und? Weiter?«, blaffte Xolpph von Fabians Schulter aus. »Mach hin, Mädel! Es ist wichtig, verstehst du?«

Gurdula bedachte Xolpph mit einem abschätzigen Blick. »Nee, versteh ich nicht. Was ist dabei, wenn Myrtel mal eine Nacht wegbleibt? Früher hat sie das ständig gemacht.«

Weil es so aussieht, als wäre Myrtel etwas zugestoßen, hallten die Gedankenworte Meister Amoebius' durch Fabians Kopf. »Wir haben Grund zu der Annahme, dass ihr etwas passiert ist«, erklärte er knapp. »Was ist gestern weiter geschehen?«

»Wir haben uns unterhalten.«

»Worüber?«

»Über diese komische Konferenz. Die ganze Stadt spricht darüber. Ich wusste, dass sie als Teilnehmerin geladen war ...«

»Du wolltest sie aushorchen, hab ich recht?« Xolpph verengte die Augen in der Bemühung, gewitzt und gefährlich auszusehen. Es misslang gründlich. »Zu so wichtigen, streng geheimen Gesprächen wird mit voller Absicht nicht jeder zugelassen. Nur Leute von internationaler Bedeutung ... wie beispielsweise *ich!*«

Gurdula runzelte ihre picklige Stirn und musterte Xolpph mit unverhohlenem Abscheu. »Wer ist dieser Vollpfosten? Warum labert er ständig rein?«

Bevor der Xenophor zu einer entrüsteten Erwiderung ansetzen konnte, ergriff Fabian wieder das Wort. »Ihr habt also geredet?«

»Sag ich doch. Ich hab versucht, etwas über die Konferenz aus ihr rauszukitzeln, aber sie wollte partout nichts verraten. Schließlich haben wir uns getrennt. Ich bin nach Hause. Sie sagte, sie wollte noch ein Gebet sprechen.«

Fabian nickte. Der Bote, den Pater Euseruphius am Morgen zu Myrtels Tante geschickt hatte, musste mit der Information, dass Myrtel noch in den Tempel gegangen war, zum Töc-Turm zurückgekehrt sein. Von ihm hatte Meister Amoebius gewusst, wohin er ihn und die Trulle schicken musste.

Nervös spähte Fabian zum Eingang des Tempels hinauf. »Meinst du, du könntest mir zeigen, wo sie gebetet hat?«

Gurdula zuckte die Schultern und ging voran. In Erinnerung an Myrtels Worte, dass Tiere im Tempel nicht gestattet seien, bat Fabian Tante Myra, kurz auf Hummbert aufzupassen, dann folgten er, Poch und Xolpph ihr durch die offene Tür ins Innere.

Das Gebäude besaß nur wenige, winzig kleine Fenster, daher herrschte drinnen ein dämmriges Zwielicht. Rußende Butterlampen erhellten flackernd einen weitläufigen Raum, der angefüllt war mit langen Reihen von Götzenbildern.

»Heiliges Erbspüree!«

Auf prächtigen Sockeln und Podesten saßen unzählige steinerne, hölzerne und metallene Figuren, die den Visionen eines verrückten Bildhauers entsprungen schienen. Im Vorübergehen erkannte Fabian ein vollfettes geflügeltes Walross, einen absurd dürren Menschen, von dessen Oberlippe ein meterlanger Schnurrbart waagerecht nach beiden Seiten abstand, und etliche sonderbare Gestalten mehr.

Vor einigen Skulpturen knieten Menschen oder Fanten, lautlos ins Gebet vertieft. Auf manchen Podesten waren Blumen und Nahrungsmittel niedergelegt, auf anderen kokelten Räucherstäbchen oder brannten Kerzen. Es war sehr still, eine friedliche Atmosphäre lag über allem, ähnlich wie in einer großen Kirche auf der Erde.

»Wo wollte Myrtel nun beten?«, flüsterte Fabian.

»Na, *da* natürlich!« Gurdula deutete geradeaus, auf einen breiten, mit Kerzen und Blumengebinden übersäten Sockel rechts des Mittelgangs. Die Statue darauf bestand aus Bronze und stellte einen übergewichtigen Kerl im Lendenschurz dar, der im Schneidersitz hockte, die Augen geschlossen, und offenbar meditierte. Vielleicht schlief er auch. In seinem pausbäckigen Gesicht prangte ein zucchinigroßer Rüssel, ein immenser Bauch wölbte sich über seinen untergeschlagenen Beinen. In der rechten Hand hielt er ein kurzes, gezacktes Schwert, das aussah wie ein Brotmesser, in der Linken eine überdimensionale Hammelkeule. Fabian spürte, dass der Anblick des Götzen irgendwo in seinem Gedächtnis an einer fast vergessenen Erinnerung rüttelte. Aber er kam nicht darauf, wo er den rüsselnasigen Dickwanst schon einmal gesehen haben könnte.

»Das ist also ...«

»Bossut«, bestätigte Gurdula stolz. »Er verkörpert Lebenskraft und Freude. Außerdem gilt er als Schutzpatron der Fanten.«

»In einigen alten Sagen wird Bossut als eher maßloser Geselle beschrieben«, mischte sich Xolpph ungefragt ein. »Angeblich fraß er den anderen Göttern regelmäßig ihr Festbankett leer.«

Ein funkensprühender Seitenblick Gurdulas ließ ihn verstummen.

»In jungen Jahren war Bossut draufgängerisch und jähzornig«, räumte sie ein. »Für manche ist er daher auch Sinnbild der Rebellion und des Kampfes.«

»Kein Wunder, dass er Myrtel so viel bedeutet«, murmelte Fabian. Er deutete auf eine Reihe hölzerner Gebetbänke, die am Boden vor dem Sockel angebracht waren. »Da?«

Als Gurdula nickte, huschte Poch auf allen vieren vorwärts und schlich schnüffelnd wie ein Hund am Fuß des Podests hin und her.

»Myrtel hier gewesen ist«, behauptete er. »Lange gekniet hat auf unbequemer Holzbank.«

»Ich wusste gar nicht, dass Mäuslinge so einen guten Geruchssinn besitzen«, wunderte sich Fabian.

»Haben sie auch nicht«, widersprach Xolpph sofort. »Der Kerl will sich nur wichtig machen, merkst du das nicht?«

Fabian war anderer Ansicht. Poch wirkte ernst und höchst bestrebt, etwas zur Klärung von Myrtels Verschwinden beizutragen. »Kannst du vielleicht ihre Spur aufnehmen?«, erkundigte er sich vorsichtig.

»Pah, lächerlich!«, schnaubte Xolpph.

Statt einer Antwort erweiterte Poch seine Kreise um den Bossut-Altar immer mehr. Schließlich schnellte sein unterarmdicker rosiger Schwanz wie eine Antenne in die Höhe, und er hielt auf direktem Weg auf den Ausgang zu.

»Sieht aus, als hätte er etwas entdeckt«, bemerkte Fabian voller Hoffnung.

Sie folgten dem Mäusling nach draußen. Auf den Stufen vor dem Tempel schnüffelte er zunächst ziellos in der Gegend herum, dann wandte er sich nach rechts, wo eine schmale Gasse den Tempel vom nächsten Gebäude in der Reihe trennte.

»Myrtel hier gewesen ist«, erklärte er zögernd. »Dort«, er deutete auf die Mündung der Gasse, »ein anderer Geruch dazukommt: Schlummerblume!«

Xolpph ließ ein genervtes Stöhnen hören. »*Was* willst du gerochen haben? Drück dich gefälligst klarer aus, Käsefresser!«

»Schlum-mer-blu-me«, betonte Poch übertrieben langsam. Dann wurde ihm klar, dass offenbar niemand mit dieser Bezeichnung etwas anfangen konnte. Er überlegte kurz. »Menschen anders nennen. Etwas mit Mond? Poch so vergesslich ist ...«

»Mondrose?« Fabian schluckte. »Du meinst, du riechst den Blütenstaub einer Mondrose?« Obwohl es Monate zurücklag, dass er selbst hier in Ambigua mit dem narkotischen Blütenstaub dieser seltenen Pflanze betäubt worden war, erinnerte sich Fabian noch allzu gut an das mehrstündige, todesähnliche Koma, in welches ihr Duft einen Menschen versetzen konnte.

Poch nickte wild. »Winziger Hauch, aber eindeutig Mondrose!« Er schnüffelte erneut, dann schüttelte er den Kopf. »Sonderbar ... Myrtel ab hier nicht mehr zu Fuß gegangen ist. Spur zu Ende!«

Fabian starrte den Mäusling wortlos an, als ihm dämmerte, was das bedeutete. In hilfloser Wut ballte er die Fäuste. Myrtels Tante begann neben ihm leise zu weinen.

Er betrat die schattige Gasse und sah sich um. Ein paar Schritte weiter stieß er auf dem unebenen Katzenkopfpflaster auf zwei halb zerbröselte Stumpen. Zuerst dachte er an Zigarrenstummel, doch als er einen davon aufhob, erkannte er, dass es sich um etwas anderes handelte.

»Das sind die Reste von zlokäischen Seegurken«, sagte er langsam. »Diese stinkenden Dinger, die Kapitän Börlß immer gepafft hat.« Allmählich begann sich der Ablauf der Geschehnisse in seinem Kopf zusammenzusetzen. »Der oder die Täter haben hier gewartet. Entweder wussten sie, dass Myrtel in den Tempel wollte, oder sie sind ihr vom Turm aus gefolgt. Während sie drinnen gebetet hat, standen sie hier und rauchten. Als Myrtel wieder rauskam, haben sie sich angeschlichen, ihr die verflixte Mondrose auf den Rüssel gedrückt und sie verschleppt – wenn wir nur wüssten, wohin! Und aus welchem Grund?«

»Entführt«, wimmerte Tante Myra in ihr Schnupftuch. »Meine Mymsi ... Wer um Fitz-Bartels Willen tut so was? Sie hat doch niemandem etwas getan!«

»Wir werden es herausfinden!«, behauptete Fabian mit mehr Überzeugung, als er in Wahrheit empfand. »Ich bin sicher, Meister Amoebius wird alle Hebel in Bewegung setzen, sie aufzuspüren.«

Gurdula legte ihm mit grimmigem Gesicht eine Hand auf die Schulter. »Wenn ihr Hilfe braucht: Myrtels Tante weiß, wo ich zu finden bin!«

Fabian dankte ihr, dann verabschiedete er sich von ihr und Tante Myra. Es tat ihm leid, die Fant in ihrer Verzweiflung allein zu lassen, aber damit die Fahndung nach ihrer Nichte in Gang kam, musste er zum Turm von Töc zurück und Bericht erstatten.

Als er wenig später die Tür zur Loge mit der Nummer 17 öffnete (Hummbert hatte er in aller Eile in seiner Kammer im achten Stock verstaut), schienen sämtliche Gespräche in dem halbdunklen, pyramidenförmigen Saal schlagartig zu verstummen. In die plötzliche Stille hinein erkundigte sich Meister Amoebius, was er herausgefunden habe.

Noch ganz außer Atem vom Treppensteigen fasste Fabian die Ergebnisse des Abstechers zum Tempel zusammen. Während er sprach, wunderte er sich ein wenig, dass Meister Amoebius dafür eigens die Konferenz unterbrach. Dass man Myrtel allem Anschein nach entführt hatte, war schlimm, keine Frage, aber sie war keine Königin oder so. Er war eher davon ausgegangen, dass der Qualler sich seinen Bericht während einer Sitzungspause in seinem provisorischen Arbeitszimmer anhören und anschließend entsprechende Maßnahmen ergreifen würde.

Danke für deinen Bericht, sprach er, nachdem Fabian geendet hatte. *Dass eine Teilnehmerin aus unserer Runde entführt wurde, ist ein un-*

erhörter Zwischenfall, mit dem niemand rechnen konnte. Die Schlüsse, die es zulässt, sind indes noch weitaus unangenehmer.

»Ich fürchte, ich verstehe nicht«, gab Fabian zu, wobei er ganz vergaß, seine Blendlaterne zu benutzen. »Wie konntet Ihr eigentlich heute Morgen schon wissen, dass Myrtel etwas passiert war?«

Sagen wir, ich hatte eine Ahnung. Myrtel Fant war nämlich nicht die Einzige, die heute früh nicht in unsere Runde zurückgekehrt ist.

»Was? Wer fehlt denn noch?«

König Oyter vom Inselstaat Umbrulsk.

Kapitel 9
Der Bote

Einen Augenblick lang saß Fabian mit offenem Mund in seinem Sessel. Dann geriet sein Verstand in Bewegung, versuchte, die neue Information in eine Beziehung zu den aktuellen Ereignissen zu setzen. Bevor er jedoch zu irgendeiner Schlussfolgerung gelangen konnte, geschah etwas Unerwartetes.

Jemand klopfte donnernd an die Tür des Pendelsaals.

Das Geräusch war so laut und mächtig, dass es nicht von einer der kleinen, gepolsterten Logentüren stammen konnte. Es drang vielmehr von dem zweiflügeligen Eingangsportal auf Bodenhöhe herauf.

Meister Amoebius verlagerte den Schwerpunkt seines halbflüssigen Körpers, bis er in Richtung Tor zu blicken schien. Für einige Sekunden geschah nichts, und Fabian vermutete, dass der Qualler telepathisch erfragte, wer es wagte, die Konferenz zu stören. Schließlich nickte er, und in den Köpfen aller ertönte seine Stimme:

Ein Bote. Er sagt, er habe eine wichtige Nachricht für die Versammlung.

Ein kaum merkliches Aufatmen ging durch die Reihen. Das Wissen um das rätselhafte Verschwinden gleich zweier Konferenzteilnehmer schien viele der Monarchen beunruhigt zu haben. Offenbar erhofften sie sich durch das Auftauchen eines Boten nun eine Auflösung der Situation.

Doch ihre Beunruhigung sollte noch wachsen.

Lautlos öffnete sich einer der Torflügel. Eine Gestalt erschien in dem hellen Rechteck und schlurfte mit hypnotischer Langsamkeit ins Zwielicht des riesigen Saals. Das entsetzte Keuchen von den Rängen wurde von dem dumpfen Schlag übertönt, als die Pforte sich hinter ihr schloss.

Wäre es noch ein wenig dunkler gewesen, man hätte den Fremden für einen sehr großen, sehr hageren Menschen halten können, einen gut zwei Meter langen Burschen von höchstens 50 Kilo mit nichts am Leib außer einem verschmutzten weißen Lendenschurz. Als er sich jedoch dem Zentrum des Saals näherte, beleuchtete eine zunehmende Zahl hastig aufgeklappter Blendlaternen gewisse anatomische Besonderheiten, von denen Fabian ahnte, dass sie ihn noch in seinen Träumen verfolgen würden.

Die Knie des Ankömmlings knickten, anders als bei einem Menschen, nach hinten ab. Dadurch war sein Gang federnd und ähnelte auf abstoßende Weise dem eines Vogels. Leichenblasse, fast durchsichtige Haut spannte sich über den dürren Gliedern wie Pergament, schien bei jeder Bewegung kurz vor dem Zerreißen. Am Fuß des steinernen Podests blieb das seltsame Wesen stehen und drehte den Kopf, um einen trägen Blick in die Runde der Versammelten zu werfen.

Als die schwarzen Knopfaugen über Fabian hinwegglitten, hatte er für einen kurzen Moment das Gefühl, eine eiskalte Knochenhand griffe nach seiner Kehle. Das Gefühl ließ nach, als der Blick der Kreatur weiterschweifte, doch sein Entsetzen wich nicht.

Das Ding besaß keinen Mund!

Die untere Hälfte des länglichen, skelettartigen Schädels war völlig glatt. Nur ein paar Fingerbreit oberhalb der Stelle, wo sich eigentlich Lippen hätten befinden müssen, weiteten sich rhythmisch zwei waagerechte, verschleimte Atemschlitze.

»Ein Astomorit«, hauchte Pater Euseruphius ungläubig und vollführte mit seinen plumpen Händen einige rasche Schutzgesten.

»Nicht sein kann!«, mümmelte Poch neben ihm. »Nicht gibt! Mundloser Schrecken nur Gerücht, Sage, Mythos! Nicht gibt!«

»Ganz offensichtlich gibt es sie doch«, murmelte Fabian tonlos und beobachtete voller Ekel, wie das fremdartige Geschöpf begann, die Wendeltreppe zur Spitze des Rednerpults hinaufzuklettern. »Aber wie kann so ein Wesen existieren, wie kann es essen – ohne Mund?«

»In den alten Schriften heißt es, die Astomoriten ernährten sich ausschließlich von Gerüchen«, sagte Pater Euseruphius mit Grabesstimme.

»Maledikt war schon immer gut darin, irgendwelche lange vergessenen Scheußlichkeiten auszubuddeln und in seinen Dienst zu stellen«, bemerkte Xolpph und unterdrückte ein Würgen. »Ich hätte gewettet, dass diese Viecher bloß den Albträumen irgendwelcher alter Geschichtsschreiber entsprungen sind, die mal ein Fässchen Kräuterbier zu viel ...«

»Maledikt?« Fabian fuhr herum. »Du meinst, *das da* kommt aus Shurakk?«

Der Xenophor sah ihn erstaunt an. »Was für eine saublöde Frage! Woher sollte so eine Beleidigung für die Augen denn sonst kommen?«

Der Astomorit hatte die halbe Höhe der gewundenen Treppe erklommen. In aller Seelenruhe nahm er mit seinen seltsamen Beinen Stufe um Stufe, wobei seine leblosen Augen bald hierhin, bald dorthin starrten. Wohin sein Blick fiel, da verstummte das ängstliche Getuschel, das seit seinem Eintreten die Ränge beherrschte.

»Wieso unternimmt niemand etwas?« Fabian spürte, wie ihm Schweißperlen auf die Stirn traten. »Wieso darf er einfach hier herein? Ich meine ...« Er erinnerte sich daran, dass es sich laut Meister

Amoebius um einen Boten handelte, und im gleichen Augenblick erkannte er eine Schriftrolle in der dürren Hand des Wesens. Offenbar genossen die Überbringer von Botschaften, wie auch auf der Erde seit Jahrhunderten Brauch, besonderen Schutz.

Unruhig verfolgte Fabian, wie der Astomorit die Spitze der Säule erreichte, wo Meister Amoebius seine Ankunft mit leichtem Schwanken erwartete. Für endlose Augenblicke verharrte die hagere Gestalt bewegungslos am Ende der Treppe.

Dann hallte ein Übelkeit erregender, zischender Laut durch den Saal. Die flachen Atemschlitze des Astomoriten weiteten sich, als er den Duft jedes einzelnen Anwesenden in sich aufzusaugen schien. Die Temperatur im Raum schien schlagartig um mehrere Grad zu fallen.

Ein knorriger Arm hob sich und streckte dem Qualler die Schriftrolle hin.

Mit zwei langen Schleimfäden nahm Meister Amoebius die Botschaft entgegen und rollte sie auseinander. Er berührte das Schriftstück nur am äußersten Rand, um es nicht aufzuweichen, doch rasch zeigte sich, dass es sich gar nicht um normales Pergament handelte. Was der Qualler da aufwickelte, war schwarz und an den Rändern wellig, vertrocknet wie eine Mumie und dennoch auf widerwärtige Weise geschmeidig. Unwillkürlich musste Fabian an das Studierzimmer von Volgera Ommm auf Onkenghast denken, wo eine ganze Wand mit menschlicher Haut tapeziert gewesen war. Ihn schauderte bei dem Gedanken daran, woraus diese Schriftrolle gefertigt sein mochte.

Als Meister Amoebius die Nachricht hob, um sie zu lesen, konnte Fabian erkennen, dass der schwarze Lappen nicht im üblichen Sinne beschrieben war. Stattdessen zog sich ein haarfeines Geflecht dünner Risse quer über die Seite, durch die das Licht der Laternen auf der anderen Seite des Saals schimmerte. Ob es Pleex-Runen oder

Buchstaben einer anderen Sprache waren, ließ sich aus der Entfernung nicht sagen. Meister Amoebius jedenfalls schien sie ohne Probleme entziffern zu können.

Minutenlang las der Qualler schweigend. Die Konferenz hielt gebannt den Atem an.

Diese Botschaft stammt von Volgera Ommm, dem Statthalter Maledikts im Lande Shurakk, ließ er sich schließlich vernehmen.

Obwohl allen klar gewesen sein musste, woher der Bote kam, wurde die Verkündung von dutzendfachem entsetztem Luftschnappen beantwortet. Der Astomorit hob interessiert sein scheußliches Haupt, worauf es sogleich wieder totenstill wurde.

Es verhält sich so, wie ich bereits befürchtet habe. Und schlimmer! Kaum haben wir den einen Verräter aus unseren Reihen entfernt, da hat sich bereits ein zweiter in unserer Mitte eingenistet. Amoebius ließ das schwarze Schriftstück sinken. *König Oyter ist mit Shurakk im Bunde!*

Der aufbrandende Tumult ließ sich auch durch die beunruhigenden, irgendwie gierig wirkenden Blicke des Astomoriten nicht dämpfen. Mit einem Mal war allen klar, was hinter dem so vehement vorgebrachten Vorschlag des umbrulskischen Monarchen gesteckt hatte.

Offenbar haben die Weisen von Umsk, der Hauptstadt von Oyters Inselstaat, bereits sehr früh realisiert, was die absonderlichen Wetterphänomene in ihrem Land zu bedeuten hatten. Oyter sandte daraufhin Boten nach Shurakk, um dem wiedererwachten dunklen Herrscher seine Dienste anzubieten. Ein blubbernder Laut, der Enttäuschung oder Wut ausdrücken mochte, stieg aus den Tiefen von Meister Amoebius' Körper auf, während er betrübt das Schriftstück sinken ließ. Der Astomorit legte irritiert den Kopf schief.

Oyter war vielen von uns als machthungrig und rücksichtslos bekannt. Er litt unter Minderwertigkeitskomplexen, weil sein Reich in seinen Augen viel zu klein war. Von einem Pakt mit Maledikt muss er sich einen hohen

Regierungsposten in dessen späterem Schreckensreich erhoffen. Amoebius schüttelte fassungslos seine obere Hälfte, hob die Botschaft und las weiter. *Als er zur Teilnahme an dieser Konferenz nach Pantrami kam, hatte er klare Anweisungen von Volgera Ommm erhalten. Sein Ziel war es, alles zu verhindern, was Maledikt in der prekären Phase nach seinem Erwachen gefährden könnte, solange er noch schwach und angreifbar ist.*

»Das hat man gemerkt«, flüsterte Fabian grimmig.

Für den Fall, dass er mit Argumenten nicht weiterkäme, hatte er den Auftrag, einen möglichst einflussreichen Teilnehmer unserer Zusammenkunft zu entführen. Als Druckmittel, um den Willen Shurakks durchzusetzen.

Fabian wurde schlagartig heiß und kalt. Konnte es sein ...? Der Gedanke war absurd!

Dies ist in der vergangenen Nacht geschehen. Laut diesem Schreiben wurde »Fürstin Myrtel« von der Leibwache König Oyters entführt. In diesem Augenblick schafft man sie auf einem nicht genauer beschriebenen Weg nach Corborion.

»Fürstin Myrtel? Aber das ist doch Blödsinn!«, rief Fabian entsetzt und sprang von seinem Sessel auf. »Myrtel ist keine Fürstin, sie ist doch bloß ...« – *meine Freundin*, wollte er sagen, aber seine Kehle war wie zugeschnürt, er brachte keinen Ton mehr heraus.

»Oyter, dieser saublöde Trottel!«, keifte Xolpph. »Weil Myrtel ihm so furchtlos Paroli geboten hat, muss er geglaubt haben, sie wäre hier eine dicke Nummer!«

Neben ihnen nickte Pater Euseruphius betroffen. »Es war unübersehbar, dass er in ihrer Widerrede den Grund dafür sah, dass sein Vorschlag ohne Abstimmung abgelehnt wurde. Er muss sie für sehr einflussreich gehalten haben.«

»Das ist nicht fair!« Fabians Stimme bebte. Myrtel in den Klauen des dunklen Herrschers! Verkrampft umklammerte er die Balkonbrüstung, um zu verhindern, dass ihm schwindelig wurde.

Meister Amoebius hatte das Schriftstück mittlerweile zu Ende gelesen. Mit tropfenden Tentakeln rollte er es wieder zusammen. *Volgera Ommm fordert im Namen Maledikts des Finsteren, dass die Freien Staaten innerhalb der nächsten sechs Monate nicht gegen Shurakk vorgehen werden, weder auf militärischem noch sonstigem Wege. Binnen zwölf Tagen verlangt er eine diesbezügliche Zusicherung, unterzeichnet von den Oberhäuptern sämtlicher vertretener Völker. Unterbleibt dies, wird Fürstin Myrtel sterben.*

Der Tumult, der sich nun erhob, war lauter als alles Vorangegangene. Fabian verstand sein eigenes Wort nicht mehr, in allen Logen schrien Leute durcheinander. Denn jedem war klar, dass Volgera Ommm die Dauer des geforderten Waffenstillstands kaum zufällig gewählt hatte: Nach sechs Monaten würde sein Meister wieder über seine volle Macht verfügen – der Untergang aller Freien Staaten Ambiguas wäre besiegelt.

Auch wenn Fabian keine einzelnen Stimmen aus dem Chaos ringsum heraushören konnte, ahnte er, dass es für die Versammlung nur eine Antwort auf diesen Vorschlag geben konnte ...

Meister Amoebius gebot mit mehreren ausgestreckten Tentakelarmen Ruhe im Saal. Dann wandte er sich dem Astomoriten zu, der noch immer wie ein riesiger federloser Geier vor ihm kauerte und auf eine Antwort wartete.

Als der Qualler seine Gedankenstimme hob, klangen die S-Laute verzerrt und übersteuert, wie bei einem Radiosender mit schlechtem Empfang. Offenbar sendete er nun auch auf der fremdartigen Hirnfrequenz des mundlosen Boten. Und obwohl Fabian klar war, was Meister Amoebius sagen würde – sagen *musste* –, versetzten ihm die Worte einen schmerzhaften Stich.

Teile deinem Herrn mit, Wesen des Abgrunds, dass die Freien Staaten Ambiguas sich nicht erpressen lassen. Ein Stillhalteabkommen unsererseits wird es nicht geben. Unter keinen Umständen!

Teil 2

Das Ultimatum

Interludium

Das Verderben kam um Mitternacht, und es hatte viele Beine.

Ein hölzernes Klappern, wie von unrhythmisch geschlagenen Kastagnetten, ließ Noralf Pangrasian aus unruhigem Schlummer auffahren. Alarmiert sprang der alte Töpfer aus dem Bett, eilte zum Fenster und riss einen der hölzernen Läden auf. Was mochte der Ursprung der seltsamen Geräusche sein?

Seine Hütte, die er seit dem Tod seiner Frau allein bewohnte, lag am äußersten Rand von Yggsbudd, einer kleinen Siedlung im Herzen Stagnats. Von seinem Fenster aus hatte Noralf einen guten Blick auf die Hauptstraße, konnte stets sehen, wer Yggsbudd betrat oder verließ.

Was er jetzt dort draußen erblickte, ließ ihn an seinem Verstand zweifeln.

Kaum zwei Meter vor seinem Fenster stand ein nackter Fuß, groß wie ein Ruderboot! Er saß am Ende eines baumdicken schwarzpelzigen Beins, das bis in den finsteren Himmel emporzureichen schien. Nur mit Mühe konnte Noralf beim Anblick der spatengroßen gelben Fußnägel ein Würgen unterdrücken. Ängstlich lenkte er seinen Blick in die Höhe …

Noralf war nie im Zoo von Wurstogart gewesen, er hatte nie eine Quantrula gesehen. Dennoch bemerkte er sogleich die Ähnlichkeit des mächtigen Leibs, der über den Dächern des schlafenden Dorfes schwebte, mit dem einer gewöhnlichen Hausspinne.

Starr vor Furcht beobachtete er, wie die kolossale Kreatur an seiner Behausung vorbeistampfte, ihre acht Beine in einem unheimlichen Rhythmus hebend und senkend. Bei jedem Schritt stieß sie jene fremdartigen Klappergeräusche aus, die den Töpfer aus dem Schlaf gerissen hatten.

Und hinter dem ersten Monstrum marschierten weitere!

Eine ganze Horde gigantischer Spinnen strebte dort draußen dem Zentrum des Dorfs entgegen. Noralf rieb sich verzweifelt die Augen, versuchte, aus diesem abartigen Albtraum zu erwachen.

Doch er träumte nicht.

Mit einem explosionsartigen Krachen schlug etwas über ihm ins Dach der Hütte ein! Sekunden später wurde die Straße vor dem Fenster von einem unheilverkündenden lodernden Lichtschein erhellt.

Noralf stieß einen Schrei aus, als er realisierte, dass auf dem Rücken jeder Riesenspinne Reiter saßen – massige Gestalten, schwarz wie die Nacht, über deren Haut sich ein Netz aus grellrot pulsierenden Rissen zog. Alle paar Meter griffen sie durch diese Risse ins Innere ihrer Leiber, brachten faustgroße Klumpen einer halbflüssigen, glühenden Masse zum Vorschein. Mit Wucht schleuderten sie die Brocken gegen die riedgedeckten Dächer beiderseits der Straße, die in Sekundenschnelle in Flammen aufgingen.

Panische Hilfeschreie erfüllten die Nacht.

Noch immer sträubte sich Noralfs Verstand dagegen, dass all dies wirklich passierte. Doch der Gestank nach brennendem Holz, der ihm in die Nase stieg, räumte die letzten Zweifel aus. Instinktiv überlegte er, was er tun konnte, um sich zu verteidigen. In Stagnat hatte es seit der großen Schlacht von 2777 keinen Krieg mehr gegeben. Er besaß keinerlei Waffen außer ein paar stumpfen Klingen, unten, in seiner Töpferwerkstatt, und einem alten Wanderstab, der ...

Ein armdicker Strahl grünlicher Flüssigkeit schoss durch das geöffnete Fenster und traf ihn mitten ins Gesicht!

Binnen eines Wimpernschlags fand Noralf Pangrasians Angst, ebenso wie sein Leben, durch den ätzenden Verdauungssaft einer Quantrula ein jähes Ende.

Als das Verderben Yggsbudd verließ, war niemand mehr da, der das kastagnettenartige Klappern hätte hören können.

Niemand sah die Flammen, die wie gierige gelbe Zungen zum Firma-

ment emporleckten und das verzehrten, was einst ein Dorf mit Hunderten glücklicher Einwohner gewesen war.

Niemand war da, um die Völker Ambiguas vor dem Grauen zu warnen, das ihnen bevorstand.

Kapitel 10
Bei Bossut

Fabian war nicht übermäßig religiös. Der Grund, warum es ihn auf der Erde allenfalls zur Weihnachtszeit einmal in eine Kirche verschlug, hatte allerdings nicht unbedingt mit Desinteresse zu tun. Vielmehr war es ein Protest gegen die Bestrebungen Miss Waylandts, die seit Jahren versuchte, die Bewohner des Regenbogenhauses jeden Sonntagmorgen in den Gottesdienst zu schleppen. Ihr übertriebener Eifer hatte bei Fabian für eine dauerhafte Abneigung gesorgt.

Demgemäß überraschte es ihn selbst ein wenig, als er sich gegen Abend im Tempel von Kloben wiederfand, und dass er sich sogar freiwillig noch einmal dorthin begeben hatte. Im Licht Aberdutzender Kerzen hockte er auf einer der Gebetbänke vor dem Bossut-Schrein, die Augen starr auf den berüsselten, sonderbar vertraut wirkenden Götzen gerichtet, so als könne seine bloße Anwesenheit an einem Ort, wo Myrtel sich vor Kurzem noch aufgehalten hatte, sie auf irgendeine Weise zurückholen.

Nachdem Meister Amoebius den Astomorit mit seiner Antwort fortgeschickt hatte, war im Pendelsaal eine hitzige Diskussion um die Maßnahmen entbrannt, die schnellstmöglich gegen Maledikt den Finsteren ergriffen werden mussten. Als das Blitzgewitter der Blendlaternen allzu heftig, die Flut durcheinanderbrüllender Stimmen zu undurchdringlich wurde, unterbrach Meister Amoebius die

Versammlung, um den erregten Gemütern Gelegenheit zu geben, sich abzukühlen. Fabian, Xolpph, Poch und Pater Euseruphius folgten dem Qualler treppab in sein provisorisches Büro, wo er ihnen, das schwarze Pergament vor sich auf dem Schreibtisch ausgebreitet, mit sorgenvoller Gedankenstimme mitteilte, was noch in Volgera Ommms Nachricht gestanden hatte.

Myrtel befindet sich bereits jenseits des Gebirges von Morr-Orr, kurz vor Maledikts Festung.

»Wie sollte das möglich sein?« Pater Euseruphius' Stimme klang ungläubig. »Sie wurde erst vergangene Nacht entführt, und die dunkle Seite gebietet nicht über Wesen der Luft. Wie sollten Oyters Leute mit ihrer Gefangenen so rasch so weit gekommen sein?«

Wir müssen uns allmählich mit den Konsequenzen von Maledikts Rückkehr auseinandersetzen, gab der Qualler betrübt zu bedenken. *Der Herr des Bösen vermag Dinge, die uns unmöglich anmuten. Er hat so lange geschlafen, dass wir seine furchtbaren Fähigkeiten schon beinahe vergessen haben. Darunter auch seine vielleicht schlimmste Schöpfung: das Maledikticon!*

»Das was?«, erkundigte sich Xolpph von Fabians Schoß aus.

Ein Schauder schien Pochs pelzigen Körper zu durchlaufen, der neben den beiden Gästestühlen auf dem Boden vor dem Schreibtisch kauerte. Doch er schwieg.

»Das Maledikticon ist ein Buch«, hob Pater Euseruphius die Stimme. Ihm war anzumerken, dass er nur mit Widerwillen über dieses Thema sprach. »In ihm soll Maledikt all die schrecklichen Zauberformeln niedergeschrieben haben, die er über Jahrhunderte hinweg gesammelt hat – Formeln, mit denen er Ungetüme wie die Insektoren oder Sempukkur die Riesenkrabbe schuf, Formeln, die Volgera Ommm von einem Nekro in jenes Geschöpf verwandelten, dem ihr bereits gegenübergestanden habt. Grässliches, verbotenes Wissen, älter und dunkler als die Kunst der Zauberei selbst ...« Die

Stimme des Hippopathen kippte. Meister Amoebius sprach für ihn weiter.

Als sich Maledikt in den Tiefschlaf begab, legte er einen starken Fluch über jenes schreckliche Kompendium. Er versiegelte es mitsamt den darin enthaltenen Bannsprüchen, auf dass niemand ihre Macht in seiner Abwesenheit nutzen könne. Doch das war nicht alles. Ein Nebeneffekt dieses Zaubers war, dass die magischen Formeln im Innern des Buchs sich gegenseitig zu beeinflussen begannen. Jahrhundertelang auf engstem Raum eingeschlossen, goren sie in ihrer eigenen Bosheit und gewannen darüber mehr und mehr an Stärke.

»So wie Bratensoße, die man so lange über dem Feuer einkochen lässt, bis sie schön dick und köstlich ist?«, fragte Xolpph, dem bei der Vorstellung hörbar das Wasser im Mund zusammenlief.

Meister Amoebius sah ihn einen Augenblick irritiert an, dann seufzte er blubbernd. *Ich wünschte, die Sache wäre so harmlos, Xolpph Xerxxes Xapparek. Ommm lässt uns in seinem Schreiben wissen, dass sein Herr das Buch wieder hervorgeholt und geöffnet hat – und dass sein Plan aufgegangen ist: Die Formeln des Maledikticon sind mächtiger denn je.*

»Wieso erwähnt Ommm das?«, erkundigte sich Fabian. »Will er den Lenkern der Freien Staaten zusätzlich Angst einjagen, um sein Ultimatum zu unterstützen?«

Vielleicht. Maßgeblich jedoch ... Meister Amoebius zögerte. *Ich habe kein Recht, es euch zu verheimlichen: Der Herr des Bösen hat angekündigt, dass er Myrtel mit einem Fluch aus dem unheiligen Buch belegen werde, einem Zauber, der ihr minütlich Lebensenergie entzieht, bis sie nach zwölf Tagen qualvoll zugrunde geht!*

Fabian stieß einen unartikulierten Laut aus. Er spürte, wie ihm abwechselnd heiß und kalt wurde.

Nur wenn die Freien Staaten vor Ablauf dieser Frist einlenken, wird Maledikt den Fluch von ihr nehmen.

»Aber das werden sie nicht!«, quäkte Xolpph entgeistert. »Ihr selbst habt den Astomoriten mit einer Absage fortgeschickt! Damit habt Ihr Myrtel zum Tode verurteilt!« Er richtete sich auf und machte Anstalten, von Fabians Schoß auf den Schreibtisch zu springen.

Pater Euseruphius hob beschwichtigend eine Hand. »Die Entscheidung oblag nicht einem Einzelnen, auch wenn es durch Amoebius' rasche Reaktion vielleicht so wirkte«, erklärte er ernst. »Doch es brauchte keine Abstimmung, um festzustellen, dass die Freien Staaten dem dunklen Herrscher unmöglich einen sechsmonatigen Nichtangriffspakt zusichern können.«

»Aber ...«, begann Fabian kraftlos.

»Selbst wenn statt Myrtel der einflussreichste Teilnehmer der Konferenz entführt worden wäre, die Versammlung würde keinen Augenblick darüber nachdenken. Sie *dürfte* es nicht! Ein Einlenken würde bedeuten, Maledikt ungehindert zu alter Macht zurückfinden zu lassen!«

Fabian starrte aus dem Fenster hinter Meister Amoebius' Schreibtisch. Ihm war klar, dass der Hippopath recht hatte: Die Freien Staaten hatten keine Wahl - das Leben von Millionen Ambiguanern wog schwerer als das einer Einzelperson!

Tränen der Hilflosigkeit und Wut stiegen Fabian in die Augen. Da ertönte der gedämpfte Gong, der den Fortgang der Versammlung verkündete.

Wir werden später gemeinsam überlegen, was unternommen werden kann, sagte Meister Amoebius ruhig und legte Fabian im Vorbeigehen einen triefenden Tentakel auf die Schulter. *Falls es etwas gibt, das wir tun können ...*

Zurück im Pendelsaal überboten sich die Staatsoberhäupter mit erregten Vorschlägen, von denen ein Großteil die sofortige Aufstellung einer schlagkräftigen Armee forderte. Wenn, so argumentierten viele, Maledikts Macht momentan noch so gering sei, dass er mit gemeinen Tricks arbeiten müsse, habe eine militärische Aktion gegen Shurakk möglicherweise mehr Aussicht auf Erfolg, als man angenommen hatte.

Über Myrtels Idee einer kleinen Spezialeinheit sprach jetzt kaum noch jemand.

Fabian bekam von all dem kaum etwas mit. Zwar war er gemeinsam mit den anderen in die Loge zurückgekehrt, aber in seinem Kopf ging es derart drunter und drüber, dass er kaum etwas von dem wahrnahm, was um ihn herum gesprochen wurde.

Es war so *unfair!* Myrtel war nicht mehr als eine unbedeutende Randfigur in einem jahrhundertealten Konflikt, genau wie er selbst. Wieso musste ausgerechnet sie, die ihm von allen hier am meisten bedeutete, zwischen die Fronten geraten?

Abwechselnd verfluchte Fabian die Dummheit König Oyters, der Myrtel für eine einflussreiche Adelige gehalten hatte, und das aufbrausende Temperament der Fant, welches maßgeblich für ihre hoffnungslose Situation verantwortlich war.

Am frühen Abend hatte Meister Amoebius eine weitere Pause anberaumt, damit die Konferenzteilnehmer sich stärken konnten, bevor die Gespräche bis spät in die Nacht fortgeführt würden. Kaum öffneten sich die Logentüren, eilte Fabian hinaus, achtzehn Stockwerke hinunter, aus dem Turm und weiter durch die schattigen Gassen des Altachtels. Er wollte jetzt allein sein.

»Toll, wirklich!« Eine quäkende Stimme riss Fabian aus seinen Gedanken, unpassend laut in der ehrwürdigen Stille des Tempels. »Wegen dir versäumen wir jetzt das Abendbankett!«

Ganz allein war Fabian im Heiligen Tempel von Kloben nämlich nicht. Da er sich nicht sicher gewesen war, ob er den Weg auf eigene Faust wiederfinden würde, hatte er kurzerhand Xolpph von der Balkonbrüstung gepflückt und ihn sich um den Hals gehängt. Der Xenophor schien mit seiner Aufgabe als Fremdenführer allerdings alles andere als zufrieden. »Wenn ich an die ganzen Köstlichkeiten denke, die uns deinetwegen durch die Lappen gehen«, fuhr er fort. »Ich habe gehört, heute sollen Wohlmeisen-Brüstchen in geeister Minzsoße aufgetischt werden, nach altem yrkischem Rezept!«

»Wie kannst du jetzt bloß ans Essen denken?«, wollte Fabian wissen. »Myrtel ist in der Hand des dunklen Herrschers, und das Einzige, was dich beschäftigt ...«

»Dadurch, dass wir hier rumsitzen und Trübsal blasen, wird die Sache auch nicht besser«, verteidigte sich der Xenophor. »Ich bin sicher, Meister Amoebius lässt sich irgendwas einfallen, um Myrtel rauszuboxen. Wahrscheinlich hätte er uns längst in seine Pläne eingeweiht, wenn du nicht so überstürzt abgehauen wärst!«

Fabian antwortete nicht. Er betrachtete schweigend die dicken Kerzen, die vor den gekreuzten Beinen Bossuts flackerten.

Ob Myrtel eine davon aufgestellt hatte?

Xolpph seufzte und begann, auf Fabians Schulter herumzuzappeln. »Dann setz mich wenigstens ab, da drüben, vor dem Altar von Mulchius, dem Schutzpatron aller ungeformten Lebewesen. Dann kann ich auch ein paar warme Worte für Myrtels Rettung einlegen.«

Fabian erhob sich schwerfällig und ging zu einer Skulptur hinüber, die ein aufrecht stehendes Rhinozeros darzustellen schien, das in viel zu kleinen Schuhen auf den Zehenspitzen balancierte. »Der hier?«

»Nein. Obwohl ... den anzurufen, kann auch nicht schaden. Das ist Klovandel, Hüter des Glücks.«

»Was trägt er für komische Schuhe?«

»Steppschuhe. Klovandel ist stets glücklich, deswegen tanzt er den lieben langen Tag.«

»Ah. Und wo wolltest du stattdessen hin?«

Der Xenophor deutete geradeaus. Zwei Schreine weiter befand sich die steinerne Darstellung eines formlosen Klumpens, eines

Haufens, der auf unangenehme Weise an das erinnerte, was irdische Hunde zuweilen auf dem Gehsteig zurückließen.

»Das ist ein *Gott?*«

»Den Überlieferungen zufolge war Mulchius der erste Klumpen Urschleim, dem Fitz-Bartel bei der Schöpfung Ambiguas Leben einhauchte. Er ist der Schutzpatron der Qualler und aller sonstigen Zeitgenossen von wandelbarem Äußeren. Also auch der Xenophore!«

Fabian ließ Xolpph vor dem Sockel des Urschleimgötzen zu Boden gleiten. Als er sich wieder aufrichtete, hatte er den Eindruck, als würden ihn die reglosen Figuren, die ringsum im flackernden Licht der Kerzen auf ihren Podesten hockten, ansehen, milde und voller Verständnis für seine Situation. Trotz ihres fremdartigen Aussehens spürte er, wie ihn eine tiefe Ruhe überkam.

»Wer ist der da?« Fabian deutete auf den dürren Mann mit dem waagerecht abstehenden Schnurrbart, der ihm bereits bei seinem ersten Besuch aufgefallen war.

»Der? Das ist Balantzius, der Gott der Gerechtigkeit.« Erfreut, dass zur Abwechslung einmal jemand Wert auf das legte, was er zu sagen hatte, hopste Xolpph vom Sockel des Mulchius und begann, aufgerichtet wie eine Königskobra vor Fabian den Mittelgang entlangzukriechen.

»Zur Linken« – er deutete auf ein schielendes, krakenartiges Wesen, das einen winzigen, ziemlich albern aussehenden Hut auf dem kahlen Schädel trug – »siehst du Yog-Dorgon, Verkörperung von Unbedachtheit und Unzuverlässigkeit.«

Auf dem nächsten Sockel hockte das fette Walross mit den viel zu kleinen Flügeln, das Fabian bereits am Vormittag gesehen hatte. »Hier haben wir Clotty, Göttin des Genusses und der Völlerei, gefolgt von Optomen, dem augenlosen Gott der Gnade. Sein Nachbar, dieser etwas abgerissene Kerl da, ist Krotzian, Schutzpatron aller

Bettler und Obdachlosen. Daneben siehst du Ringurd, den Herrn der geregelten Verdauung und des schönen Wetters. Ihm folgt ...«

Mochten viele der Götzen auch absonderlich aussehen, Fabian ahnte, dass es für die Ambiguaner durchaus praktisch sein musste, stets zu wissen, an wen sie sich mit einer bestimmten Bitte wenden mussten. Laut sagte er: »Welcher ist der, der eure Welt erschaffen hat? Fipps-sonstwie?«

»Fitz-Bartel?« Xolpph drehte sich um und deutete auf einen riesigen Altar, der am hinteren Ende des Tempels stand und fast die gesamte Rückwand einnahm. Darauf thronte die Statue eines verwirrt dreinblickenden menschenähnlichen Geschöpfs mit riesigen Glupschaugen. Es hockte hinter einem breiten Tisch und versuchte mit rund einem Dutzend Armen, rund zwei Dutzend Dinge gleichzeitig zu erledigen.

»Er ist der mächtigste aller ambiguanischen Götter, Sinnbild von Schöpfungskraft und Güte ... wenngleich er häufig auch als ziemlich vergesslich, nachlässig und sogar chaotisch geschildert wird.«

»Kein Wunder, dass eure Welt so ist, wie sie ist.«

»Wie meinen?«

»Ach, nichts.«

Xolpph schwafelte weiter vor sich hin, die Augen halb geschlossen wie ein Oberlehrer, während sie die Reihen der Götzenbilder entlangmarschierten. Fabian, der mit all den Namen und Zuständigkeitsbereichen bald hoffnungslos überfordert war, schaltete seine Ohren auf Durchzug und beschränkte sich darauf, die liebevoll gestalteten Figuren zu betrachten. Erneut fiel ihm auf, welche Geborgenheit dieser Ort ausstrahlte.

Die Ruhe färbte auf sein Inneres ab, half ihm, seine Gedanken zu ordnen. Umgeben von Göttergestalten und Heiligen, die Myrtel seit ihrer frühen Kindheit kannte, entsann er sich der abenteuerlichen Erlebnisse, die sie gemeinsam durchgemacht hatten. Allein während ihrer letzten Reise hatte die tapfere Fant ihm und Xolpph gleich zweimal das Leben gerettet: einmal in Volgera Ommms Todesarena, wo man sie Odunugar dem Esser zum Fraß vorgeworfen hatte, das zweite Mal, als die fischgesichtigen Einwohner von Innsmundt sie auf dem Rücken einer Drachme einer tödlichen Prüfung unterziehen wollten. Umgekehrt hatte auch Fabian ihr schon aus einer Notsituation geholfen, damals, als sie zusammen mit Bruder Fritsje vom Orden der Hippopathen die Sümpfe von Ölü durchquert hatten und Myrtel von einer giftigen Papageienschnecke gebissen worden war. Fabian und der Hippopath hatten sie daraufhin ins Haus des Schmompex-Forschers Doktor DiNorbert geschleppt, wo sie ein Gegenmittel erhielt.

Als sie den Tempel schließlich einmal der Länge nach abgeschritten hatten, war Fabian zu einem Entschluss gelangt. Xolpph hatte recht: Mit Trübsalblasen war nichts gewonnen. Er war es Myrtel schuldig, sofort zu Meister Amoebius zurückzukehren und einen Weg zu finden, ihr zu helfen!

»... und hier, zu guter Letzt: Schwortz, Schutzpatron der Zickriche.« Xolpph deutete geringschätzig auf ein kleines Männlein, das in heldenhafter Pose, umweht von einem langen Cape, auf der hölzernen Nachbildung einer Klippe stand und dramatisch in die Ferne blickte. »Verkörpert alles, was diese Wichte selber gern wären: Laut ihren Überlieferungen kann er fliegen wie der Wind, hat Superkräfte und vermag mit seinem feurigen Blick ganze Wälder in Brand zu setzen. Pah!« Er hielt inne und machte mit den Lippen ein schmatzendes Geräusch. »Oi, oi. Da hab ich mir ganz schön den Mund fusselig geredet, was? Hey, ich kenne eine Kneipe, ganz in der Nähe des Töc-Turms, da schenken sie hundert Jahre alten Bohrer aus!«

»Bohrer?«

»Ein Schnaps, der aus den Beeren des Uguzostrauchs gebrannt

wird, des dornigsten Gewächses in ganz Ambigua. Jedes Jahr sterben etliche Pflücker bei der Ernte.« Der Xenophor kicherte. »Er wird so genannt wegen der bohrenden Kopf- und Gliederschmerzen, die er bei übermäßigem Genuss am nächsten Morgen verursacht. Aber wir müssen's ja nicht übertreiben. Ein oder zwei Gläschen werden uns schon nicht ... hey, was machst du denn? Wo willst du hin?«

Fabian hatte sich umgedreht und lief den Mittelgang zurück in die Richtung, aus der sie gekommen waren. Am Altar von Bossut angekommen, nahm er eine Kerze aus einem Korb an der Seite des Götzenbilds, sah sie einen Augenblick zweifelnd an und entzündete sie dann an einer der anderen. Während er sie behutsam auf dem Sockel platzierte, sah er zum pausbackigen Gesicht des Fantengottes empor und bat im Geist inständig darum, dass Myrtel nichts geschehen möge. Er mochte kein religiöser Mensch sein, aber schaden konnte es nichts.

»Kommst du dann?«, nölte Xolpph aus dem Hintergrund. »Der Genuss wartet!«

»Ja. Ich komme.«

Die fragwürdige Bekanntschaft des Bohrer-Schnapses blieb Fabian erspart. Auf dem Weg zu Xolpphs Kneipe kamen sie am Hintereingang des Töc-Turms vorbei, wo sie eine überraschende Szenerie erwartete: Eskortiert von einem guten Dutzend berittener Soldaten, warteten dort Meister Amoebius und Pater Euseruphius. Vier aufbruchsfertig gesattelte Holger mit prall gefüllten Satteltaschen standen neben ihnen.

Da seid ihr ja endlich! Wir dachten schon, wir müssten nach euch suchen lassen!

»Was zum Elch ...«, stammelte Fabian.

»Verreisen wir?«, erkundigte sich Xolpph interessiert. »Wohin? Nach Shurakk, Myrtel raushauen?«

»Nach Mnom-Ping«, erwiderte Pater Euseruphius ernst. »Meister Amoebius hat beschlossen, dass wir das Orakel um Rat fragen werden, ob und wie Myrtel gerettet werden kann. Ich habe Bruder Fritsje bereits per Nachrichtenhamster Bescheid gegeben, dass er alles für unsere Ankunft vorbereiten soll.« Mit diesen Worten zog er sich auf den Rücken eines Holgers hinauf. Obwohl das sechsbeinige Reittier sich brav duckte und völlig stillhielt, musste einer der Soldaten herüberkommen und den strampelnden Hippopathen das letzte Stück nach oben schieben.

»Aber die Konferenz ...« Mit großen Augen wandte sich Fabian an Meister Amoebius: »Und Ihr? Kommt Ihr etwa mit?«

Ich habe die Leitung der Versammlung an Gwiliam übertragen. Zuerst wollte ich den Antrag stellen, die Konferenz bis zu unserer Rückkehr zu unterbrechen. Aber angesichts der gegebenen Umstände müssen die Vertreter der Freien Staaten ohne uns weiter diskutieren – und baldestmöglich eine Entscheidung fällen.

Auch der Qualler bestieg jetzt einen Holger. Wie eine Wagenladung Götterspeise glitt er, den Gesetzen der Schwerkraft trotzend, an der Flanke des zottigen Tiers empor, bis er wie ein länglicher, wassergefüllter Sack quer über dem Sattel zu liegen kam. Zum Glück schien der Holger gut abgerichtet zu sein: Er ertrug die Prozedur, ohne auch nur ein einziges Mal das charakteristische Blöken auszustoßen, das Fabian von diesen Tieren kannte.

»Und Ihr wollt wirklich ...?«

Gwiliam steht mir in Weitsicht in nichts nach. Wo es nötig ist, wird er lenkend eingreifen und den Diskurs auf die rechte Bahn lenken. Die schlussendliche Entscheidung wird er indes ebenso wenig beeinflussen können, wie ich es könnte. Aus diesem Grunde habe ich beschlossen, dass mein Platz in dieser schweren Stunde an der Seite jener ist, die in der Vergangenheit wiederholt ihr Leben zum Wohl Ambiguas riskiert haben. Ja, wir werden gemeinsam reisen!

Fabian war sprachlos.

»Poch ebenfalls reist gemeinsam!«, erklärte eine piepsige Stimme voller Überzeugung. Eine blau-graue, langschwänzige Gestalt kam hinter den Holgern hervor und sprang mit einem Satz in den Sattel.

Xolpphs Miene, eben noch verwegen und abenteuerlustig, gefror, und er wandte genervt seinen Blick himmelwärts.

»Schönen Dank auch, Mulchius, du alter Verräter! Wer hatte um *den* gebeten, hä?«

Kapitel 11
In der Röhre

Myrtel spürte, dass sie sich bewegte. Rasend schnell! Am verwirrendsten dabei war der Umstand, dass sie lag, der Länge nach ausgestreckt auf einer glatten Fläche, die heftig vibrierte. Ab und zu gab es einen harten Schlag, der einen sengenden Schmerz durch ihr Rückgrat zucken ließ. Es rumpelte wie an Bord einer alten Bergwerkslore, die viel zu schnell über uralte Gleise donnerte. Die Luft roch stickig und verbraucht.

Was war hier los?

Mit zusammengekniffenen Augen bemühte sich Myrtel, den Nebel in ihrem Kopf zu vertreiben, sich an die letzten Sekunden zu erinnern, bevor es dunkel um sie geworden war.

Sie war im Tempel gewesen und hatte zu Bossut gebetet, so viel wusste sie noch sicher. Anschließend hatte sie in den Turm zurückkehren wollen, um Fabian von Hummbert zu erlösen. Doch offenbar war irgendetwas dazwischengekommen ...

Vor ihrem geistigen Auge tauchte ein Bild auf, verschwommen zunächst, dann immer klarer: Sie sah sich selbst, wie sie den Heiligen Tempel von Kloben verließ und sich nach rechts wandte. Plötzlich sprangen mehrere finstere Gestalten aus dem Schatten einer Seitengasse hervor. Bevor sie etwas unternehmen konnte, wurde ihr etwas Trockenes, Knisterndes auf den Rüssel gedrückt, Sekundenbruchteile später senkte sich ein Vorhang aus undurchdringlicher Schwärze über sie.

Wenngleich sie noch nie selbst an einer gerochen hatte, kannte Myrtel die Mondrose und wusste um die einschläfernde Eigenschaft ihres würzig-stechenden Dufts. Sie zweifelte nicht daran, dass ihre Entführer dieses unfaire Mittel angewendet hatten, um sie zu überwältigen.

Nur – wozu? Wer sollte ein Interesse daran haben, sie zu kidnappen?

Und wo bei Bossut war sie?

Als der Boden unter ihr das nächste Mal erbebte und sie heftig durchrüttelte, öffnete sie die Augen vorsichtig einen Spaltbreit.

Ringsum herrschte flackerndes Zwielicht.

Soweit sie erkennen konnte, lag sie in einer Art Röhre oder Kapsel, ungefähr einen Meter in Höhe und Breite messend und allem Anschein nach aus Metall gefertigt. Zu ihren Füßen hin verjüngte sich der Hohlraum, bevor er etwas weiter hinten in einer trichterförmigen Spitze endete. In dieser Wölbung kauerte, die Beine untergeschlagen, eine Gestalt in einem dunklen Kapuzenmantel, die eine unruhig brennende Kerze in der Hand hielt.

Es rumpelte erneut. Myrtel hatte den Eindruck, von außerhalb der Metallwände ein Zischen zu vernehmen, so als entwiche irgendwo kontrolliert Luft. Fest stand, dass sich die Kapsel mit erheblicher Geschwindigkeit zu bewegen schien. Aber wer hatte sie hierhergeschafft? Und wohin brachte man sie?

Es gab nur einen Weg, das herauszufinden.

Sie öffnete die Augen weiter und fixierte die Gestalt zu ihren Füßen. Als der flackernde Schein der Kerze für einen Moment in die tief heruntergezogene Kapuze fiel, erkannte Myrtel ein blasses Gesicht mit dunklen, zusammengewachsenen Augenbrauen und einem gerade geschnittenen schwarzen Pony.

Mit einem Aufschrei riss sie ein Bein hoch und versetzte König Oyter einen kraftvollen Tritt mitten in seine hässliche Visage!

Der Adelige wurde zurückgeschleudert und schlug mit dem Hinterkopf hart gegen die Wandung der Kapsel. Die Kerze fiel ihm aus der Hand und erlosch.

Sofort setzte Myrtel einen zweiten Tritt nach. Sie konnte zwar nichts mehr sehen, aber ihrem Gefühl nach hatte sie den verräterischen Monarchen diesmal in den Bauch getroffen. Oyter keuchte, rang nach Luft. Myrtel rappelte sich auf die Ellenbogen hoch und versuchte, in der Enge der Kapsel eine Position zu finden, die ihr im weiteren Kampf Vorteile verschaffte.

Doch sie hatte die Rechnung ohne die Handlanger des Königs gemacht!

Plötzlich schossen kräftige Hände aus dem Dunkel hinter ihr. Sie wurde an den Schultern gepackt und mit unnachgiebiger Gewalt nach unten gedrückt. Offenbar ging die Kapsel hinter ihrem Kopf noch ein gutes Stück weiter – und dort hatte ebenfalls jemand gesessen!

Sie stieß einen wütenden Schrei aus, strampelte, schlug um sich. Vergeblich. Ein dritter Mann kroch von hinten heran und warf sich der Länge nach über sie. Sein Gewicht presste Myrtel die Luft aus den Lungen. Sie zerrte und ruckte verzweifelt, doch ihre Gegenwehr erlahmte rasch.

König Oyter hatte sich mittlerweile von seinem Schock erholt und entfachte mit einem Zunderkästchen seine Kerze neu. Während des kurzen Kampfes war ihm die Kapuze vom Kopf gerutscht, und die auflodernde Flamme erhellte sein vor Hass und Schmerz verzerrtes Gesicht. Oyters Unterlippe war aufgeplatzt, ein dünnes Blutrinnsal rann von dort über sein Kinn. Als er den Mund öffnete, um zu sprechen, stellte Myrtel mit Genugtuung fest, dass ihm ein Schneidezahn fehlte.

»Verflucht, Dogmal! Ihr habt gesagt, die Wirkung der Mondrose würde länger anhalten, bis an unser Ziel!« Er hob die Hand und wies anklagend auf die Zahnlücke und das Blut in seinem Gesicht. »Seht, was dieser Balg mir angetan hat!«

Der Mann, der Myrtels Schultern zu Boden drückte, stieß ein entschuldigendes Grunzen aus. »Man kann nie genau sagen, wie viel Blütenstaub einer einatmet«, knurrte er. »Außerdem wirkt das Zeug bei jedem unterschiedlich. Aber das haben wir gleich ...«

Myrtel spürte, wie sich eine Hand von ihren Schultern löste. Sofort versuchte sie, sich herumzuwerfen, den Kopf zu drehen und ihre Zähne in die andere zu schlagen. Doch der schwere Körper des anderen Mannes behinderte sie zu sehr.

»Was habt Ihr mit mir vor, Oyter?«, zischte sie. »Was soll das alles?«

Ein schreckliches Grinsen breitete sich auf dem Gesicht des Königs von Umbrulsk aus. Blutiger Speichel rann über seine zerfetzte Lippe und baumelte als glitzernder Faden von seinem Kinn.

»Das wirst du noch früh genug erfahren, Fantenbrut! Und dann wirst du dir wünschen, du hättest dich mit jemand anderem angelegt, das schwöre ich dir!«

»Ihr müsst wahnsinnig sein«, stieß Myrtel hervor. »Ambigua sieht sich einer unvorstellbaren Gefahr gegenüber, und Ihr wollt mir aus kindischer Rachsucht eins auswischen, nur weil ich Euch in der Versammlung widersprochen habe?«

Dicht neben ihrem Kopf ertönte ein verräterisches Rascheln. Verzweifelt starrte sie zu König Oyter, der sich jetzt, die Arme hochmütig vor der Brust verschränkt, gegen das gewölbte Ende der Kapsel zurücklehnte und selbstzufrieden grinste.

Dann presste sich zum zweiten Mal der getrocknete Blütenkelch einer Mondrose auf ihren Rüssel. Sie versuchte, die Luft anzuhalten, doch das war das leichter gesagt als getan!

Als sie nicht mehr anders konnte und einatmen *musste*, rannen Tränen der Verzweiflung ihre rosafarbenen Wangen hinab. Eine Sekunde später wurde es von Neuem finster um sie herum.

Kapitel 12
Der Zehrer

»Saublöd! War ja mal wieder klar!« Xolpphs Stimme klang motzig und unzufrieden. »Hätte ich euch auch gleich sagen können, dass bei dieser Sache nichts rauskommt. Aber wie üblich hat mich ja keiner gefragt!« Der Xenophor, wie ein Gürtel um Fabians Hüften geschlungen, schwang aufgebracht mehrere Fesselauswüchse durch die Luft. Doch soviel er auch quäkte, kein Mitglied der kleinen Gruppe, die sich gemessenen Schrittes von dem versteinerten Nest auf dem Hochplateau von Mnom-Ping entfernte, schenkte ihm Aufmerksamkeit. Der Grund war ebenso klar wie niederschmetternd.

Xolpph hatte recht.

Auch Fabian, der schweigend an der Seite von Pater Euseruphius und einem Dutzend Hippopathenmönche zurück zum Höhenüberwinder schritt, musste sich mit der ernüchternden Tatsache abfinden: Die Befragung des Orakels hatte sie nicht weitergebracht. Und in Anbetracht ihrer bisherigen Erfahrungen mit den Aussprüchen des jahrtausendealten, hausgroßen Eies hätten sie dies tatsächlich mehr oder weniger ahnen können. Die Hoffnung, die sie in ihre Reise nach Mnom-Ping gesetzt hatten – nichts als Wunschdenken.

Für Fabian war es bereits das zweite Mal gewesen, dass er die

Reise nach Mnom-Ping auf dem Rücken eines Holgers antrat. Dennoch war diesmal alles anders.

Da waren zum einen die pantramischen Hellebardenträger, die Meister Amoebius zu ihrem Geleit abkommandiert hatte, ein Dutzend große, breitschultrige Krieger auf stattlichen Pferden, die jeden Wegelagerer schon von Weitem in die Flucht schlagen würden.

Dann war da der Qualler selbst, der elegant wie ein halb geleertes Wasserbett über dem Rücken seines Holgers baumelte und dennoch irgendwie etwas zusätzliche Sicherheit ausstrahlte.

Auch Hummbert hatte Fabian vor dem Aufbruch noch rasch aus dem Töc-Turm befreit – aus einer Kammer, deren Instandsetzung das Hauspersonal in den kommenden Tagen wohl die eine oder andere Überstunde kosten würde. Dröhnend schwebte die Drommel über dem Tross dahin, eine weithin sichtbare Warnung für jeden, der sich ihnen in den Weg stellen mochte.

Der grundlegendste Unterschied zu seinem ersten Ritt zum Kloster der Hippopathen war jedoch ein anderer: Myrtel war nicht an seiner Seite! Fabians Sorge um sie war so groß, dass er während der ganzen Reise nervöse Blicke auf sein Handgelenk warf, um zu sehen, wie viel Zeit bereits vergangen war. Dabei befand sich dort seit seinem Zusammentreffen mit dem Meisterdieb Fromkin Carabulis gar keine Uhr mehr.

Als am Abend des dritten Tages das Funkeln der Sterne am Horizont endlich den dunklen Konturen des Bergmassivs von Mnom-Ping wich, war Fabian erleichtert.

Im Kloster, einem massigen Gebäudekomplex, der in über hundert Metern Höhe an der senkrechten Steilwand klebte und sich wie ein Kaninchenbau weit in das felsige Innere erstreckte, hatte man sie trotz der späten Stunde herzlich empfangen. Besonders Bruder Fritsje, der muntere kleine Mönch mit der kindlichen Stimme, begrüßte Fabian und Xolpph mit so viel Begeisterung, wie es der Verhaltenskodex des Klosters gerade noch zuließ. Auch Fabian freute sich, den kleinen Kerl wiederzusehen, dessen Gelehrsamkeit und Geistesgegenwart er während ihrer gemeinsamen Reise durch die Sümpfe von Ölü zu schätzen gelernt hatte.

Während sie sich mit den Resten der klösterlichen Abendatzung stärkten – frisch gebackenen »Kleinen Broten«, von denen traditionsgemäß nur das weiche Innere verzehrt wurde –, überantwortete Bruder Fritsje die Leitung des Klosters offiziell wieder Pater Euseruphius. Weisungsgemäß hatte er alles für eine Befragung des Orakels am folgenden Morgen vorbereitet, und wenig später begab sich die Reisegruppe, verteilt auf mehrere rustikale, in den Fels gehauene Gästekammern, zur Ruhe.

Am folgenden Morgen, als sie aus dem Höhenüberwinder, einem uralten magischen Fahrstuhl, auf das üppig bewachsene Plateau hinaustraten, empfing sie strahlender Sonnenschein. Tau schillerte feucht auf den Wiesen und Hainen wie Myriaden winziger Diamanten, kristallklare Wasserläufe gluckerten und glitzerten miteinander um die Wette.

Fabian indes hatte kein Auge für die märchenhafte Landschaft. Er wollte zum Orakel und erfahren, wie sie Myrtel retten konnten.

Doch er sollte enttäuscht werden.

Das mysteriöse Ei, das seit Tausenden von Jahren in einem Bett aus versteinerten Baumstämmen lag, reagierte zwar auf die Anrufung der Hippopathen, doch die quäkenden Worte, die nach etlichen bangen Minuten aus dem Innern seiner dicken Kalkschale drangen, brachten einmal mehr keine Klarheit, sondern gaben lediglich neue Rätsel auf.

»Da hätten wir auch in Pantrami bleiben und meinen versoffenen Schwiegercousin Xorrpatzius befragen können!«, riss Xolpphs schrilles Organ Fabian aus seinen Gedanken. »Wenn man dem eine

Flasche Bohrer zu schlucken gibt, lässt er genauso einen Blödsinn vom Stapel. Den ganzen Abend lang, wenn ihr wollt!«

»Gewiss Worte von Ei tieferen Sinn haben«, widersprach Poch, der auf allen vieren neben Fabian hertrabte. »Poch ihn leider nicht versteht. Weise Hippomönche ihn aber sicher entschlüsseln werden!«

»Wer's glaubt ...«, höhnte Xolpph.

»In den vergangenen 1200 Jahren kam es quasi nie vor, dass sich der Sinn eines Orakelspruchs sogleich nach seiner Verkündigung erschloss«, erwiderte Pater Euseruphius leicht gereizt. »Gerade du, dem bereits zum zweiten Mal die Ehre zuteil wurde, dem Orakel gegenüberzutreten, solltest wissen, dass der tiefere Sinn seiner Worte erst in der Disputation, dem klärenden Gespräch mit den ältesten Mönchen unseres Ordens, zutage tritt!«

»Ach ja, klar, hatte ich voll vergessen«, krähte Xolpph. Bedeutend leiser, nicht hörbar für den Abt, fügte er hinzu: »Genau wie beim letzten Mal, was?«

Fabian wünschte, der Xenophor hätte ihn nicht daran erinnert. Denn schon bei ihrem letzten Besuch in Mnom-Ping hatten die Worte des Rieseneies die Ältesten des Klosters vor ein unlösbares Rätsel gestellt. Er dachte an Myrtel und hoffte inständig, dass es diesmal anders sein würde.

Wenig später beraumte Pater Euseruphius in der Bibliothek das versprochene Treffen mit den Ältesten an, denselben sechs greisen Mönchen wie damals. Fabian, Xolpph, Poch und Meister Amoebius, der seit dem Besuch auf dem Hochplateau kein einziges Wort gesprochen hatte, nahmen gemeinsam mit ihnen im Halbkreis Platz, während Bruder Fritsje die Worte des Orakels gut sichtbar mit Kreide an die große Tafel schrieb:

Ein kleiner Schubs, nur recht geschwind,
zwei Handvoll Staub verwehn im Wind.

Nase hier und Nase da,
rechter Duft, wie wunderbar!

Als der kleine Mönch fertig war, nahm er unauffällig in einer Ecke Platz. Lange Zeit sprach niemand ein Wort.

»Oi, oi. Ich wünschte, Xorrpatzius wäre hier«, murmelte Xolpph leise. »Besoffen würde er vielleicht dahintersteigen, was ...«

Mit einem Räuspern meldete sich ein vollbärtiger Hippopath zu Wort. Er verlas zunächst mit salbungsvoller Stimme die sonderbaren Verse, dann ließ er sich in verschachtelten Sätzen darüber aus, auf welchen semantischen Ebenen das Wort »Schubs« in verschiedenen Entwicklungsstufen der Sprache Pleex sowie einiger weniger verbreiteter Dialekte anzusiedeln sei. Als Nächstes schwenkte er um zur Zeile »rechter Duft, wie wunderbar« und führte wortreich aus, dass hinter der räumlichen Bestimmung des erwähnten Geruchs auf jeden Fall Absicht stecke; schließlich sei auch ein »linker Duft« potenziell denkbar, und so weiter und so fort ...

Fabian merkte, wie ihm der Kopf zu schwirren begann.

Eine Viertelstunde verstrich, während der Alte den Bedeutungswandel des Worts »Nase« während der zweiten mittelmarganthischen Grunzlautverschiebung zwischen 1100 und 1250 nach Töc referierte. Schließlich unterbrach die Gedankenstimme Meister Amoebius' sein nicht enden wollendes Geschwafel:

Wir danken Euch für Euren Beitrag, Bruder Alvredus!, sagte der Qualler so bestimmt, dass der Alte mitten im Satz erschrocken den Mund zuklappte. *Ich denke, ich greife Eurer Betrachtung nicht allzu weit vor, wenn ich zusammenfasse, dass Ihr nicht die geringste Ahnung habt, was das Orakel uns mitteilen wollte?*

Bruder Alvredus verzog erbost das Gesicht, nur um in der nächsten Sekunde betrübt zu Boden zu blicken. »Hat man es so deutlich gemerkt?«

Ich dachte, ich hätte ausreichend klar zu verstehen gegeben, dass uns die Zeit für Gedankenakrobatik und weitschweifige Interpretationen fehlt, verkündete Meister Amoebius mit einer Spur von Unmut in der Stimme. *Deshalb noch einmal ganz direkt: Gibt es hier im Raum jemanden, der einen konkreten Deutungsvorschlag machen kann?*

Die Ältesten sahen betreten von einem zum anderen, murmelten, blickten zu Boden, kraulten ihre Bärte. Dann sagte ein verhutzelter Nilpferdmönch mit gebeugtem Rücken sehr leise: »Nein.«

Fabian spürte, wie in seinem Inneren etwas zerbrach.

Das Orakel war seine einzige Hoffnung gewesen. Keine sehr aussichtsreiche, da hatte Xolpph sicher recht, aber dennoch eine Hoffnung. Sie hatte sich als nutzlos erwiesen.

Was blieb jetzt noch zu tun, außer das Ende von Maledikts Ultimatum abzuwarten – und damit Myrtels Tod?

Auch ich muss zugeben, dass die Verse mich vor ein Rätsel stellen, gestand Meister Amoebius. *Ich sehe nicht, wie sie uns helfen sollen.* Bevor jemand etwas erwidern konnte, fuhr er rasch fort: *Aber natürlich habe ich damit gerechnet. Der Besuch des Orakels war nur einer von zwei Gründen für unsere Reise nach Mnom-Ping. Über Pater Euseruphius ließ ich schon vor Tagen weitere Vorkehrungen treffen.* Er gab Bruder Fritsje ein Zeichen. *Wenn ihr nun Bruder Frahuel hereinbitten könntet?*

Wie sich herausstellte, hatte Pater Euseruphius nicht nur veranlasst, eine Befragung des Orakels vorzubereiten, sondern auch Order gegeben, dass sich drei Dutzend der am besten ausgebildeten Ordensbrüder in Hippopathie versetzten, jenen Zustand kollektiver Trance, in dem sie ihren Geist an jeden beliebigen Ort in der Vergangenheit entsenden konnten. Auf dieselbe Weise, wie sie damals Fabian, Myrtel und Xolpph einen entscheidenden Hinweis auf den

Aufenthaltsort Vagdrusals des Weisen verschafft hatten, sollten die Mönche etwas über Myrtels Verbleib herausfinden – und einen möglichen Weg, sie zu retten.

»Der Auftrag schien uns zunächst recht einfach, die Zahl der angeforderten Brüder unnötig hoch«, berichtete Bruder Frahuel wenige Minuten später. Er war ein Hippopath mittleren Alters, reichte Fabian fast bis zur Nasenspitze und wirkte müde und irgendwie zerknittert. Ein Hinweis darauf, dass er sich noch vor Kurzem in hippopathischer Trance befunden hatte. »Wie ihr wisst, reisen wir auf dem Wege der Hippopathie nicht selten in weit zurückliegende Jahrtausende. Ein Ereignis, das gerade vier Tage her ist, stellt für uns normalerweise keine Herausforderung dar.«

Und doch war es diesmal anders?, erkundigte sich Meister Amoebius.

Der Hippopath nickte. »Als uns Pater Euseruphius' Nachricht erreichte, versetzten wir uns in Trance und begaben uns, wie angewiesen, nach Pantrami, zum Heiligen Tempel von Kloben. Dort beobachteten wir, wie sich zwei Soldaten mit umbrulskischen Uniformabzeichen in einem Seitengässchen verbargen, bis das Zielobjekt – die Fant namens Myrtel – den Tempel verließ. Unter Zuhilfenahme einer getrockneten Mondrose versetzten die beiden sie in Tiefschlaf und schleppten sie durch die dunkle Seitenstraße davon.«

»Bis zu diesem Punkt hatten wir den Tathergang schon selber rekonstruiert.« Gespannt beugte sich Fabian vor. »Was geschah weiter? Wohin brachten sie Myrtel?«

»Ins Bettlerachtel, wo die Ärmsten der Armen in Hütten und Bretterverschlägen hausen. Bei einem windschiefen, halb vermoderten Schuppen trafen sie einen dritten Mann, der sein Aussehen durch einen schwarzen Kapuzenmantel zu tarnen versuchte. Dennoch gelang es einigen Brüdern, einen Blick auf sein Gesicht zu erhaschen: Es war auffallend blass, mit buschigen, zusammengewachsenen Augenbrauen. Außerdem schien der Mann eine bemerkenswert feuchte Aussprache zu haben ...«

»König Oyter«, stieß Fabian hervor.

»Die Kanaille!«, ergänzte Xolpph im gleichen Atemzug.

»Die Entführer redeten ihn mit ›Eure Hoheit‹ an«, bestätigte Bruder Frahuel nickend. »Nun wurde es interessant: Der dritte Mann klopfte an die Tür des Schuppens, worauf ein uralter, in Lumpen gewandeter Greis die Tür öffnete. Der Schwarzhaarige drückte ihm ohne Worte etwas Glänzendes in die Hand, offenbar Gold- oder Silberlinge. Darauf entfernte sich der Greis, und die drei Männer betraten mitsamt ihrer Gefangenen die Hütte.« Das Gesicht des Hippopathen verzog sich bei der Erinnerung an das Folgende unwillig. »Und dann ... verschwanden sie!«

»Sie verschwanden?«, wiederholte Fabian.

Ihr meint, sie entstofflichten ihre Körper durch den Einsatz von Zauberei?

Der Mönch schüttelte den Kopf. »Magie kam nicht zum Einsatz, das hätten wir festgestellt. Nein, die Brüder und ich, wir vernahmen vielmehr ein dumpfes, irgendwie *zischendes* Geräusch. Für einen kurzen Moment schien der Boden unter unseren Füßen zu beben ... eine seltsame Empfindung, sind wir doch während der Hippopathie nicht mehr als körperlose, unsichtbare Schatten.« Er blickte ernst in die Runde. »Einen Wimpernschlag darauf waren die Körper-Echos der drei Männer und der Fant aus unserem Wahrnehmungsbereich verschwunden.«

Für einen kurzen Moment herrschte Schweigen. Dann sagte Meister Amoebius: *Habt Ihr die Hütte untersucht?*

»Das Innere war leer bis auf eine große, runde Stahlplatte, die in den Boden aus festgestampfter Erde eingelassen war. Natürlich stellte sie kein Hindernis für uns dar.«

»Was war darunter?«, wollte Xolpph wissen.

»Wir stießen auf einen Tunnel, von dem wir zunächst annahmen, er gehöre zur pantramischen Kanalisation. Als wir ihm jedoch ein Stück folgten, stellten wir fest, dass er weit über die Stadtgrenzen hinausreichte, in südliche Richtung. Auf dem Boden war eine dicke Stahlschiene angebracht. Sie troff vor Öl und war ganz warm, kühlte jedoch rasch ab.«

Maledikt, dieser Teufel, entfuhr es Meister Amoebius, und er hieb mit einem am Ende verdickten Tentakel platschend auf den großen Tisch der Bibliothek. *Er muss, bevor er sich damals in den Tiefschlaf begab, seine Kreaturen angewiesen haben, Tunnel zwischen Shurakk und verschiedenen wichtigen Punkten Marganthuas zu graben! Sozusagen als Ausgleich dafür, dass man ihm durch den Großen Siegelzauber die Nutzung zahlreicher magischer Abkürzungen unmöglich gemacht hatte.*

»Und dieser Bettler, dessen Hütte den Zugang tarnt ...«, hob Pater Euseruphius an.

Von der dunklen Seite geschmiert!

Der Abt kraulte sich nachdenklich das runzlige Kinn. »Aber wie konnten sie so schnell die Stadt verlassen, mitsamt ihrem bewusstlosen Opfer?«

Darauf gibt uns die geölte, noch warme Schiene einen Hinweis. Ich vermute, dass so etwas wie eine Gondel zum Einsatz kam, die mehrere Personen aufnehmen kann und sich auf dem stählernen Strang entlangbewegt. Möglicherweise funktioniert das Ganze wie eine überdimensionale Rohrpost. Vor gut 1000 Jahren investierte Maledikt viel Zeit in die Erforschung und Weiterentwicklung der Dampfturbinentechnik. Wenn nur die Hälfte von dem stimmt, was damals über die von ihm entwickelten Maschinen gemunkelt wurde ...

»Man denke nur an seinen ›Weltenvernichter‹, eine Kriegsmaschine, groß wie eine Stadt!«, warf Xolpph ungefragt ein.

... wäre es denkbar, dass sich dieses Vehikel mittels Druckluft auf eine erhebliche Geschwindigkeit beschleunigen lässt. Der Qualler geriet ins

Grübeln, seine nächsten Gedankenworte waren kaum zu verstehen. *Ein solches Geschoss könnte Shurakk binnen kürzester Zeit erreichen.*

»Wir waren zunächst verwirrt«, setzte Bruder Frahuel seinen Bericht fort. »Da das Zielobjekt in der näheren Umgebung nicht mehr aufzuspüren war, kehrten wir zurück nach Mnom-Ping und warfen von hier erneut unser hippopathisches Netz aus.«

»Und? Ihr Myrtel finden konntet?« Poch, der der Erzählung des Hippopathen gebannt gefolgt war, rieb sich aufgeregt die Vorderpfoten.

»Klappe auf den billigen Plätzen!«, zischte Xolpph ungehalten. Mit übertriebenem Ernst wandte er sich seinerseits an den Mönch: »Und? Konntet Ihr Myrtel finden?«

»Ja und nein. Wir orteten ein aktuelles Körper-Echo, das unmissverständlich von ihr stammte, aber es war schwach und gedämpft, so als dringe es unter einer dicken Decke hervor. Als wir es verfolgten, entdeckten wir den Grund dafür: Die Fant Myrtel befand sich im Tiefgeschoss einer Burg. Allerdings nicht irgendeiner Burg, sondern im Keller der Feste Corborion, im Lande Shurakk!«

Also ist es wahr!

»Nun wurde es kompliziert«, fuhr Bruder Frahuel mit wachsender Erregung fort. »Auf der nicht-materiellen Ebene – jener, auf der wir uns näherten – müsst Ihr Euch das Land Shurakk wie eine Zwiebel vorstellen, umgeben von unzähligen Schichten unheilvoller Energie. Manche dieser Wälle sind magischen Ursprungs, Überbleibsel aus Maledikts wacher Phase. Andere rühren von den ungeheuren Kräften her, die in den Erdschichten darunter am Werk sind. Gewaltige Lavaströme und Energiemeridiane beeinflussen die Massefelder Shurakks, sodass viele Brüder beim Versuch, ihren Geist dorthin zu dirigieren, abprallten und gewaltsam aus ihrer Trance geschleudert wurden. Nur den ausdauerndsten, darunter mir selbst, gelang es, ins Herz Shurakks vorzustoßen ... in Maledikts Festung.« Bruder

Frahuel wurde plötzlich blass. Er räusperte sich mehrfach, und es bereitete ihm sichtlich Mühe, weiterzusprechen. Bruder Fritsje eilte herbei und goss dem Mönch einen Krug Quellwasser ein, den dieser in einem Zug leerte.

»Corborion ist wie kein Ort, den je einer von uns hippopathisch bereist hat«, fuhr er fort. »Die Bilder, die wir in unserer Trance empfingen, waren verschwommen und unscharf. Immer wieder setzte die Übertragung aus, und unser Geist drohte, zurückgeschleudert zu werden. Auf dem Weg durch die finsteren Gänge und Verliese der Burg verloren wir immer mehr Brüder, bis nur noch ich und Bruder Maruin übrig waren.« Der Mönch schluckte hart. »Endlich, in einer Kammer tief im Erdreich, deren Wände aus reinstem, strahlend rotem Kristall gearbeitet waren, entdeckten wir die Zielperson. Die Fant lag besinnungslos auf einem großen Steinblock. Über ihr, nur auf der Ebene des Geistes wahrnehmbar, wölbte sich eine Kuppel aus undurchdringlicher, brodelnder Finsternis. Pulsierende Ströme rosafarbener Energie schienen vom Körper der Gefangenen aufzusteigen und von der Erscheinung aufgesogen zu werden.«

Der Fluch, hauchte Meister Amoebius kaum wahrnehmbar. *Er ist also verhängt worden!*

»Dann geschah etwas Grässliches.« Auf der Stirn Bruder Frahuels hatten sich kleine Schweißperlen gebildet. Sein Blick war jetzt nach innen gekehrt, er vermied es, einem der Anwesenden in die Augen zu sehen. »So als habe jemand ... als habe *etwas* unsere geistige Anwesenheit gespürt, näherte sich plötzlich etwas aus großer Tiefe, eine unsagbar böse, körperlose Präsenz. Mir fehlen die Worte, um zu beschreiben, wie unmenschlich und schrecklich sich allein das entfernte Echo dieser Wesenheit anfühlte.« Er holte tief Luft. »Natürlich versuchten Bruder Maruin und ich zu fliehen. Wir riefen unseren Geist zurück in unsere Körper, ein Vorgang, der im Normalfall nur den Bruchteil einer Sekunde dauert. Durch die perfiden Energieverhältnisse Shurakks jedoch hatten wir Probleme, die Richtung zu bestimmen, in der Mnom-Ping und unser stoffliches Selbst lag. Diese Verzögerung reichte dem Ding, um ...« Er stockte, räusperte sich rau. »Bruder Maruin ... er hat es nicht zurückgeschafft.«

Bruder Frahuel erhob sich ruckartig, Tränen auf dem grauen Gesicht. Taumelnd verließ er die Bibliothek. Bruder Fritsje erhob sich lautlos und folgte ihm.

»Was meint er damit, der andere habe es nicht zurückgeschafft?«, wollte Fabian von Pater Euseruphius wissen.

»Bruder Maruins Geist wurde ausgelöscht. Sein Körper sitzt nach wie vor im Lotossitz auf der Außenterasse, wie in Hippopathie. Er ist warm, sein Herz schlägt, er atmet. Hebt man jedoch seine Augenlider, ist dort nur lebloses Weiß.« Der Abt senkte den Blick und machte mit der Hand eine rasche Schutzgeste gegen das Böse. »Bruder Maruin wird niemals mehr erwachen.«

Bedrücktes Schweigen senkte sich über die Bibliothek.

Erst Minuten später wurde es durch die Gedankenstimme von Meister Amoebius gebrochen. *Hätte ein letzter Beweis gefehlt, dass Maledikt zurückgekehrt ist – hier haben wir ihn!*

Fabian unterdrückte ein Schaudern. Unwillkürlich musste er an das Bild denken, das Bruder Frahuel beschrieben hatte: Myrtel, bewusstlos, umwabert von tintenartig zerlaufender Schwärze. »Was hat es mit diesem Fluch auf sich?«, brachte er heiser hervor. »Könnt Ihr uns etwas darüber sagen?«

Die Tür öffnete sich, und Bruder Fritsje kehrte in die Bibliothek zurück, ein Tablett mit dampfenden Humpen in Händen. Meister Amoebius wartete mit seiner Antwort, bis jeder der Anwesenden einen vor sich stehen hatte.

In Anbetracht von Bruder Frahuels Bericht und dem, was wir bereits wussten, dürfte es sich um einen sogenannten Zehrer handeln.

»Ein Zehrer?« Fabian nippte vorsichtig an seinem Becher, der heiße Milch mit sehr viel Honig enthielt. Er warf Bruder Fritsje, der wieder auf der Seite Platz genommen hatte, einen dankbaren Blick zu.

Flüche dieser Gattung zehren die Lebensenergie desjenigen, gegen den sie gerichtet werden, binnen einer exakt festgelegten Zeitspanne auf bis zum Tod. Ist der Zehrer einmal verhängt, lässt sich seine Dauer nicht mehr verändern. Und nur derselbe Nekro, der den Fluch verhängt hat, kann ihn wieder von seinem Opfer nehmen.

»Aber das hieße ja ...« Fabian verschluckte sich an seiner Milch und musste husten. »Das bedeutet, selbst wenn wir es irgendwie schaffen würden, nach Corborion zu gelangen, könnten wir Myrtel nicht helfen! Niemand außer Maledikt persönlich könnte den Fluch unwirksam machen.«

Der Qualler sah ihn aus den Tiefen seines grünen Leibs an, sagte nichts.

»Entschuldigt, wenn ich mich einmische«, erklang unvermittelt die helle Stimme Bruder Fritsjes. »Ich glaube, in diesem einen Punkt irrt Ihr Euch möglicherweise, Meister.«

»Bruder Fritsje!«, zischte der Abt. »Ihr vergesst Euch!«

Es ist gut. Was habt Ihr zu sagen, Bruder?

Mit demütig gesenktem Haupt trat der kleine Mönch näher. »Wie Ihr vielleicht wisst, verbringe ich meine freie Zeit mit Vorliebe hier, zwischen dem papiergewordenen Wissen vergangener Generationen. Wenn ich mich richtig an das erinnere, was ich einst über Flüche, Bannsprüche und unheilvolle Zauberformeln las ...«

»Bruder! Ihr habt Einblick in den verbotenen Teil der Bibliothek genommen?« Nun klang Pater Euseruphius wahrhaftig entsetzt. »Das hätte ich nie von Euch gedacht!«

Vielleicht erweist sich Bruder Fritsjes Ungehorsam noch als Segen für uns. Lasst ihn weiterreden!

»Irgendwo wird erwähnt, zur Abwendung jedes bekannten

Fluchs – also auch eines Zehrers – gebe es neben dem einen passenden Gegenzauber, den nur der Verursacher sprechen kann, eine weitere Möglichkeit. Ich ... es ist zu lange her, daher erinnere ich mich nicht mehr an alles. Aber ich glaube, es hatte mit Pflanzen zu tun.«

»Pflanzen? Gegen Zauberei? Ihr redet wirr, Bruder! Und was Euren Verstoß gegen unsere Statuten angeht ...«

Meister Amoebius hob wortlos einen Tentakel. Der Abt verstummte.

Jetzt, da Bruder Fritsje es erwähnt, erinnere auch ich mich dunkel an etwas. Es ist sehr altes Wissen, aus einer Zeit lange vor der Töc'schen Zeitrechnung. Ein Alchimist aus Bâd mit Namen Thay'Phun soll einst mit der Wirkung pflanzlicher Wirkstoffe auf Zauberei experimentiert haben, mit teilweise erstaunlichen Ergebnissen! Leider existieren aus dieser Zeit nur noch wenige Aufzeichnungen, ein großer Teil wurde 3261 im Zuge des Anti-Magie-Edikts vernichtet. Er wandte sich an Bruder Fritsje. *In jenem Werk, das Ihr gelesen habt – wurden dort konkrete Auswirkungen bestimmter Pflanzen auf magische Flüche benannt?*

Der kleine Mönch schüttelte den Kopf. »Es wurde nur erwähnt, dass Wechselwirkungen existieren.«

Fabian, der im Verlauf des Gesprächs den Silberstreif einer Hoffnung am Horizont erahnt hatte, ließ enttäuscht die Schulter hängen. »Dann bringt uns diese Erkenntnis nichts.«

Meister Amoebius schien nicht ganz seiner Meinung zu sein. Seine Körpermasse wogte ein paarmal nachdenklich hin und her, dann sagte er deutlich munterer als zuvor: *Aber es gibt jemanden, der uns genauere Auskünfte in dieser Angelegenheit geben kann. Ein uraltes Volk, das seit Jahrhunderten jedes Fitzelchen Wissen archiviert, welches ihm in die Finger kommt ... oder besser: in die Greifwerkzeuge. Denn die Termiphylen sind ein Volk von Insekten.*

»Termiphylen?«, wiederholte Xolpph griesgrämig. »Nie gehört.«

Sein Tonfall ließ keinen Zweifel, dass er die Existenz eines Volks, das er nicht kannte, für ausgesprochen unwahrscheinlich hielt.

Auch Pater Euseruphius machte ein ratloses Gesicht, ebenso Poch. Nur Bruder Fritsje begann mit einem Mal, wild zu nicken. »Die ameisenhaften Termiphylen werden auch ›Bewahrer‹ genannt, weil sie in den Tiefen ihrer Bauten alles archivieren, was je in Ambigua aufgeschrieben wurde! Wenn jemand weiß, ob es eine Möglichkeit gibt, Myrtel von Maledikts Fluch zu befreien, dann sie!«

»Worauf warten wir noch?« Fabian federte von seinem Stuhl hoch. Möglicherweise war doch noch nicht alles verloren!

»Wo Insektenwesen wohnen?« Auch Poch rieb sich unternehmungslustig die Vorderpfoten. »Wir aufbrechen müssen sofort!«

»Wenn ich richtig informiert bin, leben die Termiphylen am Rand der Wüste von Rindh, im Lande Bâd«, erklärte Bruder Fritsje.

»In der Wüste von Rindh?« Xolpphs Mund klaffte auf. Als er seine Gesichtszüge wieder einigermaßen unter Kontrolle hatte, machte er mit einem Auswuchs eine Geste, als wolle er allen im Raum gleichzeitig den Vogel zeigen. »Habt ihr sie noch alle? Was nützt uns das? Die Reise hinauf nach Bâd dauert Wochen!«

Vielleicht nicht, erwiderte Meister Amoebius, in dessen Stimme ein Schmunzeln mitzuschwingen schien. *Vielleicht nicht ...*

Kapitel 13
Pforte 37

Ohne weitere Erklärungen befahl Meister Amoebius Fabian, Xolpph und Poch, ihm zum Höhenüberwinder zu folgen. Fabian verstand nicht, was der Qualler auf dem Dach des Hochplateaus vorhatte, und Pochs verwirrtes Schnüffeln sowie Xolpphs lautstarke Unmutsäußerungen belegten, dass es ihnen nicht anders ging. Pater Euseruphius dagegen nickte nur wissend und tuschelte leise mit Bruder Fritsje, der daraufhin hurtig davonwetzte.

Als sie Minuten später aus dem steinernen Verschlag, der das obere Ende des uralten Fahrstuhls markierte, ins Freie traten, fiel Fabian sofort auf, dass sich hier seit ihrem letzten Besuch am frühen Morgen einiges verändert hatte: Obwohl es gerade einmal Mittag war, die Sonne eigentlich an ihrem höchsten Punkt stehen sollte, herrschte diesiges Zwielicht. Von Süden her war eine finstere Wolkenbank aufgezogen, breit wie der Horizont. Hinter der wabernden Masse war die herbstliche Sonne nur undeutlich zu erkennen, wie in einer schmutzigen Kloake versunken. Die Temperatur war deutlich gefallen, und aus der Ferne wehte ein unangenehmer Geruch heran, ganz schwach, aber unverkennbar; ein Geruch nach Fäulnis und Verwesung.

Fabian rann ein Schauer über den Rücken. Er deutete zaghaft

zu der Wand aus Wolken hinauf, worauf Pater Euseruphius betrübt neben ihn trat.

»Was du siehst, ist der unheilvolle Einfluss des dunklen Herrschers, wie er sich seit Wochen überall in Ambigua zeigt«, seufzte der Hippopath. »Und das schon jetzt, wo wir noch davon ausgehen, dass Maledikt kaum mehr als ein Schatten ist! Du kannst dir ausmalen, was erst geschieht, wenn er vollständig erstarkt.«

Hinter ihnen rumpelte es, und aus der aufgleitenden Tür des Höhenüberwinders hüpfte Bruder Fritsje hervor. Der kleine Mönch trug drei Rucksäcke über dem Arm, von denen er Fabian und Poch je einen aushändigte. Während sie dem Pater und Meister Amoebius über das schattenverhangene Plateau folgten, warf Fabian einen Blick hinein: Sein Rucksack enthielt Feuerhölzer, eine Feldflasche mit Wasser, ein Seil, einen kleinen Dolch und einen Vorrat an Kleinen Broten, fertigen sowie rohen, die man über dem Feuer ausbacken konnte.

Ratlos zog er den Rucksack auf die Schultern und half Poch, der auf den Hinterbeinen immer etwas unsicher war, seinen ebenfalls anzulegen.

Der Weg, den die Hippopathen über das Plateau einschlugen, war Fabian völlig unbekannt. Sie durchquerten mehrere Haine und erreichten schließlich ein Getreidefeld, dessen gelbe Halme und Ähren im Zwielicht beinahe braun wirkten. Fabian erinnerte sich, dass der Abt einmal erzählt hatte, die Hippopathen seien Selbstversorger; offenbar bauten sie hier das Mehl für ihre Kleinen Brote an.

Am Ende des Felds befand sich ein großer, gemauerter Brunnen mit einer Seilwinde. Ein Deckel aus rostigem Metall verdeckte die Öffnung, vermutlich, damit der Wind keinen Schmutz ins Trinkwasser wehte.

»Da wären wir«, sagte Pater Euseruphius und machte Halt.

»Ah ja, unverkennbar: die Wüste von Rindh!«, rief Xolpph mit übertriebener Euphorie und wies auf das Getreidefeld. »Das ging ja schneller als gedacht!« Er verengte die Augen und warf einen funkensprühenden Blick in die Runde. »Was soll der Quatsch, hä? Myrtel liegt in Maledikts stinkigem Keller und wird minütlich schwächer, und wir machen hier einen Spaziergang, um die landwirtschaftlichen Errungenschaften der Hippopathen zu bewundern.«

Noch während er sprach, trat Bruder Fritsje auf die andere Seite des Brunnens und hob gemeinsam mit Pater Euseruphius den Metalldeckel von der Öffnung. Fabian, der nahe genug stand, um einen Blick hineinzuwerfen, riss erstaunt die Augen auf.

Im Innern des Brunnens herrschte nachtschwarze Finsternis. Doch etwas unterschied sie von dem Zwielicht der Wolkenwand über ihnen. Es war auch nicht die kühle, glitzernde Düsternis, die normalerweise in Brunnenschächten herrschte.

Diese Dunkelheit begann exakt einen halben Meter unterhalb der Mauerbrüstung. Und darin glitzerten unzählige winzige Lichtpunkte, deren scheinbar willkürliche Anordnung Fabian seltsam vertraut vorkam.

Er trat dichter an das steinerne Rund und spähte mit zusammengekniffenen Augen in die Tiefe, die keine Tiefe war. Nun sah er auch hellere Lichter, die sich bewegten: Unterhalb des funkelnden Sternenzelts erstreckte sich ein großer, gepflasterter Platz, an dem Autos vorüberglitten!

»Die Erde«, brachte er überrascht hervor. »Der Brunnen ist eine magische Pforte!«

»Nummer 37, um genau zu sein«, erklärte Bruder Fritsje mit hörbarem Stolz.

»Aber wozu?« Verwirrt musterte Fabian die irdische Stadt, zum Greifen nah und gleichzeitig unendlich weit entfernt. Obwohl er senkrecht nach unten blickte, schienen Platz und Straße *waagerecht* vor ihm zu liegen, als blicke er aus einem gewöhnlichen, ebenerdigen

Fenster! Offenbar war das Gegenstück der Pforte nicht flach, sondern hochkant angebracht, ein verrücktes Phänomen, von dem auch Conrad ihm schon erzählt hatte.

»Ja, wozu?«, schloss sich Xolpph an. »Was sollen wir in der Welt hinter den Pforten, um Yog-Dorgons Willen? Wenn wir herausfinden wollen, wie wir Myrtel von diesem Fluch befreien können, müssen wir …«

Ein leises, flatterndes Geräusch ließ ihn verstummen. Fabian musste an Hummbert denken, den er am frühen Morgen in der Obhut der Mönche zurückgelassen hatte, da Pater Euseruphius ihn nicht zum Orakel mitnehmen wollte. Doch das Geräusch war zu hell, das Geschöpf, welches es verursachte, offenbar deutlich kleiner als eine Drommel.

Quiekend landete ein gefiederter Nachrichtenhamster auf Pater Euseruphius' Schulter. Der Abt ergriff das zappelnde Tier und löste eine Messingkapsel von seinen Hinterbeinen. Hastig erbrach er das Siegel und zog einen schmalen Streifen aufgerolltes Pergament heraus.

»Nachricht aus Pantrami«, erklärte er, während er den Inhalt des Blatts überflog. »Die Konferenz hat einen Beschluss gefasst.« Als er aufsah, wirkte sein Gesicht im tristen Dämmerlicht ernst und ausgezehrt. »Die Freien Staaten stellen ein Heer auf und ziehen gegen Shurakk!«

»Das nicht Wochen und Monate dauert?« Poch runzelte seine blaupelzige Stirn in Erinnerung an das, was auf der Konferenz gesagt worden war.

»Hauptmann Harobi von den tunkuskischen Oktabären verfügt über mehrere Kohorten Soldaten, die innerhalb kurzer Zeit an der samelsurischen Küste landen können«, verlas Pater Euseruphius. »Weiterhin gibt es in Hêdeln offenbar ein stehendes Heer, das umgehend aktiviert werden kann. Radiesien steuert Finanzmittel für die Ausrüstung der Streitmacht bei, Bâd hat Unterstützung durch mehrere Tausend Kriegsholger zugesichert ...«

»Klingt doch nicht schlecht, wenn Ihr mich fragt«, fand Xolpph.

Der Hippopath ließ das Pergament sinken. »Was sich so einfach anhört, ist eine organisatorische Höchstleistung, die unter normalen Umständen ein Vielfaches an Vorbereitungszeit bedürfte. Um dennoch losziehen zu können, bevor der dunkle Herrscher sich zu weit regeneriert hat, wird dieses Heer notgedrungen kleiner und weniger schlagkräftig ausfallen als eines, das über Monate hinweg rekrutiert wurde.«

»Das bedeutet aber auch, dass es schneller nach Süden gelangen kann«, fiel Fabian ein. »Maledikts Ultimatum läuft noch acht Tage – vielleicht ...«

»Sicher vermag ein kleines Heer schneller zu marschieren als eine große Streitmacht. Dennoch wird es fraglos länger als acht Tage dauern, bis die Soldaten vor den Torbergen Shurakks aufmarschieren können.«

Also doch, murmelte Meister Amoebius an der Seite des Abts. *Krieg in Ambigua. Ich hatte gehofft, dass es dazu nie mehr kommen würde.*

»Glaubt Ihr, Maledikt wird Myrtel jetzt vor Ablauf des Ultimatums etwas antun?«, erkundigte sich Fabian mit bebender Stimme.

Die Freien Staaten werden ihre militärischen Aktivitäten selbstverständlich geheim halten. Für einige Tage sollte ihnen das gelingen, vielleicht auch eine Woche. Aber Maledikts Statthalter hat seine Augen und Ohren überall, und über kurz oder lang wird er auf die Aktivitäten der Freien Staaten aufmerksam werden. Meister Amoebius überlegte kurz. *Ich glaube dennoch nicht, dass Ommm oder Maledikt ihrer Geisel vor Ablauf der gesetzten Frist etwas zuleide tun werden. Maledikt ist noch schwach, das vorzeitige Beenden des Zehrers würde ihm mehr Energie abnötigen, als ihm momentan lieb sein kann. Darüber hinaus strotzt der dunkle Herrscher vor Überheblichkeit und Selbstüberschätzung – gewiss wird er davon ausgehen, dass die Freien Staaten die Sinnlosigkeit ihrer Bemühungen selbst einsehen und kurz vor Ende der Frist doch noch nachgeben und auf seine Bedingungen eingehen werden.*

»*Sind* ihre Bemühungen denn sinnlos?«, fragte Fabian leise.

Er erhielt keine Antwort. Stattdessen glitt der Qualler mit einem blubbernden Laut auf die Umrandung des Brunnens. *Kommt jetzt. Wir dürfen keine Zeit mehr verlieren!*

»Aber was wollen wir auf der Erde?« Fabian kletterte neben dem Qualler auf die schiefen Mauersteine und starrte kopfschüttelnd auf die nächtliche Szenerie vor sich. »Und wie sollen wir alle dort hinüberkommen? Jede magische Pforte vermag nur eine Körpereinheit auf einmal zu transportieren. Wir können nicht ...«

Du hast ganz recht, Fabian: eine Körpereinheit. Mit diesen Worten streckte der Qualler ihm einen armdicken Tentakel aus Schleim entgegen.

»Ich ... hä?«

Einem Nekro namens Svastiko, dem Großvater meines guten Freundes Olafur, verdanken wir eine wichtige Erkenntnis: Magische Pforten sind nicht in der Lage, mehrere Körpereinheiten auseinanderzuhalten, solange sie miteinander verbunden sind. Mit einem glitschigen Arm ergriff er Fabians Hand. *Solange wir uns gegenseitig berühren, wird uns die Pforte als eine Einheit behandeln!*

»Aber ...«

Dieses Wissen ist geheim, fügte Meister Amoebius rasch hinzu. *Nicht einmal die Hüter der Pforten wissen darum. Und dafür gibt es einen guten Grund: Jede Mehrfachtransition bringt das komplexe magische Gefüge zwischen den Welten nachhaltig durcheinander. Um das Jahr 2200 nach Töc, als Svastiko das Prinzip der Mehrfachtransition entdeckte und erstmals damit experimentierte, verschoben sich die Bezugspunkte etlicher Pforten zueinander. Transitionen endeten plötzlich an anderen Orten als zuvor, magische Karten und Verzeichnisse mussten neu geschrieben werden. Von der schier endlosen Erholungsphase, die eine Pforte nach einem solchen Sprung benötigt, gar nicht zu reden!*

Poch erklomm neben Fabian die Mauerbrüstung und legte behutsam eine Pfote in Fabians Hand.

»Jetzt begreife ich«, murmelte Fabian. »Auf diese Weise konnte Myrtel auch Hummbert mit zur Erde nehmen, stimmt's?«

»Aber was *sollen* wir drüben?«, wiederholte Xolpph Fabians Frage und wand sich, um ausreichend Körperkontakt bemüht, wie ein Schal um dessen Hals. »Wir müssen doch nach Bâd! Und anschließend runter nach Shurakk!«

Abwarten! Seid auch Ihr bereit, Pater?

Pater Euseruphius hob abwehrend seine kurzen Arme. »Ich bin zu alt für derartige Unternehmungen. Die Reise nach Pantrami war strapaziös genug für mich. Zudem möchte ich das Kloster nicht schon wieder allein lassen.« Er schüttelte den Kopf. »Statt meiner wird euch jemand begleiten, der für seine Übertretung gewisser Regeln ohnehin etwas gutzumachen hat ...« Er blickte vielsagend zu Bruder Fritsje hinüber, der, den dritten Rucksack auf dem Rücken, ebenfalls auf die Mauerbrüstung gestiegen war und mit einer Hand Pochs freie Vorderpfote hielt.

Sein Nilpferdgesicht unter der Kapuze war kaum zu erkennen, aber der kleine Mönch machte nicht den Eindruck, als empfände er die bevorstehende Reise auch nur ansatzweise als Strafe.

»Moment! Was wird aus Hummbert?«, erkundigte sich Fabian. Immerhin hatte Myrtel ihn gebeten, auf den Pelzball achtzugeben.

»Die Drommel ist bei unseren Klosterbrüdern in guten Händen«, beruhigte ihn der Abt. »Es wird ihr gut gehen, bis ihr zurück seid.«

Haltet die Hände eures Nebenmanns fest. Der Trick besteht darin, exakt gleichzeitig die Barriere zu passieren. Ich zähle bis drei!

Fabian holte tief Luft, nickte.

Eins.

»Ich wüsste zu gern, was der ganze Blödsinn soll«, murmelte Xolpph dicht an seinem Ohr.

Zwei ...

»Poch Angst hat. Aber Freunden vertraut!«

Drei!

Gleichzeitig stießen sie sich vom Rand des Brunnens ab.

Sie fielen. Augenblicklich stellten sich die üblichen Begleiterscheinungen der Transition ein: von bunten Schieren durchzogene Schwärze, Kribbeln, Zimtgeruch. Ganz in seiner Nähe hörte Fabian Xolpph heiser schreien, in seiner Hand fühlte er den feuchtkalten Tentakel des Quallers.

Im nächsten Augenblick prallte er mit dem Hinterteil auf unebenen, weichen Grund – Gras, wie er sogleich feststellte. Dicht neben ihm rappelten sich Poch und Bruder Fritsje vom Boden hoch, unversehrt, aber reichlich verdattert. Xolpph schien ebenfalls wohlauf, wenngleich er an Fabians Hals ein unüberhörbares Konzert an würgenden und stöhnenden Lauten fabrizierte.

Auch Meister Amoebius war da. Sein Leib war beim Aufprall in die Breite geflossen, und gerade versuchte er, ihn in eine ansatzweise aufrechte Form zurückzuzwingen; Erdkrumen und Grashalme klebten an seiner feuchten Außenhaut wie Streusel auf einem Kuchen.

Fabian rieb sich verwundert die Schläfen. Es hatte geklappt: Sie waren hinübergegangen, alle auf einmal!

Er erhob sich und klopfte sich den Hosenboden sauber. Direkt hinter ihm ragte ein kantiger Steinblock in die Höhe, in dem eine rechteckige Öffnung klaffte, vielleicht zwei Meter breit und einen Meter hoch. An der Unterkante baumelte ein Lüftungsgitter an rostigen Scharnieren. In dem finsteren Rechteck der Öffnung war keine Spur mehr vom Hochplateau von Mnom-Ping zu sehen, stattdessen schien dort eine Art Ventilationsschacht in unauslotbare

Tiefen hinabzuführen. Kein Zweifel: Nach dem dicken Brocken, den die Pforte soeben ausgespuckt hatte, würde hier für eine ganze Weile nichts sein als ein simpler Luftschacht.

Fabian schloss das Gitter vorsichtig, dann richtete er seinen Blick in die Höhe. Weiter oben ging der Steinblock in einen altertümlich behauenen Sockel über. Aus diesem – Fabian musste zurücktreten, um es richtig erkennen zu können – spross ein mächtiger Bogen aus baumdicken Stahlstreben empor, kunstvoll ineinander verschränkt, um eine unvorstellbare Last zu stützen. Er machte einen weiteren Schritt rückwärts ...

Stumm vor Staunen riss er die Augen auf.

Das Bauwerk, das sich über ihm in den Nachthimmel reckte (und von dem der monströse Metallbogen auf dem Sockel lediglich ein einzelner Stützpfeiler war), musste mehrere hundert Meter hoch sein! Ein kompliziertes Gewirr aus Stahlträgern, Nieten und noch mehr Stahlträgern, orange-gelb beleuchtet von unzähligen versteckten Scheinwerfern, ragte über ihm in die Nacht. Irgendwo hoch droben lief die Konstruktion in einer schlanken Spitze aus, die den Himmel selbst aufzuspießen schien.

Fabians Kinnlade klappte nach unten, als er das weltberühmte Bauwerk erkannte. »Der Eiffelturm«, flüsterte er. »Wir sind in Paris!«

Kapitel 14
Wiedersehen in Corborion

Wie lange lag sie schon hier? Es war schwer, das Verstreichen der Zeit zu messen, wenn man sich in einem dunklen Raum tief unter der Erde befand und nur alle paar Stunden für wenige Minuten zu sich kam – wobei »zu sich kommen« kaum der richtige Ausdruck war.

Denn nur Myrtels Geist kam zu sich. Nicht so ihr Körper.

Wenn ihr Verstand für kurze Phasen den nebulösen Dämmerzustand durchbrach, der sie umfangen hielt, war sie zwar wach, sie *dachte*, doch sie konnte weder die Augen öffnen noch sich einen einzigen Millimeter bewegen. Es fühlte sich an, als steckte sie in einem hautengen Kokon, weich wie Watte, gleichzeitig unnachgiebig wie Stein.

Sie ahnte, dass es sich bei dem Gefängnis um ihren eigenen Körper handelte, dass sie gelähmt auf einem Altar aus rotem Kristall lag – jenem Altar, auf den die Handlanger König Oyters sie während der letzten Augenblicke, an die sie sich erinnern konnte, gebettet hatten.

Oyter, dieser Verräter! Maßlose Wut brodelte in Myrtel empor, als sie an den hinterhältigen Monarchen aus Umbrulsk dachte. Es folgte eine Woge hämischer Freude, als sie sich daran erinnerte, wie sie ihm während des kurzen Kampfes in der Transportkapsel einen

Zahn ausgetreten hatte. Doch auch diese Empfindung wich rasch wieder einer anderen: kaltem Grauen.

Denn König Oyter war tot.

Nachdem seine Handlanger sie zum zweiten Mal mit Mondrosenblütenstaub betäubt hatten, war Myrtel erst in der Gegenwart zweier Stimmen wieder zu sich gekommen, die sich lauthals stritten. Zu matt, um sich zu rühren, war ihr zunächst nichts anderes übriggeblieben, als den Wortwechsel reglos mitanzuhören.

Eine der Stimmen gehörte eindeutig Oyter. Doch auch die andere kam ihr auf eine verschwommene, unangenehme Weise vertraut vor.

»... ich nur Eure Anweisungen ausgeführt, Herr«, wimmerte der König in unterwürfigem Tonfall. »Wenn ich die Versammlung nicht mit diplomatischen Mitteln überzeugen könne, hieß es, solle ich eine einflussreiche Geisel nehmen und hierherbringen. So lautete Euer Befehl!«

An einer anderen Stelle des Raums erklang ein Grollen, wie von einem großen, ziemlich schlecht gelaunten Raubtier. Dann sagte jemand: »Ganz recht – eine *einflussreiche* Geisel, du verdammter Narr! Und was bringst du? Ein Kind!«

»Aber das Wort dieser Fant wog schwer in der Runde«, beteuerte Oyter beflissen. »Als sie sich gegen mich stellte, hörten die Vertreter der Freien Staaten ihr zu! Sie muss eine Adelige von erheblichem Einfluss sein, die ...«

»Pah!« Der zweite Sprecher schnitt ihm barsch das Wort ab. »Diese Fant ist alles, nur keine Adelige! Eine Laus. Eine Mikrobe, die mir bereits in der Vergangenheit in die Quere kam, sonst nichts.«

Myrtel wurde auf ihrer harten Unterlage abwechselnd heiß und kalt. *In der Vergangenheit?* Erneut kramte sie in ihrer Erinnerung nach dem Ursprung der Stimme ... und ein schrecklicher Verdacht kam ihr! Vorsichtig schlug sie die Augen auf.

Sie lag auf einem Altar in der Mitte eines unregelmäßig geformten Raums, dessen Wände vom Boden bis zur Decke aus durchscheinendem, blutrotem Kristall bestanden. Wenige Schritte entfernt kauerte König Oyter, den Kopf tief zwischen die Schultern gezogen, nervös mit den Augen blinzelnd wie eine in die Enge getriebene Ratte.

Auf der anderen Seite der Kammer stand eine ehrfurchtgebietende Gestalt, ein Hüne in einem wallenden roten Mantel. Sein Schädel wurde von einem schlanken Helm verdeckt, der allein zwei Schlitze für die Augen freiließ. Myrtel lief ein Schauder über den Rücken, als sie die Person erkannte, der sie in ihrem ganzen Leben nie wieder zu begegnen gehofft hatte.

Es war Volgera Ommm, der Statthalter Maledikts des Finsteren!

Obwohl sie keinen Ton von sich gegeben hatte, zuckte Oyters blasses Gesicht in ihre Richtung. »Sie ist erwacht!«

»Ich weiß«, erwiderte Ommm, ohne herüberzuschauen. »Aber glaube mir, das ist im Augenblick dein geringstes Problem.« Er richtete sich zu seiner ganzen bedrohlichen Größe auf und fixierte Oyter durch die Augenschlitze seines Helms wie ein Falke seine Beute, bereit zum Zustoßen.

Ohne Vorwarnung begann der König plötzlich zu röcheln. Seine Hände umklammerten panisch seine Kehle. Blasiger Schaum trat ihm auf die geschwollenen Lippen.

Myrtel hatte mit Volgera Ommms unsichtbarer dritten Hand bereits Bekanntschaft gemacht, daher wusste sie, was gerade vor sich ging. Und obwohl sie König Oyter für seinen Verrat verachtete, war ihr alles andere als wohl bei dem Gedanken, was Ommm mit solchen Untergebenen anzustellen pflegte, die ihn enttäuscht hatten. Sie versuchte, sich auf ihrem Kristallklotz aufzurichten, aber ihr Körper war nach der wiederholten Betäubung noch nicht wieder einsatzbereit. Es gelang ihr, sich kurz auf die Ellenbogen hochzuhieven, dann sackte sie erneut nach hinten.

»Aber ... habe doch nur getan ... was Ihr von mir ...«, gurgelte König Oyter verzweifelt.

»Pah! Du hast das Ablenkungsmanöver des Herrn verwässert, *das* hast du getan«, schnaubte Ommm. Das bedrohliche Glühen hinter den Sehschlitzen seines Helms richtete sich auf den Herrscher von Umbrulsk, der aus Luftmangel auf die Knie gesunken war. »Dafür wirst du bekommen, was dir zusteht!«

Der Druck der magischen Hand um den Hals des Königs schien nachzulassen. Unsicher richtete Oyter sich auf, aufflackernde Hoffnung in den feuchten Augen. »Ihr meint den Posten als Oberster Minister der westlichen Gemarkungen, den Ihr mir versprochen habt, sobald Maledikts neues Reich errichtet ist?«

»Beinahe«, sagte Ommm kühl. Er vollführte eine kaum merkliche Geste mit einem seiner roten Schafthandschuhe. Ein klatschendes Geräusch ertönte, und Oyter stürzte ächzend auf einen achteckigen Torbogen zu, der den einzigen Ausgang der Kammer markierte.

Dort trat soeben eine riesige, dampfende Gestalt aus dem Schatten des dahinterliegenden Korridors, über zweieinhalb Meter groß und massiger als ein Preisboxer. Der Koloss war nackt, überzogen von einem unregelmäßigen Muster dünner Risse, die seine schwarze Haut überzogen wie ein glühendes Aderngeflecht.

Myrtel schluckte. Es war ein Lavanier, ein von Maledikt geschaffener Krieger aus glutflüssigem Gestein!

Unter weiteren Hieben von Ommms magischer Hand stolperte Oyter auf den Lavanier zu. Als er nah genug war, hob das Geschöpf die Arme und presste den König an seine breite Brust. Zischend brach die verkrustete Schlackeschicht auf, glühende Lava zerfraß blitzschnell Oyters Kleidung – und das, was darunterlag!

Myrtel wandte den Blick ab. Den Todesschrei des Verräters, der sich blitzartig in absurde Höhen hinaufschraubte, bevor er abrupt abbrach, konnte sie jedoch nicht ausblenden.

Als sie es wieder wagte, die Augen zu öffnen, war von König Oyter und dem Lavanier nichts mehr zu sehen. Dafür stand Volgera Ommm direkt neben dem kristallenen Altar!

»Wer hätte gedacht, dass wir uns noch einmal Auge in Auge gegenüberstehen würden?«, stieß er lauernd hervor.

Myrtel wollte etwas erwidern, doch ihre Zunge gehorchte ihr nicht.

Aber es schien ohnehin nur eine rhetorische Frage gewesen zu sein, denn Ommm fuhr ohne Umschweife fort: »Zu gerne würde ich nachholen, woran Odunugar der Esser damals in der Todesarena scheiterte – jetzt und hier! Aber in den Plänen meines Herrn hast du zunächst eine andere Funktion zu erfüllen. Leider!«

Er wandte sich dem Torbogen zu, hinter dem es plötzlich erheblich finsterer aussah als noch wenige Augenblicke zuvor. Eine fremdartige Kälte schien aus dem Gang in die Kammer zu kriechen, und ganz kurz bildete sich Myrtel ein, dunkle Nebelschwaden zu sehen, die von dort über den Boden quollen.

Da griff plötzlich eine eisige Klaue nach ihrem Verstand, drückte unbarmherzig zu. Ihr Körper erstarrte, und alles ringsum verschwamm …

All das lag nun mehrere Tage zurück, zumindest nach Myrtels vorsichtiger Schätzung; Tage, die sie, von kurzen Ausnahmen abgesehen, in tiefer Bewusstlosigkeit zugebracht hatte. Und in völliger Einsamkeit.

Nur einmal hatte sie kurz das sonderbare Gefühl gehabt, sie sei nicht allein in der kristallenen roten Kammer. Undeutlich hatte sie die Gegenwart von zwei weiteren Wesen gespürt, gutherzigen, friedliebenden Geschöpfen, die sie besorgt zu betrachten schienen.

Doch dann war unvermittelt, wie aus dem Nichts, eine finstere Woge aus purer Bosheit über die Besucher hinweggeschwappt. Myrtel hatte sich eingebildet, einen gellenden Schrei zu hören – nicht akustisch, eher auf einer gedanklichen Ebene, so wie jener, auf der sie früher die Worte von Meister Amoebius vernommen hatte.

Dann war da niemand mehr.

Die Konzentration, die es erforderte, all diese Erinnerungsfetzen in eine sinnvolle Reihenfolge zu bringen, forderte ihren Tribut: Erneut wurden Myrtels Gedanken langsamer, träger, verdickten sich wie Sirup, in den man immer mehr Zucker goss – ein sicheres Anzeichen, dass die aktuelle Wachphase sich ihrem Ende zuneigte.

Schon?

Ein unangenehmer Verdacht befiel sie: War es möglich, dass die Phasen, in denen sie noch bewusst denken konnte, immer kürzer wurden?

Was, wenn sie irgendwann gar nicht mehr zu sich kommen würde?

Es war schwer abzuschätzen, wenn man kein Glied rühren, seinen Körper nicht einmal mehr spüren konnte, aber irgendwie hatte Myrtel den Eindruck, dass sie beständig schwächer wurde ... *weniger!* Eine nagende Angst befiel sie. Doch schon wurde die Müdigkeit bleiern, nur noch ungeordnete, wirre Eindrücke wirbelten durch ihren Geist.

Volgera Ommm ... warum hatte er sie nicht getötet? Das Ablenkungsmanöver, von dem er gesprochen hatte ... was hatte es damit auf sich? Die Konferenz in Pantrami, ihre Freunde ... Fabian! Was war aus ihnen geworden? Würden sie kommen, um sie zu retten?

Es waren Myrtels letzte klare Gedanken für eine lange, lange Zeit.

Kapitel 15
Pfortenspringer

Jetzt muss alles sehr schnell gehen! Urplötzlich war Meister Amoebius an Fabians Seite. Er warf einen raschen Rundblick über den menschenleeren Platz, schien skeptisch zu der großen, mehrspurigen Straße hinüberzuspähen, auf der alle paar Sekunden ein Auto vorüberbrauste. *Wir können Klovandel danken, dass in deiner Welt gerade tiefe Nacht herrscht! Ansonsten würden wir mit unserem Aussehen hier fraglos für einigen Tumult sorgen ... zumindest einige von uns. Wir müssen folglich darauf achten, dass uns niemand sieht. Sollten wir auch nur kurz aufgehalten werden, verstreichen in Ambigua im Handumdrehen etliche Tage!*

Fabian nickte, wenngleich er noch immer nicht wusste, was sie in Paris sollten. Er beschloss jedoch, sich zeitraubende Fragen zu verkneifen und einfach zu tun, was der Qualler sagte. Meister Amoebius hatte die Sicherheit Pantramis verlassen und sich mit ihnen auf den Weg gemacht, Myrtel zu retten. Er musste wissen, was er tat!

»Ich ... ich bin in einer anderen Welt!«, staunte Xolpph. Von Fabians Schultern aus starrte er fassungslos auf die Lichter der riesigen Großstadt ringsum. »Ich, Xolpph Xerxxes Xapparek, Cousin Xorthwyns des Schwitzenden, Großneffe ...«

Poch hingegen sagte nichts, schnüffelte nur aufgeregt in alle

Himmelsrichtungen. »Welt hinter den Pforten nicht gut riecht«, stellte er schließlich mit leichtem Ekel in der Stimme fest.

Bruder Fritsje schwieg ebenfalls. Das Glänzen in seinen kleinen, runden Augen ließ jedoch erahnen, dass dies das Aufregendste war, was ihm in seinem Hippopathenleben bis zum heutigen Tage je widerfahren war.

Mir nach!, befahl Meister Amoebius und setzte sich mit erstaunlicher Geschwindigkeit in Bewegung. Die Deckung zahlreicher geschlossener Souvenir- und Imbissbuden ausnutzend, glitt er unter dem immensen Gerüst des stählernen Turms hindurch zum Ende des Platzes, wo sich eine menschenleere Grünanlage mit ordentlich gestutzten Büschen anschloss. Auf breiten, gekiesten Pfaden entfernten sie sich rasch weiter und weiter von dem stählernen Koloss.

Sobald irgendjemand das geringste Anzeichen von Fußgängern oder sonstiger menschlicher Aktivität bemerkt, schlagen wir uns in die Büsche, ordnete der Qualler an, während er wie eine Dampfwalze vor ihnen herrollte.

Fabian musste unwillkürlich grinsen, als er sich vorstellte, was für ein Bild sie abgaben, wie sie hier so durch die Nacht hetzten: Ein mannshoher Haufen Schleim, der wie eine Nacktschnecke mit Raketenantrieb vornewegzischte, gefolgt von einem Jungen mit einem ausgesprochen lebendigen, zappelnden Schal um den Hals, einer überdimensionalen blau-grauen Maus und einem kleinen, auffallend rundlichen Mönch, der mit geraffter Kutte keuchend das Schlusslicht bildete.

Unglücklicherweise stand zu befürchten, dass ein nächtlicher Spaziergänger diesen Anblick alles andere als erheiternd finden würde ...

Sie erreichten das Ende der Parkanlage. Aus dem Schutz einiger Sträucher vergewisserten sie sich, dass die vor ihnen liegende Straße wie ausgestorben dalag, dann eilten sie im Schatten riesiger alter Häuserfronten weiter.

Nahe einer großen Kreuzung, wo mehrere Straßen aufeinandertrafen, kauerten sie sich im Schutz einer Telefonzelle zusammen. Meister Amoebius deutete auf ein beleuchtetes Schild ganz in der Nähe, ein großes M in einem Kreis. Vor dem Schild führten Treppenstufen unter die Erde.

Fabians Augen weiteten sich. Auch wenn er noch nie in Paris gewesen war, wusste er, dass das M für »Metro« stand – die städtische Untergrundbahn!

»Ihr wollt doch nicht etwa, dass wir ein öffentliches Verkehrsmittel benutzen?«, entfuhr es ihm.

Uns bleibt keine andere Wahl. Unser Ziel liegt mehrere Meilen von hier entfernt. Wenn wir zu Fuß weitergehen, wird man über kurz oder lang auf uns aufmerksam werden ...

Wie zur Bestätigung tuckerte ein alter Renault über die dunkle Straße heran. Als er an der Telefonzelle vorbeikam, drückte der Fahrer auf die Hupe. Offenbar hatte er durch die Glasscheiben vage Umrisse erahnt und vermutete, eine Jugendbande könne sich an dem Fernsprecher zu schaffen machen. Glücklicherweise fuhr er mit unvermindertem Tempo weiter.

Xolpph zog sich vor Schreck so ruckartig um Fabians Hals zusammen, dass dieser kaum noch Luft bekam. »Was war *das*, bei allen Göttern?«, fragte er mit klappernden Zähnen. »Warum hat das Riesenbiest mit den glühenden Augen so gebrüllt? Wir haben ihm doch nichts getan!«

Rasch, zischte Meister Amoebius in ihren Köpfen. *Je länger wir warten, desto größer wird die Gefahr der Entdeckung.*

Keine weiteren Autos folgten. Geduckt huschten sie zur U-Bahnstation hinüber und stolperten die Stufen hinunter. Sie erreichten eine menschenleere Halle, deren gekachelte Wände im Licht schmutziger Neonröhren glänzten. Eine Reihe stählerner Drehkreuze mit Einschubschlitzen für Tickets teilte sie in zwei Hälften.

Wortlos glitt Meister Amoebius über die schmutzigen Bodenfliesen und schleimte, ohne langsamer zu werden, unter einer der Absperrungen hindurch.

Poch folgte ihm. Fabian nahm Anlauf und sprang, eine Hand auf den Ticketleser gestützt, kurzerhand über die Barriere hinweg. Allein Bruder Fritsje hatte erneut Probleme – er war zu dick, um unter dem Drehkreuz hindurchzupassen, und zu unsportlich, um darüberzuspringen. Fabian stoppte und half dem schwer atmenden Hippopathen, sein Hinterteil über den Querbalken des Drehkreuzes zu wuchten.

Im Laufschritt ging es eine weitere Treppe hinunter und einen gekachelten Korridor mit runder Decke entlang. Er mündete in ein unterirdisches, von hohen Pfeilern gestütztes Gewölbe mit einem Bahnsteig. Ein Schild an der Wand verriet, dass die Station *École Militaire* hieß und Zwischenstopp einer Linie mit der Nummer 8 war. Fabian verstand kein Französisch, deshalb sagten ihm die anderen Plakate und Schilder nichts; als er die Uhrzeit auf einer der digitalen Tafeln erkannte, begriff er jedoch, warum ihnen bisher kaum Menschen begegnet waren: Es war 3:21 Uhr nachts.

Klovandel ist mit uns, ließ sich Meister Amoebius mit einem Blick auf die Anzeige zufrieden vernehmen. *In drei eurer zweitkleinsten Zeiteinheiten wird eine Bahn durchkommen.* Ohne Eile näherte er sich dem entlegenen Ende des Bahnsteigs.

»Wäre es nicht allmählich an der Zeit, dass Ihr uns verratet, was wir hier eigentlich treiben?« Xolpph schien sich wieder etwas beruhigt zu haben, er klang motzig wie immer. »Das sieht mir alles noch verdächtig wenig nach der Wüste von Rindh aus, und ich ...«

Ruhe! Jemand nähert sich!

Die kleine Gruppe spitzte erschrocken die Ohren. Zunächst

hörte keiner etwas. Erst etwa zehn Sekunden nach Meister Amoebius' Warnung erklangen die gedämpften Schritte von mindestens zwei Personen aus dem gewölbten Gang, durch den sie gekommen waren.

Als Fabian sich Hilfe suchend zu dem Qualler umdrehte, war dieser verschwunden!

Bleibt, wo ihr seid! Xolpph, kein Wort mehr! Bruder Fritsje, zieht Euch die Kapuze tiefer ins Gesicht! Poch, ringele deinen Schwanz ein und kauere dich darauf, dicht bei Fabian ... ja, gut so. Und jetzt – psssst!

Fabian hatte keine Ahnung, wo Meister Amoebius steckte, aber er sah erleichtert, dass seine Freunde dessen Anweisungen befolgten: Xolpph klappte seinen vorlauten Mund zu und simulierte an seinem Hals bewegungslos einen hässlichen dicken Schal. Bruder Fritsje verbarg sein graues Nilpferdgesicht im Schatten seiner Kutte, wodurch er sich kaum noch von einem irdischen, etwas kleinwüchsigen Mönch unterschied. Und Poch mochte in seiner geduckten Haltung von Weitem als großer Hund durchgehen ... hoffentlich!

Die Schritte kamen näher.

Fabian hielt den Atem an.

Bange Sekunden später trat ein junges Pärchen auf den Bahnsteig hinaus, ein schlaksiger Bursche in Hemd und kariertem Sakko, begleitet von einem hübschen Mädchen mit einer Baskenmütze auf dem blonden Haar. Die beiden sahen sich kurz um, wobei ihr Blick desinteressiert über die kleine Gruppe am einen Ende des Bahnsteigs hinwegglitt. Dann schlenderten sie, leise miteinander tuschelnd, in die andere Richtung davon.

Als sie sich ein paar Dutzend Schritte weiter auf zwei Wandsitzen niederließen und wild zu knutschen begannen, atmete Fabian erleichtert auf. Diese beiden würden fürs Erste nichts mehr mitbekommen.

Nur ... wo steckte Meister Amoebius?

In der Ferne vernahm Fabian das Grollen eines sich nähernden Zugs. Xolpph begann an seinem Hals ängstlich zu bibbern, und auch Poch richtete wachsam Ohren und Schnurrhaare auf.

Bewahrt Ruhe! Sobald der Zug hält, steigt in einen Wagen, in dem sonst niemand sitzt. Gewiss wird es um diese Zeit viele davon geben.

»Aber Ihr ...«, begann Fabian.

Ich folge euch.

Ein Schwall warmer Luft kündigte das Nahen des Zuges an. Wenige Augenblicke später donnerte das silbrig glänzende Ungetüm in den Bahnhof. Metall kreischte auf Metall, Bremsen griffen, die Wagen wurden langsamer.

Fabian legte Poch beruhigend eine Hand auf die Schulter und warf einen prüfenden Blick zu dem verliebten Pärchen hinüber. Die beiden waren aufgestanden und warteten eng umschlungen darauf, dass der Zug zum Stehen kam. Als es soweit war, öffnete der schlaksige Kerl eine Tür im vorderen Teil des Zugs, und die beiden verschwanden im Innern.

Jetzt sprang auch Fabian vor, riss ebenfalls eine Tür auf und checkte rasch das Innenleben des betreffenden Wagens.

Er war leer.

Auf sein hektisches Winken stiegen Poch und Bruder Fritsje zögernd durch die Öffnung. Als Fabian ihnen gerade folgen wollte, nahm er aus dem Augenwinkel wahr, wie etwas Großes, Formloses hinter einem der Pfeiler hervorkam, die die Decke des Bahnsteigs trugen – Meister Amoebius!

Der Qualler musste bei der Ankunft des Liebespaars in Sekundenbruchteilen hinter der Säule in Deckung gegangen sein und seine Körpermasse so in die Höhe getürmt haben, dass nichts davon mehr hervorschaute. Mit einem feuchten Schmatzen schwappte er jetzt durch die Tür. Fabian folgte ihm, bevor sie sich mit einem lauten Zischen schloss.

Der Zug setzte sich in Bewegung.

Erleichtert, wenngleich noch immer unsicher, was dies alles sollte, ließ sich Fabian auf einem der harten Sitze nieder. Auf der anderen Seite des Mittelgangs bettete Meister Amoebius seine Schleimmassen platschend auf einen Doppelsitz. Zigarettenstummel, Einwickelpapierchen und anderer Unrat, den der Qualler beim Gleiten über den dreckigen Bahnhofsboden aufgewischt hatte, trudelten in seinem Innern mit Luftbläschen um die Wette.

Poch war weniger entspannt. In halb aufrechter Haltung klammerte er sich an einer der stählernen Haltestangen fest, der Blick seiner weit aufgerissenen Augen war nervös auf die Schwärze gerichtet, die hinter den Fenstern vorbeiwischte. »Eure Welt sonderbar ist«, erklärte er, und mit gerümpfter Nase fügte er hinzu: »Und sie stinkt!«

Tatsächlich miefte es im Innern des Großraumwagens unangenehm nach feuchtem Metall und irgendetwas Verbranntem; außerdem ließ sich unschwer erahnen, dass sich hier vor wenigen Stunden unzählige Menschen schwitzend aneinandergepresst hatten.

»Es, äh ... gibt bei uns auch Orte, die besser riechen«, erklärte Fabian.

Bruder Fritsje war Fabians Beispiel gefolgt und hatte auf einem der Plastiksitze Platz genommen. Stumm, mit sichtlicher Faszination, nahm er all die neuen Eindrücke in sich auf.

Selbst Xolpph hatte seine Panik unter Kontrolle bekommen. Er glitt von Fabians Hals, wechselte auf dem Nachbarsitz von seiner Fessel- in seine runde Urform und musterte mit drei prüfend zusammengekniffenen Augen das leere Abteil. »Oi! Ein Zimmer, das sich von Ort zu Ort bewegt! Gar nicht mal so blöd, deine Welt.«

Kaum hatte er ausgesprochen, wurde der Zug plötzlich langsamer und kam mit quietschenden Bremsen erneut zum Stehen.

»Was jetzt ist?«, erkundigte sich Poch mümmelnd. »Wir schon am Ziel?«

»Offenbar nicht«, sagte Fabian, da Meister Amoebius keinerlei Anstalten machte aufzustehen. »Der Zug hält eben hin und wieder, damit andere Leute zusteigen können.«

»Aber es *sollen* keine anderen Leute mehr zusteigen!«, stöhnte Xolpph und rollte dichter an Fabian heran, der ihn sich kurzerhand wie einen Basketball unter den Arm klemmte.

Sie hatten Glück: Niemand stieg ein, zumindest nicht in ihren Wagen, und keiner der wenigen Fahrgäste, die an dieser Station warteten, kam dicht genug an einem Fenster vorbei, um einen Blick ins Innere zu werfen. Ebenso verhielt es sich an der nächsten und der übernächsten Haltestelle.

Mit der Erkenntnis, dass keine akute Gefahr bestand, kam die Müdigkeit. Die überstürzte Hatz quer durch die Stadt war anstrengend gewesen, und Fabian spürte, wie das monotone Rattern der Bahn ihn einzulullen begann. Ohne dass er es verhindern konnte, fielen ihm immer wieder die Augen zu ...

Ein ohrenbetäubendes Tröten ließ ihn hochfahren!

Er schrak so heftig zusammen, dass er um ein Haar mitsamt Xolpph vom Sitz geplumpst wäre. Alarmiert rieb er sich die Augen und starrte wild in alle Richtungen.

Das unmelodische Geräusch wurde von einem Mann verursacht, der im Einstiegsbereich in der Mitte des Waggons stand und mit zusammengekniffenen Augen in eine zerbeulte Trompete blies. Er trug weite, schlabberige Kleidung, war unrasiert und hatte die rötliche Reibeisenhaut von jemandem, der oft und viel Alkohol trank. Bei den wimmernden Tönen, die er seinem Instrument mit äußerster Konzentration entlockte, handelte es sich um eine verstümmelte, kaum noch zu erkennende Volksweise; Fabian musste instinktiv an eine Walmutter denken, die unter großen Schmerzen ein Kalb zur Welt brachte.

»Wo zum Elch kommt der denn auf einmal her?«

»Er ist an der letzten Station zugestiegen«, erklärte Bruder Fritsje aus den Tiefen seiner Kapuze. »Warum er jetzt allerdings ungefragt musiziert, vermag ich nicht zu sagen.«

Fabian warf einen raschen Blick zur Seite, dorthin, wo in seinem letzten wachen Moment Meister Amoebius gethront hatte.

Der Doppelsitz war leer.

Poch, der zusammengekauert vor seinen Füßen hockte, bemerkte Fabians Verwirrung. Er berührte ihn unauffällig am Schienbein und wies mit seiner spitzen Nase zum hinteren Ende des Abteils. Fabian verdrehte den Kopf und erkannte am Boden unter der letzten Sitzreihe, unsichtbar für den Trompeter, einen mehrere Meter breiten, knöchelhohen Teppich aus Schleim. Offenbar hatte der Qualler das Nahen des Fahrgasts erneut vorausgeahnt und rechtzeitig Deckung gesucht.

Die ohrenbetäubende Musikberieselung ging noch etliche Minuten weiter. Dann endlich nahm der Mann die Trompete vom Mund, langte in seine Jackentasche und zog eine flache Metallflasche hervor. Er genehmigte sich einen ordentlichen Schluck, bevor er betont lässig herangeschlendert kam.

Fabians Herz begann, schneller zu schlagen.

Ohne einen Blick an Poch zu verschwenden, der flach am Boden zwischen ihnen lag, blieb der Fremde neben Bruder Fritsje stehen und streckte ihm eine geöffnete Hand hin. Als der Hippopath nicht reagierte, seufzte der Kerl theatralisch und sagte: *»Eh vous, là-bas! J'suis sûr que vous allez me donner votr' pognon pour ma zic trop bonne!«*

Fabian verstand kein Wort!

Zu seiner großen Überraschung drehte Bruder Fritsje den Kopf (wobei er tunlichst darauf achtete, dass seine Kapuze nicht verrutschte) und erwiderte in flüssigem Französisch: *»J'aimerais beaucoup vous récompenser de votre art, mon brave monsieur. Malheureusement, nous n'en avons pas les moyens.«*

Der Mann starrte ihn einen Augenblick an, dann grunzte er etwas Unverständliches. Im selben Moment bremste die U-Bahn ab und kam an einem weiteren Bahnhof zum Stehen. Der Musikant dachte kurz nach, machte eine wegwerfende Handbewegung und verließ, kaum dass sich die Türen geöffnet hatten, wankend den Zug.

Niemand bestieg das Abteil. Die Türen schlossen sich zischend, und sie nahmen erneut Fahrt auf. Nach ein paar Sekunden konnte sich Fabian nicht mehr beherrschen. »Bruder Fritsje, habt Ihr etwa verstanden, was der Kerl wollte?«

»Natürlich«, entgegnete der Hippopath überrascht. »Du nicht? Ich dachte, da dies doch deine Welt ist …«

»Ich verstehe leider nicht jede irdische Sprache«, gab Fabian leicht pikiert zurück. »Wieso könnt Ihr Französisch?«

Die Transition verleiht dem Reisenden, der eine für ihn fremde Welt betritt, Kenntnisse jener Sprache, die am Zielort mehrheitlich gesprochen wird, erklärte Meister Amoebius und floss unter den Sitzen hervor. Mit einem Geräusch, das an einen verstopften Abfluss erinnerte, nahm er seine ursprüngliche Form wieder an. *In den meisten Ländern Marganthuas ist dies Pleex, deswegen beherrschst du es, wenn du Ambigua besuchst. Hier dagegen spricht man eine Sprache, die du Französisch nennst …*

»Aha.« Fabian spürte, dass er ein wenig neidisch war. Er hätte auch gern mit den Fingern geschnippt und fließend Französisch gesprochen. Aber offenbar funktionierte dies nur, wenn man als Fremder in die jeweilige Welt kam. »Und was wollte der Typ von uns?«

»Er wünschte eine monetäre Entschädigung dafür, dass er für uns musiziert hat.«

»Was?«

»Er wollte Bares, du Einfaltspinsel!« Xolpph rollte unter Fabians angewinkeltem Arm hin und her, um ein Kopfschütteln anzudeuten. »Aber Fritsje hat ihm gesteckt, dass er sich das abschminken kann!« Offenbar hatte auch der Xenophor dem kurzen Wortwechsel folgen können.

»Ich habe ihm mitgeteilt, dass wir leider kein Geld bei uns haben«, stellte der Mönch klar.

Musizierende Schnorrer sind in dieser Stadt nichts Ungewöhnliches. Meister Amoebius hatte die zahlreichen Verunreinigungen im Innern seines Leibs entdeckt und angelte mit mehreren nach innen gestülpten Tentakeln nach Papierchen und anderem Abfall. *Als ich vor Jahren einmal hier war, spielte ein komplettes Streichquintett in einem Zug wie diesem.*

»Aber es ist halb vier in der Nacht!« Fabian runzelte die Stirn.

Dieser Trompeter wirkte einigermaßen alkoholisiert. Ihm dürfte kaum klar gewesen sein, dass sein Konzert um diese Zeit nicht viele spendewillige Zuhörer finden würde.

»Jede Wette, dass er was Köstliches in seinem Fläschchen hatte!« Xolpph leckte sich die Lippen. »Vielleicht Bohrer?«

Ohne Zwischenfälle passierten sie zwei weitere Haltestellen. Als sie das nächste Mal langsamer wurden, erhob sich Meister Amoebius und verkündete, dass sie nun die Linie wechseln mussten. Es ging mittlerweile gegen vier, doch zum Glück war auch der Bahnsteig, an dem sie ausstiegen, wie leer gefegt. Durch gewundene Gänge eilten sie zu einem anderen Gleis.

Hier schien ihr Glück nun allerdings auf eine harte Probe gestellt zu werden: Ein halbes Dutzend Menschen wartete in dem Gewölbe auf den Zug!

Auf Meister Amoebius' Geheiß schlenderten Fabian, Bruder Fritsje und Poch unauffällig ans Ende des Gleises. Der Qualler folgte ihnen vorsichtig, wobei er alle paar Schritte mit bemerkenswertem Geschick hinter Stützpfeiler huschte, sekundenlang dort verharrte und anschließend weiterschlich.

Fabian beobachtete ihn verwirrt, bevor ihm der Zusammenhang klar wurde: Jedes Mal wenn der Qualler in Deckung ging, drehte sich exakt zwei Sekunden später irgendwo auf dem Bahnsteig ein Kopf in seine Richtung. Dann war er allerdings längst verschwunden, kauerte unsichtbar hinter einer Säule.

Ungehindert erreichten der Junge mit dem Basketball, der kleine Geistliche und ihr riesiger blaugrauer Hund das hintere Ende des Wartebereichs. Der Zug fuhr ein, und wenig später fanden sie sich in einem leeren Wagen der Linie 3 wieder, gemeinsam mit Meister Amoebius, der im letzten Moment durch den schmalen Spalt der zufahrenden Tür glitt.

»Spitzentrick«, lobte Xolpph den Qualler. »Wie macht Ihr das?«

»Ich nehme an, Ihr lest die Gedanken der Menschen und wisst so immer früh genug, wann einer in Eure Richtung schauen will?«, vermutete Bruder Fritsje.

So ist es. Ich bin allerdings froh, dass der Zug so rasch kam. Auf die Dauer ist es äußerst anstrengend, ständig in so viele Köpfe zugleich hineinzulauschen. Von all den privaten Dingen, die ich auf diese Weise ungewollt mitbekomme, gar nicht zu reden. Er drehte sein oberes Drittel zur Seite, schien aus dem Fenster zu schauen. *Wir bewegen uns jetzt in Richtung Osten. Wenige Haltestellen noch, dann sind wir am Ziel.*

»So spannend, wie Ihr es macht, hoffe ich echt, dass uns dort eine saumäßig fette Überraschung erwartet«, krähte Xolpph.

Keine Sorge, dafür ist gesorgt.

Die nächsten beiden Stopps verliefen ohne Zwischenfälle. Nicht so der dritte! Bereits als sie in die Haltestelle einfuhren, die größer und heller war als alle bisherigen, sah Fabian, dass hier erheblich mehr Menschen warteten. Er wusste nicht, ob es an der Gegend lag oder daran, dass sich mittlerweile die ersten frühen Pendler auf ihren Weg zur Arbeit machten.

Ihr Wagen kam im hinteren Bereich des Bahnhofs zum Stehen. Dennoch stieg ein Fahrgast zu: eine dicke Frau in einem mit bunten Blumen bedruckten Stoffkleid. Sie putzte sich umständlich die Nase, während sie durch den Mittelgang schlurfte, dann ließ sie sich, ohne aufzusehen, genau gegenüber von Meister Amoebius nieder, der sich – der Himmel wusste, warum – diesmal nicht unter die Sitzbänke verzogen hatte.

Fabian blieb fast das Herz stehen! Wenn die Frau den Blick hob ...

Der Zug fuhr an. Die Frau schnäuzte sich erneut, dann holte sie eine Illustrierte aus ihrer ebenfalls blumengeschmückten Stofftasche und begann, ein Kreuzworträtsel zu lösen.

Sie sah kein einziges Mal auf!

Angespannt beobachteten Fabian, Xolpph, Bruder Fritsje und Poch, wie die Frau grübelnd an ihrem Stift kaute, Buchstaben eintrug, grunzend andere ausstrich. Als die Bahn an der übernächsten Station hielt, erhob sie sich, wiederum ohne aufzublicken, und schlurfte hinaus.

Fabian stieß einen Seufzer der Erleichterung aus.

»Alle Menschen dieser Welt so sind?«, erkundigte sich Poch, als sie erneut anrollten. »Dicke Frau uns nicht einmal angesehen hat!«

»›Es riecht hier nicht gut!‹, ›Die Eingeborenen sind komisch!‹ – hast du eigentlich an *allem* was auszusetzen, du Meckerfritze?«, schnappte Xolpph. »Wäre es dir vielleicht lieber gewesen, die fette Kuh hätte deine Schnurrhaare einzeln abgezählt?«

Fabian runzelte die Stirn. »Also, ich hatte auch schon davon gehört, dass es in Großstädten recht unpersönlich zugehen soll. Aber *das* eben ...?«

Meister Amoebius verursachte in ihren Köpfen ein räusperndes Geräusch. *Nun ja. Eigentlich hätte diese Dame nur zu gern ihre Mitreisenden genauer unter die Lupe genommen. Allein, ich wollte mich nicht schon wieder auf den Boden begeben, wo ich mich gerade ansatzweise von all dem Schmutz befreit hatte.*

»Hö, hö – Ihr habt sie telepathisch beeinflusst?«, kicherte Xolpph.

Ein wenig, ja. Bei einzelnen Personen ist das kein Problem.

Fabian fand dieses Vorgehen etwas fragwürdig und wollte gerade zu einer diesbezüglichen Bemerkung ansetzen, da kreischten die Bremsen, und der Qualler erhob sich schwankend.

Wir sind da!

Sie stiegen aus, huschten über einen menschenleeren Bahnsteig (*Père Lachaise*, besagte ein Schild an der Wand) und mehrere Treppenabsätze nach oben. Die Stufen führten auf eine dunkle Straßenkreuzung hinaus, wo sie mehrere Minuten abwarten mussten, bis in keiner Richtung mehr Autos zu sehen waren. Dann folgten sie Meister Amoebius an einer langen Mauer entlang zu einem mächtigen Gittertor, das von zwei Steinpfeilern mit prächtigen Verzierungen eingerahmt wurde.

Es war verschlossen.

Sofort fuhr der Qualler einen dünnen Tentakel aus und begann, im Innern des riesigen, altertümlichen Schlosses herumzufuhrwerken. Sekunden später klickte es, und ein Flügel des Tors schwang beiseite.

Zum Glück ist der Mechanismus äußerst primitiv, andernfalls hätten wir über die Mauer klettern müssen, erklärte Meister Amoebius knapp. *Und nun beeilt euch! Wir haben es fast geschafft.*

Im Laufschritt galoppierten sie durch das Tor, über eine breite Allee aus unregelmäßigem Kopfsteinpflaster. Es war ziemlich dunkel, nur der Mond und ein paar Sterne erhellten das Gelände ringsum. So dauerte es eine Weile, bis Fabian klar wurde, dass sie sich keineswegs in einem Park oder einer mit Steinskulpturen geschmückten Grünanlage befanden.

»Das ist ja ein Friedhof«, keuchte er überrascht.

Der größte dieser nicht gerade kleinen Stadt, bestätigte Meister Amoebius, ohne langsamer zu werden.

Noch nie zuvor hatte Fabian einen Friedhof gesehen, dessen Wege so breit wie Straßen waren. Zu beiden Seiten duckten sich prachtvolle Grabmäler und Mausoleen unter die ausladenden Äste uralter Bäume. Manche waren groß wie Telefonzellen, andere ausladend wie Wohnhäuser. Dabei machte alles einen gepflegten, auf beruhigende Weise altmodischen Eindruck, ganz anders als der letzte Friedhof, den Fabian in Pantrami besucht hatte, der düstere und verwilderte Gräberhügel von Bedenka.

Lediglich etwas heller hätte es nach seinem Geschmack sein dürfen. Zwar tauchten unzählige flackernde Grablichter die baumgesäumten Straßenkreuzungen und blumengeschmückten Wiesen in einen anheimelnd roten Schein, aber ein Friedhof bei Nacht, sei er noch so hübsch, blieb doch stets etwas Unheimliches.

Fabian versuchte, sich nicht von der Vorstellung all der Toten in seiner unmittelbaren Nähe bange machen zu lassen, und konzentrierte sich darauf, den Qualler im Auge zu behalten, der vor ihnen scheinbar willkürlich Abzweigungen einschlug, um Kurven bog und Treppen hinauf- oder hinunterglibberte.

Eine Weile funktionierte das ganz gut. Wenig später jedoch, sie durchquerten mittlerweile einen abgelegenen Teil der Anlage, wo die Bäume höher waren und die Gräber enger beieinander lagen, kehrte das mulmige Gefühl mit Verstärkung zurück. Plötzlich war er sich sicher, dass sie nicht mehr allein auf dem Friedhof waren!

Sie folgten einem schmalen Pfad, der auf einer Seite von einer schulterhohen Ligusterhecke begrenzt wurde. Hier gab es kaum noch Grablichter, und die hohen Bäume schirmten mit ihren Ästen das Mondlicht ab, wodurch der Weg fast in völliger Finsternis lag. Irgendwo in der Ferne schrie ein Käuzchen.

Fabian wusste nicht, ob es das Rascheln der Hecke war, einen Tick zu laut für die schwache Brise, oder der vage Eindruck einer schemenhaften Bewegung jenseits der Blätter, aber plötzlich lief es ihm eiskalt den Rücken hinunter. Hinter seiner Stirn begann eine Alarmsirene zu schrillen. Er spürte jetzt richtiggehend körperlich, dass jemand in der Nähe war – jemand, der sie in diesem Moment beobachtete!

Er blieb stehen.

Was ist? Hast du etwas gehört?, erkundigte sich Meister Amoebius.

»Ich glaube, da ist jemand auf der anderen Seite der Hecke«, wisperte Fabian.

Hinter der Hecke? Blitzartig richtete sich der Qualler zu seiner ganzen Größe auf, fuhr ein halbes Dutzend Tentakel aus und beugte sich über den Liguster hinweg.

Im selben Moment ertönte auf der anderen Seite ein gellender Schrei!

Mit einem Satz war Fabian an Amoebius' Seite und reckte sich auf die Zehenspitzen.

Jenseits der Hecke erstreckte sich eine finstere Wiese mit unzähligen in den Boden eingelassenen Grabplatten. Auf einer davon, nur ein paar Meter entfernt, brannte ein kleiner Kreis aus schwarzen Kerzen. Ihr flackernder Schein beleuchtete ein ledergebundenes Buch und ein silbrig glänzendes Amulett in Form eines Pentagramms.

Drei Gestalten rannten mit beachtlicher Geschwindigkeit über das Gras davon. Im spärlichen Mondlicht erkannte Fabian, dass es Mädchen in wehenden dunklen Gewändern waren, vielleicht achtzehn Jahre alt. Die hinterste, ein rundliches Ding mit pechschwarzem Haar und auffällig hell geschminktem Gesicht, warf mit geweiteten Augen einen Blick über ihre Schulter.

»Aaahhh! Ça marche! Le rituel a fonctionné – le grand Cthulhu est apparu! Sauve-qui-peut!«, kreischte sie.

Auch ohne die Worte zu verstehen, dämmerte Fabian, was geschehen sein musste: Die Mädchen hatten als Mutprobe gemeinsam auf dem nächtlichen Friedhof in einem alten Buch über Hexenrituale und Teufelsbeschwörungen gelesen. Als sie Schritte auf der anderen Seite der Hecke gehört hatten, war eine von ihnen näher geschlichen – und hatte sich beim Anblick von Meister Amoebius vermutlich zu Tode erschreckt!

Fabian konnte nicht anders, er musste unwillkürlich grinsen. *Diese* Nacht würden die drei nicht so schnell vergessen! Doch rasch wurde ihm klar, dass dieses Zusammentreffen auch eine Gefahr für sie bedeutete: Sicher würden die unfreiwilligen Augenzeuginnen umgehend die Polizei verständigen, und dann ...

Bis jemand kommt, sind wir längst fort, beruhigte ihn Meister Amoebius, der Fabians Gedanken gelesen hatte. *Ich bedauere den Schreck, den die Mädchen erlitten haben.*

»Und was ist mit uns?«, keifte Xolpph unter Fabians Arm hervor, bibbernd wie Espenlaub. »Mir ist fast das Herz stehen geblieben!«

Ich war so konzentriert darauf, die richtige Grabstätte zu finden, dass ich nicht daran dachte, die Umgebung nach menschlicher Präsenz abzutasten. Es wird nicht wieder vorkommen.

»Wie weit ist es noch?« Schwer atmend kam Bruder Fritsje aus dem Hintergrund herangestolpert. »Ich sage es nur ungern, aber ich fürchte, ich halte dieses Tempo nicht mehr lange durch.«

Keine Angst, Bruder. Wir sind so gut wie am Ziel. Ein paar Schritte noch, dann könnt Ihr ausruhen.

Er deutete auf ein unscheinbares, flaches Grabmonument, wenige Schritte voraus, dessen Frontseite mit schlanken schwarzen Lettern beschriftet war.

»Gustave Doré?«, las Fabian. »Wer soll das sein?«

Gustave Doré war ein Maler, der im 19. Jahrhundert eurer Zeitrechnung lebte. Ein großer Künstler, wenn es mir gestattet ist, das anzumerken.

Wie du und deine Eltern war auch er einst ein regelmäßiger Besucher unserer Welt. Auf vielen seiner berühmtesten Gemälde und Stiche hat er Personen und Lebewesen porträtiert, die ihm in Ambigua begegnet sind.

»Ja, ja, sauinteressant«, brummte Xolpph müde. »Und was wollen wir von ihm? Falls Ihr vorhattet, Euch porträtieren zu lassen, kommen wir ein paar Jährchen zu spät, würde ich sagen!«

Statt einer Antwort streckte Meister Amoebius einen kräftigen Tentakel aus und drückte auf den Buchstaben O im Nachnamen des Künstlers. Es knirschte leise, dann schob sich die obere der beiden flachen Steinplatten zur Seite.

Aus der rechteckigen Öffnung darunter strahlte grelles Sonnenlicht hervor! Fabian und Xolpph, Poch und Bruder Fritsje kniffen geblendet die Augen zusammen.

Wenn ich bitten dürfte? Aber vergesst nicht, euch wieder an den Händen zu halten!

Sekunden später schwebte Fabian zum zweiten Mal binnen weniger Stunden durch dichte, von bunten Schlieren durchzogene, zimtduftende Schwärze. Die Landung verlief diesmal allerdings erheblich unsanfter.

Hart prallte Fabian mit dem Hinterteil auf unnachgiebigen Stein. Als er wieder auf die Füße kam, erkannte er, dass sie in der Mitte eines großen, bunt gepflasterten Platzes gelandet waren. Über ihnen erhob sich eine steinerne Skulptur, die einen Mann mit Cowboyhut beim Betreten eines altertümlichen Klohäuschens darstellte. Hinter der offenen Tür mit dem herzförmigen Fenster war eine leere Kammer zu erkennen – die magische Pforte, durch die sie gerade gekommen waren.

»Wer ... wo ...?«, murmelte Bruder Fritsje und rieb sich unter der Kutte seinen dicken Nilpferdpo.

Gestatten: Lemuel Duklas, Gründungsvater dieser schönen Stadt, ließ sich Meister Amoebius vernehmen und deutete auf den steinernen

Mann. *Die bemitleidenswerten Probleme, die er zeit seines Lebens mit seiner Verdauung hatte, haben der Sage nach dafür gesorgt, dass Ort heute von allen Städten Ambiguas die modernste Kanalisation sein Eigen nennt.*

»Wir sind in Ort?« Der Hippopath sah sich staunend um.

Wie der Boden des Platzes waren auch die umstehenden Häuser mit grellbunten Mosaiken verziert, überwiegend Blumen, Sterne und andere fröhliche Motive. Es war ungewöhnlich heiß, erbarmungslos brannte die Sonne vom Himmel.

Rings um das Denkmal hatte sich bereits eine kleine Traube Schaulustiger gebildet, Menschen mit grob geschnittenen Gesichtern, die allesamt Geschwister von Hindrek Phoerkl hätten sein können. Wie der Vorsitzende des Holgerzüchterverbands trugen sie Cowboyhüte, deren breite Krempen ihre Gesichter vor den sengenden Strahlen der Sonne schützten. Darüber hinaus waren die meisten mit Röcken bekleidet, Männer wie Frauen, und mehr als einer hatte eine Schubkarre dabei, auf deren Ladefläche Holgermist lag. Andere hielten Exemplare der sechsbeinigen Hornviecher am Zügel.

»Aber ... Ort ist über tausend Meilen von Mnom-Ping entfernt!« Xolpph wechselte zurück in seine Fesselform, stellte sich auf seine Auswüchse und starrte ungläubig in die Runde.

Und doch sind wir hier, erwiderte Meister Amoebius. Seine Gedankenstimme klang höchst zufrieden.

Kapitel 16
Durch die Wüste

»Hättet Ihr *jetzt* vielleicht die Freundlichkeit, uns zu erklären, wie wir es geschafft haben, eine Strecke von über tausend Meilen in ein paar mickrigen Stunden zurückzulegen? Wir Xenophore lassen uns nämlich nicht gerne für blöd verkaufen, falls Ihr das noch nicht wusstet!«

Xolpphs Laune hatte sich in den letzten Stunden nicht gebessert, und in gewisser Weise konnte Fabian das verstehen: Auch ihm brannte die Frage auf den Nägeln, wie sie diesen Trick bewerkstelligt hatten, aber bisher war keine Gelegenheit für ein klärendes Gespräch gewesen.

Unmittelbar nach ihrer Ankunft hatte Meister Amoebius eine Passantin gebeten, sie zur hiesigen Vertretung des MEAM zu bringen, und sie waren der kleinen Frau mit dem riesigen Cowboyhut durch eine der bemerkenswertesten Städte gefolgt, die Fabian je gesehen hatte.

Der Weg durch Ort glich einem Blick in ein Kaleidoskop: Jeder Quadratzentimeter, jede noch so kleine Fläche war mit Mosaiken geschmückt, auf Gehwegen, Straßen und Hausfassaden prangten nicht enden wollende Bilderfolgen aus bunten Steinen, Plättchen oder Glassplittern. Zwischen überdimensionalen Blumen und verwirrenden Spiralwirbeln erschienen immer wieder Reiter hoch zu

Holger, tanzende Menschen, sechsflügelige Hexalinge, dann erneut Blumen, wiederum Sterne, alles knallbunt und grobkörnig wie die Grafik eines alten Computerspiels.

So farbenfroh Ort wirkte, sie begegneten auf der ganzen Strecke keinem Bewohner, der lachte oder auch nur ansatzweise fröhlich aussah. Eine gedrückte Stimmung schien die Stadt fest im Griff zu haben, es herrschte verbissene Betriebsamkeit: Unter Peitschengeknall wurden Holger in großen Herden durch die Straßen getrieben, der Klang schwerer Hämmer auf Ambossen drang aus Schmieden und Werkstätten, Fuhrwerke mit Säcken und Kisten rumpelten über das bunte Pflaster. Jeder Fußgänger, ob jung oder alt, hatte es sichtlich eilig, an sein Ziel zu kommen.

Fabian kam die Hamsternachricht in den Sinn, die Pater Euseruphius kurz vor ihrer Abreise in Mnom-Ping verlesen hatte, und plötzlich wusste er, was hier los war.

Ort bereitete sich auf den Krieg vor!

Im Stadtzentrum, vor einem mehrstöckigen, in ministerialem Hellblau getünchten Gebäude, verabschiedeten sie sich von ihrer Führerin, und Meister Amoebius suchte auf direktem Wege den Leiter des Amts auf. Offenbar kannte er den Minister aus früheren Zeiten, denn er wurde sogleich in dessen Büro gebeten und kehrte für über eine halbe Stunde nicht zurück. Fabian und die anderen schlugen die Zeit tot, indem sie unruhig im Vorzimmer herumhockten und säuerliche Holgermilch tranken, die eine Sekretärin ihnen brachte.

Als der Qualler wieder auftauchte, schien er bester Laune zu sein. Er hatte, so verkündete er, ein Mittel zur Fortbewegung sowie Verpflegung organisiert, dazu Kartenmaterial, mit dessen Hilfe sie den Weg durch die Wüste, zur Stadt der Termiphylen, mühelos finden sollten.

Das Fortbewegungsmittel stellte sich als geräumiges, von vier

Holgern gezogenes Fuhrwerk heraus. Obwohl es Räder besaß, erinnerte es mit seinem schlanken, stahlbeschlagenen Rumpf und dem hohen Bug eher an ein Schiff als eine Kutsche. Bruder Fritsje ließ sich vorne auf dem Bock nieder und übernahm die Zügel, während sich die anderen auf den harten Sitzbänken dahinter niederließen.

»Wir warten!«, grunzte Xolpph und schwenkte ungeduldig einen seiner Auswüchse in Meister Amoebius' Richtung.

»Ich wüsste auch gerne, wie wir hierher ...«, hob Fabian an.

»Habt ihr es denn noch nicht begriffen?«, erkundigte sich Bruder Fritsje über die Schulter. Wegen der brütenden Hitze hatte er sich die Kapuze vom Kopf gezogen und die Ärmel seiner Kutte bis zu den Schultern hochgerollt. Sein schweißnasses Nilpferdgesicht strahlte über beide Backen, als er weitersprach: »Wir haben eine Abkürzung genommen!«

»Eine Abkürzung?«, echote Xolpph dümmlich.

»Wie das?«, fragte Fabian.

Vom Prinzip her haben wir nichts anderes getan als das, was Maledikt der Finstere seinerzeit bei seinem zweiten Großangriff im Sinn hatte. Bedächtig rückte der Qualler einen Tropenhelm auf seinem schleimigen Haupt gerade, den er kurz vor ihrer Abreise in Ort gegen seinen Doktorhut eingetauscht hatte. *Wir haben die Erde als Abkürzung benutzt, als Hintertür sozusagen. Das war möglich, weil zufällig zwei der relevanten irdischen Pforten recht dicht beieinander liegen, in der Stadt Paris nämlich.*

»Die ambiguanischen Gegenstücke dieser Pforten liegen dagegen keineswegs nah beieinander, richtig?«, überlegte Fabian laut. »Eine auf dem Hochplateau von Mnom-Ping, die andere hier, im Lande Bâd!«

Letztere trägt die Nummer 699. Da ich seit vielen Jahren die exakten Positionen sämtlicher Pforten auswendig kenne, hier wie auf der Erde ...

»... wusstet Ihr, wo wir herauskommen würden, wenn wir rüber nach Bares springen, dort mit dem mobilen Metallzimmer zur Pforte 699 fahren und hindurchsteigen würden.« Auch Xolpph schien das Prinzip jetzt begriffen zu haben. »Genial. Könnte von mir sein, die Idee!«

»Paris«, verbesserte Fabian nachdenklich. »Es heißt Paris, nicht Bares. Sagt – wie lange ist diese Methode, große Entfernungen durch das Kombinieren verschiedener Pforten abzukürzen, schon bekannt?«, wollte er von Meister Amoebius wissen.

Diese Technik, auch »Pfortenspringen« genannt, praktizierten Gelehrte unserer Welt zum ersten Mal vor vielen Tausend Jahren. Warum fragst du?

Fabian holte tief Luft. »Weil *wir* diesen Trick auf unseren bisherigen Reisen nie angewendet haben! Wieso mussten Myrtel, Xolpph und ich etliche Male zu Lande, zu Wasser und in der Luft unser Leben riskieren, wenn es viel einfacher gewesen wäre, irgendwo durch eine Pforte zu steigen, auf der Erde ein paar Kilometer mit dem Taxi zu fahren und anschließend am anderen Ende Ambiguas wieder aufzutauchen?«

Noch während er sprach, spürte er, wie wütend ihn die Vorstellung machte, dass es die ganze Zeit eine derart einfache Möglichkeit gegeben hatte, an die entfernten Orte zu reisen, die sie hatten aufsuchen müssen.

Meister Amoebius legte ihm beschwichtigend einen Tentakel auf die Schulter.

Nur in sehr wenigen Fällen liegen mehrere aktive Pforten so dicht beieinander wie in Paris. Und ist es tatsächlich einmal der Fall, führt die benachbarte Pforte selten dorthin, wohin man gerade möchte. So gibt es beispielsweise keine Pfortenkombination, um von Pantrami nach Mnom-Ping zu reisen – also für jene Strecke, auf der Myrtel, Xolpph und du damals von den Gombats überfallen wurden. Ebenso gibt es keine Möglichkeit, ohne Zeitverlust vom östlichen Rand der Sümpfe von Ölü ans westliche Ende zu kommen, oder bis zum Märzgebirge. Keine bekannte Kombination führt von Salamira an die Ostküste, etwa nach Wurstogart, wohin ihr kürzlich mit dem Zepter von Dollmen gereist seid. Er seufzte wehmütig. *Früher, als noch sämtliche 777 Pforten aktiv waren, standen einem gebildeten Reisenden bedeutend mehr solcher Hintertüren zur Verfügung. Heute ist das anders.* Der Qualler fummelte an seinem Tropenhelm herum, bevor er fortfuhr. *Glaub mir, Fabian: Hätte es eine Möglichkeit gegeben, durch den Einsatz magischer Pforten eure vergangenen Missionen weniger beschwerlich zu gestalten, ich hätte euch sofort eingeweiht!*

Fabian spürte, wie er errötete. »Tut mir leid«, murmelte er.

Das braucht es nicht. Deine Frage war berechtigt. Aber das einzig Wichtige für uns ist, dass wir den Abkürzungstrick dieses Mal sinnvoll anwenden konnten – in einer Situation, wo jede Minute zählt.

»Wie viel Zeit ist hier vergangen, während wir auf der Erde waren?«, stellte Bruder Fritsje vom Kutschbock aus eine weitere Frage, über die sich auch Fabian schon Gedanken gemacht hatte.

Das unterschiedliche Strömungsverhalten der Zeitradiale in beiden Welten relativiert den Zeitgewinn beim Pfortenspringen leider etwas. Dennoch haben wir etliche Tage gespart. Seit unserer Abreise von Mnom-Ping ist die Sonne hier nur einmal unter- und wieder aufgegangen.

»Das heißt, uns noch sieben Tage bleiben, um Myrtel zu retten«, quiekte Poch. »Wir uns beeilen müssen!«

Keine Bange. Seht ihr den hellen Streifen am Horizont? Er markiert die ersten Ausläufer der Wüste von Rindh. Berichten von Handelskarawanen zufolge liegt Mantyssa, die Stadt der Termiphylen, nicht mehr als ein paar Wegstunden entfernt.

Tatsächlich wies der südliche Horizont einen hellgelben Farbton auf. Er glitzerte leicht im Licht der sengenden Sonne, als brächen sich ihre Strahlen in irgendwelchen feinen Partikeln.

Für den Moment konnte Fabian nichts weiter tun als abwarten und schwitzen. Er versuchte zu schlafen, doch dazu waren die Sitzbänke zu unbequem. Um sich von Myrtels Notlage und dem näher rückenden Ende von Ommms Ultimatum abzulenken, dachte er weiter über das System der magischen Pforten nach. Er hatte heute einiges dazugelernt, lediglich eine Sache, über die er sich schon oft den Kopf zerbrochen hatte, war ihm noch immer nicht klar. Er beschloss, die Gelegenheit zu nutzen und Meister Amoebius danach zu fragen.

»Das Gegenstück zu Conrads Pforte, die Steinkate vor den Toren Pantramis ... also, die wird doch nicht bewacht oder so. Sie liegt nicht mal irgendwie versteckt, genau wie die Nummer 699 im Denkmal von Lemuel Duklas. Eigentlich könnte jeder Ambiguaner sie benutzen, oder?«

Das ist richtig. Nicht alle 111 verbliebenen Pforten befinden sich an geheimen Orten. Einige liegen in der freien Natur, weitab vom Lande Shurakk. Meister Amoebius' Gedankenstimme verdüsterte sich kaum merklich. *Letzteres hat Volgera Ommm in der Vergangenheit leider nicht daran gehindert, unbemerkt Insektoren durch die Freien Staaten bis zu einer dieser offenen Pforten zu schaffen, wie wir wissen.*

»Wenn manche Pforten also frei zugänglich sind«, fuhr Fabian fort, »wie kommt es dann, dass so gut wie nie Ambiguaner zur Erde reisen?«

Tun sie das nicht?

»Na ja, immerhin weiß bei mir zu Hause keiner irgendwas über Eure Welt. Es gibt auch keine Berichte darüber, dass je irgendwer einem Fant begegnet wäre oder einer ...«

Bist du dir dessen ganz sicher?

»Ich ... wie meint Ihr das?«

Meister Amoebius schob sich seinen Tropenhelm schalkhaft in das, was bei einem Menschen der Nacken gewesen wäre. Als er weitersprach, schwang Belustigung in seiner Gedankenstimme mit. *In der Mythologie eines Volks, das ihr »Inder« nennt, gibt es eine Gottheit namens Ganesha. Hast du je von ihr gehört?*

Fabian musste einen Augenblick überlegen. Dann traf ihn die

Erkenntnis wie ein Schlag – natürlich kannte er Ganesha, die dicke indische Gottheit, die stets mit einem Elefantenkopf dargestellt wurde. Er schluckte, als ihm klar wurde, an wen ihn die dicke Bossut-Statue im Tempel von Kloben erinnert hatte!

Ein anderes Beispiel: Stell dir einen Trull vor, der sich entgegen den Dienstvorschriften des MEAM seit Monaten nicht rasiert hat.

»Widerlich!«, quakte Xolpph dazwischen.

Stell dir vor, dieser zottige, verwahrloste Bursche würde durch eine freie Pforte zur Erde reisen und dort in einer entlegenen Gegend, sagen wir: einem Gebirge, herumstiefeln. Barfuß.

Fabian spürte, dass der Qualler ihm kraft seiner telepathischen Fähigkeiten unterstützende Bilder übermitteln wollte. Doch das war gar nicht notwendig: Ganz von allein schossen ihm Berichte über ein ganz bestimmtes, sonderbares Lebewesen durch den Kopf, das angeblich in den unzugänglichen Gipfelregionen des Himalaja hausen sollte.

»Ihr wollte doch nicht sagen, dass der Yeti …«

Oh, nicht nur er! Nimm die Bärenwesen des Eskimoglaubens. Leoparden- und Löwenmänner der afrikanischen Sagenwelt. Die Schlangenleute der Indianer. Die japanischen Fuchsgeister. Hydra, Minotaurus und Medusa aus den Überlieferungen der alten Griechen. In nahezu jeder eurer Religionen oder Mythologien lassen sich Belege für das Zusammentreffen von Erdbewohnern und Ambiguanern finden. Manche dieser Begegnungen liegen Jahrtausende zurück, andere sind deutlich frischer.

Fabian konnte den Qualler nur anstarren.

In den letzten Jahrhunderten hat unsere Gesetzgebung den Erdtourismus allerdings stark eingeschränkt.

»Eingeschränkt? Inwiefern?«

Da die Besuche von Ambiguanern auf der Erde meist ein heilloses Chaos zur Folge hatten, beschlossen die Oberhäupter der Freien Staaten vor geraumer Zeit, die Zahl der jährlichen Transitionen gesetzlich zu beschränken.

Wenn heute jemand hinüberwechseln will, aus welchem Grund auch immer, muss er zunächst zahlreiche Anträge stellen und einen Unbedenklichkeitstest über sich ergehen lassen. Normalerweise jedenfalls. Ich gestehe, dass mir vor unserer Benutzung der Pforte 37 in Mnom-Ping dazu keine Zeit blieb.

»Aha.«

Ein Problem stellen allerdings nach wie vor Tiere dar, die versehentlich eine Pforte durchqueren und anschließend nicht mehr zurückfinden. In diesen Fällen müssen Rückholtrupps ausgesandt werden, um eine Panik in deiner Welt zu vermeiden.

»Tiere? Was für Tiere?«

Ein Geschöpf, das wir bis heute nicht zurückholen konnten, sorgt schon seit Jahrzehnten auf der Erde für Aufregung. Es handelt sich um einen Nasiathan, der als Jungtier durch eine Pforte direkt an der Küste entwich. Das irdische Gegenstück dieser Pforte befand sich in einer Gegend, die ihr »Schottland« nennt. Das Tier wurde in einem unzugänglichen, finsteren See heimisch und wuchs heran, wenngleich es glücklicherweise nie die Ausmaße eines hiesigen Exemplars erreichte ...

»Apropos Tiere«, mischte sich Xolpph erneut ein, der ihr Gespräch bereits mehrfach mit lautstarkem Gähnen kommentiert hatte, und deutete auf ihre zottigen Zugtiere. »Wie habt Ihr eigentlich diese Biester hier ergattert? Ich meine, die Aufgabe des MEAM besteht doch wohl eigentlich in der Verfolgung illegaler Magieanwender, oder? Wieso unterstützt uns das Ministerium bei unserer Mission?«

Das tut es nicht. Mein verehrter Kollege, Minister Curtbinian, hätte uns kaum vier Holger überlassen, wenn er über den wahren Zweck unserer Exkursion im Bilde wäre, noch dazu mitten in den Vorbereitungen für den bevorstehenden Krieg.

»Nicht?« Bruder Fritsje legte interessiert den Kopf schief. »Aber was habt Ihr im MEAM denn erzählt, warum wir die Holger bräuchten?«

Nun ... ich habe behauptet, wir verfolgten die Spur eines abtrünnigen Nekros, der sich in die Wüste von Rindh geflüchtet habe.

Xolpph kicherte albern. »Könnte es sein, dass Ihr es mit Recht und Gesetz schon seit einer Weile nicht mehr allzu genau nehmt?«

Xolpph, sagte Meister Amoebius freundlich. *Halt die Klappe.*

Eine knappe Stunde später erreichten sie die Wüste, eine sanft gewellte Hügellandschaft aus Dünen und Tälern. Kaum begann der lose Grund unter den Paarhufen der Holger zu knirschen, ließ Bruder Fritsje die Tiere anhalten. Er stieg vom Kutschbock, holte ein Paket aus dem hinteren Teil der Kutsche und sprang nach draußen.

Als Fabian ihm folgen wollte, wurde ihm ein auffälliger Unterschied zu allen irdischen Wüstengegenden bewusst, die er je im Fernsehen gesehen hatte.

»Was ist das für ein Zeug?«, wollte er mit Blick auf die gelblichen, halb durchsichtigen Körnchen unter seinen Schuhsohlen wissen, die im Licht der Sonne ungewöhnlich stark glitzerten. Ganz offensichtlich handelte es sich keineswegs um gewöhnlichen Sand.

»Es Zucker ist?«, wollte Poch interessiert wissen, dem der Anblick offenbar ebenfalls neu war. »Poch Zucker liebt! Knapp ist bei uns im Märzgebirge, rar und kostbar. Es nie genug gibt.«

»Kannst ja mal davon probieren«, schlug Xolpph mit einem gehässigen Grinsen vor.

Poch machte Anstalten, kopfüber aus der Kutsche in die rieselnde Masse zu springen. Da hob Meister Amoebius warnend einen Tentakel. *Auf einen Geschmackstest würde ich an deiner Stelle lieber verzichten. Auch dieses Pulver mit ungeschützten Füßen oder Pfoten zu betreten, ist nicht empfehlenswert. Gland, wie die Gelehrten dieses feine, scharfkantige Pulver getauft haben, ähnelt in seiner Beschaffenheit gemahlenem Glas. Um seine Bekömmlichkeit dürfte es ähnlich bestellt sein.*

»Eine ziemlich ätzende Großgroßschwägerin von mir, Xippholetta, hat vor Jahren mal den saublöden Fehler gemacht, beim Backen Gland anstelle von Zucker zu verwenden«, verkündete Xolpph, wobei er gekonnt Pochs wütende Blicke ignorierte.

»Wie kam deine Großgroßschwägerin auf so eine fatale Idee?«, wunderte sich Bruder Fritsje kopfschüttelnd. Er kniete vor den Beinen des vordersten Holgers und zog dem stoisch wiederkäuenden Tier Überschuhe aus einem lederähnlichen Material über die Hufe.

»Oh, offenbar hatte ihr jemand ein Paket mit zwei Pfund Gland geschickt«, berichtete Xolpph beflissen. »Im Begleitbrief hieß es, es handele sich um Zucker aus dem Sirup der Zuckrübe, ein brandneues Importprodukt aus Blomp, dem unerforschten Kontinent. Xippholetta buk sofort einen prächtigen Kuchen, mit Prunzzli-Beeren obendrauf. Als er fertig war, lud sie ihre Nachbarn zu Colco und Kuchen ein.« Er kicherte schadenfroh. »Ein gieriger alter Sack namens Equinatz schob sich das erste Stück rein, noch bevor jeder Gast seinen Colco in der Tasse hatte. Beim Kauen schmirgelte er sich erst die Zähne glatt, dann schluckte er die Pampe runter und zerschnitt sich prompt Speiseröhre und Stimmbänder.« Der Xenophor prustete jetzt vor Lachen. »Was für ein saublöder Trottel!«

»Ich frage mich, wer dieser geheimnisvolle Jemand war, der deiner Großgroßschwägerin so einen üblen Streich spielte?« Fabian fixierte den Xenophor fragend. »Das warst nicht zufällig du, oder?«

»Ich? Also hör mal, woher sollte *ich* denn zwei Pfund reinsten Gland haben, aus der Wüste Shmook, handgesiebte Körnung, Klasse eins, Südhang?« Xolpph verschränkte pikiert zwei seiner Auswüchse, verhielt sich jedoch im Anschluss bemerkenswert still.

»Der Sage nach entstand Gland als Abfallprodukt während der Schöpfung Ambiguas, als Fitz-Bartel mit einer riesigen Feile die Oberflächen der Meere und Seen glattpolierte«, erklärte Bruder Fritsje, ohne von seiner Tätigkeit aufzusehen. Er verzurrte das letzte Doppelpaar Überschuhe an den Hufen der Holger und kletterte zurück an Bord des Fuhrwerks. »Diese Überschuhe aus Molchhaut hat uns Minister Curtbinian mitgegeben«, sagte er, als er Fabians fragenden Blick bemerkte. »Kein Wunder – er will seine Holger schließlich in einsatzfähigem Zustand wiederhaben. Mit bis auf die Knochen abgeschliffenen Hufen nützen sie ihm nichts mehr.« Er warf einen letzten zufriedenen Blick auf sein Werk, dann rief er: »Festhalten!«, und legte einen Hebel neben dem Kutschbock um.

Mit einem Ruck, der Fabians Zähne aufeinanderkrachen ließ, sackte das Gefährt gut einen halben Meter nach unten. Als er erschrocken über die Seitenwand spähte, sah er, dass die Räder eingeklappt waren und der pfeilförmige Rumpf des Gefährts nun wie ein Schlitten auf dem feinkörnigen Untergrund lag. Als Bruder Fritsje die Holger zum Laufen anspornte, glitten sie knirschend, fast ohne Widerstand vorwärts wie über frisch gefallenen Schnee, und schon bald war in keiner Richtung mehr etwas anderes zu sehen als glitzernder, zu haushohen Dünen aufgetürmter Gland.

Die Sonne brannte gnadenlos vom Himmel. Fabian, der sich nicht erinnern konnte, jemals so geschwitzt zu haben, zog sein T-Shirt aus und wickelte es wie einen Turban um seinen Kopf in der Hoffnung, so einem drohenden Hitzschlag zu entgehen.

Seinen Freunden erging es kaum besser: Pochs blaugraues Fell troff vor Schweiß, dicke Tropfen rannen an seinem nackten Schwanz hinab und plitschten auf den Boden des Kutschenbootschlittens. Bruder Fritsje hatte alle mönchische Etikette fahren lassen und hockte jetzt mit entblößtem Oberkörper auf dem Kutschbock. Das verschaffte ihm zwar eine gewisse Linderung, seine graue Nilpferdhaut schien die pralle Sonne jedoch nicht besonders zu vertragen: Auf seiner Nase und seinem Rücken zeichneten sich bereits erste Rötungen ab.

Meister Amoebius schließlich hing, falls das möglich war, noch schlaffer und formloser auf seiner Sitzbank als üblich. Er schien nicht zu schwitzen, allerdings kam es Fabian so vor, als sei seine Körpermasse im Vergleich zum Beginn ihrer Reise weniger geworden; sicher war er jedoch nicht.

Die Gegend ringsum war trostlos. Pflanzen gab es so gut wie keine, nur hie und da ragte ein blattloser Dornstrauch oder ein mannshoher gelber Kaktus mit langen Stacheln aus dem Boden.

»Wieder mal typisch«, grunzte Xolpph mit einem wütenden Blick hinauf zum strahlenden Firmament. »Wenn man mal eine schattig-schwarze Wolkenfront aus dem Lande Shurakk brauchen könnte, ist natürlich keine da!«

Fabian zog eine der blechernen Trinkflaschen aus seinem Rucksack, die Meister Amoebius zusammen mit ihrer restlichen Ausrüstung in Ort besorgt hatte. Das Wasser darin war lauwarm und schmeckte nach Metall, dennoch war es eine Wohltat, sich die Kehle befeuchten zu können.

»Ich auch! Gib her!« Zappelnd entwand ihm Xolpph die Flasche. Er trank gierig, in großen Schlucken.

»Hey, langsam!« Hastig nahm Fabian die Flasche wieder an sich. »Wenn wir uns das Wasser nicht einteilen, wird es nicht lange reichen.«

Das muss es auch nicht. Ich habe euch schon gesagt, die Termiphylen leben nicht weit im Innern in der Wüste. Wenn wir ihre Stadt nicht heute Abend erreichen, dann spätestens morgen früh.

Als die Sonne etwas später den welligen Horizont berührte und der Gland aufglühte wie ein Meer winziger Diamanten, war in keiner Richtung etwas zu sehen, das im Entferntesten an eine Siedlung erinnert hätte. Im Schutz eines länglichen Dünenwalls machten sie Halt und schlugen ein Lager für die Nacht auf. Die Holger wurden an einem in den Boden gerammten Pflock festgebunden, und da es schnell kühler wurde, entzündeten sie ein kleines Lagerfeuer, um das sie sich niederließen.

Fabian war enttäuscht. Er hatte gehofft, die Stadt der Termiphylen noch vor der Dämmerung zu erreichen. Jeder Tag, jede Stunde zählte! Und wer wusste schon zu sagen, ob sie im Archiv der Bewahrer tatsächlich erfahren würden, ob Myrtels Fluch mithilfe eines pflanzlichen Stoffes zu brechen war? Seufzend ließ er den Streifen Trockenfleisch sinken, an dem er lustlos gekaut hatte.

»Magst du deine Ration nicht?«, erkundigte sich eine gierige Stimme dicht neben seinem Ohr. Xolpph hatte es sich wie ein Patronengurt quer über seinem Rücken bequem gemacht und achtete peinlich darauf, dem glasstaubartigen Untergrund nicht zu nahe zu kommen.

Fabian nickte und reichte dem Xenophor den Rest seines Abendessens, als ihm plötzlich eine Bewegung ganz in der Nähe ihres Lagers ins Auge fiel.

Er drehte den Kopf, doch da war nichts. Nichts außer einem etwa anderthalb Meter langen Kaktus, der ein paar Meter entfernt umgestürzt auf dem Boden lag. Sekundenlang betrachtete Fabian seine gelblich glitzernde, glandähnlich raue Oberfläche und die fingerlangen Stacheln, die in unregelmäßigen Abständen daraus hervorragten.

Er wollte sich gerade wieder abwenden, als plötzlich Bewegung in den Kaktus kam! Ein runder Kopf drehte sich in seine Richtung, zwei weit auseinanderstehende, blau funkelnde Knopfaugen starrten ihn ruhig, beinahe nachdenklich an. Dann kamen unter dem vorderen Ende des Gebildes zwei mächtige Grabeklauen zum Vorschein, wie bei einem Maulwurf, und in einem glitzernden Wirbel emporstiebenden Glands verschwand das, was in Wirklichkeit ein echsenartiges Tier von der Größe eines Alligators gewesen war, im Boden.

»Was zum Elch war das?«, keuchte Fabian. Er sprang auf und wich auf die andere Seite des Feuers zurück.

»Was war *was?*« Bruder Fritsje war seit geraumer Zeit damit beschäftigt, sich mit dicker weißer Wundsalbe einzucremen, die Meister Amoebius aus dem Bordgepäck ihres Gefährts gezaubert hatte. Als er aufsah, war sein Gesicht weiß wie das eines Zirkusclowns. »Ich habe nichts gesehen.«

»Da war ein Tier ... zumindest glaube ich das«, stotterte Fabian. »Es sah aus wie eine große Eidechse mit einem langen Schwanz ...«

»Ach so. Du hast einen Glandmolch gesehen.« Bruder Fritsje, dem es stets Vergnügen bereitete, mit seinem Wissen zu glänzen, lächelte fröhlich. Sein Clownsgesicht verzog sich jedoch sofort gequält, und er fuhr mit der Hand in den Cremetiegel, um sich eine weitere Portion Salbe auf seine knallrote Nase zu klatschen.

»Aber das Ding hatte Stacheln. Wie ein Kaktus!«

»Glandmolche ernähren sich von Kakteen«, mischte sich Xolpph ein, der in der Zwischenzeit Fabians Trockenfleisch verschlungen hatte und nun mit achtlos großen Schlucken Wasser nachspülte. »Gibt schließlich in dieser Einöde kaum etwas anderes! Die unverdaulichen Stacheln scheiden sie durch ihre Haut wieder aus. Ein vollgefressener Molch sieht aus wie ein Igel.« Er trank erneut.

Vorsichtig kehrte Fabian zu seinem Platz zurück. »Sind diese Tiere intelligent?«, wollte er wissen, als er sich an den seltsamen Blick des Geschöpfs erinnerte.

»Wie, intelligent? So wie ich?« Xolpph stieß einen ohrenbetäubenden Rülpser aus. »Saublöder Unsinn! Es sind doch Tiere!«

»Einer alten Überlieferung zufolge gab es einmal einen Glandmolch, der anders war als seine tierischen Artgenossen«, bemerkte Bruder Fritsje und schraubte sorgfältig seinen Tiegel zu. »Sein Name war Szariom. Im Gegensatz zu den anderen Molchen, die sich nur durch Zischlaute verständigen, soll er der menschlichen Sprache mächtig gewesen sein. Außerdem konnte er sich aufrecht auf den Hinterbeinen fortbewegen. Angeblich lebte er im Herzen der Wüste von Rindh und half dort häufig Wanderern, die sich verirrt hatten.«

»Eine Art Delfin der Wüste also«, murmelte Fabian halblaut.

Bruder Fritsje, der nicht wissen konnte, was ein Delfin war, und dass die intelligenten Meeressäuger auf der Erde zuweilen Schiffbrüchige retteten, überging den Einwurf. »Angeblich war Szariom zwar vertrauensselig, aber scheu. Als immer mehr Molchtrapper die Wüste zu durchstreifen begannen, die auf die extrem widerstandsfähige Haut dieser Tiere aus waren, zog er sich in den heißesten Teil von Rindh zurück und wurde nicht mehr gesehen.« Er deutete über seine Schulter zu den Holgern, die am Rand des Lagers im Stehen schliefen; ihre Hufe steckten nach wie vor in den unförmigen Überschuhen. »Nichts widersteht scharfem Gland so gut wie die Haut von Glandmolchen, die ihm in Farbe und Beschaffenheit übrigens erstaunlich ähnelt.«

Fabian bedankte sich mit einem Nicken und warf einen letzten Blick zu der Stelle hinüber, wo er das Tier gesehen hatte. »Also sind sie nicht gefährlich?«

Nicht halb so gefährlich wie das dort, mischte sich Meister Amoebius ein. Er hockte seit einer ganzen Weile wie ein schmelzender Butterberg auf einer Decke abseits des Feuers und blickte konzentriert in die Ferne. *Seht ihr die Blitze am Horizont?* Er deutete nach Nordwesten, wo ein hektisches Dauerfeuer bläulich-weißer Lichtexplosionen flackerte. Es sah aus, als veranstalteten tausend irre Fotografen mitten in der Wüste einen gewaltigen Blitzlichtwettbewerb. Aus der Ferne waren Laute zu hören, als flöge eine Lagerhalle voller Knallfrösche in die Luft.

»Was ist das?«, wollte Fabian erschrocken wissen.

Ein elektrischer Sturm. In seinem Zentrum wüten Entladungen, stärker als Gewitterblitze und zahlreicher als Regentropfen in einem Unwetter. Kein lebendes Wesen in Ambigua hat je einen solchen Sturm überlebt, um später davon zu berichten. Er hielt inne, beobachtete das Phänomen aufmerksam. *Normalerweise sind elektrische Stürme extrem selten. Das letzte Mal wurde vor über 500 Jahren von einem berichtet, in der Wüste Shmook. Dass ausgerechnet jetzt und hier einer wütet, noch dazu von solchen Ausmaßen, muss wiederum mit Maledikts unheilvollem Einfluss auf das Klima zusammenhängen.*

»Ihr meint, Maledikt hat diese Urgewalt entfesselt?«, vergewisserte sich Bruder Fritsje und runzelte skeptisch seine verbrannte Stirn.

Nicht absichtlich. Aber seine verdrehten, perversen Gedankengänge haben unkalkulierbare Auswirkungen. Wer weiß, was uns auf unserem Weg noch alles an chaotischen Naturerscheinungen begegnen wird? Er starrte weiter in die Ferne, dann machte er eine beruhigende Geste mit einem Tentakel. *Es scheint allerdings, als zöge dieser Sturm weit genug an uns vorüber. Lasst uns hoffen, dass es sich Ringurd, der Herr des Wetters, nicht anders überlegt!*

Fabian wickelte sich in eine Decke und ließ sich müde in der Nähe des Feuers nieder. Selbst durch die geschlossenen Lider konnte er das Zucken und Flackern des elektrischen Sturms am Horizont noch wahrnehmen.

Seltsamerweise verspürte er fast gar keine Angst. Vielleicht lag es daran, dass er während seiner Reisen durch Ambigua bereits zu oft in Lebensgefahr geschwebt hatte.

Noch wahrscheinlicher war allerdings, dass er sich viel zu sehr um jemand anders sorgte, um Gedanken an seine eigene Sicherheit zu verschwenden. *Hoffentlich geht es Myrtel gut*, war sein letzter Gedanke, bevor er in einen tiefen, traumlosen Schlaf sank.

Als Fabian früh am nächsten Morgen die Augen aufschlug, wartete eine Überraschung auf ihn.

Genau genommen waren es zwei Überraschungen. Die erste

war, dass er noch lebte. Das bedeutete, der elektrische Sturm musste in ausreichender Entfernung vorbeigezogen sein.

Zweitens ertönte, kaum dass er sich aufgerichtet hatte, Meister Amoebius' Gedankenstimme in seinem Kopf: *Sieh an … wären wir gestern Abend noch ein Dutzend Schritte weitergegangen, hätten wir unser Ziel erreicht.*

Verwirrt sah Fabian sich um. Er entdeckte den Qualler auf der Kuppe der lang gezogenen Düne, an seiner Seite Bruder Fritsje mit Xolpph auf der Schulter und Poch, der seine Pfoten zum Schutz vor dem Gland mit dicken Stoffbahnen umwickelt hatte. Alle vier starrten auf etwas hinab, das sich jenseits der Düne befand. Fabian beeilte sich, zu ihnen aufzuschließen.

Auf der anderen Seite erstreckte sich eine weite, topfebene Fläche. Dutzende spitzer Kegel wuchsen dort aus dem Boden, jeder einzelne so hoch wie ein erwachsener Mann, an der Basis etwa so dick wie eine Regentonne. Die Gebilde waren von unappetitlich brauner Farbe, sodass man von Weitem dem Eindruck erliegen konnte, eine Herde riesiger, unbeherrschter Tiere hätte hier vor nicht allzu langer Zeit ihr Geschäft verrichtet. Ein säuerlicher, an Zitronen erinnernder Geruch lag in der Luft.

»Was ist das?«, fragte Fabian.

Du siehst Mantyssa, die Stadt der Termiphylen, erwiderte Meister Amoebius gut gelaunt und begann, über den rieselnden Gland ins Tal hinabzurutschen.

Jetzt erst fiel Fabian die Ähnlichkeit der Kegel mit den Bauten von irdischen Termiten oder Ameisen auf. »Aber ich hatte gedacht …« Ihm wurde bewusst, dass er bei der Erwähnung eines »ameisenhaften Volks« automatisch davon ausgegangen war, die Bewahrer müssten so groß sein wie Insektoren aus Shurakk, mindestens jedoch wie er selbst.

Offenbar hatte er sich gründlich getäuscht.

»Fabian? Du kommst?«, fragte Poch über die Schulter.

Hastig stolperte Fabian hinter den anderen her, bis er mitten zwischen den mannshohen Kegeln stand. Aus der Nähe ließ sich erkennen, dass die Oberfläche der Bauten mit unzähligen winzigen Löchern übersät war – Fenster oder Türen für die Bewohner. Die Öffnungen waren kaum stecknadelkopfgroß, was bedeutete, dass ihre Erbauer nochmals kleiner sein mussten.

»Sagt, Meister«, begann Fabian stockend. »Habt Ihr gewusst, dass die Termiphylen so winzig sind?«

Natürlich habe ich das gewusst, behauptete Meister Amoebius. *Und nun schweigt. Ich will versuchen, auf telepathischer Ebene Kontakt mit ihrer Kaiserin aufzunehmen und ihr unser Anliegen vorzutragen.*

Er verstummte und begann auf einer Gedankenebene, die Fabian nicht zugänglich war, mit den Bewohnern im Innern der Bauten zu kommunizieren.

Allem Anschein nach hatte er Erfolg: Bereits wenige Minuten später entstand Bewegung ringsum. Eine wuselnde Masse strömte aus den Öffnungen der nächsten Kegel, breitete sich lückenlos wie ein Teppich über die braune Oberfläche aus, bis diese tiefschwarz wirkte. Es mussten Abermillionen winziger Lebewesen sein, jedes einzelne höchstens zwei Millimeter groß!

Fabian vermied geflissentlich, einem der Bauwerke zu nahe zu kommen, auch wenn er nicht wusste, ob von den Termiphylen eine Gefahr ausging. Ihn beschäftigte eine ganz andere Frage: Wie sollten derart winzige Geschöpfe das Wissen einer ganzen Welt sammeln und aufbewahren?

Na so etwas!

»War das eher ein positives ›Na so etwas‹ oder ein negatives ›Na so etwas‹?«, erkundigte sich Xolpph vorsichtig.

»Was ist los?«, wollte Bruder Fritsje wissen. »Ist ihre Kaiserin nicht bereit, mit uns zu sprechen?«

Nun, das würde sie sicher tun – wenn sie könnte! Die Stimme des Quallers war tonlos, ohne den Anflug einer Gefühlsregung. *Doch die Termiphylen verstehen mich nicht.*

»Aber jedes intelligente Wesen versteht die Sprache der Gedanken!« Der Hippopath wirkte entgeistert. »Außerdem erinnere ich mich, in alten Reiseberichten gelesen zu haben, dass die Bewahrer Pleex sowie viele andere ambiguanische Sprachen beherrschen.«

»Sie doch herausgekommen sind zu uns!«, fügte Poch verwirrt hinzu.

Weil sie mitbekommen haben, dass jemand sich ihren Behausungen genähert hat. Der Qualler seufzte. *Ihre Gehirne sind hoch entwickelt, aber mikroskopisch klein. Daher arbeitet ihr Verstand um ein Vielfaches schneller als der eines Menschen, selbst als der eines Quallers. Ich kann diese Geschwindigkeitsdifferenz nicht ausgleichen, deshalb gibt es keine gemeinsame Basis für eine Verständigung.*

»Oi! Ihr meint, diese Krabbler könnten uns nur verstehen, wenn wir, sagen wir: hundertmal schneller quatschen würden?«

Meister Amoebius nickte mit seiner oberen Körperhälfte. *Wozu jedoch auch der betreffende Verstand hundertmal schneller funktionieren müsste. Und das ist nicht ohne Weiteres möglich ... es sei denn, die betreffende Lebensform wäre von vergleichbarer Größe wie die Termiphylen.*

»Ihr wollt damit sagen, wer mit den Bewahrern kommunizieren will, muss ebenso winzig sein wie sie?«, schloss Bruder Fritsje.

Genau so ist es!

Kapitel 17
Die Bewahrer

Glücklicherweise habe ich auch für diesen Fall vorgesorgt, verkündete der Qualler, noch bevor Xolpph seine letzte Aussage mit einer Flut lautstarker Verwünschungen kommentieren konnte. *Bruder Fritsje, wärt Ihr so gut, eben rasch zu unserem Fuhrwerk zurückzulaufen?*

Der kleine Mönch lauschte, was Meister Amoebius ihm gedanklich auftrug, dann ließ er Xolpph auf Fabians Schulter hinüberklettern, wetzte die Düne hinauf und verschwand dahinter. Während sie auf ihn warteten, ergoss sich aus einer Öffnung am Fuß des größten Kegels ein armdicker Strom winziger Insektenwesen. Zielstrebig schlängelte sich das schwarze Rinnsal auf Fabian, Xolpph, Meister Amoebius und Poch zu.

Als Fabian in die Hocke ging, sah er, dass die vordersten schwarzen Pünktchen der Prozession etwas trugen, das aussah wie die halbierte Hülle einer getrockneten Erbse. In dieser behelfsmäßigen Trage hockte eine einzelne Termiphyle, ungefähr so groß wie eine irdische Waldameise.

»Was geschieht?«, erkundigte er sich flüsternd.

Mir scheint, die Herrscherin erweist uns die Ehre ihrer Aufwartung, erwiderte Meister Amoebius. *Kaiserin Mižko III. – sofern die Thronfolge sich seit den letzten überlieferten Kontakten mit diesem Volk nicht verändert hat. Ihr Erscheinen bedeutet, sie schätzen uns nicht als Feinde ein. Das ist gut, denn alles andere wäre uns fraglos schlecht bekommen.*

»Schlecht bekommen?« Xolpph stieß ein abschätziges Schnauben aus. »Was sollten uns diese Winzlinge denn schon anhaben? Wenn die sich nicht benehmen, trampeln wir ein bisschen auf ihrer komischen Stadt rum, und Ruhe ist in der Wüste!«

»Ich nicht tun würde«, bemerkte Poch skeptisch. »Termiphylen sehr viele sind. Und sehr schnell sein können!«

Ganz recht, bestätigte der Qualler. *Was wir hier sehen, dürfte höchstens ein Millionstel ihres Staats sein. Die halbe Wüste unter unseren Füßen ist ausgehöhlt, um Katakomben und Gängen Platz zu bieten, von denen wir hier nicht mehr als einen bescheidenen Nebenausgang vor uns haben.* Er wandte sich Xolpph zu. *Wenn du sie verärgerst, sind sie schneller hier draußen und überall auf dir, als du »oi« sagen kannst!*

»Oi«, sagte Xolpph probehalber, dann schwieg er beeindruckt.

»Was meint Ihr mit ›überlieferten Kontakten‹?«, wollte Fabian wissen. »Ihr habt doch gesagt, man kann sich nicht mit diesen Wesen unterhalten. Es sei denn ...«

Es sei denn, man bringt sich auf ihre Größe und beschleunigt seinen Verstand auf diese Weise ausreichend, bestätigte Meister Amoebius. *So, jetzt wäre es allmählich Zeit für Bruder Fritsje ...*

Wie aufs Stichwort kam der Hippopath die Düne wieder heruntergerutscht. In einer Hand hielt er eine kleine, kunstvoll geschliffene Phiole mit einer hellgrünen Flüssigkeit darin. »Höchst erstaunlich, was sich in unserem Reisegepäck alles anfindet«, keuchte er. »Überschuhe für Holgerhufe, Pflegemittel für verbrannte Haut ... und nun dies hier, was auch immer es ist?«

Ich bin gern auf alle Eventualitäten vorbereitet, gab Meister Amoebius bescheiden zurück und nahm das Fläschchen entgegen. *Zum Glück sind Minister Curtbinian und ich alte Freunde, weshalb er vor unserem Aufbruch das eine oder andere für mich besorgt hat. Darunter die Zutaten für dieses Elixier, das ich gestern Nacht zusammenmischte, während ich den elektrischen Sturm im Auge behielt.*

»Ein Elixier?« Unwillkürlich stellten sich Fabians Nackenhaare auf. Ihm kam ein unguter Verdacht. »Um jemanden zu verkleinern?«

Bravo! Genau das müssen wir tun, wenn wir vom Wissen der Bewahrer profitieren wollen. Ich hatte nie zuvor Kontakt mit diesem Volk, deswegen hatte ich zunächst die Hoffnung, ich könnte mich telepathisch mit ihnen verständigen. Da dies nicht gelungen ist, müssen wir einen aus unserer Gruppe so weit verkleinern, dass er mit den Termiphylen reden und ihnen hinab in ihr Archiv folgen kann.

Fabian schüttelte ungläubig den Kopf. »Seid Ihr sicher, dass das hinhaut? Für meine Begriffe klingt das verflixt nach Märchen!«

»Genau«, pflichtete Xolpph rege bei. »Wie in ›Immozenz im Dreckland‹, oder wie die olle Kamelle hieß. Darin wird ein Greis namens Immozenz Epidemio nach 500 Jahren Arbeit als Kartenmischer in einem Spielcasino in Unvholl von einem auf den anderen Tag entlassen. Als Abfindung bekommt er lediglich einen in Blech gefassten Schlaratteneckzahn geschenkt, ein Amulett im Gegenwert von gerade mal fünf Kupferlingen. Der alte Epidemio ist natürlich saumäßig sauer, immerhin hat er in all den Jahren eine unüberschaubare Schar von Nachkommen, Nachnachkommen und Nachnachnachkommen in die Welt gesetzt, die er alle finanziell unterstützen muss. Und wie er so wütend heimwärts stapft, den blöden Anhänger im Kreis wirbelnd, da flutscht ihm die Kette vom Finger, und das Ding landet zielsicher im nächsten Siel. Epidemio hinterher! Das Gitter ist festgeschraubt, die Zwischenräume zu eng zum Durchfassen. Nun ist Epidemio glücklicherweise ein Nekro, auch wenn er schon seit Jahrhunderten nicht mehr gezaubert hat. Er spricht kurzerhand einen Verkleinerungszauber, schrumpft sich auf die Größe seines Daumens und hechtet in die Kanalisation hinunter.«

»Und? Was weiter passierte?«, wollte Poch gespannt wissen.

»Unter dem Gitter ging es zwei Dutzend Schritte senkrecht nach unten. Epidemio stürzte kopfüber in den gesammelten Unrat einer der stinkigsten Städte Ambiguas. Blöderweise haute er sich dabei so derb den Schädel an, dass er prompt die Zauberformel vergaß, mit der er sich wieder groß machen konnte. Tagelang paddelte er durch miefigen Morast und stinkenden Schlick, immer auf der Suche nach dem vermaledeiten Amulett, das ihm den ganzen Schlamassel eingebrockt hatte. Schließlich wurde er von einer Memonatter, die irgendjemand den Lokus runtergespült hatte, aufgefressen. Ende!«

»Super Geschichte«, murmelte Fabian kopfschüttelnd, während Poch albern in die Pfoten klatschte.

»Soweit *ich* mich erinnere, ging dieses Märchen ein wenig anders«, verkündete Bruder Fritsje skeptisch.

»Es ging genau so!«, beharrte Xolpph.

»Wo soll denn da die Moral sein?«, wollte Fabian wissen.

»Moral? Was ist das? Kann man das essen?«

Vielleicht habe ich mich nicht klar genug ausgedrückt, aber einer müsste diesen Trank einnehmen. Jetzt, sofort!, mischte sich Meister Amoebius mit hörbarer Ungeduld ein.

»Danke, aber ich hab's derzeit etwas mit dem Magen«, behauptete Xolpph und stieß einen kränklichen Rülpser aus.

Die Termiphylen sind ein friedliches, gebildetes Volk. Dem Freiwilligen droht keinerlei Gefahr.

Doch auch Poch sah nicht so aus, als würde ihn diese Aufgabe reizen: Sein haarloser Schwanz war eingerollt, seine spitze Schnauze mümmelte nervös. Mit einem Mal war er wieder ganz der ängstliche Mäusling, der sie einst in das Tunnelsystem der Slogotten begleitet hatte.

»Schon gut«, sagte Fabian ergeben und trat vor. »Ich mach's!«

Vorzüglich, freute sich der Qualler. Als Bruder Fritsje etwas einwenden wollte, fügte er hinzu: *Noch vorzüglicher, da ich ganz vergaß zu erwähnen, dass die Mixtur bisher nur an Menschen und Fanten erfolgreich erprobt wurde.*

»Gewitzt eingefädelt«, fand Xolpph und hüpfte unauffällig von Fabians Schulter zu Bruder Fritsje zurück.

Fabian nahm die Phiole entgegen, entkorkte sie und roch am Inhalt. Der Duft erinnerte an irdischen Kräuterlikör, die grelle, fast neongrüne Farbe hatte etwas ausgesprochen Unappetitliches an sich. »Und das funktioniert wirklich?«

Vertrau mir! Vor einem knappen Jahr hat sich Myrtel als Versuchskaninchen zur Verfügung gestellt. Sie wurde für eine gute Stunde so klein wie eine junge Schlaratte. Meinen Assistenten Pandro schrumpfte ich später mit einer überarbeiteten Version auf die Größe eines Fingernagels. Die endgültige Mischung wird dich winzig genug machen, um den Termiphylen Aug in Aug gegenübertreten zu können.

»Wenn Ihr es sagt ...« Fabian zögerte. Er starrte die Phiole in seiner Hand an, versuchte sich vorzustellen, wie Myrtel wohl handeln würde, wenn sie an seiner Stelle wäre und er unter Maledikts tödlichem Fluch in Shurakk läge ...

Sie würde keine Sekunde zögern, das Zeug zu schlucken!

Er hob das Fläschchen und leerte es in einem Zug. Das Elixier schmeckte bitter und brannte in der Kehle, aber Fabian hatte schon Hustensäfte geschluckt, die unangenehmer schmeckten.

»Und jetzt?«

Die Wirkung sollte rasch einsetzen. Sobald du auf die Größe der Termiphylen geschrumpft bist, musst du ihrer Kaiserin unser Anliegen vortragen und sie um die entsprechende Information bitten. Vergiss nicht: Wir suchen nach den Aufzeichnungen des Alchimisten Thay'Phun, der die Wirkungen pflanzlicher Stoffe auf magische ...

»Keine Angst, das vergesse ich nicht.« Fabian spürte, dass seine Haut am ganzen Körper prickelte, als würde sie zusammengepresst. »Wie werde ich anschließend wieder groß?«

Die Verkleinerung wird ungefähr eine Stunde anhalten, dann kehrt sie sich von selbst um. Zu diesem Zeitpunkt darfst du dich auf keinen Fall mehr unter der Erde aufhalten!

Fabian schauderte – die Vorstellung, in einem wenige Zentimeter breiten unterirdischen Ameisentunnel wieder auf seine Normalgröße anzuwachsen und dort qualvoll zu ersticken, hatte etwas Albtraumhaftes.

Das Prickeln wurde stärker, verwandelte sich in ein Hitzegefühl, als stünde er unter einem Wärmestrahler.

Keine Angst. Die Rückumwandlung kündigt sich durch ein Kribbeln an, das seinen Ursprung auf der Kopfhaut nimmt. Sobald es einsetzt, ist es höchste Zeit, zur Oberfläche zurückzukehren.

Fabian nickte. Die Hitze auf seiner Haut wurde zu einem Ziehen, so, als verpasse ihm jemand einen Armdreher – allerdings nicht bloß am Arm, sondern am ganzen Körper. Tausend winzige Nadeln schienen gegen seinen Körper zu drücken, kurz davor, seine Haut zu durchstoßen.

Besorgt starrte er seine Hände an. Sie sahen aus wie immer.

UND? WIE FÜHLST DU DICH?

Fabian brauchte einen Augenblick, um zu begreifen, dass das dumpfe Grollen, das er soeben gehört hatte, die Stimme von Meister Amoebius war. Er sah von seinen Händen auf – und erschrak!

Neben ihm ragte ein riesiger Berg aus grünem Schleim in die Höhe. Dahinter stand eine Maus, groß wie ein zweistöckiges Haus.

Und beide schienen rasend schnell zu wachsen!

Natürlich wuchsen sie nicht wirklich. Es war Fabian, der zu schrumpfen begonnen hatte, und zwar mit aberwitzigem Tempo!

Der Wüstenboden schoss auf ihn zu. Hoch über seinem Kopf sprach erneut jemand, ein langgezogenes, unverständliches Donnern, das in den Ohren schmerzte.

Dafür nahm Fabian jetzt plötzlich eine andere Geräuschquelle wahr, die ihm zuvor nicht aufgefallen war: ein Gewirr von unendlich vielen hohen Stimmchen, die aufgeregt durcheinanderplapperten. Es stammte von der Termiphylen-Abordnung, die vor ihm in die Höhe wuchs. Längst war sie keine gesichtslose schwarze Masse mehr, sondern bestand aus Hunderten einzelner, rattengroßer Lebewesen. Während er hinsah, wuchsen sie auf die Größe von Dackeln an, und als Fabians Schrumpfungsprozess zum Ende kam, reichten ihm die Ameisenwesen bis zur Brust. Allein die Kaiserin, die auf ihrer ins Riesenhafte gewachsenen Erbsenhüllensänfte herbeigetragen wurde, war annähernd so groß wie er selbst.

Das Stimmengewirr indes war zu erstaunlicher Lautstärke angeschwollen, ein auf- und abschwellendes Rauschen, wie in einem Fußballstadion. Der einzige Unterschied war, dass seine Verursacher deutlich anders aussahen als Fußballfans!

Im Körperbau der Termiphylen mischten sich insektenhafte und menschliche Elemente. Sie erinnerten an Zentauren, deren untere Hälfte jedoch nicht vom Pferd, sondern von einer Ameise stammte. Die obere war ansatzweise menschlich, wenn man von den Greifscheren am Ende der Arme absah und davon, dass unter den riesigen, mandelförmigen Augen breite Kieferzangen anstelle eines Munds saßen.

Die Sänfte der Kaiserin war jetzt fast heran. Fabian wollte nicht unhöflich wirken und beschloss, ihr die letzten Schritte entgegenzugehen.

Doch das war leichter gesagt als getan!

Im selben Maße, wie er geschrumpft war, waren die Glandkörner unter seinen Füßen größer geworden. Längst bildeten sie keine samtige, gleichmäßige Masse mehr, stattdessen erstreckte sich eine zerklüftete Felslandschaft aus scharfkantigen schillernden Felsbrocken, wohin man blickte. Fabian rechnete ihre Größe im Kopf hoch und kam zu dem Schluss, dass er selbst kaum mehr fünf Millimeter messen konnte – ein faszinierender, zugleich irgendwie unheimlicher Gedanke!

Vor ihm wurde die Sänfte der Insektenkaiserin sanft zu Boden gelassen. Die Herrscherin kletterte heraus und trat vor Fabian, der sich instinktiv verbeugte.

»Sei gegrüßt, Fremder«, sagte das Wesen in akzentfreiem Pleex, das Fabian mühelos verstand. Die Herrscherin der Bewahrer war deutlich größer als der Rest ihres Volks, sie konnte Fabian ohne Mühe in die Augen blicken. Ihr Tonfall erinnerte an die hohen, technisch verfremdeten Stimmen aus irdischen Trickfilmen. »Ich bin Mižko III., Kaiserin der Termiphylen und Verwalterin der größten Wissenssammlung Ambiguas. Wenn du in Frieden kommst, sollst du uns, wie es bei uns Brauch ist, willkommen sein. Was führt dich nach Mantyssa?«

Fabian ignorierte die unzähligen auf ihn gerichteten Augenpaare, stellte sich vor und erklärte der Kaiserin, weshalb er und seine Freunde hier waren. Da er nichts zu verheimlichen hatte, berichtete er von Anfang an: von den seltsamen Phänomenen, die dem Absturz des Meteoriten gefolgt waren, der Krisensitzung in Pantrami, Volgera Ommms Ultimatum und dass die Freien Staaten sich gegenwärtig zum Krieg gegen Shurakk rüsteten. Zuletzt ging er auf Myrtel und den Fluch des dunklen Herrschers ein, schilderte, was Bruder Frahuel über den Zehrer herausgefunden hatte.

Als er schließlich seine Bitte formulierte, Einblick in die Archive der Termiphylen nehmen zu dürfen, merkte er, dass seine Stimme vor Aufregung zitterte. Er verstummte und sah die Termiphylenkaiserin flehend an.

Mižko III. musterte ihn lange ohne ein Wort. Ihre riesigen schwarzen Augen schillerten unergründlich.

Während Fabians Erzählung war es ringsum bemerkenswert

still geworden. Alle Insektenwesen, die nah genug gestanden hatten, um ihm zu lauschen, schwiegen ehrfürchtig.

Dann sprach die Kaiserin.

»Wir begrüßen die derzeitigen Entwicklungen in Ambigua nicht. Traditionell halten wir uns aus allen Konflikten unserer Welt heraus. Wir leben in Abgeschiedenheit, haben uns ganz dem Zusammentragen und Archivieren von Wissen verschrieben. Selbst eine Machtergreifung Maledikts würde hier, in den Weiten der Wüste, mehr oder weniger ohne Auswirkungen an uns vorübergehen.« Sie legte den Kopf schief, und in ihren unergründlichen Augen schien es kaum merklich zu blitzen. »Aber deine Worte haben mich gerührt, Fabian Volta von der Erde. Die Mühen, die du und deine Begleiter auf euch genommen habt, um eurer Freundin zu helfen, sind bemerkenswert. Und dass ihr offenbar bereit und willens seid, sie den Klauen des dunklen Herrschers persönlich zu entreißen, noch bemerkenswerter.«

Ihre Kieferscheren bewegten sich auf eine Weise, die möglicherweise einem Lächeln gleichkam. »Wir werden dir helfen. Du sollst Einblick in unser Archiv erhalten!«

Kapitel 18
Kapžer und Zeepl

Das System, nach dem die Termiphylen seit Jahrtausenden Informationen zusammentrugen und bewahrten, war ebenso einfach wie genial.

In jedem Frühjahr wurde eine Generation sogenannter »Sammler« geboren, geflügelter Ameisenwesen, die Tausende Meilen im Flug zurücklegen konnten. Sie schwärmten über ganz Ambigua aus, wobei sie gezielt Orte ansteuerten, wo mit der Entstehung neuer wissenschaftlicher Erkenntnisse oder kulturellen Neuerungen zu rechnen war. Stießen die Sammler auf ein Buch, eine wissenschaftliche Arbeit, ein Gemälde, ein Gedicht oder auch nur einen guten Witz, speicherten sie ihn mithilfe einer seltenen Fähigkeit, die »Foto-Mnemotik« genannt wurde und die sie als einzige Vertreter ihres Volks besaßen: Sie brauchten sich ein Bild oder eine Buchseite nur kurz anzusehen, und sie war unauslöschlich in ihrem Gehirn verankert. Dies taten sie so lange, bis ihr Speicher voll war (jeder Sammler konnte den Inhalt von fünfhundert dicken Büchern in sich aufnehmen), dann kehrten sie nach Mantyssa, in die Stadt der Termiphylen, zurück.

Dort reifte in der Zwischenzeit eine Generation von »Auslesern« heran, Ameisenwesen, die telepathisch auf jenes Wissen zugreifen konnten, das die Sammler in ihren Köpfen mitbrachten. Ohne Zeitverlust übertrugen die Ausleser sämtliche Informationen auf Schriftrollen, die wie ihre kegelförmigen Bauten aus Morf bestanden, einem aus Termiphylenspeichel gewonnenen, höchst vielseitigen Werkstoff. Nicht nur vermochten sie extrem schnell zu schreiben, sondern auch Bilder jeglicher Stilistik detailgetreu wiederzugeben. Bei alldem mussten sie sich allerdings beeilen, denn die Lebensspanne der Sammler war begrenzt; die meisten starben wenige Tage nach der Rückkehr an ihren Geburtsort. Und auch das Dasein der Ausleser näherte sich mit steigender Zahl gefüllter Schriftrollen seinem Ende: Hatten sie die Beute des letzten Sammlers niedergeschrieben, starben auch sie.

Zu guter Letzt kamen die »Maurer« ins Spiel, robuste, nicht sonderlich intelligente Ameisen, die sich durch eine überdurchschnittliche Speichelproduktion auszeichneten. Sie brachten alle Schriftrollen in einen Bereich der Termiphylenstadt, der »Archiv« genannt wurde. Dort legten sie jede in einem kleinen Wandfach ab und versiegelten dieses mit einer dünnen Membran aus Morf. In diesen Kammern, hermetisch abgeschlossen von Luft und Licht, bei gleichbleibend kühlen Temperaturen, konnte das Niedergeschriebene für Tausende von Jahren lagern, ohne Schaden zu nehmen.

Suchte nun jemand eine bestimmte Rolle – oder auch mehrere Schriftstücke zu einem bestimmten Themenkomplex –, wandte er sich an die »Finder«. Dies waren Termiphylen mit einer Lebenserwartung, die die aller anderen um ein Vielfaches überstieg. Sie wachten über den Prozess der Konservierung, von der Rückkehr der Sammler bis zum Einmauern der Schriftrollen ins Archiv. Durch eine Laune der Natur besaßen sie ein nahezu unbegrenztes Erinnerungsvermögen, was den genauen Aufenthaltsort einzelner Schriftrollen anging. Es hielt sich das Gerücht, dass ein guter Archivar nicht mehr als einen halben Tag benötigte, um eine x-beliebige Aufzeichnung aus über 5000 Jahren ambiguanischer Geschichte in den unergründlichen Tiefen des Speichers aufzuspüren.

All dies erfuhr Fabian von einem gesprächigen Termiphylendiener namens Meredidd, der ihn im Auftrag der Kaiserin hinab ins Archiv führte. So interessant Meredidds mit Begeisterung vorgetragener Bericht war, Fabian hoffte gerade während des letzten Teils, dass die Finder in seinem Fall noch etwas schneller arbeiten würden. Er hatte keinen halben Tag Zeit, in kaum einer halben Stunde würde er wieder groß werden!

Die Tunnel, welche die Kegelbauten der Termiphylen miteinander verbanden, wirkten wie von einem dicken Wurm in weichen Teig gefressen. Ecken oder Kanten gab es nicht, dafür zierten alle paar Schritte ringförmige Verdickungen die Wände. Licht spendeten gläserne Halbkugeln, die in die Decke eingelassen waren und in denen erbsengroße, leuchtende Insekten summten. Fabian schwirrte der Kopf, als er sich die Winzigkeit dieser Tierchen im Vergleich zu seiner normalen Größe vorzustellen versuchte. Sie mussten mikroskopisch klein sein!

Er folgte seinem Führer durch beständig abwärts führende Gänge tief unter die Erde. An der Einmündung eines großen Gewölbes verließ ihn Meredidd, nicht ohne darauf hinzuweisen, dass Kaiserin Mižko die beiden fähigsten Finder für ihn abkommandiert hätte, die sein Volk zu bieten habe.

Mittlerweile waren grob geschätzt noch einmal zehn Minuten vergangen. Fabian wurde allmählich nervös. Kribbelte es da nicht schon ein bisschen auf seiner Kopfhaut?

Nein, er musste sich getäuscht haben. Dennoch konnte er nicht untätig herumstehen und warten. Unaufgefordert betrat er den vor ihm liegenden Raum – und blieb gleich darauf staunend wieder stehen.

Die Sporthalle seiner Schule mit ihren drei spielfeldgroßen

Segmenten konnte man als groß bezeichnen, keine Frage. Und auch auf seinen Reisen quer durch Ambigua hatte Fabian den einen oder anderen weitläufigen Raum gesehen.

Das Archiv der Termiphylen jedoch stellte alles in den Schatten.

Vor ihm lag eine Halle von der Breite einer Flugzeuglandebahn. Sie war gut sieben Stockwerke hoch, und in ebenso vielen Ebenen verliefen mit Leitern verbundene Galerien an den Wänden entlang. Diese waren vom Boden bis zur Decke übersät mit rechteckigen braunen Feldern, jedes ungefähr so groß wie ein A3-Blatt. In jeder Etage lagen zehn Reihen dieser versiegelten Fächer übereinander, und jede Reihe zog sich endlos bis zum Horizont hin – sofern man bei einem geschlossenen Raum von einem Horizont sprechen konnte.

Die Länge des Gewölbes konnte Fabian nur schätzen, denn das hintere Ende war so weit entfernt, dass er es trotz Hunderter insektengefüllter Deckenlampen nicht erkennen konnte. Der riesige Raum verlor sich in der Ferne, durch den perspektivischen Effekt schien er immer schmaler zu werden, bis irgendwann keine Einzelheiten mehr auszumachen waren.

Fabian versuchte sich klarzumachen, dass der Raum natürlich nur deswegen so gigantisch wirkte, weil er selbst momentan so klein war. An dem beeindruckenden Bild änderte das jedoch nichts.

»Oho! Du bewunderst unser Archiv, Fremder?«, erkundigte sich plötzlich eine krächzende Stimme zu seiner Linken.

»Aha! Und das völlig zu Recht«, antwortete eine zweite, fast identische Stimme von der rechten Seite. »Eine ordentliche Menge Wissen verwalten wir hier, mein Bruder Kapžer und ich.«

»Oho, du sagst es, Zeepl. Eine *ordentlich* ordentliche Menge Wissen!«

Unbemerkt hatten sich Fabian zwei Termiphylen genähert. Beide trugen plumpe, brillenartige Gestelle mit dicken Glaslinsen vor ihren schwarzen Mandelaugen. Auch sonst ähnelten sie einander wie ein Ei dem anderen. Auf den ersten Blick wirkten sie deutlich kleiner als die, die Fabian bisher gesehen hatte, doch der Eindruck rührte von ihrer Körperhaltung her: Beide gingen gebückt, stützten sich auf jeweils zwei bräunliche Gehstöcke.

Kurz wunderte sich Fabian darüber, woher die beiden Greise so plötzlich aufgetaucht waren, aber für derartige Nebensächlichkeiten war jetzt keine Zeit. Er fuhr sich ordnend mit der Hand durch die Haare (es juckte doch noch nicht, oder?), dann erklärte er, dass Kaiserin Mižko ihm gestattet habe, Einblick in das Archiv zu nehmen.

»Meredidd, der mich hergeführt hat, meinte, Ihr wärt die besten Finder Eures Volks«, sagte er abschließend. Auf der Erde hatte er gelernt, dass Leute oft besser arbeiteten, wenn man ihnen ein bisschen Honig ums Maul schmierte. Er hoffte inständig, dass dies bei Termiphylen nicht anders war. Ihm lief allmählich die Zeit davon!

»Die Besten? Oho, die sind wir zweifellos ...«, begann einer der beiden (Kapžer?) gedehnt.

»Aber das ist auch keine Schwierigkeit«, fuhr sein Bruder fort, »denn wir sind mittlerweile ja die Letzten.«

»Die Letzten? Wieso? Gibt es keinen Nachwuchs für euren Job?«

»Seit vielen Generationen sind unserem Volk keine Finder mehr geboren worden«, erklärte einer (Zeepl?) betrübt. »Und selbst wenn es jetzt wieder der Fall wäre ... es wäre zu spät.«

»Zu spät?« Unruhig trat Fabian von einem Fuß auf den anderen. Er verstand nur Bahnhof.

»Die erste Phase der Ausbildung zum Finder dauert drei Dutzend Jahre«, erklärte Kapžer (falls er es war). »Danach weiß der Novize, wo das Grundwissen unserer Welt verwahrt ist, vom Jahre 2041 vor Töc bis zum Jahre 0.«

»Aha. Genau. Die zweite Phase«, fuhr sein Bruder fort, »dauert weitere vier Dutzend Jahre. Erst dann haben die alten Finder den Neuling die Verwahrungsorte sämtlichen Wissens gelehrt.« Er seufzte, ein dünner, krächzender Laut.

»Und?«

»Weder meinem Bruder Zeepl noch mir sind sieben weitere Dutzend Jahre auf dieser Welt vergönnt«, stieß Kapžer rau hervor. »Und da das Register unseres Archivs seit Termiphylengedenken stets mündlich weitergegeben wurde, gibt es keinerlei schriftliche Aufzeichnungen darüber, in welchem Fach sich welche Schriftrolle befindet. Es ist alles in unseren Köpfen – in Zeepls und meinem.«

»Das bedeutet, nach Eurem Tod wird diese ganze gigantische Wissenssammlung wertlos sein? Weil keiner mehr irgendwas findet?« Trotz der drängenden Zeitnot war Fabian für einen Moment fassungslos.

Die Finderbrüder nickten abwechselnd.

»Vielleicht wird eines Tages einmal eine neue Profession entstehen ... ›Öffner‹, die sämtliche Kammern öffnen, ihren Bestand aufnehmen und die Position jeder Rolle schriftlich niederlegen«, sagte Kapžer.

»Aha. Ja. Das Problem wird dann allerdings sein, dass für dieses gewaltige Verzeichnis wiederum umfangreiche Räumlichkeiten nötig wären«, fügte Zeepl hinzu.

»Nebst neuen Findern, die sich in diesem Register zurechtfinden«, schloss sein Bruder traurig.

»Aber wir wollen dich nicht mit unseren Problemen belasten.« Zeepl bewegte seine Kieferzangen auf jene Weise, von der Fabian annahm, dass sie gleichbedeutend mit einem Lächeln war. »Noch ist unser Archiv komplett und nutzbar. Sag uns einfach, was du benötigst. Mein Bruder und ich werden es für dich finden.«

Erleichtert erklärte Fabian den Brüdern, wonach er suchte. Hatten die beiden Termiphylen bisher einen eher trägen, klapprigen Eindruck gemacht, entwickelten sie nun eine erstaunliche Aktivität.

Geschwind trippelten sie zur Seitenwand des Gewölbes, stellten ihre Gehstöcke ab und traten vor zwei große, mit Gland gefüllte Stundengläser, die nebeneinander an drehbaren Gelenken angebracht waren.

»Aha! Ich weiß bereits, wo ich zu suchen habe, Bruder«, verkündete Wer-auch-immer-es-war und reckte die knochigen Schultern. »Die Biographie des Alchimisten Thay'Phun, verfasst von seinem damaligen Assistenten, Magister Jorkens, befindet sich in Fach 32 677, siebte Etage, westliche Wand. Ich werde ein Viertelglasen brauchen, sie zu besorgen.« Er legte eine feingliedrige Hand auf die Glanduhr und machte Anstalten, sie umzudrehen.

»Oho! Du täuschst dich, Bruder Zeepl! Die Information, die der Junge wünscht, steckt in der Abschrift des Werks *Energie von droben*, einer von Thay'Phun höchstselbst verfassten Abhandlung über die Einflüsse von Sonnenstrahlung auf das Pflanzenwachstum und die kosmischer Energiestrahlung auf magische Rituale. Sie liegt in Fach 4909, dritte Etage, Nordflügel. Ich werde ein Drittelglasen brauchen, bis ich damit zurück bin!«

Die Brüder starrten sich kurz über ihre dicken Brillen hinweg an, und Fabian sandte ein Stoßgebet zum Himmel, dass sie jetzt nicht anfangen würden, miteinander zu streiten.

Offenbar hatten die sonderbaren Götter Ambiguas seine Bitte erhört, denn in diesem Moment drehten die beiden mit einem entschiedenen Ruck ihre Sanduhren um und sausten auf klappernden Ameisenbeinen davon.

Unruhig beobachtete Fabian, wie Zeepl eine nahe Leiter erklomm. Er erreichte die oberste Galerie und wetzte darauf entlang, bis er nicht mehr zu sehen war. Sein Bruder blieb zunächst am Boden. Er durchquerte die Halle zur anderen Seite hin und folgte der rechten Seitenwand in die Ferne.

Für endlose bange Minuten geschah nichts.

Nervös starrte Fabian die Stundengläser an, in denen mikroskopisch klein gemahlener Gland mit einschläfernder Gleichmäßigkeit von der oberen Hälfte in die untere rieselte. Um sich abzulenken, dachte er über das nach, was die Finder ihm über das Schicksal ihres Archivs anvertraut hatten. Dass ein so gigantisches, lückenlos geführtes Magazin schon bald nichts mehr wert sein sollte, war auch nach irdischen Maßstäben ein schrecklicher Verlust – ungefähr so, als hätte man einen Supercomputer, der jede erdenkliche Frage beantworten konnte, für den man jedoch nicht mehr das notwendige Passwort besaß.

Fabian fand den Vergleich so faszinierend, dass er zunächst gar nicht bemerkte, wie es in der Gegend um seinen Scheitel herum kaum merklich zu kribbeln begann. Geistesabwesend hob er eine Hand und kratzte sich.

Erst Sekunden später, als er ein ähnliches, kaum stärkeres Kribbeln hinter dem rechten Ohr verspürte, wurde ihm schlagartig klar, was dies bedeuten musste!

»K-Kapžer? Zeepl?«, rief er panisch. »Es wäre echt gut, wenn Ihr allmählich ...«

Ein leises Klappern ertönte, und einer der Finder – Zeepl – erschien auf der obersten der sieben Balustraden. Obwohl er rannte, was seine Ameisenbeine hergaben, schien es endlos zu dauern, bis er den vorderen Teil des Gewölbes erreichte und herabkletterte.

Als er neben Fabian ankam, juckte dessen Kopfhaut bereits an vier verschiedenen Stellen. »Schnell«, stieß er hervor. »Mir bleibt kaum noch Zeit! Habt Ihr etwas gefunden?«

Der Finder hob eine Rolle aus bräunlichem, unregelmäßig dickem Morf. »Aha! Die Biographie Thay'Phuns, verfasst von seiner damaligen rechten Hand, einem bâdischen Gelehrten namens Jorkens. Sie befand sich exakt dort, wo ich sagte, und ich brauchte exakt ein Viertelglasen, um sie ...«

»Ja, ja, schon gut! Was steht drin, bei Bossut und all den anderen?«

Zeepl entrollte das Dokument, das sich als etliche Meter lange Pergamentbahn entpuppte. Fabians Mut sank, als er den Umfang des Textes erkannte, doch glücklicherweise schienen die Finder nicht nur zu wissen, wo ihre Schriftstücke abgelegt waren, sondern auch, an welcher Stelle welche Information verzeichnet war – eine unglaubliche Leistung, die Fabian jedoch in seiner Hektik kaum angemessen würdigen konnte.

»Hier haben wir es schon«, sagte Zeepl und rückte seine Augengläser zurecht. »Eine ausführliche Liste aller Wechselwirkungen, die Thay'Phun im Verlauf seiner 392 Jahre dauernden Forschungen zusammentrug. Lass mich sehen – ›Z‹ wie ›Zahlenmanipulation‹ ... ›Zahnzersetzer‹ ... ›Zappler‹ ... ›Zaubertaubheit‹ ... da ist es: ›Zehrer!‹« Rasch überflog er mehrere Zeilen. »Aha! Wahrhaftig! Es gibt einen Weg, den Zehrer ohne Zutun des Magiers zu entkräften, der ihn verhängt hat. Das Opfer muss dazu den Duft einer bestimmten Blume einatmen – der Lupertine.« Er richtete sich auf, so hoch er konnte, und schaute Fabian voller Stolz an. »Hilft dir das weiter?«

»Ich ... ich weiß nicht recht«, murmelte Fabian und versuchte, das wuselnde Kribbeln zu ignorieren, das mittlerweile seinen gesamten Kopf einschließlich des Nackens erfasst hatte. Es fühlte sich an, als hätte ihm jemand einen Eimer quicklebendiger Maden übers Haar und in den Kragen gekippt. »Wo gibt es diese Pflanze, sagt schnell?«

Zeepl ließ die Schriftrolle sinken. »Das weiß ich nicht«, gab er unumwunden zu. »Ich habe ihren Namen noch niemals gehört.«

Fabian fühlte seine Knie weich werden. Er musste hier raus, und zwar schnell! Aber er hatte noch nicht genügend Informationen.

In diesem Moment klapperte es erneut, und Kapžer kam aus der anderen Hallenhälfte herangetrippelt. »Oho – ein Drittelglasen, genau wie ich gesagt habe!«, rief er schon von Weitem und deutete auf sein Stundenglas. »Und der Titel *Energie von droben* befand sich exakt ...«

»Ist ja gut, um Himmels willen!«, stöhnte Fabian, der sich mit beiden Händen am Kopf kratzte. Er verdrängte jeden Gedanken daran, was passieren würde, wenn er jetzt zu wachsen begänne. »Was steht drin?«

Zeepls Bruder entrollte seinen Fund, überflog die Schriftrolle blitzartig und las dann mit lauter Stimme vor: »... *gelangte ich durch ausgiebige Experimente zu dem Ergebnis, dass allein ein einziges Gewächs in der Lage ist, einen zauberisch verhängten Zehrer zu deaktivieren: die rosa Lupertine. Diese etwa hüfthoch wachsende Blume zählt, wie auch ihre abweichend gefärbte Brudergattung, zur Familie der honigduftenden Muskelstängler und gilt als ausgesprochen selten. Es kostete mich Unsummen, regelmäßig frische Versuchsexemplare aus dem Dschungel von Wunst herbeischaffen zu lassen, dem einzigen Ort Ambiguas, wo Lupertinen meines Wissens gedeihen. Was den Aufwand noch beträchtlich erhöhte, war der Umstand, dass die Pflanzen stets in gut gewässerten Erdballen transportiert werden mussten, da ihr Blütenstaub in getrocknetem Zustand – anders als beispielsweise jener der Mondrose – seine Wirksamkeit gänzlich verliert. Nur der Duft eines lebendigen rosafarbenen Exemplars vermag den Zehrer selbst im Endstadium noch zu entkräften und aufzuheben. Ist diese Entdeckung bereits mehr als nur eine interessante Fußnote in der Nekro-Botanik, wird sie noch bedeutsamer vor dem Hintergrund, dass ein fast identischer honigduftender Muskelstängler unter nahezu gleichen Bedingungen auch die völlig gegenteilige* ...«

»Das reicht!«, rief Fabian gehetzt. »Das wollte ich wissen! Und jetzt bringt mich nach oben, rasch!«

Die beiden Finderbrüder sahen sich verdattert an.

»Keine Zeit für Erklärungen, es geht um Leben und Tod! Gibt es noch einen kürzeren Weg an die Oberfläche als den, auf dem ich mit Meredidd heruntergekommen bin?«

»Oho ... ja! Es gibt einen Notausgang«, stammelte Kapžer. »Aber er ist eigentlich nur für ...«

Sein Bruder dagegen schien begriffen zu haben, dass ein Notfall vorlag. Er drehte sich halb um und deutete die Halle hinunter. »Im ersten Drittel der Westwand befindet sich eine kleine morfversiegelte Tür. Dahinter liegt eine Wendeltreppe, die zu einem getarnten Tor auf der Rückseite des kaiserlichen Kegels emporführt. Sie ist ...«

Doch Fabian war bereits losgerannt.

Es tat ihm leid, dass er den beiden Greisen nicht mehr sagen konnte, wie dankbar er ihnen für ihre Hilfe war. Aber auch die beste Information nützte einem nichts mehr, wenn man tot war!

Fabian rannte, was seine Beine hergaben, dennoch hatte er den Eindruck, überhaupt nicht vorwärtszukommen. Die Wände des Archivs sahen überall gleich aus, ein rechteckiges braunes Fach reihte sich an das nächste ...

Das Kribbeln hatte mittlerweile auf seinen ganzen Körper übergegriffen. Mit jedem Schritt erinnerte es mehr an die nadelfeinen Stiche, die er während des Verkleinerungsprozesses gespürt hatte.

Er biss die Zähne zusammen und versuchte, schneller zu laufen.

Nach einer Zeitspanne, die ihm wie eine Ewigkeit erschien, kam die erwähnte Tür in Sicht. Fabian fetzte den Siegelschutz aus braunem Morf von der Klinke, riss sie auf und stolperte hindurch.

Kurve um Kurve folgte er der engen Wendeltreppe, die sich quälend langsam dem rettenden Ausgang entgegenschraubte. Das Stechen wurde heftiger, so als beschösse jemand seine Haut mit einem Sandstrahlgebläse. Und noch immer war kein Ende der Treppe in Sicht!

Ein wellenförmiges Pulsieren durchlief seinen Körper. Schockiert stellte er fest, dass er, ohne es zu merken, dazu übergegangen war, zwei, manchmal drei Stufen auf einmal zu nehmen! Das ganze Treppenhaus wirkte mit einem Mal merkwürdig klein, so als wäre es für ein Kind gemacht ...

Tränen traten ihm in die Augen, als ihm klar wurde, was das bedeutete: Er wuchs!

Das war's dann, schoss es ihm durch den Kopf. Er würde irgendwo auf halbem Weg stecken bleiben und so lange weiterwachsen, bis die Wände des Treppenaufgangs ihm jeden Knochen im Leib zermalmt hätten. Wenigstens würde ihm so ein langsamer Erstickungstod erspart bleiben! Seine Freunde hätten dann keine andere Wahl, als unverrichteter Dinge nach Ort zurückzukehren, und Myrtel musste qualvoll am Fluch Maledikts zugrunde gehen. Bald darauf würde es zu einer unvorstellbaren Schlacht zwischen Gut und Böse kommen, über deren Ausgang er lieber nicht nachdenken wollte.

Und alles nur, weil er nicht schnell genug gewesen war!

Ein Schluchzen drang über seine Lippen. Mit zusammengebissenen Zähnen, vier Stufen auf einmal nehmend, hetzte er weiter.

Die Decke des Treppenhauses schabte jetzt über seinen Scheitel, er musste den Kopf tief zwischen die Schultern ziehen, um noch weiterlaufen zu können. Die Wände kamen so unaufhaltsam näher wie die Backen einer Schrottpresse.

Da tauchte eine Tür vor ihm auf – das Ende des Aufgangs! Verzweifelt warf er sich dagegen, krallte nach der Klinke, fetzte das pappartige Siegel beiseite, drückte, zog ...

Gleißendes Sonnenlicht flutete ihm entgegen!

Mit einem Aufschrei warf sich Fabian vorwärts, stürzte aus der Öffnung, hinaus in ein Meer aus glitzernden Felsbrocken. Er stolperte, kippte wie in Zeitlupe vornüber. Noch während er fiel, wurden die Felsen kleiner, schrumpften von Fußballgröße auf Faustgröße, dann waren sie nur noch so groß wie Hühnereier, wie Trauben ...

Als er auf dem Boden aufkam, war unter ihm nur noch eine

rieselnde pulverige Masse – Gland, fein wie Sand, dabei rasiermesserscharf.

Schwer atmend richtete sich Fabian auf. Wie durch einen Nebel nahm er wahr, dass er sich bei der Landung die Handflächen aufgeschnitten hatte. Auch seine Wange blutete, aber es war ihm egal.

Er war im Freien, und er lebte!

Tief saugte er die heiße Wüstenluft in seine Lungen. Von der anderen Seite des Termipyhlenkegels eilten Poch und Bruder Fritsje herbei, die seinen Schrei gehört hatten. Ihre Gesichter waren vor Sorge um ihn verzerrt.

Er rappelte sich ganz auf und reckte einen Daumen in die Höhe wie ein Rennfahrer nach einem Unfall: alles in Ordnung!

Die Lupertine also, murmelte Meister Amoebius wenig später. *Ein honigduftender Muskelstängler, der offiziell keinerlei medizinische Wirksamkeit besitzt. Wer hätte das gedacht?*

»Soweit ich weiß, wurde das letzte Exemplar dieser Pflanze vor Hunderten von Jahren gesichtet.« Bruder Fritsjes Stimme klang alles andere als zuversichtlich. »Alle Versuche, sie zu züchten – unter anderem im botanischen Garten von Wurstogart – sind gescheitert. Professor Phortsomek, ein berühmter Weltenbummler und Botaniker, fand anno 3206 im Zuge einer Expedition in den Dschungel von Wunst kein Exemplar der Blume mehr vor, seither gilt sie als ausgestorben.«

Geraume Zeit schon glitten sie an Bord des Kutschenbootschlittens durch den heißen Gland in Richtung Ort, zurück in die Zivilisation. Schon beim Aufbruch, als er seinen Freunden vom Ergebnis seines gefahrvollen Abstiegs in das Archiv der Termiphylen berichtete, hatte Fabian an ihrer gedämpften Reaktion gemerkt, dass die neue Information möglicherweise mit Vorsicht zu genießen war.

Dass sie sich allerdings als völlig nutzlos erweisen würde, hatte er nicht erwartet!

»Ausgestorben? Ist das sicher?«

»›Sicher ist 88‹, hat mein Großonkel Xappholet – er ruhe in Frieden – immer gesagt«, rief Xolpph, der in seiner runden Urform auf dem Boden des Fuhrwerks hin- und herkugelte. »Vielleicht sollte ich hinzufügen, dass 88 in der xenophorischen Zahlenlehre die niedrigste denkbare Zahl ist, also gleichbedeutend mit ›nix‹!«

Professor Phortsomek bereiste auf seiner botanischen Expedition nur einen bestimmten Abschnitt von Wunst, nördlich des Habibi. Wie Ihr wisst, Bruder, ist dieser Urwald unermesslich groß. Weite Bereiche südlich des Flusses sind so gut wie unerforscht.

»Also wäre es theoretisch denkbar, dass die Lupertine dort sehr wohl noch irgendwo existiert?« Plötzlich fiel Fabian etwas ein, und er schlug mit einer bandagierten Hand auf die Sitzbank neben sich. »Es muss noch eine geben! Erinnert ihr euch, was das Orakel von Mnom-Ping gesagt hat? ›Nase hier und Nase da, rechter Duft, wie wunderbar!‹ Damit muss der Duft einer Blume gemeint gewesen sein!« Stolz auf seine Schlussfolgerung warf er einen Blick in die Runde.

Ein interessanter Ansatz, gestand Meister Amoebius gedehnt.

»Was du dabei außer Acht lässt, ist, dass es sich dabei um die zweite Hälfte des Verses handelt«, gab Bruder Fritsje zu bedenken. »Was machst du aus der ersten: ›Ein kleiner Schubs, nur recht geschwind, zwei Handvoll Staub verwehn im Wind?‹«

»Wir nachsehen müssen!«, bestimmte Poch voller Überzeugung und schlug sich tapfer mit einer Pfote vor die schmächtige Brust. »Poch immer nur glaubt, was er selbst gesehen.«

»Das ist leider leichter gesagt als getan«, wandte Bruder Fritsje ein und wiegte sein mit weißer Creme bestrichenes Haupt. »Dazu müssten wir uns in den Dschungel von Wunst begeben. Und abgesehen davon, dass eine derartige Mission extrem gefährlich wäre ...«

»Wie sollte es auch anders sein?«, knurrte Xolpph dazwischen.

»... ist dieser Dschungel fast doppelt so weit von uns entfernt wie das Hochplateau von Mnom-Ping! Selbst wenn wir unseren letzten Pfortensprung in umgekehrter Richtung wiederholen könnten, läge immer noch eine wochenlange Reise vor uns. Aber uns bleiben nur noch sechs Tage, bis Maledikts Ultimatum ausläuft!«

Fabian ballte die Fäuste, bis sich der Mull seiner Verbände spannte. »Aber es *muss* eine Möglichkeit geben ... was wir bis jetzt erreicht haben, darf doch nicht alles umsonst gewesen sein!«

Meister Amoebius fuhr einen Tentakel aus und tätschelte ihm aufmunternd die Schulter. *Noch ist nicht aller Tage Abend, Fabian!*

»Ihr meint, es besteht eine Chance, im Dschungel nach dieser Blume zu suchen, bevor Maledikts Ultimatum ausläuft?« Fabian sah den Qualler voller Hoffnung an. »Bestimmt erneut mithilfe des Pfortensystems, oder?«

Ja ... und nein. Die einzige irdische Pforte, die zum südlichen Rand des Dschungels führt, befindet sich in einer amerikanischen Großstadt. Eine Pforte, durch die wir dorthin gelangen könnten, gibt es jedoch in erreichbarer Nähe nicht. Jedenfalls keine stationäre ...

Fabian ließ die Schultern hängen.

Vielleicht hat uns Klovandel noch nicht ganz aufgegeben. Die Chancen sind gering – aber ich habe eine Idee!

Kapitel 19
Verflucht

Sie wusste nicht, wo sie sich befand, geschweige denn, wie sie hierherkam. Das Einzige, was sie noch wusste, war, dass sie sich nicht bewegen konnte. Und dass sie von hier fortwollte!

Was war geschehen? Wie lange war sie schon hier?

Mit äußerster Mühe bekam sie zusammen, wer sie war; woher sie stammte, wie ihr Leben in Pantrami einst ausgesehen hatte. Mit ungeheurer Willensanstrengung gelang es ihr, sich das Zimmer im Haus ihrer Tante vor Augen zu rufen. Doch darüber hinaus ... nichts mehr!

Es war vertrackt: Am Rand ihrer bewussten Wahrnehmung waberten Erinnerungen umeinander, schwammig und unscharf wie Buchstaben hinter zu stark geschliffenen Glaslinsen. Stets blieben sie eine Haaresbreite außerhalb ihrer Reichweite, ließen sich nicht packen, nicht festhalten. Sie selbst dagegen wurde immer schwächer, und mit der Kraft schwand ihr Gedächtnis.

Auch die Fähigkeit, klare Gedanken zu fassen, ließ mehr und mehr nach. Immer wieder umnebelte roter Dunst ihren Verstand, und sie versank in kompletter geistiger Untätigkeit, wie ein Greis, der mitten im Satz einschläft, während er seinen Urenkeln ein Märchen erzählt.

Ihr war klar, worauf das hinauslief, und die Erkenntnis machte ihr Angst: Wenn es so weiterging, wenn ihre Erinnerungen weiter schwanden, ihr Bewusstsein sich mehr und mehr zersetzte, würde in absehbarer Zeit nichts mehr von ihr übrig sein. Die Person, die sie einmal gewesen war, wäre dann ausgelöscht.

Wieder waberten rote Schlieren hinter ihrer Stirn empor. Verzweifelt versuchte sie, sie abzuschütteln, dem Nebel zu entkommen. Doch sie scheiterte, wie ungezählte Male zuvor.

Niemand hörte Myrtels verzweifeltes Schluchzen.

Nicht einmal sie selbst.

Kapitel 20
New York

Das Penthouse von Christopher Heilyn gehörte zum Stilvollsten, was Fabian je gesehen hatte.

Von seinem Platz auf dem weich gepolsterten Ledersofa ließ er seinen Blick staunend durch den geräumigen Wohnraum schweifen, dessen Einrichtung direkt aus einem teuren Hollywood-Film zu stammen schien. Die Möbel waren fast ausnahmslos aus dunklem Mahagoniholz gefertigt, Lampen aus kunstvoll geformtem Kristallglas verbreiteten gedämpftes, stimmungsvolles Licht. Der Boden unter den kostbaren Teppichen bestand aus weißem Marmor, und der PC mit dem fast einen Meter breiten, kaum fingerdicken Flachbildschirm, der auf einem Tisch am anderen Ende des Raums stand, musste zum Modernsten gehören, was man derzeit für Geld kaufen konnte.

Das Beeindruckendste jedoch waren die deckenhohen Panoramafenster, die den Blick freigaben auf ein Meer aus blinkenden Lichtern in allen nur denkbaren Farben. Wenn man sich ganz dicht vor die Scheiben stellte, war es, als schwebte man wie ein Vogel über eine der größten Städte der Erde hinweg. Und indirekt stimmte das sogar – Christopher Heilyns Apartment befand sich im sechsundneunzigsten Stockwerk eines Wolkenkratzers, der zu den höchsten Gebäuden von New York City gehörte!

Die Reise hierher war so schnell vonstatten gegangen, dass Fabian keine Zeit geblieben war, sich Sorgen über das zwischenzeitliche Voranschreiten des Ultimatums zu machen.

Direkt nach ihrer Rückkehr nach Ort hatte Meister Amoebius erneut Kontakt zu seinem Freund, Minister Curtbinian vom MEAM aufgenommen. Dieser hatte für sie binnen kürzester Zeit den Aufenthaltsort eines Fanten namens Pruszeller herausgefunden, der in einem Dorf namens Fulblay, mehrere Meilen nördlich von Ort lebte. Wie der Qualler ihnen auf dem anschließenden Eilritt dorthin anvertraute, war Pruszeller Hüter einer mobilen Pforte. Wohin diese führte, wollte er ihnen vorerst nicht verraten. *Sollte ich mich täuschen, was eine bestimmte, überaus relevante Information angeht, laufen wir Gefahr, dass mein Plan platzt wie eine Seifenblase*, gab er zu.

Auf frischen Reittieren erreichten sie Fulblay in Rekordzeit. Meister Pruszeller, ein stattlicher Fant, der eine Manufaktur für Holgerfuttermittel leitete, empfing sie freundlich und führte sie ohne Umschweife zu einer schweren Holztruhe in einer unterirdischen Lagerhalle seiner Fabrik. Meister Amoebius wechselte auf einer unhörbaren Gedankenebene einige Worte mit ihm, und was er erfuhr, schien ihn zu erfreuen. Als er anschließend seine Tentakel ausstreckte, um die kleine Gruppe bei Händen und Vorderpfoten zu greifen, wirkte er deutlich gelöster.

Dann hatte er den Truhendeckel hochgeklappt, und sie waren gesprungen.

Fabian nahm einen Schluck aus seinem beschlagenen Glas mit Tonic Water, in dem Eiswürfel klimperten, und musterte erneut ihren Gastgeber. Christopher Heilyn, Hüter der mobilen Pforte mit der Nummer 7, passte zu dieser extravaganten Wohnung wie die Faust aufs Auge. Er war fast zwei Meter groß, hatte stechend blaue Augen und dunkelblondes, sportlich kurz geschnittenes Haar. Am Sitz seiner Kleidung konnte man erkennen, dass er sich seine Anzüge maßschneidern ließ: Sein dunkles Sakko schmeichelte seiner durchtrainierten Figur, ohne protzig zu wirken.

Ein silbernes Handy am Ohr, einen Wodka-Martini in der Hand, stand Heilyn vor der großen Fensterfront und starrte hinaus in die Nacht. Fabian ertappte sich bei dem Gedanken, dass dieser Mann exakt so aussah, wie er sich immer einen echten Geheimagenten vorgestellt hatte: attraktiv, charmant und im Notfall fähig, einen Gegner in Sekundenbruchteilen unschädlich zu machen.

Zu seinem mondänen Erscheinungsbild passte auch die Reaktion, mit der der Pfortenhüter sie empfangen hatte, als Fabian, Xolpph, Meister Amoebius, Poch und Bruder Fritsje unangekündigt und schmutzig von ihrem überstürzten Ritt aus einem breiten, schnitzwerkverzierten Wandschrank mitten in sein geschmackvolles Wohnzimmer gestolpert waren.

»Amoebius, wie ich sehe?«, sagte Heilyn lässig. »Was für eine angenehme Überraschung. Wir haben uns eine kleine Ewigkeit nicht gesehen. Ihr seht müde und durstig aus. Einen Drink?«

Nachdem alle mit Getränken versorgt waren – alkoholfreien, lediglich Xolpph hatte auf »etwas Ordentlichem« bestanden –, erläuterte Meister Amoebius seinem Bekannten die Situation. Er tat dies auf einer telepathischen Ebene, die Fabian zugänglich war; aufgrund der wahnwitzigen Geschwindigkeit, mit der der Qualler die zurückliegenden Ereignisse abspulte, wurde ihm jedoch bald schwindelig, und er verzichtete darauf, weiter zu lauschen.

Christopher Heilyn schien dem Sturzbach aus Bildern und Informationen dagegen bestens folgen zu können. Dreißig Sekunden später nickte er und sagte: »Wir werden keine Stunde brauchen. Ich kümmere mich sofort darum.« Aus einem Flaschenvorrat, der im Innern eines altertümlichen Globus untergebracht war, versorgte er sich mit einem Drink, dann begann er zu telefonieren.

Bruder Fritsje, der schon die ganze Zeit über staunend neben

Fabian auf dem Sofa hockte, nutzte die Gelegenheit und sagte leise zu Meister Amoebius: »Worin bestand denn nun jene Idee, von der Ihr vor unserem Aufbruch gesprochen habt?«

»Die mit den verschwindend geringen Erfolgschancen«, fügte Fabian hinzu.

Nun, sie ist aufgegangen, sonst wären wir nicht hier, erwiderte der Qualler fröhlich. Um weder das Leder noch die teure Auslegeware zu ruinieren, stand er etwas abseits auf dem nackten Marmorboden. *Ich habe mich korrekt erinnert, Fitz-Bartel sei Dank!*

»Erinnert?« Xolpph, der seinen Begrüßungsdrink in einem Zug geleert hatte, stieß ein hicksendes Geräusch aus. »Woran erinnert? Dass es hier eine höchst annehmbare Hausbar gibt?« Er begann, unauffällig über die Sofalehne in Richtung Globus zu kriechen.

An etwas, das mir Christopher Heilyn bei unserem letzten Treffen vor knapp zwei Erdenjahren über einen möglichen Wechsel seiner beruflichen Wirkungsstätte erzählte. Damals wohnte er noch in San Francisco, und es wäre unseren Plänen kaum förderlich gewesen, wenn wir durch die von ihm gehütete mobile Pforte dort aufgetaucht wären.

»Warum?«, wollte Fabian wissen. »Inwiefern ist New York besser als San Francisco?«

Bevor der Qualler antworten konnte, kam Christopher Heilyn von der Fensterfront zu ihnen herüber. Als er das Handy in eine Innentasche seines Sakkos schob, blinzelte Fabian verdutzt: Lugte da unter der Achsel des Mannes etwa der Knauf einer Pistole hervor?

»Es ist alles organisiert«, erklärte Heilyn mit tiefer, sanfter Stimme. Er setzte sich zu Fabian, Bruder Fritsje und Poch auf das Sofa, wobei der Mäusling instinktiv ein Stück von ihm abrückte. Man musste kein Seelenbruder des pelzigen Gesellen sein, um zu erkennen, dass sich der Mäusling in der ungewohnten Umgebung und der Gegenwart dieses geheimnisvollen Mannes alles andere als wohlfühlte.

»Ein Wagen, der uns sicher und unauffällig zum Zielort bringen kann, wird in zwanzig Minuten hier sein.« Der Pfortenhüter blickte mit einem freundlichen Lächeln in die Runde – einem Lächeln, bei dem Frauen reihenweise schwach wurden, wie Fabian schätzte.

»Wenn ihr möchtet, könnt ihr euch in der Zwischenzeit etwas frisch machen. Oder mögt ihr vielleicht etwas essen?«

»Oi, oi – schon der zweite vernünftige Satz, den ich heute höre!«, quäkte Xolpph aus dem Hintergrund. Er hatte sich wie ein Regenschirm um die obere Hälfte der Globusbar gelegt und versuchte vergeblich, den Deckel anzuheben. »Direkt nach ›Wollt ihr einen Drink?‹«

Christopher Heilyn versorgte Xolpph schmunzelnd mit einem weiteren Glas Hochprozentigem, dann zeigte er Fabian, der nach den Anstrengungen der zurückliegenden Tage nur zu gern eine Dusche nehmen wollte, das Bad.

Als er wenig später ins Wohnzimmer zurückkehrte, kam er gerade noch rechtzeitig, um die letzten Reste einer Platte Nachos zu ergattern, die Christopher Heilyn in der chromblitzenden Küche seines Apartments für Xolpph und Poch mit Käse überbacken hatte. Der Xenophor kauerte nach dem Genuss seines wer-weiß-wievielten Drinks, über und über mit erkalteten Käsefäden verklebt, neben einer großen Lavalampe auf dem Couchtisch und unterhielt sich angeregt mit den dickflüssigen Wachsklumpen, die im Innern auf- und abtrudelten: »W-was sagst du, Kumpel? Eng da drin? Das glaub ich! Wie? Was ich vor m-meiner Karriere als oberste Oberfessel beim MEAM getrieben habe ...?«

Selbst Poch machte mittlerweile einen entspannteren Eindruck. Zufrieden hielt er sich den gefüllten Bauch. »Deine Welt doch ganz in Ordnung ist«, befand er und schlürfte weltmännisch Limonade durch einen langen Strohhalm. »Nicht überall schlimm riecht. Und das Essen hier – delikat!«

Während Fabian sich über die restlichen Nachos hermachte, behielt er ihren Gastgeber im Auge, in der Hoffnung, mehr über den geheimnisvollen Mann herauszufinden. Es misslang. Heilyn unterhielt sich telepathisch mit Meister Amoebius, und der einzige Eindruck, der Fabian dabei beschlich, war wiederum der, dass der Pfortenhüter einen verdammt guten Geheimagenten abgeben würde.

Hinter ihm umarmte Xolpph die Lavalampe wie einen lange verschollenen Bruder. »Ich w-war auch mal Tänzer. Ballett! B-Bin mit den Größten der Großen aufgetreten! Eine Spielzeit l-lang hatte ich in Hêd eine Tanzshow mit H'Lommy il Lym, dem gefeierten B-B-Ballett-Star!«, lallte er und deutete auf dem Tisch eine ungeschickte Drehung an.

Fabian sah zu Bruder Fritsje hinüber, der achselzuckend abwinkte.

»War'n d-dufter Kumpel, der alte H'Lommy«, murmelte Xolpph, wobei er sich glücklicherweise noch immer an der Lavalampe festhielt, sonst wäre er wahrscheinlich vom Tisch gerollt. »H-hätte einen besseren Abgang verdient, soviel steht m-mal fest ...«

In diesem Moment ertönte von irgendwoher ein elektrisches Summen.

»Es geht los«, erklärte Heilyn, pflückte den Xenophor mit einer beiläufigen Geste vom Tisch und warf ihn Fabian zu wie einen Basketball. »Unser Wagen wartet.«

Er trat an eine stählerne Doppeltür, wo er auf einen Knopf drückte. Die Türhälften glitten auseinander und gaben den Blick frei auf einen kleiderschrankgroßen Lift mit verspiegelten Wänden.

Im Innern war es eng, leise Jazzmusik waberte aus unsichtbaren Lautsprechern. Kurz betrachtete Fabian sein Spiegelbild, doch der Anblick erschreckte ihn: Sein von der Wüstensonne verbranntes Gesicht wirkte verhärmt und sorgenvoll; seine Hände steckten in schmutzigen Mullverbänden, und das zu lange Haar, wenngleich frisch gewaschen, sah matt und ausgeblichen aus. Rasch schaute er woanders hin.

Da sackte der Boden unter seinen Füßen in die Tiefe! Xolpph stieß einen überraschten Rülpser aus, Poch klammerte sich erschrocken an Bruder Fritsjes Arm.

Entgeistert starrte Fabian auf die Digitalanzeige über dem Bedienfeld, wo rötliche Leuchtziffern rasend schnell von 96 abwärtsratterten! Er rechnete schon damit, dass sie jede Sekunde am Boden zerschellen würden, da bremste der Lift abrupt ab. In einem Stockwerk mit der Bezeichnung G kam er sanft zum Stehen.

Durch eine Schiebetür auf der entgegengesetzten Seite traten die Freunde auf einen dunklen Hinterhof, den eine breite Tordurchfahrt mit einer rege befahrenen Straße verband. Nur wenige Schritte vom Ausgang des Aufzugs entfernt, stand eines der absonderlichsten Fahrzeuge, die Fabian je gesehen hatte.

Er kannte sich mit Autos nicht sonderlich aus, trotzdem wusste er auf Anhieb, dass es sich um einen Hummer handelte, einen gewaltigen amerikanischen Geländewagen. Waren die gängigen Modelle dieser Marke bereits kolossal, beinahe so breit wie zwei normale Kleinwagen, hatte man diesen hier zusätzlich zu einer Stretch-Limousine umgebaut: Der schwarz lackierte, mit zahllosen Chromteilen verzierte Jeep war mindestens acht Meter lang! Auf jeder Seite hatte er insgesamt drei Einstiege, und sämtliche Fenster im hinteren Bereich waren schwarz getönt, sodass man keinen Blick in den Innenraum werfen konnte.

»Was zum Elch ...«, stammelte Fabian.

Gab es nichts Unauffälligeres?, erkundigte sich Meister Amoebius, allerdings eher amüsiert als besorgt.

»In New York *ist* das unauffällig«, erwiderte Heilyn, umrundete das Fahrzeug und nahm vorne auf dem Beifahrersitz Platz. Eine der hinteren Türen öffnete sich automatisch, und Fabian stieg ein, gefolgt von Bruder Fritsje, Poch und Meister Amoebius.

Im Innern des Wagens erhellten Reihen blauer LED-Leuchten ledergepolsterte Sitzbänke und eine Mini-Bar mit silbernem Sektkühler und Dutzenden langstieliger Gläser. Auf flachen, in die Decke eingelassenen Fernsehbildschirmen flackerten Musikvideos. Vorn trennte eine undurchsichtige Scheibe den Passagierraum vom Fahrerabteil.

Während die Freunde sich noch staunend umsahen, setzte sich das schwere Gefährt mit einem kaum hörbaren Summen in Bewegung. Der Chauffeur – es musste einen geben, denn Heilyn war ja auf der Beifahrerseite eingestiegen – rangierte mehrmals in dem dunklen Innenhof hin und her, dann rollte der Wagen durch die Toreinfahrt und reihte sich in den fließenden Verkehr von New York City ein.

»Oi … eine K-K-Kutsche ohne Holger«, stellte Xolpph mit Kennerblick fest. »Und mit was Trinkbarem an Bord!« Behände wickelte er sich von Fabians Hüfte und wollte sich auf den Weg in Richtung Mini-Bar machen.

Fabian hielt ihn beiläufig an einem seiner Auswüchse fest und wandte sich an Meister Amoebius: »Wohin fahren wir?«

Doch der Qualler schien ihn gar nicht zu bemerken. Fasziniert starrte er durch eine der Seitenscheiben nach draußen, was durch die besondere Art der Tönung problemlos möglich war. Autoscheinwerfer, Leuchtreklamen und Straßenlaternen huschten jenseits des Glases vorüber, ein niemals endender, hektischer bunter Film.

Ich gestehe meinem Freund Heilyn zu, dass seine Wahl unseres Fortbewegungsmittels durchaus weise war, ließ er sich schließlich vernehmen. Sie hielten an einer Ampel, an der eine Handvoll Passanten darauf warteten, die Straße zu überqueren. Obwohl die Menschen keinen Meter von ihnen entfernt standen, konnten sie nicht ins Innere des

Fahrzeugs blicken. *Wenn ich daran denke, wie anstrengend es gewesen wäre, ständig die Aufmerksamkeit so vieler Menschen telepathisch von uns abzulenken ...*

Er beugte sich noch dichter an das einseitig durchsichtige Glas heran. Dabei stützte er sich unbemerkt mit einem Tentakel auf einem Schalter in der Türverkleidung ab.

Summend glitt die Scheibe nach unten.

Eine dicke Frau im Pelzmantel, die einen widerlichen kleinen Hund auf dem Arm trug, drehte instinktiv den Kopf. Mit leerem Gesichtsausdruck starrte sie den Qualler an, der seinerseits die dicke Frau anstarrte.

Ihre Augen weiteten sich, dann stieß sie einen schrillen Schrei aus, ließ den Köter zu Boden fallen und fuchtelte wild hinter dem anfahrenden Hummer her, dessen Fahrspur glücklicherweise gerade grün bekommen hatte.

Rasch beugte sich Fabian hinüber und ließ das Fenster wieder nach oben gleiten. Die Trennscheibe zur Fahrerkabine öffnete sich, und Christopher Heilyns Gesicht grinste durch die entstehende Öffnung. »Was treibt ihr denn da hinten?«

Es war meine Schuld, gestand Meister Amoebius. *Ich fürchte, ich habe mich höchst unbedacht verhalten.*

Der Pfortenhüter winkte ab. »New York ist voll von Verrückten. Hier ist es an der Tagesordnung, dass Leute plötzlich wie am Spieß losbrüllen. Es wird keinen interessieren, wenn jemand behauptet, er hätte einen mannsgroßen Schleimklumpen gesehen.« Er schmunzelte und sah wieder nach vorne, ließ die Trennscheibe allerdings offen.

Fabian bemerkte, dass es an seiner Hand zerrte und zappelte. Um zu verhindern, dass Xolpph sich den kompletten Inhalt der Mini-Bar einverleibte, knotete er ihn kurzerhand mit zwei seiner Auswüchse an einem Haltegriff am Dach der Limousine fest.

»Heyyy«, tönte der alkoholisierte Xenophor schwach. »Und das m-m-mir, einem ehemaligen Tanzpartner von H'lommy il Lym ...«

»Was faselt er da eigentlich ständig vom Ballett?«, erkundigte sich Fabian bei Meister Amoebius. »Hat er wirklich mal was mit diesem Star zu tun gehabt, diesem ...«

H'Lommy il Lym? Unsinn! Der Qualler stieß in Fabians Kopf ein leises Prusten aus, unhörbar für Xolpph, der sonst gewiss erbost aufgefahren wäre. *Er fantasiert. Il Lym war ein gefeierter hêdlischer Tänzer – bis er eines Tages spurlos verschwand.*

»Er verschwand?«

»Ihr redet über H'Lommy?«, stellte Xolpph fest. »G-Ganz genau, er verschwand. Erst Jahre später fand man ihn. Ein e-echter Jammer ...«

Es stellte sich heraus, dass er sich im Rahmen eines albernen Versteckspiels mit einem befreundeten Tänzer in einem Kleiderschrank seiner Villa eingeschlossen hatte, gab Meister Amoebius bereitwillig Auskunft. *Unglücklicherweise ließ sich dieser Schrank, der von außen durch eine Tapetentür getarnt war, von innen nicht entriegeln. Ebenso unglücklicherweise war der andere Tänzer am fraglichen Tag so betrunken, dass er sich später, als eine große Suchaktion nach il Lym eingeleitet wurde, an nichts mehr erinnern konnte. Die Villa des Tänzers war riesig, sein Leichnam blieb sechs Jahre lang unentdeckt. Als das Anwesen schließlich verkauft wurde und man im Zuge von Umbaumaßnahmen auf sein Skelett stieß, wurde ihm zu Ehren in Hêd ein Tag der Trauer ausgerufen.*

»Daran erinnere ich mich«, schaltete sich Bruder Fritsje ein. »Pater Euseruphius und ich fanden diese Maßnahme damals etwas merkwürdig.«

»Es war ein s-saublöder Unfug!«, ereiferte sich Xolpph und schaukelte wild an seinem Haltegriff hin und her. »I-I-Immerhin war il Lym zu diesem Zeitpunkt schon sechs Jahre tot!« Als Fabian ihn fragend ansah, fügte er, mit einem Mal wieder erstaunlich nüchtern, hinzu: »Es bringt nichts, nachträglich um etwas zu weinen, das lange unwiederbringlich vorbei ist. Davon hat niemand was, am allerwenigsten die Toten!«

Fabian blieb keine Zeit, sich über diesen Ausspruch Gedanken zu machen, denn in diesem Augenblick bremste der Hummer abrupt ab, kam schlitternd zum Stehen, und Christopher Heilyn rief über die Schulter: »Wir steigen um.«

Draußen erwartete sie eine Überraschung. Über Xolpphs Gefasel hatte Fabian gar nicht mitbekommen, dass sie die engen Häuserschluchten und den chaotischen Verkehr New Yorks hinter sich gelassen hatten. Der Hummer stand in einem Park, am Rand einer riesigen schwarzen Wasserfläche. Weit und breit war kein anderes Fahrzeug zu sehen, was darauf schließen ließ, dass dieser Bereich für den gewöhnlichen Verkehr nicht zugänglich war.

Fabians Augen weiteten sich, als er kaum eine halbe Meile entfernt einen riesigen, hell erleuchteten Umriss ausmachte. Von einer Insel mitten im Wasser ragte das Abbild einer Frau mit Strahlenkrone auf, inklusive Sockel gewiss hundert Meter hoch! In der Rechten hielt die Statue eine emporgereckte brennende Fackel, in der anderen eine Schrifttafel.

»Die Freiheitsstatue«, murmelte Fabian. Er hatte das weltberühmte Monument, das seit über hundert Jahren Einwanderer und Heimkehrende in Amerika willkommen hieß, schon oft im Fernsehen gesehen. In der Realität war »Lady Liberty« allerdings um einiges imposanter.

Das Zufallen der Beifahrertür riss ihn unvermittelt ins Hier und Jetzt zurück. Vor ihnen eilte Christopher Heilyn im Stechschritt einen hölzernen Steg entlang, an dessen Ende eine kleine Touristenfähre vertäut lag. Geschmeidig wie eine Raubkatze sprang er in das Boot und signalisierte den Freunden nachzukommen. Sie beeilten sich, ihm zu folgen, während der geisterhafte Chauffeur hinter ihnen die Stretchlimousine wendete und durch die Finsternis des Parks davonsteuerte.

Die Fahrt über das dunkle, stille Wasser dauerte nicht lange. Kaum eine Viertelstunde später erreichten sie die Anlegestelle auf Liberty Island. Durch einen penibel gepflegten Park gelangten sie zur Basis der Statue, die von einem historischen Fort mit sternförmigem Grundriss gebildet wurde. In die graue Steinmauer war eine massive Stahltür eingelassen.

Heilyn kniete davor nieder, zog ein Gerät von der Größe einer elektrischen Zahnbürste aus der Tasche und machte sich damit am Schloss zu schaffen. Wenige Sekunden später klickte es. Der Pfortenhüter drückte die Klinke, und die schwere Tür schwang auf.

Im selben Augenblick schrillte im Innern des Gebäudes eine gellende Alarmsirene los!

»Was ist jetzt?«, erkundigte sich Fabian verdattert. »Was hat er gemacht?«

Uns blieb leider keine Zeit, uns mit dem Hüter der Pforte Nr. 311 in Verbindung zu setzen, die sich in diesem Monument verbirgt. Gilbert Croo, der als Hausmeister sowohl einen passenden Schlüssel als auch den Berechtigungscode für die Alarmanlage gehabt hätte, wohnt am anderen Ende der Stadt. Er wäre frühestens in zwei Stunden hier gewesen – zu lang für uns!

»Aber wie hat ...«

Keine Zeit für Fragen, unterbrach ihn Meister Amoebius und glitt hinter dem Hüter ins Innere des Gebäudes.

Als alle drinnen waren, schlug Christopher Heilyn krachend die Tür zu. Für einen kurzen Augenblick standen sie in undurchdringlicher Schwärze, während die Alarmsirene über ihren Köpfen in ohrenbetäubender Lautstärke weiterheulte.

Dann flammten Neonröhren an der Decke auf. Ihr grelles Licht riss einen breiten Flur mit diversen gläsernen Schaukästen aus der Finsternis. Offenbar handelte es sich um ein Museum.

»Rasch jetzt!« Christopher Heilyn musste schreien, um das Gellen der Sirene zu übertönen. »Wenn die Polizei den Alarm an die Hafenwache weiterleitet, sind deren Schnellboote im Handumdrehen hier!« Wie ein Schatten huschte der große Mann zu einem Treppenaufgang hinüber.

Etliche Minuten stiegen sie aufwärts. Fabian hatte davon gehört, dass man im Innern der Freiheitsstatue emporsteigen konnte, bis hinauf zur Krone; als sie endlich eine Zwischenebene erreichten, schätzte er, dass sie sich mindestens auf Knie-, wenn nicht gar Hüfthöhe des Monuments befanden. Doch er täuschte sich: Ringsum lag nichts als ein weiterer weitläufiger Raum mit gemauerten Wänden. Ihm wurde klar, dass sie noch nicht einmal den steinernen Sockel das Standbilds verlassen hatten!

Instinktiv richtete er seinen Blick nach oben.

Über ihnen führte eine enge, von stählernen Streben gestützte Wendeltreppe senkrecht in einen gewaltigen Hohlraum empor, der sich mit zunehmender Höhe in Schwärze verlor – Lady Libertys Innenleben!

Fabian schluckte. »Müssen wir dort hinauf? Bis ganz nach oben?«

»Dann hätten wir noch einiges vor uns. Der Hilfslift wird nachts abgestellt, daher wäre es ein Aufstieg von vielen hundert Stufen.« Christopher Heilyn lachte leise. »Keine Angst. Wir sind bereits am Ziel.« Er deutete auf zwei Türen zu seiner Linken, deren Beschilderung mit einem hut- und einem rocktragenden Männchen sie als Toiletten auswies. Lächelnd öffnete er die mit der weiblichen Figur darauf und verschwand dahinter. Fabian folgte ihm verwirrt.

Gedämpft drang das Heulen des Alarms ins Innere. Hinter einem Vorraum mit zwei Waschbecken schlossen sich fünf WCs an, keine durch Holzwände getrennten Kabinen wie in Fabians Schule, sondern seperate, gemauerte Kämmerchen.

Heilyn kniete vor der hintersten Tür und fummelte mit konzentriertem Gesichtsausdruck am Schloss herum, das offenbar verschlossen war. Ein Schild wies die dahinterliegende Toilette als defekt aus.

Beim genaueren Hinsehen erkannte Fabian, dass sich die Tür nicht wie üblich mit einem simplen Vierkantschlüssel von außen öffnen ließ. Vielmehr wies ihr Schloss eine sonderbar geformte Öffnung auf, zu der ein noch weitaus sonderbarerer Schlüssel zu gehören schien – den Christopher Heilyn jedoch nicht besaß. Stattdessen stocherte er abwechselnd mit verschiedenen gebogenen Haken darin herum, die er einem eleganten schwarzen Lederetui aus seinem Sakko entnahm.

Nur Gilbert Croo, der Hüter dieser Pforte, hat den passenden Schlüssel, erklärte Meister Amoebius. *Ich hoffe, unser Freund Heilyn bekommt sie dennoch auf.*

Sie hatten Glück: Nach kaum einer Minute sprang die Markierung der Tür mit einem vernehmlichen Klicken auf Grün um. Christopher Heilyn erhob sich zufrieden, drückte die Klinke und zog die Tür auf.

Ein Schwall schwülwarmer Luft quoll ihnen entgegen, Luft, die nach Feuchtigkeit, Erde und fremdartigen Blumen duftete.

Wo sich eigentlich eine enge Kabine mit einer weißen Toilettenschüssel befinden sollte, tat sich ein Meer aus Grün auf: riesige, sonderbar geformte Blätter, glitzernd vor Nässe; dichtes Buschwerk, in dessen Ästen knallbunte Beeren hingen; Farne und Schachtelhalmgewächse, größer als ein erwachsener Mann; dazwischen knorrige Baumstämme, in deren Furchen schillernde Schwammpilze blühten. Insekten summten, Vögel tschilpten, in der Ferne kreischte etwas, das möglicherweise ein Affe war.

»Wenn ich bitten dürfte?«, sagte Heilyn lächelnd. »Nächste Station: der Dschungel von Wunst.« Er schob sein Safeknackerwerkzeug zurück in sein Sakko. Diesmal sah Fabian genau hin, und jetzt war er sicher: Der Pfortenhüter trug ein Pistolenhalfter unter der Achsel.

Deshalb war es von so großer Bedeutung, dass Christopher Heilyn zwischenzeitlich von San Francisco nach New York umgesiedelt war, kam Meister Amoebius auf eine Frage zurück, die Fabian ihm vor geraumer Zeit im Penthouse gestellt hatte. *Nur hier gibt es eine Pforte, die uns einen weiteren hilfreichen Sprung ermöglicht!*

Der Qualler bedankte sich in ihrer aller Namen bei Heilyn für dessen Hilfe, dann ließ er die Freunde vor der magischen Pforte Aufstellung beziehen und sich an den Händen fassen. Unmittelbar bevor er das Kommando zum Springen gab, wandte sich Fabian noch einmal an den Mann im Anzug:

»Eine Frage noch, Mister Heilyn. Was sind Sie eigentlich von Beruf? Wenn Sie nicht gerade auf eine magische Pforte aufpassen, meine ich?«

Christopher Heilyn erwiderte Fabians Blick mit seinen stahlblauen Augen. Schmunzelnd sagte er: »Ich nehme nicht an, dass wir uns je wiedersehen werden, daher kannst du es ruhig wissen: Ich bin Agent und arbeite für einen internationalen Geheimdienst. Und nun lebt wohl. Ich fürchte, ich muss mich jetzt um ein paar Polizisten kümmern ...«

Kapitel 21
Allerlei Getier

»Wie werden wir vorgehen? Nach welchen Kriterien durchsuchen wir den Busch nach Lupertinen?« Das graue Nilpferdgesicht von Bruder Fritsje war schweißüberströmt. Bereits jetzt, nach nicht einmal zwei Stunden Marsch durch das drückende Tropenklima, bereitete es ihm sichtlich Mühe, seine Füße für jeden neuen Schritt aus dem matschig-zähen Untergrund zu ziehen. »Ich meine, es kann wohl kaum Eure Absicht sein, dass wir ziellos durch ein so großes Waldgebiet ziehen im Vertrauen darauf, dass irgendwo ...« Er ließ den Satz unvollendet, halb aus Atemnot, halb in der Hoffnung, dass Meister Amoebius ihn unterbrechen und sie endlich an seiner Strategie teilhaben lassen würde.

Fabian, dem es trotz seiner guten Kondition kaum besser ging, hatte sich die Frage ebenfalls schon gestellt. Wenn er sich richtig an die Karten von Ambigua erinnerte, die er während seiner zurückliegenden Reisen zu sehen bekommen hatte, war der Dschungelabschnitt südlich des Flusses Habibi, wo sie sich gerade befanden, gewaltig. Es würde Wochen dauern, ihn auch nur einmal der Länge nach zu durchqueren, denn befestigte Wege gab es nicht. Er hoffte inständig, dass Meister Amoebius wusste, was er tat.

Stöhnend fuhr er sich mit dem Handrücken über die Stirn. Wie der Hippopath war auch Fabian schweißgebadet, im Gegensatz zu

Bruder Fritsje und Poch jedoch zusätzlich von unzähligen Mückenstichen übersät, da ihn weder Runzelhaut noch Fell schützten.

Es war so heiß, dass man allein vom Atemholen ins Schwitzen geriet. Die unbewegte Luft unter dem geschlossenen Blätterdach war so zäh und klebrig, dass man sie mit dem Messer hätte schneiden können, der Boden morastig und immer wieder von kleinen Bächen und Wasserrinnsalen durchzogen.

Seit sie aus dem mannshohen Astloch im Stamm eines mindestens tausendjährigen Urwaldriesen gepurzelt waren – dem hiesigen Gegenstück der Pforte Nr. 311 –, folgten sie einem überwucherten Wildpfad zwischen Wänden aus undurchdringlichem Grün. Zwar hatte Meister Amoebius wie so oft vorausgeplant und in Ort neben Vorräten auch einige scharfe Macheten in ihre Rucksäcke packen lassen, dennoch war das Vorankommen höchst mühselig. Herabhängende Lianen und Schlingpflanzen bildeten ein undurchdringliches Netz, das sich erst nach kräftezehrendem Hacken vor ihnen teilte. Zuweilen versperrten umgestürzte Baumstämme den Weg, über die sie umständlich hinwegklettern mussten.

Hoch droben, in den Baumwipfeln, zirpte, kreischte, trillerte, raschelte und krachte es in einem fort. Fabian war froh, dass ihnen außer Schwärmen nimmermüder Moskitos und einigen sonderbar gefärbten Vögeln bisher keinerlei Dschungelbewohner begegnet waren. Schon irdische Tropenwälder hielten ungezählte Gefahren bereit; man brauchte nicht viel Fantasie, um sich auszumalen, dass es in Ambigua in einer Gegend wie dieser vor unangenehmen Überraschungen nur so wimmeln musste.

Dass sie bisher unbehelligt geblieben waren, lag sicher zu einem guten Teil an Meister Amoebius: Der Anblick des fast zwei Meter hohen Schleimhaufens, der vor ihnen herwalzte, musste nicht nur auf Wildtiere eine abschreckende Wirkung ausüben.

Wir durchmessen den Dschungel in konzentrischen Spiralen mit stetig wachsendem Radius, ausgehend von unserem Startpunkt, der magischen Pforte. Als hätte der Qualler Fabians Blick gespürt, kam er endlich auf Bruder Fritsjes Frage zurück. *Auf diese Weise decken wir ein größtmögliches Gebiet gleichmäßig ab und können im Falle eines Lupertinenfunds schnell, auf gerader Linie, zum Ausgangspunkt zurückkehren.*

»Aber wir haben keinen Kompass, keine Karte«, gab Fabian zu bedenken und schloss zu ihrem Führer auf. »Wer sagt uns, dass wir uns in diesem Dickicht nicht längst heillos verirrt haben?«

»Meister Amoebius ist ein Qualler, Junge«, stöhnte Xolpph von irgendwo unterhalb seiner Achsel. Im Anschluss an die Transition hatte er sich wie ein Lasso um Fabians Schulter geschlungen, wo er seitdem baumelte und in unregelmäßigen Abständen gequälte Laute ausstieß; offenbar vertrug sich der Genuss hochprozentigen Alkohols nur bedingt mit der Hitze eines tropischen Dschungels. »Er weiß immer, wo's langgeht.«

»Versteh ich nicht«, gab Fabian zu.

»Da der Körper eines Quallers flüssig ist, reagiert er höchst sensibel auf Erdstrahlen und andere geologische Einflüsse«, schaltete sich Bruder Fritsje schnaufend ein. »Die Folge ist, dass Meister Amoebius stets weiß, in welche Himmelsrichtung wir uns bewegen. Nur so war es ihm möglich, uns ohne Kompass, nur anhand einer groben Karte, durch die Wüste von Rindh zur Siedlung der Termiphylen zu führen.«

Mit neuem Respekt starrte Fabian den Qualler an, der sich unermüdlich vor ihnen durchs Geäst arbeitete. Er zeigte keinerlei Anzeichen von Ermüdung, auch die feuchte Hitze schien ihm nichts auszumachen. Lediglich seine schleimige Oberfläche war gesprenkelt von Hunderten schwarzer Punkte – Stechmücken, die sich auf ihm niedergelassen hatten und sogleich in die Tiefen seines halbflüssigen Leibs gesogen worden waren.

»Sagt ... haben wir noch eine Chance?« Fabian konnte nicht

anders, er musste aussprechen, was ihm schon länger durch den Kopf hing.

Einen Augenblick später wurde ihm klar, dass er sich vor der Antwort fürchtete.

Obwohl die Frage an Meister Amoebius gerichtet war, meldete sich zunächst Bruder Fritsje zu Wort: »Unser zweiter Aufenthalt auf der Erde hat uns etwas über einen Tag Ambigua-Zeit gekostet. Bleiben fünf, bis das Ultimatum Volgera Ommms endet.«

Das war nur indirekt eine Antwort. Fabian schluckte, setzte erneut an: »Angenommen, wir würden hier tatsächlich auf so eine Blume stoßen. Angenommen, die Lupertine wäre noch nicht ausgestorben. Dann müssten wir mit unserer Beute doch als Nächstes nach ...«

Ein aufgebrachtes Schnattern und Kreischen unterbrach ihn. Er riss gerade noch rechtzeitig den Kopf in die Höhe, um einen Hagel von Ästen, Früchten und Nüssen aus den Baumkronen auf sich niederstürzen zu sehen. Hastig ging er unter den pfeilförmigen Blättern eines nahen Buschs in Deckung.

»Chlorophillas«, stöhnte Bruder Fritsje, den eine Nuss an der Stirn getroffen hatte. »Wir müssen in ihr Territorium eingedrungen sein.«

In den Ästen der Bäume beiderseits des Pfads hockte ein Rudel kräftiger Affen, mindestens so groß wie irdische Schimpansen. Ihr Fell war von saftig grüner Farbe, beinahe wie Gras. Einige der Tiere schrien und gestikulierten wild, während andere sich bereits mit neuer Munition versorgten.

Wie schon bei seinem Besuch im Zoo von Wurstogart fiel es Fabian auch jetzt schwer zu glauben, dass er keineswegs Tiere vor sich hatte, sondern Pflanzen – *lebendige* Pflanzen, die in riesigen Knospen heranreiften, bevor sie schlüpften, herumliefen und ihrerseits Samen für neue Chlorophilla-Mutterbäume verbreiteten.

»Pflanzenaffen mit Pu-Pu werfen!«, stellte Poch entsetzt fest.

Tatsächlich entleerten soeben mehrere Chlorophillas ihren Darm in ihre Hände und verwendeten das Ergebnis – glatte hellgrüne Samenkapseln – als Wurfgeschosse.

»Zeit, von hier zu verschwinden!«, befand Xolpph erstaunlich hellsichtig, und mit tief zwischen die Schultern gezogenen Köpfen eilten die Freunde an der Gefahrenstelle vorüber.

»Angenommen also, wir fänden eine Lupertine«, kam Fabian ein Stück weiter auf das zurück, was ihn momentan am meisten beschäftigte. »Müssten wir uns dann nicht auf direktem Weg nach Shurakk begeben, zur Festung von Maledikt dem Finsteren?« Er zögerte, suchte nach Worten. »Ich meine, seht uns an! Vier Mann und ein Xenophor – wie sollen wir etwas vollbringen, das die Konferenz in Pantrami unter idealen Voraussetzungen, nach ausgiebiger Planung, allenfalls einer trainierten Spezialeinheit zugetraut hätte?« Er konnte nicht verhindern, dass seine Stimme zitterte.

Der Qualler blieb stehen und wandte sich auf dem engen Pfad zu Fabian um, eine eher symbolische Geste, sah seine Vorderseite doch kaum anders aus als seine Rückseite.

Alles zu seiner Zeit, sagte er ruhig. *Wer sich den Kopf über ein in weiter Ferne liegendes Problem zerbricht, obwohl er sich zunächst mit der Lösung eines viel drängenderen beschäftigen sollte, wird scheitern. Nur wer seine Aufgaben Schritt für Schritt angeht und aus dem Weg räumt, hat zumindest die Aussicht zu bestehen. Unser vorrangiges Ziel ist es, eine Lupertine zu finden. Erst wenn wir eine besitzen, macht es Sinn, sich mit der nächsten Etappe auseinanderzusetzen.*

Fabian dachte an seine zurückliegenden Abenteuer in Ambigua – und musste zugeben, dass der Qualler nicht ganz unrecht hatte! Hätte er im Vorfeld um all die Hindernisse gewusst, die sich ihnen etwa auf der Mission um den Sternstein entgegenstellen würden, Fabian wäre gewiss verzweifelt! Nur durch schrittweises Vorgehen waren sie erfolgreich gewesen.

Hinzu kam, dass Meister Amoebius sich ihnen kaum angeschlossen hätte, wenn er es für ausgeschlossen hielte, dass Myrtel noch gerettet werden konnte. Und solange nur die geringste Chance bestand, war es Fabians Pflicht, alles in seiner Macht Stehende dafür zu tun, dass sie es schafften!

Er straffte die Schultern und verdrängte alle Gedanken an das, was vor ihnen liegen mochte. Was zählte, war das Hier und Jetzt!

»Dieser Urwald ist eine saublöde Erfindung«, nölte Xolpph unleidlich. »Fitz-Bartel muss mächtig einen im Tee gehabt haben, als er sich diesen Ort ausgedacht hat! Hungrige Stechmücken, durchgedrehte Affen ... was kommt als Nächstes?«

Wie als Antwort auf seine Frage erklang plötzlich ein Geräusch zwischen den Stämmen der Bäume, ein dumpfes, melodisches Summen, das die restlichen Laute des Waldes sanft übertönte. Es schien von überall und nirgends zu kommen und war so tief, dass es den Erdboden kaum merklich zum Vibrieren brachte.

»Was das ist?« Nervös schnupperte Poch in Richtung der grünen Wände, die sich beiderseits des Wildpfads erhoben. »Welches Tier solches Geräusch macht?«

Kein Tier. Meister Amoebius ließ seine Macheten sinken und lauschte beinahe andächtig. *Es ist der Wald selbst, der seinen Abendgesang anstimmt. Die Bäume dieses Dschungels verfügen in ihren Stämmen über ein komplexes System von Höhlungen und Membranen. Indem sie die über den Tag produzierte Luft hindurchströmen lassen, können sie Schall erzeugen, singenden Stimmen nicht unähnlich. Die Dämmerung steht bevor, daher verabschieden sich die Bäume jetzt auf diese Weise von der lebensspendenden Sonne. Morgen früh, wenn sie wieder aufgeht, werden sie erneut ihre Stimmen erheben.*

Tatsächlich wurde das Licht, das grün gefiltert durch die Baumkronen drang, allmählich spärlicher. Der absonderliche Gesang hielt noch eine Weile an, dann verhallte er in den Weiten des Dschungels.

Die Tierlaute, die jetzt an seiner Stelle hörbar wurden, waren völlig andere als die, die über den Tag erklungen waren. Das Vogelgezwitscher nahm ab, auch das Schnattern und Fiepen der unsichtbaren Baumbewohner klang gedämpfter, so als zögen sich die Tiere in höhere Regionen zurück. Dafür ertönten in der Ferne immer öfter brüllende und heulende Laute, die ohne jeden Zweifel von Raubtieren stammten.

Als der Pfad sich zu einer kleinen Lichtung erweiterte, blieb Meister Amoebius stehen und sah sich prüfend um. *Die Nacht bricht an, und mit ihr die Jagdzeit der Tigoparden und anderer unerfreulicher Geschöpfe. Wir werden einen der Urwaldriesen am Rand dieser Lichtung erklettern und uns ein Lager in luftiger Höhe ...* Seine Gedankenstimme brach unvermittelt ab.

»Was ist?« Fabian beeilte sich, zu Meister Amoebius aufzuschließen.

Wie es aussieht, haben wir Besuch bekommen.

»Wieder Chlorophillas?«, vermutete Bruder Fritsje und stolperte keuchend an ihre Seite.

Doch es waren keine grünen Affen, die vor ihnen aus dem Buschwerk aufgetaucht waren.

Macht keine unbedachte Bewegung, wenn euch euer Leben lieb ist, befahl Meister Amoebius in ihren Köpfen.

Seine Warnung war überflüssig. Nur ein lebensmüder Narr hätte im Angesicht von zwei Dutzend auf ihn gerichteten Speerspitzen noch mit einer Wimper gezuckt.

Kapitel 22
Eingeborene!

In einem Halbkreis standen über zwanzig kleinwüchsige Gestalten vor ihnen, ein jeder mit einem langen Speer bewaffnet, dessen steinerne Spitze ruhig und präzise auf die Freunde zielte. Obwohl keiner größer war als Bruder Fritsje, schien es sich eindeutig um erwachsene Männer zu handeln. Ihre Haut war von dunkelgrüner Farbe und bedeckt mit dunklen Flecken, wie bei Leoparden oder Jaguaren. Um die Hüften trugen sie Röcke aus Palmwedeln, an den Füßen primitive Sandalen aus dünnen Lederriemen.

Was Fabian am Anblick der Fremden am meisten verwunderte, war jedoch etwas anderes.

Die Eingeborenen waren schlank, fast dürr, dennoch hing ihnen die Haut in Form weicher Wülste von den Knochen, die frappierend an Speckrollen erinnerten. Und noch etwas war seltsam: Obwohl sie mit ihren Speeren direkt auf ihn und seine Freunde zielten, offenbar gewillt, beim kleinsten verräterischen Anzeichen zuzustoßen, lag auf ihren wulstigen Lippen ein freundliches, fast liebevolles Lächeln!

Es raschelte im Gebüsch, dann traten auch hinter ihnen grünhäutige Waldmenschen aus dem Unterholz, ebenfalls bewaffnet, ebenfalls breit grinsend. Der Rückweg über den Wildpfad war abgeschnitten.

»Was die wollen?«, erkundigte sich Poch leise, ohne die Lippen zu bewegen.

»Hey, keine Panik«, sagte Xolpph in normaler Lautstärke und machte eine wegwerfende Bewegung mit einem seiner Auswüchse. »Verlasst euch auf meine umfassende Menschenkenntnis: Seht ihr nicht, wie freundlich die gucken? Ich glaube nicht, dass wir von denen etwas zu bef…«

Mit einem Knurren, das eher nach einem Tier als einem Menschen klang, hechtete eine der Gestalten vorwärts und stieß ihren Speer nach vorne! Nur Millimeter vor dem schreckensstarren Xenophor blieb die steinerne Spitze in der Luft stehen.

Der Fremde lächelte noch immer glückselig.

Die freundliche Miene dieser Eingeborenen ist keineswegs ein gutes Zeichen, verkündete Meister Amoebius mit hörbarer Besorgnis. *Ich fürchte, wir haben es mit Oksimoronen zu tun, einem Eingeborenenstamm, dem nur wenige Forscher Ambiguas bisher begegnet sind. Wenn die Gerüchte stimmen, die ich gehört habe, verrät ihr jetziger Gesichtsausdruck, dass sie extrem wütend und angriffslustig sind.*

Der Oksimorone, der auf Xolpph losgegangen war, zog sich langsam zurück. An seiner Stelle trat ein anderer vor. Sein krauses schwarzes Haar klebte, zu einem kunstvollen Muster geflochten, an seinem Kopf, in seinen Ohren und Nasenlöchern steckten büschelweise bunte Federn, möglicherweise ein Zeichen, dass es sich um den Anführer des Trupps handelte.

»Euch ausseht ulkig«, brachte er hervor und deutete mit seinem Speer zuerst auf Meister Amoebius, dann auf den Rest der Gruppe. »Wie gefresst von Dodontoron und wieder ausgespuckt!«

Die Speerspitzen ringsum begannen zu zucken und zu schwanken. Es dauerte einen Moment, bis Fabian den Grund erkannte: Die Urwaldbewohner waren von einem auf den anderen Moment in Tränen ausgebrochen!

»Was zum Elch ist hier los?«, flüsterte er verwirrt.

Bevor ihm jemand eine Antwort geben konnte, machte der Anführer eine hektische Geste mit dem Arm. »Euch in unser Gebiet eindringt, jetzt mitkommt! Ewiger Ohm bestimmt, was mit euch ist.«

Die Speerträger, jetzt wieder friedvoll lächelnd, umringten sie. Fabian, Bruder Fritsje, Poch und Meister Amoebius blieb nichts anderes übrig, als ihnen quer über die Lichtung und in das dichte Unterholz dahinter zu folgen.

Die Dämmerung war bereits weit vorangeschritten. Fabian sah kaum, wohin er seine Füße setzte, immer wieder peitschten ihm Äste und Blätter ins Gesicht, die er im dunkelgrünen Zwielicht nicht rechtzeitig erkannte.

Bald darauf erreichten sie einen gerodeten Bereich, der von einer Wand aus hohen Palisaden eingezäunt wurde. Durch ein schwer bewachtes Tor gelangten sie ins Innere, auf einen großen Platz, in dessen Mitte ein mächtiges Feuer brannte. Es erhellte Dutzende Hütten, die auf Pfählen gut einen Meter über dem Erdboden schwebten. Mit ihren spitz zulaufenden Dächern aus Schilf oder Palmwedeln sahen sie aus wie gedrungene Tonkrüge.

Mindestens fünfzig Oksimoronen, Männer wie Frauen, saßen rings um das Feuer, aßen, tranken und unterhielten sich. Im Hintergrund waren Kinder zu sehen, die ein rundes, ledernes Gebilde zwischen den Pfahlbauten hin und her kickten.

Als der Trupp mit den Gefangenen in den Schein des Feuers trat, wurde es schlagartig still. Alles wandte sich in ihre Richtung, und auf vielen Gesichtern, die eben noch neutral und eher ausdruckslos gewirkt hatten, erschien ein heiteres Lächeln.

Der federgeschmückte Anführer trat ans Feuer und kniete vor einer Person nieder, bei der es sich, dem prächtigen Kopfschmuck und dem bunten Umhang nach zu schließen, um den Häuptling des Stammes handeln musste.

Fabian rieb sich die Augen, sah noch einmal hin. Kein Zweifel: Beim Oberhaupt der Oksimoronen handelte es sich um einen höchstens zehnjährigen Jungen!

Nach einer kurzen Unterredung kehrte der Anführer zurück und gab seinen Männern ein Zeichen. Unter vorgehaltenen Speeren wurden die Freunde zu einer Hütte am Rand des Platzes getrieben und mussten eine wacklige Leiter hinaufklettern.

»Ihr hier bleibt, bis Ewiger Ohm und Älteste von Dorf entscheidet!«, befahl er und verschwand – allerdings nicht, ohne mehrere Speerträger am Fuß der Leiter zu postieren.

»Heiliges Erbspüree«, stöhnte Fabian und ließ sich auf eine aus Gras geflochtene Matte fallen. »Was sind das für unangenehme Zeitgenossen?«

»Sie komisch sprechen«, erklärte Poch mit gerümpfter Nase. »Nicht von hoher Kultur und Intelligenz zeugt!«

»Das sagt der Richtige!«, schnappte Xolpph. Er glitt von Fabians Schulter zu Boden und begann, wie eine Schlange hektische Kreise über den Hüttenboden zu ziehen. »Wenn ihr mich fragt, sind diese Typen gleich mehrfach bescheuert! Habt ihr gesehen, wie sie alle auf Kommando angefangen haben zu flennen? Und ihr Boss – ein Milchbubi!« Er verdrehte alle drei Augen und stöhnte genervt. »Die sind doppelt und dreifach irre! Bei denen stimmt gar nichts!«

Das kommt auf den Blickwinkel an, widersprach Meister Amoebius sanft. Er hatte sich in eine Ecke zurückgezogen und entfernte mit einem Tentakel geduldig Äste und Blätter aus seiner Körpermasse. *Nach allem, was ich über diesen Stamm weiß, gründet sich die Kultur der Oksimoronen auf Gegensätze. Ihr habt vielleicht gesehen, dass sie Speckröllchen und Hängebacken haben, obwohl sie ganz dünn sind. Das freundliche Lächeln, mit dem sie uns begegneten, ist für sie Ausdruck von Aggression und Angriffslust. Und dass sie vorhin Tränen vergossen, war ihre Reaktion auf den Witz, den ihr Anführer gemacht hat.*

»Das heißt, sie heulen statt zu lachen?« Xolpphs Stimme klang ungläubig.

»Und dieser junge Häuptling?«, erkundigte sich Fabian. »Ist das auch ein Gegensatz, oder …«

»Dazu hätte ich eine Vermutung«, mischte sich Bruder Fritsje ein. »Der Anführer sprach von einem ›Ewigen Ohm‹. Diese Tradition zur Bestimmung des Stammesfürsten kennt man auch von anderen Naturvölkern.« Er warf einen kurzen Seitenblick zu Meister Amoebius, um sich zu versichern, dass dieser derselben Meinung war. Dann fuhr er fort: »Sie gehen davon aus, dass der Herrscher eines Volks noch während seiner Amtszeit in einem anderen Mitglied der Gemeinschaft wiedergeboren wird. Stirbt der Häuptling, gehen seine Weisheit und seine über Generationen erworbenen Führungsqualitäten auf diesen Nachfolger über, der nach der Beisetzung gesucht und meist anhand eines mehr oder weniger eindeutigen körperlichen Merkmals identifiziert wird.« Er hielt inne und trat an eines der Hüttenfenster, durch das man das flackernde Feuer sehen konnte. Eine Gruppe Oksimoronen hockte abseits von den anderen im Kreis und debattierte aufgeregt. »So jung, wie der amtierende Ewige Ohm ist, scheint der alte Häuptling erst vor kurzer Zeit verstorben zu sein.«

»Und als er tot war, sind diese Spinner durchs Dorf gelaufen und haben nach einem Knirps mit einem eingewachsenen Zehennagel oder einem Muttermal in Form eines verknoteten Morastwurms gesucht?« Xolpph ließ sich fassungslos neben Fabian auf die Matte plumpsen. »Ich revidiere meine Aussage. Diese Kerle sind *vierfach* plemplem!«

Über eine Stunde verging, dann tat sich etwas. Schritte näherten sich, am Fuß der Leiter wurde ein kurzer Wortwechsel laut. Schließlich erschien der federgeschmückte Kopf des Anführers in der Luke, der sie gefangen genommen hatte.

»Wer von ihr Häuptling ist?«, verlangte er zu wissen.

»Was? Lern erst mal anständig Pleex, du Federfetischist!«, zischte Xolpph, allerdings leise genug, dass der Eingeborene ihn nicht verstehen konnte.

Er will wissen, wer der Führer unserer Gruppe ist, stellte Meister Amoebius klar.

»Sag das doch gleich!«, knurrte Xolpph und machte Anstalten, sich zu erheben.

Wahrscheinlich soll ein Repräsentant dem Ewigen Ohm gegenübertreten, um dessen Beschluss zu vernehmen. Der Qualler floss träge in eine ansatzweise aufrechte Position und fuhr einen Tentakel aus. *Bruder Fritsje, wärt Ihr so nett? Ich denke, Euer diplomatisches Geschick prädestiniert Euch für diese Aufgabe.*

»Natürlich.« Der kleine Mönch rappelte sich hoch und kletterte durch die Luke nach unten. Fabian verfolgte vom Fenster aus, wie er von mehreren Oksimoronen zum Feuer begleitet wurde und einen Platz in der Nähe des kindlichen Herrschers zugewiesen bekam.

»Was mögen die mit uns vorhaben?«, erkundigte er sich nervös. »Glaubt Ihr, sie werden uns lange hier festhalten?«

»Ach was! Nur solange, bis unser Fleisch in ihren Mägen verdaut ist«, schnappte Xolpph sofort. »Danach dürfen wir sicher wieder gehen, wohin wir wollen!«

Davon, dass es sich bei den Oksimoronen um Menschenfresser handelt, habe ich noch nie gehört, widersprach Meister Amoebius. *Sie gelten nicht einmal als besonders feindlich ... aber es gibt wie gesagt nur wenige Berichte über diesen Stamm, da die südliche Hälfte des Dschungels bislang kaum erforscht wurde.*

»Was immer sie auch aushecken«, murmelte Fabian und trat ungeduldig von einem Fuß auf den anderen, »ich hoffe, es dauert nicht allzu lange!«

Sie hatten Glück: Nicht einmal eine halbe Stunde später war

Bruder Fritsje wieder da – in Begleitung mehrerer Oksimoronenfrauen, die Holzschüsseln mit Fleischbrühe in der Hütte abstellten, dazu gekochten Reis in Palmblättern und hölzerne Humpen mit einem weißlichen Saft.

»Ffeint ganff gut gelaufen ffu ffein, Euer Geffpräch?«, erkundigte sich Xolpph mit vollem Mund.

»Wie man's nimmt«, erwiderte der Hippopath und starrte nachdenklich in seinen Becher. »Nyonyo, ihr Häuptling, und die Dorfältesten wollten von mir wissen, was wir in diesem Teil des Dschungels verloren hätten – einem Territorium, das ihrem Volk als heilig gilt und für Fremde tabu ist. Ich habe ihnen gesagt, dass wir auf der Suche nach einer bestimmten Blume seien, um eine Freundin zu heilen.«

Gut, befand Meister Amoebius. *Das müssten sie verstanden haben, oder?*

Der kleine Mönch nickte. »Nyonyo zeigte sogar seine Bereitschaft, von einer Bestrafung abzusehen und uns bei der Suche zu unterstützen ...«

»Hab doch gleich geffagt, eff geht nichtff über ein Kind auf dem Thron«, behauptete Xolpph und schluckte Reis. »Ist das zufällig Palmwein in den Bechern da?«

»Die Dorfältesten legten jedoch Widerspruch ein«, fuhr Bruder Fritsje gedämpft fort. »Dazu sind sie gemäß der Stammestradition berechtigt, wenn der Ewige Ohm seine Stellung als Häuptling kürzer als zwölf Monde innehat. Diese griesgrämigen Alten sind der Ansicht, unser Eindringen in ihr Territorium dürfe nicht ungesühnt übergangen werden.«

»Nein?« Mit einem unguten Gefühl ließ Fabian seine Schüssel mit Brühe sinken.

»Sie haben verfügt, dass morgen früh, bei Sonnenaufgang, einer von uns gegen den stärksten Kämpfer des Dorfs antreten muss.« Der

Hippopath schüttelte betrübt den Kopf. »Der Name des Champions ist Bloggophyr. Ich habe ihn von Weitem gesehen, er ist ein wahrer Koloss, zumindest für die Verhältnisse der Oksimoronen.«

Lasst mich raten: Siegt unser Mann, wird man uns bei unserer Suche zur Hand gehen. Verliert er dagegen ...

Drei Gesichter und eine grüne Schleimfläche wandten sich sehr langsam in Bruder Fritsjes Richtung.

»Verliert er, werden wir zur Strafe für unser unerlaubtes Eindringen dem Dodontoron geopfert, das laut dem Oksimoronenglauben Herrscher der hiesigen Wälder ist.«

»Dorodo...rodoron?« Der Mäusling schüttelte verständnislos den Kopf. »Poch nie davon gehört hat!«

»Der Anführer des Jagdtrupps hat dieses Tier vorhin schon mal erwähnt«, erinnerte sich Fabian. »Worum handelt es sich?«

»Das ist schwer zu beschreiben ...«, begann Bruder Fritsje zögernd.

Das Dodontoron ist ein reptilisches Geschöpf aus der Frühgeschichte Ambiguas, sprang Meister Amoebius helfend ein. *Es ähnelt dem irdischen Ameisenbären, mit dem Unterschied, dass es groß wie ein Haus ist. Am Ende seiner langen, schlauchartigen Schnauze sitzt ein Knochenstachel, mit dem es die Schädeldecke seiner Beutetiere aufmeißelt, um seine Lieblingsspeise herauszuschlürfen: das Gehirn!*

Xolpph, der eben an seinem Becher genippt hatte, prustete einen Schwall weißer Flüssigkeit aus. »Ihr seid ekelhaft! Außerdem ist das hier kein Palmwein, sondern Gwynettenmilch. Pfui Spinne!«

»Nach vorherrschender Lehrmeinung gibt es in Ambigua schon lange keine Dodontorons mehr.« Bruder Fritsjes kluger Gesichtsausdruck ließ keinen Zweifel, dass er auch zu diesem Thema alles gelesen hatte, was die Bibliothek des Klosters von Mnom-Ping hergab. »Anhänger einer akademischen Fachrichtung, die sich auf die Erforschung unbekannter oder als ausgestorben geltender Tierarten spezialisiert haben, die sogenannten Skeptizoologen, sind allerdings davon überzeugt, dass in gewissen abgelegenen Regionen einzelne Exemplare bis heute überlebt haben könnten.«

»Und so ein Dodo-Vieh ausgerechnet in Nähe von Dorf lebt?«, vergewisserte sich Poch ungläubig.

»*Natürlich* lebt es dort«, warf Xolpph genervt ein. »Wo wir langkommen, lebt *immer* irgendwas, dem andere nicht mal in ihren Träumen begegnen möchten!«

»Die Oksimoronen bringen dem Urwesen regelmäßig Tiere als Opfergaben dar, um es milde zu stimmen und vom Dorf fernzuhalten«, fuhr Bruder Fritsje leise fort. »Auf einer Lichtung, einen halben Tagesmarsch von hier, haben sie einen gewaltigen Schrein errichtet. Verliert unser Mann morgen gegen den Dorfchampion, werden sie uns dort festbinden und den rituellen Gong schlagen. Dann wird das Dodontoron erscheinen und unsere Gehirne trinken.«

Kapitel 23
Der Champion

Fabian stand vor einem Block aus blutrotem Kristall. Eine schlanke Gestalt lag darauf, eine Gestalt, die er nur zu gut kannte. Sie schien zu schlafen ... oder war sie tot? Nein, ihr rosafarbenes Gesicht verzog sich in unregelmäßigen Abständen, als durchlebte sie einen grauenhaften Albtraum.

Eine nachtschwarze Wolke hing über dem Kristallblock in der Luft, kaum einen halben Meter von Myrtels reglosem Körper entfernt. Dünne Arme aus Rauch waren mit ihr verbunden, schienen in rhythmischen, pumpenden Bewegungen begriffen, so als saugten sie etwas aus ihr heraus.

Plötzlich rissen die dunklen Schwaden auseinander. Ein Umriss schälte sich aus der Schwärze, ein Tier wie Fabian noch nie eines gesehen hatte: grau und groß wie ein Elefant, jedoch über und über mit Schuppen bedeckt wie eine Schlange.

Voller Entsetzen beobachtete er, wie die Kreatur ihren länglichen Kopf schnüffelnd in Richtung des Kristallblocks neigte. Ein langer, schuppenbedeckter Schlauch schwang durch die Luft, an dessen Ende etwas aufblitzte – eine knöcherne Klaue!

Fabian wollte schreien, doch der Laut blieb ihm in der Kehle stecken. Aus dem Augenwinkel sah er den peitschenartigen Rüssel des Monstrums heranzischen.

Die grässliche Klaue zielte genau auf Myrtels Kopf!

Mit einem Aufschrei warf sich Fabian vorwärts, um den tödlichen Hieb mit seinem eigenen Körper abzufangen.

Er spürte, wie ihn etwas traf, wurde herumgeschleudert. Etwas wickelte sich um seinen Hals, seinen Kopf, er bekam keine Luft mehr, keuchte, würgte ...

... und erwachte mit einem Aufschrei.

Aber noch immer bekam er keine Luft, eine warme, zähe Masse lag um seinen Hals und seine Brust gewickelt! Mit bebenden Händen krallte er danach, riss, zerrte.

»*Auuu*, was bei allen Göttern ...?« Verschlafen schlug Xolpph zwei seiner Augen auf, wobei er den Druck seiner Glieder um Fabians Oberkörper etwas lockerte. »Oi, oi! Ist das vielleicht eine Art, einen honorigen Xenophor aus dem Schlaf zu reißen?«

»Du hättest mich fast erwürgt!«, stieß Fabian krächzend hervor und rieb sich seinen gequetschten Hals.

Der Xenophor öffnete nun auch sein drittes Auge und begutachtete seine Position auf Fabians Brust. »Hmm, ich muss gestern Abend etwas zu dicht neben dir eingeschlafen sein«, vermutete er. »Und dann hatte ich einen grässlichen Albtraum ...«

»Ich denke, wir haben heute Nacht alle nicht sonderlich wohl geschlafen.« Bruder Fritsje erschien in der Bodenöffnung der Hütte, ein Tablett mit dampfenden Holzbechern und einem Stapel heller Teigfladen balancierend. »Wir sollten dem keine große Bedeutung beimessen und uns stärken. Die Prüfung beginnt bald!«

Während er sich an dem einfachen Frühstück gütlich tat, versuchte Fabian, die Worte des Hippopathen zu beherzigen und nicht weiter über seinen bedrückenden Traum nachzudenken. Es gelang ihm leidlich. Als er seinen Becher leerte, kam Meister Amoebius durch die Bodenöffnung hereingeflossen.

»Wo wart ihr denn alle?«, wunderte sich Fabian und wischte sich mit dem Handrücken über den Mund. »Dürfen wir uns etwa frei im

Dorf bewegen?« Jetzt erst fiel ihm auf, dass sich auch Poch nicht in der Hütte aufhielt.

Bis zum Beginn der Prüfung, ja. Unten an der Hütte stehen Wachmänner bereit, die sich bei jedem Schritt an unsere Fersen heften. Ich habe versucht, ein Gespräch mit den Ältesten zu führen, was mir auch gelungen ist.

»Und?«

Ich konnte erwirken, dass wir die Disziplin wählen dürfen, in der der Wettstreit ausgetragen wird. Es muss also nicht zwangsläufig ein Kampf sein. Daraufhin hat sich unser Mäuslingkamerad aufgemacht, um Bloggophyr, den Dorfchampion, genauer unter die Lupe zu nehmen. Er versucht, etwas herauszufinden, das uns bei unserer Wahl vielleicht von Nutzen sein kann.

Wie auf Stichwort ertönten trippelnde Schritte unter der Hütte, und Poch Bin-Ik streckte seinen spitzen Kopf herein.

»Poch interessante Neuigkeiten bringt!«, rief er aufgeregt. »Champion von Oksimoronen beobachtet hat: grober Kerl, unglaublich stark. Holz hacken er kann mit einer Hand, trägt schwere Palisaden wie Zahnstocher. Aaaber ...« Er legte eine dramatische Pause ein. »Tumb und ungeschickt er ist! Poch gesehen, wie er versucht hat, spielenden Kindern Ball zurückzukicken. Ball prompt über Palisadenzaun nach draußen geflogen ist!« Der Mäusling verschränkte stolz die Arme. »Wir das ausnutzen müssen, dann wir ihn vielleicht besiegen können.«

Ihnen blieb jedoch keine Zeit mehr, sich eine geeignete Strategie gegen den Dorfchampion auszudenken, denn unterhalb der Hütte näherten sich erneut Schritte. Barsche Worte wurden gewechselt, dann erschien der Kopf des federgeschmückten Kriegers vom Vortag in der Öffnung. »Ihr kommt! Prüfung ist!«

Mit gemischten Gefühlen folgten sie dem Oksimoronen und mehreren seiner Männer zum Dorfplatz. Das Feuer war bis auf eine schwelende Glut heruntergebrannt. Ringsum saßen Oksimoronen vor ihren Hütten, darunter zahlreiche Frauen und Kinder, die die

Geschehnisse interessiert beobachteten. Einige hielten Babys auf dem Arm, von denen nahezu alle aus Leibeskräften schrien.

Als er an einer Oksimoronin vorbeiging, deren Kind soeben den Mund zuklappte, um mucksmäuschenstill vor sich hinzulächeln, beobachtete er verwirrt, wie die Mutter dem Baby einen heftigen Klaps mit der flachen Hand versetzte. Dann noch einen und noch einen, bis das Kind von Neuem zu kreischen begann. Jetzt erst lehnte sich die Mutter wieder entspannt gegen die Wand ihrer Hütte zurück.

»Heiliges Erbspüree! Warum tut sie das?«

Ich habe euch schon erklärt, dass die Kultur der Oksimoronen auf Gegensätzen fußt, antwortete Meister Amoebius ruhig hinter seiner Stirn. *Angehörige dieses Volks beweisen sich ihre Zuneigung, indem sie sich gegenseitig prügeln. Kleinkinder schreien, wenn sie zufrieden sind. Schweigen sie dagegen, ist das ein Anzeichen, dass sie sich nicht wohlfühlen.*

»*Fünffach* bescheuert«, grunzte Xolpph auf Fabians Schulter.

An der Feuerstelle wurden sie vom Häuptling und sechs greisen Dörflern erwartet, eskortiert von rund zwanzig bewaffneten Kriegern. Ein wenig abseits, wie bestellt und nicht abgeholt, stand ein wahrer Riese von einem Oksimoronen. Er war gut einen Meter fünfundachtzig groß, was nach den Maßstäben seines Stammes gewaltig war. Wie die anderen Dorfbewohner war er schlank, doch unter den Speckwülsten, die wie eine Lage zu weiter Kleidungsstücke um seinen Körper hingen, ließen sich dicke Muskelstränge erahnen. Sein Gesicht erinnerte an einen Pfannkuchen, es war breit, flach und ungefähr genauso ausdrucksstark.

Das also war Bloggophyr. Fabian rief sich ins Gedächtnis, was Poch über den Dorfchampion herausgefunden hatte – und plötzlich hatte er eine Idee!

»Da ihr ist«, sagte Häuptling Nyonyo zur Begrüßung. Bis auf sein fürchterliches Kauderwelsch machte er eigentlich einen ganz sympathischen Eindruck, fand Fabian: ein Junge von zehn, vielleicht elf Jahren mit einem rundlichen, offenen Gesicht. »Ich hofft, ihr gut schlaft?« Er warf einen Blick zu den Ältesten hinüber, die mit versteinerten Gesichtern und verschränkten Armen in einer Reihe dastanden, und seufzte leise. Man merkte deutlich, dass er auf das, was nun folgen sollte, gerne verzichtet hätte. »Ihr überlegt hat, wie Prüfung sein will?«

»Ja, das haben wir«, sagte Fabian kurzerhand und trat einen Schritt vor.

Deine Idee ist nicht schlecht, bekundete Meister Amoebius, der seinen Einfall telepathisch verfolgt hatte. *Denkst du, du bist gut genug, um es zu versuchen? Immerhin hängt unser Leben davon ab!*

Fabian schluckte, dann nickte er langsam.

Poch und Xolpph plapperten unterdessen aufgeregt durcheinander, weil sie von nichts wussten. Auch Bruder Fritsje sah Fabian mit einer Mischung aus Überraschung und Unsicherheit an.

Meister Amoebius übernahm es, sie über den spontanen Plan in Kenntnis zu setzen. Währenddessen bestellte Fabian beim Häuptling die notwendige Ausrüstung für den Wettkampf.

»Könnten Eure Leute einen Weidenast zu einem Reif biegen, ungefähr *so* weit, und ihn anschließend waagerecht an einer der Hütten befestigen ... etwa in der Höhe der Dachkante?« Er deutete auf eine Stelle an einer der Hütten, die ungefähr drei Meter über dem Erdboden lag.

Der Häuptling nickte, sah ihn abwartend an.

»Weiterhin bräuchten wir einen Ball – so einen wie den, mit dem Eure Kinder spielen. Diese runden Lederhäute sind doch mit Luft gefüllt, oder?«

Wieder nickte der Häuptling, und allmählich schien er zu verstehen. Die Ältesten dagegen tuschelten ratlos miteinander.

»Der Wettstreit läuft wie folgt ab«, verkündete Fabian. »Ist der

Reif befestigt, hat jeder Kämpfer zehn Würfe frei, alle von einem festgelegten Punkt aus. Wer am häufigsten durch den Reif trifft, ist der Sieger.«

Der Häuptling schüttelte heftig den Kopf. Glücklicherweise klatschte er dabei zusätzlich in die Hände, und Fabian begriff, dass sein Wunsch akzeptiert war. Mit einer raschen Geste unterband der junge Herrscher das erregte Gemurmel der Dorfältesten. »So es geschieht!«, rief er Respekt gebietend. »Häuptling Nyonyo spricht!«

Die Oksimoronen brauchten nicht lange, um die nötigen Vorkehrungen zu treffen. Über heißem Wasserdampf wurde eine Weidenrute zurechtgebogen, bis sie einen Reif ungefähr von der Größe eines Basketballkorbs bildete. Dieser wurde an der Dachkante einer Hütte befestigt, in einem Abstand zum Boden, von dem Fabian schätzte, dass er ungefähr der Höhe eines irdischen Wettkampfkorbs entsprach. Die Kinder des Dorfs wurden angewiesen, ihre Bälle zusammenzutragen, die, wie Fabian jetzt sah, nicht aus Leder, sondern aus der getrockneten Blase irgendeines Tiers gefertigt waren. Der Häuptling suchte den besten aus, und mit einem klobigen Werkzeug wurde er prall voll mit Luft gepumpt.

Fabian nutzte die Zeit für einige Aufwärmübungen. Er trieb lange genug Sport, um zu wissen, dass man sich auch für Aufgaben, die auf den ersten Blick nicht übermäßig anstrengend wirkten, besser gut vorbereitete. Zunächst absolvierte er, der drückenden Hitze zum Trotz, einige Stretchingübungen, dehnte Arm-, Bein- und Schultermuskulatur. Dann joggte er unter den wachsamen Blicken der Oksimoronen mehrere Runden am Palisadenzaun entlang.

Bloggophyr indes tat gar nichts. Wie ein Felsklotz stand er in der Gegend herum und starrte ins Leere. Von dem, was um ihn herum vorging, schien er nichts mitzubekommen.

Nach der dritten Runde kehrte Fabian zu seinen Freunden zurück, die ihn in der Nähe des provisorischen Basketballkorbs erwarteten. Als er ankam, floss ihm der Schweiß in Strömen über das Gesicht, sein T-Shirt klebte ihm nass am Körper.

»Bist du noch zu retten? Du machst dich ja jetzt schon total fertig!«, quäkte Xolpph, der auf Bruder Fritsjes breitem Kreuz auf und ab hopste wie ein Jockey auf einem Rennpferd. »So bekommst du den dämlichen Ball doch nicht mal vom Boden hoch!«

Abwarten, wandte Meister Amoebius ein. *Fabian weiß, was er tut. Ich vertraue ihm.*

Mittlerweile hatte sich die gesamte Dorfbevölkerung auf dem Platz eingefunden, grob geschätzt hundert bis hundertfünfzig Oksimoronen. Ihre Mienen wirkten ärgerlich, manche musterten den Kampfplatz mit blankem Hass. Fabian ahnte, dass dies ihre Art war, der freudigen Erwartung auf ein nicht alltägliches Schauspiel Ausdruck zu verleihen.

Drei schrille Töne erklangen, als mehrere Krieger in die ausgehöhlten Hörner irgendeines Urwaldtiers bliesen. Der Wettkampf begann.

Fabian gebührte als Gast der erste Wurf. In einem Abstand, der ungefähr der Feldlinie eines irdischen Basketballfelds entsprach, zog er mit dem Fuß einen Strich in den staubigen Boden und legte so den Ausgangspunkt für alle Würfe fest. Mehrmals drehte er den fremdartigen Ball in den Händen, um ein Gefühl dafür zu bekommen, wie das plumpe Ding fliegen würde. Dann bezog er Aufstellung: rechter Fuß nach vorne, Ballhand in die Luft. Er zielte, warf.

Und traf!

Ärgerliches Schnaufen und Wutgeheul ertönte aus den Reihen der Zuschauer. Fabian hatte etwas derartiges erwartet, schließlich trat er gegen den Dorfchampion an, der gewiss eine feste Fangemeinde hatte. Doch dann dämmerte ihm, dass es sich bei den Lautäußerungen der Oksimoronen in Wirklichkeit um Jubelrufe und Applaus handelte! Offenbar waren die Waldbewohner nicht grundsätzlich für oder gegen einen der Wettbewerber eingestellt. Umso besser!

Häuptling Nyonyo hatte verfügt, dass abwechselnd geworfen werden sollte, daher trottete nun Bloggophyr mit schleppenden Schritten zur Abwurflinie. Ein hastig herbeieilender Oksimorone flüsterte ihm noch einmal ins Ohr, was er zu tun hatte, dann reichte er ihm den Ball.

Der Champion starrte die luftgefüllte Blase sekundenlang stumm an. Unendlich langsam hob er sein Pfannkuchengesicht und fixierte mit trüben Augen den Reif aus Holz.

Dann fuhr er seinen Arm aus und warf den Ball exakt hindurch!

Wieder brandete rings um den Platz zorniges Gebrüll auf. Obszöne Gesten wurden in Bloggophyrs Richtung gemacht, offenbar das Äquivalent zu siegesgewiss emporgereckten Daumen auf der Erde.

Fabian schluckte. Hatte er sich verkalkuliert? War Pochs Beobachtung falsch gewesen? Dafür, dass der Champion noch nie in seinem Leben Basketball gespielt hatte, war seine Leistung beachtlich!

Keine Sorge, Fabian, erklang Meister Amoebius' Stimme beruhigend hinter seiner Stirn. *Das Glück ist gerne mit den Dummen. Lass nicht zu, dass dich das belastet. Erinnere dich, worüber wir kürzlich gesprochen haben: eine Aufgabe nach der anderen!*

Fabian gab sich alle Mühe, die Worte des Quallers zu beherzigen. Er fing den Ball auf, den ihm jemand aus dem Hintergrund zuwarf, trat erneut an die Abwurflinie und warf.

Der Ball prallte am Rand des Reifs ab und plumpste zu Boden, ohne hindurchzufallen.

Fröhliches Lachen und frenetischer Applaus aus den Reihen der Oksimoronen quittierten seinen Fehlschlag. Die irritierend falschen

Reaktionen des Publikums begannen Fabian zu nerven. Wütend kickte er den Staub vor seinen Füßen fort.

Sein Gegner nahm mit reglosem Gesicht den Ball entgegen, trat an die Linie und warf. Der Ball flog über einen Meter am Korb vorbei und verschwand zwischen den umstehenden Hütten.

Eins zu eins.

Mit neuer Hoffnung machte sich Fabian bereit für seinen dritten Wurf … und verwandelte ihn!

Bloggophyr dagegen vergeigte auch seinen nächsten Versuch. Das friedliche, beinahe liebevolle Lächeln, das im Anschluss auf das grünliche Gesicht des Riesen trat, verhieß nichts Gutes.

Fabian ließ sich jedoch nicht irre machen. Konzentriert warf er zum vierten Mal. Und traf erneut.

Aus dem Augenwinkel registrierte er, dass seine Freunde das Geschehen mit angehaltenem Atem verfolgten. Bei jedem Treffer schwenkte Xolpph wild seine Auswüchse, grölte, klatschte und pfiff, so laut er konnte. Es war ein sonderbarer Kontrast zu den hasserfüllten, enttäuschten Rufen der Waldbewohner, aber Fabian stellte fest, dass ihm die Aufmunterung guttat.

Unglücklicherweise schien Bloggophyrs träges Hirn mittlerweile begriffen zu haben, worauf es ankam. Bei seinem vierten Wurf ließ er sich wesentlich mehr Zeit zum Zielen, fuhrwerkte endlos lange mit seinen dicken Armen in der Luft herum. Dann warf er.

Und traf. Drei zu zwei nach vier Würfen.

Auch Fabians nächste beiden Bälle trafen, die seines Gegners allerdings ebenfalls, was ihn ärgerte. Gern hätte er seinen Vorsprung ausgebaut, den auf ihm lastenden Druck verringert. Ihm war schmerzhaft bewusst, dass er keine Maschine war; es konnte jederzeit noch etwas schiefgehen!

Und kaum hatte er daran gedacht, *ging* etwas schief: Fabians siebter Ball berührte zwar den Reif, fiel jedoch nicht durch.

Sekunden später punktete Bloggophyr erneut – und holte damit zum Gleichstand nach sieben Würfen auf!

Es schien, als wiederholte der Riese, seit er den Bogen raushatte, einfach immer seinen vorangegangenen Wurf bis ins kleinste Detail. Seine Bälle schienen jedes Mal eine exakt identische Flugbahn zu beschreiben, stets wirkte der Bewegungsablauf, mit dem er sein Ziel anvisierte und warf, genau gleich.

Es folgte der achte Wurf.

Fabian punktete.

Bloggophyr punktete.

Als Fabian sich für den neunten Wurf bereitmachte, war seine Stirn von einem glitzernden Schweißfilm überzogen. Und das lag nicht mehr bloß an der Hitze. Er hatte Angst!

Es stand sechs zu sechs, jeder hatte noch zwei Würfe übrig. Fabian benötigte mindestens einen Punkt Vorsprung, um zu gewinnen, bei einem Gleichstand nach dem zehnten Ball würde so lange in Zweierschritten weitergeworfen, bis einer scheiterte.

Es sei denn, Bloggophyr machte vorher den entscheidenden Punkt!

Nur mit Mühe bekam Fabian das Zittern seiner Hände unter Kontrolle. Bilder aus seinem nächtlichen Albtraum zogen vor seinem geistigen Augen vorbei – Myrtel, wie sie unter der dunklen, formlosen Wolke auf dem Kristallblock lag, das riesige Dodontoron, das wild seine Knochenklaue schwang ...

Beinahe ohne sein bewusstes Zutun schleuderte er den Ball. Es war ein halbherziger Wurf, und bereits an der Flugbahn ließ sich ablesen, dass er vorbeigehen würde.

Tatsächlich berührte Fabians Ball zum ersten Mal während des Wettstreits nicht einmal den Rand des Reifs. Einen halben Meter entfernt prallte er gegen die Hüttenwand und fiel zu Boden.

Xolpph stieß ein entsetztes Kieksen aus.

Langsam und unaufhaltsam wie ein Panzer bezog Bloggophyr Stellung. Erneut nahm er exakt dieselbe Pose ein wie bei seinem vorangegangenen Wurf, erneut vollführte er dieselbe Bewegung mit dem Arm ... und erneut traf er den Korb!

Sechs zu sieben.

Mit einem Mal war es totenstill auf dem Platz. Die Luft knisterte vor Spannung. Sogar den Oksimoronenfrauen war es plötzlich egal, ob ihre Babys vor Hunger schwiegen oder nicht.

Fabian spürte, wie sich ein Kloß in seiner Kehle bildete. Diesen letzten Ball *musste* er verwandeln! Dann hätte er wenigstens noch Aussichten auf einen Gleichstand und damit eine Verlängerung – vorausgesetzt, Bloggophyr vergeudete seinen zehnten Wurf.

Warf er dagegen vorbei, war alles verloren.

Als er den Ball hob, rechnete er fest damit, dass Panik in seinem Innern emporschießen würde wie ein Geysir. Doch stattdessen geschah etwas anderes: Eine kühle Welle schien über ihn hinwegzuspülen, eine Woge, die alle Bedenken und seine Todesangst an den Rand seiner Wahrnehmung drängte, sodass er sich in Ruhe auf seinen Wurf konzentrieren konnte.

Er hob den Kopf und warf Meister Amoebius einen dankbaren Blick zu. Niemand anders als der Qualler konnte für die telepathische Unterstützung verantwortlich sein. Das war vielleicht nicht ganz fair, aber hier ging es um Leben und Tod, das rechtfertigte alle Mittel!

Fabian wandte seine Aufmerksamkeit wieder dem Korb zu und konzentrierte sich. Mehrmals atmete er tief durch, wie er es gelernt hatte.

Dann biss er die Zähne aufeinander und warf.

In einer gleichmäßigen Kurve, wie gemalt, segelte die luftgefüllte Blase auf den Reif zu und verschwand darin, ohne den hölzernen Reif auch nur zu streifen!

Fabian atmete erleichtert aus. Doch noch war nichts entschieden! Wenn Bloggophyr jetzt seinerseits traf, würde der Wettstreit sieben zu acht enden, und das Dodontoron würde sich schon bald an ihren Gehirnen gütlich tun!

Mit stampfenden Schritten brachte sich der Champion in Position. Maschinengleich hob er die Arme, um erneut jenen Wurf zu wiederholen, der ihm nun schon sechsmal hintereinander einen Punkt eingebracht hatte.

Wie in Zeitlupe löste sich der Ball von Bloggophyrs spatengroßen Händen. Fabian konnte nicht anders, er musste die Augen zukneifen.

Da plötzlich war ihm, als hörte er ein Summen – tief, gleichmäßig, schnell näher kommend. Er riss die Augen gerade noch rechtzeitig wieder auf, um zu verfolgen, wie Bloggophyrs Ball, anstatt durch den Reif zu fallen, über den Rand nach außen taumelte, so als sei er mitten in der Luft mit irgendetwas zusammengestoßen. Harmlos fiel er neben dem Korb zu Boden.

Gleichstand nach dem zehnten Wurf!

Schon gab Häuptling Nyonyo, der vom ungewöhnlichen Verhalten des Balls nichts bemerkt zu haben schien, die Verlängerung des Wettstreits um zwei weitere Würfe bekannt.

Hinter Fabians Stirn wirbelten die Gedanken durcheinander. War das Summen wirklich da gewesen? Es hatte exakt geklungen wie ...

Ein erneuter telepathischer Schub von Meister Amoebius, und seine Unruhe legte sich. Ganz ruhig ging er zur Abwurflinie, verdrängte alle störenden Gedanken, zielte und warf.

Treffer!

Als Bloggophyr sich seinerseits zur Abwurflinie begab, trug sein breites Pfannkuchengesicht ein wissendes Grinsen zur Schau – der Riese musste total verwirrt sein. Seine gleichförmige Routine war durchbrochen worden, seine mehrfach erfolggekrönte Technik gescheitert.

Als er die Arme hob und zielte, waren die Bewegungen des Champions unsicher und linkisch. Er wusste nicht, wie er verfahren sollte. Schließlich rang er sich dazu durch, zu werfen, doch die Bewegung war unrund, die Richtung schlecht.

Der Ball verfehlte den Korb um einen guten Meter.

Acht zu sieben! Wenn Fabian *jetzt* traf, war der Wettkampf beendet. Zwei Punkte Vorsprung konnte Bloggophyr mit seinem letzten Wurf nicht aufholen.

Fabian schaltete sein bewusstes Denken aus und konzentrierte sich allein auf den Ball in seinen Händen.

Scheinbar in Zeitlupe löste sich der Ball von seinen Fingerspitzen und glitt durch die Luft, wie an einer unsichtbaren Schnur befestigt. Er beschrieb einen eleganten Bogen und traf exakt in die Mitte des Reifs.

Gewonnen!

Im gleichen Moment, da der Gedanke in Fabians Kopf explodierte, erhob sich ringsum wütendes Grölen und Buhen.

Die Oksimoronen waren begeistert!

Eine Sekunde später hing Xolpph an seinem Hals und quetschte ihm überschwänglich die Luft ab, während Poch auf der anderen Seite klebte wie eine Klette und ihm immer wieder mit den Pfoten auf die Schulter hieb.

»Saustark war das!«, blökte der Xenophor in sein Ohr. »Es so spannend zu machen, mit Verlängerung und allem! Hätte ich nicht besser hingekriegt!«

Auch Meister Amoebius und Bruder Fritsje kamen, um ihm zu gratulieren. Da ertönte plötzlich von Neuem ein Summen, diesmal unmittelbar über Fabians Kopf. Er hob den Kopf und erblickte ...

»*Hummbert!* Wie zum Elch ist das möglich?«

Kurz kam ihm in den Sinn, dass es sich bei der orange-schwarzen Pelzkugel, die dröhnend über ihm in der Luft stand, eigentlich nur um eine wilde Drommel handeln konnte. Woher sollte Hummbert hier, mitten im Dschungel, plötzlich kommen?

Doch seine Zweifel zerstreuten sich schlagartig, als das Tier herabsank und glücklich auf Fabians Schulter Platz nahm.

Unser Freund scheint der Gesellschaft Pater Euseruphius' und seiner Ordensbrüder überdrüssig geworden sein, vermutete Meister Amoebius mit hörbarem Erstaunen. *Er muss aus dem Kloster entwischt sein und sich auf den Weg nach Süden gemacht haben, schon vor Tagen!*

»Nach Süden?« Während Fabian der Drommel das weiche Fell kraulte, wurde ihm klar, was der Grund für Bloggophyrs unerwartetes Versagen gewesen war. Er bedauerte, keinen Honig bei der Hand zu haben, um das treue Tier zu belohnen.

Man hat schon häufiger davon gehört, dass Drommeln ihrem Herrn über weite Strecken gefolgt sind. Möglicherweise ist der Wahrnehmungsapparat dieser Tiere weitaus leistungsfähiger, als man bisher annahm. Hummbert hat sich auf den Weg zu jener Person gemacht, die er in den letzten Tagen mehr als alle anderen in sein Insektenherz geschlossen hat ...

»Zu mir?« Fabian hob ungläubig die Brauen.

»Zu Myrtel natürlich!« Auch Bruder Fritsje musterte die Drommel jetzt fasziniert. »Ja, das könnte die Erklärung sein: Hummbert hat sich von Mnom-Ping aus auf den Weg nach Shurakk gemacht, zu seiner Herrin. Als er sich über dem Dschungel von Wunst befand, tauchten wir hier auf, und er registrierte die Gegenwart einer weiteren Person, die er sehr schätzt: die von Fabian.«

»Und er hat Bloggophyrs zehnten Wurf ...?«

Psssst, unterbrach ihn Meister Amoebius, der bemerkt hatte, dass sich Häuptling Nyonyo mit den Ältesten näherte.

Mit zorngerötetem Gesicht trat der Anführer der Oksimoronen an Fabians Seite und ergriff seine Hand. »Das große Kampf ist!

Häuptling Nyonyo genießt Spannung und Können von Kämpfern!« Seine begeisterten Worte straften die scheinbar unpassende Mimik und seine keifende Stimme Lügen. »Oksimoronen Wort hält und euch hilft. Mein Schwester Ulfulfu euch führt zu Pflanze, das ihr sucht!«

Neben ihm war ein Mädchen aufgetaucht, ungefähr in Fabians Alter. Wie alle Oksimoronen hatte sie eine grüne, dunkel gefleckte Haut und trug ein kurzes Kleid aus Palmwedeln. Ihr dunkles Haar war zu einem Zopf geflochten, der fast bis auf den Boden reichte, und um ihren schlanken, von kleinen Speckröllchen überzogenen Hals baumelte eine Kette aus Knochen.

»Du gewinnt«, sagte sie, wobei ihr Gesicht sich hasserfüllt verzerrte. Sie stockte, dachte kurz nach und unternahm dann den Versuch eines Lächelns. Ulfulfu musste während des Wettstreits Xolpph und die anderen beobachtet und festgestellt haben, dass deren Reaktionen merklich anders ausfielen als die ihrer Anverwandten.

Fabian fand das sehr nett und versuchte seinerseits, ein möglichst grimmiges Gesicht zu machen. Das Resultat war, dass er prustend zu lachen begann, während dicke Tränen aus Ulfulfus Augen rannen.

»Du wirst uns also zeigen, wo wir eine Lupertine finden?«

»Das ich tut«, bestätigte Ulfulfu und wischte sich mit dem Handrücken die Wangen trocken. »Ich kennt alle Pflanzenkinder in Dschungel. Wenn du willst, wir sofort aufbricht!«

Kapitel 24
Florinda & Florando

Was verleitet euch eigentlich zu der gewagten Annahme, dieses sonderbare Mädchen könnte den richtigen Weg kennen?« Xolpph gab sich keine Mühe, seine Zweifel zu verhehlen. »Ich bin mir sicher: Hätte ein gewisser Xenophor den Vorschlag gemacht, die Führung zu übernehmen, hätte es sofort geheißen: ›Gewisser Xenophor, so klug und attraktiv du sein magst – halt die Klappe!‹«

Seit geraumer Zeit schon folgten sie der Schwester des Häuptlings einen breiten Trampelpfad entlang, der – soweit sich das im dichten Dschungel beurteilen ließ – in gerader Linie vom Dorf der Oksimoronen fortführte. Ulfulfu hatte mit dem Begriff »Lupertine« zunächst nichts anfangen können, worauf Meister Amoebius ihr telepathisch ein Bild des Gewächses in den Kopf projizierte. Da verzog sich ihr Gesicht zu einer Maske völliger Verwirrung: Sie hatte begriffen!

Auf Fabians erregte Nachfrage bestätigte das Mädchen, dass Blumen wie diese nicht allzu weit entfernt vom Dorf vorkämen – oder dass dies zumindest vor wenigen Monaten noch so gewesen sei; da die Oksimoronen keinen Kalender führten, konnte Ulfulfu nur grob schätzen, wann sie zuletzt eine Lupertine gesehen hatte. Doch diese Unsicherheit war nicht das Einzige, was Xolpph immer wieder zu kritischen Kommentaren verleitete.

»Wieso glaubt ihr einem hergelaufenen Gör, wenn es sagt, es wisse, wo in dieser Riesensauna eine einzelne Blume wächst?«, nölte er. »Und wo ist eigentlich unsere Eskorte blutrünstiger Oksimoronenkrieger? Immerhin haben wir den Wettkampf gewonnen! Wir sind Ehrengäste des Häuptlings! Es steht uns zu, dass man uns ...«

»Ich weiß gar nicht, was du hast«, schnitt ihm Fabian, der die dauernde Nörgelei satt hatte, das Wort ab. »Sie *haben* uns doch Begleitung mitgegeben!« Er deutete über die Schulter, wo ihnen im Gänsemarsch ein knappes Dutzend Oksimoroninnen mittleren Alters folgte, jede mit einem riesigen, aus einer ausgehöhlten Frucht hergestellten Gefäß auf dem Kopf.

»Bei Krotzians abgelaufenen Schuhsohlen! Du meinst doch nicht etwa die ollen Gwynettenmelkerinnen?« Der Xenophor stieß ein verächtliches Schnauben aus. »Tolle Eskorte!«

Auch Fabian hatte sich zunächst gewundert, dass Häuptling Nyonyo, der sie im Anschluss an seinen Sieg zu Ehrengästen seines Dorfs ernannt hatte, sie ohne Schutz gegen die Gefahren des Dschungels hatte ziehen lassen. Von Ulfulfu erfuhr er jedoch, dass der vor ihnen liegende Weg regelmäßig von Ernterinnen ihres Stammes benutzt wurde; er führte durch bekanntes, vergleichsweise sicheres Territorium, in dem keine Gefahren zu befürchten seien.

»Wir akzeptieren Ulfulfu aus einem ganz einfachen Grund als Führerin«, kam Bruder Fritsje milde auf Xolpphs Einwand zurück. »Weil wir keine andere Wahl haben! Laut einhelliger Aussage der Oksimoronen kennt sie sich mit der hiesigen Pflanzenwelt am besten aus. Entweder, wir lassen uns von ihr den Weg weisen, oder wir marschieren vielleicht noch Jahre auf eigene Faust in dieser grünen Hölle umher!«

Darauf fiel dem Xenophor nichts mehr ein. Für die nächste halbe Stunde waren ihre knirschenden Schritte, Hummberts dumpfes Summen über ihren Köpfen und das Klatschen, wenn Fabian einen

Moskito auf seiner Haut erschlug, die einzige Abwechslung zur unermüdlichen Geräuschkulisse des Urwalds.

Schließlich gelangten sie in einen Bereich mit gedrungenen, dicken Bäumen, die weniger dicht beieinanderstanden und zwischen deren runzligen Stämmen kaum andere Pflanzen gediehen. An Ästen, die sich unter dem immensen Gewicht fast bis zum Boden hinabbogen, hingen kopfgroße, rosige Früchte. Jede wies auf der Unterseite vier fingerlange Auswüchse auf, was ihnen das Aussehen prall gefüllter Kuheuter verlieh. Die Oksimoronenfrauen nahmen ihre Krüge von den Köpfen und schwärmten emsig in alle Richtungen aus.

»Was ist jetzt?«, erkundigte sich Fabian.

»Sie melken die Gwynetten.« Bruder Fritsje deutete auf eine Oksimoronin, die sich im Schneidersitz, ihr bauchiges Gefäß auf den Knien, unter einer der dicken Früchte niedergelassen hatte. Abwechselnd zupfte sie an den vier Zipfeln, worauf jeweils ein dünner Strahl milchig-weißer Flüssigkeit heraus- und in den Auffangbehälter spritzte. »Eine einzelne Gwynette produziert pro Tag fast zwei Liter wohlschmeckende, nährstoffreiche Milch«, verkündete der Mönch. »Falls in diesem Wald die Mutter eines wenige Tage alten Jungtiers stirbt, kann ihr Nachwuchs überleben, indem er rechtzeitig einen Gwynettenbaum findet. Dieser vermag das Tier zu säugen, bis es groß genug ist für feste Nahrung.«

Fabian hatte keine Probleme, sich das bildlich vorzustellen: Wenige Schritte entfernt baumelte Poch kopfüber an einer vollreifen Gwynette und saugte an einer ihrer Zitzen, als ginge es um sein Leben.

Auf Fabians ungeduldigen Ruf löste er sich widerwillig und kehrte mit einem milchweißen Grinsen zu seinen Freunden zurück. Auch Hummbert schwebte folgsam aus den Ästen der Bäume herab, wo er wer-weiß-was getrieben hatte, und sie marschierten weiter.

»Nicht mehr weit ist«, verkündete Ulfulfu mit einem aufmunternden Lächeln. Das Mädchen hatte den ganzen Weg über trainiert, sodass die Anstrengung, die es sie kostete, ihren Gesichtsausdruck der Mimik ihrer Besucher anzupassen, kaum noch auffiel. »Ich schon Wasserfall hört!«

Auch Fabian vernahm ein entferntes Rauschen, das sich deutlich vom üblichen Kreischen und Schnattern ringsum abhob. Bei ihrem Aufbruch hatte Ulfulfu verkündet, dass sich ihr Ziel in der Nähe eines Wasserfalls befinde. Und der musste jetzt ganz in der Nähe sein!

Rasch blieben die Gwynettenbäume mitsamt den Melkerinnen hinter ihnen zurück. Das Rauschen wurde lauter, und nach wenigen Minuten stießen sie auf einen munter gluckernden Bachlauf. Sie folgten ihm bis zu einer Lichtung, an deren entferntem Ende steile Felsen in die Höhe ragten. Über diese Klippen stürzte gischtend Wasser in einen kleinen, kreisrunden See hinab. Glitzernde Wolken aus Wassertröpfchen hingen in der Luft, und das Licht der Sonne zauberte einen breiten, leuchtenden Regenbogen hinein.

So malerisch der Anblick war, Fabian interessierte sich weitaus mehr für die Uferregion des Sees. Denn dort wuchsen Blumen in allen nur denkbaren Farben und Formen!

»Faszinierend!« Bruder Fritsje starrte mit großen Augen über das Meer aus Kelchen und Blütenblättern. »Eine dreiblütige Gefährlind! Und dort ... das müssen Drawoklesveilchen sein! Extrem selten, das Stück kostet im Marktachtel von Pantrami zwei Goldlinge. Und da, ein getüpfelter Dottersack! Blühender Fußlattich ... doppelkernige Pflumien ... silberne Götterfinger. Was für ein Reichtum an seltensten Gewächsen! Ich wünschte, ich könnte Setzlinge all dieser Pflanzen mitnehmen und sie im Kräutergarten des Klosters ...«

Nun, eine Pflanze werden wir bestimmt mitnehmen, besänftigte Meister Amoebius den begeisterten Mönch. *Das heißt: falls sie existiert! Haltet die Augen offen nach einer …*

»… hüfthohen Blume mit daumendickem Stiel und sternförmig abstehenden, grell rosafarbenen Blütenblättern«, beendete völlig unerwartet Xolpph den Satz des Quallers.

Woher weißt du …?

»Allgemeinbildung«, behauptete der Xenophor sofort.

Doch den Freunden wurde rasch klar, wie Xolpph das gesuchte Gewächs tatsächlich identifiziert hatte: Nicht weit entfernt stand Ulfulfu neben einer Blume mit untertassengroßen rosa Blütenblättern, auf die sie mit beiden Armen deutete. »Ihr diesen Blume sucht, richtig?«

»Heiliges Erbspüree!« Während Hummbert mit einem gierigen Brummen in der bunten Blütenpracht verschwand, stapfte Fabian beinahe ehrfürchtig zu dem Oksimoronenmädchen hinüber. »Ist das eine?«

»Ganz gewiss«, ereiferte sich Bruder Fritsje. »Neben der ausdrucksstarken Farbe der Kelchblätter lassen die flockige Konsistenz der Stempelpollen sowie die Beschaffenheit des flexiblen Stängels sowie seiner kräftigen, nachgerade muskulös anmutenden Blätter keinen Zweifel zu, dass es sich um eine Lupertine handelt, genauer: jene Untergattung, welche in botanischen Kompendien unter der Bezeichnung ›lupertina faszinosa‹ geführt wird, seltener auch als …«

»Mein Name ist Florinda«, sagte plötzlich eine Stimme, die keiner von ihnen je zuvor gehört hatte. Mit einem kieksenden Laut sprang Ulfulfu von der Blume zurück.

Einen Augenblick später verstand Fabian ihre Reaktion – denn in dem staubigen Rund im Zentrum der Blüte klaffte plötzlich ein quergestellter Schlitz, der entfernt an einen lächelnden, dicklippigen Mund erinnerte. Und dieser Mund bewegte sich!

»Ich bin sehr schön«, sagte die Blume.

»Oi, oi – oi!«, hauchte Xolpph.

»Was zum Elch ...?«, hob Fabian an.

»Die Blume spricht?« Bruder Fritsje schien in höchstem Maße irritiert.

»Mein Name ist Florinda«, wiederholte die Blume. Unerwartet gelenkig schwang ihr rosafarbener Kopf auf dem Stängel herum, und obwohl sie keine Augen besaß, richtete sie sich exakt auf die dicht gedrängt stehende Gruppe aus. »Und wer seid ihr?«

»Aber man hat noch nie davon gehört ...«, hob Bruder Fritsje an.

»Blumen duften sollten, nicht sprechen!«, fand Poch mit skeptischem Blick.

Meister Amoebius sagte gar nichts. Er glitt ans Ufer des kleinen Sees und ließ einen Tentakel ins Wasser baumeln.

»Na ja«, hob Fabian an, der sich mittlerweile wieder gefangen hatte. »Ist das wirklich etwas *so* Besonderes, für ambiguanische Verhältnisse, meine ich? Ihr habt sprechende Pilze, singende Bäume ... wieso soll es da nicht auch sprechende Blumen geben?«

»Gute Frage eigentlich«, fand Xolpph, ohne seinen Blick von der Lupertine abzuwenden.

»Weil Lupertinen zur Familie der honigduftenden Muskelstängler gehören«, erklärte Bruder Fritsje leicht pikiert. »Angehörige dieser Gattung verfügen – im Gegensatz zum samelsurischen Wahnpilz oder dem Tausendblättrigen Lianer – über keinerlei Spracherzeugungsorgane!«

»Dies Blume normalerweise nicht spricht!«, bestätigte Ulfulfu, die misstrauisch zu der Lupertine hinüberäugte.

»Ich bin sehr schön«, wiederholte die Blume, die sich Florinda nannte.

»Man könnte sogar sagen: sauschön«, bestätigte Xolpph heftig nickend.

»Warum ... äh, warum kannst du sprechen?« Fabian konnte nicht verhindern, dass er sich etwas bescheuert bei der Frage vorkam.

»Sprechen ist schön!«, erklärte Florinda voller Überzeugung.

»Saublöde Frage, Alter«, schnappte Xolpph.

In diesem Moment kehrte Meister Amoebius vom Ufer zurück. *Das Wasser dieses Sees enthält eine Fülle an Nährstoffen, denen ich in dieser Konzentration noch an keinem anderen Ort begegnet bin! Ich vermute, dies führt zu einem verstärkten Wachstum der Pflanzen im Umkreis sowie zur Ausbildung verschiedener ... nun, ich will sie vorsichtig »Spezialeigenschaften« nennen.*

Bruder Fritsje musterte mit zusammengekniffenen Augen die anderen Blumen, die rings um den Teich wuchsen. »Ihr könntet recht haben«, gab er zu. »Dieser getüpfelte Dottersack weist einen Umfang auf, den er laut der einschlägigen Werke nie erreichen dürfte. Und die Chrysanthopsien dort scheinen eine Methode entwickelt zu haben, mit klebrigen Zusatzstängeln Insekten zu fangen ... unerhört!«

Die Wege der Natur sind unergründlich, Bruder. Sie lassen sich nicht zwischen Buchseiten zwängen, sprach Meister Amoebius weise. *Wenn Ulfulfu recht hat und diese Blumen hier nicht immer gesprochen haben, wäre es denkbar, dass sich irgendwo weiter oben am Wasserlauf in jüngster Zeit eine geologische Veränderung ereignet hat, die einen gesteigerten Nährstoffgehalt des Bachs zur Folge hatte. Möglicherweise gab es einen Erdrutsch, der eine tiefere Bodenschicht freigelegt hat, woraufhin ...*

»Und was machen wir jetzt?« Fabian interessierte all das herzlich wenig. »Soweit ich sehe, ist dies die einzige rosafarbene Blume weit und breit. Wie können wir sie mitnehmen, wenn sie lebendig ist?«

»Lebendig hin oder her«, quiekte Poch und hüpfte auf die Lupertine zu. »Wir sie pflücken, ganz einfach!«

Florinda stieß einen schrillen Schrei aus, als sie den Mäusling mit ausgestreckten Pfoten auf sich zukommen sah. Noch bevor Meister Amoebius einen gedanklichen Ruf ausstoßen oder Fabian seinem vierbeinigen Freund zurückhalten konnte, trat unvermittelt Xolpph in Aktion: Wie ein Blitz sprang er von Fabians Rucksack zu Boden und sauste, schneller als irgendjemand es ihm zugetraut hätte, zu der Lupertine hinüber. Dicht vor ihrem Stängel schoss er senkrecht in die Höhe wie eine Königskobra und bleckte wild die Zähne.

»Pfoten weg, du nagezähniger Mörder! Du wirst diesem holden Wesen nicht das Lebenslicht ausknipsen, so wahr ich Xolpph Xerxxes Xapparek heiße!«

Die Lupertine zu pflücken, wäre tatsächlich äußerst unklug. Sie wäre verwelkt, lange bevor wir in Shurakk ankämen. Und nach allem, was Fabian im Archiv der Termiphylen in Erfahrung gebracht hat, vermag nur der Blütenstaub eines lebenden Exemplars den Zehrer aufzuheben. Darüber hinaus, fügte Meister Amoebius mit einem Seitenblick auf die sprechende Blume hinzu, *ist es nicht in unserem Sinne, einem fühlenden, denkenden Wesen etwas zuleide zu tun!*

Poch zog sich beschämt zurück, worauf die Lupertine einen erleichterten Seufzer ausstieß. Auch Xolpph entspannte sich etwas, ohne jedoch seine Bewacherposition aufzugeben.

»Aber wie können wir sie dann mitnehmen?«, wollte Fabian mit sinkendem Mut wissen.

Wir werden vorgehen wie seinerzeit der Alchimist Thay'Phun, wenn er sich frischen Lupertinen-Nachschub bestellte: Wir graben die Blume mitsamt Wurzeln und Mutterboden aus. In einem aus Lianen geflochtenen Tragenetz sollte sich dieser Erdballen mühelos gen Süden transportieren lassen.

»Gen Süden?«, erkundigte sich Florinda interessiert. »Ist es da schön?«

»Na ja, so kann man das nicht unbedingt sagen ...«, hob Xolpph zweifelnd an.

»Wunderschön!«, versicherte Fabian rasch und begann, in seinem Rucksack nach etwas zu suchen, das ihnen beim Ausgraben helfen konnte.

»Dann will ich in den Süden!«, rief Florinda glücklich. »Und wenn es dort schön ist, wird es meinem Bruder dort sicher auch gefallen.«

»Deinem ... Bruder?« Noch während Xolpph die Worte aussprach, drehten sich alle Köpfe in Florindas Richtung.

»Florando«, bestätigte die Lupertine nickend. Sie neigte sich zur Seite und schob mit zwei flexiblen Stielblättern ein hohes Grasbüschel beiseite, das neben ihr aus dem Boden spross.

Dahinter kam eine weitere Blume zum Vorschein: Sie glich Florinda bis aufs letzte Pollenkorn, einzig die Farbe ihrer Blütenblätter war Dunkelviolett anstatt Rosa.

Langsam, mit sichtbarem Desinteresse, schwang der Kopf der violetten Blume herum. »Was seid ihr denn für hässliche Vögel?«, sagte sie. Ihre Stimme klang müde und gelangweilt.

»Eine zweite Lupertine«, kommentierte Bruder Fritsje trocken. »Andere Untergattung, selbe Familie. ›Lupertina grumpidia‹, wenn mich nicht alles täuscht. Und auch sie spricht!«

»Poch nichts Gutes schwant ...«

»Florando und ich sind seit unserer Geburt zusammen«, verkündete Florinda prompt. »Ich werde nur gemeinsam mit ihm nach Süden gehen. Zusammen ist es schön!«

»Natürlich, natürlich!« Xolpph nickte wie ein Trottel.

Fabian sah Hilfe suchend zu Meister Amoebius hinüber, den die sonderbare Situation eher zu amüsieren als zu beunruhigen schien.

So werden wir eben zwei Lupertinen mitnehmen. Wohlan, macht euch ans Ausstechen, Freunde! Und gebt gut acht, dass ihr das empfindliche Wurzelgeflecht nicht beschädigt. Die Blumen müssen in optimalem Zustand sein, wenn sie die Reise überstehen sollen, die nun vor uns liegt: mitten hinein ins Herz des Bösen!

Teil 3

Shurakk

Interludium

Es war völlig still in der Kammer. Kein Laut drang aus den unzähligen höheren Stockwerken in die Tiefe. Schillernd brach sich das Licht einiger rußender Kerzen in den makellos geschliffenen Flächen und Kanten der kristallenen Wände.

Nur eine einzige Bewegung war auszumachen: Kaum merklich hob und senkte sich der Brustkorb einer Gestalt, die auf einem länglichen Block in der Mitte des Raums lag. Schlafend, atmend.

Noch.

Lange Zeit geschah nichts. Irgendwann begann eine der Kerzen zu flackern, dann eine zweite, bis alle Flammen tanzten und hüpften, als habe jemand ein Fenster geöffnet und einen einsamen Luftzug durch die endlosen verzweigten Korridore wehen lassen.

Doch es gab keinen Luftzug.

Nicht in diesen Tiefen.

Etwas quoll durch die achteckige Türöffnung in den Raum, ein dunkelroter Schatten ohne Form. Wie Rauch glitt er über den Boden, dichter und zielgerichteter, als es gewöhnlicher Qualm je vermocht hätte. Als das Gebilde den Altar erreichte, hielt es inne. Es türmte sich auf, bis es eine ständig zerfasernde, sich neu zusammensetzende Gestalt zu bilden schien, die sich über den reglosen Körper beugte.

Der Schemen umrundete die Schlafende, zerfloss, manifestierte sich wieder, eher an zähe Flüssigkeit gemahnend denn an Nebel.

Ein schwaches Zucken durchlief den Körper des Mädchens, so als könne sie trotz ihres tiefen Schlafs die Anwesenheit von etwas wahrnehmen, das sie vor Furcht erbeben ließ. Die Präsenz von etwas Unmenschlichem, Altem, vor dem die Welt schon lange vor ihrer Geburt gezittert hatte.

Erst, als der Schemen vom Altar abließ, kam sie wieder zur Ruhe.

Das formlose Etwas glitt zum Durchgang zurück, durch einen Korridor und weiter in einen grottenartigen Raum. Fremdartige Gegenstände standen dort aufgereiht, komplizierte Maschinen, die weder für menschliche Augen bestimmt noch von menschlicher Hand geschaffen worden waren. Den Boden zierte ein Mosaik mit einem vieltausendfach verästelten Muster. Es war so komplex und verwirrend, dass es einen Normalsterblichen durch seinen bloßen Anblick binnen Sekunden in den Wahnsinn getrieben hätte.

Doch die karmesinrote Masse, die sich jetzt in seinem Zentrum zusammenballte, war kein normaler Sterblicher.

Lange, sehr lange wallte sie dort umeinander, mal diesem, mal jenem Strang des Musters folgend, wobei sie beständig dunkler wurde, konzentrierter. Massiver.

Schließlich, nach etlichen Stunden, war der formlose Schemen plötzlich verschwunden.

Und an einer Stelle, wo zuvor nichts gewesen war, richtete sich etwas Gedrungenes, Buckliges zum ersten Mal seit 777 Jahren wieder auf und reckte seine Glieder.

Kapitel 25
Eile mit Weile

»Ich kann nicht glauben, dass wir wirklich tun, was wir gerade tun«, verkündete Bruder Fritsje beklommen. »Nach Shurakk zu gehen! Zu versuchen, in Maledikts Feste einzudringen!« Er wischte sich mit dem Ärmel seiner Mönchskutte den Schweiß von der Stirn und fügte hinzu: »Wir haben eine Lupertine, gut und schön. Aber wie geht es jetzt weiter?«

»Ich bin sehr schön!«, bestätigte Florinda, deren rosafarbener Kopf hoch über den Schultern des Hippopathen hin- und herwippte. »Und ich ziehe nach Süden!«

»Genau genommen haben wir sogar *zwei* Lupertinen«, fügte Fabian zwischen zusammengebissenen Zähnen hinzu und rückte die geflochtenen Gurte zurecht, die den kürbisgroßen Erdballen mit der zweiten, violetten Blume oberhalb seines Rucksacks fixierten. Seit Stunden marschierten sie bereits durch weite, kiesbedeckte Ödnis, und die zusätzliche Last auf seinem Rücken trieb auch Fabian den Schweiß aus allen Poren, obwohl es hier deutlich kühler war als zuvor in der Schwüle des Dschungels.

»Im Süden ist es hässlich, jede Wette drauf«, murmelte Florando halblaut und spähte skeptisch nach oben, wo Hummbert, sanft summend wie eine gut geölte Nähmaschine, über Fabians Kopf dahinglitt.

Lange schon war das grüne Band des Dschungels hinter ihnen am Horizont verschwunden. Sie marschierten zielstrebig nach Süden – auf einen Ort zu, von dem jeder Einzelne von ihnen sich am liebsten viele tausend Meilen ferngehalten hätte!

»Ich denke, es ist an der Zeit, uns in die nächste Phase Eures Plans einzuweihen«, fuhr Bruder Fritsje fort. »Denn fraglos wird es die alles entscheidende Phase sein: Wie können wir Myrtel vom Fluch des dunklen Herrschers befreien und anschließend Shurakk wieder verlassen ... *lebend*, nach Möglichkeit?«

»Ich muss zugeben, dass diese Frage auch unter den Dingen, die mich momentan interessieren würden, auffällig weit vorn rangiert«, verkündete Xolpph, der sich wie ein Sicherheitsgurt quer um Bruder Fritsjes Oberkörper geschlungen hatte, um ständig ein Auge auf dessen kostbare rosafarbene Fracht werfen zu können. »Vor allem das mit dem ›lebend wieder verlassen‹!«

Fabian blickte zu der grünen Schleimmasse hinüber, die ein Stück vor ihnen über den knirschenden Untergrund glitt. Seit sie den Dschungel verlassen hatten, brannte auch er auf Informationen bezüglich ihres weiteren Vorgehens.

Nachdem sie die Wurzeln der Lupertinengeschwister mitsamt zwei großen Erdklumpen ausgegraben, sie gewässert und in engmaschig geknüpfte Netze aus Lianenfasern verpackt hatten, waren die Freunde auf direktem Weg ins Dorf der Oksimoronen zurückgekehrt. Fabian hatte angenommen, dass Meister Amoebius sie von dort umgehend zu der magischen Pforte zurückführen würde, durch die sie gekommen waren. Doch er täuschte sich.

Stattdessen bat der Qualler Häuptling Nyonyo um einen Führer zum südlichen Rand des Dschungels, der laut Aussage der Oksimoronen nicht weiter als einen halben Tagesmarsch entfernt lag. Bevor der junge Stammesführer einen seiner Krieger für die Aufgabe bestimmen konnte, hatte sich bereits seine Schwester erboten, auch diese Aufgabe zu übernehmen. Die Oksimoronen fertigten zwei lederne Tragegeschirre an, damit Bruder Fritsje und Fabian die Erdballen mit den Lupertinen oben auf ihren Rucksäcken befestigen konnten. Unmittelbar bevor sie aufbrachen, schenkte der Häuptling Fabian noch ein längliches, mit exotischen Schnitzereien verziertes Holzkästchen, so groß wie ein Füllhalter-Etui - ein Glücksbringer für den neuen Champion, wie Nyonyo sagte.

Fabian bedankte sich und verstaute den Talisman in seinem Rucksack. Dann sagten sie dem Häuptling Lebwohl und machten sich, begleitet von Ulfulfu und einem halben Dutzend bewaffneter Waldmänner, auf den Weg.

Die Strecke erwies sich tatsächlich als nicht übermäßig weit, dennoch kostete sie sie geraume Zeit. Ein ums andere Mal mussten sie sich vor Bombenangriffen aus den Baumkronen in Sicherheit bringen, mal von Chlorophillas, mal von kleineren, langschwänzigen Affen, die die Oksimoronen Gibbelins nannten; und die Exkremente, die Letztere schleuderten, bestanden leider keineswegs aus trockenen Samenkapseln wie die der Chlorophillas!

Ulfulfu zeigte sich über die Aggressivität der Baumbewohner verwundert. »Gibbelins normalerweise nicht böse«, erklärte sie. »Aber Tiere von Wald schon seit einige Zeit anders ist: wütend! Tückisch!«

Der Einfluss des erwachten dunklen Herrschers ist auch hier zu spüren, bestätigte Meister Amoebius. *Tiere haben einen empfindlichen Wahrnehmungsapparat, ein eingebautes Frühwarnsystem für Katastrophen sozusagen. Sie sind unruhig, weil sie ahnen, dass etwas Böses in der Ferne lauert.*

Schließlich lichteten sich die Bäume und gaben den Blick frei auf eine schier endlose Einöde aus Kies, Geröll und trockener, rissiger Erde - das Land Stagnat, wie Bruder Fritsje mit hörbarer Erleichterung kundtat.

Ihr habt recht – es ist an der Zeit, über unsere Strategie zu sprechen, kam Meister Amoebius mit einiger Verzögerung auf Bruder Fritsjes Frage zurück. Während der letzten Minuten war er auffallend still vor ihnen her über den geröllbedeckten Untergrund geglitten, so als lausche er auf etwas, das nur er hören konnte. *Es gibt Grund zur Hoffnung! Soeben habe ich eine telepathische Nachricht aus Pantrami erhalten, von Olafur, den ich einst lehrte, durch magisch verstärkte Gedankenbündel mit mir in Verbindung zu treten, ganz gleich, wo ich mich gerade aufhalte. Leider vermag ich ihm über eine so weite Entfernung nicht zu antworten. Er verfügt über Zauberkräfte, ich dagegen …*

»Was berichtet er?«, wollte Bruder Fritsje wissen.

»Grund zur Hoffnung?«, wiederholte Fabian zweifelnd.

Das auf die Schnelle geformte Heer der Freien Staaten bricht noch in dieser Stunde von einem Punkt östlich der Wülste von Worsp Richtung Süden auf – gegen Shurakk!

Niemand erwiderte etwas. Es würde zum Krieg kommen, das stand nunmehr unumstößlich fest.

So schrecklich die Aussicht auf eine bevorstehende Schlacht ist, die Erfolgschancen unserer Rettungsmission erhöhen sich dadurch beträchtlich!

Fabian brauchte einen Moment, bevor ihm klar wurde, worauf der Qualler hinauswollte. »Ihr meint, wenn Maledikt von dem nahenden Heer Wind bekommt, wird er seine ganze Aufmerksamkeit auf seine Verteidigung richten?«

Der Qualler nickte schwabbelnd. *Sobald die Kunde eines militärischen Aufmarschs zu ihm vordringt, wird ihm nichts anderes übrig bleiben, als schnellstmöglich die versprengten Reste seiner einstigen Streitmacht zusammenzutrommeln. Im Innern Shurakks wird daraufhin hektische Aktivität ausbrechen. Um die Landesgrenzen dagegen wird sich zunächst kaum jemand scheren – das Heer der Freien Staaten kann sie schließlich frühestens in ein bis zwei Wochen erreichen, auch wenn es weit schneller vorankommt als eine große Armee.*

»Und Myrtel?«, entfuhr es Fabian entsetzt. »Wird Maledikt sie jetzt nicht umbringen?«

Der dunkle Herrscher hat momentan andere Probleme, beruhigte ihn Meister Amoebius und rückte mit einer selbstbewussten Geste seinen Tropenhelm zurecht. *Außerdem ist ihm Myrtel als Person eher gleichgültig. Er dürfte längst gemerkt haben, dass König Oyter ihm kein Staatsoberhaupt und keine einflussreiche Monarchin gebracht hat.*

Fabian nickte. »Dann also nach Shurakk, so schnell wie möglich!« Er sah den Qualler voller Hoffnung an. »Bestimmt sind wir bereits auf dem Weg zu einer weiteren magischen Pforte, hab ich recht? Ihr werdet uns einmal mehr zur Erde zurückbringen, von wo wir mit einem erneuten Pfortensprung die Distanz nach ...«

Es gibt keine aktiven Pforten in der Nähe des Landes Shurakk, Fabian, das weißt du, unterbrach ihn Meister Amoebius ruhig. *Nicht seit dem Großen Siegelzauber.*

»Oi. Aber bis Shurakk ist es noch ein ordentlicher Kanten«, gab Xolpph zu bedenken. »Und uns bleiben, wenn ich mich nicht verzählt habe, nur noch vier Tage, bis Myrtel ...« Er sprach den Satz nicht zu Ende.

»Drei Tage, um genau zu sein«, verbesserte Bruder Fritsje, korrekt wie immer.

»In dieser Zeit Strecke unmöglich zu bewältigen ist«, piepste Poch.

»Im Süden ist es ohnehin hässlich«, mischte sich Florando von Fabians Rücken ein. Hummbert brummte irgendwo über seinem Kopf zustimmend.

Wir haben die Wüste von Rindh bereist, wir haben durch Pfortensprünge gewaltige Distanzen zurückgelegt, eine als ausgestorben geltende Pflanze gefunden und den tödlichen Dschungel von Wunst durchquert, verkündete Meister Amoebius mit einem Anflug von Strenge. *Wir werden jetzt kaum vor einer Bagatelle wie dieser kapitulieren!*

»Na ja ... ob man etliche hundert Meilen als Bagatelle bezeichnen will, sollte jedem selbst überlassen bleiben«, murmelte Xolpph halblaut.

»Aber wie können wir diese gewaltige Entfernung sonst zurücklegen?«, wollte Fabian mit schwindendem Mut wissen.

Das wirst du gleich erfahren. Wir müssten eigentlich weit genug sein ... Gebt acht!

Mit diesen Worten blieb der Qualler stehen. Zumindest hatte es den Anschein: Er verlangsamte seine Vorwärtsbewegung, bis er sich kaum noch von der Stelle bewegte. Nur ganz leichte Wellen liefen noch durch seinen schwabbeligen Körper, ähnlich wie bei einer kriechenden Nacktschnecke.

Einen winzigen Moment später schoss er plötzlich vorwärts, schneller als ein galoppierendes Rennpferd! Rasch wurde er kleiner, bis er kaum mehr als ein unförmiger grüner Punkt am Horizont war.

Fabian starrte ihm verdutzt nach. Seit wann konnten sich Qualler so rasch bewegen, zudem ohne die geringste Anstrengung?

Und noch etwas war sonderbar. Als er mit zusammengekniffenen Augen den dahinrasenden Schleimhaufen fixierte, der jetzt einen Bogen schlug und in ihre Richtung zurückkam, stellte er fest, dass seine Fortbewegung irgendwie ruckartig verlief – er schien zu flackern, wie bei einem Daumenkino, dessen Bild auf jeder Seite ein winziges Stückchen weitersprang.

Neben ihm ließ sich Poch auf alle viere fallen und galoppierte los, um den Qualler einzuholen und das sonderbare Phänomen zu ergründen. In einem hektischen Wirbel hämmerten seine Pfoten über den harten Boden ...

Doch er bewegte sich keinen Millimeter vorwärts!

»Was ... los ... ist?«, keuchte der Mäusling, während er verzweifelt versuchte, seine Schrittfrequenz weiter zu beschleunigen. Das Einzige, was er damit erreichte, war, dass auch er kaum merklich zu flackern begann wie die Bildröhre eines schrottreifen Computermonitors.

Der Anblick war grotesk: Poch rannte wie von Furien gehetzt, ohne von der Stelle zu kommen!

»Was ist das denn wieder für eine saublöde ...«, hob Xolpph an. Doch er kam nicht dazu, seine Frage zu beenden, denn Bruder Fritsje machte einen extrem langsamen, winzigkleinen Schritt vorwärts – und donnerte davon, schneller als ein Auto! Die Schreie »Oiiiiiiiiii!« und »Schööööön!« (in zwei unterschiedlichen Stimmlagen) waren das Letzte, was Fabian von dem Hippopathen und seinen beiden Passagieren hörte.

Die Sache fing allmählich an, ihm unheimlich zu werden! Vorsichtshalber stemmte er seine Füße fest auf den Boden, um bloß keinen unbeabsichtigten Schritt zu machen.

Neben ihm plumpste Poch erschöpft zu Boden. Das Flackern erlosch.

Ein massiger grüner Umriss schoss auf Fabian zu und bremste wenige Meter vor ihm so abrupt ab, dass es sämtlichen Gesetzen der Physik zu spotten schien. *Keine Bange*, beruhigte ihn Meister Amoebius, sobald er sicher neben ihm stand. *Dieses ungewöhnliche Naturphänomen ist nicht gefährlich. Im Gegenteil: Es wird uns helfen, die vor uns liegende Strecke rechtzeitig zu bewältigen.*

Auch Bruder Fritsje kam jetzt wieder in Sicht. Nach wie vor schien er nicht mehr zu tun, als gemächlich zu schlurfen. Das Höllentempo, mit dem er über den steinigen Boden hinwegbretterte, erinnerte dagegen an ein getuntes Motorrad. Mit wehender Kutte brauste er heran – um von einer auf die andere Sekunde einfach stehen zu bleiben!

Xolpph, der kraftlos am Schultergeschirr des Mönchs baumelte, machte ein Gesicht, als müsste er sich gleich übergeben. Der Hippopath dagegen grinste unter seiner Kapuze in kindlicher Freude. »Ich nehme an, dies ist die legendäre Stagnatische Verschiebung?«, sagte er zu Meister Amoebius. »Ich habe bisher nur davon gelesen. Nie hätte ich mir träumen lassen, dass der Effekt derart vehement ausfällt!«

»Ich verstehe nur Bahnhof«, gab Fabian zu.

Was Bruder Fritsje und ich soeben erprobt haben, ist eine Naturerscheinung, dem das Land Stagnat seinen Namen verdankt: die sogenannte Stagnatische Verschiebung, gab Meister Amoebius bereitwillig Auskunft. *Es handelt sich um ein transdimensionales Teleportationsphänomen, ähnlich der Transition zwischen den Welten, allerdings in viel kleinerem Maßstab. Bei der geringsten Bewegung über den hiesigen Grund kommt es zu blitzartigen räumlichen Versetzungen. Jede dieser Versetzungen, von denen viele Hundert pro Sekunde stattfinden können, transportiert den Betroffenen ein kleines Stück weiter in die Richtung, in die er sich bewegt. Das Bemerkenswerte ist, dass sich die Entfernung zwischen diesen Versetzungspunkten reziprok zur eingeschlagenen Geschwindigkeit verhält ...*

»Könntet Ihr vielleicht eine Sprache verwenden, die auch die anwesenden Xenophore verstehen?«, bellte Xolpph, der sich wieder einigermaßen gefasst hatte.

»Was Meister Amoebius meint, ist, dass dich die Stagnatische Verschiebung umso schneller vorwärtsteleportiert, je langsamer du dich bewegst«, fasste Bruder Fritsje zusammen.

»Und umso langsamer, je schneller man rennt!« Jetzt endlich wurde Fabian klar, was soeben mit Poch geschehen war.

Probiert es ruhig auch aus, Fabian und Poch!

Fabian gehorchte und machte einen mickrigen, nicht übermäßig schnellen Schritt. In derselben Sekunden fühlte er sich vorwärtsgerissen, als hätte er ein lebensgefährlich schnelles Transportband betreten! Wind zerrte an seinen Haaren, bauschte sein T-Shirt. Auf seinem Rücken stieß Florando ein entsetztes Glucksen aus. Irgendwo in der Luft über seinem Kopf brummte Hummbert begeistert.

Ruckartig blieb Fabian stehen und drehte sich um.

Er war mit gefühlten drei Schritten mindestens dreihundert Meter weit gekommen! Verwundert starrte er Hummbert an, der neben ihm schwebte und offenbar keine Mühe gehabt hatte, sein halsbrecherisches Tempo mitzuhalten.

Noch behutsamer als zuvor machte er zwei nochmals kleinere Schrittchen auf Meister Amoebius und Bruder Fritsje zu – und donnerte mit D-Zug-Geschwindigkeit haarscharf an ihnen vorbei! Wie er bald feststellte, musste er eine Gangart zwischen Joggen und Sprint anschlagen, wenn er sich seinen Freunden so langsam nähern wollte, dass keine Gefahr eines Zusammenpralls mehr bestand.

Fassungslos kam er neben Meister Amoebius zum Stehen.

»Heiliges Erbspüree! Das ist ja abgefahren! Aber wieso spürt man den Fahrtwind? Ich dachte, die Sache funktioniert wie eine Transition? Dabei merkt man doch auch keinen Luftzug.«

Das hängt mit einer Besonderheit der Stagnatischen Verschiebung zusammen: Die Teleportationen versetzen nur, was den Boden berührt – also deinen Körper, nicht jedoch die Luft drumherum.

»Wahnsinn. Und Hummbert ...«

Wird nicht teleportiert. Er fliegt ganz normal – allerdings zum ersten Mal so schnell, wie Drommeln normalerweise unterwegs sind.

»AAAAAAAAAAAAAAAAHOOOOOOOOOOOOO!«

Hastig drehten sie die Köpfe und gewahrten in weiter Ferne einen blauen, langschwänzigen Schemen, der so schnell über die Ebene fetzte, dass man ihn kaum noch erkennen konnte. »HA-HAAAAAA! POCH KÖNIG DER WELT!«, kreischte der Mäusling ausgelassen.

Fabian sah ihm eine Weile zu, wie er in weiten Schleifen immer wieder um sie herumflitzte, ohne sich dabei im Geringsten zu verausgaben.

»Ist das nicht gefährlich?«, wandte er sich wieder an Meister Amoebius. »Ich meine, wenn man in diesem Höllentempo irgendwo dagegenkracht?«

Oh, diese Gegend ist sehr dünn besiedelt. Hier gibt es kaum Hindernisse, an denen man sich die Nase stoßen könnte. Die nächste größere Siedlung liegt viele Meilen westlich von hier.

»Poch wird sich bald wieder einkriegen«, fügte Bruder Fritsje schmunzelnd hinzu.

»Als wäre dieser Typ nicht ohnehin schon hyperaktiv genug«, grollte Xolpph.

Seine Miene wurde jedoch sofort wieder versöhnlicher, als es neben ihm tönte: »Eine Stagnatische Verschiebung? Wie schön!«

Kapitel 26
Yggsbudd

Zunächst bereitete es den Freunden gewisse Schwierigkeiten, einen Rhythmus zu finden, bei dem alle genau gleich langsam ausschritten. Immer wieder fiel Fabian weit zurück, weil er zu schnell marschierte. Poch, der es besonders gut machen wollte, verfiel dagegen so sehr in Zeitlupenbewegungen, dass er mehr als einmal in einer Staubwolke am Horizont verschwand.

Doch schließlich klappte es: In gemächlichem Schlenderschritt trödelten sie nebeneinander her, während die reizlose Landschaft Stagnats an ihnen vorüberzischte wie vor dem Cockpitfenster eines startenden Düsenjets. Und wie zuvor hatte Hummbert keine Probleme, das Tempo mitzuhalten, im Gegenteil: Er wirkte ausgelassen wie ein Hund, dem man endlich Auslauf gewährt, schlug wilde Kapriolen oder entfernte sich minutenlang in eine beliebige Richtung, bevor er wie eine treue Brieftaube zurückkehrte.

In diesem Tempo sollten wir die ersten Ausläufer des Gebirges von Morr-Orr gegen Abend erreichen, verkündete Meister Amoebius zufrieden.

»Und dann?« Allein die Erwähnung des verfluchten Gebirges, das Maledikts Reich von den Freien Staaten trennte, ließ Fabian erschauern. »Wie kommen wir auf die andere Seite?«

Lange bevor einstmals ein Heerführer mit Namen Malediktus das hohe Yrk verließ und nach Shurakk zog, um Corborion zu errichten und zu Ma-

ledikt dem Finsteren zu werden, waren die Torberge Itt und Ott, ja: ganz Morr-Orr nichts weiter als normale Berge. Erst als Maledikt im Herzen seines neuen Reichs dunkle Ränke zu schmieden begann, alchemistische Experimente durchführte und eine gewaltige Armee zusammentrommelte, siedelten sich wilde Trulle, Wemwölfe und andere finstere Geschöpfe in den Schluchten und Tälern des Gebirges an. Seither wagt kein Wesen reiner Gesinnung mehr, diese Region zu betreten.

»Immer wieder das alte, saublöde Lied«, quäkte Xolpph lustlos. »Wo wir langmüssen, lauert der Olle mit der Sense!«

»Fremde Kulturen sind schön!«, behauptete Florinda im Brustton der Überzeugung.

Fabian legte den Kopf schief. »Wieso erzählt Ihr uns das?«

Unterhalb des Berges Itt, des westlichen der beiden Torberge, gab es einst Minen, in denen Nals, Silentzium und andere Edelmetalle abgebaut wurden, lange vor Maledikts Herrschaft. Teile dieser Stollengänge müssten heute noch existieren. Ich habe vor unserem Aufbruch in Pantrami Einblick in alte Pläne genommen und mir den damaligen Aufbau der Anlagen eingeprägt. Falls noch etwas davon übrig ist, werden wir sie finden und die Grenze zu Maledikts Reich auf diesem Wege unterwandern.

»Ich hasse es echt, mich schon wieder unbeliebt zu machen«, schaltete sich Xolpph zaghaft ein. »Aber hat sich auch mal einer überlegt, was wir anstellen, wenn von diesen Gängen *nichts* mehr übrig ist?«

Das werden wir sehen, wenn wir dort sind, erklärte Meister Amoebius knapp. *Es hat keinen Sinn, sich jetzt darüber den Kopf zu zerbrechen – ein Schritt nach dem anderen, erinnert ihr euch?*

Fabian nickte. Er vertraute dem Qualler. Seine Philosophie des etappenweise Vorgehens hatte sie ihrem Ziel bereits näher gebracht, als er je zu hoffen gewagt hätte.

In diesem Moment rollte ferner Donner über die Ebene. Erschrocken sah Fabian auf.

Eine düstere Wolkenfront ballte sich am Horizont zusammen, unheimlich schnell, wie in einer Zeitrafferaufnahme. Ein unterschwelliger Geruch nach faulen Eiern schien mit einem Mal in der Luft zu hängen; vielleicht bildete er es sich aber auch nur ein.

Das ambiguanische Klima ist nachhaltig gestört, stellte Meister Amoebius traurig fest. *Maledikts Präsenz rüttelt am jahrtausendealten Gleichgewicht der Dinge. Gebe Fitz-Bartel, dass der dunkle Herrscher abgewehrt werden kann und die Dinge bald wieder ins Lot kommen!*

Am späten Nachmittag passierten sie eine Reihe von Hügeln und Wällen aus unbehauenen Steinen, die eindeutig künstlichen Ursprungs waren. In vielen steckten primitive Kreuze aus Holz, manche waren mit Tafeln versehen, die verschnörkelte Inschriften trugen.

Eine Gänsehaut rieselte über Fabians Rücken, als ihm klar wurde, dass es sich um Gräber handelte – Hunderte, Tausende von Gräbern!

Wir befinden uns jetzt im Herzen Stagnats, sprach Meister Amoebius bedächtig. *Hier fand im Jahre 2777 nach Töc die legendäre Schlacht zwischen Maledikts Horden und den Heerscharen der Freien Staaten statt.*

»Bei der die Freien Staaten siegten?«, erinnerte sich Fabian.

Ja, aber unter welchen Verlusten! Der Qualler verstummte. Die bloße Erinnerung an das schicksalhafte Ereignis schien ihm körperliches Unwohlsein zu bereiten.

»Es ist nicht leicht für einen Telepathen, über diesen Boden zu wandeln«, erklärte Bruder Fritsje leise. »Der Widerhall von Chaos und Tod, die einst hier wüteten, ist für einen sensiblen Geist noch immer spürbar.«

»Wie konnten die Freien Staaten damals eigentlich gewinnen?«, erkundigte sich Fabian. »Nach allem, was Meister Amoebius mir erzählt hat, verfügte Maledikt über das größte Heer, das je in Ambigua aufmarschiert ist.«

»Tatsächlich waren seine Soldaten damals erheblich in der Überzahl«, bestätigte Bruder Fritsje und nahm einen tiefen Schluck aus seiner Feldflasche, bevor er etwas davon über seine Schulter auf Florindas Erdballen goss.

»Ahhh! Wasser ist schön«, säuselte die Lupertine dankbar.

»Ozrak und Tekstil, die Söhne des damaligen Königs von Samelsur und Heerführer der Freien Staaten, waren klug genug, ihre Armee am Vorabend der Schlacht in der Funktionsweise der Stagnatischen Verschiebung zu unterweisen«, fuhr der Mönch fort. »Während die tumben Horden Maledikts von Blutdurst gepeitscht vorwärtspreschten – und auf diese Weise kaum schneller vorankamen als ein fußlahmer Greis –, konnte das Heer Ozraks und Tekstils blitzartige Manöver durchführen, die ihre Gegner in tiefe Verwirrung stürzten. Es war, als kämpfte ein Schwarm wütender Weppsen gegen ein schwerfälliges Manuzeros.« Der Hippopath seufzte, als er an die fürchterliche Schlacht zurückdachte. »Da der dunkle Herrscher seinen Kämpfern jedoch durch Magie jegliche Furcht vor dem Tod genommen hatte, war dies längst nicht das Ende. Maledikts Horden kämpften weiter, bis sie vollständig aufgerieben waren. Zu keinem anderen Zeitpunkt in der ambiguanischen Geschichte wurden so viele Leben ausgelöscht wie bei der Schlacht von 2777.«

Für eine Weile schlenderten sie schweigend vor sich hin. Irgendwann stellte Fabian fest, dass er an seine Eltern dachte, zum ersten Mal seit langer Zeit, wie es ihm vorkam. Der Auslöser lag auf der Hand: Wie er waren die beiden einst gen Süden gezogen, nach Shurakk. Und obwohl er wusste, dass sie damals einen anderen Weg ins Land des Bösen gewählt hatten, fühlte es sich seltsam an, nach all den Jahren das gleiche Ziel zu haben wie sie.

Unvermittelt erschien das verwaschene Foto von Evelyn und Marc Volta vor seinem geistigen Auge, das er vor Jahren aus der Vermisstenakte der Polizei ergattert hatte. Er sah einen großgewachsenen Mann mit breiten Schultern, daneben eine bildhübsche Frau mit langem, zu einem Zopf geflochtenem Haar. Er versuchte, sich vorzustellen, wie sie sich gefühlt haben mochten, damals. Hatten sie Angst gehabt? So wie er jetzt, wenn er an die vor ihnen liegende Aufgabe dachte? Hatten sie geahnt, dass sie nie mehr aus dem Land des Bösen zurückkehren würden?

Fabians Gedanken wurden jäh unterbrochen, als Hummbert laut summend von einem seiner Erkundungsflüge zurückkehrte. In der Richtung, aus der er kam, ein Stück abseits ihrer eigentlichen Route, stiegen aus einer Senke dünne Rauchspiralen auf.

»Offenbar hat Hummbert eine Siedlung entdeckt«, vermutete Bruder Fritsje.

Meister Amoebius spähte starr zu dem schwarzen Qualm hinüber, der sich korkenzieherartig in den Himmel emporwand. Dann sagte er seltsam gepresst: *Wir sehen uns das an! Wenn wir langsam genug schlendern, wird der Umweg uns nicht viel Zeit kosten.*

Wenige Minuten später zeigte sich, dass es sich bei dem, was Hummbert erspäht hatte, tatsächlich um ein Dorf handelte.

Oder zumindest das, was von einem Dorf übrig war!

Der schwarze Rauch stammte nicht aus Schornsteinen, er stieg von den rußgeschwärzten Ruinen Dutzender Steinhütten auf. Verkohlte Dachbalken ragten wie die Skelette großer Tiere aus umgestürzten Mauerresten, kantige Aschehaufen, einst hölzerne Fuhrwerke, lagen auf der Straße verstreut. Ein verbrannter, teerartiger Gestank hing in der Luft.

Sie passierten ein umgestürztes Ortsschild, auf dem die Flammen alles außer den Buchstaben »-gsbudd« unleserlich gemacht hatten.

Dann sahen sie die Toten.

Fabian wandte den Blick ab, doch was er gesehen hatte, ließ sich nicht mehr aus seinem Kopf tilgen.

Verbrannte Körper pflasterten die Hauptstraße des kleinen Orts. Sie lagen in Hauseingängen, auf Gehwegen und über eingestürzten Mauern. Die wenigen Leichname, die nicht von den Flammen bis zur Unkenntlichkeit verunstaltet worden waren, trugen Spuren schrecklicher Gewalteinwirkung: Hier ragte ein Speer aus einem Rücken, dort waren Kleidung und Körperteile von den Hieben großer Klingen oder Klauen zerfetzt.

Sprachlos folgten sie der Straße ins Innere des Dorfs. Fabian beneidete Xolpph und die Lupertinengeschwister darum, dass sie nicht selbst laufen mussten und ihren Blick von dem Grauen ringsum abwenden konnten. Den anderen blieb nichts anderes übrig, als sich vorsichtig einen Weg zwischen verschmorten Körpern hindurch zu bahnen. Tod und Verwüstung waren allgegenwärtig.

Sie erreichten einen kleinen Platz im Dorfzentrum. Hier schienen die Zerstörungen weniger ausgeprägt. Viele der Toten auf dem blutverkrusteten Kopfsteinpflaster hielten noch Mistgabeln, Spieße oder kurze Schwerter in ihren für immer erstarrten Händen. Pfützen einer grünlichen, dickflüssigen Substanz bedeckten den Boden.

Vorsicht!, warnte Meister Amoebius mit Blick auf eine der Lachen. *Falls es sich um das handelt, was ich vermute, tut ihr gut daran, der Flüssigkeit nicht zu nahe zu kommen!*

Der widerliche Schmorgeruch kitzelte in Fabians Nase. Instinktiv musste er an einen Sonntagsbraten denken, der zu lange im Ofen gestanden hat, und prompt stieg eine würgende Übelkeit in seiner Kehle hoch.

Poch, der sich mit zitternden Pfoten an seinem Arm festklammerte, schien es ähnlich zu gehen. Nicht einmal Xolpph ließ sich zu einem dummen Kommentar hinreißen. Er hielt alle drei Augen fest geschlossen und gab sich Mühe, so auszusehen, als sei er eingeschlafen; das Zittern seines gummiartigen Leibs jedoch strafte diese Maskerade Lügen.

»Bei Optomen! Was ist hier nur geschehen?«, hauchte Bruder Fritsje und vollführte einige fahrige Schutzgesten vor Gesicht und Brust.

Meister Amoebius glitt zu den Gefallenen hinüber, wobei er einen weiten Bogen um die grünen Pfützen machte. Aus Respekt vor den Toten nahm er seinen Tropenhelm ab, dann beugte sich zu einem der Toten herab und hob dessen Oberkörper vom Boden. *Bei allen Göttern! Das hatte ich befürchtet.* Er winkte in Fabians Richtung. *Kommt und seht!*

Unsicher trat Fabian vor. Poch ließ wimmernd seinen Arm los und blieb, wo er war. Bruder Fritsje trat neben ihn, legte dem Mäusling beruhigend einen Arm um die Schulter und bedeutete Fabian, dass er allein gehen möge.

Der Tote in den Armen des Quallers war ein dicker, vollbärtiger Mann. Sein Gesicht war für immer zu einer Maske unaussprechlichen Entsetzens erstarrt. Der Stoff seiner groben Latzhose und seiner Überjacke hing in Fetzen, die Brust darunter war ein Meer von geronnenem Blut. Instinktiv wollte Fabian zurückweichen, doch Meister Amoebius winkte ihn noch näher heran. *Sieh in seine Augen, Junge.*

Fabian gehorchte und warf einen Blick ins Gesicht des Toten, so sehr es ihm auch widerstrebte. Was er sah, verschlug ihm die Sprache!

In die Netzhaut der starren dunkelbraunen Augen war ein Bild eingebrannt, winzig klein, dabei gestochen scharf wie das Standbild eines Videorecorders! Leicht verzerrt durch die Rundung der Augäpfel konnte Fabian den Dorfplatz erkennen – und die grausige Szene, die sich dort vor Kurzem noch abgespielt hatte: Jene Männer, die jetzt tot am Boden lagen, waren mit ihren Mistgabeln und behelfsmäßigen Waffen in einen aussichtslosen Kampf verstrickt.

Fabian musste schlucken, als er erkannte, *wogegen* die Dörfler kämpften. Er selbst war diesen massigen Kolossen mit der schwarz verkrusteten Haut bereits begegnet, in Onkenghast, Volgera Ommms hunderttürmiger Festung.

»Lavanier!«, stieß er hervor.

Seelenlose Kreaturen aus glutflüssigem Gestein, vor Jahrhunderten von Maledikt dem Finsteren geschaffen, bestätigte Meister Amoebius.

Doch das war nicht alles, was Fabian in den toten Augen sah.

Im Hintergrund, wo verschiedene Straßen auf den Platz mündeten, erkannte er noch einen wesentlich größeren Umriss. Ein Geschöpf, hoch wie ein Haus, stakste auf einem Gewirr baumdicker, behaarter Beine hinter einem Pulk panisch fliehender Frauen und Kinder her. Fabian sah mächtige nackte Füße am Ende der Stelzenbeine, und ihm wurde klar, dass er auch diese Kreaturen schon einmal gesehen hatte: im Zoo von Wurstogart, wenngleich die dortigen Exemplare erheblich kleiner gewesen waren.

Wieder hast du recht, ließ sich Meister Amoebius vernehmen, der seine Gedanken gelesen hatte. *Was du siehst, ist eine ausgewachsene Quantrula. Die grüne Flüssigkeit, die überall liegt, ist das säureartige Verdauungssekret dieser Tiere. Es zersetzt Fleisch, Knochen und sogar den Stahl von Rüstungen innerhalb von Sekunden. Nach der Menge zu schließen, war bei dem Angriff auf dieses Dorf mehr als nur eine Spinne beteiligt.*

»Aber die Lavanier ... sie *reiten* ja auf dem Ungeheuer!« Fabian kniff ungläubig die Augen zusammen, um das winzige Bild genauer zu erkennen. Doch er täuschte sich nicht: Auf dem Rücken der Riesenspinne knieten mehrere Lavamänner! Sie hielten sich an massiven Eisenhaken fest, die sie in den Panzer des Tiers getrieben hatten.

Kaum verwunderlich, immerhin dienen sie demselben Herrn. Behutsam ließ Meister Amoebius den Körper des Toten zurück auf den Boden sinken.

Fabian massierte sich verwirrt die Schläfen. »Wie kommt dieses Bild auf die Augäpfel des Mannes?«

Ich vergaß: Auf der Erde kennt man dieses Phänomen nicht. Der Qualler setzte seinen Tropenhelm wieder auf und musterte das Schlachtfeld ringsum bedrückt. *Wenn ein Ambiguaner gewaltsam zu Tode kommt, brennt sich das Bild, das er oder sie in seinen letzten Sekunden wahrnimmt, unauslöschlich in seine Netzhaut ein. Und die Augen dieses bemitleidenswerten Menschen hier verraten uns etwas höchst Bedenkliches.*

»Nämlich?«

Dass wir uns, was Maledikts langsam zurückkehrende Kräfte und Fähigkeiten angeht, fatal getäuscht haben. Sein Angriff auf Ambigua hat bereits begonnen!

Kapitel 27
Das Heer des Bösen

Während der folgenden Stunden sprach niemand ein Wort. Stumm und verbissen marschierten sie, bemüht, möglichst viele Meilen zwischen sich und das zerstörte Dorf zu bringen. Die Aussicht darauf, dass es schon bald überall in Ambigua – und auf der Erde – genauso aussehen könnte, hatte sie noch mehr verstört als der grausige Anblick selbst.

Als die einsetzende Dämmerung die Wolkenfront am Horizont rostrot zu färben begann, bemerkten sie, dass sie immer langsamer wurden. Ihre Geschwindigkeit entsprach mehr und mehr dem bedächtigen Schlurfen, das sie zum Ausnutzen der Stagnatischen Verschiebung eingeschlagen hatten. Stück für Stück erhöhten sie ihr Tempo wieder, bis sie ganz normal ausschritten und entsprechend vorwärtskamen.

»Wir nähern uns der südlichen Grenze Stagnats«, verkündete Bruder Fritsje, der jetzt, bei normaler Marschgeschwindigkeit, unter der Last von Florinda, Xolpph und seinem Rucksack zu keuchen begonnen hatte wie ein undichter Dampfkessel. »Der Effekt der Stagnatischen Verschiebung ist im Landesinnern am stärksten, zu den Rändern hin nimmt er ab. Deswegen haben wir zunächst nichts davon bemerkt, als wir den Dschungel verließen.«

»Es ist ohnehin an der Zeit, ein Nachtlager aufzuschlagen«,

behauptete Xolpph hoffnungsvoll. »Ich habe seit mindestens dreihundert Meilen nichts zu beißen gehabt!«

»Rasten ist schön!«, erklärte Florinda.

Wir werden weitergehen, solange wir noch etwas sehen, wies Meister Amoebius an. *Wenn wir es schaffen, den Van-Drikken-Wall vor der Dunkelheit zu erreichen, haben wir morgen früh einen guten Ausgangspunkt, um unser weiteres Vorgehen zu planen.*

»Den was?«, erkundigte sich Fabian.

»Der Van-Drikken-Wall ist ein lang gezogener Hügelkamm, der die Torebene zu Füßen der Berge Itt und Ott vom restlichen Land Stagnat trennt«, erläuterte Bruder Fritsje kurzatmig. »Er ist benannt nach dem bâdischen General van Drikken, der dort in der Schlacht von 2777 für die Freien Staaten kämpfte und unter tragischen Umständen sein Leben ließ.«

Er schien nichts weiter dazu sagen zu wollen, doch da ergriff Xolpph ungefragt das Wort: »Van Drikkens berühmtes Motto war: ›Getrennt marschieren, vereint angreifen‹! Als Heerführer Ozrak ihn im Verlauf der Schlacht zu dem damals noch namenlosen Hügelkamm beorderte, schickte der General seine Männer auf zwei verschiedenen Routen dorthin: Einem Heeresteil vertraute er all seine Kanonen an, dem anderen die ganze Munition ...« Ein schiefes Grinsen erschien auf Xolpphs grün-grauem Gesicht. »Unglücklicherweise verirrte sich die Truppe mit der Munition auf dem Weg und verspätete sich um zwei Tage. Die andere, mit nichts als leeren Kanonenrohren im Gepäck, erreichte den Kamm plangemäß – und wurde dort von Maledikts Armee restlos aufgerieben. Als die zweite nachkam, gab es längst keine Kanonen mehr, die sie mit Munition hätten füllen können. Auch von ihnen blieb kein Mann übrig.« Er lachte gackernd. »Ein echter Trottel, dieser General!«

»Flodrych van Drikken gilt als einer der glücklosesten Strategen der ambiguanischen Kriegsgeschichte.« Bruder Fritsje bedachte

Xolpph mit einem bösen Blick. »Ich weiß allerdings nicht, wie man über den tragischen Tod vieler hundert unschuldiger Soldaten lachen kann!«

Xolpph wusste dies offenbar umso besser. Eine ganze Weile noch kicherte er vor sich hin, so lange, bis Hummbert das Augenmerk der Gruppe mit einem durchdringenden Summen auf den Horizont vor ihnen lenkte.

Dieser hob sich auf einer Breite von etlichen Meilen mehrere hundert Meter hoch in den rasch dunkler werdenden Himmel, eine Art natürlicher Wall, dicht bewachsen mit Bäumen und Büschen. Jenseits des Kamms, offenbar noch ein gutes Stück weiter entfernt, ragten zwei einzelne spitze Berggipfel in die Höhe wie die Zähne eines Vampirs.

»Der Van-Drikken-Wall«, kommentierte Bruder Fritsje mit hörbarer Erleichterung.

Und jenseits davon die Berge Itt und Ott. Shurakk ist nicht mehr weit!

Während er sich wieder in Bewegung setzte, kam Fabian etwas in den Sinn, das der Qualler früher am Tag gesagt hatte. »Was habt Ihr vorhin gemeint, als Ihr sagtet, Maledikts Angriff habe längst begonnen? Wo könnte er in so kurzer Zeit eine Streitmacht herbekommen haben?«

Möglicherweise war der dunkle Herrscher schon vor seiner Erweckung, noch während er im magischen Tiefschlaf lag, aktiver, als wir dachten, gab Meister Amoebius nachdenklich zurück. *Viele weise Männer vermuteten, dass er selbst aus den Tiefen dieses Komas noch Einfluss auf gewisse Dinge nehmen könnte. Jetzt haben wir die Bestätigung: Maledikt muss vor geraumer Zeit, auf mentalem Wege begonnen haben, die verstreuten Reste seiner einstigen Anhängerschaft zusammenzutrommeln.*

»Was ist mit den Lavaniern?«, wollte Bruder Fritsje wissen. »Soweit ich weiß, wurden sämtliche dieser Glutwesen im Krieg von 2777 vernichtet. In der freien Natur kommen sie nicht vor. Woher also ...?«

Gewiss hat er Volgera Ommm beauftragt, nach seinem uralten Rezept neue Lavakrieger zu erschaffen. Mächtig genug ist Maledikts Statthalter schon lange, und Material gibt es in der vulkanischen Einöde Shurakks mehr als reichlich.

»Immer langsam mit den jungen Holgern!«, ließ sich Xolpph vernehmen. »Ein Dutzend Lavanier und eine Handvoll Riesenspinnen, die ein unbefestigtes Dorf voller Zivilisten plattmachen, sind noch lange kein Heer! Das war bestenfalls Volgera Ommms Leibgarde, die er losgeschickt hat, um ihm eine Sonntagszeitung und eine Tüte gefüllte Ballen zu holen.« Er legte theatralisch seine teigige Stirn in Falten. »Hat nicht jemand auf der Konferenz in Pantrami gesagt, Maledikt habe seinerzeit auf Corborion einige Hundert Mann zurückbehalten? Die wird er ausgeschickt haben, ein paar Dörfer im Umland zu zerstören, um die Freien Staaten in Angst zu versetzen. Das heißt aber nicht, dass ...«

Ich wünschte, du hättest recht, unterbrach Meister Amoebius seinen Redefluss. Er wies mit einem Tentakel zum südlichen Horizont. *Aber ich fürchte, diese Lichter dort künden von etwas anderem!*

Die Dämmerung war weit fortgeschritten, das Firmament beinahe schwarz. Dennoch war hinter dem meilenbreiten Wall ein unsteter orangefarbener Schimmer zu erkennen, der den Himmel darüber erglühen ließ. Fabian kannte dieses Phänomen von der Erde, wo die Lichter unzähliger Häuser, Autos und Straßenlaternen weite Teile des Nachthimmels über großen Städten erhellten.

»Ihr habt uns gar nicht gesagt, dass zwischen uns und Shurakk noch eine Stadt liegt?«, sagte er.

»Es *gibt* keine Stadt zwischen hier und Shurakk«, sagte Bruder Fritsje unheilvoll.

»Was dann leuchten so hell?«, wollte Poch mit zitternden Schnurrhaaren wissen.

Aber Meister Amoebius schwieg nur.

Er schwieg noch immer, als sie eine halbe Stunde später die Basis des Walls erreichten. Der Anstieg erwies sich als nicht übermäßig steil, und ohne große Mühe erreichten sie bald den höchsten Punkt. Der eigenartige Schimmer von der anderen Seite wies ihnen den Weg.

Die Kuppe des Hügelkamms war mit Krüppelkiefern und wildem Dorngesträuch bewachsen. Zielstrebig bahnten sie sich einen Weg zu einer Stelle, von der aus sie im Schutz der Bäume einen Blick auf die andere Seite werfen konnten.

»Heiliges Erbs...« Die Worte blieben Fabian im Hals stecken.

In der Ebene zu ihren Füßen kampierte das größte Heer, das er je gesehen hatte!

Ein schwarzer Teppich aus Abertausenden von Kriegern lag über der Ebene vor dem Gebirge von Morr-Orr ausgebreitet. Unzählige hoch lodernde Lagerfeuer überzogen das Land mit jenem unheilvollen, flackernden Schein, den sie von Weitem gesehen hatten. Der Geruch von brennendem Holz, gebratenem Fleisch und den Ausdünstungen unzähliger Menschen und Tiere wehte ihnen entgegen.

So chaotisch das riesige Heerlager auf den ersten Blick wirkte, die Masse aus Kriegern und Reittieren war in ordentlich getrennte Blöcke eingeteilt. Dazwischen verliefen Pfade für Botschafter und Verpflegungstransporte. Ein Großteil der Planquadrate schien sich aus menschlichen oder zumindest menschenähnlichen Soldaten zusammenzusetzen. Am östlichen Rand des Lagers waren darüber hinaus die haushohen Umrisse Dutzender Riesenspinnen zu erahnen. Fabian war froh, zu weit entfernt zu sein, um das widerwärtige Klappern hören zu müssen, das die Monster mit ihren Kieferzangen verursachten.

Ich hätte nie für möglich gehalten, dass es so schlimm sein würde! Meister Amoebius' Gedankenstimme, kaum mehr als ein bestürztes

Hauchen. *Maledikt hat uns mit seinem Ultimatum genarrt. Er wollte uns glauben machen, er benötige eine Frist, um sich zu sammeln, um überhaupt unter die Lebenden zurückzukehren. In Wirklichkeit lief die Rekrutierung seines Heers längst auf vollen Touren.*

»Woher kommen all diese Krieger?«, murmelte Bruder Fritsje fassungslos.

Aus sämtlichen Himmelsrichtungen, aus aller Herren Länder. Es sind Shurkkas, Bewohner des Berglands von Morr-Orr, dazu wilde Trulle aus den nördlichen Noppern. Weiterhin spüre ich die Anwesenheit einer großen Zahl Insektoren – viel mehr, als aus der Zeit von Maledikts aktiver Herrschaft noch existieren dürften. Volgera Ommm muss eine beängstigende Routine in der Züchtung dieser scheußlichen Kreaturen erlangt haben!

»Seht dort, am vorderen Rand des Lagers!«, keuchte der Hippopath. »Diese Erdwälle!«

Der vom Mondlicht geweißte Boden zwischen dem Rand des Heerlagers und dem Van-Drikken-Wall war von einem Netz unzähliger, offenbar frisch aufgeworfener Wülste überzogen. Noch während Fabian hinsah, schienen neue hinzuzukommen, wie Würmer wanden sie sich zwischen den bestehenden hindurch.

»Kushniks!«, stieß er zwischen zusammengebissenen Zähnen hervor. Maledikt hatte seiner Armee also auch jene krakenartigen Urwesen aus den Tiefen der Erde einverleibt, denen Fabian, Myrtel und Xolpph damals in den Noppern nur um Haaresbreite entkommen waren.

»Oi, und schlimmer geht immer! Lenkt Euren Blick mal unauffällig ans entfernte Ende des Lagers«, empfahl Xolpph.

»Bei Fitz-Bartel! Was in aller Welt ...?« Bruder Fritsje verschluckte sich und brach in einen keuchenden Hustenanfall aus.

Am entgegengesetzten Ende des Heertrosses ragte etwas empor, das einem schlechten irdischen Science-Fiction-Film entsprungen zu sein schien. Für einen kurzen Augenblick hielt Fabian es für eine weitere Quantrula, doch rasch merkte er, dass es dafür viel zu riesig war. Außerdem hatte das fremdartige Ding viel mehr Beine als jede Spinne! Es war eindeutig etwas Künstliches, eine Konstruktion, die auf mindestens hundert beweglichen Säulen stand. In der Mitte, viele Stockwerke hoch über dem Boden, schwebte eine gigantische Plattform, die mit kastenförmigen, fabrikähnlichen Gebäuden übersät war. Gelbliches Licht flackerte hinter den Fenstern dieser Siedlung, aus dicken Schornsteinen stieg tiefschwarzer, öliger Rauch in den Sternenhimmel auf.

Der Weltenvernichter! Die alten Überlieferungen haben nicht gelogen. Es gibt ihn tatsächlich!

»Nie hätte ich gedacht ...«, hob Bruder Fritsje mit Grabesstimme an.

Bereits vor der Schlacht von 2777 munkelte man, Maledikt habe eine Maschine konstruiert, groß wie eine Stadt, die sich aus eigener Kraft durch jedwedes Terrain fortbewegen könne. Als Maledikt damals nicht an Bord eines solchen Apparats auf dem Schlachtfeld erschien, sondern auf dem Rücken Sempukkurs, seiner riesigen Krabbe, hielt man die Existenz des Weltenvernichters für ein Gerücht. Doch wahrscheinlich war er damals einfach noch nicht einsatzbereit.

»Dann müsste Volgera Ommm ihn in den letzten 777 Jahren weiterentwickelt und fertiggestellt haben?«, folgerte Fabian.

Wir werden diesen Punkt jetzt nicht klären können, stellte Meister Amoebius knapp fest. *Tatsache ist, dass Maledikts Armee mit all ihren schrecklichen Waffen und Tötungsapparaten existiert, bereit, loszumarschieren und eine Schneise der Verwüstung quer durch Ambigua zu schlagen. Klar ist auch, dass es sich bei den Kriegern, die das Dorf vernichteten, welches wir heute Mittag sahen, lediglich um einen kleinen Erkundungstrupp gehandelt haben kann, von denen vermutlich etliche seit Tagen – oder gar Wochen – das Land durchstreifen. Der Hauptteil des Heers scheint Shurakk dagegen gerade erst durch die Torberge verlassen zu haben. Er steht bereit zum Abmarsch in*

Richtung Norden. Er verstummte und dachte eine Weile nach. *Es ist nicht sehr wahrscheinlich, dass Maledikt bereits stark genug ist, diese Krieger persönlich anzuführen. Möglicherweise braucht dieses Heer aber auch keinen Heerführer, sondern wird auf magischem Wege von Corborion aus ferngesteuert. Es ist kleiner als jenes, das Maledikt anno 2777 ins Feld führte, aber zweifellos stark genug, die behelfsmäßige Streitmacht der Freien Staaten vernichtend zu schlagen.*

»Wir sind geliefert«, krächzte Xolpph. »Eure Idee, uns unbemerkt nach Shurakk einzuschleichen, während Maledikt verzweifelt irgendwelche Verteidigungsmaßnahmen ergreift, können wir vergessen!«

Glaubst du? Meister Amoebius klang weit weniger verzweifelt, als Fabian erwartet hätte. *Vielleicht erweist sich diese unvorhergesehene Wendung noch als durchaus vorteilhaft – zumindest, was unser Vorhaben angeht.*

»Ich wünschte, Ihr würdet *einmal* nicht in Rätseln sprechen«, stöhnte Xolpph.

Wir stellen unsere Strategie um, erwiderte Meister Amoebius knapp. *Keine Rast heute Nacht! Wir werden einen weiten Bogen um das Lager schlagen. Mit etwas Glück erreichen wir noch vor Morgengrauen die ersten Ausläufer von Morr-Orr. Dann wären wir fürs Erste sicher und könnten ...*

»Sicher?«, wiederholte Poch, der bisher ängstlich geschwiegen hatte. »Wir doch nicht sicher sein können so nah an der Grenze zu Maledikts Reich!«

»Vielleicht doch.« Bruder Fritsje schien zu verstehen, worauf der Qualler hinauswollte. »Maledikt hat jeden verfügbaren Shurkka und Trull seiner Armee einverleibt, daher müssen die Berge momentan quasi entvölkert sein. Wenn es uns tatsächlich gelänge, das Heer zu umgehen, kämen wir in einen Bereich, in dem Maledikt kaum mehr mit Eindringlingen rechnet.«

»Und wenn sich dieser Haufen morgen früh in Bewegung setzt?« Xolpph klang nicht überzeugt. »Dann werden die uns überrollen wie einst eine Monatsration kochend heißen Haferbreis Xanthillia überrollt hat, meine Großcousine schwiegerschwägerlicherseits, als sie aus Versehen gegen das Gestell mit dem Kochtopf ...«

Du müsstest dir weit weniger Sorgen machen, wenn du ab und zu ein wenig mitdenken würdest, unterbrach ihn Amoebius streng. *Wohin wird das Heer wohl ziehen, wenn es aufbricht?*

»Nach Norden natürlich«, sagte Fabian sofort. »In Richtung der Freien Staaten.«

Richtig. Und wo werden wir sein, wenn es uns gelingt, das Heer zu umrunden und uns bis zum Gebirge von Morr-Orr durchzuschlagen?

»Wir südlich von Streitmacht sein werden«, piepste Poch nach kurzem Nachdenken.

Eben. Noch Fragen?

Falls Xolpph welche hatte, behielt er sie wohlweislich für sich.

Kapitel 28
Das Volk von Sedalbla

Der Rest der Nacht war erfüllt von hektischer Aktivität. Mühsam arbeiteten sie sich auf dem Van-Drikken-Wall nach Westen, so lange, bis die äußerste Flanke des Heerlagers weit hinter ihnen lag.

Nun kam der knifflige Teil: Sie mussten die sichere Deckung verlassen und sich durch offenes Terrain bis zum Gebirge vorantasten. Trotz der Dunkelheit war dies außerordentlich gefährlich. Meister Amoebius war überzeugt, dass Wachen am Rand des Lagerplatzes postiert worden waren, möglicherweise Kreaturen, die bei Nacht ebenso scharf zu sehen vermochten wie bei Tag.

Mehr als einmal verharrten sie starr vor Angst in der Bewegung, wenn einer von ihnen ein verdächtiges Geräusch in der Dunkelheit gehört oder einen Schatten im weißlichen Schein des Mondes ausgemacht zu haben glaubte. Doch zu ihrer großen Erleichterung ging alles glatt – keine aufgeregten Rufe ertönten aus Richtung des Lagers, niemand wurde auf sie aufmerksam.

Der Himmel färbte sich bereits rosig, als der Boden unter ihren Füßen endlich felsiger wurde. Am oberen Ende eines steilen Hangs, auf einem von spitzen Felsgraten umringten Vorsprung, gestatteten sie sich eine kurze Rast – die erste seit Jahren, wie es Fabian vorkam – und spähten aus sicherer Entfernung hinab zum Heerlager.

Schon lange bevor die Dämmerung eingesetzt hatte, waren aus Richtung des Camps Geräusche gedrungen, die darauf hindeuteten, dass sich das Heer abmarschbereit machte. Kehlige Stimmen gellten durcheinander, Metall schlug gegen Metall, wo Waffen gegürtet und Zeltstangen zusammengepackt wurden. Ein beißender Gestank wölkte über die Ebene, als zahllose Feuerstellen mit Wasser oder anderen, unangenehmeren Flüssigkeiten gelöscht wurden; Pferde wieherten, Holger blökten, und irgendwo in der Ferne brüllten Tiere, von denen Fabian froh war, dass er sie noch nicht gesehen hatte.

Obwohl sie seit gut zwanzig Stunden auf den Beinen waren und ihre gegenwärtige Position verhältnismäßig sicher schien, drängte Meister Amoebius bald wieder zum Aufbruch.

Wir befinden uns am Nordhang des Berges Itt, verkündete er. *Den alten Karten zufolge befand sich der nächstgelegene Zugang zu den Minen nicht weit von hier.*

Stöhnend folgten sie dem Qualler zwischen den zerfurchten Flanken des Bergs hindurch. Der Untergrund war steil und geröllbedeckt, aber wenigstens boten die Felszacken ringsum eine gute Deckung. Von der Ebene aus waren sie nicht mehr zu sehen, und auch der Anblick von Maledikts Heer blieb ihnen so erspart.

Wenig später erreichten sie eine mit Holzbalken abgestützte Tunnelöffnung, die in die fast senkrechte Wand des Bergs eingelassen war. Der dahinterliegende Stollen war schon vor langer Zeit eingestürzt, Felsen und Geröll türmten sich dicht an dicht bis zur Decke.

»Oi-oi. Manchmal hasse ich es, recht zu haben!« Xolpph deutete griesgrämig auf die blockierte Öffnung. »Ich hoffe, der nächste Zugang liegt in erreichbarer Nähe?«

Doch Meister Amoebius schwieg. Er schien konzentriert die Wand aus Felsbrocken anzustarren, von denen die kleinsten den

Umfang eines Basketballs hatten, die mächtigsten groß wie ein Schrankkoffer waren.

Während sie warteten, entdeckte Fabian eine Inschrift, die oberhalb des Querbalkens in den Fels gemeißelt war. »Das sind keine Pleex-Runen. Kann es trotzdem einer von euch lesen?«

Bruder Fritsje, der kaum noch die Augen offen halten konnte, nickte matt. »Die Inschrift ist in Alt-Delvynisch. Sie besagt, dass wir den vierten von insgesamt acht Zugängen zu den Minen von Lú vor uns haben.«

»Die Minen von Lú?«, wiederholte Fabian.

»Benannt nach dem einstigen Vorsitzenden des stagnatischen Erz- und Metallschürf-Konsortiums, Lútwiger Lú dem Jüngeren«, bestätigte der Hippopath und gähnte hinter vorgehaltener Hand.

»Warum stehen wir noch hier rum?«, quengelte Xolpph. »Da kommen wir nicht rein. Lasst uns zum nächsten Einstieg dieser dämlichen Mine ...«

Der nächste Zugang ist über dreißig Meilen entfernt, unterbrach ihn Meister Amoebius geduldig. *Außerdem werden wir ihn nicht brauchen. Mein Raumsinn verrät mir, dass nur der vordere Abschnitt des Stollens verschüttet ist. Tretet zurück!*

Sie gehorchten und beobachteten aus mehreren Metern Entfernung, wie sich der Qualler seitlich der verschütteten Öffnung postierte. Dann fuhr er einen dünnen, mehrere Meter langen Tentakel aus, mit dem er zielstrebig einen ganz bestimmten, unauffälligen Kiesel ganz unten aus dem verkeilten Haufen herauszog.

Für einen kurzen Moment geschah nichts. Dann geriet die tonnenschwere Masse aus Geröll und Schutt unter furchtbarem Mahlen und Knirschen in Bewegung und ergoss sich in einem staubigen Sturzbach aus der Minenöffnung.

»Hö, hö! Sieht aus, als hätte der Berg was Schlechtes gegessen«, kicherte Xolpph.

Als die Geröllawine zum Stehen kam, lagen die Felstrümmer im Innern des Tunnels nur noch kniehoch. Rasch senkte sich der Staub, hinter dem die Schwärze einer gähnenden Stollenöffnung zum Vorschein kam.

»Wie habt Ihr das gemacht?«, wollte Fabian staunend wissen.

Ein wenig Wissen über die Gesetze der Statik sowie etwas Fingerfertigkeit, mehr nicht.

Sie kletterten über das Geröll hinweg und erreichten einen von massiven Holzstreben gestützten Schacht. Die Luft war kühl und feucht, irgendwo in der Ferne war das regelmäßige Tröpfeln von Wasser zu vernehmen. Fabian, Bruder Fritsje und Poch entzündeten Fackeln aus ihren Rucksäcken, dann folgten sie dem Tunnel tiefer in den Berg.

Nach mehreren hundert Metern stießen sie auf eine Kreuzung. Über sämtlichen Gangmündungen befanden sich Inschriften im Fels, doch sie waren im Laufe der Jahrhunderte verwittert und unleserlich geworden.

»Wisst Ihr, wie es von hier weitergeht?«, erkundigte sich Fabian.

Natürlich weiß ich das. Ohne zu zögern schlug der Qualler den Weg nach rechts ein.

Sie passierten eine Abzweigung, an der Meister Amoebius kurz stehen blieb, dann eine weitere, bei der er etwas länger zögerte, bevor er weiterging.

»Stimmt etwas nicht?«, erkundigte sich Bruder Fritsje besorgt.

Alles in Ordnung. Die Pläne, die ich eingesehen habe, sie scheinen ... nun, etwas ungenau gewesen zu sein. Nicht weiter schlimm.

Als sie einen kleinen ovalen Raum voller bläulicher Stalagmiten erreichten, wo Tunnel aus insgesamt sieben Richtungen zusammentrafen, wurde deutlich, dass sehr wohl etwas nicht stimmte. Auch wenn der Qualler über keinerlei Gesichtsmimik verfügte, Fabian kannte ihn lange genug, um an seinem Verhalten ablesen zu können, dass er verwirrt war. Verwirrt und beunruhigt!

Diese Tunnel, sieben an der Zahl … sie führen ohne Ausnahme in die Tiefe, hörten sie ihn murmeln. *Eigentlich sollte hier eine simple T-Kreuzung sein, deren Arme beide ebenerdig verlaufen.*

»Noch etwas merkwürdig ist!« Poch, seit Kindesbeinen an ein Leben unter der Erde gewöhnt, war regelrecht aufgeblüht, seit sie die Minen betreten hatten. Er bewegte sich jetzt geschmeidiger und sicherer; Fabian ahnte, wie unangenehm ihre bisherige Reise durch offenes Gelände dem Mäusling gewesen sein musste.

»Was ist merkwürdig?«, hakte er nach.

»Als wir Mine betreten, Gänge aus Stein gebrochen, mit Spitzhacken und *Bummm* … Sprengmittel. Hier anders ist!«

»Hä?« Xolpph reckte sich, um von Bruder Fritsjes Rücken einen Blick auf die nächstbeste Felswand zu werfen. »Keine Ahnung, was du meinst! Eine Wand sieht aus wie die andere.«

Doch das entsprach nicht ganz der Wahrheit: Schon seit einer ganzen Weile gab es keine stützenden Holzbalken mehr. Als Fabian mit der Handfläche über den Stein fuhr, stellte er fest, dass sich keinerlei Unregelmäßigkeiten, Rillen oder Vorsprünge ertasten ließen, wie sie gewöhnlich beim Einsatz von Spitzhacken oder Sprengstoff entstanden. Vielmehr wirkten die Flächen, als seien sie *geschnitten* worden – in einem Rutsch, ohne abzusetzen, wie mit einer heißen Klinge durch Butter.

Ratlos stützte er sich mit den Ellenbogen auf einen der bläulichen Stalagmiten, die überall herumstanden und in ihrer rundlichen Form an überdimensionale Bowling-Pins erinnerten. »Wie lange ist das schon so?«, wollte er wissen.

»Gänge sich ändern kurz hinter Eingang. Poch nie zuvor gesehen diese Art Tunnel!«

»Möglicherweise kannte man damals, als die Minen angelegt

wurden, Techniken im Umgang mit Stein, die heute vergessen sind.« Bruder Fritsje gähnte erneut. »Wenn Ihr Euch nicht sicher seid, welchen Weg wir einschlagen müssen, sollten wir die Gelegenheit nutzen und hier ein wenig rasten.«

Meister Amoebius schien nicht begeistert, aber da sowohl Fabian, Xolpph, Poch als auch Florinda (»Ausruhen ist schön!«) für eine Pause plädierten, stimmte er zu. Sie entzündeten einige zusätzliche Fackeln, um Schlaratten und Flederigel fernzuhalten, dann rollten sie ihre Decken zwischen den blassblauen Stalagmiten aus. Hummbert verschwand mit dumpfem Brummen in einem der Tunnel, vermutlich, um ihn zu erkunden, und der Qualler, der wie üblich keinerlei Anzeichen von Erschöpfung zeigte, erbot sich, die erste Wache zu übernehmen.

Sekunden später füllten leise Schnarchgeräusche die Felskammer.

Fabian träumte, er läge in einer Hängematte. Sanft schaukelte er von einer Seite auf die andere wie auf den Wogen des Meers, hin und her, hin und her …

Irgendwann wurde ihm klar, dass er wach war – und dennoch unverändert hin und her schwang! Er öffnete die Augen, doch ringsum herrschte undurchdringliche Schwärze.

Dunkelheit und Schaukeln konnten nur eins bedeuten: Er befand sich nicht mehr in dem ovalen Raum, in dem sie ihre Fackeln aufgestellt hatten. Irgendjemand schien ihn mitsamt seiner Schlafdecke durch einen stockfinsteren Stollen zu schleppen!

Panik wallte in ihm auf: Was war geschehen? Wo waren seinen Freunde? Wohin brachte man ihn?

Fabian zwang sich zur Ruhe. Ohne Licht hatte er keine Chance zu entkommen, also beschloss er, fürs Erste abzuwarten.

Konzentriert lauschte er in die Dunkelheit. Doch außer einem leisen Schlurfen oder Scharren wie von zahlreichen kleinen Füßen auf nacktem Fels war nicht das Geringste zu hören. Kein Atemholen, keine geflüsterten Worte – nichts.

Unmerklich verlagerte er sein Gewicht. Kein Zweifel: Die Decke wurde an allen vier Ecken festgehalten. Er schwebte dahin, ohne den Boden zu berühren.

Nach einer Weile schien es vor ihm heller zu werden: ein runder Durchgang, hinter dem gedämpftes Licht glomm. Ohne langsamer zu werden, trug man ihn hindurch, in einen kleinen, aus dem Fels geschnittenen Raum.

Grünlich phosphoreszierendes Glimmermoos wuchs an der Decke. Es beleuchtete, was wie ein primitives Wohn- oder Schlafgemach aussah. Verschiedene, offenbar aus Stein gefertigte Gegenstände gab es, möglicherweise Möbelstücke, daneben so etwas wie ein flaches Bett. Verteilt im Raum, offenbar zu Dekorationszwecken, standen darüber hinaus vier der blauen Kegel, die Fabian bereits an ihrem Lagerplatz gesehen hatte.

Vorsichtig versuchte er, seine Entführer im Licht des Glimmermooses in Augenschein zu nehmen – und glaubte, seinen Augen nicht zu trauen!

An jeder Ecke seiner Decke ragte ein blauer Kegel von der Größe eines gedrungenen Mannes empor und hielt mit winzigen Ärmchen ein Ende des Stoffs umklammert! Nirgendwo auf den kugelrunden Köpfen ließen sich Spuren eines Gesichts ausmachen, weder Münder, Nasen noch Augen.

Schlagartig wurde sich Fabian eines folgenschweren Irrtums bewusst: Was er für Stalagmiten gehalten hatte, waren lebende Wesen!

Er spähte hinter sich und erkannte Poch, Xolpph und Bruder Fritsje, ebenfalls in ihren Schlafdecken, getragen von weiteren Kegeln. Ihnen folgten noch mehr blaue Wesen, die ihre Rucksäcke sowie die Tragenetze mit Florinda und Florando schleppten. Von Meister Amoebius und Hummbert fehlte jede Spur.

Es wurde erneut dunkel, als sie eine schmale Stollenöffnung betraten, allerdings nicht für lange. Rasch kam eine zweite dämmrig beleuchtete Kammer in Sicht. Diesmal schien es sich um eine Art Küche zu handeln: Ein dicker blauer Kegel stand vor einem Herd aus Stein, in dem ein munteres Feuer prasselte, und rührte mit einer Kelle in einem dampfenden Topf. Wie die Insassen des vorigen Raums schenkte er der vorüberwatschelnden Gruppe nicht die geringste Beachtung.

Es folgte eine größere Kammer, in der acht oder zehn Kegelwesen um einen gedeckten Tisch saßen, offenbar in geselliger Runde. Ein neuer dunkler Stollen, dann ein Raum mit zahlreichen kleineren Kegeln, die sich in einer Ecke mit primitivem Spielzeug vergnügten.

Wieder tauchten sie in tiefe Dunkelheit ein. Fabian runzelte die Stirn. Wieso schlug man für den Abtransport von Gefangenen einen Weg ein, der mitten durch unzählige Privaträumlichkeiten führte?

Nach einer Vielzahl weiterer Kammern, in denen Kegelwesen unterschiedlichsten Tätigkeiten nachgingen, erreichten sie eine mächtige Höhle. An der Decke, die sich Dutzende Meter über dem Boden wölbte, wuchs Glimmermoos in großen Mengen – und erhellte einen aberwitzigen Anblick:

Wie Pilze ragten unzählige igluförmige Steinhütten in die Höhe, eine jede auf einer einzelnen dünnen, zerbrechlich wirkenden Säule. Manche der Behausungen schwebten nur einen knappen Meter über dem Boden, andere erhoben sich bis dicht unter die hohe Decke. Von den offenen Eingängen führten kunstvoll geschwungene Stege zu benachbarten Hütten und von dort weiter zu anderen. Obwohl dieses komplexe System schmaler Hochstraßen ebenfalls aus Fels gefertigt schien, hingen die Stege, den Gesetzen der Schwerkraft trotzend, scheinbar schwerelos in der Luft.

Nirgends in der ganzen unglaublichen Konstruktion ließ sich die kleinste Fuge oder Kante ausmachen. Fabian kam zu dem Schluss, dass alles hier vor langer Zeit komplett aus dem Fels gehauen worden sein musste, an einem Stück. Nur so war zu erklären, dass die zerbrechlich anmutenden Stege Aberdutzende blauer Kegelwesen aushielten, die ständig von einer Behausung in die nächste huschten.

Der Anblick schlug Fabian so in seinen Bann, dass er kaum bemerkte, wie man ihn mitsamt seiner Schlafdecke zu Boden gleiten ließ. Neben sich erkannte er seine Freunde, die erst jetzt aus ihrem Schlummer erwachten und sich verwundert die Augen rieben.

»Was ist geschehen?«, murmelte Bruder Fritsje. Er entdeckte das turmhohe Gewirr aus Hütten und Stegen, und sein Nilpferdgesicht verzog sich ungläubig.

»Wie wir hierherkommen?«, wollte Poch ängstlich wissen.

»Und was sind das für Typen?« Xolpph wies auf die blauen Geschöpfe, die sie in zunehmender Zahl umringten. Sie bewegten sich, wie Fabian jetzt feststellte, auf je vier platten runden Füßen fort, die am unteren Ende ihrer kegelförmigen Körper saßen. Die kleinen Arme, von denen es ebenfalls vier zu geben schien, verschwanden, wenn sie nicht benötigt wurden, in länglichen Falten an den Seiten.

Nach wie vor konnte Fabian nirgendwo in der wachsenden Menge so etwas wie ein Gesicht ausmachen. Die kugeligen Köpfe der Blauen waren so makellos glatt, dass man nicht einmal bestimmen konnte, wo vorne und wo hinten war.

»Ihr habt ohne Aufforderung die Grenzen unseres Reichs überschritten«, verkündete plötzlich eine helle, geschlechtslose Stimme irgendwo aus der Menge. »Uns blieb nichts, als euch aufzugreifen und hierher, in die Große Zentralhöhle von Sedalbla zu bringen.« Die Stimme schien von links zu kommen, aber da sich nirgends ein Mund bewegte, war unmöglich zu sagen, wer gesprochen hatte.

»Euer Reich?« Bruder Fritsje erhob sich umständlich und strich seine Mönchskutte glatt. »Von einem Volk, das unterhalb des Gebirges von Morr-Orr lebt, habe ich noch nie gehört.« Er verengte skeptisch die Augen. »Seid ihr ... gehört euer Reich zum Lande Shurakk? Seid ihr Eidgenossen des dunklen Herrschers?«

Erregtes Murmeln erhob sich aus den Reihen der Blauen. Eine Stimme, die der ersten zum Verwechseln ähnlich war, antwortete erregt: »Wir Sedalblaner fürchten und hassen den Einzelnen Großen Bösen! Er ist einer der Gründe für unsere Zurückgezogenheit. Wir pflegen keinerlei Kontakte zur Außenwelt. Niemand weiß, dass es uns gibt. Und das ist gut so!«

Wie es aussieht, gibt es selbst für uns noch die eine oder andere Wissenslücke zu füllen, Bruder Fritsje, schaltete sich eine bekannte Stimme in ihren Köpfen ein. Voller Erleichterung sah Fabian, dass Meister Amoebius in Begleitung weiterer Kegelwesen vom entfernten Ende des Gewölbes auf sie zugeglitten kam, dicht gefolgt von Hummbert. *Nicht einmal Maledikt der Finstere weiß von der Existenz der Sedalblaner. Sie leben hier unten völlig autark, müssen niemals hinaus. Leider wird sich genau dieser Punkt als Problem für uns erweisen ...*

»Problem? Ich geb denen gleich Problem!« Xolpph hüpfte von Pochs Rücken auf Fabians Schulter hinüber, wo er kampfeslustig einen Auswuchs reckte. »Was fällt diesen Heinis ein, uns zu kidnappen? Wir sind friedliche Reisende, unterwegs in einer wichtigen Mission!« Er funkelte aufgebracht in die Runde. »Wer ist euer Boss? Wir wollen sofort euren Anführer sprechen, hört ihr?«

»An-füh-rer?«, wiederholte eine Sedalblanerstimme ganz in ihrer Nähe. »Was meinst du damit?«

»Willst du mich verscheißern?« Unter wildem Augenrollen versuchte der Xenophor, den Sprecher ausfindig zu machen. »Ein *Anführer* ist der, der einen *anführt*, Mann! Der höchste und wichtigste von euch Kugelköppen!«

Erneut erhob sich leises Gemurmel. Blaue Köpfe wurden zusammengesteckt und verständnislos geschüttelt.

»Es gibt keinen höchsten Sedalblaner«, sagte dann eine Stimme irgendwo von rechts. »Wir sind alle gleich.«

»Dass ihr alle gleich seid, seh ich«, rief Xolpph, der immer ungehaltener wurde. »Aber es gibt ja wohl einen, der euch sagt, wo's langgeht, oder? Wer macht denn eure Gesetze?«

»Wir brauchen keine Gesetze. Wir sind alle gleich«, wiederholte die letzte Stimme; möglicherweise war es auch eine andere.

Klatschend schlug sich Xolpph mit einem Auswuchs vor die Stirn. »Die schaffen mich«, stöhnte er.

Auch ich habe bereits versucht, mich mit der obersten Instanz dieses Volks in Verbindung zu setzen, verkündete Meister Amoebius ruhig. *Vergeblich. Die Sedalblaner leben in einem sozialen Gefüge, das man als Schwarmgesellschaft bezeichnen könnte. Sie haben keinerlei Hierarchie, niemand hat hier mehr zu sagen als der andere.*

»Höchst interessant.« Bruder Fritsje rieb sich fasziniert das Kinn. »Aber inwiefern sollte die Abgeschiedenheit der Sedalblaner ein Problem für uns darstellen? Sie sehen doch ganz friedlich aus.«

Sie sind friedlich, vielleicht das friedliebendste Volk, dem ich je begegnet bin. Das Problem ist, dass ihre Abgeschiedenheit ihnen über alles geht. Sie sind überzeugt davon, dass ihr Volk dem Untergang geweiht wäre, sobald nur eine Menschenseele draußen erführe, dass es sie gibt.

Fabian versuchte, den Kloß herunterzuwürgen, der sich in seiner Kehle zu bilden begann. »Und das bedeutet?«

Das bedeutet, dass uns die Sedalblaner unter gar keinen Umständen mehr aus ihrem Reich fortlassen werden!

Kapitel 29
Bruder Fritsjes große Stunde

»Das nicht sein kann Ernst von Blaukeglern!« Poch klang so wütend, wie Fabian ihn selten zuvor gehört hatte. »Wir ihnen nichts getan! Sie uns gehen lassen *müssen!*«

Sie hockten in einer geräumigen Sedalblanerkammer irgendwo in den Tiefen des Gebirges. Außer mehreren Sitz- und Schlafgelegenheiten gab es einen steinernen Herd, einen ebensolchen Tisch und nicht zuletzt drei große Türöffnungen, durch die alle paar Minuten irgendwelche Sedalblaner hereinkamen, wortlos den Raum durchquerten und in eine andere Richtung wieder verschwanden.

»So viele Spinner wie auf dieser Reise hab ich selten getroffen!« Xolpph rollte in seiner runden Urform wie ein wütender Medizinball auf der steinernen Tischplatte hin und her. »Aber diese Blauschädel setzen allem die Krone auf. Die sind sogar zu blöd, um Wachen vor unseren Türen zu postieren! Wir könnten hier jederzeit rausspazieren.« Er bremste abrupt, seine Augen verengten sich. »Wieso tun wir's eigentlich nicht?«

»Wo wolltest du hingehen?« Bruder Fritsje zog sich mit einer resignierten Geste die Kapuze vom Kopf. Das graue Gesicht, das darunter zum Vorschein kam, wirkte zerknittert und müde. »Die Sedalblaner wissen ganz genau, dass wir ohne ihre Hilfe niemals den Ausweg aus ihrem Felslabyrinth finden würden.«

»Oi ... hmm. Aber Meister Amoebius hat sich doch die Pläne dieser Minen eingeprägt!«

Die alten Pläne sind nichts mehr wert. Schon wenige Abzweigungen nach dem Einstieg fand ich das Stollensystem komplett verändert. Die Sedalblaner müssen es über Jahrhunderte grundlegend umstrukturiert haben. Offenbar kennen sie Mittel und Wege, Gestein zu formen, die uns unbekannt sind.

»Was ist eigentlich geschehen, nachdem wir uns schlafen gelegt hatten?«, erkundige sich Fabian. »Wolltet Ihr nicht Wache halten?«

Das tat ich auch. Aber kurz nachdem ihr eingeschlafen wart, kam plötzlich Bewegung in die blauen Stalagmiten rings um das Lager. Nicht einmal ich hatte bis zu diesem Zeitpunkt bemerkt, dass es sich um lebende Wesen handelte! Unzählige weitere Sedalblaner strömten aus den Gängen ringsum herein. Da sie in der Überzahl waren, leistete ich keinen Widerstand und folgte ihnen zur Zentralhöhle, dem Mittelpunkt ihres Reichs. Dort traf ich auf Hummbert, der sich zwischenzeitlich im Tunnellabyrinth verirrt hatte. Wenig später schleppte man euch in euren Schlafdecken herbei.

Die Drommel, die jetzt auf einem Felsvorsprung dicht unter der Decke hockte, kommentierte den Bericht des Quallers mit einem bestätigenden Brummen.

»Stimmt es, dass diese Trottel keinen Chef haben?«, wollte Xolpph mit ungläubigem Unterton wissen. »Ich meine, sogar die bescheuerten Oksimoronen hatten ihren Ewigen Ohm, auch wenn es nur so ein grüner Bengel war.«

Das war das Erste, was ich in Erfahrung zu bringen versuchte. Ich erfuhr, dass ihnen die Vorstellung, ein Einzelner könnte Entscheidungen für andere treffen, gänzlich fremd ist. Das Zusammenleben der Sedalblaner ist organisiert wie ein Fischschwarm: Es gibt keinen Führer, jeder darf im Grunde alles tun. Und weil sich alle so ähnlich sind, schadet dabei niemand dem anderen.

»Verrückt«, murmelte Fabian kopfschüttelnd.

»Gleichberechtigung ist schön«, behauptete Florinda aus dem Hintergrund. Fabian und Poch hatten die Lupertinen gegen die Rückwand der Kammer gelehnt, wo ein stetes Rinnsal frischen Quellwassers aus einer Öffnung im Fels sprudelte und ihre Erdballen wässerte.

»Deswegen hat auch keiner von ihnen ein Privatleben, richtig?« Bruder Fritsjes Blick war ins Leere gerichtet, während er versuchte, die eigenartige Gesellschaftsform zu verstehen.

Der Qualler nickte. *Das Netz ihrer öffentlichen Wege und Straßen führt mitten durch ihre Behausungen hindurch. Wo alle gleich sind, fühlt sich niemand durch die Anwesenheit eines anderen gestört. Feste Wohnsitze scheinen eher die Ausnahme zu sein; man lebt, isst und schläft, wo man gerade hinkommt.*

»Das alles sehr seltsam ist«, murmelte Poch in das einsetzende Schweigen hinein. »Poch auch aus großem Volk von gleichberechtigten Bürgern stammt. Aber bei uns jeder seine eigene Höhle hat. Poch doch nicht wollte, dass ständig Mäuslinge durch seine Bude laufen!«

Fabian fand die Vorstellung, keine persönliche Rückzugsmöglichkeit zu besitzen – und sei das betreffende Zimmer auch so klein wie seine Dachkammer im Regenbogenhaus –, ebenfalls alles andere als verlockend.

Das Rudeldenken der Sedalblaner geht so weit, dass sie sich untereinander nicht einmal Namen geben, fuhr Meister Amoebius fort.

»Keine Namen?« Xolpph hielt erneut in seiner Rollerei inne. »Wie reden sie sich denn an?«

Sie nennen sich gegenseitig »Sedalblaner«.

»Sauoriginell!«

»Konntet ihr bei Euren Gesprächen etwas über ihre Herkunft erfahren?«, wollte Bruder Fritsje wissen. »Woher stammt dieses Volk? Wieso weiß niemand, dass es existiert?«

Zu ihren Ursprüngen äußern sich die Sedalblaner nur bedeckt. Ich deute das so, dass sie sich selbst nicht ganz im Klaren sind, woher sie kommen.

Ihre Zeitrechnung beschränkt sich darauf, dass alles »schon immer« so war, wie es ist. Sie halten es nicht für wichtig, etwas über ihre Vergangenheit zu erfahren.

»Sie wissen nicht, wo sie herkommen?«, wiederholte Fabian »Und wollen es auch nicht wissen?«

Der Qualler nickte zustimmend. *Ich habe die Körper mehrerer Sedalblaner ohne ihr Wissen mental abgetastet. Das Ergebnis dieser Untersuchung lässt gewisse Rückschlüsse zu, was ihre Entstehung angeht ...*

Drei Sedalblaner erschienen in einer Türöffnung und watschelten ungerührt quer durch den Raum. Obwohl sie sich nicht im Geringsten für die Freunde zu interessieren schienen, wartete Meister Amoebius geduldig ab, bis sie durch eine andere Tür wieder verschwunden waren.

Ihr Organismus besteht zu einem hohen Anteil aus mineralischen Bestandteilen, fuhr er dann fort. *Hinzu kommen verschiedene körperliche Attribute, wie wir sie von reptilischen Lebewesen kennen.*

»Mineralisch?« Bruder Fritsje machte ein bestürztes Gesicht. »Ihr wollt sagen, sie sind so etwas wie Steine?«

Ja und nein. Ich vermutete, dass die ersten Sedalblaner irgendwann als Folge geologischer, möglicherweise vulkanischer Aktivitäten tief unter der Erde aus dem Fels gewachsen sind. Tatsache ist, dass sie immer zahlreicher wurden und schließlich begannen, die alten Minenstollen von Lú ihren Ansprüchen anzupassen.

»Wovon ernähren sie sich?«, wollte Bruder Fritsje wissen, dessen Wissenshunger geweckt schien. »Und wie können sie sprechen, ohne Mund?«

Auf dem Weg zur Großen Zentralhöhle konnte ich zahlreiche Sedalblaner beim Aufnehmen von Nahrung beobachten. Offenbar kochen sie aus Quellwasser und verschiedenen Salzen, die aus dem Stein gewonnen werden, einen dünnflüssigen Brei, den sie durch eine Art Membran zu sich nehmen.

»Und ihre Sprache?«, beharrte der Hippopath. »Sind sie ebenfalls Telepathen? Und wir bilden uns nur ein, gesprochene Worte zu hören?«

Nein. Sie produzieren reale Schallwellen mit einem Organ, das im Innern ihres Schädels sitzt, umgeben von einem luftgefüllten Resonanzkörper.

»Bla, bla, bla!« Xolpph rollte ungeduldig zum vorderen Rand der Tischplatte und transformierte in seine Fesselform zurück. »Um ehrlich zu sein, interessiert mich das alles nicht die Bohne! Wir sind nicht so weit gekommen, um jetzt, wenige Meilen vor Maledikts Festung, die Flinte ins Korn zu werfen. Wir müssen hier raus!«

»Das steht außer Frage.« Fabian wandte sich nachdenklich an Meister Amoebius. »Können wir uns ihre Feindschaft zu Maledikt dem Finsteren nicht irgendwie zunutze machen?«

Die Sedalblaner hassen und fürchten den dunklen Herrscher, weil er die Herrschaft eines Einzelnen über viele anstrebt. Er verkörpert das ins Perverse übersteigerte Gegenteil von allem, was sie kennen.

»Na bitte!« Xolpph hüpfte aufgeregt in die Höhe. »Dann müssen wir ihnen doch nur erklären, dass wir uns auf einem Feldzug gegen den dunklen Herrscher befinden – und zack, lassen sie uns gehen!«

Das habe ich selbstverständlich bereits versucht. Aber das Sicherheitsdenken der Sedalblaner ist stärker als ihr Wunsch, irgendetwas in der Welt draußen zu verändern.

Bruder Fritsje starrte nachdenklich gegen die steinerne Decke. »Das Problem ist, dass sie im Schwarm handeln, ohne zu denken, quasi automatisch. Niemand hinterfragt die Entscheidung, uns hier festzusetzen, niemand diskutiert. Das ist unglücklich, denn vielleicht wäre es ja möglich, zumindest einen Einzelnen von der Dringlichkeit unserer Mission zu überzeugen ...« Er grübelte eine Weile vor sich hin. »Ich kann mir nicht vorstellen, dass in einer so großen Gemeinschaft tatsächlich alle rund um die Uhr derselben Meinung sind. Sogar in einem Fischschwarm gibt es doch Unterschiede, folgsamere Tiere und solche, die aus der Reihe tanzen. Individualität ist ein Grundgesetz der Natur!«

»Das mag alles sein. Aber Labern allein führt zu nichts!« Xolpph deutete auf zwei Sedalblaner, die soeben den Raum betraten. »Lasst Taten sprechen, sage ich!«

»Du hast recht.« Der kleine Mönch erhob sich und trat mit erhobener Hand auf die Kegelwesen zu. »Ich grüße euch, Sedalblaner! Falls es eure Zeit erlaubt, würde ich mich gerne kurz mit euch unterhalten ...«

Die Blauhäutigen blieben stehen. »Sei gegrüßt, Außenweltler«, sagte einer von beiden, ohne sich als Sprecher zu erkennen zu geben. »Wir Sedalblaner haben immer Zeit. Kommt einer von uns einer Aufgabe nicht nach, übernimmt sie ein anderer. Keine Pflichten, keine Probleme!«

»Hervorragend.« Bruder Fritsje rieb sich die Hände und überlegte kurz. »Ihr seid ein so faszinierendes Volk, dass ich gerne mehr über euch erfahren würde.« Er wandte sich an den linken Kegel. »Wie heißt du, Freund?«

»Sedalblaner«, sagte der Sedalblaner.

Bruder Fritsje zuckte mit keiner Wimper. »Ah, ja. Natürlich. Und du?« Er deutete auf seinen Nebenmann.

»Sedalblaner.«

Der Hippopath lachte leise. »Selbstverständlich! Dann eben etwas anderes.« Er wandte sich wieder an den ersten Kegel. »Was ist deine Lieblingsbeschäftigung? Was unternimmst du in deiner Freizeit?«

Die Frage schien den Sedalblaner zu überraschen. Er überlegte einen Moment, dann sagte er: »Ich musiziere.«

Bruder Fritsje klatschte erfreut in die Hände. »Du musizierst gern, wie schön. Welches Instrument spielst du?«

»Ich schlage den Hohlen Stein.«

»Großartig.« Der Hippopath wandte sich an den zweiten Sedalblaner. »Was tust du gern?«

»Ich musiziere.«

Bruder Fritsjes Lächeln gefror. »Ach? Und was ...«

»Ich schlage den Hohlen Stein.«

Fabian sah, wie eine steile Falte auf der Stirn des Hippopathen erschien. Es schien schwieriger zu werden, als der Mönch erwartet hatte.

»Was ist dein Leibgericht?«, erkundigte er sich beim linken Sedalblaner.

»Larpp«, erwiderte dieser wie aus der Pistole geschossen.

Der Brei aus Wasser und Salzen, den sie sich täglich bereiten, erklärte Meister Amoebius in ihren Köpfen.

»Und du? Was ist deine Leibspeise?«, wandte sich der Hippopath ohne große Hoffnung an den zweiten Blauen.

»Larpp«, kam die wenig überraschende Antwort.

Bruder Fritsje seufzte. »Nun gut. Was sind deine Ziele im Leben?«

»Lang zu leben und zum Gedeih des Volks von Sedalbla beizutragen«, erwiderte der erste Kegel.

»Und ... *deine?*«

»Lang zu leben und zum Gedeih des Volks von Sedalbla beizutragen.«

Bruder Fritsje verlor die Geduld. »Schön! Fein! Aber sagt, meine Freunde – habt ihr euch niemals Gedanken darüber gemacht, dass jeder von euch einzigartig sein könnte, auf seine ganz eigene, individuelle Art und Weise?«

»Indi-vieh...«, wiederholte der linke Sedalblaner verständnislos.

Der Rechte senkte seinen runden Schädel, schien erst an sich selbst, dann an seinem Nebenmann hinabzublicken. »Wir sind alle gleich«, stellte er fest. »Wir essen gleich, wir denken gleich, wir leben gleich.«

»Gebt es auf!« Xolpph machte mit den Lippen ein obszönes Geräusch, um seiner geringen Meinung über die Sedalblaner Ausdruck zu verschaffen. »Es ist hoffnungslos.«

Bruder Fritsje bedankte sich bei den Kegelwesen für das Gespräch. Nachdem sie davongewatschelt waren, ließ er sich neben Fabian auf einen der steinernen Sitze fallen. Sein graues Nilpferdgesicht war von Enttäuschung gezeichnet. Und von Sorge.

Er wusste so gut wie alle anderen, dass ihnen die Zeit davonlief!

Auch in der Folge ließ der kleine Mönch nichts unversucht, mit Sedalblanern ins Gespräch zu kommen. Er war wie besessen davon, herauszufinden, ob sich die blauen Höhlenbewohner nicht doch irgendwie voneinander unterschieden.

Da sich die Gefangenen frei im Innern des gewaltigen Höhlensystems bewegen durften, brachte er die meiste Zeit in der Großen Zentralhöhle zu, die nicht weit von ihrer Unterkunft entfernt lag. Poch begleitete ihn – anfangs in der Hoffnung, mit seinen Kenntnissen über unterirdische Stollenanlagen einen Ausweg aus dem Sedalblanerlabyrinth zu finden. Doch er musste bald einsehen, dass die Art, wie die Kegelwesen ihre Tunnel anlegten, nicht das Geringste mit dem Baustil der Mäuslinge gemein hatte; nachdem er sich mehrmals hoffnungslos in ihrem Labyrinth verirrt hatte und von einer Abordnung Sedalblanern wieder eingesammelt werden musste, gab er auf.

Während die beiden unterwegs waren, hockte der Rest der Gruppe untätig in ihrer Kammer. Laut Meister Amoebius, der mit einem steten Strom aufsteigender Luftblasen im Innern seines Körpers eine umgedrehte Sanduhr simulierte, war bereits der zweite Tag ihrer Gefangenschaft angebrochen; ihnen blieben also nur noch knapp zwei Tage, bevor Myrtel dem Fluch des dunklen Herrschers zum Opfer fallen würde.

Fabians Stimmung war auf dem Tiefpunkt angelangt. Trotz seiner Erschöpfung hatte er seit ihrer Gefangennahme kaum geschlafen; seine Haare standen vom vielen Raufen fettig nach allen Seiten ab. »Können wir denn gar nichts unternehmen? Es muss doch etwas geben!«

Ich fürchte, unsere ganze Hoffnung ruht jetzt auf Bruder Fritsje, gab Meister Amoebius bedrückt zu. *Nur wenn er eine Lücke im Denkmodell der Sedalblaner findet und sie dazu bewegen kann, unsere Gefangenschaft neu zu überdenken, sehe ich eine Chance.*

»Sind wir schon im Süden?«, wollte Florinda aus dem Hintergrund wissen.

»In gewisser Weise, ja.« Während er sprach, kam Fabian die Wahrheit von etwas, das Xolpph am Vortag gesagt hatte, schmerzlich zu Bewusstsein.

Sie waren gescheitert, haarscharf vor dem Ziel!

»›Süden‹ ist ein dehnbarer Begriff«, fügte Xolpph diplomatisch hinzu.

»Also ist es hier schön?«, wollte die Lupertine wissen. In ihrer sonst so fröhlichen Stimme lag ein unüberhörbarer Anflug von Zweifel.

Das plötzliche Auftauchen eines grau-blauen Schattens in einer der drei Türöffnungen ersparte Fabian und Xolpph eine Antwort.

»Ihr rasch mitkommen«, rief Poch aufgeregt. »Bruder Fritsje einen Fortschritt gemacht hat!«

Ohne weitere Aufforderung folgten sie dem Mäusling durch diverse Sedalblanerkammern zur Großen Zentralhöhle. Auf dem Weg berichtete Poch, was sich ereignet hatte: »Wir eine Stelle gefunden, ganz hinten in Höhle, wo Sonnenlicht durch Loch hoch oben im Fels fällt. Darin Bruder Fritsje festgestellt hat, dass Sedalblaner gar nicht alle gleich blau, nur im Licht von Glimmermoos so aussah! Manche heller sind, manche dunkler, manche in sich unterschiedlich gefärbt.«

Hochinteressant, bemerkte Meister Amoebius, der wie eine Lawine neben Poch herpflügte. *Möglicherweise ein Ansatzpunkt?*

In der Großen Zentralhöhle führte Poch sie zielstrebig in den hinteren Teil des Gewölbes, wo Bruder Fritsje, umringt von einer rasch wachsenden Traube von Sedalblanern, in einem halbrunden Alkoven stand. Hoch über seinem Kopf befand sich eine faustgroße, runde Öffnung im Fels, durch die ein schmaler Strahl Sonnenlicht bis auf den Boden der Höhle fiel; er war nicht sehr hell und wirkte als Resultat seiner Reise durch einen viele hundert Meter langen, nicht immer schnurgeraden Schacht beinahe grau. Dennoch leuchtete er deutlich stärker als der kränklich-grüne Schein des Glimmermooses.

Aufgeregt wies Poch auf die vorderen Reihen der Kegelwesen, die von dem einfallenden Licht erfasst wurden. Fabian kniff die Augen zusammen – und tatsächlich: Sie glänzten in unzähligen, leicht voneinander abweichenden Blauschattierungen.

»... sollst du von nun an Ornst heißen«, vernahmen sie Bruder Fritsjes Stimme, als sie sich durch das Gedränge näher heranschoben. »Du bist von jetzt an Rulph, du Anvan, und *du*« – er deutete über die Köpfe mehrerer Sedalblaner auf einen Kegel, der zusätzlich zu seiner etwas helleren Färbung einen halben Kopf größer war als alle anderen – »heißt ab sofort Glorki!«

Dem aufgeregten Gemurmel der Sedalblaner war zu entnehmen, dass bereits etliche andere mit einem individuellen Namen versehen worden waren – und vor dem Hintergrund, dass sie sich voneinander unterschieden, begrüßten sie diese Spontantaufe sogar! Mit dünnen Stimmchen und nicht ohne Stolz plapperten Dutzende von ihnen ihre neuen Namen vor sich hin, wie um sich an den Klang zu gewöhnen.

Das könnte der Durchbruch sein, hauchte Meister Amoebius.

»Nenn einen Xolpph!«, rief Xolpph über die Köpfe der Sedalblaner hinweg zu Bruder Fritsje hinüber. »Aber einen sauschönen!«

»Ich verstehe nicht, inwiefern ...« Fabian kam nicht dazu, den Satz zu beenden, denn in diesem Moment schwappte eine neue Woge blauer Kegel in die Höhle. Heftiges Gedränge war die Folge. Die Freunde entflohen dem Chaos, indem sie an eine Seitenwand des Gewölbes zurückwichen.

Bruder Fritsje hatte seine Kapuze nach hinten geschlagen. Sein graues Nilpferdgesicht war schweißüberströmt, aber er strahlte vor Glück, während er Namen auf Namen in die Menge feuerte, die von seinen Täuflingen andächtig wiederholt wurden:

»Nunnak!«

»Nunnak!«

»Birvo!«

»Birvo!«

»Chit!«

»Chit!«

»Ortlov!«

»Ortlov!«

»Was ändert es für uns, wenn jeder Sedalblaner einen eigenen Namen hat?«, versuchte es Fabian erneut.

Die Namen sind nur der erste Schritt. Ich bin sicher, dass Bruder Fritsje den zweiten bereits geplant hat.

Gespannt beobachteten sie das Geschehen weiter.

Nach etwa einer halben Stunde – mittlerweile hatte sich ein Großteil des Sedalblanervolks in der Höhle eingefunden – gingen Bruder Fritsje die Namen aus. Doch der kleine Mönch ließ sich davon nicht stoppen.

Kurzerhand ging er zu solchen über, die er durch kleinste

Änderungen dutzendfach modifizieren konnte. Fabian konnte ein Grinsen nicht unterdrücken, als er hörte, wie Bruder Fritsje einen Sedalblaner »Adolphus« taufte, den nächsten »Bedolphus«, einen weiteren »Cedolphus«, dann einen »Dedolphus« und so weiter ...

Als der Hippopath eine gute Stunde später bei »Zettfried« anlangte, konnte er sich kaum mehr auf den Beinen halten. Aber wenigstens schien jetzt jeder bedient: Murmelnd und tuschelnd zerstreuten sich die Sedalblaner in alle Richtungen. Fabian und Meister Amoebius nutzten die Gelegenheit und eilten zu ihrem Freund hinüber.

Höchst beeindruckend, lobte der Qualler und tätschelte dem erschöpften Täufer mit einem feuchten Tentakel die Schulter.

»Das war noch gar nichts«, erwiderte Bruder Fritsje, ein müdes, zugleich vorfreudiges Grinsen auf den Lippen. »Gebt mir noch einen halben Tag, dann sind wir frei!«

Nach einem kurzen, erschöpften Nickerchen in ihrer Unterkunft machte Bruder Fritsje seine Ankündigung wahr und begab sich an die nächste Stufe seines Plans. Diesmal suchte er dazu nicht die Zentralhöhle auf, er wandte sich der Einfachheit halber wieder an Durchreisende, die ihre Kammer passierten.

Freundlich grüßte er ein Sedalblaner-Trio und erkundigte sich, wie sie mit ihren neuen Namen zufrieden seien. Dendron, Ofried und Kotauthias äußerten sich einhellig positiv: Es sei nun viel leichter, in einem Raum voller Sedalblaner einen anderen gezielt anzusprechen; erstmals könne man sich über Angehörige des Volkes unterhalten, die nicht selbst anwesend waren – etwas, das in der »Namenlosen Zeit«, wie die Blauen es jetzt schon nannten, undenkbar gewesen war.

»Eure Namen werden noch für weit mehr gut sein«, versprach Bruder Fritsje mit einem verschmitzten Lächeln. »In einem Streitgespräch könnt ihr nun beispielsweise die Ansichten eines Dritten heranziehen, um eure Meinung überzeugender vorzutragen.«

»Aber wir streiten nicht!«, sagte der Sedalblaner namens Kotauthias sofort.

»Weil wir nie unterschiedlicher Meinung sind«, fügte Ofried hinzu.

Der Hippopath hob beschwichtigend die Hände. »Stellt es euch doch einmal kurz vor – nur, um die Vorteile eurer schönen neuen Namen zu begreifen.«

»Wir sollen uns vorstellen, wir wären unterschiedlicher Meinung?«, wiederholte Kotauthias. »Abwegig. Grotesk. Das würde völliges Chaos bedeuten!«

»Oh, mitnichten«, widersprach Bruder Fritsje, jetzt breit grinsend. »Das Durcheinander habt ihr vielmehr momentan, da ihr nie wirklich beurteilen könnt, ob eine Entscheidung wirklich im Sinne des ganzen Volkes ist. Erst wenn jeder von euch als Einzelwesen zählt, könnt ihr in einer Abstimmung herausfinden, was die Mehrheit wünscht – und dementsprechend handeln. So verfahren alle intelligenten Völker Ambiguas, schon seit Jahrtausenden.«

Die ungewohnte Vorstellung brachte die Kegelwesen merklich aus dem Konzept. Sie flüsterten und tuschelten untereinander, ohne dass Fabian und die anderen etwas verstehen konnten.

»Wir bedauern, aber wir können dir nicht folgen«, gab Ofried schließlich zu.

»Ein Beispiel!« Bruder Fritsje tat, als überlegte er konzentriert. Dann hob er die Arme und deutete auf seine Freunde, die im Hintergrund gebannt der Unterhaltung folgten. »Ein rein theoretisches, natürlich! Nehmen wir an, *du* ...«

»Dendron.«

»Nehmt an, Dendron hier wäre aus irgendeinem Grund dafür, uns in die Freiheit zu entlassen, damit wir unsere Mission fortsetzen können. Nehmt an, es gäbe eine Abstimmung in der Zentralhöhle, bei der jeder Sedalblaner eine eigene Stimme hätte.«

Dendron schien seine gesamte Fantasie aufbieten zu müssen, um diesem Gedankenspiel zu folgen. Tiefe Falten erschienen in der oberen Hälfte seines Kugelschädels. »Dann könnte ich, Dendron, für oder gegen eure Freilassung stimmen. Gut. Aber was hätte das für einen Vorteil?«

»Ganz einfach: Sollte – wiederum rein theoretisch – eine Mehrheit dafür sein, uns gehen zu lassen, könntet ihr erstmals sicher sein, dass ihr im Sinne des Volkes handelt«, sagte Bruder Fritsje.

»Im Sinne des Volkes ...«, wiederholten die Blauen und tuschelten aufgeregt.

»Wäre dagegen eine Mehrheit dafür, uns hierzubehalten, könntet ihr zumindest am Ergebnis ablesen, wie viele Sedalblaner es lieber anders gemacht hätten«, fuhr Bruder Fritsje fort. »Man nennt das einen Meinungsspiegel – zu wissen, wie die Verteilung der Ansichten innerhalb einer Gruppe ist.«

»Und das wäre auch zum Wohl unseres Volkes?«, erkundigte sich Kotauthias fasziniert.

Als Bruder Fritsje nickte, fügte Ofried hinzu: »Es hört sich ungewohnt an. Aber wenn ich es recht verstehe, entscheidet kein Einzelner, sondern *alle* entscheiden. Das klingt gut!«

»Das Volk träfe die Entscheidungen«, bestätigte der Hippopath lächelnd.

Das Gespräch ging noch eine ganze Weile weiter. Schließlich begriffen die Sedalblaner, dass sie sich, solange sie gleichberechtigt abstimmten, durchaus eine eigene Meinung leisten konnten – immerhin hatten sie ja bereits eigene Namen. Aufgeregt verabschiedeten sie sich und eilten davon. Bruder Fritsje kehrte zufrieden an den Tisch zurück.

So, so, empfing ihn Meister Amoebius, in dessen Gedankenstimme ein Schmunzeln nicht zu überhören war. *Ein »rein theoretisches Beispiel«, hmm?*

»Ein gewiefter Manipulierer seid Ihr«, quäkte Xolpph anerkennend. »Wärt Ihr ein Xenophor, Euch stünde in meinem Volk eine erfolgversprechende Karriere als Politiker offen!«

»Allmählich wird mir klar, worauf das Ganze hinauslaufen soll«, gab Fabian zu. »Ihr seid drauf und dran, dieses Volk völlig umzukrempeln.«

Der kleine Mönch winkte ab. »Übertreib nicht. Ein wenig Demokratie hat noch niemandem geschadet. Außerdem ist noch nicht gesagt, dass es klappt. Lasst unseren drei Freunden etwas Zeit, die exotische Kunde zu verbreiten. Dann werden wir sehen.«

Es dauerte keine Stunde, dann rief man die Gefangenen in die Große Zentralhöhle. Wie Bruder Fritsje gehofft hatte, war dort bereits das ganze Volk von Sedalbla zusammengekommen. Mit Spannung verfolgten die Freunde, wie einer der Blauen (Fabian glaubte, Dendron wiederzuerkennen) verkündete, man wolle zum Wohl und Nutzen des Volks von Sedalbla das »Ritual der Mehrheitlichen Abstimmung« erproben, welches Bruder Fritsje aus der Außenwelt mitgebracht habe.

Obwohl er und seine beiden Freunde offenbar bereits einem Großteil der Kegelwesen erzählt hatten, um was es ging, erhob sich zunächst dumpfes Stimmengewirr. Die Sedalblaner waren aufgrund ihrer langen Abgeschiedenheit allen Veränderungen gegenüber skeptisch, und zunächst sah es nicht so aus, als wären sie bereit, sich mit dem verrückten neuen Prinzip auseinanderzusetzen. Erst als Bruder Fritsje Dendron beiseitenahm und ihm leise vorschlug, die Sedalblaner doch darüber *abstimmen* zu lassen, ob man fortan abstimmen wolle, kam Bewegung in die Sache: Im Glauben, auf diese Weise doppelt abgesichert zu sein, ließ sich die Menge von Dendron zu einer Meldung durch Handzeichen bewegen. Gebannt verfolgten Fabian, Meister Amoebius und die anderen, wie die Sedalblaner ihre dünnen blauen Ärmchen in die Luft reckten.

Zunächst schien es, als würden sich – wie bei der Richtungsänderung eines Fischschwarms – alle zugleich melden. Nach einer kurzen Einflüsterung durch Bruder Fritsje wies Dendron die Menge darauf hin, dass sie sich nicht zwangsläufig für dasselbe entscheiden mussten; das Ritual der Abstimmung werde in jedem Fall dafür sorgen, dass die Entscheidung mehrheitlich ausfalle, zum Wohl des Volkes.

Die Sedalblaner zögerten. Unruhe machte sich breit. Einige murmelten ihre neuen Namen vor sich hin, wie um sich selbst zu bestätigen, dass sie selbstständig denkende Wesen waren, die sich eine eigene Meinung leisten konnten. Und dann geschah das Undenkbare.

Die Sedalblaner stimmten ab – *unterschiedlich!*

Es dauerte eine Weile, bis alle Stimmen ausgezählt waren. Dann jedoch stand das überraschende Ergebnis fest:

Exakt die Hälfte der Kegelwesen hatte für die Abstimmung gestimmt, die andere dagegen.

Es klatschte leise, als sich Xolpph auf Fabians Schulter erneut einen Auswuchs vor sein teigiges Gesicht schlug. »Diese Trottel! Sie kapieren es einfach nicht. Ich fürchte, Fritsjes schöner Plan war voll umsonst!«

»Abwarten«, flüsterte Fabian, der nervös an seinen Fingernägeln kaute.

Als ihn das Ergebnis der Stimmauszählung erreichte, wandte sich Dendron verunsichert an Bruder Fritsje. Dieser erklärte ihm ruhig und gelassen, dass im Fall eines Gleichstands die Abstimmung wiederholt werden müsse. Und so geschah es.

Fünfmal hintereinander!

So lange dauerte es, bis die Sedalblaner den jahrtausendealten Trott, alles im Kollektiv zu tun, überwunden hatten. Dafür schienen sie am »Ritual der Abstimmung« immer mehr Vergnügen zu finden. Schließlich stimmten satte achtzig Prozent dafür, wichtige Entscheidungen von nun an mit diesem unterhaltsamen neuen Verfahren zu fällen.

Kaum hatte Dendron den Beschluss verkündet, als die versammelten Kegelwesen lautstark nach einer weiteren Abstimmung verlangten. Erneut wandte sich Dendron Hilfe suchend an Bruder Fritsje, der betont beiläufig vorschlug, man könne es ja mit der »rein theoretischen« Frage ihrer Freilassung versuchen. Der Sedalblaner willigte ein.

Mit angehaltenem Atem verfolgten die Freunde, wie Dendron die Fragestellung formulierte und seinen Leuten Gelegenheit ließ, sich darüber Gedanken zu machen.

Die Bedenkzeit dauerte nur Sekunden, Fabian kam sie jedoch vor wie eine Ewigkeit. Die folgenden Augenblicke würden alles entscheiden!

Als es an die Stimmabgabe ging, rechnete er fast damit, dass die Sedalblaner wie beim ersten Mal alle dieselbe Meinung haben oder sich erneut endlose Pattsituationen liefern würden.

Mit dem, was stattdessen geschah, hatte niemand gerechnet – am allerwenigsten Xolpph, auch wenn er später das Gegenteil behaupten sollte.

Über neunzig Prozent der Sedalblaner waren dafür, sie gehen zu lassen!

»Was ... aber wie kommt das?«, stammelte Fabian. »Sie waren doch vor Kurzem noch so vehement dagegen?«

Wenn ich die Stimmung im Raum richtig deute, ist die gesamte Gemütslage der Sedalblaner im Umbruch begriffen, erklärte Meister Amoebius zögernd. *Veränderung liegt in der Luft. Sie haben festgestellt, dass es aufregend ist, die Wahl zu haben. Möglicherweise ist der hohe Prozentsatz, der unsere Freilassung befürwortet, eine Art Trotzreaktion auf unzählige Generationen, in denen alle immer ohne Nachzudenken das Gleiche taten.*

»Jacke wie Hose«, rief Xolpph und hüpfte wie ein Gummiball auf Fabians Schulter auf und ab. »Lasst uns Florinda und ihren Bruder einsammeln und machen, dass wir aus diesem Irrenhaus rauskommen!«

Fabian wollte gerade zustimmen, da stellte er fest, dass Dendron während ihrer kurzen Unterhaltung offenbar noch eine dritte Frage zur Abstimmung freigegeben hatte: Wie auf Kommando erhoben sich in der ganzen Höhle Hunderte von blauen Sedalblanerärmchen in die Luft, worauf Dendron zufrieden nickte.

»Sedalblaner! *Freunde!* Das Ritual der Mehrheitlichen Abstimmung hat uns Entscheidungsfreiheit geschenkt, die die Absicht des Einzelnen berücksichtigt und dennoch zum Wohle aller ist. Froh und dankbar verkünde ich die Ergebnisse der ersten Entscheidungen, die wir mithilfe der neuen Technik gefällt haben. Erstens: Das Volk von Sedalbla gestattet den Fremden, ihren Weg in das Land, welches sie Shurakk nennen, fortzusetzen. Um den Zeitverlust wettzumachen, den sie durch ihre Inhaftierung hinnehmen mussten, und als Beweis unserer Dankbarkeit wird ein Führer, der sich in den tiefer gelegenen Tunneln auskennt ...«

»Wie ich, Zaidolin!«, brüllte eine Stimme aus der Menge.

»... wird Zaidolin die Fremden auf einem geheimen Weg unter der Erde bis auf wenige Meilen an die Festung des Einzelnen Großen Bösen heranführen!«

Fabian glaubte, nicht recht zu hören. »D-Das ist ja fantastisch!«, stammelte er.

»Um mehr über fremdländische Modelle des Zusammenlebens und das Wohl der Gemeinschaft zu lernen, beschließt das Volk von

Sedalbla weiterhin, dass der Fremde mit Namen Bruder Fritsje fortan bei uns bleiben und uns in diesen wichtigen Angelegenheiten unterrichten wird!«

Kapitel 30
Nach Corborion

»Schneller! Wir schneller laufen müssen! Nur noch ein Tag übrig, und niemand weiß, wie lang Stollen noch weitergeht.«

Das brauchte Poch nicht extra zu erwähnen, aber es war leichter gesagt als getan. Nach ungezählten Meilen in dem unterirdischen Gang, den Zaidolin ihnen gezeigt hatte, gingen Fabians Kraftreserven mittlerweile zur Neige. Die Luft war so heiß und trocken, dass jeder Atemzug zur Qual wurde, und die Hitze des Bodens drang trotz ihres zügigen Tempos unangenehm durch die Sohlen seiner Schuhe.

Ihr Abschied von den Sedalblanern lag mehrere Stunden zurück. Nach der Verkündung der Abstimmungsergebnisse hatten sie versucht, die Kegelwesen umzustimmen, jedoch ohne Erfolg. Die Blauen waren nur bereit, die Freunde gehen zu lassen, wenn Bruder Fritsje als Lehrmeister bei ihnen blieb.

»Halb so wild«, wiegelte der Hippopath ab und bedeutete Xolpph milde, von seinen lautstarken Schimpftiraden gegen die Sedalblaner abzulassen. »Den Rest des Wegs nach Corborion schafft ihr auch ohne mich, erst recht, wenn die Sedalblaner einen geheimen Stollen kennen. Ich werde hierbleiben und ihnen ein wenig über moderne Gesellschaftssysteme erzählen. Und auf dem Rückweg, sobald ihr Myrtel vom Zehrer befreit habt, kommt ihr einfach wieder hier vorbei und lest mich auf.« Er lächelte so überzeugend, dass man seinen Optimismus beinahe für echt halten konnte.

»So machen wir's, versprochen!« Fest drückte Fabian den kleinen Mönch zum Abschied an seine Brust.

»Falls es denn einen Rückweg gibt«, fügte Xolpph gallig hinzu, aber so leise, dass es niemand hörte.

Kurz darauf waren sie aufgebrochen. Poch hatte sich das Tragegeschirr mit Florinda auf den Rücken geschnallt, Fabian schulterte Florando, dann führte der Sedalblaner Zaidolin sie in einem Gewirr von Stollen und schmalen Spalten quer unter dem Gebirge von Morr-Orr hindurch.

An einer Kreuzung, von der ein höchst unsympathisch aussehender Gang abzweigte, hielt er schließlich an. Heiße, nach Schwefel stinkende Luft drängte aus dem Tunnel, dessen Wände aus schwarzer Schlacke bestanden und durchzogen waren von einem Geflecht dumpf glühender Risse, ähnlich wie die Haut eines Lavaniers.

»Ab hier müsst ihr allein weitergehen«, erklärte Zaidolin, der in sicherer Entfernung zur Gangmündung stehen geblieben war. »Normalerweise wagt sich kein Angehöriger meines Volks so weit in die Außenbezirke ...«

Wo befinden wir uns?, erkundigte sich Meister Amoebius. *Unter dem südlichen Zipfel von Morr-Orr?*

»Ein ganzes Stück weiter.« Der Sedalblaner deutete mit einem blauen Ärmchen den dampfenden Stollen entlang. »Wir sind hier viele Meilen unter dem Reich des Einzelnen Großen Bösen. Dieser Stollen führt in direkter Linie zu seiner Festung, ihr könnt sie nicht verfehlen. Ein halber Tagesmarsch, wenn ihr stramm marschiert.«

Das stramme Marschieren erwies sich im Folgenden jedoch als echte Herausforderung. Vor Jahren, auf der Erde, hatte Fabian einmal eine Sauna besucht. Gut erinnerte er sich noch an sein Erstaunen darüber, welche Hitze ein Mensch aushalten konnte, ohne Schaden zu nehmen, und dass er die holzgetäfelte Kammer schon nach wenigen Minuten wieder verlassen hatte.

Wie gerne hätte er jetzt den Tunnel gegen eine Sauna eingetauscht! Denn hier war es nicht nur mindestens ebenso heiß, es fehlten darüber hinaus die Wasseraufgüsse, welche in einer Sauna für Luftfeuchtigkeit sorgten. Als Folge war die Luft trocken wie ein Reibeisen, ließ Fabians Augen brennen und seine Gesichtshaut prickeln, als hätte er einen Sonnenbrand.

Am erträglichsten war es in der Mitte des Korridors, möglichst weit weg von den Wänden, in deren Ritzen hellrotes Gestein glühte. Sogar Hummbert schwebte aus Respekt vor der herdplattenheißen, niedrigen Decke in Hüfthöhe hinter ihnen her.

»Diese hässliche Hitze ist hässlich«, zeterte Florando auf Fabians Rücken. »Widerwärtig abstoßend hässlich. Ich habe gleich gewusst, dass es eine schlechte Idee war, in den Süden zu gehen!«

Tatsächlich litten die Lupertinen am meisten unter der trockenen Hitze. Zwar hatten die Freunde die Wurzelballen vor ihrem Aufbruch noch einmal gut gewässert, aber in den backofenartigen Temperaturen des Stollens waren sie rasch völlig ausgedörrt. Längst ließen Florinda und ihr Bruder die Köpfe hängen.

Um die Qualen der Blumen erträglicher zu machen, waren Fabian und Poch dazu übergegangen, in regelmäßigen Abständen Trinkwasser über ihnen zu vergießen. Das verschaffte den Geschwistern zwar kurzfristig Linderung, sorgte aber auch dafür, dass ihre Wasservorräte rapide abnahmen.

Obwohl ihm die Zunge wie ein trockener Lappen am Gaumen klebte, gestattete sich Fabian nur noch jede halbe Stunde einen kleinen Schluck, aus Angst, das Wasser könnte ihnen ausgehen.

»Was ist das eigentlich für ein Gang?«, wollte er von Meister Amoebius wissen, ohne den Blick vom heißen Boden vor seinen

Füßen zu heben. »Wer hat ihn angelegt? Und warum führt er vom Gangsystem der Sedalblaner direkt zu Maledikts Festung?«

Der Stollen endet ein Stück vor den Mauern Corborions, nach allem, was Dendron mir berichtet hat. Was seinen Ursprung angeht, so vermute ich, dass er ein Teil der Sicherheitsvorkehrungen war, die Pandoras um das Jahr 2800 nach Töc anlegte. Du erinnerst dich: der Spion, der Maledikts zweiten Angriff auf die Freien Staaten vereitelte?

Es dauerte einen Moment, bevor Fabian wieder einfiel, was ihm der Qualler einst über die Phase nach Maledikts Niederlage in der Schlacht von Stagnat erzählt hatte: Um jederzeit über einen drohenden Rachefeldzug des dunklen Herrschers informiert zu sein, hatte der Rat der Weisen damals einen Spion nach Shurakk eingeschleust. Pandoras gelang es in der Folge, die Pläne des dunklen Herrschers auszukundschaften, und er schmuggelte Informationen über Maledikts Plan, die Herrscher der Freien Staaten mithilfe der magischen Pforten zu vernichten, nach draußen. Daraufhin verschloss Vagdrusal der Gütige einen Großteil der Zugänge mit dem Großen Siegelzauber.

Den Botschaften, die Pandoras uns damals regelmäßig schickte, war zu entnehmen, dass er für den Fall seiner Entlarvung an verschiedenen Notfallplänen bastelte. Einer davon sah einen unterirdischen Tunnel vor, der bis in die Nähe des Gebirges von Morr-Orr führen sollte.

Ungläubig betrachtete Fabian die glutheißen Wände des Schachts, die sich Meile um Meile hinzogen. »Wie könnte ein einzelner Mann einen solchen Tunnel graben? Noch dazu durch einen Untergrund, den man mit bloßen Händen kaum berühren kann?«

Pandoras war ein unscheinbarer, schwächlicher Bursche, aber er war auch ein Nekro. Vieles von dem, was er mit seinen Fähigkeiten zu leisten imstande war, würde in heutiger Zeit beim MEAM für erhebliche Bestürzung sorgen. Ich denke, dass er diesen Gang mithilfe eines Bohrzaubers vorangetrieben hat, über einen längeren Zeitraum, Stück für Stück, ohne Maledikts

Wissen. Auf diese Weise drang er bis in die Randbereiche des Sedalblanerreichs vor – wahrscheinlich ohne zu ahnen, dass dieses Volk überhaupt existierte. Jahre später verleibten die Kegelwesen den Stollen dann ihrem System ein.

»Viel gebracht hat dem alten Pandoras sein Fluchttunnel aber nicht«, stellte Xolpph fest. »Soweit ich mich erinnere, hat Maledikt ihn sich zur Brust genommen, bevor er Gelegenheit hatte zu fliehen?«

Das ist richtig. Aus unbekanntem Grund war Pandoras noch nicht fort, als Maledikt vom Großen Siegelzauber erfuhr. Möglicherweise hoffte er, den dunklen Herrscher durch ein magisches Attentat dauerhaft ausschalten zu können, wer weiß? Tatsache ist, dass er von Maledikt grausam für seinen Verrat bestraft wurde!

Fabian musste schlucken, als er sich an die unmenschliche Folter erinnerte, die den armen Pandoras in Maledikts unterirdischem Labor ereilt hatte: Er war mit einem Unsterblichkeitszauber belegt und in einen Bottich mit hochprozentiger Säure geworfen worden, wo er bis ans Ende der Zeit unter unbeschreiblichen Schmerzen ohne Aussicht auf Erlösung vor sich hintreiben sollte.

Auch wenn ihm dieser Geheimgang nichts mehr genutzt hat – uns leistet er jetzt gute Dienste. Wir umgehen so unzählige Gefahren dieses verfluchten Landes. In erster Linie natürlich Maledikts Kreaturen, die sich im Dampf brodelnder Teergruben und in den Schlünden ausgebrannter Vulkankegel verbergen …

»Bewohner von Shurakk nicht alle mit Maledikts Armee fortgezogen sind?«, erkundigte sich Poch mit großen Augen.

Es gibt Wesen, die zu wild und urtümlich sind, um sie für militärische Zwecke zu disziplinieren. Es ist ohnehin verwunderlich, wie es Maledikt gelungen ist, so grundverschiedene Geschöpfe wie Lavanier, Quantrulae und Kushniks in einer einzigen Heereseinheit marschieren zu lassen, ohne dass sie sich auf Schritt und Tritt gegenseitig zerfleischen. Er muss mächtige Bannsprüche über seiner Armee gewirkt haben.

»Ihr sagtet ›in erster Linie‹«, erinnerte sich Fabian. »Welche Gefahren vermeiden wir auf diesem Weg denn noch?«

Nun, der dunkle Herrscher hat sein Reich in weitem Umkreis um Corborion vermint.

»Vermint?« Fabian runzelte bei diesem ziemlich irdisch klingenden Ausdruck die Stirn. »Womit?«

Mit magischen Tretminen. Sprengladungen, die bei der leisesten Berührung eine Explosion reinen Zauberplasmas auslösen, stark genug, die dickste Panzerung zu zerreißen und einen hundertköpfigen Trupp Soldaten zu Staub zu zerblasen.

Für einen kurzen Augenblick war im Tunnel nichts zu hören außer ihren Schritten und einem glucksenden Geräusch, als Xolpph hart schluckte.

Und das ist noch immer nicht alles, fuhr der Qualler unheilvoll fort. *Als zusätzlicher Schutzmechanismus patrouillieren Sektoren Partieller Nacht die Einöde Shurakks. Wie pechschwarze Wirbelstürme ziehen sie über das Land und verleiben sich alles ein, was kreucht und fleucht. Wer hineingerät, verliert jegliche Sicht. Die Partielle Nacht verfolgt ihre Beute, gibt sie nicht mehr frei, hindert sie daran, Wasser oder Nahrung zu finden – so lange, bis das desorientierte Opfer schließlich stirbt.*

Der Qualler stieß ein blubberndes Geräusch aus, das entfernt wie ein erleichtertes Seufzen klang. *All das bleibt uns dank Pandoras' Vermächtnis glücklicherweise erspart. Und wenn Klovandel weiterhin mit uns ist, wird dieser Tunnel nicht das Einzige sein, was der gute Pandoras uns hinterlassen hat …*

Als Fabian den Blick hob – zum ersten Mal seit geraumer Zeit –, um sich zu erkundigen, was Meister Amoebius mit dieser rätselhaften Andeutung nun wieder meinte, stutzte er.

Der grüne Schleimberg, der ein halbes Dutzend Schritte vor ihm herglitt, sah viel kleiner aus als sonst!

Amoebius' Tropenhelm, normalerweise zwei bis drei Köpfe über

Fabians Scheitel, reichte ihm höchstens noch bis zur Stirn! Und auch die Außenhaut des grünschleimigen Körpers wirkte längst nicht mehr so glasklar und glänzend wie sonst; vielmehr erinnerte sie an Milchhaut oder die trübe, rissige Fettschicht auf einer abgekühlten Suppe: matt, knitterig und nicht gerade appetitlich.

»Meister? Geht es Euch gut?«, erkundigte sich Fabian besorgt.

Der Qualler wandte sich halb um und erwiderte etwas, das Fabian nicht richtig verstand. Überhaupt – jetzt, wo er darüber nachdachte, wurde ihm bewusst, dass Meister Amoebius' Gedankenstimme schon seit einer ganzen Weile leiser war als sonst, so als erklänge sie in weiter Entfernung, am anderen Ende eines hallenden Gewölbes.

Als der Qualler bemerkte, dass Fabian ihn nicht verstanden hatte, wiederholte er seine Worte, diesmal lauter: *Es ist die Hitze, Fabian. Hauptsächlich der Boden. Ich berühre ihn mit einer großen Fläche meines Körpers, dadurch heizt sich mein Inneres stark auf. Das Resultat ist, dass meine Körperflüssigkeit mehr und mehr verdunstet.*

»Verdunstet? Aber ...«

Es ist nicht schlimm. Noch nicht! Qualler können die Hälfte ihres Leibesvolumens verlieren, ohne längerfristigen Schaden davonzutragen. So weit ist es noch lange nicht. Wir werden unser Ziel gewiss vorher erreichen.

»Vielleicht es doch besser gewesen wäre, zu gehen oberirdisch?«, sagte Poch mit skeptisch zuckenden Schnurrhaaren.

An der Oberfläche ist es kaum kühler als hier. Alle paar Schritte spucken Geysire und vulkanische Spalten Glut und giftige Gase in die Luft. Nein, dort oben hätten wir für die Strecke ein Vielfaches mehr an Zeit benötigt – falls wir den Marsch überlebt hätten.

»Oi.« Xolpph schluckte hörbar. »Wer hätte gedacht, dass so eine miese Bratröhre mal das kleinere von zwei Übeln sein würde?«

Als keiner von ihnen mehr recht darauf zu hoffen wagte, erreichten sie das Ende des Tunnels, eine schmale, unregelmäßige Treppe, die Richtung Erdboden emporführte.

Sie stiegen ein paar Dutzend Stufen hinauf, dann machte sich Meister Amoebius an etwas zu schaffen, das sich über ihm an der Decke befand. Es knirschte, und durch eine rasch größer werdende Öffnung fiel gedämpftes rötliches Licht in den Treppenschacht. Hastig kletterten sie die restlichen Stufen nach oben.

Ein schmutzig-rostroter Himmel wölbte sich über ihren Köpfen. Grelle Blitze zuckten zwischen finsteren Wolkenbergen, hinter denen die Sonne als unscharfer Glutball zu erahnen war. Der Horizont war kaum zu erkennen, nur ab und zu, wenn die Spitze eines fernen Vulkankegels aufflackerte wie eine defekte Leuchtreklame, konnte man ermessen, wo die Trennlinie zwischen dem Firmament und der roten, karstigen Einöde verlief, die sich nach allen Richtungen erstreckte. Ein anhaltendes, dumpfes Grollen lag in der Luft. Es stank nach verschmortem Gummi, Fäulnis und Tod.

»Halli-hallo, hier ist es ja …« Florinda brach mitten im Satz ab. Nicht einmal eine chronische Frohnatur wie die Lupertine bekam vor dieser albtraumhaften Kulisse einen positiven Kommentar über die Lippen.

»Mal ehrlich, Freunde: Von allen dreckigen Dreckslöchern, in die mich meine heldenhaften Abenteuer bisher geführt haben, ist dies hier mit Abstand das dreckigste.« Xolpph spuckte geringschätzig auf den heißen Boden, wo sein Speichel mit einem Zischen verdampfte.

»Wo wir jetzt hinmüssen?«, erkundigte sich Poch. Er drehte sich suchend auf der Stelle – und blieb gleich darauf wie angewurzelt wieder stehen.

Inmitten der grellroten Ebene, nur ein paar Meilen von ihnen entfernt, erhob sich ein Monstrum, finsterer als die Nacht.

Fabian hatte auf der Erde schon manche beeindruckende Burg gesehen, und in Ambigua waren ihm noch wesentlich stattlichere Festungen untergekommen. Doch weder das Kloster von Mnom-Ping noch die hunderttürmige Zitadelle Volgera Ommms auf der Insel Thraxan waren mehr als armselige Bauklötzchengebilde gewesen gegen die Residenz Maledikts des Finsteren!

Corborion war der größte zusammenhängende Gebäudekomplex, den Fabian je gesehen hatte. Auf den ersten Blick ähnelte die Anlage mit ihrer umlaufenden Mauer und den zahllosen Türmchen und Zinnen einer normalen, gut befestigten Burg – außer dass sie eben gigantisch groß und von oben bis unten pechschwarz war.

Was die Festung Maledikts jedoch von jeder anderen unterschied, war die Tatsache, dass es nirgendwo eine gerade Linie zu geben schien. Alles wirkte schief und willkürlich, so als sei das ganze Gemäuer in einem Moment großer Hast entworfen worden. Natürlich war das Unfug, es musste Jahrzehnte, wenn nicht Jahrhunderte gedauert haben, eine so gewaltige Burg zu bauen ...

Alten Überlieferungen zufolge hat Maledikt seine Festung an einem einzigen Tag erschaffen, sagte Meister Amoebius, der Fabians Gedanken gelesen hatte. *Angeblich rief er mittels Magie eine Vulkaneruption hervor, wie es nie zuvor eine gegeben hatte. Aus Abertausenden Tonnen emporschießenden Magmas formte er seine Feste. Der Name »Corborion« bedeutet in Tumbh, der ältesten Sprache Ambiguas, so viel wie »aus Fels geboren«.*

Bei der Vorstellung, ein Mensch allein könnte solche Unmassen flüssigen Gesteins geformt haben, sträubten sich Fabians Nackenhaare. Zum ersten Mal wurde ihm bewusst, *wie* mächtig Maledikt der Finstere einst gewesen sein musste – und möglicherweise schon wieder war!

»Sei's drum. Einen Architekturpreis wird er mit dem Ding jedenfalls nicht gewinnen«, stellte Xolpph respektlos fest. In diesem

Moment trudelte eine einzelne beigebraune Flocke vom Himmel herab und ließ sich sanft wie eine Feder auf seiner glatten Stirn nieder. Nach einem kurzen Augenblick löste sie sich scheinbar in Nichts auf.

Weitere Flocken folgten, allesamt hellbraun wie die erste. Man hätte es für ein angeschmutztes Schneegestöber halten können, doch als die erste auf seiner Wange landete, stellte Fabian fest, dass diese Flocken nicht kalt waren, sondern lauwarm!

»Was zum Elch ...?«

»Das hat gerade noch gefehlt«, stöhnte Xolpph. »Jetzt shloont es auch noch!«

Verwirrt versuchte Fabian, ein paar der eigenartigen Flocken aufzufangen. Sie waren deutlich wärmer als seine Haut und blieben kurz auf seiner Handfläche liegen. Beim Abkühlen zerfielen sie zu einer staubähnlichen Substanz.

»Shloon.« Poch klopfte sich mit der Pfote unwillig das Fell ab. »Es das auf deiner Welt nicht gibt?«

»Ist das so was Ähnliches wie Schnee?« Fabian beobachtete, dass der Shloon auf dem heißen Boden nicht zerfiel, sondern als gleichmäßige dünne Schicht liegen blieb. Aus Neugierde fing er einige Flocken mit der Zunge auf. Als sie abkühlten und zerfielen, blieb ein trockenes, an Pfeffer erinnerndes Pulver zurück. Angewidert spuckte er es aus.

Shloon ist ein warmes Äquivalent zu Schnee, klärte ihn Meister Amoebius mit brüchiger Gedankenstimme auf. *Die Luft entledigt sich auf diese Weise der in ihr gespeicherten Hitze. Shloon fällt, wenn bestimmte klimatische Voraussetzungen zusammenkommen, je nach Region ein- oder zweimal im Jahr. Hier in Shurakk dürfte heftiger Shloonfall dagegen an der Tagesordnung sein.* Ein Schaudern durchlief den Körper des Quallers, der unter der warmen pulverigen Schicht aussah wie ein riesiger, mit Puderzucker bestreuter Krapfen. In der Luft über ihren Köpfen zischte Hummbert in gewagten Kurven und Steilflügen hin und her, um zu verhindern, dass der Shloon auf seinen dünnen Flügeln liegen blieb.

Uns kommt dieses Wetter wie gerufen. Das Shloontreiben wird uns vor den Blicken der Wächter auf den Zinnen verbergen, während wir uns Corborion nähern. Damit setzte er sich durch die stärker wehenden Flockenwirbel in Bewegung.

»Ihr glaubt, Maledikt hat Krieger zurückbehalten, die nicht mit seiner Armee abgezogen sind?«, wollte Fabian wissen.

Der dunkle Herrscher ist kein Narr. Auch wenn er nicht damit rechnen dürfte, dass Eindringlinge seine nordwärts rollende Zerstörungsmaschinerie umgehen könnten, wird er seine Leibwache keinesfalls fortgeschickt haben. Je dichter der Shloon wirbelt, desto besser!

Fabian hatte die Entfernung zur Festung auf wenige Meilen geschätzt, aber entweder hatten die merkwürdigen Lichtverhältnisse Shurakks seinen Augen einen Streich gespielt, oder es waren die vielen kleinen Umwege, die die Strecke weitaus länger und beschwerlicher machten. Ständig mussten sie Tümpel mit brodelndem, faulig stinkendem Schlick umrunden oder Bögen um Stellen schlagen, an denen Geysire brüllend ihre kochende Ladung in den Himmel spien. Zweimal erbebte die Erde unter ihren Füßen, doch glücklicherweise brach nirgendwo der Boden auf, um glutflüssiges Gestein auszustoßen.

Während des Marschs betrachtete Fabian ihren Anführer mit besorgten Blicken. Die Hitze schien Meister Amoebius immer stärker zu schaffen zu machen: Er war weiter geschrumpft, reichte ihm gerade noch bis zum Kinn.

Als wenig später die Dämmerung hereinbrach, hatte Fabian längst jedes Gefühl für Zeit und Entfernung verloren. Noch immer fiel der Shloon in dicken Flocken, blieb unangenehm auf Fabians erhitztem Gesicht kleben. Er hoffte inständig, dass Meister Amoebius' Instinkt für Himmelsrichtungen sie unter diesen erschwerten Bedingungen nicht im Stich ließ.

Plötzlich stoppte der Qualler vor ihnen.

Kaum eine Steinwurfweite entfernt, halb verborgen hinter braunen Wirbeln, war eine massive dunkle Wand zu erahnen, gewellt und ungleichmäßig wie ein monströser Klumpen gekauter Kaugummi – Corborion!

Leise jetzt, warnte Meister Amoebius in seinem Kopf. *Wir sind sehr nah. Ohne den Shloon hätte man uns längst entdeckt.* Er spähte kritisch durch die tanzenden Flocken zum Fuß der gewaltigen Festungsmauer, bevor er fortfuhr: *Wir haben Glück. Eigentlich sahen Maledikts Pläne vor, dass der Wehrgraben mit glühender Lava gefüllt sein sollte. Doch bereits zu Pandoras' Zeiten gab es Probleme, diese dauerhaft flüssig zu halten, daher wurde die Lavazufuhr irgendwann gestoppt. Wie es aussieht, hat man ihn bis heute nicht wieder aufgefüllt. Kommt mit!*

Sie folgten dem Qualler die Böschung des Burggrabens hinab. Glücklicherweise gab es auf dem steil abfallenden Hang genügend Vorsprünge und Felsbrocken. Auch wenn man sich wegen der Hitze nie lange an derselben Stelle festhalten konnte, erleichterten sie die Kletterpartie erheblich.

»Was sollen wir hier unten?«, meldete sich Xolpph leise zu Wort, als sie am Grund ankamen. »Das Eingangstor werden wir hier kaum finden.«

Niemand hielt es für nötig, den Xenophor darauf hinzuweisen, dass ihr Leben binnen Sekunden zu Ende wäre, wenn sie sich dem Burgtor, das fraglos schwer bewacht wurde, auch nur auf Bogenschussweite näherten.

Meister Amoebius schien auf etwas anderes aus zu sein: Immer wieder glitt er vor einem bestimmten Bereich der Mauer hin und her, musterte ihn eingehend, tastete mit einem Tentakel das Gestein ab. Ohne recht zu wissen, was sie zu finden hofften, beteiligten sich Fabian und Poch an der Suche.

Aus der Nähe zeigte sich, dass die Festung gar nicht schwarz war. Tatsächlich waren die Mauern von einem dunklen Rot, ihre Oberfläche gewölbt und von unregelmäßigen Verdickungen überzogen wie eine zerlaufene Kerze.

Während sie suchten, bemerkte Fabian besorgt, dass es immer spärlicher shloonte. Sollte es ganz aufhören, bestand trotz der fortschreitenden Dunkelheit die Gefahr, dass man sie entdeckte.

Da entstand vor ihm hektische Aktivität: Meister Amoebius war fündig geworden. Aufgeregt untersuchte er die Umrisse von etwas, das wie eine feine Ritze in der ansonsten makellosen Lavamauer aussah – ein Spalt, der den Umriss einer hüfthohen quadratischen Tür markierte.

Pandoras' Geheimtür! Er hat sie also tatsächlich noch fertigstellen können, bevor Maledikt ihn entlarvte. Der Qualler drehte sich zu Fabian und Poch um. *Durch diese Tür wollte Pandoras im Falle einer Entdeckung fliehen. Er hoffte, von hier unbehelligt bis zum Einstieg seines Fluchttunnels zu gelangen, den er so dicht vor der Festung anlegte, wie er es gerade noch wagen konnte. Doch auch diese getarnte Pforte sollte er nie benutzen.*

In der Mitte des eckigen Umrisses befand sich ein winziges rundes Loch. Ein Schlüsselloch! Sofort bildete der Qualler ein fadendünnes Ärmchen aus und versenkte es darin. Mit angehaltenem Atem beobachteten die Freunde, wie er im Innern des Schlosses herumfuhrwerkte.

Nur noch vereinzelte Shloonflocken rieselten jetzt vom Himmel herab. Bei jedem Blitz, der über den dunklen Himmel zuckte, bei jeder Eruption eines Vulkans am fernen Horizont, zuckte Fabian zusammen. Sie standen wie auf dem Präsentierteller. Wenn zufällig einer der Wachposten auf den Zinnen senkrecht nach unten schaute …

Verflixt! Der Schlüsselkanal ist zu schmal. Ich kann nicht genug Druck auf die Walzen und Zylinder ausüben!

Bebend zog Meister Amoebius den Tentakel zurück. Er schien die Geheimtür einen Moment lang wütend anzustarren, dann schwappte er resignierend einen Schritt zurück. *Ich kann sie nicht öffnen*, gestand er.

»Was soll das heißen?«, hauchte Fabian. »In Paris habt Ihr doch auch ...«

»Was das heißt? Das heißt, dass wir geliefert sind! Ende, aus, Abgang hintere Kulisse rechts!«, zischte Xolpph. »Sie werden uns entdecken und in einer riesigen Mühle zu Xenophorenpfeffer zermahlen und ...«

Der Qualler streckte Fabian einen Arm entgegen. *Das heißt, dass es jetzt an der Zeit ist, das Geschenk Häuptling Nyonyos zum Einsatz zu bringen.*

Zuerst wusste Fabian nicht, was Meister Amoebius meinte. Dann erinnerte er sich an das Holzkästchen, welches das jugendliche Oberhaupt der Oksimoronen ihm zum Abschied überlassen hatte und das er für einen Talisman gehalten hatte. Mit gerunzelter Stirn wühlte er es aus seinem Rucksack hervor.

»Wie soll uns *das* denn helfen, bei Yog-Dorgons giftigem Achselschweiß?« Xolpphs Stimme überschlug sich fast.

Statt einer Antwort nahm der Qualler den Behälter vorsichtig an sich. Jetzt erst bemerkte Fabian die unzähligen kleinen Öffnungen auf dem schnitzwerkverzierten Deckel. Luftlöcher?

Der Gelehrte öffnete das Kästchen und holte etwas heraus, das aussah wie eine fingerlange gelb-schwarz gepunktete Heuschrecke. Sie war auffallend mager, ihr Körper dünn wie eine Kugelschreibermine, die mehrfach abgewinkelten Glieder fein wie Zahnstocher. Zögernd, so als erwache es aus einem langen Schlaf, begann das Insekt, sich zu regen.

Dies, meine Freunde, ist ein Passepartoutschreck, erklärte Meister Amoebius. *Als der Häuptling dir das Kästchen gab, habe ich die Gegenwart dieses nützlichen Tierchens im Innern gespürt. Jetzt kommt es uns zupass. Schaut!*

Er trat vor die Geheimtür und schob das schmale Insekt ohne viel Federlesens in das Schlüsselloch. Augenblicklich drangen knirschende, klackernde Laute aus dem Innern des Schlosses.

Der Passepartoutschreck lebt in den Tiefen des Dschungels, erläuterte Meister Amoebius, während das Tier tat, was immer es auch tat. *Seine eleganten, zerbrechlich wirkenden Glieder bestehen aus einem stahlharten Material, das größte Belastungen aushält. Darüber hinaus besitzt es eine unbezahlbare Gabe: In ein Schloss geschoben, reckt und streckt es sich, bis seine Ärmchen und Beinchen exakt jene Hohlräume ausfüllen, die zwischen den Bolzen und Zylindern Freiraum für einen passenden Schlüssel bieten. Von einem insektentypischen Drang getrieben, alles zu erkunden, prüft der Schreck dann, welche Teile davon beweglich sind – und verschiebt sie!*

»Ihr meint, dieses Insekt kann Schlösser knacken?« Fabian schüttelte ungläubig den Kopf. Falls *das* stimmte, war das Geschenk des Oksimoronenhäuptlings mehr wert als alles Gold der Welt!

Ein bestätigendes Klicken erklang aus dem Innern das Schlosses. Im gleichen Moment verbreiterte sich die haarfeine Fuge, und die kleine Tür trat mehrere Millimeter weit aus der umgebenden Wand hervor. Fabian und Poch griffen zu und zerrten sie mit Krallen und Fingernägeln so weit auf, bis sie um den steinernen Türflügel greifen und ihn ganz beiseiteklappen konnten. Dahinter lag ein stockfinsterer, steil abwärts führender Gang.

»Der Trick war nicht schlecht, Fingerhut ab!« Mit unverhohlener Bewunderung starrte Xolpph den Qualler an, der den hilfreichen Passepartoutschreck behutsam aus dem Loch zupfte und zurück in das Etui steckte, das er anschließend Fabian zur weiteren Verwahrung reichte.

Es blitzte. Donnergrollen wie von unzähligen detonierenden Bomben rollte über das Land. Instinktiv riss Fabian den Kopf in die Höhe.

Hoch über ihnen, wo die Zinnen der Festung den wolkenverhangenen Nachthimmel berührten, glaubte er für einen verschwindend kurzen Moment die Umrisse etlicher albtraumhafter Gestalten zu erkennen – Gestalten in unförmigen Rüstungen mit gehörnten Helmen, die Wache standen und das finstere Land ringsum beobachteten. Dann war es wieder finster.

Hastig stieß er erst Poch, dann Meister Amoebius ins Dunkel der engen Öffnung, bevor er ungeduldig auch Hummbert in den Gang winkte.

Als es das nächste Mal donnerte, hatte er die kleine Tür bereits hinter sich ins Schloss gezogen.

Kapitel 31
Oenk Hoerb

Fabian konnte es kaum fassen: Sie waren hier, im Herzen von Maledikts finsterem Reich – und am Leben!

Er merkte, dass er sich so sehr Meister Amoebius' Denkweise angepasst hatte, immer nur an das vor ihm liegende Problem zu denken, dass er sich nie wirklich Gedanken darüber gemacht hatte, wie es sein würde, wenn sie die Residenz des dunklen Herrschers tatsächlich erreichen würden.

Trotz der Enge des Tunnels, den er hinter seinen Freunden auf allen vieren hinabkroch, verspürte er mit einem Mal eine Hochstimmung, wie er sie selten zuvor erlebt hatte. So mussten sich Leute fühlen, die zum ersten Mal einen Fallschirmsprung erfolgreich absolviert hatten!

Doch das Hochgefühl verflog ebenso schnell, wie es gekommen war. Es wurde abgelöst von einer nagenden Angst, die seine Glieder zittern ließ. Denn der gefährlichste Teil lag ja noch vor ihnen!

Geradeaus wird es heller, hauchte Meister Amoebius' Stimme in seinem Kopf. *Ein gelblicher Umriss, wie von einer Tür, hinter der Licht brennt.*

Es quietschte, dann flutete Licht in den Tunnel. Sekunden später stand Fabian neben den anderen in einem breiten, fackelerleuchteten Korridor, der sich in gerader Linie von links nach rechts erstreckte, so weit das Auge reichte.

»Was ist das hier?«, fragte Xolpph an seiner Hüfte leise.

An den Wänden des Flurs reihten sich unzählige Gittertüren aus daumendicken, schwarzen Stahlstäben aneinander. Dahinter lagen, vom Licht der Fackeln nur spärlich ausgeleuchtet, winzige viereckige Kammern. Auch im Boden befanden sich große, quadratische Gitterroste, unter denen sich ebenfalls Räume zu befinden schienen. Über ihren Köpfen, zu beiden Seiten des Korridors, verlief eine Galerie mit weiteren Zellentüren – und darüber noch eine! Leises Stöhnen und Husten aus ungezählten Kehlen lag in der Luft, es stank nach Schweiß, Schimmel und menschlichen Ausscheidungen.

Das müssen die berüchtigten Kerker von Corborion sein, sagte Meister Amoebius bedrückt. *Gerüchten zufolge waren hier in der Zeit von Maledikts Regentschaft Tausende von Menschen eingesperrt. Und offenbar befinden sich auch jetzt noch einige hier ...*

Fabian nickte. »Volgera Ommm lässt in den Grenzgebieten Shurakks und auf den Inseln rund um Thraxan seit Jahren regelmäßig Gefangene nehmen.«

»Und alle paar Monde wirft er siebzig von ihnen Odunugar dem Esser in seiner Todesarena zum Fraß vor!« Xolpph spähte mit aufgerissenen Augen den Korridor entlang. »Ich sehe gar keine Wachposten oder Aufseher?«

Für Personal besteht hier unten wohl kein Bedarf, bemerkte Meister Amoebius und wies auf die stabilen Gittertüren.

Poch musterte unterdessen die Klappe des Geheimtunnels, durch den sie hereingekommen waren. Sie war täuschend echt dem Aussehen der Wand zwischen zwei Zellentüren angepasst. »Wieso Pandoras ausgerechnet seinen Tunnel *hier* gegraben hat?«

Ich nehme an, er hat bewusst einen Ort gewählt, an dem weder Maledikt nach dessen Statthalter sich oft blicken ließen. Der Qualler stockte, schien kurz zu schwanken. Dann schüttelte er seine obere Hälfte, wie um eine ungewollte Empfindung zu vertreiben.

»Was ist mit Euch?«, erkundigte sich Fabian.

Es ist nichts! Ich hatte lediglich kurz den Eindruck, dass etwas meinen Orientierungssinn stört ... so, als schöbe sich etwas zwischen mich und meine telepathische Wahrnehmung des Gebäudes. Er fuhr einen dünnen, ausgemergelt wirkenden Tentakel aus und winkte ab. *Ich bin ein wenig ausgelaugt, das ist alles. Kommt jetzt.*

Besorgt folgte Fabian dem Qualler den Korridor entlang.

Kaum hatten sie die ersten hallenden Schritte getan, als Bewegung in die schattigen Verschläge hinter den Gitterstäben kam. Dürre Gestalten mit verfilzten Bärten und nichts als modrigen Fetzen am Leib krochen an die Türen der Zellen, zogen sich unter Aufbietung ihrer letzten Kräfte daran empor. Skelettartige Hände reckten sich aus Bodengittern, versuchten, nach ihren Füßen zu greifen, krächzende Stimmen bettelten in einer Vielzahl von Sprachen um Wasser oder etwas zu essen; manche flehten um ihre Freilassung, andere – und ihre Worte trafen Fabian am heftigsten – um einen gnädigen Tod.

»Können wir denn nichts für diese armen Teufel tun?«, wollte er wissen. »Wenn wir sie rausließen und ihnen den Zugang zu Pandoras' Fluchttunnel zeigten ...«

Sie würden in der Wildnis Shurakks binnen Minuten den Tod finden, stellte Meister Amoebius sachlich fest. *Außerdem bekäme nicht einmal unser Passepartoutschreck diese Türen auf. Sie sind mit magischen Schlössern versehen, nicht mit mechanischen.* Er deutete im Vorbeigehen auf eine stählerne, rot markierte Verdickung, die in der Mitte jeder Tür und jedes Bodengitters angebracht war. Fraglos handelte es sich um ein Schloss, aber es war völlig glatt, ohne Schlüsselloch oder sonstige Öffnung. *Die Wächter dieses Höllenpfuhls – wenn doch einmal welche den Weg hier herunter finden – sind mit magischen Schließstäben ausgerüstet. Richtet man sie auf die markierte Stelle, gibt der Stab einen Impuls ab, der die Tür öffnet und schließt.* Der Qualler seufzte. *Nein, es gibt nichts, was wir für sie tun können. Leider!*

Fabian schluckte und versuchte, das Flehen und Betteln aus seiner Wahrnehmung zu verdrängen. Es gelang ihm nicht wirklich, musste er doch alle paar Schritte über dürre, ins Leere greifende Hände hinwegsteigen.

»Zum Henker, das ist vielleicht ein Mief hier«, murmelte Xolpph. »Schlimmer als damals im Gefängnis von Amarath! Warum wird beim Bau von Kerkeranlagen bloß immer an der Kanalisation gespart?«

Fabian nickte, als er sich an ihren gemeinsamen Abstieg in die versunkene Stadt der Zauberer erinnerte. »Du hast recht, dort unten stank es auch wie im Raubtierhaus eines Zoos«, bestätigte er. »Aber wenigstens gab es keine vergessenen Gefangenen. Bis auf Vagdrusal den Gütigen!«

Leider dürfen wir kaum darauf hoffen, hier auf einen ähnlich hilfreichen Verbündeten zu stoßen. Diese armen Seelen müssen seit ...

»Bei Optomen, der mir seit 187 Jahren standhaft seine Gnade verweigert!«, krächzte da plötzlich eine brüchige Stimme in beinahe akzentfreiem Pleex, ganz in ihrer Nähe. »Das ist unmöglich! Amoebius? *Meister* Amoebius aus Pantrami? Seid Ihr es?«

Im ersten Moment glaubte Fabian, sich verhört zu haben, was vor der Geräuschkulisse aus Stöhnen und Ächzen durchaus möglich schien. Doch auch Meister Amoebius war wie vom Donner gerührt stehen geblieben und starrte zu einer bestimmten Zelle hinüber, ein paar Schritte vor ihnen auf der linken Gangseite.

»Obacht! Das kann nur eine Falle sein«, zischte Xolpph und zog sich wie ein Gürtel schmerzhaft eng um Fabians Hüften zusammen. »Wie sollte eines von diesen Gespenstern Meister Amoebius' Gedankenworte verstehen können, heh?«

Möglicherweise bin ich mittlerweile zu schwach, um meine telepathischen Projektionen auf bestimmte Gedankenfrequenzen zu beschränken. Vorsichtig glitt der Qualler auf die betreffende Zelle zu. *In diesem Fall wäre tatsächlich jeder in meiner unmittelbaren Umgebung fähig, mich zu verstehen.*

»Bei Fitz-Bartel dem All-Schöpfer«, hauchte die Stimme jetzt. »Ihr *seid* es, Amoebius! Es sei denn, dies wäre ein perfider Traum, gesandt von Volgera Ommm, um meine Gefangenschaft noch unerträglicher zu machen.«

Wenn Ihr wirklich seit 187 Jahren hier eingekerkert wärt ... sagt, seid Ihr es etwa, Oenk Hoerb?

Meister Amoebius hatte die Gitterstäbe der Zelle erreicht, hinter der sich jetzt etwas zu bewegen begann. Augenblicke später taumelte ein glatzköpfiger, erschreckend magerer Mann in den Schein der Gangbeleuchtung. Er war gefährlich unterernährt, seine Haut lag straff gespannt über seinen spitzen Knochen. Ein langer Bart hing ihm bis auf die Brust, einst schlohweiß, jetzt von Schmutz und Schimmel gelblich-braun verfärbt und durchsetzt mit schwarzen Pünktchen.

»Ich bin es, Amoebius«, schluchzte er und umklammerte verzweifelt die Stäbe seines Gefängnisses. Lange, gebogene Fingernägel klickten auf kaltes Metall. *»Ich bin es!«*

Der Fremde war in die Reste einer uralten Hose gehüllt, die ihm nur noch bis knapp über die Knie reichte. Die ausgefransten Ränder ließen erahnen, dass das Kleidungsstück mehr als einmal irgendwelchen Nagetieren als Zwischenmahlzeit gedient hatte, vermutlich, während der Alte schlief. Plötzlich war Fabian klar, um was es sich bei den schwarzen Pünktchen im Bart des Greises handelte: es waren Schlarattenköttel.

Er schluckte und versuchte, seine Wut über die menschenunwürdige Unterbringung zu verdrängen. »Wer ist das?«, wollte er von Meister Amoebius wissen. »Kennt Ihr diesen Mann?«

Doch der Qualler schwieg. Fabian wusste nicht, ob er zu schwach zum Reden oder lediglich sprachlos war. Dafür bemerkte er etwas anderes: Als er neben ihn vor die Zellentür trat, weiteten sich die glasigen Augen des Gefangenen, als wollten sie jeden Moment aus ihren Höhlen springen.

»Bei Fitz-Bartel und allem, was er erschaffen hat – das *kann* nicht sein!« Der Greis starrte Fabian ins Gesicht, als hätte er ein Gespenst gesehen. »Du! Aber ... du müsstest viel älter sein!«

»Ich weiß nicht, was Ihr meint«, erwiderte Fabian mit einem flauen Gefühl in der Magengegend. »Ich bin 13, fast 14 Jahre alt und ...«

»Erdenjahre!«, unterbrach ihn der Greis. »Das ist es! Das muss es sein! Bei den Göttern, was für eine groteske Fügung des Schicksals. Dass ich dich nach all diesen Jahren treffe ... Fabian Volta!«

Seinen vollständigen Namen zu hören – hier, in den Kerkern von Corborion – traf Fabian wie ein Schlag vor den Kopf. Es dauerte nur eine Zehntelsekunde, bis ihm klar war, dass es dafür nur eine Erklärung geben konnte! Mit einem Mal waren Gestank und stöhnende Gefangene ringsum vergessen.

»Ihr habt meine Eltern gekannt!«, stieß er hervor. »Ihr seid mit ihnen auf die Expedition gegen Volgera Ommm gezogen, damals, vor 187 Ambigua-Jahren – oder 11 Erdenjahren!«

Der alte Mann starrte ihn sekundenlang an, dann nickte er. »So ist es, mein Junge.«

Wir dachten, Ihr wärt tot, Oenk! Ihr alle, Opfer von Volgera Ommms schrecklicher Rache!

»Was ist damals geschehen?« Fabian packte die Stäbe von Oenk Hoerbs Zellentür. »Was ist mit meinen Eltern geschehen? Leben sie? Sind sie tot? Redet schon, Mann!«

Der Greis stieß einen Seufzer aus und ließ sich kraftlos zu Boden sinken. »Du hast jedes Recht darauf, es zu erfahren. Und auch Ihr, Amoebius. Dass Ihr nichts von unserem Schicksal wusstet, erklärt, wieso in all den Jahren nie jemand versuchte, uns aus diesem schrecklichen Gefängnis zu befreien ...«

Euch? Wollt Ihr etwa andeuten, weitere Teilnehmer der beiden Einsatzgruppen hätten damals überlebt? Meister Amoebius' Stimme bebte – vor Schwäche oder aus Angst vor dem, was er gleich erfahren sollte.

»Im Jahre 3398, als sich abzeichnete, dass Volgera Ommm damit begonnen hatte, die Kräfte abtrünniger Nekros in sich zu vereinen, um seinen Herrn aus dem magischen Koma zu wecken, schloss ich mich freiwillig einer der beiden Gruppen an, die auszogen, dies zu verhindern«, begann der alte Mann und hustete trocken. »Jener Gruppe, die auf direktem Weg nach Corborion zog.«

Oenk Hoerb galt damals als einer der fähigsten Nekros von Salamira, insbesondere, was Schutzzauber, magische Schilde und Abwehrsprüche anbelangte, warf Meister Amoebius ein. *Natürlich hielt er sich streng an das über 100 Jahre zuvor erlassene Anti-Magie-Edikt ...*

»Ihr wart also nicht in derselben Gruppe wie meine Eltern?«, fragte Fabian enttäuscht. Seine Hoffnung, endlich ein paar Antworten zu erhalten, schwand.

»Das war ich nicht«, bestätigte Oenk Hoerb. »Deine Eltern, Evelyn und Marc Volta, reisten gemeinsam mit einer zweiten Gruppe nach Thraxan, zu Ommms Zitadelle. Doch als sie dort ankamen, war Maledikts Statthalter bereits nach Shurakk aufgebrochen, um das Erweckungsritual in die Tat umzusetzen.«

Fabian nickte ungeduldig. All das wusste er längst aus Meister Amoebius' Erzählungen. Ebenso, was sich anschließend in Corborion abgespielt hatte: Das zweite Team war rechtzeitig in der Festung des dunklen Herrschers eingetroffen, um Volgera Ommm gemeinsam mit dem ersten an der Durchführung des Rituals zu hindern.

»Mit vereinten Kräften stellten wir uns Ommm entgegen«, nahm der alte Nekro den Faden seiner Erzählung wieder auf. »Wir wendeten einen Neutralisierungszauber an, der ihm auf einen Schlag die von ihm absorbierten Kräfte all jener Nekros rauben sollte, die er zuvor unterjocht hatte.« Hoerb hielt inne, seine trüben Augen richteten sich ins Leere. »Der Zauber stammte von mir. Ich hatte ihn in meinem Haus in Crocanth ausgetüftelt, in monatelanger Arbeit seine Macht mit allerlei magischen Artefakten gesteigert. Und er wirkte vortrefflich!«

Volgera Ommm verlor seine Kräfte?

Hoerb nickte. »Jedoch nur die zusätzlichen, fremden! Und hier zeigte sich ein Manko jenes schrittweisen Vorgehens, das Ihr immer befürwortet hattet, Meister: Unser vorrangiges – und damit einziges – Ziel war gewesen, Ommm die neu hinzugewonnenen Kräfte zu nehmen. Denn das reichte, um das Erweckungsritual zu vereiteln.« Sein faltiges Gesicht verzog sich bei der Erinnerung, als litte er körperliche Schmerzen. »Dass Maledikts Statthalter danach aber immer noch im Besitz seiner normalen Fähigkeiten sein würde, einer der grausamsten und rücksichtslosesten Nekros der Geschichte Ambiguas wäre … darüber hatte sich niemand Gedanken gemacht!«

Obwohl der Qualler nichts sagte, konnte Fabian spüren, wie sehr ihm die Ahnung, möglicherweise einen schweren Fehler begangen zu haben, zu schaffen machte.

»Volgera Ommm kam über uns wie ein Tornado«, fuhr Hoerb tonlos fort. »Wer eine Waffe trug, zückte sie, wer zaubern konnte, sagte Formeln auf. Ich selbst rasselte jeden Schutzzauber herunter, der mir in den Sinn kam. Doch es war zwecklos. Etliche von uns starben auf grauenhafte Art und Weise.«

»Etwa auch …?« Fabian schluckte hart.

»Nur wenigen, deren Widerstand ihn über Gebühr gereizt hatte, deren Tapferkeit ihm besondere Mühen verursachte, versagte Ommm die Gnade eines schnellen Todes. Seine Lavanier packten die Bemitleidenswerten und warfen sie in diese Kerker. Darunter mich, eine Handvoll weiterer Expeditionsteilnehmer … und Evelyn und Marc Volta.«

»Meine Eltern überlebten also die Auseinandersetzung?« Fabians Augen weiteten sich. »Aber wieso hat Ommm sie nicht ...?«

»Dein Vater, Fabian, obwohl er nicht über die Fähigkeit verfügte, Zauberei zu wirken, war einer von wenigen, die imstande waren, dem rasenden Unhold echten Widerstand entgegenzusetzen. Er besaß ein Schwert, das ihm ein Schmied namens Clantonim im Süden Samelsurs nach seinen Vorgaben hergestellt hatte. Dazu trug er einen Körperpanzer aus leichtem, überaus festem Material. Derart ausgestattet wagte er nicht nur, Volgera Ommm zu trotzen – er griff ihn an!«

Wie gebannt hing Fabian an Oenk Hoerbs rissigen Lippen. Er hatte schon zuvor mit Leuten gesprochen, die seinen Eltern begegnet waren, die Informationen dieses alten Magiers jedoch waren die aktuellsten, die er bisher erhalten hatte – mochten sie auch elf Erdenjahre alt sein.

»Ommm war verblüfft über so viel Dreistigkeit, zugleich fühlte er sich in seiner militärischen Ehre herausgefordert. Lange bevor er mit Maledikt in den Süden gezogen war, hatte er als Soldat in dessen Heer gedient, und tief in seinem Innern war er immer Soldat geblieben, ungeachtet der grässlichen Experimente, die sein Meister im Laufe der Jahrhunderte an ihm vorgenommen hat.« Hoerb hob matt den Kopf und sah Fabian an. »Und deshalb trat er Marc Volta, der ihn ohne Magie herausgefordert hatte, ohne Magie entgegen, nur mit einem Schwert.«

Fabian nickte hastig, um den Alten zum Fortfahren zu bewegen.

»Der folgende Kampf war einer der längsten und erbittertsten, die ich je mitanzusehen das Pech hatte. Ommm war der bessere Schwertkämpfer, er war größer und massiger als dein Vater. Doch im Gegensatz zu diesem hatte er nichts, wofür es sich zu kämpfen lohnte. Sein einziger Antrieb war Hass – der Drang, Rache zu nehmen an denen, die seine Pläne gestört hatten. Für Marc Volta dagegen ging es um alles: um das Leben seiner Gefährten und das seiner geliebten Frau. Die Aussicht, sie durch einen Sieg über Ommm retten zu können, motivierte ihn zu einer schier übermenschlichen Leistung: Nachdem der Kampf einige Zeit hin- und hergewogt hatte, gelang deinem Vater ein Treffer – ein Schwertstreich quer über Ommms hämisch verzogenes Gesicht!«

»Trug ... trug er damals denn keinen Helm?« Fabian erstarrte, als sich in seinem Kopf ein Zusammenhang abzeichnete.

»Nein. Die stählerne Maske mit den winzigen Sichtöffnungen ließ er erst später anfertigen, als er den Anblick seines nasenlosen, gespaltenen Gesichts nicht mehr ertragen konnte«, bestätigte Hoerb.

»Heiliges Erbspüree!« Fabian lief eine Gänsehaut über den Rücken. Mit einem Mal war er heilfroh, dass Ommm bei ihrer Begegnung auf Thraxan nicht seinen vollständigen Namen herausgefunden hatte. Er zweifelte nicht daran, dass Maledikts Statthalter in diesem Fall hundert grausamere Dinge eingefallen wären, als ihn einfach wie Dutzende andere Gefangene in seiner Todesarena antreten zu lassen.

»Blutend wie ein Schlachtschwein, brüllend wie eine waidwunde Drachme ging Ommm zum Gegenangriff über. Mit einem Schlag, der eine tausendjährige Schleiche gespalten hätte, schlug er deinem Vater das Schwert aus der Hand. Deine Mutter, die sich trotz des tobenden Kampfes nie weiter als ein paar Schritte entfernt hatte, warf ihm geistesgegenwärtig ein anderes zu. Doch es war von minderer Qualität und zersprang, als Marc Volta Ommms nächsten Hieb parieren wollte. Damit war der Kampf beendet.«

Fabian schluckte hörbar. »Aber Ommm brachte die beiden nicht um?«

Oenk Hoerb schüttelte traurig den Kopf. »Zusammen mit mir und einigen anderen Expeditionsteilnehmern, die ihn besonders verärgert hatten, ließ er uns herunter in dieses Loch bringen. Unter erbärmlichsten Bedingungen wurden wir eingekerkert, mit nichts als einem Kanten verschimmelten Brots am Tag. Mehrmals in der Woche erschien Ommm, um sich am Anblick unseres Elends zu erfreuen: wie wir verzweifelt das Schwitzwasser von den Mauersteinen leckten, um nicht zu verdursten, wie Schlaratten über unsere Füße liefen und an unseren Beinen emporsprangen ...« Hoerbs Blick richtete sich in die Unendlichkeit, und sehr leise fügte er hinzu: »Ohne die Meditationstechniken, die ich während meiner Ausbildung zum Wach- und Schutzmagier erlernt hatte, wäre ich hier in all den Jahren gewiss dem Wahnsinn verfallen.«

Wie zur Bestätigung kreischte ein Gefangener ein paar Zellen weiter auf, schrill und erbärmlich. Es hatte nichts Menschliches mehr.

Fabian straffte sich und sah suchend an den endlosen Reihen der Zellentüren auf und ab. »Was geschah weiter? Sind meine Eltern ... sind sie noch hier irgendwo? Meister Amoebius sagte, da sie auf der Erde geboren waren, müssten sie auch hier nach irdischer Zeitrechnung altern. Das bedeutet, sie könnten ...«

Der alte Mann, der den Großteil seiner Erzählung auf dem harten Zellenboden sitzend bestritten hatte, zog sich ächzend an den Gitterstäben der Tür empor, bis er ansatzweise aufrecht stand. Er suchte Fabians Blick. »Deine Eltern, Fabian, wurden in dieser Zelle untergebracht.« Zitternd deutete er auf das Gelass neben seinem eigenen.

Es war leer.

»In der ersten Zeit unterhielten wir uns viel. Da die Wächter nur einmal am Tag kamen, um unser karges Mahl auszuteilen, hatten wir genügend Gelegenheit dazu.« Oenk Hoerb nickte gedankenverloren. »Zunächst schmiedeten wir Fluchtpläne, wochen-, monatelang! Von anderen Gefangenen hatten wir das Gerücht vernommen, der Fluchttunnel des Pandoras solle irgendwo in diesem Kellergeschoss beginnen. Angespornt von der Aussicht, ihn zu entdecken, versuchten wir, einen Weg aus unseren Zellen heraus zu finden.«

Er stieß ein freudloses Lachen aus, krächzend wie ein schlecht geöltes Türscharnier.

»Vergebliche Mühe! Der schwarze Stahl der Gitterstäbe, von Maledikts Lavanierbrut in Feuern tief unter der Festung geschmiedet, rostet nie. Er widersteht Säure ebenso wie höchsten und niedrigsten Temperaturen, ohne je spröde zu werden. Hier unten, abgeschirmt vom energiespendenden Kosmos durch abertausend Tonnen Lavagestein, konnte natürlich auch keiner von uns Nekros noch Magie wirken.« Hoerb seufzte. »Als wir die Sinnlosigkeit unseres Tuns einsahen, beschränkten wir uns darauf, auf Rettung aus Pantrami zu hoffen.« Er wandte sich Meister Amoebius zu, der schweigend, in sich zusammengesunken wie ein alter Sitzsack, ein Bild des Elends abgab. »Grämt Euch nicht, Amoebius. Ihr wusstet nichts von unserer Notlage, musstet glauben, dass wir tot waren. Ich mache Euch keinen Vorwurf. Vermutlich hättet Ihr ohnehin nichts tun können, selbst wenn bekannt gewesen wäre, dass wir noch am Leben waren.«

Auch Fabian starrte den Qualler an. Ohne zu wissen, wie Hoerbs Geschichte ausgehen würde, fragte er sich, ob er ebenfalls in der Lage wäre, dem Rat der Weisen zu verzeihen, dass sie nie nach Überlebenden der Mission geforscht hatten.

»In dieser Phase tauschten wir uns viel über unser bisheriges Leben aus«, fuhr Hoerb fort, der allmählich zum Ende zu kommen schien. »Auf diesem Wege erfuhr ich von dir, Fabian. Ich sah dich sogar, auf einem kleinen, erstaunlich detailreichen Bild, das dein Vater ›Foto‹ nannte.«

»Er ... sie hatten ein Foto von mir dabei?« Fabians Stimme zitterte, aber es war ihm egal.

Der alte Magier nickte. »Es zeigte einen pausbäckigen blonden Jungen, zwei, vielleicht drei Jahre alt, der auf den Stufen eines kleinen Ladengeschäfts hockte.« Er lächelte versonnen. »Schon damals ähneltest du stark deinem Vater. Eine Ähnlichkeit, die heute so ausgeprägt ist, dass ich dich noch Jahrzehnte, nachdem ich das Foto zuletzt sah, auf Anhieb wiedererkannte!«

Fabian wusste nicht, was er sagen sollte. Doch das war auch nicht nötig, Oenk Hoerb spürte, dass ihn nur noch eine einzige Frage beschäftigte.

»Nach etwa einem Dreivierteljahr – vielleicht waren es ein paar Monate mehr oder weniger, wir hatten ja keine Möglichkeit, die Zeit zu messen – wurde deine Mutter sehr krank.«

»Woran litt sie?«

»Ich bin nicht sicher. Einiges sprach für eine Lungenentzündung. Es begann mit einem Husten, der einfach nicht mehr aufhören wollte. Mit der Zeit wurde sie immer blasser – noch blasser, als wir alle ohnehin schon waren.« Er holte tief Luft, bevor er weitersprach. »Schließlich bekam sie hohes Fieber. Sie starb wenige Wochen darauf.«

Ein unartikulierter Laut drang aus Fabians Kehle. Oenk Hoerb fasste es als Aufforderung auf und fuhr fort.

»Dein Vater, der zwischenzeitlich ebenfalls erkrankt war, erholte sich wieder, wenngleich ihn die Trauer um Evelyn fast umbrachte. Drei Jahre vergingen, Ommms von hämischen Kommentaren begleitete Besuche wurden seltener, bis er sich schließlich gar nicht mehr blicken ließ.« Die Stimme des alten Mannes wurde tonlos. »Etwa um diese Zeit wurden die Rationen für die Gefangenen umgestellt, auf eine Brotsorte, die aus Darmol-Mehl hergestellt wurde, einer nährstoffarmen Getreidesorte, die die Shurkkas in den kargen Hochebenen von Morr-Orr anbauen. Dein Vater reagierte allergisch auf dieses Brot, er bekam Erstickungsanfälle, wenn er davon aß. Natürlich bewog das niemanden, ihm etwas anderes vorzusetzen. Und um nach Schlaratten zu jagen, dafür war er schon zu schwach.«

Oenk Hoerb legte eine kurze Pause ein. Als er weitersprach, sah er Fabian nicht mehr in die Augen, sondern starrte traurig zu der leeren Nachbarzelle hinüber.

»Marc Volta verhungerte wenige Meter von mir entfernt, ohne dass ich es verhindern konnte.«

Kapitel 32
Jetzt erst recht!

Fabian wusste nicht, was er denken sollte. Wie durch einen Schleier nahm er wahr, dass Tränen seine Wangen hinabliefen. So normal die Reaktion schien, so sehr überraschte ihn die Heftigkeit seiner Gefühle. Immerhin hatte er schon sein ganzes Leben davon ausgehen müssen, dass seine Eltern nicht mehr lebten. Nun hatte er die Bestätigung erhalten.

Viel mehr als die Tatsache ihres Todes erschütterte ihn das schreckliche, unfaire Schicksal, das sie getroffen hatte. Waren seine Erinnerungen an die beiden auch spärlich und verschwommen, mochte er einen Großteil seines Lebens ohne sie zugebracht haben – *so* zu enden, hatte niemand verdient!

»Ich … tut mir echt leid, die Sache mit deinen Eltern«, stammelte Xolpph leise. »Ich bin zwar nur ein saudummer Xenophor, aber falls es irgendwas gibt, was ich für dich tun kann …«

»Du …« Fabian musste sich räuspern. »Das hast du schon.« Als Xolpph ihn verwirrt ansah, brachte Fabian trotz seiner tränenfeuchten Wangen ein Lächeln zustande. Der Xenophor konnte schließlich nicht wissen, dass ihm soeben etwas in den Sinn gekommen war, das Xolpph kürzlich von sich gegeben hatte.

Es bringt nichts, nachträglich um etwas zu weinen, das lange unwiederbringlich vorbei ist. Davon hat niemand was, am allerwenigsten die Toten!

Der Xenophor erzählte eine Menge Unsinn, wenn der Tag lang war, und als er diese Sätze im Wagen des Geheimagenten Christopher Heilyn ausgesprochen hatte, war er noch dazu betrunken gewesen. Trotzdem ahnte Fabian, dass Xolpph dieses eine Mal etwas durchaus Kluges gesagt hatte.

Niemandem war geholfen, wenn er einen Unglücksfall, der viele Jahre zurücklag, betrauerte, als habe er sich soeben zugetragen. Auf diese Weise half er weder seinen Eltern noch sich selbst – und erst recht nicht Myrtel, die darauf angewiesen war, dass er seine sechs Sinne beieinander behielt und alles in seiner Macht Stehende versuchte, um sie zu retten.

Denn an ihrem Schicksal *konnte* er noch etwas ändern!

Eine neue, kalte Entschlossenheit stieg in ihm auf. Energisch wischte er sich die Tränen fort. Der erste Schrecken über Oenk Hoerbs Verkündung war vorüber, und Fabian spürte, dass er sich schon bald besser fühlen würde, auf eine ganz grundlegende Weise: Die bange Ungewissheit, die sein bisheriges Leben überschattet hatte, war jetzt Vergangenheit, das Mysterium um den Verbleib seiner Eltern ein für allemal geklärt.

»Ihr sagtet vorhin, Ihr hättet mein Foto seit Jahrzehnten nicht mehr gesehen. Ihr meint, seit meine Eltern starben?«

Hoerb schüttelte den Kopf, wobei sein schmutzstarrender Bart über seine eingefallene Brust schabte. »Dein Vater überließ mir das Bild in seinen letzten Tagen. Es sollte überdauern, wenn er ...« Der Alte räusperte sich. »Ich hätte es dir längst gegeben, doch in der warmen Feuchtigkeit hier unten ist es schon vor Jahren verrottet.«

Fabian nickte und zog schniefend die Nase hoch. »Ich danke Euch, Oenk Hoerb. Für alles.« Er drehte sich zu seinen Freunden um. »Und jetzt müssen wir weiter! Es gibt da einen dunklen Herrscher, dem wir dringend einen Strich durch seine Pläne machen müssen!«

Die anderen stimmten zu. Meister Amoebius erkundigte sich bei Oenk Hoerb, ob er ihnen noch etwas zum Innenleben der Festung verraten könne, möglicherweise darüber, wo sie die Kristallkammer mit Myrtel finden konnten. Der Nekro überlegte kurz, dann berichtete er von einer enormen schwarzen Wendeltreppe im Ostflügel des Baus, die angeblich alle wichtigen Bereiche Corborions miteinander verband und gewiss auch in das gesuchte, tief gelegene Kellergeschoss hinabführe.

Doch auch eine Warnung gab er ihnen noch mit auf den Weg: Nicht nur von den Soldaten, die besonders in den höheren Stockwerken der Burg anzutreffen seien, drohe Gefahr. Irgendetwas sei sonderbar mit der Festung selbst. Hoerb konnte nicht den Finger darauf legen, da sich sein Wissen einzig auf die Berichte anderer Gefangener stützte, die im Laufe der Jahrzehnte zu ihm in den Kerker gebracht worden waren. Mehr als einer von ihnen hätte Andeutungen gemacht, dass Corborion auf eigentümliche Weise den Strömungen der Zeit unterworfen sei. Einer hatte gar behauptet, bestimmte Trakte des Gemäuers existierten »nur manchmal«, was immer das bedeuten sollte.

Niedergeschlagen, dass sie den hilfreichen alten Mann nicht befreien und mitnehmen konnten, verabschiedeten sich die Freunde schließlich von Oenk Hoerb. Aber es gab keine Möglichkeit, seine Zelle zu öffnen.

Eine dürre Hand, die ihnen zwischen den Stäben der Gittertür hindurch nachwinkte, war das Letzte, was Fabian von ihm sah.

»Wie viel Zeit uns noch bleibt?«, erkundigte sich Poch wenig später, als Meister Amoebius erneut an einer von unzähligen Abzweigungen Halt machte, um zu prüfen, ob sie in östliche Richtung führen würde, hin zu der großen Treppe, die Hoerb erwähnt hatte. »Nicht mehr viel sein kann: Wir über einen Tag verloren haben bei Blaukeglern, dann halben Tag in glühend heißer Röhre ...«

Der Zehrer endet in gut drei Stunden, sofern ich meiner inneren Uhr noch trauen kann, gab Meister Amoebius zurück und bog nach links, in einen neuen fugenlosen, von Fackeln erhellten Korridor. *Ausreichend Zeit, Myrtel zu finden und mit unserer Blumenfreundin aus dem Todesschlaf zu reißen.*

»Das wäre wirklich schön«, tönte Florinda prompt von Pochs Rücken.

Fabian biss genervt die Zähne aufeinander. Der Ernst der Situation schien der chronisch gut gelaunten Lupertine völlig abzugehen; aber was sollte man von einer Blume, die ihr ganzes Leben am Ufer eines idyllischen Teichs zugebracht hatte, auch anderes erwarten?

»Eins verstehe ich nicht«, hob er an, bevor Florinda einen weiteren Spruch nachlegen konnte. »Oenk Hoerb hat mich erkannt, obwohl er nur ein uraltes Kinderfoto von mir gesehen hatte. Auch die Bewohner von Innsmundt sowie unser Freund, Professor Snodderoz, brachten das ohne Mühe fertig. Dabei hatten sie mich noch nie in natura gesehen. Nur meinen Vater – und das war nach hiesiger Zeitrechnung vor 187 Jahren!«

»Du wirst ihm eben sauähnlich sehen«, konstatierte Xolpph achselzuckend. »So was gibt's! In meiner Sippschaft ist die Familienähnlichkeit auch stark ausgeprägt. Ich hatte mal einen Ururururgroß...«

»Aber wieso hat mich nicht auch Volgera Ommm damals sofort erkannt, als Myrtel, Xolpph und ich ihm im Turmzimmer seiner Zitadelle gegenüberstanden? Nach allem, was Oenk uns erzählt hat, hätte Ommm guten Grund gehabt, meinen Vater in einer ganz besonderen Schublade seines bösartigen Hirns abzulegen!«

»Ähh ... genau! Das hab ich mich mit Verlaub auch schon gefragt«, behauptete Xolpph, ohne mit der Wimper zu zucken. »Möglicherweise schielt er unter seinem komischen Helm?«

»Oder er nicht gut sehen kann durch schmale Augenschlitze?«, schlug Poch vor.

Ich nehme eher an, dass sein Erinnerungsvermögen als Resultat der Manipulationen, die Maledikt an ihm durchgeführt hat, Schaden genommen hat, vermutete Meister Amoebius. *Wäre es anders, hätte er deine Familienähnlichkeit zu einem Mann, der sein Leben so einschneidend veränderte, gewiss bemerken müssen.*

»Ha! ›Einschneidend verändert‹ – der war gut!« Xolpph kicherte albern. Er verstummte, als Meister Amoebius abrupt stehen blieb.

Schwankend verharrte er auf der Stelle, schien sich auf irgendetwas zu konzentrieren, das er mit seinen telepathischen Fähigkeiten wahrnahm. *Etwas verschiebt sich von Neuem,* murmelte er kaum hörbar. *Irgendwo in diesen Mauern gehen Dinge vor, die meine Wahrnehmung stören ...* Zögernd setzte er sich wieder in Bewegung, doch schon wenige Meter später blieb er erneut stehen.

Vor ihnen spaltete sich der Korridor in drei identische Gänge auf. Meister Amoebius erstarrte, schien angestrengt in sein Inneres zu lauschen.

Die Zwangspause zog sich in die Länge. Allmählich begann sich Fabian Sorgen zu machen. Auch in Corborion war es unangenehm heiß, und es war unübersehbar, dass Meister Amoebius weiterhin rapide an Flüssigkeit verlor. Falls seine Orientierungsfähigkeit im gleichen Maße abnahm wie sein Körpervolumen, würden sie bald echte Probleme bekommen!

»Meister, was ...?«, hob Fabian an, doch die Gedankenstimme des Quallers unterbrach ihn.

Es ist instabil, flüsterte er mit hörbarer Beunruhigung. *Alles hier! Wände, Decken, Flure, Hallen ...*

»Instabil?« In Xolpphs Stimme schwang Panik mit. »Ihr meint, der ganze Kasten kann uns jeden Moment auf den Kopf stürzen?«

Nicht instabil im Sinne von einsturzgefährdet. Eher ... flexibel! Magie ist im Spiel. Ich kann es nicht beschreiben, etwas Vergleichbares ist mir nie zuvor begegnet. Aber in bestimmten Abständen scheint sich etwas zu verändern, so als ob ...

Plötzlich war Fabian, als höre er hinter sich ein verstohlenes Knirschen. Alarmiert fuhr er herum – und spürte, wie sich die Härchen in seinem Nacken aufrichteten.

Der Korridor, durch den sie gekommen waren, existierte nicht mehr!

Stattdessen hatte Fabian den Eindruck, als schaue er durch ein gigantisches Kaleidoskop: Dutzende von Fluren und Treppen drehten sich vor seiner Nase umeinander, Flure und Treppen, die scheinbar endlos in die Ferne führten und wenige Augenblicke zuvor noch nicht da gewesen waren!

Schwindel ergriff ihn. All diese Räumlichkeiten konnten unmöglich im Innern eines fest gemauerten Gebäudes existieren!

Sekunden später war es vorbei. Das Kaleidoskop kam zum Stillstand. Vor ihm lag ein simpler, geradeaus führender Korridor. Allerdings nicht der, durch den sie gekommen waren! Rechts und links, wo sich zuvor glatte dunkelrote Wände erstreckt hatten, gab es nun zahllose verschlossene Türen. Und nach knapp zwanzig Metern endete der Flur an einer aufwärts führenden Treppe, die sie nie hinabgestiegen waren.

»Was hier geschieht?«, flüsterte Poch rau. »Wieso plötzlich alles anders ist?«

Kein Wunder, dass ich mich so schwer zurechtfinde! Meister Amoebius schien beinahe zu lachen. *Corborion ist ein gigantisches, magisch betriebenes Uhrwerk! In einem bestimmten Rhythmus verschieben sich die Positionen der Kammern zueinander, Durchgänge öffnen sich, andere verschwinden.*

Das also haben die Gefangenen gemeint, als sie berichteten, gewisse Räume existierten nur manchmal!

»Heißt das, wenn wir Pech haben, finden wir zwar den Raum mit Myrtel, können aber nicht hinein, weil es gerade keinen Zugang gibt?«, wollte Fabian beunruhigt wissen.

Ich würde mich sehr wundern, wenn so wichtige Räumlichkeiten wie die Kristallkammer, Maledikts Laboratorium oder seine Privatgemächer von den Veränderungen betroffen wären. Auch die große Wendeltreppe sollte sich immer am selben Ort befinden. Andernfalls wäre Corborion für Maledikts Untergebene gar nicht begeh- und nutzbar. Er glitt vorwärts, durch den mittleren der drei vor ihm liegenden Tunnelöffnungen. *Folgt mir, solange ich die Himmelsrichtungen noch ungefähr bestimmen kann!*

Schweigend, in banger Erwartung, ob nicht hinter einer der zahllosen Biegungen plötzlich Soldaten Maledikts zum Vorschein kämen, folgten sie Meister Amoebius weiter und weiter durch die fensterlosen Eingeweide Corborions. Doch nichts rührte sich.

Ein weiteres Mal wurden sie Zeugen, wie das Gemäuer in eine absurde, nicht begreifbare Rotation geriet und in gänzlich veränderter Form wieder zum Stehen kam. Schließlich weitete sich der Gang, und durch einen halbrunden Torbogen traten sie in ein gewaltiges Treppenhaus hinaus.

Der senkrechte Schacht musste einen Durchmesser von annähernd fünfzig Metern haben. Tausende Stufen, deren Verlauf von unzähligen Fackeln beleuchtet wurde, schmiegten sich ohne Geländer an die Außenwandung – eine gigantische Spirale aus Lichtpunkten, die sich schier endlos nach oben und nach unten wand. In der Mitte, wohin der Schein der Fackeln nicht reichte, klaffte ein breiter Abgrund aus purer Finsternis.

Vorsichtig, dicht an die Außenwand gedrückt, um der gähnenden Leere nicht zu nahe zu kommen, begannen sie mit dem Abstieg.

Die gewölbten Wände des Schachts erzeugten die Illusion, man befände sich im Innern eines unfassbar großen Schiffs. Der Effekt war so stark, dass Fabian nach einer Weile Anzeichen von Seekrankheit zu verspüren glaubte. Er sagte sich, dass das vermutlich daher kam, dass er immer und immer wieder im Kreis lief.

Zwischen den Fackeln, die ein unnatürlich rotes Licht verbreiteten (sie mussten magischer Natur sein, überlegte Fabian, denn wer konnte schon Tag für Tag so viele Fackeln erneuern?), klafften immer wieder Türen und Durchgänge. Je tiefer sie kamen, desto länger zögerte Meister Amoebius, bevor er an ihnen vorbeiging. Mit einem mulmigen Gefühl begann Fabian über eine Strategie nachzugrübeln für den Fall, dass der Qualler irgendwann nicht mehr weiterwüsste.

Doch seine Überlegungen wurden unterbrochen. Ein Stück unter ihnen wurden Schritte laut!

Rasch drängten sie sich in einen halbrunden Durchgang, hinter dem ein dämmrig beleuchteter Korridor lag, und hielten den Atem an.

Zu den Schritten gesellten sich bald Stimmen, deren unverständliche, kehlige Knurrlaute Fabian an Russisch erinnerten. Glücklicherweise schien es sich um nicht mehr als zwei Personen zu handeln.

Mit einem angriffslustigen Brummen stieg Hummbert neben ihm in die Höhe. Fabian erinnerte sich daran, was Myrtel ihm über die Geheimwaffe dieser Tiere erzählt hatte, und machte sich bereit, sich die Finger in die Ohren zu stecken, da holte ein rascher Wink von Meister Amoebius die Drommel wieder auf seine Schulter zurück.

Der Sonorton einer Drommel würde durch das Treppenhaus in sämtliche Teile der Festung übertragen werden, zischte er. *Dann wären im Handumdrehen hundert Soldaten hier! Wir müssen uns auf andere Weise behelfen.*

Augenblicke später kamen eine Treppenwindung tiefer zwei Gestalten in Sicht. Sie trugen rote Militäruniformen mit runden, an einen Fez erinnernden Mützen, auf ihrem Rücken waren über Kreuz je zwei lange, gebogene Säbel befestigt. Ihre knallrote Haut zeugte von einem Leben in heißer Umgebung. Es waren Shurkkas, Ureinwohner des Hochlands von Morr-Orr.

Diese beiden kommen uns wie gerufen, fand Meister Amoebius. *Sie werden uns verraten, wo wir Myrtel finden!*

»Den Teufel werden sie«, flüsterte Xolpph zurück. »Die machen uns höchstens ein paar Köpfe kürzer! Seht ihr diese überdimensionalen Kuchenmesser auf ihrem Rücken? Das sind Peddals, die gefürchteten Krummsäbel der Shurkkas! Sie führen sie beidhändig, damit hacken sie einen ausgewachsenen Holger schneller in handliche Würfel, als ihr …«

Klatschend traf einer von Meister Amoebius' Tentakeln auf Xolpphs Haut. Fabian nahm an, dass der Qualler den geschwätzigen Xenophor zum Schweigen bringen wollte, immerhin waren die Soldaten keine zehn Schritte mehr entfernt.

Doch offenbar verfolgte Meister Amoebius einen anderen Plan: Mit einem Ruck zog er Xolpph von Fabians Hüfte, bis er wie eine Lassoschlinge in seinem Griff baumelte.

Als die Krieger heran waren, ließ er die lebende Fessel mit einem peitschenartigen Knall quer über die Treppenstufen schnellen, genau in Knöchelhöhe! Xolpphs geschmeidiger Leib wickelte sich um die Fußgelenke des Shurkkas, der weiter innen, zum Abgrund hin ging, und zog sich blitzartig straff.

Fast gleichzeitig stolperte der andere über den elastischen Stolperstrick, der sich plötzlich vor seinen Füßen spannte, und legte sich mit einem erstickten Keuchen auf die Nase.

Sein Kollege mit den verknoteten Füßen war ins Taumeln geraten und steuerte mit rudernden Armen auf den bodenlosen Schlund in der Mitte des Treppenhauses zu. Im allerletzten Moment glitt Xolpph schlangengleich von seinen Knöcheln, da verschwand der Mann auch schon über die Kante!

Lautlos, in seiner Überraschung nicht einmal fähig zu schreien, stürzte er in die Tiefe. Endlose Sekunden verstrichen, ohne dass ein Aufschlag hörbar wurde. Fabian schauderte bei der Vorstellung, wie tief es dort hinuntergehen musste.

Der zweite Shurkka hatte sich unterdessen von den Stufen hochgerappelt. Mit einem rauen Schrei langte er nach den Griffen seiner beiden Säbel.

Doch erneut handelte Meister Amoebius geistesgegenwärtig. Er glitt aus ihrer Deckung hervor und wuchtete sich mit erstaunlichem Tempo genau auf den Shurkka zu.

Ein dumpfes, platschendes Geräusch, dann war da, wo eigentlich zwei Gestalten hätten sein müssen - eine rothäutige und eine grüne - nur noch eine einzige!

Instinktiv musste Fabian an Miss Waylandt denken. Die alte Erzieherin hatte daheim, im Regenbogenhaus, vor Jahren regelmäßig eine Kette mit einem Stück Bernstein getragen, in das eine Fliege eingeschlossen war.

Genau wie die Fliege, die einst im dickflüssigen Harz eines Baums erstarrt war, saß der rotgesichtige Shurkka nun in einer Umhüllung aus zähem, grünem Schleim fest!

Verwirrt, mit zunehmender Hektik, bewegte er die Arme, versuchte, mit den Händen sein sirupartiges Gefängnis zu durchdringen. Doch stets beulte sich die Schleimmasse an der betreffenden Stelle ebenfalls nach außen, und der Arm blieb gefangen.

Der Mund des Soldaten öffnete und schloss sich panisch, als er die Ausweglosigkeit seiner Situation begriff. Noch immer drang kein Laut durch die flexible Hülle. Nach wenigen Sekunden verlangsamten sich seine Bewegungen wie die eines Aufziehvogels, dessen

Uhrwerk abläuft. Die Augen des Shurkkas wurden starr, er glotzte blicklos in die Ferne.

Die Schleimhülle des Quallers um ihn herum begann rhythmisch zu pulsieren.

»Was Ihr tut?«, mümmelte Poch, der das Geschehen aus dem Schatten mit schreckensstarr aufgerichtetem Schwanz beobachtete.

Ich lese sein Gehirn aus, erwiderte der Qualler knapp. *Wie Xolpph vorhin ganz richtig bemerkt hat, würden diese Krieger so ziemlich alles eher tun, als uns freiwillig in die Pläne ihres Herrn einzuweihen.*

Wenige Augenblicke später war es vorüber. Mit einem Geräusch, als ziehe jemand die Haut von einer großen Schüssel Pudding ab, stieß Meister Amoebius den leblosen Soldaten wieder aus. Als der Mann zu Boden plumpste, wirkte er erheblich schlanker als zuvor. Meister Amoebius hingegen schien um etliche Zentimeter gewachsen zu sein.

»Ich will nicht mehr Xolpph Xerxxes Xapparek heißen, wenn ich je davon gehört hätte, dass Qualler *dazu* fähig sind«, hauchte Xolpph beeindruckt. »Ihr habt seinem Körper Flüssigkeit entzogen, richtig?«

Meister Amoebius bückte sich und setzte seinen Tropenhelm wieder auf, der beim Zusammenprall mit dem Shurkka zu Boden gefallen war. *In erster Linie Informationen. Die Absorption von Flüssigkeit ist ein Nebeneffekt, für den ich allerdings momentan durchaus dankbar bin.* Er hob den bewusstlosen Krieger auf und bettete ihn jenseits der Stollenöffnung in einen dunklen Winkel. *Er wird schlafen, eine ganze Weile. Ich bedaure, dass es hierzu kommen musste, aber anders hätten wir Myrtels Aufenthaltsort in diesem Labyrinth möglicherweise nie gefunden.*

»Ihr wisst jetzt, wo sie gefangen gehalten wird?«, stieß Fabian hervor.

Der Qualler nickte. *Und zum Glück ist es nicht mehr weit!*

Sie setzten sich wieder in Bewegung.

»Was mit dem anderen wird, der gestürzt ist?«, gab Poch zu bedenken und wies auf den Abgrund in der Mitte der Stufen, der den ersten Soldaten geschluckt hatte. »Shurkkas dort unten auf ihn aufmerksam werden, oder?«

Ich bezweifle, dass am Fuß dieser Treppe viel Betrieb ist. Außerdem dürfte es öfter vorkommen, dass einer von Maledikts Untergebenen den Tritt verliert und abstürzt. Auf unsere Anwesenheit in diesen Mauern wird deswegen noch längst niemand rückschließen.

Sie folgten der Wendeltreppe noch zwei Windungen nach unten, dann glitt Meister Amoebius in einen Durchgang und folgte einem Korridor zu einer monströsen, knallroten Tür. Hier kam zum zweiten Mal der Passepartoutschreck zum Einsatz. Erneut beobachtete Fabian fasziniert, wie Meister Amoebius das zerbrechlich wirkende Insekt in das massive stählerne Schlüsselloch schob, wo es innerhalb weniger Sekunden das Schloss knackte.

Auf der anderen Seite war es stockfinster. Fabian lief zurück ins Treppenhaus und besorgte Fackeln für sich und Poch, dann traten sie hindurch.

Der dunkle Raum entpuppte sich als lang gezogene Grotte mit einer Decke aus nadelspitzen Tropfsteinen. Im zuckenden Fackelschein glaubte Fabian zahlreiche hoch aufragende Maschinen an den Wänden zu erkennen, komplizierte Ansammlungen von Zahnrädern, Zugseilen, Gewichten, Gegengewichten und Hebeln. Wozu sie dienten, war ihm schleierhaft, aber er ahnte, dass es nichts Gutes sein konnte. Der Boden unter seinen Füßen schien mit einem riesigen Mosaik verziert zu sein, das Muster war jedoch zu verzweigt, um es im Schein einer einzelnen Fackel überblicken zu können.

Zielstrebig durchquerte Meister Amoebius das Gewölbe. Am anderen Ende galt es abermals, eine verschlossene Tür zu überwinden. Fabians Herz begann, schneller zu schlagen, als er sie sah.

Sie bestand aus rotem, glitzerndem Kristall!

Der Passepartoutschreck öffnete auch das Schloss dieser Pforte, wenngleich er diesmal erheblich länger brauchte. Entweder waren seine Kräfte mittlerweile erschöpft, oder dieser Mechanismus war komplizierter als alle vorherigen.

Ein Glück, dass Maledikt für die Schlösser im Herzen seiner Festung auf traditionelle Mechanik vertraut, bemerkte Meister Amoebius, während er die Tür aufdrückte. *Ein magisches Schloss hätte uns vor echte Probleme gestellt. Ich nehme an, die ständige Veränderung der Gänge und Räume kostet den dunklen Herrscher so viel Energie, dass er bewusst auf weitere Zauber verzichtet hat – hier, im Herzen seiner Festung, rechnet er ohnehin mit keinerlei Eindringlingen.*

Hinter der Tür lag ein schmaler gewundener Korridor. Seine Wände bestanden, wie die Tür, aus dunkelrotem Kristall und waren in tausend Facetten geschliffen. Das Licht der Fackeln brach sich darin und fiel scharlachfarben auf Fabian, Poch, Xolpph, Hummbert, die Lupertinen und Meister Amoebius zurück, die mit einem Mal aussahen wie mit roter Farbe übergossen. Oder mit Blut.

Den Raum, in welchen der Gang sich nach wenigen Schritten öffnete, erkannten sie dank Bruder Frahuels Bericht sofort. Eingerahmt von funkelnden Wänden thronte ein altarähnlicher Kristallblock in seiner Mitte. Auf der spiegelglatten Oberfläche lag eine schlanke Gestalt, reglos, wie in tiefen Schlaf versunken.

Myrtel!

Fabian verspürte den unwiderstehlichen Drang, sofort zu ihr hinzulaufen, doch Meister Amoebius hielt ihn zurück. *Gedulde dich einen Augenblick. Dieser Raum mag mit Fallen präpariert sein, oder jemand könnte unser Eindringen bemerkt und einen Hinterhalt gelegt haben.*

»Aber Myrtel, wir müssen sie ...«

Bis zum Ende der Frist bleiben noch fast zwei Stunden. Lieber jetzt ein paar Minuten investieren und dafür später lebendig nach Hause zurückkehren!

Dagegen konnte Fabian nichts einwenden. Er und Poch zogen ihre Rucksäcke und die Tragenetze mit den Lupertinen vom Rücken und platzierten alles an einer Seitenwand des Korridors. Die Erdballen um die Wurzeln der Blumen waren durch die beständige Hitze im Innern der Festung stark ausgetrocknet, faustgroße Brocken bröselten aus dem Lianengeflecht. Im roten Widerschein der Kristallwände glichen die Geschwister einander wie ein Ei dem anderen.

»Diese Hitze ist so hässlich«, wimmerte Florando.

»Etwas Wasser wäre sehr schön«, bestätigte seine Schwester matt. Hummbert stieß ein zustimmendes Summen aus.

Meister Amoebius, angestrahlt von den roten Lichtreflexen, stand indessen wie ein riesiger Klumpen Erdbeermarmelade im Tunnelausgang und tastete den dahinterliegenden Raum mental ab.

»Wo ist die dunkle Wolke, von der Bruder Frahuel berichtet hat?« Mit prüfendem Blick trat Fabian neben ihn. »Ihr wisst schon: dieses brodelnde, pumpende Etwas, das angeblich über ihr schwebte?«

Mehrere Augenblicke verstrichen, bevor der Qualler antwortete. *Der Fluch ist nur auf der Astralebene sichtbar. Er ist keine wirkliche Wolke, nichts, was man mit bloßem Auge wahrnehmen könnte. Bruder Frahuel konnte ihn nur sehen, weil er mit dem Auge seines Geistes in diesen Raum blickte.*

»Aber er ist hier, oder?«

Meister Amoebius nickte kaum merklich. *Wenn du dich konzentrierst, kannst du ihn spüren.*

Fabian schloss die Augen. Nach einigen Sekunden wusste er, was der Qualler meinte: Er hatte den Eindruck, als befände sich außer Myrtel noch jemand in dem Raum vor ihnen.

»Etwas bei Myrtel im Zimmer ist«, bemerkte auch Poch, der zaghaft über Fabians Schulter schnupperte. »Etwas Fremdes, Altes ... und es sehr gierig ist!«

Der Zehrer. Aber keine Angst, er wird sich auflösen und vergehen, sobald Myrtel den Blütenstaub der Lupertine atmet. Der Qualler wandte sich um, schien Fabian aus den Tiefen seines nun rot glitzernden Körpers anzusehen. *Meine Fähigkeiten sind auf ein kaum noch nennenswertes Maß geschrumpft, aber ich kann hier drinnen keinerlei Schutzmechanismen wahrnehmen. In gewisser Weise ist das auch logisch. Maledikt konnte schließlich nicht ahnen, dass jemand bis in sein Allerheiligstes vordringen würde.*

»Ihr meint ...« Fabian nickte in Richtung der Lupertinen, die ihre Köpfe erschöpft gegen die rote Kristallwand lehnten.

Ja, es ist soweit. Tu es, Fabian!

Mit zitternden Fingern nahm Fabian Florinda beim Stängel und hob sie vom Boden auf, fasste mit der anderen Hand unter den Erdballen. Dann betrat er vorsichtig die Kristallkammer.

Es waren nur wenige Schritte bis zum Altar. Mit jedem Meter, den er zurücklegte, konnte Fabian den Fluch deutlicher spüren. Es schien, als sei ein Teil des dunklen Herrschers selbst im Raum anwesend, eine uralte, böse Präsenz, voller Hass auf alles Lebende. Fabian zwang sich, nicht darauf zu achten, und ging weiter, bis er vor dem Block ankam.

Myrtel trug dieselben Kleider, in denen er sie zuletzt gesehen hatte. Ihre Augen waren geschlossen, die Arme seitlich an den Körper gelegt.

Sie rührte sich nicht.

Einen schrecklichen Moment lang dachte Fabian, sie wäre tot, doch dann bemerkte er, dass sich ihre Brust kaum wahrnehmbar, Millimeter um Millimeter, hob und senkte. Myrtel atmete – noch!

Rasch hob er die Lupertine und richtete den wippenden Kopf mit dem handtellergroßen Stempel exakt auf ihren Rüssel aus.

So verharrte er sekundenlang, wartete.

Irgendwo hinter sich vernahm er ein Keuchen; wahrscheinlich

Xolpph, der die Spannung nicht mehr aushielt. Konzentriert beobachtete Fabian das Heben und Senken von Myrtels Brustkorb.

Wieso geschah nichts?

Vorsichtig schob er den Kopf der Lupertine noch weiter vor, bis er ganz sanft ihren Rüssel berührte. Jetzt *musste* sie beim Einatmen einfach etwas Blütenstaub aufnehmen!

Nichts passierte.

Fabian wollte gerade einen Hilfe suchenden Blick über die Schulter zu Meister Amoebius hinüberwerfen, da ertönte eine tiefe, grollende Stimme ganz dicht neben seinem Ohr: »Sieh an, was haben wir denn hier? Ein kleiner Blumenliebhaber, was?«

Eine riesige, rot behandschuhte Pranke langte über seine Schulter, packte die Lupertine am Stängel und riss sie ihm mitsamt Erdballen aus den Händen. Fabian hörte das erstickte Würgen der wehrlosen Blume, doch er wagte nicht, sich zu rühren.

Er hatte gehofft, das raue Organ, mehr einer wilden Raubkatze ähnlich als einem Menschen, in seinem Leben nie mehr hören zu müssen. Denn er wusste nur zu genau, wem es gehörte – und dass alles verloren war!

Ganz langsam drehte er sich um und starrte in die glühenden Augenschlitze des Helms von Volgera Ommm.

Kapitel 33
Ein unerwarteter Abgang

Der Statthalter des dunklen Herrscher schien seit ihrer letzten Begegnung noch größer und Furcht einflößender geworden zu sein. Hoch ragte sein stählerner Helm über Fabian auf. Die wie stets von einem weiten Umhang umwallten Schultern wirkten breiter als die eines Bodybuilders, das Rot seiner Montur wurde durch den farbigen Widerschein der Kristallwände noch verstärkt – ein blutrot leuchtender Riese, hinter dessen Sehschlitzen ein unirdisches Feuer glomm.

Volgera Ommm stand bewegungslos wie eine Statue, ohne die krächzende Lupertine in seiner Faust zu beachten. Sein Blick war starr auf Fabian gerichtet, der sich verzweifelt bemühte, ihm standzuhalten. Für ein paar Sekunden gelang es ihm, doch dann ertönte vom anderen Ende der Kammer ein gepeinigtes Stöhnen. Instinktiv drehte Fabian den Kopf.

Sein Herz setzte einen Schlag aus. Seine Freunde waren aus dem Gang in die Kristallkammer getrieben worden und standen nun entlang der Wand aufgereiht – im unnachgiebigen Griff eines halben Dutzends dampfender Lavanier!

Das Stöhnen kam von Poch: Unter den schlackeverkrusteten Pranken der Glutwesen stiegen schwarze Rauchkringel von seinem Fell auf. Neben ihm, wo zwei Lavanier die obere Hälfte von Meister Amoebius' Körper im Ringergriff umklammert hielten, zischte es durchdringend. Schleimige Körperflüssigkeit stieg als weißer Dampf zur Decke empor.

Sogar Xolpph hatte einen eigenen Wächter abbekommen: Verzweifelt wechselte er alle paar Sekunden zwischen seiner runden Ur- und seiner schlangenähnlichen Fesselform hin und her, um zu verhindern, dass die heißen Hände des Lavaniers ihn zu lange an derselben Stelle festhielten.

»Gebt sofort Befehl, sie loszulassen!«, stieß Fabian zwischen zusammengebissenen Zähnen hervor.

»Warum sollte ich das tun?«, erkundigte sich Volgera Ommm gedehnt. »Ihr kommt hierher, ins Land Maledikts des Großen, dringt unerlaubt in seine Burg ein, um zu rauben, was ihm gehört, und verlangt eine faire Behandlung, wenn ihr ertappt werdet?« Ein verächtliches Schnauben drang unter seinem Helm hervor.

»Wir wollen nichts rauben, was dem dunklen Herrscher gehört«, widersprach Fabian – und fragte sich im gleichen Moment, wo er den Mut dazu hernahm. Lebhaft erinnerte sich an die Prügel, die der Nekro Myrtel damals mit seiner dritten, unsichtbaren Hand verpasst hatte.

Andererseits – Schläge ins Gesicht waren jetzt sein geringstes Problem!

»Wir sind gekommen, um unsere Freundin zu befreien, die unschuldig in den Konflikt zwischen den Freien Staaten und Eurem Herrn geraten ist!«

»Unschuldig ...« Ommm wiederholte das Wort langsam, als wolle er seinen Klang auf der Zunge kosten. »Niemand ist unschuldig, du kleiner Narr.« Er hob die Hand, bis sich der wippende Kopf der Lupertine dicht vor dem senkrechten Schlitz befand, der seinen Helm unterhalb der Augenöffnungen in zwei Hälften teilte. Ein schnüffelndes Geräusch ertönte, dann schüttelte der Statthalter

Maledikts den Kopf. »Eure Naivität ist beinahe so groß wie eure Dummheit! Zu glauben, ihr könntet hier eindringen – ins Herz Corborions, der Kernzelle von Maledikts Macht –, ohne dass wir es bemerken!«

Er veränderte seine Position, sodass er die kleine Gruppe fixierte, die im Griff der Lavanier zappelte. »Habt Ihr allen Ernstes gedacht, mein Herr würde die Gedankenprojektionen dieses närrischen Quallers nicht registrieren? Ihr wart noch über zehn Meilen von Corborion entfernt, da wusste er von eurem Kommen!«

»Ihr *wusstet* ...?«

»Dann euer Auftritt in den Kerkeranlagen! Was glaubt ihr wohl, *wieso* dort nicht rund um die Uhr Wachen stationiert sind?«

»Das ... ich weiß nicht.« Fabian schüttelte verzweifelt den Kopf. Es fiel ihm schwer, das Gehörte zu verdauen. Maledikt hatte die ganze Zeit gewusst, dass sie kamen! Das hieß, sie waren in eine gut vorbereitete Falle getappt.

»Weil magische Detektoren dort jede Bewegung außerhalb der Zellen registrieren!«, bellte Ommm. »Und zu guter Letzt euer stümperhaftes Betragen im Großen Treppenhaus! Meiner Leibwache im siebzigsten Untergeschoss den armen Phnorkk auf den Kopf plumpsen zu lassen, ich muss schon sagen!« Er hob erneut die Hand mit der Lupertine, schnupperte nochmals daran und starrte sie durch seine Sehschlitze verständnislos an. »Lediglich, was *dies* hier soll, verstehe ich beim besten Willen nicht. Aber muss der Adler die Gedankengänge des Kaninchens verstehen, bevor er es reißt?« Achtlos schleuderte er die Blume von sich, die mit einem leisen Stöhnen in einer Ecke landete.

Hinter Ommm strömten weitere Krieger in die enge Kammer, Shurkkas wie jene, denen sie im Treppenhaus begegnet waren. Durch die Anwesenheit der Lavanier war die Temperatur im Innern bedenklich angestiegen, man konnte kaum noch atmen.

»Was habt Ihr mit uns vor?«, fragte Fabian stockend.

»Oh.« Ommm machte eine beiläufige Geste mit einem seiner roten Handschuhe. »Das bleibt ganz der Gnade« – bei diesem Wort lachte er meckernd – »meines Herrn überlassen. Doch sei unbesorgt: Er wird sich eine ebenso stilvolle wie exotische Methode einfallen lassen, um euer unwürdiges Leben auf ausgesucht langsame und schmerzhafte Weise zu beenden. Er ist berühmt für seinen diesbezüglichen Einfallsreichtum!«

Unvermittelt schoss seine Hand vorwärts, ein Zeigefinger blieb Millimeter von Fabians Nasespitze entfernt in der Luft stehen. »Allein bei *dir* werde ich für eine gesonderte Behandlung plädieren!«

Fabian zuckte ein Stück zurück. »Bei mir? Wieso?«

Ommms Helm erbebte, als werfe sein Träger im Innern heftig den Kopf zurück. »Glaubst du etwa, ich hätte dich nicht erkannt, nichtsnutzige Brut?«, brüllte er.

Also doch, schoss es Fabian durch den Kopf. Seine Ähnlichkeit mit seinem Vater war Ommm nicht verborgen geblieben! Und sein Hass auf Marc Volta würde dafür sorgen, dass ...

»Du warst es, der dafür gesorgt hat, dass mir das Zepter von Dollmen durch die Lappen gegangen ist! Du hast mich vor dem Herrn blamiert! Und als wäre das noch nicht genug, hast du mich auf Thraxan vor all meinen Untergebenen verhöhnt, indem du gemeinsam mit diesem rüsselnasigen Gör aus meiner Todesarena geflohen bist! Wegen dir habe ich im eisigen Norden Tunkuskas einen Trupp Lavanier sowie etliche meiner Männer verloren!« Nackter Hass sprühte Fabian aus den schmalen Sehschlitzen entgegen. »Aber all das hast du nicht umsonst getan. Volgera Ommm vergisst niemals!«

Das schien eine gelinde Übertreibung: Zumindest an jenen Mann, der ihn einst im Kampf entstellt hatte und dem Fabian so auffällig ähnlich sah, schien sich Maledikts Statthalter nicht mehr zu erinnern!

»Das Mädchen ist versorgt«, knurrte der Nekro mit einem kurzen Blick auf Myrtels reglosen Körper. »Sie wird in weniger als zwei Stunden sterben, wenngleich bei Weitem nicht so qualvoll, wie ich es ihr gewünscht hätte. Für *dich* dagegen habe ich mir etwas besonders Exquisites ausgedacht! Tief unten, im Laboratorium des Herrn, gibt es einen gewissen Bottich. Er ist bis zum Rand gefüllt mit Dalsalmiak, der aggressivsten Säure, die es in ganz Ambigua gibt. Zwar dümpelt darin bereits seit 777 Jahren ein anderer schreiender Wicht herum, doch für einen zweiten ist noch mehr als genug Platz, dessen habe ich mich vorhin vergewissert!«

Fabian schluckte krampfhaft, rang nach Worten. Doch es gab nichts mehr, was er hätte sagen können.

»Hinauf mit ihnen, ins Gemach K!«, blaffte Ommm seine Untergebenen an. »Der Herr wünscht diese Würmer persönlich zu sehen, bevor er sie der Unendlichkeit übereignet.« Mit wallendem Umhang wirbelte er herum.

Er hatte die Mündung des roten Flurs noch nicht erreicht, als plötzlich ein seltsamer Ton die enge Kammer erfüllte. Er erinnerte an den Nachhall eines riesigen Gongs, mit dem Unterschied, dass er nicht verebbte, sondern anschwoll, rasch lauter und lauter wurde.

Schon erreichte das Dröhnen eine schmerzhafte Intensität. Mehrere Shurkkas rissen die Augen auf, deuteten heulend in die Luft über ihren Köpfen – und plötzlich wusste Fabian, was es mit dem Geräusch auf sich hatte.

Sie hatten Hummbert vergessen!

Zornig summend hing der Pelzball unter der Decke der Kammer. Sein Rüssel, normalerweise aufgerollt und im dichten Fell kaum sichtbar, war ausgefahren wie eine Antenne, schien kaum merklich zu vibrieren.

Die Drommel hatte ihren Sonorton aktiviert, um ihren Freunden beizustehen!

Zwei Shurkkas sprangen vor und versuchten, das Insekt mit ihren Säbeln aus der Luft zu holen. Doch die Decke der Kristallkammer war hoch, und Hummbert wich ihren Klingen mit derselben spielerischen Gewandtheit aus, die Fabian schon so oft an ihm beobachtet hatte.

Der dumpf schwingende Ton wurde immer lauter. Schon rissen die ersten Shurkkas die Hände vor die Ohren, ganz vorne ging der Erste in die Knie.

Fabian hatte sich noch nie Küchenmixer in die Ohren gesteckt und auf die höchste Stufe geschaltet, aber er war sicher, dass es sich exakt so anfühlen musste! Er kam sich vor, als würde sein Hirn zu Brei zerquirlt, ihn schwindelte, und in seiner Magengrube braute sich eine handfeste Übelkeit zusammen.

So fest er konnte, presste er sich die Handballen auf die Ohrmuscheln. Doch der Angriffston der Drommel vibrierte sich mühelos hindurch, direkt in seinen Schädelknochen hinein!

Gefährlich langsam drehte sich Ommms Helm in Richtung der Drommel. Unbeeindruckt von den Schmerzen, die auch er verspüren musste, fixierte er Hummbert, der in engen Kreisen über ihm dahinsauste. Mit Blicken maß er die Entfernung ...

Dicht neben Fabian würgte jemand, möglicherweise Xolpph, ein paar Schritte weiter stieß Poch einen wimmernden Schrei aus. Hummbert meinte es fraglos gut, aber was war damit gewonnen, wenn er sie mit seiner Geheimwaffe alle mit auf die Bretter schickte?

Da schoss Ommms geballte Rechte vorwärts! Er vollführte eine rasche Geste, so als schlüge er einen Nagel ein, dabei grunzte er eine einzelne, unverständliche Silbe.

Aus der Höhe ertönte ein Geräusch wie der Aufprall eines schweren Knüppels in ein Kissen voller Daunenfedern.

Der Sonorton brach abrupt ab. Wie ein Stein sackte die Drommel in die Tiefe, kaum einen Schritt von Fabian entfernt. Geistesgegenwärtig fing er sie auf.

Hummbert schien bewusstlos zu sein, Ommm musste ihm mit seiner dritten Hand einen derben Faustschlag verpasst haben! Schützend drückte Fabian den pelzigen Körper an sich.

Mit einem verächtlichen Schnauben stampfte Ommm durch den Korridor davon, während sich seine Männer stöhnend vom Boden hochrappelten. Zwei erschienen mit gezückten Säbeln an Fabians Seite und zwangen ihn, Ommm zu folgen.

Erleichtert stellte er fest, dass Hummberts Überraschungsangriff zumindest für eines gut gewesen war: Die Lavanier hatten ihre kochend heißen Pranken von Poch, Xolpph und Meister Amoebius genommen und trieben die Freunde nur unter gelegentlichen Schubsern vor sich her. Die Kristallkammer blieb leer zurück; leer bis auf Myrtel, ein paar Rucksäcke sowie zwei reichlich verwirrte Lupertinen.

Im Stechschritt durchquerten sie die Grotte mit dem Bodenmosaik und das Große Treppenhaus, wo es in rasantem Tempo aufwärts ging. Fabian geriet ins Keuchen, doch er bemerkte es kaum. Seine Gedanken wirbelten.

Wieso hatte es nicht funktioniert?

Die Anweisungen des Gelehrten Thay'Phun waren klar gewesen, und Fabian hatte sie exakt befolgt! Warum war Myrtel nicht aufgewacht?

Hatte Meister Amoebius sich getäuscht, und es handelte sich bei dem Fluch, mit dem der dunkle Herrscher sie belegt hatte, doch nicht um einen Zehrer? War Thay'Phun ein unkundiger Narr gewesen? Hatten Kapžer und Zeepl ihm überhaupt die richtigen Schriftrollen aus dem Archiv herausgesucht?

Fabian ahnte, dass er momentan auf keine dieser Fragen eine Antwort erhalten würde. Außerdem hätte auch eine erfolgreiche

Aufhebung des Zehrers nichts an ihrer Situation geändert – ob Myrtel nun durch den Fluch ums Leben kam oder durch die Hand Volgera Ommms, das schreckliche Resultat wäre dasselbe gewesen!

Eine halbe Treppenwindung über ihm huschte der Statthalter des Bösen mit wallendem Umhang dahin wie eine riesige Fledermaus, ein Monstrum von übermenschlicher Leistungsfähigkeit, geschaffen durch Maledikts böse Experimente. Fabians Mut sank. Selbst wenn es ihnen irgendwie gelänge, die Shurkkas und die plumpen Lavanier auszutricksen – gegen eine magiekundige Kampfmaschine wie Volgera Ommm hätten sie nicht die geringste Chance!

Als könne er seine Verzweiflung spüren (wer wusste schon, ob er das nicht tatsächlich konnte?), verlangsamte der Nekro auf einmal sein Tempo, bis Fabian und die anderen Gefangenen zu ihm aufgeschlossen hatten.

»Tröste dich, Erdenwurm«, begann er spöttisch. »Deine Heimatwelt wird dich zwar nie mehr wiedersehen, dafür bekommt sie bald einen neuen, einflussreichen Gast: Volgera Ommm, den Stellvertreter Maledikts des Großen in den irdischen Gemarkungen.«

Maledikt wollte sich also tatsächlich die Erde untertan machen! Die Vermutung war bereits öfters ausgesprochen worden, ihre Bestätigung ließ dennoch Fabians Knie weich werden. Unwillkürlich musste er an das von Leichen gepflasterte Dorf denken, auf das sie in Stagnat gestoßen waren.

»Ihr als sein Stellvertreter auf der Erde?«, wiederholte er. »Wird Maledikt denn nicht selbst hinübergehen?«

»Natürlich will sich der Herr irgendwann persönlich den Völkern, über die er herrscht, in all seiner Pracht zeigen«, blaffte Ommm. »Allein die zeitraubende Arbeit, die irdischen Nationen zu unterwerfen und zu guten, aufrechten Sklaven zu formen, überlässt er Volgera Ommm, seiner getreuen rechten Hand.«

»Notgedrungen, geschwächt wie er nach seinem jahrhundertelangen Koma ist«, murmelte Fabian zu sich selbst. Nicht leise genug!

Ruckartig blieb Ommm stehen. Eine Hand, eiskalt und unnachgiebig wie eine Schraubzwinge, legte sich um Fabians Kehle – eine Hand, die nicht zu sehen war!

»Du närrischer Wicht«, knurrte Ommm, nachdem er einige Augenblicke auf ihn herabgestarrt hatte. »Du weißt nichts!« Mit sichtlichem Bedauern ließ er Fabians Hals wieder los, drehte sich um und stieg weiter treppauf. »Die magischen Kräfte des Herrn sind seit dem Tag seiner Rückkehr quasi vollständig wiederhergestellt! Und sie wachsen mit jedem Tag. Bald schon wird er mächtiger sein denn je. Und wenn sich seine neu erschaffene stoffliche Hülle erst so weit stabilisiert hat, dass sie die Transition zur Erde übersteht, wird er hinübergehen und sich persönlich über meine Fortschritte jenseits der Pforten überzeugen!« Er stieß ein grollendes Gelächter aus, das jedoch nach wenigen Sekunden in ein kläffendes Husten überging.

Sie erreichten das obere Ende der gewaltigen Treppe, von dem Fabian vermutete, dass es im Innern eines der vielen Türme lag, die sie von Weitem gesehen hatten. Hinter sich vernahm er das Stöhnen seiner Freunde, doch er konnte nichts tun, um ihnen zu helfen. Sein eigener Atem ging pfeifend und stoßweise, die bewusstlose Drommel wog schwer in seinen Armen, seine Beine fühlten sich an wie Pudding.

Volgera Ommm führte sie in einen mit rotem Teppich ausgelegten Korridor, der von Gaslampen mit kunstvoll geblasenen Glaskörpern erhellt wurde. Vor einem riesigen, zweiflügeligen Portal ließ er den Trupp anhalten.

Mehrere Minuten lang geschah nichts. Ommm schien auf jemanden zu warten. Oder auf etwas? Verhalten hustete er in seinen Handschuh.

Plötzlich vernahm Fabian von jenseits des Portals dasselbe verstohlene Knirschen, das er schon in den tieferen Geschossen vernommen hatte – und wusste, dass sich hinter der Tür in diesen Sekunden ein Weg formte, der bis eben nicht dort gewesen war!

Als die Laute verebbten, stieß Ommm das Tor auf und führte sie in einen Bereich, von dem Fabian ahnte, dass es sich um die privaten Gemächer Maledikts des Finsteren handeln musste.

Sie durchquerten eine Halle, deren Wände mit Hunderten ausgestopfter Tierköpfe geschmückt waren. Manche der Spezies hatte Fabian auf seinen Reisen schon gesehen, die meisten waren ihm jedoch fremd. Im Vorbeigehen konnte er sich des unguten Gefühls nicht erwehren, dass es sich bei einigen der seltsamen Trophäen gar nicht um Tiere handelte; zum Glück blieb ihm keine Zeit für genauere Betrachtungen.

Ommm stieß ein krächzendes Husten aus, öffnete ein neues Portal und führte sie in einen langen Saal mit säulengestützter Decke, dessen Wände vollständig mit riesigen Spiegeln verkleidet waren.

Während ihn die Shurkkas rücksichtslos an den Glasflächen vorbeischubsten, gelang es Fabian, einen kurzen Blick auf sein Spiegelbild und das seiner Freunde zu werfen. Was er sah, erschreckte ihn: ein Junge mit dreckigen Klamotten und zerzaustem Haar, der eine bewusstlose Drommel im Arm hielt, ein einäugiger Mäusling mit versengtem Pelz, ein Xenophor, von dem außer drei panisch aufgerissenen Augen kaum etwas zu erkennen war, und ein Qualler, der eher an eine vertrocknete Nacktschnecke erinnerte als an den ehrbaren Vorsitzenden des Rats der Weisen von Pantrami.

Ganz tief in seinem Hinterkopf kam Fabian die schreckliche Ahnung, dass dies möglicherweise das letzte Mal gewesen sein könnte, dass er seine Freunde vereint und lebendig gesehen hatte ...

Vor ihnen stoppte Volgera Ommm an einer hohen Flügeltür. Sein Vorsprung war jetzt kleiner als zuvor auf der Wendeltreppe, seine Schritte längst nicht mehr so raumgreifend und regelmäßig wie zuvor. Der Gewaltmarsch durch die unzähligen Stockwerke und Gemächer schien auch ihn angestrengt zu haben, trotz seiner übermenschlichen Konstitution.

Erneut wurde der Nekro von einem heftigen Hustenanfall geschüttelt. Als er wieder Luft bekam, drang ein widerliches, gurgelndes Geräusch hinter seinem Helm hervor. Er spuckte einen dicken Batzen Schleim unter der Kante hindurch auf den Boden. Fabian hatte den undeutlichen Eindruck, dass der feuchte Fleck auffallend rot gefärbt war; aber auf den purpurfarbenen Marmorfliesen konnte er nicht sicher sein.

Die Flügeltür war aus dunklem Holz gefertigt und mit kunstvollem Schnitzwerk überzogen. Ommm legte eine Hand auf die Klinke und drehte sich zu seinen Gefangenen um.

»Erbebt, Armselige! Kurz vor eurer Auslöschung wird euch die unvergleichliche Ehre zuteil, dem mächtigsten Wesen gegenüberzutreten, das je über den Boden Ambiguas gewandelt ist. Macht euch bereit, jenem ins Antlitz zu blicken, der diese Welt ...« Volgera Ommm stockte, langte unsicher mit einer Hand nach seiner Brust. »... der diese Welt wie auch jene hinter den magischen Pforten ...« Er brach erneut ab, diesmal, weil ein neuerlicher Hustenanfall ihm den Atem raubte.

Die Shurkkas, die mit gezückten Säbeln hinter Fabian und seinen Freunden standen, wechselten verunsicherte Blicke.

Der Anfall schien kein Ende nehmen zu wollen. Feuchte, blubbernde Laute mischten sich zwischen die japsenden Atemzüge des Nekros. Jetzt war unübersehbar, dass dunkles Blut unter dem Rand von Ommms Helms hervortropfte und in dünnen Bahnen über seinen gewölbten Brustpanzer rann.

»... den künftigen Herrn aller Welten, der euch Unwürdige ...« Ommm würgte, seine Hände fuhren in die Höhe, tasteten verzweifelt nach seiner Kehle. Panisch begann er, an seinem Helm zu zerren in dem Versuch, ihn sich vom Kopf zu reißen.

Krachend sank Volgera Ommm auf die Knie. »Bei den Göttern, was habt ihr mit mir gemacht?« Ein krampfartiges Zucken fuhr durch seinen muskelbepackten Leib, dann kippte er zur Seite und schlug dumpf auf dem Boden auf. Sein gelockerter Helm gab mit einem schmatzenden Laut die Verbindung mit dem darunterliegenden Schädel auf, rutschte von Ommms Kopf und rollte zur Seite.

Fabian keuchte entsetzt auf.

Unter dem Helm kam ein fast haarloser, bleicher Kopf zum Vorschein, dessen Gesicht von einer tiefen Scharte in zwei Hälften geteilt wurde. Der vernarbte Riss – wie Fabian mittlerweile wusste, ein Andenken an das Schwert seines Vaters – verlief von links unten nach rechts oben. Eine Nase gab es nicht mehr, auch von Ommms rechtem Auge war lediglich eine von blassen Wülsten eingerahmte, tote Höhle übrig.

Aber es war nicht das Aussehen des Nekros, das Fabian ungläubig die Augen aufreißen und die Krieger ringsum in verständnislose, überraschte Rufe ausbrechen ließ.

Ommms Kinn und Lippen waren mit blasigem, rotem Schaum bedeckt, sein verbliebenes Auge starrte gebrochen gegen die Decke. Kein Atemzug bewegte mehr seinen mächtigen Brustkorb.

Volgera Ommm, rechte Hand Maledikts des Finsteren und Mörder zahlloser unschuldiger Bewohner der Freien Staaten, war tot!

Kapitel 34
Maledikt

Etliche Sekunden vergingen, bevor einer der Krieger es wagte, neben seinem Herrn niederzuknien und ihn zaghaft zu rütteln. Als nichts geschah, schüttelte er ihn heftiger. Wiederum erfolgte keine Reaktion. Tröpfchenweise sickerte die Gewissheit dessen, was soeben geschehen war, in die Gehirne der Shurkkas durch.

Ein hektischer Tumult entstand. Befehle wurden gebrüllt und widerrufen, Fragen geblafft und nicht beantwortet, Boten in rasendem Laufschritt davongeschickt. Schließlich traten zwei dampfende Lavanier vor, ergriffen den leblosen Körper und trugen ihn davon. Die verbliebenen Shurkkas starrten sich an, ratlos und bestürzt. Dann trat einer vor die schnitzwerkverzierte Tür. Er atmete mehrere Male tief durch, klopfte an und verschwand dahinter. Fabian beneidete den Mann nicht darum, dass er dem dunklen Herrscher die Nachricht vom Tod seines Statthalter überbringen musste.

Ungeachtet der Wachen, die hinter ihm nervös von einem Fuß auf den anderen traten, schob sich Fabian näher an Meister Amoebius heran.

»Was ist geschehen?«, fragte er in Gedanken. Er wollte nicht riskieren, laut zu sprechen, und hoffte, dass der Qualler noch in der Verfassung war, ihn telepathisch zu verstehen.

Es dauerte mehrere Augenblicke, bevor eine Antwort erfolgte.

Als sie kam, war sie so leise, dass Fabian sich extrem konzentrieren musste, um sie zu verstehen:

Ich habe nicht die geringste Ahnung, erklärte Meister Amoebius. *Bereits auf dem Weg hierher habe ich gespürt, dass Ommms Kräfte schwanden, so als würde ihn etwas von innen heraus auffressen. Aber ich habe keine Erklärung, was ...* Der Rest des Satzes ging in einem unverständlichen Murmeln unter.

»Er hat an Florinda gerochen«, erinnerte sich Fabian. »Zweimal sogar. Könnte es etwas damit zu tun haben?«

Ich bezweifle es. Lupertinen sind nicht giftig, und wie wir gesehen haben, ist es offenbar auch mit der heilenden Wirkung, die Thay'Phun ihnen zuschrieb, nicht weit her. Nur eines ist mir jetzt klar: wieso er in dir nicht den Sohn Marc Voltas erkannt hat.

»Weswegen?«

Bei dem Kampf gegen deinen Vater verlor Ommm ein Auge. Vermutlich wurde die Sehkraft des verbliebenen Auges später durch Magie verstärkt. Bei solchen Eingriffen passiert es zuweilen, dass die Verbindung neu aufgenommener Eindrücke zum Speicher bereits bestehender Erinnerungen einen Knacks abbekommt.

»Ihr meint, Ommm konnte nichts von dem, was er nach dieser Operation sah, mit Dingen in Verbindung bringen, die er vor dem Kampf gesehen hatte?«

Bevor Meister Amoebius antworten konnte, öffnete sich die Tür, und der Shurkka, der zuvor darin verschwunden war, trat heraus. Sein von lebenslanger Hitze gerötetes Gesicht wirkte ungewöhnlich blass.

»Der Herr geruht euch zu sehen«, verkündete er in holperigem Pleex und hielt einen der Türflügel auf. Fabian zögerte, doch sofort spürte er den Druck einer Säbelspitze zwischen den Schulterblättern. Hastig stolperte er vorwärts, gefolgt von seinen Freunden – nur, um wenige Schritte weiter mit offenem Mund wieder stehen zu bleiben.

Hätte ihm jemand prophezeit, dass er eines Tages Maledikt dem Finsteren persönlich gegenübertreten würde, Fabian wäre wohl davon ausgegangen, dass dies in einem mächtigen Saal passieren würde, zwischen langen Reihen schwer bewaffneter Krieger, die mit erhobenen Hellebarden zu Ehren ihres Herrschers salutierten. Er hätte einen Ehrfurcht gebietenden Thron erwartet, auf dem der dunkle Herrscher, ein nachtschwarzer Koloss, monströser und unmenschlicher als sein Statthalter, hocken und sich die dolchartigen Klauen reiben würde. Doch niemand hatte ihn je auf diese Begegnung vorbereitet. Und das war auch besser so – denn er hätte sich auf ganzer Linie getäuscht!

Statt einem Thronsaal hatten sie ein heimelig erleuchtetes Herrenzimmer betreten. Die holzgetäfelten Wände wurden von großformatigen Ölgemälden geschmückt, dicke Teppiche bedeckten den Boden, und ein fröhliches, allem Anschein nach unmagisches Feuer prasselte in einem Kamin, auf dessen Sims Vasen und kleine Statuetten aufgereiht waren.

Das Bemerkenswerteste an »Gemach K«, wie Ommm den Raum zuvor, möglicherweise wegen des Kamins, genannt hatte, war jedoch die Decke: Sie bestand vollständig aus kristallklarem Glas, getragen von einem filigranen Netz aus dünnen Stahlverstrebungen. Darüber wölbte sich der ambiguanische Sternenhimmel in seiner ganzen fremdartigen, verwirrenden Pracht: Sternbilder funkelten in nie gesehenen Konstellationen, Kometen rotierten in trunkenen Kreisen umeinander und vieles mehr.

»Der Kosmos! Immer wieder ein erhebender Anblick, nicht wahr?«, sagte eine warme, nicht übermäßig laute Stimme ganz in der Nähe.

Jetzt erst bemerkte Fabian, dass in einem von mehreren mächtigen Ohrensesseln vor dem prasselnden Kaminfeuer eine schmächtige, gebeugte Gestalt saß, ein Männlein von schätzungsweise achtzig oder neunzig Jahren in einem purpurroten Hausmantel. Halblanges, silbrig glänzendes Haar rahmte ein fein geschnittenes, fast etwas weiblich anmutendes Gesicht mit einer spitzen Nase. Vor den Füßen des Mannes, die in dicken roten Plüschpantoffeln steckten, lagen zwei mächtige, doggenähnliche Hunde.

»Seit ein Gesandter aus den Reihen jener Himmelskörper es mir ermöglicht hat, in diese Welt zurückzukehren, hege ich eine innige Verbundenheit zu dieser fernen, faszinierenden Welt«, sagte das Männlein und stellte behutsam einen großen runden Cognacschwenker auf einem Beistelltisch neben seinem Sessel ab. »Seither verbringe ich meine Zeit am liebsten hier, versunken in die bezaubernde Schönheit des Sternenhimmels.«

Die Worte des Alten ließen keinen Zweifel, auch wenn Fabian es nicht glauben mochte: Dieser unscheinbare, schwächlich wirkende Greis musste Maledikt der Finstere sein!

»Willkommen in meinem bescheidenen Heim.« Ihr Gegenüber erhob sich gemächlich aus dem Sessel. Einer der Hunde zu seinen Füßen stand ebenfalls auf und reckte sich träge. Fabians Augen weiteten sich, als er erkannte, dass das Tier auf sechs gummiartigen Tentakelbeinen stand – fraglos ein Resultat von Maledikts grässlichen Schöpfungsexperimenten!

Schmunzelnd umrundete der Alte ein Pult mit einem mächtigen, in uraltes, runzliges Leder gebundenen Buch darauf und trat auf die Gefangenen zu. »Ich bin neugierig, euch kennenzulernen«, verkündete er. »Jene Gruppe verwegener Abenteurer, der es gelungen ist, bis hierher, in mein Heim vorzudringen.« Für einen kurzen Moment wurde seine Stimme ein wenig härter. »Wenngleich ich mich nicht entsinnen kann, euch dazu eingeladen zu haben – oder mich auf so unfeine Weise meines Statthalters zu berauben!«

»Ich ... wir, also ...«, hob Fabian an.

Der Alte hob beschwichtigend eine Hand und schloss gleichzeitig die Augen, ein Verhalten, das offenbar Weisheit und Güte ausstrahlen sollte. Verwirrenderweise öffnete er die Augen in der Folge nicht mehr, nicht einmal, als er langsam, schlurfend, im Kreis um die Freunde herumzumarschieren begann. Die Shurkkas neigten ehrfürchtig die Häupter und traten, wenngleich nach wie vor mit gezückten Klingen, ein paar Schritte zurück.

»Der Verlust Volgeras ist unpraktisch, jedoch nicht weiter schlimm«, verkündete der Greis emotionslos. »Er ändert nichts an den Dingen, die bald geschehen werden – oder an jenen, die bereits *in dieser Sekunde* geschehen!« Er kehrte zum Ausgangspunkt seiner Runde zurück. Seine Augen waren noch immer geschlossen, dennoch hatte Fabian das Gefühl, auf unangenehme Weise angestarrt zu werden.

Als er genauer hinsah, entdeckte er zwei glänzende rote Ringe, die mittig auf den Augendeckeln des Alten saßen. Maledikt musste sich die Lider durchstochen haben, um seine Gesprächspartner sogar noch mit geschlossenen Augen eingehend mustern zu können! Winzige Ringe aus Rubin verhinderten, dass die Öffnungen wieder zuwuchsen.

Fabian schluckte und versuchte, seinen Ekel zu unterdrücken.

Der Alte schlurfte mit auf dem Rücken verschränkten Händen zu einem massigen Tisch, der zwischen den Sesseln und dem Kamin stand. Mit einer beiläufigen Geste verjagte er die Hundewesen, die sich knurrend in die schattigen Tiefen des Raums zurückzogen, und bedeutete seinen Gefangenen, näher zu treten.

Als Fabian der Aufforderung unsicher folgte, passierte er das Stehpult mit dem ominösen Buch, das, wie er jetzt sah, mit einer Schließe aus massivem Gold versehen war. Er bemerkte eine Art wabernder Unschärfe, die den Wälzer umgab, als flimmere die Luft ringsherum vor Hitze. Eine große Rune war auf den Buchdeckel geprägt; sie erinnerte entfernt an den Buchstaben M.

Fabian schauderte. »Ist es das?«, wandte er sich in Gedanken an Meister Amoebius. »Maledikts Zauberbuch?«

Wahrlich – was du vor dir siehst, ist das unbeschreibliche, das einzigartige Maledikticon, bestätigte eine warme Stimme hinter seiner Stirn. Es war nicht die Stimme des Quallers! *Die umfangreichste und mächtigste Ansammlung von Zauberformeln, die je in Ambigua von einem einzelnen Nekro zusammengetragen wurde!*

»M-Meister Amoebius ...?«, stammelte Fabian verwirrt.

Sagt bloß, Amoebius, Ihr habt Eure kleinen Freunde mit Eurer unschönen Angewohnheit angesteckt, den Herrn der Dunkelheit ständig zu unterschätzen?, erkundigte sich die fremde Gedankenstimme amüsiert. Meister Amoebius schwieg, aus Verbitterung oder vor Erschöpfung.

»Natürlich beherrsche auch ich die Kunst der Telepathie!«, sagte Maledikt der Finstere, nun wieder mit seiner richtigen Stimme. »Generell darf ich ohne Übertreibung behaupten, dass es so gut wie nichts gibt, was ich nicht beherrsche.« Er lachte, ein trockener, knisternder Laut, der an das Zerknüllen von altem Einwickelpapier erinnerte.

Das war wohl etwas übertrieben, dachte Fabian sofort. Laut den Worten seines Statthalters konnte Maledikt beispielsweise noch nicht auf die andere Seite einer magischen Pforte hinüberwechseln, da sonst sein neu erschaffener Körper zerstört würde! Rasch verdrängte er den Gedanken wieder, bevor Maledikts telepathische Fähigkeiten ihn registrierten.

Doch der dunkle Herrscher war anderweitig beschäftigt, zumindest schien es so: Er stand über den Tisch gebeugt und starrte angestrengt in einen kopfgroßen gläsernen Würfel. Er war in einen roh behauenen Steinsockel eingelassen und erinnerte an eine Schneekugel, wie man sie in billigen Souvenirläden auf der Erde kaufen konnte, nur eben in eckig. Im Innern wirbelten weiße Flocken über die miniaturisierte Darstellung einer Landschaft hinweg, komplett mit Bergen, Wäldern und winzigen Städten. Irgendetwas schien sich darin zu bewegen, doch aufgrund der Schneewirbel ließ sich nichts Genaues erkennen.

»Was ist das?«, fragte Fabian heiser und starrte verwirrt in das Glas.

»Das, meine lieben Gäste, ist das Ende der Welt, wie ihr sie kennt!« Mit einem maliziösen Lächeln legte Maledikt eine knochige Hand auf den Würfel. Augenblicklich lichteten sich die Wirbel, als hätte es sich gar nicht um künstlichen Schnee gehandelt, sondern um Bildstörungen, wie bei einem Fernsehgerät mit schlecht justierter Antenne. Gleichzeitig veränderte sich die Perspektive im Innern, als würde jemand den Zoom einer Kamera betätigen und den Bildausschnitt vergrößern.

Fabian riss die Augen auf, als er erkannte, dass es sich bei den winzigen Bauten, Straßen und Hügeln keineswegs um Miniaturen handelte! Es war die naturgetreue Abbildung einer Stadt am Rande eines hohen Gebirges mit schneebedeckten Gipfeln.

Und er sah noch mehr.

Zunächst glaubte er, ein dunkler, wuselnder Teppich schöbe sich auf die Mauern der Stadt zu. Der Bildausschnitt vergrößerte sich weiter, und Fabian erkannte die schreckliche Wahrheit!

Was er für einen schwarzen Teppich gehalten hatte, war das Heer des dunklen Herrschers! Deutlicher als ihm lieb war, enthüllte der gläserne Würfel jede einzelne Abteilung der gigantischen Streitmacht: Regimenter berittener Shurkkas, speertragende Trulle, hektisch trippelnde Insektoren. Er sah Quantrulae, auf deren Rücken dampfende Lavakrieger ritten, und aufbrechende Erdwälle, unter denen vielarmige Kushniks durch das Erdreich schwammen.

Und er sah den unvorstellbar großen Umriss von Maledikts Weltenvernichter, beinahe ebenso groß wie die Stadt selbst. Einem hundertbeinigen Insekt gleich stakste er vorwärts, schwankend wie ein Ozeanriese auf den Wogen einer sturmgepeitschten See.

Kornettar, keuchte Meister Amoebius ungläubig. *Das ist Kornettar, am Fuße der Noppern. Und die Stadt wird angegriffen!*

»Natürlich wird sie das«, erwiderte Maledikt mit einem Anflug von Spott. »Wozu sonst hätte ich eine Armee aufstellen sollen, der nichts und niemand in Ambigua widerstehen kann?« Durch die Löcher in seinen Lidern beobachtete er fasziniert das Geschehen im Innern des Würfels.

Wie konnte die Streitmacht so schnell dorthin gelangen?, wollte der Qualler wissen. *Vor zwei Tagen lagerte sie noch südlich des Van-Drikken-Walls!*

»Habe ich Euch nicht geraten, mich nicht zu unterschätzen?« Die Stimme Maledikts des Finsteren klang mit einem Mal lauernd, bedrohlich. Er fixierte den Qualler und hob seine Lider. Die Augen, die darunter zum Vorschein kamen, waren keineswegs so dunkel, wie Fabian zunächst angenommen hatte. Aus der Nähe konnte er erkennen, dass sie in allen Regenbogenfarben glitzerten, sich ständig zu verändern schienen. Tief in ihrem Innern jedoch, hinter der bunten Fassade, spürte Fabian eine Bosheit, einen alles verzehrenden Hass, wie er ihm noch nie bei einem lebenden Wesen begegnet war. Obwohl Maledikt ihn nicht direkt ansah, musste er den Blick abwenden.

»Ihr und die Lenker der Freien Staaten mögt Euch in der Illusion gewiegt haben, ich wäre während meines Schlafes untätig gewesen, hätte all die Jahrhunderte ungenutzt verstreichen lassen«, fuhr der dunkle Herrscher fort. »Wie falsch Ihr lagt! Mein Geist war rastlos, brütete, berechnete, *plante*. Ich analysierte die Gründe meiner Niederlage in der Ebene von Stagnat und trug Volgera Ommm auf mentalem Wege auf, meine Heerscharen in der Nutzung der Stagnatischen Verschiebung zu unterweisen. Derart geschult vermochten meine Krieger das Land Stagnat binnen weniger Stunden zu durcheilen!«

»Ommm hat Krieger trainiert, während Ihr schlieft?«, wiederholte Fabian. »Aber ... das würde bedeuten, er hat mit dem Zusammentrommeln dieser Streitmacht schon vor langer Zeit begonnen?«

Maledikt lachte sein knisterndes Lachen. »Bereits vor vielen Monaten, als Volgera versuchte, die Erneuerung des großen Siegelzaubers zu verhindern, war in den Niederungen Shurakks ein Heer von mehr als zehntausend versammelt.«

»Kein Wunder, dass Ommm immer genug Gefangene für sein ›Fest der Siebzig Tode‹ zur Verfügung hatte«, hauchte Xolpph kaum hörbar auf Pochs Rücken. »Es müssen Deserteure gewesen sein und Leute, die sich seiner Rekrutierung widersetzten!«

Ommms letzter Versuch, Euch aus dem Tiefschlaf zurückzuholen ..., hob Meister Amoebius an.

»... hätte der Auftakt zu meinem Eroberungsfeldzug sein sollen«, führte Maledikt den Satz zu Ende. Er wandte sich ab, schritt durch die hastig beiseitehuschenden Shurkkas zu seinem Cognacschwenker hinüber und nahm einen tiefen Schluck. »Aber Volgera scheiterte. Seine Fähigkeiten und die Mittel, die er aufbot, reichten nicht aus, mich die Barriere zur Wachwelt überwinden zu lassen. Also musste ich die Sache selbst in die Hand nehmen.«

»Von wegen ›selbst in die Hand nehmen‹«, mischte sich Xolpph erneut ein. »Es war der Einschlag eines Meteoriten, der die Massefelder Shurakks zu Euren Gunsten beeinflusst hat!«

Ruhig sah der dunkle Herrscher den Xenophor an, bis dieser dem lodernden Blick nicht mehr standhalten konnte und furchtsam die Augen niederschlug.

»Glaubt ihr allen Ernstes, dieser Himmelskörper wäre *zufällig* dorthin gestürzt, wohin er fiel, ausgerechnet jetzt?«, fragte Maledikt leise.

»Natürlich«, rief Poch, dessen bebende Stimme seine Furcht verriet. »Niemand außer den Göttern den Himmel beeinflussen kann!«

Maledikt schüttelte langsam, fast traurig den Kopf. »Eure Begleiter sind Euch gute Schüler gewesen, Amoebius. Sie zweifeln selbst dann noch an meinen Fähigkeiten, wenn sie den Beweis direkt vor ihrer Nase haben!« Er hob die Arme und deutete erst zur gläsernen Decke hinauf, dann in den hinteren Bereich des Zimmers, wo im Halbschatten, flankiert von einer Reihe massiger steinerner Statuen, diverse Stative mit langen Rohren darauf zu erkennen waren: Teleskope zur Beobachtung der Sterne.

»Schon lange bevor ich mich in meinen magischen Schlaf begab, studierte ich das All und alles, was sich darin regt. Ich versuchte, die Bahnen der Sterne vorherzusagen, zu verstehen, warum bestimmte Dinge am Firmament geschehen und andere nicht.« Er leerte seinen Schwenker und starrte ihn einen Moment sinnend an. »Als ich mich schließlich niederlegte, hinterließ ich exakte Anweisungen für meine spätere Wiedererweckung. Und ich wäre nicht das weiseste Lebewesen dieser Sphäre, hätte ich in meine Überlegungen nicht sämtliche Eventualitäten einbezogen.« Er blickte zu dem Gewirr leuchtender Punkte hinauf. »Während meiner Studien hatte ich herausgefunden, dass 777 Jahre später ein Komet unsere Welt in unmittelbarer Nähe passieren würde. Er sollte mir als Rückversicherung dienen, falls mein Statthalter sich als unfähig erweisen sollte. Als Letzteres sich herauskristallisierte, lenkte ich mit der Kraft meines träumenden Geistes die Bahn des Kometen um. Eine winzige Korrektur nur war vonnöten, und der Brocken schlug im Ozean westlich Shurakks ein.«

Der dunkle Herrscher warf einen Blick in die Runde, als erwarte er für diesen Trick Szenenapplaus. Als keiner kam, wandte er seine Aufmerksamkeit wieder dem Glaswürfel auf dem Tisch zu.

Dort war die Schlacht um Kornettar mittlerweile in vollem

Gange: Massen von Kriegern brandeten, faulig-schwarzen Wogen gleich, gegen die Tore, achtbeinige Riesenspinnen krochen an der Stadtmauer in die Höhe. Der Weltenvernichter hatte in sicherer Entfernung Aufstellung bezogen und bombardierte die Stadt mit riesigen Katapulten, die zwischen den Gebäuden auf seinem Rücken installiert waren. Felsbrocken und lodernde Brandsätze segelten über den Verteidigungswall Kornettars hinweg, vor der Mauer wurden Belagerungstürme und Rammböcke in Stellung gebracht.

Noch war es den Angreifern nicht gelungen, in die Stadt einzudringen, denn die Bürger Kornettars verteidigten sich erbittert: Ein ums andere Mal sanken todbringende Pfeilwolken von den Zinnen auf die anstürmenden Horden herab. Bottiche mit brodelndem Pech wurden über emporkletternden Quantrulae ausgegossen, Kanonen spuckten bleiernen Tod in die Reihen der anrückenden Krieger.

So winzig und harmlos die Geschehnisse im polierten Glas des Zauberwürfels wirkten, als eine Brandbombe im Innern der Stadt einschlug und eine turmhohe Stichflamme auslöste, traf die Erkenntnis Fabian wie ein Schlag in die Magengrube: In Kornettar starben in eben dieser Sekunde Menschen!

»Ihr werdet scheitern«, spie er dem dunklen Herrscher in einem Auflodern heißer Wut entgegen. »Die Freien Staaten werden Eure Armee vernichten und ...«

»Du spielst nicht zufällig auf jenes erbärmliche Heer an, das eure Freunde in den letzten Tagen Hals über Kopf zusammengebastelt haben?« Maledikt hob die Hand vor den Mund und deutete ein Gähnen an.

»Ihr ... Ihr wisst auch von dem Heer?«

In theatralischer Entrüstung riss der alte Mann die Arme in die Höhe. »Herrje, wann werdet ihr endlich einsehen, dass ich *alles* weiß, was in Ambigua geschieht? Ich bin Maledikt der Finstere! Ich sehe und höre alles!« Er senkte die Arme und verschränkte sie vor seiner schmächtigen Brust. »Aber ich will über eure Einfalt hinwegsehen. Meine stoffliche Hülle lässt derzeit tatsächlich noch wenig von meiner wahren Größe erahnen – mir fehlte es schlicht an Energie, mich direkt nach meinem Erwachen in einem widerstandsfähigeren Körper als diesem zu verstofflichen. Doch mein Aussehen wird sich schon bald ändern, ebenso wie sich das Angesicht Ambiguas verändern wird!« Er fixierte Fabian, wobei er amüsiert eine Braue hob. »Mit Interesse habe ich verfolgt, wie die Freunde unseres guten Amoebius sich abmühten, in nicht einmal zwei Wochen eine Armee zusammenzuziehen – ein Unterfangen, das selbstredend zum Scheitern verurteilt war! Die Truppe, die vor wenigen Tagen auszog und sich gegenwärtig in Zentral-Olausia befindet, zwei Tagesmärsche von Kornettar entfernt, ist meiner Streitmacht um ein Dreifaches unterlegen, meine nicht-menschlichen Verbündeten nicht mitgezählt. Dieser lachhafte Haufen wird mit einem Handstreich ausradiert werden, sobald die Heere aufeinandertreffen ... genau wie ich es geplant hatte.« Er lächelte boshaft.

Das also war der Zweck Eures Ultimatums, sprach Meister Amoebius erneut aus, was er bereits vor geraumer Zeit vermutet hatte. *Ihr wolltet nur den Anschein erwecken, Ihr bräuchtet Zeit, um Euch von Eurem Zauberschlaf zu erholen. Damit wolltet Ihr die Freien Staaten dazu verleiten, auf die Schnelle ein Heer zu improvisieren – ein notgedrungen schwächliches, das Ihr mühelos vernichten könnt?*

Maledikt deutete eine Verbeugung an. »Ich bewundere Eure rasche Auffassungsgabe, Amoebius«, sagte er lächelnd. »Tatsächlich wird es mir erheblich leichter fallen, die Streitmächte Ambiguas häppchenweise auszulöschen, angefangen bei jenem Heer, das bereits auf dem Weg zu mir ist. Dann vielleicht ein weiteres, das in der Zwischenzeit überstürzt aufgestellt wurde? Anschließend die versprengten Reste in den jeweiligen Ländern ...« Sein Blick fiel auf die Schlacht im Glaswürfel. Seine Augen schlossen sich, sodass er erneut durch die Öffnung in seinen Lidern sah. »Wo wir gerade davon reden: *Das* dort dauert mir allmählich zu lange!«

Er reckte seine klauenartig gespreizten Hände über das Glas und konzentrierte sich. Dann vollführte er mit der einen eine schiebende Bewegung in der Luft, wie ein Diskjockey, der mit der flachen Hand einen Plattenteller dreht. Blitzartig erweiterte sich der Bildausschnitt, die Details verschwammen zu einem unübersichtlichen Gewusel. Maledikt bewegte die andere Hand, und das Bild schwenkte seitwärts in Richtung des Gebirges, das sich hinter der Stadt erhob. In einem Bereich, wo es auffällig viele dicht beieinanderliegende Berggipfel von ähnlicher Höhe gab, stoppte er.

»Na bitte, da ist ja schon einer«, murmelte er zufrieden.

Ohne den Blick seiner geschlossenen Augen von der Schneekugel abzuwenden, bedeutete er einem der Shurkkas wortlos, ihm das ledergebundene Maledikticon vom Stehpult zu bringen.

Als sich der Soldat mit dem Gewünschten näherte, umklammerten seine Finger den Wälzer so fest, dass die Knöchel weiß hervortraten. Er ging schwankend, unterdrückte ein Ächzen, als trüge er eine Last, die das Gewicht eines gewöhnlichen Buchs bei Weitem überstieg.

Der Eindruck verflüchtigte sich, als der dunkle Herrscher das Maledikticon mit einer Hand packte und es mit spielerischer Leichtigkeit aufschlug.

Im selben Moment, als die runzligen Buchdeckel auseinanderklafften, bildete sich Fabian ein, Stimmen zu hören, die in unendlicher Qual und Verzweiflung durcheinanderschrien! Meister Amoebius zuckte neben ihm zusammen wie unter einem Peitschenhieb, und er begriff, dass die Schreie nicht real zu hören waren, sondern allein auf der Gedankenebene, dort dafür umso intensiver!

Der dunkle Herrscher versenkte seine spitze Nase in das Buch.

Sein weißes Haar flatterte plötzlich wie in einer böigen Brise. Eine immense Hitze musste aus dem Innenteil aufsteigen!

Als Maledikt suchend Seite um Seite umblätterte, erhaschte Fabian einen flüchtigen Blick auf verschnörkelte Schriftzeichen, verwirrend filigrane Diagramme und komplexe Zeichnungen. All die Linien und Symbole waren in ungleichmäßig rostroter Farbe ausgeführt, von der er lieber nicht wissen wollte, worum es sich handelte.

Endlich hatte der Magier gefunden, was er suchte. Das aufgeschlagene Buch in einer Hand balancierend, die andere von Neuem über dem Glaswürfel ausgestreckt, begann er, einen Spruch aus dem Malediktícon zu rezitieren – lautlos, ohne dass ein Wort über seine sich bewegenden Lippen kam. Das einzige vernehmbare Geräusch war der mentale Chor schmerzerfüllter Stimmen, der nach wie vor aus dem grässlichen Wälzer drang.

Fabian wunderte sich kurz, dann kam ihm die Idee, dass der dunkle Herrscher seine Worte möglicherweise durch den Würfel an einen anderen, fernen Ort projizierte, wo sie einen bestimmten Effekt hervorrufen sollten.

Die Bestätigung folgte prompt: Plötzlich geriet Bewegung in das Meer aus Bergspitzen. Die glitzernden Schneefelder auf den Gipfeln rissen auf, gingen als donnernde Lawinen zu Tal. Sekunden später begann der ganze Gebirgsabschnitt zu schwanken wie ein Boot auf hoher See.

»Ein Erdbeben«, hauchte Xolpph ungläubig. »Der Unmensch hat ein Erdbeben ausgelöst, um die Mauern der Stadt zum Einsturz zu bringen!«

Doch er täuschte sich: Je mehr die Berge ins Wanken gerieten, sich hoben und senkten, desto ersichtlicher wurde, dass es sich um einen sehr genau umrissenen, nahezu runden Abschnitt des Gebirges handelte, vielleicht eine halbe Meile im Durchmesser. Als dieser

Abschnitt sich schließlich mit einem Ruck auf vier säulenartigen Beinen emporstemmte und mit einer unfassbaren, spitzen Schnauze träge in alle Himmelsrichtungen zu schnüffeln begann, sackte Fabian die Kinnlade herunter.

Was sich da aus der Erde erhoben hatte, war ein *Tier*, die Berggipfel nichts als Stacheln auf einem unvorstellbar großen Rücken!

»Ein Granigel«, quiekte Poch, der seinen Blick nicht von dem gläsernen Würfel abwenden konnte. »Maledikt Granigel geweckt hat!«

Das dürft Ihr nicht!, gellte die Gedankenstimme von Meister Amoebius in heller Panik. *Ich flehe Euch an – mischt Euch nicht in die göttliche Schöpfungsgeschichte ein, nur um Eurer niederen Ziele willen! Das ist Blasphemie!* Er warf sich nach vorn, machte Anstalten, sich auf den dunklen Herrscher zu stürzen. Er sollte ihn nie erreichen.

Während die Shurkkas bereits von hinten hinzusprangen, riss Maledikt eine Hand in die Luft, vollführte eine Geste in Richtung der Steinstatuen, die rings um seine Teleskope im Schatten standen. Es knirschte und zischte, und noch bevor Fabian schwarzkrustige Haut über glühender Lava aufreißen sah, verstand er, dass das, was er für Statuen gehalten hatte, Lavanier waren, mindestens zehn an der Zahl, die die ganze Zeit über bewegungslos in der hinteren Hälfte des Zimmers ausgeharrt hatten.

Wankend stampften die Kolosse auf sie los!

Doch die Lavakrieger mussten gar nicht mehr eingreifen. Schon hatten die Shurkkas Meister Amoebius gepackt, dessen Außenhaut eine zähe, beinahe ledrige Konsistenz angenommen hatte. Mühelos zerrten sie ihn mehrere Schritte rückwärts.

All das bekam Fabian nur am Rande mit. Sein Blick war ins Innere des Glaswürfels gerichtet, auf das unvorstellbare Geschöpf, das eben noch ein Teil des Gebirges gewesen war.

»Was zum Elch ist das?«

»Granigel ist«, wiederholte Poch tonlos. »Angeblich Fitz-Bartel einst schuf den Boden, auf dem die Wesen Ambiguas gehen, aus fünf Grundgeschöpfen: Erzelott, Granigel, Lehmade ...«

Ihr wisst nicht, was Ihr tut!, rief Meister Amoebius verzweifelt aus dem Hintergrund. Doch er kam nicht aus dem Griff der Shurkkas frei. *Ihr könnt nicht kontrollieren, was Ihr da entfesselt!*

»So? Kann ich das nicht?« Es knallte, als Maledikt das dicke Buch in seiner Hand zuschlug. Die heulenden Geisterstimmen verstummten abrupt. Mit einer beiläufigen Bewegung schleuderte er den Wälzer einem seiner Soldaten vor die Brust, der unter dem Gewicht rückwärtstaumelte und beinahe zusammenbrach.

»Ich bin es allmählich leid, ständig unterschätzt zu werden! Wenn ich nicht in der Lage wäre, diesem Geschöpf aus der Urgeschichte Ambiguas meinen Willen aufzuzwingen, dann könnte ich jetzt kaum *dies* tun, oder?«

Maledikt hob eine gespreizte Hand über den Glaswürfel und formte mit den Lippen einige lautlose Worte. Dann ballte er die Hand ruckartig zur Faust.

Voller Entsetzen mussten Fabian, Poch, Xolpph und Meister Amoebius mitansehen, wie der gigantische Granigel sich in Bewegung setzte, sich im Zeitlupentempo auf die Stadt zuschob, die neben seiner unvorstellbaren Größe puppenhaft und winzig wirkte. Jeder Schritt trug die Kreatur viele hundert Meter voran, und rasch wurde deutlich, dass der Granigel absolut nicht die Absicht hegte, in absehbarer Zeit wieder anzuhalten. Unaufhaltsam walzte er auf die Stadtmauer zu, während sich die Truppen Maledikts wie aufgeschreckte Ameisen zurückzogen.

Dann hatte der Granigel Kornettar erreicht und überrollte die Stadt wie eine Dampfwalze!

Kapitel 35
Ein neues Zeitalter?

Für einige Augenblicke herrschte absolute Stille, nur durchbrochen vom Prasseln des Kaminfeuers und dem gelegentlichen Knacken eines Holzscheits.

Schließlich ertönte ein leiser, seufzender Laut: Meister Amoebius war im Griff der Shurkkas zusammengesackt. Fabian erinnerte sich, was der Qualler ihm über die telepathische Resonanz von Tod und Schmerzen erzählt hatte, und sein Herz krampfte sich zusammen bei dem Gedanken, dass sein Freund soeben auf gedanklicher Ebene den Tod von zigtausend Menschen hatte miterleben müssen.

Für einen Moment glaubte er, Meister Amoebius hätte das Bewusstsein verloren. Dann jedoch vernahm er ganz leise dessen Gedankenstimme hinter seiner Stirn.

Das ... ist das Ende!

Maledikt der Finstere trat mit einem spöttischen Grinsen von dem gläsernen Würfel zurück, in dem seine schwarzen Horden jetzt wie Heuschrecken über die Ruinen der Stadt herfielen, jeden töteten, der die Attacke des Urwesens überlebt hatte. »Sagte ich das nicht? Das Ende der Welt, wie ihr sie kennt.« Belustigt zog er eine dünne weiße Braue hoch. »Um genau zu sein, ist es sogar das Ende *zweier* Welten! Denn auch mein Feldzug zur Unterwerfung der Sphäre jenseits der Pforten wird in wenigen Tagen beginnen.«

Lässig schlenderte er an den Lavaniern vorbei, die im Halbkreis um den Tisch Aufstellung bezogen hatten und anschließend erneut zur Bewegungslosigkeit erstarrt waren.

Xolpph, der die Vorgänge in der Kugel schockiert verfolgt hatte, blickte dem alten Mann fassungslos hinterher. »Was habt Ihr von all dieser Zerstörung? Wenn Ihr so weitermacht, werdet Ihr über eine Welt aus Ruinen herrschen, in der nichts mehr lebt! Das könnt Ihr doch nicht wollen!«

Maledikt kicherte, ein unangenehm süßlicher Laut, und trat vor die holzvertäfelte Wand neben dem Kamin, wo ein rechteckiger, mit rotem Samt verhängter Gegenstand lehnte. »Das will ich mit Verlaub nicht, oh weiser Xenophor«, säuselte er. »Aber um die Oberhäupter der Freien Staaten zu beseitigen, die sich nach ihrem Treffen in Pantrami längst wieder in sämtliche Himmelsrichtungen zerstreut haben, um das moralische Rückgrat ihrer Völker zu brechen, wird wohl noch die eine oder andere Hauptstadt fallen müssen.« Er machte auf dem Absatz kehrt und starrte Xolpph mit seinen schillernden Augen an. »Doch selbst wenn ich die Hauptstadt jedes Landes bis auf die letzte Seele auslöschte, es blieben noch immer genügend Ambiguaner übrig, über die ich herrschen kann!«

»Und ... die *andere* Welt?« Fabian spürte einen dicken Kloß im Hals. »Die Erde?«

Maledikt fixierte ihn lauernd. »Du bist neugierig, junger Freund. Aber ich verstehe das, schließlich geht es um deine Heimat – eine Heimat, die du nie mehr wiedersehen wirst!« Er ergriff eine Ecke des roten Samttuchs und zog es mit einem Ruck fort.

Was darunter zum Vorschein kam, sah aus wie ein primitiver, aus mattem Stahl geschmiedeter Türrahmen. Er war ungefähr mannshoch und knapp einen Meter breit. Die senkrechten Streben waren mit eckigen, alchemistisch aussehenden Symbolen verziert, darüber hinaus war auf der linken Seite ein metallenes Drehrädchen mit geriffeltem Rand eingelassen.

So unscheinbar die Konstruktion auf den ersten Blick wirkte, Fabian und die anderen starrten sie ungläubig an. Denn obwohl der Rahmen dicht vor der Wand stand, war dahinter keineswegs die dunkle Holzvertäfelung zu erkennen. Stattdessen waberte eine ölig glänzende Schwärze zwischen den Metallbalken. Fabian kam ein schrecklicher Verdacht.

»W-Was ist das?«, hauchte er.

»Dies, meine Freunde, ist die größte Errungenschaft, die je ein denkendes Hirn in Ambigua geschaffen hat!« Voller Stolz blickte Maledikt seine Erfindung an. »Sie wird ein neues Zeitalter transdimensionalen Reisens einleiten! Ich habe sie in meinen jahrhundertlangen Träumen ersonnen, Träumen von solch verwirrender Komplexität, dass sie jeden normalen Menschen in den Irrsinn stürzen würden.«

Sein Blick flackerte wild, als er mit einer knochigen Hand über den stählernen Rahmen fuhr. In Fabian regten sich gewisse Zweifel, ob der dunkle Herrscher tatsächlich bei klarem Verstand aus seinem Tiefschlaf zurückgekehrt war.

»Kaum war ich erwacht, ließ ich diesen Prototyp anfertigen, dem in den nächsten Tagen Hunderte Duplikate folgen werden«, schwelgte Maledikt weiter.

Fabian bildete sich ein, einen Hauch von Zimt in der Luft zu riechen. Seine Nackenhaare stellten sich auf.

Der dunkle Herrscher legte eine Hand auf das geriffelte Rädchen und drehte es. Es klickte, dann hellte sich das Bild zwischen den Stahlstreben auf. Eine sonnenüberflutete Wüstenlandschaft wurde sichtbar, mächtige Dünen aus gelbem Sand, zwischen denen auffällig geformte Gebäude aus verwittertem Stein aufragten: Pyramiden! Im Hintergrund erkannte Fabian eine turmhohe, ebenfalls aus Stein gehauene Skulptur. Sie stellte einen liegenden Löwen mit einem menschlichen Kopf dar.

»Die Sphinx«, keuchte er. »Das ist Ägypten!«

Maledikt zuckte die Achseln. »Wie auch immer diese Gegend unter den Einheimischen deiner Welt heißen mag.«

Ihr habt eine künstliche Pforte erschaffen? Meister Amoebius' Gedankenstimme war kaum mehr zu verstehen. *Das ist nicht möglich! Seit Jahrtausenden kennt niemand in ganz Ambigua mehr die Geheimnisse dieser Kunst ...*

»Ihr seht mit eigenen Augen, dass ich es getan habe, alter Schwätzer«, zischte Maledikt. »Glaubt Ihr etwa, ich wollte abwarten, bis meine Heerscharen sich Ambigua untertan gemacht haben und ich endlich Zugang zu den 111 verbliebenen Pforten habe? Pforten, die denkbar schlecht verteilt sind und immer nur eine armselige Körpereinheit auf einmal transportieren können? Pah!« Er machte eine abwinkende Handbewegung. »Die Zauberformeln des Maledikticon, über Jahrhunderte in ihrem eigenen Saft gegoren, durch die ihnen innewohnende, böse Energie um ein Hundertfaches verstärkt, haben mich zu einer magischen Glanzleistung befähigt. Seht!« Er legte die Hand erneut auf das Rad und drehte es knacksend eine Raste weiter.

Die Pyramiden im Türrahmen verwischten, als würde ein Ölgemälde mit einem Hochdruckstrahler von der Leinwand gespült. Aus den farbigen Schlieren und Lichtreflexen setzte sich in Sekundenschnelle ein neues Bild zusammen: Nur einen Schritt jenseits des Rahmens stürzten unvorstellbare Wassermassen über eine hufeisenförmig geschwungene Steilklippe und ergossen sich gischtend in ein etliche Stockwerke tiefer gelegenes Flussbett. Der Zimtgeruch in der Luft nahm zu.

»Die Niagarafälle!« Fabian war nicht besonders gut in Erdkunde, aber erst vor Kurzem hatte er im Fernsehen eine Dokumentation über die größten Wasserfälle der Erde gesehen, darunter auch diesen, an der Grenze zwischen Amerika und Kanada.

Maledikt drehte das Rädchen von Neuem. Wieder verschwamm das Bild. Es erschien ein Platz mit einem breiten, von hohen Doppelsäulen getragenen Portal, auf dem ein Reiterstandbild thronte: das Brandenburger Tor in Berlin!

Jede weitere Drehung enthüllte neue Orte, die Fabian alle schon einmal gesehen hatte: das Kolosseum in Rom; die grellrote Golden-Gate-Brücke von San Francisco; ein Berg, auf dessen Spitze eine riesige Christusstatue stand und auf eine Hafenstadt am Fuß eines kegelförmigen Bergs hinabsah – Rio de Janeiro mit dem berühmten Zuckerhut.

Schließlich erschien ein großstädtisches Szenario hinter der magischen Tür, ein runder, mit unzähligen Autos verstopfter Platz. Riesige Leuchtreklamen an den Hausfassaden warben für Cola, Mode- und Elektromarken. Fabian sah altmodische schwarze Taxis inmitten der wild blinkenden Autos, und als ein roter Doppeldeckerbus um die Kurve bog, wusste er, dass er den berühmten Piccadilly Circus in London vor sich hatte.

»Meine Schöpfung ist jeder traditionellen Pforte weit überlegen«, tönte Maledikt mit unüberhörbarem Stolz. »Wie ihr seht, kann sie auf Hunderte verschiedener Orte einjustiert werden!« Er schloss die Augen und betrachtete seine Erfindung versonnen durch die Löcher in seinen Lidern. »Was sie für mich noch wertvoller macht, ist der Umstand, dass die Verbindung zur anderen Welt nicht zusammenbricht, sobald eine Körpereinheit die Pforte passiert. Mithilfe des Maledikticon habe ich so viel magische Energie in ihr gespeichert, dass sie sich niemals neu aufladen muss. Genug für unendlich viele Transitionen!« Er tätschelte das Metall des Rahmens wie einen treuen Hund. »Dank dieser Erfindung wird es nicht lange dauern, bis auch der Herr der Welt hinter den Pforten Maledikt der Finstere heißt!«

»Die Erdenmenschen werden euch den Kopf waschen, *das* wird passieren!«, schnappte Xolpph nicht sehr überzeugend. »Zufälligerweise haben sie dort drüben nämlich auch ein paar nützliche Erfindungen gemacht.« Er setzte eine belehrende Miene auf. »Ich muss es wissen, denn ich war drüben, sogar mehrfach! Da gibt es Räume, die sich von Ort zu Ort bewegen, Gefährte, die ohne Holger oder sonstige Zugtiere fahren ... von den Waffensystemen dort will ich lieber gar nicht anfangen!«

Maledikt nickte sanft, ohne den Blick von den glitzernden bunten Lichtern auf der anderen Seite der Pforte abzuwenden. »Und genau aus diesem Grund, oh weitgereister Xenophor, werde ich der Erde *vor* meiner Invasion vermittels meiner magischen Kräfte all jene technischen Errungenschaften nehmen, die du eben aufgezählt hast. Ich werde ihr die Energie entziehen, mit der ihre Bewohner Maschinen betreiben und miteinander kommunizieren. Ich werde die Gesetze der Physik manipulieren, sodass sich kein irdisches Fahrzeug mehr vom Fleck rührt, kein Schießpulver mehr zündet, keine Sprengladung mehr detoniert. Erst dann ...«, er legte eine dramatische Pause ein, »... erst dann werde ich Insektoren, Lavanier und Menschenkrieger in nie gesehener Zahl auf die andere Seite teleportieren und die Zentren der irdischen Staaten einnehmen. Ich werde der erste Diktator sein, der diesseits *und* jenseits der Dimensionsbarriere herrscht!«

Xolpph starrte die unscheinbare Gestalt in ihrem purpurnen Hausmantel mit offenem Mund an. Zum ersten Mal, seit Fabian ihn kannte, schien dem Xenophor nichts mehr einzufallen, was er noch hätte sagen können.

Tränen der Verzweiflung stiegen Fabian in die Augen, als ihm klar wurde, dass alles, was ihm je wichtig gewesen war, verloren schien: Maledikts Eroberung Ambiguas hatte bereits begonnen, an all den exotischen und wunderbaren Orten, die er auf seinen

Reisen besucht hatte, würden in Kürze Furcht und Unterdrückung regieren. Auch die Erde, wie er sie kannte, würde es schon bald nicht mehr geben. Ohne Elektrizität und die wichtigsten physikalischen Grundgesetze würde die irdische Zivilisation in die Steinzeit zurückfallen, um anschließend von Maledikts Heerscharen überrannt zu werden!

Und schließlich war da noch Myrtel, die just in diesen Minuten unzählige Stockwerke tiefer ihre letzten Atemzüge tat, bevor der Fluch des dunklen Herrschers das Leben aus ihr herauspressen würde wie Saft aus einer reifen Frucht.

In hilfloser Wut presste Fabian den reglosen Körper Hummberts an seine Brust. Gab es wirklich nichts, was er noch tun konnte?

»Was jetzt aus uns wird?«, piepste Poch neben ihm.

Der dunkle Herrscher wandte ganz langsam den Kopf und betrachtete den Mäusling durch seine gelochten Augenlider. »Eine berechtigte Frage«, gab er zu. »Wenn es nach Volgera gegangen wäre, hättet ihr die Kristallkammer gar nicht erst lebend verlassen. Das konnte ich natürlich nicht zulassen. Ich musste doch wissen, wem es gelungen war, unbeschadet mein Heer zu umgehen, mein Land zu durchqueren und sich in mein trautes Heim einzuschleichen!« Er zuckte die Achseln. »Ich denke, das ist hiermit geschehen. Ich habe mich vergewissert, dass nichts als eine absonderliche Zusammenballung von Zufällen einen so erbärmlichen Haufen wie euch befähigt hat, die Reihen meiner Verteidigung zu unterwandern.« Er drehte sich zu ihnen um, die magische Pforte im Rücken, und verschränkte die Arme. »Nun denn! Ich bin erschöpft und noch nicht im Vollbesitz meiner Kräfte. Volgera weilt bedauerlicherweise nicht mehr unter uns, daher werde ich euch General Shlarvik übereignen, seinem Stellvertreter.« Er deutete matt auf einen Shurkka links hinter Fabian, dessen kastenförmiges, von Hitzepickeln übersätes Gesicht sich sogleich zu einem schadenfrohen Grinsen verzerrte.

»Ich bin überzeugt, er wird eurem jämmerlichen Dasein ein Ende ganz in Volgeras Sinne bereiten. Was bedeutet: ein langwieriges, schmerzhaftes Ende.« Der Magier brach in gackerndes Gelächter aus.

General Shlarvik straffte sich und gab mit kehliger Stimme den Befehl zum Abtransport der Gefangenen. Schon spürte Fabian den heißen Atem der Shurkkas im Nacken, während die umstehenden Lavanier knirschend ihre Glieder reckten. Ihm blieben nur noch Sekunden ...

Verzweifelt starrte er zu dem boshaften Alten hinüber, dessen schmächtige Silhouette vor dem grellbunten Hintergrund des Piccadilly Circus noch hagerer wirkte.

Seine Gedanken wirbelten kreuz und quer, Stimmen von Personen, die er getroffen hatte, hallten in seinem Kopf wider, vermischten sich mit dem hämischen Kichern des dunklen Herrschers.

Die magischen Kräfte des Herrn wachsen mit jedem Tag, hörte er Volgera Ommm mit sonorem Bass sagen.

Ein kleiner Schubs, nur recht geschwind, quäkte die Stimme des Orakels von Mnom-Ping.

Und wenn sich seine neu erschaffene stoffliche Hülle erst so weit stabilisiert hat, dass sie die Transition zur Erde übersteht ..., fuhr Volgera Ommm zuversichtlich fort.

Das? Das ist Hummbert. Myrtel, bei ihrem Wiedersehen im Fahrradschuppen vor der Schule.

Das Ding hau ich rein! Von hier aus kann es nicht danebengehen! Fabians eigene Stimme, bei einem Basketballspiel in der Schulsporthalle, vor hunderttausend Jahren.

Dicht neben ihm quiekte Poch erbärmlich auf, als die Shurkkas ihn packten und von seiner Seite rissen. Überdeutlich spürte Fabian die bewusstlose Drommel in seinem Arm. Und plötzlich kam ihm eine verzweifelte Idee!

Erneut starrte er zu dem grässlichen Alten hinüber, der Verderben über alles bringen wollte, was er liebte. Sein Puls jagte.

Marc Volta verhungerte wenige Meter von mir entfernt, ohne dass ich es verhindern konnte, seufzte die Stimme von Oenk Hoerb hinter seiner Stirn.

Das Ding hau ich rein! Von hier aus kann es nicht danebengehen!

Eine Woge der Entschlossenheit schoss durch Fabians Körper.

»Ich hoffe, du nimmst mir das nicht übel, falls du je davon erfährst«, flüsterte er, hob die bewusstlose Drommel, zielte – und warf!

Es war ein harter, gerader Pass. Außer seiner unbändigen Wut legte Fabian alles hinein, was er in jahrelangem Training gelernt hatte. Auf der Erde hätte die Kraft hinter dem Wurf ausgereicht, einen Basketball einmal quer über das gesamte Spielfeld zu befördern. Aber Hummbert war kein Basketball, er war viel schwerer und auch nicht wirklich rund ...

Neben seinem Ohr brüllte jemand auf, wahrscheinlich General Shlarvik. Fabian spürte, wie sich starke Hände um seine Schultern krallten. Von den Seiten walzten die Lavanier heran.

Doch sie kamen alle zu spät: Das Geschoss war auf dem Weg!

Als der dunkle Herrscher auf den unerwarteten Angriff aufmerksam wurde, hatte Hummbert ihn schon fast erreicht. Maledikts hämisch verzerrtes Gesicht versteinerte, seine durchstochenen Lider zuckten nach oben, gaben den Blick auf schreckgeweitete Augäpfel frei.

Instinktiv riss er die dünnen Ärmchen hoch, seine Lippen begannen, eine magische Formel herunterzuhaspeln. Doch er war zu langsam, das Wurfgeschoss zu schnell.

Dumpf prallte Hummbert gegen Maledikts schmächtige Brust. Ein tonloses Ächzen drang zwischen den Lippen des dunklen Herrschers hervor.

Er taumelte, ruderte mit den Armen, stolperte rückwärts ...

... genau in die magische Pforte hinein!

Für einen Augenblick schien die Zeit stillzustehen.

Ungläubige Verwunderung zeichnete sich auf den Zügen des Magiers ab. Aus der Pforte drang ein raspelndes Geräusch, wie von hundert sich räuspernden Trullen. Dann verschwamm Maledikts Umriss in einem Wirbel aus leuchtenden Pünktchen.

Einen Sekundenbruchteil später tauchte er klar und deutlich auf der anderen Seite des Metallrahmens wieder auf – mitten auf dem Piccadilly Circus!

Das Bild war grotesk: ein gebückter Greis in rotem Morgenmantel und Plüschpantoffeln, der verwirrt, desorientiert zwischen blinkenden Autos hindurch über die Fahrbahn taumelte.

Fabian stockte der Atem: Wieso war Maledikt heil drüben angelangt? Hatte Volgera Ommm gelogen? Hielt sein neuer Körper mehr aus als gedacht?

Doch schnell wurde deutlich, dass die Transition dem dunklen Herrscher keineswegs gut bekommen war: Seine knochigen Hände krallten sich um seinen Hals, er schien nach Luft zu schnappen. Als die Scheinwerfer eines vorüberbrausenden Autos über sein Gesicht glitten, erstrahlte es kalkweiß, die Augen waren unnatürlich weit aufgerissen.

Und dann ging alles blitzschnell: Ein knallroter Doppeldeckerbus donnerte heran, vermutlich laut hupend, was durch die Pforte jedoch nicht zu hören war. In allerletzter Sekunde sprang der Alte von der Straße auf einen nahen Gehsteig. Er sah nicht den vornehm gekleideten Mann mit Hut, Regenschirm und Aktentasche, der direkt auf ihn zukam und es sehr eilig zu haben schien – so eilig, dass er dem verhutzelten Männlein, das ihm unvermittelt in den Weg hopste, nicht ausweichen konnte.

Mit der Schulter stieß der Fußgänger gegen Maledikts schwankenden, hustenden, würgenden Körper, nicht fest, gerade so heftig, dass man als höflicher Mensch eine Entschuldigung gemurmelt hätte.

Das reichte aus!

Der dunkle Herrscher kippte rückwärts, wie von einer Kanonenkugel getroffen. Eine gezackte Bildstörung verzerrte für eine Hundertstelsekunde das Geschehen.

Als das Bild wieder klar wurde, war der Herr des Landes Shurakk verschwunden!

An seiner Stelle hing eine Wolke roten Staubs senkrecht in der Luft. Eine Brise erfasste sie, zerrupfte das feine Pulver und blies es in sämtliche Himmelsrichtungen davon.

Der britische Gentleman kratzte sich am Kopf, sah auf seine Armbanduhr, zuckte die Achseln und eilte davon.

»Zwei Handvoll Staub verwehn im Wind«, flüsterte Fabian fassungslos.

Dann ging die Welt unter.

Kapitel 36
Chaos

Der Boden erbebte wie die Oberfläche einer Schüssel Wackelpudding. Ein Dröhnen wie von einer unvorstellbar großen Turbine drang aus den Tiefen der Erde empor. Der Sternenhimmel über dem gläsernen Dach ruckte, als zöge jemand ein fadenscheiniges schwarzes Tuch vor einer Lichtquelle hin und her. Schreie gellten. Irgendwo in der Nähe zerbrach Glas. Ein Hund winselte.

Doch all diese Dinge nahm Fabian gar nicht richtig wahr. In seinem Kopf drehte sich alles, sein Verstand sträubte sich dagegen, das Unfassbare anzuerkennen.

Maledikt der Finstere war fort!

Ein Ruck fuhr durch den Boden. Knirschend öffnete sich ein Riss im Erker des Kamins und verschluckte das lodernde Feuer wie ein riesiges Maul. Nur noch die schwankenden Sterne erhellten jetzt das große Zimmer.

Die Shurkkas wurden durcheinandergewirbelt wie Pins auf einer Bowlingbahn. Wie durch einen Schleier spürte Fabian, dass sich die Hände von seinen Schultern lösten. Automatisch wankte er über den schwankenden Boden vorwärts, weg von den Soldaten mit ihren krummen Säbeln – genau in Richtung der Lavanier!

Schlitternd kam Fabian zum Stehen. Ganz in seiner Nähe mussten die hünenhaften Lavakrieger im Dämmerschatten stehen, wahrscheinlich streckten sie bereits ihre baumdicken Arme nach ihm aus ...

Aber wieso konnte er sie nicht erkennen? Fabian kniff die Augen zusammen, spähte ängstlich durch einen Regen aus Glasscherben und Schutt, der von der Decke niederging.

Kein Zweifel, da waren sie: Schulter an Schulter, still und schwarz und bedrohlich. Ihre Haut war nicht länger von einem Adernetz pulsierender Glut durchzogen, deswegen war es so schwierig gewesen, sie im Zwielicht auszumachen.

Die Kolosse rührten sich nicht. Bei genauerer Betrachtung sahen sie auch gar nicht mehr bedrohlich aus, eher wie leblose Statuen ...

Und plötzlich begriff Fabian: Es *waren* leblose Statuen! Ohne den Zauberbann, den ihr Meister über sie verhängt hatte, war die glühende Lava in ihrem Innern binnen Sekunden abgekühlt und ausgehärtet. *Diese* Krieger würden keiner Fliege mehr etwas zuleide tun.

Dafür waren die Shurkkas noch umso lebendiger! Fabian fuhr herum, fest davon überzeugt, direkt auf die gezückten Säbelklingen mehrerer Rotgewandeter zu blicken.

Doch der erwartete Angriff blieb aus. Wie es aussah, hatten die Shurkkas momentan andere Dinge im Kopf.

Die Schwertkämpfer taumelten in wilder Hast hierhin und dorthin. Mehrere hatten ihre Säbel fallen gelassen, Panik in den aufgerissenen Augen, und rannten sich gegenseitig über den Haufen bei dem Versuch, schnellstmöglich von hier zu fliehen.

Allein der kastenköpfige General Shlarvik und ein weiterer seiner Soldaten hatten sich von der Kopflosigkeit ihrer Kumpane nicht anstecken lassen: In jeder Hand einen gekrümmten Säbel, versuchten sie, sich zu orientieren. Dem vor Zorn verzerrten roten Gesicht Shlarviks war anzusehen, dass er nur zu gut wusste, wem er die Vernichtung seines Herrn und Meisters zu verdanken hatte.

Schon hatte er Fabian erspäht! Mit einem rauen Schrei stürzte er vor.

Im selben Augenblick löste sich mit einem berstenden Geräusch ein großer Teil der Deckenverglasung. Fabian hechtete beiseite und schaffte es in letzter Sekunde, sich vor dem glitzernden Scherbenregen in Sicherheit zu bringen.

General Shlarvik hatte weniger Glück. Eine metergroße Platte aus schenkeldickem Bleiglas traf ihn mitten im Sprung und zerquetschte ihn am Boden wie eine Fliege.

Das turbinenartige Dröhnen aus der Tiefe erreichte eine ohrenbetäubende Intensität. Zackige Risse fraßen sich durch die fugenlosen schwarzen Wände, öliger, nach Teer stinkender Rauch quoll daraus hervor.

All das genügte, um den verbliebenen Shurkka, der das Ende seines Vorgesetzten mitangesehen hatte, in die Flucht zu schlagen: Wimmernd ließ er seine Klingen fallen und hastete hinter seinen Genossen her, durch die Flügeltür hinaus.

Mit einem Mal waren die Freunde allein im Kaminzimmer.

»Was passiert hier?« Fabian musste schreien, um das Chaos ringsum zu übertönen. Mühsam rappelte er sich vom Boden hoch.

Ohne Maledikts geistige Führung sind die Shurkkas nicht mehr zu koordiniertem Vorgehen fähig. Zugleich ist die angeborene Furcht vor dem Tod in ihren Verstand zurückgekehrt. Meister Amoebius hatte den kläglichen Rest seines schleimigen Leibs zu einem flachen Fladen geformt, um auf dem schwankenden Boden besseren Halt zu finden.

»Er tot ist?«, quiekte Poch. Er hatte ein ledernes Sitzkissen von einem der Ohrensessel gerissen und hielt es sich zum Schutz vor fallenden Trümmerbrocken zitternd über den Kopf. »Maledikt der Finstere tot ist?«

Sein neuer Körper war noch nicht stabil genug für die Reise zwischen den Welten. Die Bestandteile seines stofflichen Selbst wurden bei der Transition so in Unordnung gebracht, dass auf der anderen Seite ein leichter Stoß genügte, um ihn vollständig zu dematerialisieren.

Es donnerte. Stein zerbarst mit einem peitschenden Laut.

»Was ist mit seinem nicht-stofflichen Teil?«, brüllte Fabian. »Ihr sagtet, was da aus dem Tiefschlaf erwachte, sei eine Art böser Geist gewesen, eine Wolke aus Magie und Hass. Ist die jetzt etwa drüben, auf der Erde?«

Ein komplexes Geflecht physikalischer Wechselwirkungen verhindert, dass auf der Erde Zauberei in größerem Maße existieren kann. Kleinere Bannsprüche gelingen zuweilen, aber eine so gewaltige Zusammenballung magischer Energie wie der Geist des dunklen Herrschers kann in deiner Heimat nicht existieren. Der Qualler richtete sich halb vom Boden auf, um den folgenden Worten mehr Nachdruck zu verleihen. *Maledikt ist in die Unendlichkeit eingegangen, in derselben Sekunde, da sich sein Körper aufgelöst hat. Was um uns herum geschieht, ist ein Beweis dafür!*

»Was soll das denn nun wieder heißen?«, kreischte Xolpph. Er hing wie ein bibbernder Schal um Pochs Hals geklammert, während der Mäusling sich seinerseits am Kaminsims festhielt, um nicht ständig zu Boden geworfen zu werden.

Die Erde bebt, erklärte Meister Amoebius überflüssigerweise. *Maledikt hat die magischen und geologischen Kräfte, die unterhalb des Landes Shurakk wüten, seit seiner Ankunft in einer Art magischer Stasis gehalten. Diese Fessel wurde mit seinem Tod gelöst. Die aufgestauten Energien suchen sich nun einen Weg an die Oberfläche. Seht!* Er deutete auf ein Fenster im hinteren Teil des Raums.

Längst waren auch diese Glasscheiben aus den Rahmen geplatzt. Draußen, in weiter Ferne, ließ sich ein Horizont aus zackigen Bergspitzen ausmachen. Wie eine Kette von Signalfeuern bohrten sich dort turmhohe Glutsäulen in den Nachthimmel, als schösse ein verrückter Feuerwerker einen unvorstellbaren Salut ab.

»Wir müssen hier raus, sonst werden wir krepieren wie die

Schlaratten!«, schrie Xolpph. Ein Trümmerbrocken ging kaum eine Handbreit neben ihm zu Boden und riss ein Loch von über einem Meter Durchmesser in den Boden. »Dieser ganze verquarkste Bau wird zusammenstürzen wie ein zehnstöckiger cremegefüllter Xenophor-Hochzeitskuchen! Wir werden alle ...«

Meister Amoebius unterbrach ihn mit einer beruhigenden Geste. *Solange jeder Vulkan Shurakks dort draußen Feuer spuckt, sind wir in der Festung noch am sichersten.* Er glitt zum Tisch mit dem Schneekugelwürfel und ging unter der massiven Eichenplatte in Deckung. Poch und Xolpph beeilten sich, es ihm gleichzutun.

Hoch über ihnen schien das Firmament nach wie vor wild hin- und herzurucken. Mittlerweile war jedoch allen klar, dass gar nicht der Himmel sich in Bewegung befand, sondern die Burg des dunklen Herrschers: Das ganze Gemäuer schwankte, als seien seine Fundamente zu Gummi geworden.

»Und wenn sich nun der Boden auftut und Corborion verschluckt, genau wie er die Festung damals ausgespien hat?«, gab Fabian zu bedenken.

Das wird geschehen, dessen bin ich mir sicher. Aber nicht sofort! Zu viele konservierende Zauber sind in diesen Mauern noch am Werk. Sie beginnen gerade erst, sich aufzulösen. Bis die schlimmste Phase des äußeren Bebens vorüber ist, werden wir hier sicher sein.

»Äußeres Beben?« Fabian bahnte sich stolpernd einen Weg über den glas- und schuttbedeckten Boden, hin zu jener Stelle, wo Hummbert nach dem Zusammenprall mit Maledikt gelandet war. »Gibt es denn noch ein weiteres?«

Meister Amoebius zögerte kurz, bevor er antwortete. *Der gleichzeitige Zusammenbruch so vieler starker Bannsprüche bringt das magische Gleichgewicht Ambiguas durcheinander. Die Astralebene bebt wie unter einem heftigen Schlag. Ich bin kein Nekro, deswegen kann ich die Wogen nur erahnen, die die Sphäre der Magie in diesem Moment aufwühlen. Aber ich fürchte, wenn sich dieses zweite, innere Beben gelegt hat, wird in unserer Welt einiges nicht mehr so sein wie zuvor.*

Fabian passierte die Stelle, wo die künstliche magische Pforte an der Wand gelehnt hatte. Der Metallrahmen lag umgekippt auf dem Boden, halb verdeckt von Staub und Trümmerstücken. Im Licht der lodernden Feuersäulen, das durch die Fenster hereinfiel, erkannte Fabian, dass zwischen den Streben noch immer eine verschwommene, von Farbschlieren durchsetzte Finsternis wogte. Doch sie wurde schwächer, während er hinsah, man konnte schon ansatzweise den roten Teppich darunter ausmachen. In wenigen Minuten würde Maledikts Prototyp nicht mehr sein als ein wertloses Stück Schrott.

Er hastete weiter und las Hummbert vom Boden auf. Der Drommel schien ihr spontaner Einsatz als Wurfgeschoss nicht geschadet zu haben. Als Fabian das Insekt untersuchte, zuckten seine Beinchen bereits, ein sicheres Zeichen, dass Hummbert allmählich wieder zu sich kam.

In einem hektischen Zickzack, aufklaffenden Rissen im Fußboden ausweichend, kehrte er zum Kamin zurück und kauerte sich zu seinen Freunden unter den Tisch.

Meister Amoebius hatte unterdessen mit einem Tentakel den Glaswürfel von oben heruntergeangelt. Die magische Übertragung im Innern wurde zusehends schwächer, aber noch konnte man etwas erkennen.

Das gewaltige Erdbeben war keineswegs nur auf das Land Shurakk begrenzt: Auch in Samelsur, rund um die Ruinen der Stadt Kornettar, warf sich der Boden auf wie ein sturmgepeitschter Ozean, wirbelte die Heerscharen des dunklen Herrschers durcheinander wie Spielzeugsoldaten. Abertausende von Menschen, Trullen und Insektoren stürzten haltlos übereinander, Legionen zu Stein erstarrter Lavanier zerschellten am Boden zu winzigen Stücken.

Doch damit nicht genug: Offenbar hatten große Teile des Heers abrupt ihre Absichten und Ziele geändert. Plötzlich fielen krakenartige Kushniks über menschliche Soldaten her, saugten ihnen die Knochen aus dem Leib, bis nichts übrig war als Haufen schlaffen Fleischs. Quantrulae eroberten mit gewaltigen Sprüngen den Rücken des Weltenvernichters, von wo kurz darauf mächtige Explosionen den Nachthimmel erhellten. Insektoren kämpften gegen Trulle, die ihrerseits Shurkkas angriffen, welche in die Abwehr von Kushniks verstrickt waren ...

Das Gemetzel war so fürchterlich, dass Fabian dankbar war, als ein Wirbel aus Schneeflocken es vor seinen Augen verbarg. Die Magie im Innern des Würfels war aufgebraucht.

»Warum machen die das?«, erkundigte sich Xolpph, der die Geschehnisse ebenfalls verfolgt hatte. »Spinnen die?«

Maledikt hat seiner Armee verschiedenste, den anderen Gattungen feindlich gesonnene Kreaturen einverleibt, erklärte Meister Amoebius. *Nur massive Bannsprüche hielten sie davon ab, sich gegenseitig zu zerfleischen. Nun, da diese magischen Fesseln gefallen sind, zeigen die Ungeheuer ihre wahre Natur.*

»Saupraktisch.« Der Xenophor wischte sich mit einem seiner Auswüchse Steinstaub aus den Augen. »So machen sie sich gegenseitig kalt, und Ambigua ist einen Haufen unerfreulicher Zeitgenossen auf einmal los!«

Bis auf den letzten Mann wird sich Maledikts Streitmacht kaum dezimieren. Aber mit etwas Glück verringert sich ihre Zahl so weit, dass das Heer der Freien Staaten mit dem Rest leichtes Spiel hat, sobald es vor Ort eintrifft.

Ganz allmählich ließ das Schwanken des Bodens nach. Die Feuersäulen am Horizont verwandelten sich in träge Flüsse orange-rot glühenden Gesteins.

Prompt ertönte draußen, viele Stockwerke unter ihnen, ein Gewirr aus ängstlichen, verwirrten Stimmen. Fabian und Poch kamen aus ihrer Deckung hervor und traten an eins der zerstörten Fenster.

Ein Strom rot uniformierter Gestalten ergoss sich aus dem vom Beben aufgesprengten Haupttor der Festung. Verwirrt, so als begriffen sie nicht, wo sie sich überhaupt befanden, starrten die Soldaten in die Runde, bevor sie sich in alle Himmelsrichtungen zerstreuten.

Es war zu dunkel, um sicher zu sein, aber Fabian hatte den Eindruck, dass auch zahlreiche abgerissene, knochige Gestalten unter den Flüchtenden waren – Gefangene aus den Kerkeranlagen, die sich beim Wegfall von Maledikts energiespendender Magie ebenfalls geöffnet haben mussten!

Plötzlich kam Leben in die Pelzkugel auf seinem Arm. Mit einem knatternden Summen stieg Hummbert senkrecht in die Höhe und zog einige unsichere Kreise durch die rauchgeschwängerte Luft. Dann hatte er seine Orientierung wiedergewonnen, blieb in Kopfhöhe zwischen den Freunden stehen und blickte sie aus winzigen Augen fragend an, als wollte er sagen: »Was machen wir eigentlich noch hier?«

Es ist ausgestanden. Die Erleichterung in Meister Amoebius' Gedankenstimme war nicht zu überhören. *Fabians Einsatz hat unsere Welt vom schlimmsten Übel befreit, mit dem sie sich je konfrontiert sah.*

Hummbert, der ansatzweise zu ahnen schien, was während seiner Bewusstlosigkeit mit ihm geschehen war, stieß ein begeistertes Brummen aus.

»Ja, ja, schon gut. Du bist auch ein Held«, räumte Xolpph gütig ein. »Wie ich. Und die anderen!«

Ich denke, mit dem heutigen Tag wird man in den Freien Staaten eine neue Zeitrechnung beginnen: das Jahr eins nach Maledikt! Meister Amoebius kam unter dem Tisch hervor und fuhr einen Tentakel aus. *Möglicherweise wird man die neue Zeitrechnung aber auch nach dir benennen, Fabian, denn immerhin ...*

Doch der Platz, wo Fabian eben noch gestanden hatte, war leer!

Kapitel 37
… rechter Duft, wie wunderbar!

Atemlos hetzte Fabian durch teilweise verschüttete, staubbedeckte Gänge. Der Spiegelsaal, jetzt ein Meer aus Scherben, lag hinter ihm, ebenso die Halle mit den Tiertrophäen, von denen die meisten von den Wänden gefallen waren.

Ohne Schwierigkeiten erreichte er das Große Treppenhaus und dankte den sonderbaren Göttern Ambiguas dafür, dass nach Maledikts Tod offenbar auch der seltsame Mechanismus, der die Gänge der Festung verschoben hatte, nicht mehr funktionierte. Windung um Windung folgte er den Stufen hinab, während sich seine Kehle vor Angst immer mehr verengte.

Was war mit Myrtel? Hatte der Zehrer sein grausiges Werk vollendet und das Leben aus ihr herausgesaugt?

War die Kristallkammer eingestürzt und hatte Myrtel unter den Trümmern begraben?

Oder war mit dem Tod Maledikts möglicherweise auch der Zehrer von ihr abgefallen?

Der einzige Ort, wo er eine Antwort erhalten konnte, lag etliche Stockwerke unter dem Erdboden. Mit einer Energie, von der er nicht geglaubt hätte, dass er sie noch aufbringen könnte, beschleunigte er sein Tempo ein letztes Mal.

Keuchend passierte er den Toreingang, wo Meister Amoebius

den reglosen Körper des Shurkkas deponiert hatte. Die Nische war leer, offenbar war der Mann in der Zwischenzeit erwacht und hatte gemeinsam mit den anderen die Festung verlassen.

Als er den richtigen Treppenabsatz erreichte, bog er ab und rannte den hohen Korridor entlang bis zu der knallroten Tür. Erleichtert stellte er fest, dass sie unter seiner Hand nachgab; Volgera Ommms Männer hatten sie nach ihrem Abtransport nicht wieder verschlossen! Ebenso verhielt es sich mit der nächsten Pforte, die von der Grotte in den Gang mit den Kristallwänden führte.

Sekunden später stolperte er nach Luft schnappend in die kleine rote Kammer.

Das Erste, was er registrierte, war, dass die Decke nicht heruntergekommen war. Generell schienen die unterirdischen Stockwerke das Beben besser überstanden zu haben als die höher gelegenen. Dafür war es erheblich heißer als zuvor. Möglicherweise hatten sich Spalten tief im Gestein aufgetan, durch die nach und nach glühende Lava in die Katakomben Corborions eindrang.

So beunruhigend diese Vorstellung war, Fabian hatte jetzt keine Zeit, darüber nachzudenken. Mit hastigen Schritten eilte er zu Myrtel an den Altar.

Einen bangen Augenblick lang fürchtete er, dass er zu spät kam, so schrecklich blass wirkte das Gesicht der Fant trotz des von allen Seiten kommenden roten Scheins. Aber sie lebte! Als er behutsam einen Finger gegen ihre Halsschlagader presste, registrierte er einen langsamen, schwachen Puls.

Plötzlich fuhr ein Ruck durch Myrtels Körper, ihr Gesicht verzog sich, als litte sie große Schmerzen. Noch immer waren ihre Lider geschlossen, und sie schlug die Augen auch nicht auf, als Fabian ihr leicht mit der flachen Hand auf die Wange schlug. Allein ein heiseres Stöhnen drang zwischen ihren halb geöffneten Lippen hervor, ein Stöhnen, das rasch wieder schwächer wurde.

Fabian begriff die bittere Wahrheit: Der Zehrer war nach wie vor aktiv, er hatte sich mit dem Tod des dunklen Herrschers nicht verflüchtigt! Möglicherweise speiste er sich aus den magischen Energien des Maledikticon, das nach wie vor irgendwo unter den Trümmern des Kaminzimmers lag.

Doch ihm blieb keine Zeit mehr, dies zu überprüfen. Myrtel hatte höchstens noch Minuten!

Fabians Sicht verschwamm unter Tränen.

So nah war er ihr, und dennoch konnte er nichts tun, um ihr in den Sekunden, die ihr blieben, zu helfen ...

»Was für eine hässliche Art und Weise, eine hilfsbereite Lupertine zu behandeln«, beschwerte sich plötzlich ein dünnes Stimmchen vom anderen Ende der Kammer. »Ich habe gleich gewusst, dass es keine gute Idee war, in den Süden zu gehen. Hässlicher, hässlicher Süden!«

Genau dort, wohin Volgera Ommm sie vor Stunden geschleudert hatte, lag eine Lupertine mitsamt Wurzelballen auf dem Boden. Ihr Stängel war gebogen, einige Blütenblätter leicht geknickt, ansonsten schien ihr nichts zu fehlen.

Viel mehr als der Zustand der Lupertine interessierte Fabian allerdings etwas ganz anderes. Er richtete sich auf und eilte zu ihr hinüber.

»Du bist nicht Florinda«, stellte er fest. »Du bist Florando! Ich muss euch in der Aufregung verwechselt haben. In diesem roten Licht seid ihr kaum zu unterscheiden!«

»Hässliches Licht«, bestätigte Florando. »Macht hässliches Rot aus schönem Violett und hässliches Rot aus ...«

Hinter ihm, auf dem Altar, stieß Myrtel erneut einen ächzenden Laut aus. Es klang, als entwiche das letzte bisschen Luft aus einer Luftmatratze.

Im selben Moment kehrte Fabians Erinnerung an etwas zurück,

das er im Archiv der Termiphylen von Kapžer vorgelesen bekommen hatte:

... dass allein ein einziges Gewächs in der Lage ist, einen zauberisch verhängten Zehrer zu deaktivieren: die rosa Lupertine. Nur der Duft eines lebendigen rosafarbenen Exemplars vermag den Zehrer selbst im Endstadium noch zu entkräften und aufzuheben.

Die Farbe! Es musste mit der Farbe zu tun haben, dass der Blütenstaub Myrtel nicht von Maledikts Fluch befreit hatte. Thay'Phun hatte ausdrücklich von der rosafarbenen Sorte gesprochen, nicht von der violetten Brudergattung.

Nase hier und Nase da – rechter Duft, wie wunderbar, sang das Orakel von Mnom-Ping in seinem Kopf.

Plötzlich ergab alles einen Sinn!

Fabian wirbelte herum. »Wo ist Florinda?«

»Hier! Ich bin hier«, piepste eine Stimme aus der Mündung des roten Flurs. »Auch wenn ich es schöner fände, ich wäre woanders!«

Mit drei langen Sätzen war Fabian an der Stelle, wo sie ihr Gepäck abgelegt hatten. Die Diener Ommms hatten es nicht für nötig befunden, ihre Sachen mitzunehmen, und zwischen den Rucksäcken lag, noch immer in ihr ledernes Tragegestell verschnürt, Florinda! Ihre Blütenblätter strahlten im roten Licht der Kristallwände exakt im selben Rot wie die ihres Bruders.

»Etwas Wasser wäre schön«, teilte die Lupertine bescheiden mit.

»Wenn *das* funktioniert, kriegst du von mir so viel Wasser, dass es bis ans Ende deiner Tage reicht«, presste Fabian zwischen zusammengebissenen Zähnen hervor. Er packte die Blume und hastete zurück zum Altar.

Myrtels Gesicht sah jetzt alt und eingefallen aus. Sie lag ganz still, ihr Brustkorb bewegte sich nicht mehr.

Bitte mach, dass es noch nicht zu spät ist, flehte Fabian stumm, als er den Kopf der Lupertine dicht vor Myrtels Gesicht hob.

Nichts.

Vorsichtig stupste er Florindas Stempel gegen die Spitze von Myrtels Rüssel. Die Lupertine kicherte leise, offenbar war sie kitzelig.

Noch immer nichts.

Verdammt! Fabian spürte, wie die schreckliche Gewissheit größer und unausweichlicher wurde.

Da mischte sich plötzlich ein neuer, kaum hörbarer Laut in das Kichern der Lupertine ...

Ein keuchendes Luftholen!

Seine Hände begannen zu zittern, als er sah, wie Myrtels Brustkorb sich hob – weiter und immer weiter, so als schöpfe sie zum ersten Mal seit endloser Zeit wieder richtig Atem. Ihre Lider begannen zu flattern.

Dann schlug sie die Augen auf.

Kapitel 38
Die letzte Klappe

Für etliche Minuten war Myrtel so schwach, dass sie nichts tun konnte, als bewegungslos auf dem kristallenen Altar zu liegen. Sie brachte kein Wort heraus, auch Fabian schien sie zunächst nicht zu erkennen.

Fabian war das egal. Dass ihre Augen geöffnet waren, dass sie atmete, konnte nur eins bedeuten: Der Fluch war neutralisiert – wie es aussah, in allerletzter Sekunde!

Obwohl er vor Erleichterung am liebsten einen Luftsprung gemacht hätte, kniete er sich ruhig neben dem Altar auf den Boden und wartete, bis Myrtel zu sich gekommen war. Als zaghaftes Wiedererkennen in ihren Augen aufflackerte, legte er einen Arm um ihre Schultern und half ihr, sich aufzusetzen.

»Bei Bossut«, brachte sie nach mehreren unverständlichen Versuchen hervor. »Das war allerhöchste Zeit. Ich dachte schon, ihr kommt überhaupt nicht mehr!«

»Wir dachten, du hast es hier unten bestimmt gemütlich. Da haben wir es gemächlich angehen lassen«, parierte Fabian grinsend.

Die Fant starrte ihn einen Augenblick an, ehe sie verstand, dass er einen Scherz gemacht hatte. Dann fiel sie ihm um den Hals und begann schluchzend zu weinen.

Fabian hielt sie fest, und irgendwann versiegten ihre Tränen.

Daraufhin berichtete er ihr, was sich seit ihrem Verschwinden ereignet hatte: von ihrer Reise nach Mnom-Ping, den Pfortensprüngen über Paris und New York, ihrer gefahrvollen Reise durch Wüste und Dschungel bis hin zu Maledikts Ende und dem verzweifelten letzten Versuch mit Florinda.

»›Rechter Duft, wie wunderbar‹«, wiederholte Myrtel fassungslos die letzte Zeile des Orakelspruchs und streichelte Florinda, die Fabian mitsamt Wurzelballen auf ihren Schoß gelegt hatte, dankbar den Blütenstempel.

»Mein Duft ist schön«, erklärte die Lupertine stolz.

»Schon wieder hat das Orakel alles richtig vorhergesagt.« Myrtel schüttelte matt den Kopf. »Und das mit Worten, die zunächst wie totaler Blödsinn klangen. Was immer in diesem uralten Ei steckt, es muss eine geradezu unheimliche Intelligenz und Weitsicht besitzen!«

In diesem Augenblick erschienen Meister Amoebius, Poch und Xolpph in der Mündung des Kristalltunnels, angeführt von Hummbert, der sich bei Myrtels Anblick wie ein Brummkreisel in der Luft zu drehen begann.

»Bei Krotzians eingewachsenen Fußnägeln!«, tönte Xolpph, als sein Blick auf Myrtel fiel. »Es geht ihr gut?« Mit einem erstaunlichen Satz überwand er die Distanz zum Altar und umarmte Myrtel so stürmisch, dass sie kaum noch Luft bekam.

»Langsam, bei Bossut!«, rief sie lachend und versuchte schwach, den Xenophor abzuwehren. »Ich stand vor wenigen Minuten noch an der Grenze zum Totenreich! Mein Schädel schmerzt, als hätte ich eine Monatsration Bohrer auf einmal gekippt.«

Was ist hier geschehen?, wollte Meister Amoebius wissen.

Nicht ohne Stolz erzählte Fabian seinen Freunden von den vertauschten Lupertinen und wie er in letzter Sekunde auf die Lösung gekommen war.

In seiner Aufregung fiel ihm zunächst gar nicht auf, dass Meister Amoebius erheblich gewachsen zu sein schien, seit er ihn zuletzt im Kaminzimmer gesehen hatte. Auch hatte sein Körper einen Teil seines feuchten Glanzes und der schleimigen Geschmeidigkeit zurückgewonnen.

»Nanu?«, wunderte sich Fabian, als er es bemerkte. »Ihr seht ja wieder aus wie das blühende Leben!«

Eine gelungene Metapher, wo wir gerade über Blumen sprechen. Nun, einige verspätete Shurkkas hatten im Großen Treppenhaus das Pech, auf ihrer überstürzten Flucht direkt in mich hineinzulaufen. Der Qualler hüstelte verlegen. *Ich nahm nur einen winzigen Teil ihrer Körperflüssigkeit, das müsst ihr mir glauben ...*

»Also rosafarbene Lupertinen Heilwirkung haben und violette nicht«, zog Poch das Fazit aus Fabians Bericht, während auch er Myrtel mit zitternden Schnurrhaaren an seine Brust presste.

Und das ist noch nicht alles, denke ich! Auch Volgera Ommms rätselhaftes Dahinscheiden erfährt nun eine gewisse Klärung.

Ein Junge, eine Fant, ein Mäusling und ein Xenophor sahen den Qualler verwirrt an.

Erinnert ihr euch an die letzten Sätze aus Thay'Phuns Aufzeichnungen? »Ist diese Entdeckung bereits mehr als nur eine interessante Fußnote in der Nekro-Botanik, wird sie noch bedeutsamer vor dem Hintergrund, dass ein fast identischer honigduftender Muskelstängler unter nahezu gleichen Bedingungen auch die völlig gegenteilige ...«

»Seid Ihr sicher, dass Euch die Körperflüssigkeit der Shurkkas tatsächlich bekommen ist, Meister?«, erkundigte sich Xolpph vorsichtig.

Versteht ihr nicht? Thay'Phun meinte damit, dass eine Lupertine ebenso gut eine völlig gegensätzliche Wirkung haben kann – und zwar dann, wenn es sich nicht um die rosafarbene, sondern die violette Gattung handelt!

»Ihr meint, dieser Typ da ...« Xolpph deutete auf Florando, der nach wie vor unbeachtet in der Ecke der Kammer lag, was ihm nicht sonderlich zu behagen schien.

Meister Amoebius nickte emsig. *Sein Blütenstaub löst eine Vergiftung aus, die in Dauer und Wirkung mit einem Zehrerfluch vergleichbar ist!*

»Und daran soll Volgera Ommm ...?« Fabian brachte den Satz nicht zu Ende. Zu abwegig schien ihm seine Schlussfolgerung.

Vergesst nicht: Er hat an Florando gerochen, zweimal sogar!

»Das wäre aber eine verflixt schnell wirkende Vergiftung, oder?«, gab Xolpph zu bedenken. »Ich meine, zwischen seiner Schnüffelei und dem Zusammenbruch ist nicht mal eine halbe Stunde vergangen.«

Ommms Körper verfügte aufgrund zahlloser magischer Veränderungen über einen extrem beschleunigten Stoffwechsel. Der Hintergrund war, dass er sich von Verletzungen in einem Bruchteil der üblichen Zeit regenerieren können sollte. Fatalerweise wirkte dies jedoch auch in umgekehrter Richtung: Ein Todesfluch, der ihn normalerweise über viele Tage dahingerafft hätte, benötigte bei Ommm ebenfalls nur einen Bruchteil der Zeit.

»Und ich?«, mischte sich Myrtel ein, die jetzt Hummbert wie einen Teddy an ihre Brust drückte. »Wenn ich es richtig verstehe, habe ich doch ebenfalls an Florando gerochen?«

Du warst bereits mit einem Zehrer belegt. Genauso wenig, wie jemand zwei Schnupfeninfektionen gleichzeitig haben kann, konntest du dir einen zweiten Todesfluch einfangen. Meister Amoebius hielt inne und lauschte auf das tiefe Dröhnen, das nach wie vor in unregelmäßigen Abständen aus den Tiefen der Festung drang. Es wurde jetzt immer öfter übertönt von dumpfen Detonationen.

Zeit zu gehen, erklärte er ernst. *Dieses Gemäuer hat das Ende seines Daseins erreicht. Ohne die Stützzauber seines Schöpfers kann es nicht länger bestehen. Nehmt euer Gepäck, und dann lasst uns zusehen, dass wir einen Weg nach draußen finden!*

Sofort erhob sich Hummbert aus Myrtels Armen und stieß ein

selbstbewusstes Summen aus, so als wollte er sagen: »Keine Angst: Lasst mich nur machen!«

Als sie wenig später durch ein schmales, schief in den Angeln hängendes Seitentor hinaus ins Freie traten, hatten die Auflösungserscheinungen Corborions beängstigende Ausmaße angenommen: Das Gemäuer ächzte und stöhnte wie ein waidwunder Drache im Todeskampf. Alle paar Sekunden fielen irgendwo ganze Trakte in sich zusammen, Türme schwankten wie Schilfhalme im Wind, Holz splitterte, Scheiben barsten.

So rasch sie konnten, eilten sie von der sterbenden Festung fort. Myrtel, noch zu entkräftet, um allein zu laufen, hakte sich bei Fabian und Poch unter.

Erst viele hundert Meter weiter ließ Meister Amoebius sie anhalten und einen erschöpften Blick zurück werfen.

Die Freunde wurden mit einem Anblick belohnt, den sie ihr Leben lang nicht vergessen sollten!

Der finstere Koloss, aus dem sie gerade noch rechtzeitig entkommen waren, taumelte von einer Seite auf die andere wie ein betrunkener Trull. Unvermittelt, mit einem Laut, der mit nichts zu vergleichen war, was je ein Bewohner Ambiguas oder der Erde gehört hatte, tat sich der Boden unter der Festung auf, ein unermesslicher Schlund, groß genug, eine ganze Stadt zu verschlingen.

Und dann, schneller als die Freunde Luft für einen entsetzten Schrei holen konnten, verflüssigte sich die himmelhohe Ansammlung rostbrauner Mauern und Giebel und Dächer und Türme, verwandelte sich binnen Sekundenbruchteilen in das zurück, woraus Maledikt der Finstere seine Festung einst geformt hatte: glühend heißes, flüssiges Gestein.

Mit einem nicht enden wollenden Seufzer sackte Corborion in sich zusammen, floss wieder hinab in die Tiefen der Erde. Es rumpelte, als habe ein gigantischer Magen Mühe damit, einen besonders dicken Brocken zu verdauen, dann schloss sich der Boden über der Residenz des dunklen Herrschers und schluckte alles, was er je geschaffen hatte, einschließlich seines grässlichen Zauberbuchs.

Im selben Moment erstrahlte der Himmel in gleißendem Rot. Es sah aus, als stünde der Horizont in Flammen, als speie das entfernte Gebirge einen Ball hellroter Glut aus. Kurz fürchteten die Freunde, das titanische Schauspiel, dessen Zeuge sie soeben geworden waren, könnte einen Vulkanausbruch von nie gesehenen Ausmaßen ausgelöst haben.

Doch es war nur die Sonne, die sich anschickte, ihre Bahn über den Himmel anzutreten – einen Himmel, der zum ersten Mal seit Jahrhunderten beinahe wolkenlos war. Staunend stellten die Freunde fest, wie viel heller es um sie herum war, wie viel freundlicher und weniger bedrohlich alles wirkte. Selbst die Luft, die sie nach der hastigen Flucht gierig in ihre Lungen pumpten, fühlte sich kühler an.

»Vulkane ihr Feuer verschossen haben«, folgerte Poch und wies zu den entfernten Bergspitzen, wo nur noch dünne Rauchsäulen von dem Spektakel kündeten, das dort vor Kurzem die Nacht zum Tag gemacht hatte. Er betastete mit den Hinterpfoten den steinigen Grund. »Sogar Boden nicht mehr so heiß ist.«

Meister Amoebius nickte schwabbelnd. *Ein Großteil der glutflüssigen Lava, die seit Urzeiten unterhalb Shurakks aufgestaut war, hat sich in der vergangenen Nacht entladen. In den folgenden Wochen sollte die Temperatur weiter abkühlen, bis sie ansatzweise normale Werte erreicht hat.*

»Nichtsdestotrotz ein hässliches Land«, befand Florando von Fabians Rücken aus.

»Ein großes Wort, gelassen ausgesprochen«, bestätigte Xolpph, der halb auf Pochs Schulter, halb auf Florindas Erdballen hockte. »Drum sollten wir uns hurtig auf den Heimweg machen.« Unauffällig schob er sich noch etwas dichter an die Lupertine heran. »Habe ich eigentlich erwähnt, dass ich beim MEAM in Pantrami ein hohes Tier bin? Wenn du dich entschließen könntest, mit mir zu kommen, also … ich könnte ein kleines Beet für dich anlegen, weißt du?«

»Sonnenlicht ist schön«, sagte die Lupertine, die nach dem langen Aufenthalt unter der Erde fasziniert die Sonne beobachtete, die am Himmel emporkletterte.

»Oi. Aha. Nun, ich denke, das kann man guten Gewissens als ›ja‹ werten!« Xolpphs zufriedener Blick fiel auf Meister Amoebius, der ein Stück abseits in einer seltsamen Haltung erstarrt war, so als lausche er konzentriert in die Ferne. »Jetzt fehlt zum Abschluss eigentlich nur, dass jemand eine schöne, klischeehafte Prophezeiung aus dem Sack zieht!«

»Was für eine Prophezeiung?«, wollte Fabian wissen.

»Du weißt schon: eine, die vor Jahrtausenden schon davon kündete, dass unsere Welt eines Tages vor einer unaussprechlichen Gefahr gerettet werden würde. Von einem ›Besucher aus weiter Ferne‹, dessen Schicksal schon ›seit Generationen mit dieser Welt verbunden ist‹ – irgend so ein Schmus eben.« Er wandte sich wieder an den Qualler. »Gibt es so was nicht zufällig? Hey, hallo! Ambigua an Meister Amoebius?«»

Der Qualler fuhr zusammen, als erwache er aus einer Trance. *Nicht, dass ich wüsste*, erwiderte er, seltsam unwillig, auf Xolpphs Spaß einzugehen.

Xolpph legte theatralisch einen Auswuchs an seine Stirn. »Keine klitzekleine Prophezeiung des Inhalts, dass der besagte jugendliche Held anschließend oberster Oberkönig von Ambigua wird? Kommt schon, so was muss es doch geben!« Der Xenophor machte eine beruhigende Geste in Fabians Richtung. »Keine Angst, altes Haus: Das mit dem Regieren schaffst du spielend! Jetzt, wo Maledikt fort ist und es keine Probleme mehr gibt, könnte sogar einer wie *der da* unsere Welt lenken!« Er deutete auf Poch, der dies jedoch offensichtlich nicht als Beleidigung auffasste, sondern seine Nagezähne zu einem breiten Grinsen entblößte.

Fabian tat, als müsste er sich das gründlich überlegen. Dann nickte er bedächtig. »Von mir aus werde ich eben König. Aber nur in den Schulferien!« Er grinste ebenfalls. »Sonst bekomme ich zu Hause Ärger!«

Damit bringst du die Sprache auf einen weniger erfreulichen Punkt, schaltete sich Meister Amoebius unvermittelt ein. Sein Tonfall ließ das Lachen der Freunde sofort verstummen. *Ich habe soeben eine telepathische Botschaft aus Pantrami erhalten, von Olafur. Aufgrund der großen Entfernung war sie verstümmelt und unvollständig, und nur dank des Zusammenbruchs von Maledikts magischen Schutzwällen konnte ich sie in diesem entlegenen Winkel überhaupt empfangen ...*

»Was hatte er zu sagen?«, erkundigte sich Myrtel, die zwar noch wacklig auf den Beinen war, mittlerweile aber schon wieder allein stehen konnte.

Das Beben, das durch Maledikts Tod ausgelöst wurde, war in ganz Ambigua zu spüren. In vielen Städten wurden Häuser beschädigt, in Pantrami stürzte der Turm des Töc in sich zusammen. In einigen Küstengebieten kam es zu Überschwemmungen. Fitz-Bartel sei Dank gab es so gut wie keine Toten.

»Ein Glück«, sagte Fabian erleichtert.

Das war jedoch nicht alles, fuhr der Qualler düster fort. *Olafur bestätigte, was ich bereits geahnt und befürchtet hatte: Das Beben beschränkte sich nicht allein auf die materielle Ebene. Es verwüstete auch zahlreiche jahrtausendealte magische Mechanismen auf der Astralebene.*

»Das heißt?«, bohrte Myrtel nach.

Der Qualler zögerte merklich. Er nahm den Tropenhelm ab und neigte bedächtig seine obere Hälfte. *Sämtliche funktionstüchtigen magischen Pforten wurden durch einen unvorstellbaren Schub astraler Energie deaktiviert. Sie sind verschlossen, verfügen über keinerlei Zauberkraft mehr.*

»Oi, verflixt!«, entfuhr es Xolpph. »Keine Pfortensprünge mehr! Das heißt, wir werden dreimal so lange brauchen, bis wir endlich wieder daheim in Pantrami ...«

»Das bedeutet was ganz anderes, du Döskopp!« Myrtel schoss einen wütenden Blick in Xolpphs Richtung, bevor sie sich mitfühlend zu Fabian umdrehte.

»Deaktiviert«, wiederholte dieser tonlos. Ganz langsam sickerte die Bedeutung von Meister Amoebius' Worten in sein Bewusstsein. »Für ... für immer?«

Das lässt sich noch nicht sagen. Wenn ich Olafur recht verstanden habe, wird der Rat der Weisen umgehend eine Untersuchung des Phänomens in Auftrag geben. Es kann jedoch Monate, vielleicht Jahre dauern, bis die Pforten wieder gangbar gemacht sind. Falls das überhaupt gelingt! Und das Wissen um den Bau neuer Pforten hat Maledikt ja leider mit ins Grab genommen.

Bedrücktes Schweigen senkte sich über die kleine Gruppe.

Myrtel trat an Fabians Seite. »Es tut mir leid«, sagte sie leise.

Xolpph, der erst jetzt begriff, um was es eigentlich ging, schüttelte fassungslos den Kopf. »Undank ist der Parallelwelten Lohn! Da kommt mein bester Kumpel Fabian eigens hierher, um unserer Welt den Allerwertesten zu retten, und dann darf er zur Belohnung nicht mal mehr zurück nach Hause!«

Myrtel nahm Fabians Hand in ihre und drückte sie. »Du bist traurig, nicht wahr?«

Fabian wollte etwas antworten, doch er stellte fest, dass ihm die Worte fehlten. So schloss sich also der Kreis: Seine Eltern hatten Ambigua nie wieder verlassen, und er sollte ebenfalls nicht mehr zur Erde zurückkehren ...

Langsam glitt sein Blick von Poch, der Xolpph und Florinda auf dem Rücken trug, zu Meister Amoebius mit seinem Tropenhelm, weiter zu Hummbert, der tröstlich summend vor ihm in der Luft stand.

Als er bei Myrtel anlangte, die ihn, noch immer etwas blass um den Rüssel, mit großen Augen ansah, hielt er inne.

Er versuchte, sich darüber klar zu werden, was er an seinem alten Leben wohl am meisten vermissen würde – und stellte überrascht fest, dass es ihm viel mehr ausmachen würde, wenn er seinen Freunden jetzt den Rücken kehren und zur Erde zurückkehren müsste!

»Nein«, sagte er und schüttelte den Kopf. »Ich bin nicht traurig.«

»Nein?«

»Nein. Ein Basketballteam trainieren kann ich schließlich auch hier. Wer weiß, vielleicht setzt sich das Spiel bei den Oksimoronen noch als Volkssport durch? Ich könnte Hummbert als Co-Trainer engagieren!«

Er sah Myrtel in die Augen, lächelte. »Im Ernst, mittlerweile gefällt's mir richtig gut bei euch!«

Sie erwiderte seinen Blick, lächelte ebenfalls.

Als sie sich wenig später auf den Heimweg machten, hielten sie sich noch immer bei den Händen.

Epilog

Wie überall waren auch die Vögel auf dem Hochplateau von Mnom-Ping beim Einsetzen des großen Bebens, das später als »Maledikts letztes Lebewohl« in die ambiguanische Geschichte eingehen sollte, angstvoll verstummt. Erst nach Tagen kehrten Wohlmeisen, Spratzen und Singfalken auf die versteinerten Äste der Nestmulde zurück und erfüllten die Natur rings um das Orakel wieder mit heiterem Gesang.

In das fröhliche Gezwitscher mischte sich jedoch bald ein seltsam krächzender Laut. Nicht wenige Vögel drehten überrascht die Köpfe, doch weder vermochten sie, den Ursprung der Störung ausfindig zu machen, noch ahnten sie, von welchem Lebewesen das Geräusch stammen mochte. Und das war nicht weiter verwunderlich. Schon seit Jahrtausenden hatte man nirgendwo in Ambigua mehr einen Ruf wie jenen vernommen, der soeben aus dem Innern des gigantischen Eies gedrungen war!

Seit dem Erdbeben wies das legendenumrankte Orakel von Mnom-Ping merklich Schlagseite auf. Ein armdicker, gezackter Riss zog sich quer über seine uralte, moosbewachsene Schale.

Ein plötzlicher Ruck durchfuhr das riesige Ei. Haarfeine Sprünge breiteten sich auf der grau-weißen Kalkschicht aus, bevor knirschend ein Stück aus der Schale herausbrach, groß wie eine Tür.

Für einen Moment geschah nichts weiter.

Dann steckte eines der sonderbarsten Geschöpfe seinen Kopf durch die entstandene Öffnung, das je ambiguanische Luft geatmet hatte.

Das Küken war annähernd so groß wie ein ausgewachsener Elefant und über und über mit hellblauem Flaum bedeckt. Von den Seiten seines Kopfs standen gewaltige Ohrmuscheln ab, und unter dem kurzen Schnabel wallte ein meterlanger weißer Bart.

Das Wesen piepste verwirrt und blinzelte mit dümmlich schielenden Knopfaugen in die ungewohnte Helligkeit. Unbeherrscht mit den Stummelflügeln schlagend, befreite es sich aus der zerbröckelnden Hülle, die für ungezählte Jahrhunderte sein Heim gewesen war. Es gähnte ausgiebig, öffnete den Schnabel und sagte:

»Lirum, larum, dort wie hier: Gewinner schlürfen Kräuterbier!«

Wie ein riesiger plumper Pinguin torkelte es auf viel zu kleinen Füßen zum Rand der Nestmulde, wobei es sich unter enormer Geräuschentwicklung gleich mehrmals zwischen den versteinerten Stämmen auf den Schnabel legte.

»Verflixt, verfluxt und ei der Daus! Der Letzte knipst die Sonne aus.«

Das Geschöpf schüttelte abgebrochene Äste aus seinem Flaum, hielt kurz inne, um hinzuzufügen: »Der Ochse maunzt, das Fischlein bellt – man isst, was nicht vom Teller fällt«, dann zockelte es unter albernem Gekicher über das Hochplateau von dannen.

Dank

Nach einer fast eineinhalbtausendseitigen wilden Reise durch Ambigua gilt mein Dank einigen Menschen, ohne die es in der Welt hinter den magischen Pforten heute vermutlich erheblich anders aussähe.

Für konstruktive Kritik, kreativen Input, produktive Zusammenarbeit und anderweitige Unterstützung auf dem Weg zur Vollendung dieser Trilogie danke ich Sabine Ott, dem Boiselle-Clan, Georg Tempel, Steffen Winkler, Vera Fiebig, Burkhard Heiland, Jens Lossau, Eugen Egner, Robert Mansfield, Gabi Strobel, Amira Sarkiss, Timothy McNeal, Prof. Dr. Stefan Keym, Walter Moers und dem Mainzer Phantasten-Stammtisch!

Eure Namen erhalten auf ewig einen Ehrenplatz in Agip Nagi-Saklars sagenumwobener Chronik …

Jens Schumacher

MARGANTHUA
EWIGES EIS
YRK
H'LOEMER
KA-KA
ERM
HÊDELN
BINNENMEER
VON H'LÔM
BÂD
ORT
WÜSTE
VON RINDH
HÊD
MEGATHERIEN
MEGA
ELM
WERG
SALAMIRA
OXNO
MORONI
PANTRAMI
CROCANTH
WÜLSTE
VON WORSP
KLIPPE VON
MOGONTHÛR
FORST
VON
RUBYK
AMARATH
KLOSTER
MNOM-PING
WÜSTE SHMOOK
OLAUSIA
MÄRZGEBIRGE
RADUL
RADIESIEN
UMBRULSK
RADIES
KORNETTAR
HAWWAK
NACH-
MITTAGS-
WALD
UMSK
DSCHUNGEL VON WUNST
HABIBI
SAMEL
STAGNAT
SPACK
UNHOLL
BAKKARAKK-
INSELN
GEBIRGE VON MORR-ORR
ITT
OTT
SHURAKK
CORBORION